buch & media

Elisabeth Spies

Das Leuchten der Dunkelheit

Roman einer Priesterfrau

buch & media

Weitere Informationen über den Verlag und sein Programm unter:
www.buchmedia.de

Literaturhinweis:
Die von Ricarda Huch zitierten Stellen stammen aus:
Ricarda Huch. Gesammelte Werke. Bd. 5. Hrsg von Wilhelm Emrich

August 2015
Verlag Buch&media / Allitera Verlag

Umschlaggestaltung: Kay Fretwurst, Freienbrink
Titelbild: © Fotolia XIV, fotolia.com
Printed in Europe · ISBN 978-3-95780-034-3

Meinem geliebten Mann
und allen Priestern ohne Amt
die den Mut hatten
sich zu ihren Frauen zu bekennen.

Leg mich wie ein Siegel auf dein Herz.
Stark wie der Tod ist die Liebe.
Auch mächtige Wasser
können die Liebe nicht löschen;
auch Ströme schwemmen sie nicht weg.

Hoheslied 8, 6–7

So will ich mich aufmachen
und die Stadt durchstreifen,
die Gassen und Plätze,
will suchen ihn, den meine Seele liebt.

Hoheslied 3, 2

ERSTER TEIL

Dann bist du also von einer Hand in die andere gegangen«, sagte der Guardian des Kapuzinerklosters mit verhaltenem Unmut, als er Anna die Beichte abnahm. Er saß in einem Beichtstuhl-Provisorium des Sprechzimmers, den Kopf leicht gegen den Holzrahmen des kleinen Gitterfensters geneigt; seine rechte Schläfe ruhte auf einem weißen Tuch der aufgestützten Hand.

In einer anderen Stunde als dieser der Scham und Verwirrung hätte das Mädchen hinter diesem Ausbruch ärgerlichen, hilflosen Bedauerns die priesterliche Sorge, eine väterlich bekümmerte Zuneigung und auch ein klein wenig unbewusst-seelsorgerliche Eifersucht gespürt. So aber traf es wie Tadel und leise Verachtung ihr in der Trauer um eine Tote ungeschütztes Herz. Der Kopf der Knienden neigte sich noch tiefer in einer unbekannten Pein.

»Hast du die Tote schon gesehen?«, forschte der Beichtvater plötzlich sehr gütig.

»Die Lebende hab ich noch einmal besuchen wollen –«, antwortete Anna rau von verhaltenem Schluchzen.

»So hat man es dir verweigert?« Des Guardians Blick ging unversehens in Richtung des Frauenklosters, als durchbohre er alle dazwischenliegenden Mauern.

»Sie haben mir sagen lassen: ›Lasst die Toten ihre Toten begraben!‹«

»Das hätten sie früher wissen müssen«, murmelte der Mönch in mühsam zurückgehaltenem Zorn mehr zu sich selbst als zu seinem Beichtkind. Seine cholerischen blauen Äuglein funkelten. Er dachte an das andere Wort des Herrn: »*Ist wohl ein Mensch unter euch, der seinem Sohn, wenn er um Brot bittet, einen Stein gäbe? Oder wenn er um einen Fisch bittet, wird er ihm dann einen Skorpion darreichen?«*

Selbstgerechtigkeit blühte so nahe bei der Härte, wusste der Guardian mit der Nüchternheit eines Mannes, der sich ein ganzes Leben lang um die Sünder gekümmert hatte. Und er, der dort drüben auch das Amt eines Spirituals der Schwestern innehatte und ihre Gepflogenheiten kannte, merkte mit einem Mal, wie wenig er vom eigentlichen Denken und Fühlen so mancher Nonne wusste. Verwechselten einige von ihnen freiwillige Selbsthingabe und Opferbereitschaft mit vergewaltigender Zucht und unduldsamer Strenge?

Anna, die sich der Bedeutung des Vorwurfs gegenüber den Nonnen durch den Guardian nicht ganz klar werden konnte, starrte in seinen weißen Bart, der auf die braune Kutte niederwallte und mächtig war wie der des heiligen Kirchenvaters Hieronymus im Gehäus und unter seinem heftigen Atem leise bebte.

Noch einmal wurde sie vom Geschehen der beiden vergangenen Tage erschüttert:

Mit ihrem schmalen Körper hatte sie die bollwerkartige, gefirnisste Außenpforte des Frauenklosters aufgestemmt. Im halbdunklen Vorraum hob sie zögernd die Hand, dann zog sie verzweifelt-entschlossen am verbogenen, eisernen Läutschwengel. Sie fuhr zusammen unter dem Anschlag der Glocke, der durch die niedrigen, weißgekalkten Gewölbe hallte und in weitläufigen Gängen verebbte. Nie schien er jemand aufzustören, als wären die, welche hier lebten, längst gestorben oder vernähmen den Ruf von draußen nicht mehr.

Das Pfortenfenster tat sich auf. In die Lichtbahn des Ausgucks schob sich das Habichtgesicht der weltlichen Pförtnerin mit den merkwürdig wasserhellen, lammfrommen Augen unter der immer dunkelblauen Strickkappe. Fast gleichzeitig – denn sie hatte das Mädchen sofort erkannt, wenn nicht vielleicht sogar erwartet – brummte der automatische Öffner der Eichenpforte. Anna griff mit eiskalten Fingern in die kunstvoll verschlungenen, schmiedeeisernen Initialen des *Ave Maria* inmitten der Tür und drückte sie auf. Mit bebenden Lippen und heiser vor Erregung würgte sie ihre Bitte hervor, die Sterbende noch ein letztes Mal zu sehen.

Die Pförtnerin hatte sie schweigend ins Sprechzimmer geführt. Es war kalt, noch ungeheizt in diesen ersten Oktobertagen. Das Zimmer wirkte wie eine Durchgangsstation, wie ein zugiger Warteraum: hinter der Tür das unhörbare Pochen des wie im Schlaf befangenen Hauses, in das das große Stillschweigen der Kartage eingekehrt zu sein schien, und wo in irgendeiner Zelle die geliebte Freundin mit dem Tode rang; hinter dem Fenster war der Klostergarten mit dem Abstieg zur Gruft, einem offenen Einlass im westlichen Gemäuer, der von zwei in Holzkübeln eingepflanzten Lorbeerbäumchen flankiert war. An der Hand einer frommen Großtante und später als Klosterschülerin hatte Anna, in der unterirdischen Kühle erschauernd, die Grabplatten mit den steingemeißelten, gekreuzten Gebeinen und den Totenköpfen betrachtet. Im Sommer trug der Wind den Duft der blühenden Lindenbäume des Kirchplatzes über die Klostermauer. Aber keine noch so verschwenderische Süße vermochte es, den strengen Geruch von Buchs, Eibe, Lorbeer, Thuja und feuchtem, moderigem Gestein ganz zu verdrängen, der unabweisbar den Gedanken an Abtötung, Vergänglichkeit, Tod und Verwesung in sich barg.

Annas gehetzter Blick hatte die Klosterkirche gestreift. Und dann war die Vergangenheit gleichsam wie ein Sturzbach über sie hereingebrochen: Wie oft hatte sie aus dem Abenddunkel des Pfarrplatzes durch das offene Portal gespäht. An einen Lindenstamm gelehnt, ergab sie sich hingerissen dem zarten Singen auf der filigranartig vergitterten Schwesternempore, das ihr wie Engelsgesang schien. Anna wusste: Frau Mathilde dirigierte den Chor, musikalisch genial, das unbewegte Antlitz großlinig und markant geschnitzt wie das einer vergrämt-herben, frühromanischen Madonnenfigur.

Nach dem Abendgebet verlöschten die großen Lichter eins ums andere. Nur noch vereinzelt knieten Klosterfrauen auf dem Fußboden mit weit ausgebreiteten Armen, den Widerschein der Kerzen und des Ewigen Lichts auf den Gesichtern. In ihren schwarzen Gewändern lagen sie wie hingegossen auf den Steinfliesen – lebendiges, rührend armes Portiunkula unter der Pracht weißgoldenen Rokokos.

Anna empfand es als Unrecht, die Nonnen zu beobachten, und doch brachte sie es nicht über sich, den Ort zu verlassen. Mit großaufgetanen Augen verschlang sie das seltsame, fast überirdische Leuchten auf den Zügen der Knienden. Ihr Herz brannte in einer sonderbar wilden, keuschen Sehnsucht, einer schmerzlichen Seligkeit und einer dumpfen, neidvollen Trauer. Instinktiv fühlte sie, dass die Hingabe der Schwestern zugleich ein mystisches Empfangen war. Das Mädchen spürte unter ihrer reinen Kindlichkeit eine Unruhe, das Andrängen einer dunklen Gewalt, die Berufung zur liebenden Frau. Sie ahnte nicht, auf wie vielen Straßen sie wandern musste, durch wie viele Orte sie getrieben würde, fortgerissen von ihrem hungrigen Herzen, hinein in ihr Schicksal, wehrlos ausgeliefert und im Widerstreit mit ihrer Vernunft, bis das Maß des Schmerzes erfüllt war.

Auch an nebelfeuchten Herbstabenden ließ sich Anna erst vertreiben, wenn die Sakristanin das Portal verschloss. Dann löste sie sich mit einem Ruck von der Linde, schüttelte ihr Haar in den Nacken, vergrub die Hände in den Taschen ihres Trenchcoats und machte sich auf den Weg. Lautlos strich sie an den Häusern entlang heimwärts, sicher und scheu wie ein Nachttier.

Das war Anna: Aus dem jungen Wildfang, dem mageren, schmächtigen Kind mit Zöpfen, war ein anmutiges Mädchen geworden, grazil, geschmeidig und biegsam, von der Kraft eines Tiers auf freier Wildbahn, mit großen, dunklen Augen, auf deren Grund eine Spur Schwermut schlief.

Schwäbisches Schäfer- und Bauernblut floss in ihren Adern, in das sich vom Vater her das Erbe von Musiker-Ahnen mischte; Erdverbundenheit und Treue verbanden sich mit ruhelosem Umherschweifen.

In ihren Augen schimmerte die Weite der Kornfelder Schwabens, der Silberglanz seiner Wiesen im Mondlicht; es schlummerten in ihnen die Nebelversponnenheit des Rieds und die Geheimnisse seiner dämmergrünen Weiher. Ihr Blick bewahrte noch etwas vom Schauen der Schäfer über die Grasweiden, von ziehenden Wolken und Vogelflug.

Hinter sprühendem Mutterwitz und schlagfertiger Klugheit versteckte sich die Weisheit der Schweigsamen und Einsamen, die das wahrhafte Wesen hinter den Dingen sehen. Das Mädchen liebte Regen und Schnee auf seinem Gesicht und den Wind im Haar ebenso wie die Sonne.

Und da war der Fluss: Anna war ein Kind des Flusses mit seinen ungezählten Wundern. An Hochsommertagen watete sie in ihn hinein bis das Wasser an ihr Kinn reichte; mit den Zehenspitzen auf den glitschigen Steinen federnd, warf sie sich mit vorgestreckten Armen in die Flut und ließ sich schwimmend bis zum Floß in der Biegung des Flusses treiben. Wasserperlen stoben auf den Sandpfad und rollten sich zu dunklen Kügelchen, wenn sie triefend vor Nässe zurücktrabte. Nachmittagelang lag sie auf dem Kiesbett an der Donau und spürte die warmen, rundgeschliffenen Basaltsteine unter ihrem kühlen Leib. Es roch nach Wasser, angeschwemmtem, fauligem Tang, nach Fischzucht und aneinandergeschlagenen Feuersteinen. Sie lag nahe der Schwemme, wo die Brüder der Mutter früher an Sommerabenden die Pferde hineingeritten hatten zu ihrer Erfrischung, dass sie hell und freudig aufwiehernd die Köpfe in den Abendhimmel warfen. Sie träumte in die verwehenden, sonnendurchfilterten Staubwolken hinter den Ochsenfuhrwerken, die heubeladen, langsam und schwer über die Brücke schwankten; die Räder zermalmten knirschend die Steine; sie sah die Hörner der Zugtiere am Geländer hinziehen; sie hockte mit um die Knie geschlossenen Armen auf dem Kies und starrte fasziniert auf die Fundamente der Brückenpfeiler, die das Wasser zerteilten, sodass es weißschäumend dahinter wieder zusammenstürzte, und in grünglasigen, kreiselnden Strudeln weiterfloss. Manchmal waren vom sinkenden Wasserspiegel kleine Tümpel im Kiesbett zurückgeblieben; auf dem Bauch liegend, das Gesicht hart über der abgestandenen Lache, betrachtete sie interessiert das Gewimmel der Kaulquappen und Egel unter der metallisch schimmernden Oberfläche.

Auf den Fersen kauernd schleuderte sie mit knabenhaft ausholendem Schwung flache Steine über die Wasserfläche, verfolgte gespannt ihr Aufhüpfen, bis sie mit einem saugenden Gluckser in der Tiefe versackten.

Fischer standen auf der jenseitigen Ufermauer. Die Strömung trieb ihre Köder ab, dass sich die Angelruten bogen. Hinter ihnen, in der Schlachtbank, hingen ganze Kuh-, Kälber- und Schweinehälften an

Fleischerhaken von der Decke. An der Bleiche giebelte das Tränktörlein aus dem Wehrgang. Stundenlang träumte das Kind im Fluten der Wellen in die Silhouette seiner Stadt, die hinter den Uferkastanien aufstieg. An golddurchsponnenen Spätherbsttagen segelte das Laub über die Böschung und schwamm auf der ruhigen Strömung flussabwärts. Dann rührte ein Hauch Ewigkeit an das Mädchen. Still und versonnen wanderte es heim.

Oft streifte Anna allein durch die Donau-Auen. Sie lauschte dem Quaken der Frösche aus dem Schilf der Altwasser, das über die Binsen schwoll. Wenn ein aufgeschreckter Hase vor ihr flüchtete, trat ein zärtlicher Schimmer in ihre Augen. Und sie roch den Schnee, bevor er kam. Witternd wie ein Jagdhund hob sie die kleine Nase und sagte: »Es kommt Schnee!« Dann lachten alle ungläubig. Kurze Zeit darauf schneite es.

Anna liebte alles Wilde, Ursprüngliche, Schöne. Später, in der Klosterschule, bewunderte und liebte sie ihre Lehrerin. Gertenschlank stand sie vor der schwarzen Tafel, den Daumen in den Ledergürtel ihres Habits gehakt, die andere Hand mit dem breiten, goldenen Siegelring ihrer Gottesbrautschaft hing lässig und elfenbeinweiß herab. Aber das schwermütige Gesicht beunruhigte und quälte Anna. Sie lebte inmitten von Wundern, jene nicht. Zum ersten Mal erfuhr Anna von der Schattenseite des Lebens. Als uneheliches, verheimlichtes Kind einer angesehenen Bürgerstochter war die Lehrerin bei einer Pflegemutter auf dem Land verborgen gehalten und aufgezogen worden. Sie glaubte später keine andere Wahl zu haben und trat ins Kloster ein.

Anna stahl sich an Sonntagnachmittagen mit einem Stück Kuchen von daheim fort, um es der Klosterfrau in die Schule hineinzutragen. Sie saß meistens in einer Bank des kalten Klassenzimmers und korrigierte einen Stoß Hefte. Sie hatte es nötiger als Brot und Gebet, dass sich ein Mensch um sie kümmerte. Manchmal nahm Anna ihren Langhaardackel Jeremy mit. Er rannte den Schulhausgang entlang, dass seine seidigen Schlappohren flogen und die Krallen der Pfoten auf dem Steinfußboden klirrten. Er sprang mit den tigerweichen Vorderpfoten auf die Knie der Klosterfrau, reckte den Kopf, der fein und schmal war wie der eines Windspiels, sah mit klugen, glänzenden Augen zu ihr auf und bohrte seine feuchte Schnauze in die dargebotene Handfläche. Entzückt sah Anna das Aufblühen eines Lächelns auf dem Antlitz der Lehrerin.

Dann kam die tödliche Krankheit. Unfähig zur Berufstätigkeit schickte man sie ins große Krankenhaus, das vom Kloster in einer fernen Stadt gebaut worden war. Der Krebs war beim Erkennen bereits weit fortgeschritten und hatte in den Organen Metastasen angesiedelt. Anna fuhr an den Sonntagen mit der Bahn dorthin, um sie zu besuchen. Ungeachtet der scheelen, argwöhnischen Blicke der Krankenhauspförtnerin führte sie die Todkranke ins Freie. Hinter Sommerwiesen, auf denen schwarzgefleckte Kühe weideten, blauten am Horizont die Allgäuer Berge. Auf ihrem letzten Spaziergang sank die Lehrerin unter einem Apfelbaum am Feldrain ins Gras, todmüde, total erschöpft, aber verdurstend nach der Herrlichkeit dieser Erde. Anna kauerte neben ihr, die wachsfarbene Hand in ihrer heißen braunen Mädchenhand, und sprach von Heilung und Leben. Die Kranke sog die Worte begierig ein. Anna aber verbarg ihre Augen unter gesenkten Lidern und streifte mit dem Mund das Handgelenk über dem bläulich-verästelten Geäder, das schmal im Kuttenärmel lag.

Es kam ein Sonntagabend, rotglühend vom Sonnenuntergang. Als das Mädchen beim Gittertor der Umfassungsmauer des Krankenhausgeländes Abschied nehmen wollte, machte die Freundin sie mit dem Stadtpfarrer des Ortes bekannt, der auf dem Gartenweg auf sie zukam und stellte sie einander vor. Sie erfuhr, dass er nach seinem Herzinfarkt noch im Krankenhaus wohnte, bis sein neuer Pfarrhof fertiggebaut war. Zugleich betreute er die Kranken als Seelsorger. Er bot sich an, Anna in seinem Auto zum Ammersee zurückzufahren. Sie wohnte in einer Schule, in der sie sich für ihr Berufsexamen vorbereitete. Der kleine schwarze Wagen des Stadtpfarrers stand auf dem Gelände, auf dem die Krankentransporte ankamen. Er öffnete ihr die Autotür und ließ sie einsteigen. Zum ersten Mal in ihrem Leben saß sie neben einem Mann im Auto, der dazu noch Priester war. Sie wagte zuerst nicht, ihn näher zu betrachten. Dann schaute sie scheu zu ihm hin. Er war um so vieles älter als sie, hatte einen guten, männlichen Kopf und ein kühnes

Profil; zugleich fühlte das Mädchen seine starke, gütige, priesterliche Ausstrahlung.

Anna war befangen und saß schweigend und etwas verkrampft neben ihm. Sie fuhren an der Pfarrkirche vorbei und bald lag die Stadt hinter ihnen. Bäume flogen vorbei, es war, als söge das Auto die Asphaltstraße ein. Da sagte er ihr behutsam, dass die Freundin nur noch wenige Monate zu leben habe. Er wisse das vom behandelnden Arzt.

Anna schaute mit toten Augen in den Sommerabend.

Merkwürdigerweise konnte sie nichts anderes denken als dies: *Nie mehr wird sie den Flieder blühen sehen* ... Als er plötzlich seine rechte Hand vom Lenkrad nahm und auf ihre Hand legte, spürte sie tief in ihrem Leib ein Erschrecken von unbekannter Süße wie einen Stich. Sie wagte nicht, ihn anzuschauen. Ihre Hand fühlte sich eiskalt an unter seiner großen, warmen Männerhand.

Er war von der Schnellstraße abgebogen und fuhr nun etwas langsamer durch eine dämmergrüne Allee. Letzte Sonnenpfeile stachen blitzend durch das Laub der Baumkuppeln. Anna wandte dem Pfarrer ihre Augen zu wie eine Erwachende. Sein Gesicht strahlte einen großen Geist aus, Stille und Welt zugleich; ein Aufgetansein für die Menschen konnte sie darin lesen, wie sie das bisher noch bei niemand verspürt hatte.

Das Auto hatte eine Anhöhe erklommen und hielt an. Unter ihnen weitete sich der Ammersee grünschimmernd in der Abendbrise. Segelboote glitten über das Wasser. Am andern Ufer versanken Villen unter uralten Bäumen; auf dem Heiligen Berg ragte der Kirchturm von Kloster Andechs in den Abendhimmel. Violette Schatten nisteten bereits in den Buchten. Die Linie der Bergkette löste sich sanft auf.

Obwohl Anna nun schon mehrere Wochen in dieser Landschaft lebte, glaubte sie in diesem Augenblick, nie Schöneres gesehen zu haben. Alles war für sie plötzlich neu und wundersam, weil dieser Mann an ihrer Seite war. Erst vor einer Stunde hatte sie ihn zum ersten Mal gesehen, er war ihr fremd und doch war es, als sei er schon immer in ihrem Leben gewesen, unbekannt und ihr doch auf unerklärliche Weise zugehörig. Dunkel ahnend fühlte sie, dass sie diesen Mann nie mehr verlieren würde.

Als hätte er ihre Gedanken erraten, sagte er in ihr Schauen und Schweigen hinein: »Du kannst immer zu mir kommen, wenn du mich brauchst.«

Dass er plötzlich »du« zu ihr sagte, schuf eine Vertrautheit zwischen ihnen, die alle Fremdheit fortwischte. Es schien ihr ganz natürlich, dass er sie so ansprach, nicht nur, weil sie ja um so vieles jünger war – sie fühlte dadurch eine hilfreiche Nähe, die sie im schmerzlichen Wissen um den Tod der Freundin so sehr brauchte, eine Geborgenheit, vor der sie insgeheim zitterte, und die doch wie ein glückseliger Schauer war, über den sie sich keine Rechenschaft gab.

Sein Gesicht war ernst und versonnen, als er den Motor wieder anließ. Er fuhr sie bis zur Schule hinauf, die hoch über der Seelandschaft am Waldrand lag. Sie stieg aus und schaute dem Auto nach, bis es hinter der Straßenbiegung des Abhangs verschwand. Dann ging sie in ihr Turmzimmer hinauf. Das Mädchen, mit dem sie es bewohnte, war noch nicht da.

Anna warf sich auf ihr Bett und weinte bitterlich. Bald füllte Dunkelheit den Raum. Sie versuchte zu schlafen. Aber ihre Schläfen pochten vom Weinen, und das Quaken der Frösche aus dem Schilfgrund schwoll immer stärker an und tönte bedrängend herauf, als siedelte dort unten ein ganzes Froschheer. Im Dunkel ihres Schmerzes tauchten immer wieder die Augen des Pfarrers auf. Sie sann dieser Begegnung nach, die sie plötzlich verwirrte und beunruhigte, fast verstörte, und dennoch auf seltsame Weise befriedete.

Im Innersten aufgerissen vom Erleben dieses Nachmittags und erschöpft vom Weinen, fiel sie endlich in einen unruhigen Schlaf.

Dann – nach einigen Wochen völlig überraschend – wurde die schwerkranke Klosterfrau ins Mutterhaus des Ordens zurückgeholt. Drei Tage später lag sie im Sterben. Der Pfarrer hatte es Anna telefonisch mitgeteilt. Sie fuhr in ihre Heimatstadt.

Und nun stand sie in atemloser Spannung in diesem beklemmenden Sprechzimmer, und wartete auf die Gnade einer letzten Begegnung.

Ihre Augen irrten von der Klosterkirche ab. Beunruhigt wandte sie sich zur Türe um. Angst stieg in ihr auf. Wie ein gefangenes Tier lauschte sie auf ferne Geräusche im Haus. Plötzlich spürte sie den wilden Wunsch auszubrechen, fortzulaufen, stand aber wie gelähmt auf der Stelle. Ihr Blick verfing sich am Biedermeiersofa, lief schnell und ziellos die Blätter- und Blumenranken des verblassten, grünen Jacquardstoffes entlang, als könnte sie dadurch gleichsam wie durch ein Ventil etwas von dieser fiebrig ansteigenden Erwartung und Erregtheit abfließen lassen.

Auf dem Gang nahten Schritte. Anna hörte das leisklirrende Aufschlagen einer Rosenkranzperlenschnur in schwingenden Gewandfalten. Ihr Herz schlug hart. Die Türe öffnete sich und eine Nonne trat ein: Desiderata – hoch und schwarz wie das Schicksal selbst, in diesem Augenblick sich wohl kaum der Bedeutung ihres Namens bewusst: »Die Ersehnte«, die kam, um eine verzweifelte Hoffnung zu zerschlagen. Kalt maß sie die junge Anna, die diesen Blick in atemloser Erwartung aushielt. Im Aufflattern ihres Herzschlags starrte das Mädchen gebannt und mit vor Angst geweiteten Augen auf den dünnen, streng gefältelten Mund, von dessen Lippen mit schneidender Schärfe die Worte kamen: »›Lasset die Toten ihre Toten begraben‹, spricht der Herr! Dies läßt Ihnen die Ehrwürdige Mutter ausrichten!«

Etwas Eisiges griff nach Annas Herz. Sie erschauerte unter dem dunklen Sinn dieser Rede wie eine junge Haselstaude im ersten Frost. Und wie nach erlittener Schmach überflog jähe Röte ihr Gesicht; dann wurde es totenfahl. Am ganzen Leib zitternd griff sie mit der linken Hand haltsuchend nach der Kante des Tischchens, das vor dem Sofa stand. Etwas Übermächtiges, Unbändiges brach in ihr auf von dem sie nicht wusste, ob es Hass oder Verzweiflung war oder beides zugleich, geschwisterlich verwandt wie alles Furchtbare. Vielleicht waren es nicht so sehr Beherrschung oder Erziehung, als vielmehr letztes, ohnmächtiges Mitleid mit der Sterbenden, was das völlig verstörte Mädchen hinderte, die Nonne beiseite zu drängen, durch die Klostergänge zu stürzen, alle Türen aufzureißen, um in irgendeiner der vielen Zellen die Sterbende zu finden.

Wie wird es sein, wenn der Tod sie anfällt? Wer ist bei ihr, wer steht ihr bei? Anna weiß nur noch diesen letzten Blick, diesen unsagbar nachtdunklen, übergroßen von unten, vom schneeweißen Kopfkissen des Bettes herauf, als sie schon in der offenen Tür stand und zurückschaute beim letzten Besuch im Krankenhaus, von dem sie nicht wusste, dass es der allerletzte sein sollte.

Wie aus weiter Ferne hörte Anna die Abgesandte der Ehrwürdigen Mutter sagen: »Ihre Mitschwestern sind bei ihr; sie stirbt unter den Gebeten des ganzen Konvents!«

Selbst wenn sich Annas zugeschnürter Kehle Worte entrissen hätten: Hier wären sie abgeprallt wie Meeresbrandung an felsiger Küste.

Sie wusste nicht, wie sie wieder auf die Klostergasse hinausgekommen war. *Die Kranken besuchen und die Toten begraben* – sind das nicht die letzten der leiblichen Werke der Barmherzigkeit?, lief es durch ihren hämmernden Kopf, als das Pfortentor dumpf hinter ihr zuschlug und der regnerisch verhangene Herbsttag zusammen mit den Geräuschen des nahen Wochenmarktes auf sie eindrang. Sie spürte das Kopfsteinpflaster der Gasse unter ihren steifen Füßen. Die Welt war verändert. Anna fühlte: Was hier geschah, war nicht *so* von Gott gewollt sondern von den Menschen, die das Wort des Barmherzigsten auslegten nach der Härte ihrer Herzen. Die Verweigerung ihrer inständigen Bitte unter Berufung auf das Herrenwort erschien ihr in diesem Fall unverständlich, ja grausam. Noch nie hatte sie bisher bewusst die Erbarmungslosigkeit von Menschen und das vergebliche Aufbäumen gegen Unabänderliches erlebt.

Fassungslos und betäubt ging Anna fort. Sie lief wie blind an den Häusern der Stadt entlang. Menschen bewegten sich im Nebeldunst auf sie zu, wurden dunkel und fassbar und glitten durch ihre Verstörtheit hindurch. Es begann wieder zu regnen. Auch durch die Schlaflosigkeit der vergangenen Nacht war Regen niedergerauscht. Jetzt durchnässte er ihr Haar, rann über Gesicht und Hals in ihren Nacken hinab. Sie beachtete es nicht. Unmerklich führte sie ihr Weg zum Fluss hinunter. Grau, mächtig und unerschüttert ruhevoll strömte er zwischen den triefenden Wäldern hin. Anna lief den Uferpfad entlang, stolperte über Grasbüschel und Baumwurzeln, den Blick unverwandt auf dem Wasser. Die Rinde des Eichenstammes, an die sie nach endlosem Lauf ihre Stirn presste, drückte ihr ein Runensiegel auf. Sie stand lange bewegungslos mit geschlossenen Augen da. Der heisere Schrei der Fasane klang erstickt aus dem Unterholz. Kurze Windstöße zerwühlten die Blätter über ihr; ein Teppich von Regentropfen prasselte nieder.

Am Abend dieses Tages bellte der Hund Jeremy lange Zeit in die nach Osten liegende Ecke des Wohnzimmers ihres Elternhauses hinein, die in Richtung des Frauenklosters wies. Er war nicht zu beruhigen. Was sah er, das Menschen nicht sehen konnten? Es war unheimlich, dieses jaulende Bellen, und Anna lief es kalt über den Rücken.

Anderntags erfuhr sie vom Tod der Lehrerin und wurde in die Totenkammer des Frauenklosters eingelassen. Da lag die Verstorbene, schmucklos aufgebahrt zwischen stetig brennenden Kerzen, die schönen, verblichenen Hände auf dem Skapulier gefaltet. Sie lag allein, wundersam friedlich – endlich angekommen. Durch einen splitterschmalen Spalt der geschlossenen Lider dunkelten die gebrochenen Augen; die Haut, die sich über ihr Gesicht mit den slawisch hohen Backenknochen spannte, war vom wächsernen Schmelz carrarischen Marmors. Der Tod hatte diesem Antlitz seine junge, vergeistigte Schönheit wiedergeschenkt, seltsam und ergreifend in einem.

Eine große Ruhe und Zärtlichkeit durchströmte Anna.

So nimm denn ab, was von der Erde war, den schweren Mantel und die kleinen Schuhe ..., dachte sie mit fürsorglicher Innigkeit und ohne Schmerz. Sie umhüllte die lebenslang Ruhe- und Heimatlose, die Wärme und Geborgenheit gesucht hatte bei einem Kind, das dies doch noch gar nicht geben konnte, mit plötzlich aufwallender Mütterlichkeit. Die über Nacht Gereifte erkannte auf einmal mit der Klarheit einer Liebenden, dass ihre Hand schon in der Hand eines *Anderen* lag, der ihr wohl nie wirklich Gefährte werden konnte, den ihr die Todkranke am Gartentor des Krankenhauses in der fernen Stadt zugeführt hatte zu Hilfe und Trost. Das leise Sichloslösen von der Entschlafenen und die aufkeimende Sehnsucht nach dem fernen Mann verschmolzen in dieser Stunde miteinander.

Als die Dunkelheit sich in den Ecken der Totenkammer einnistete und allmählich an den Wänden emporkroch, saß Anna noch immer regungslos auf einem Schemel vor dem offenen Sarg, den Rücken an die Wand gelehnt. Wie unter ansteigendem, aschgrauem Gewässer lösten sich die festen Konturen auf, verschwammen zu ungreifbaren, traumhaften Gebilden. Da knarrte die Türe in den Angeln, von zögernder Hand aufgetan. In einem fast unmerklichen Luftzug verbogen sich die Kerzenflammen, dass es wie Wetterleuchten über das Antlitz der Toten zuckte, es wie eine Landschaft sekundenlang erhellend und die Schatten vertiefend, sodass es mit einem Mal unheimlich lebendig schien.

Anna wandte den Kopf nicht nach der Eintretenden. Erst als die Augen der kleinen, dicken Klosterfrau mit hilflosem, flehendem Ausdruck fast waagrecht und ganz dicht vor den ihren standen, erkannte sie eine befreundete Mitschwester der Verstorbenen.

»Komm – komm doch weg von hier, das ist kein Platz für dich!«, bat sie mit einer rauen, betulich-gurrenden Stimme, die wie das Locken einer Glucke war, wenn sie ihre Küken aus der Gefahr holt. Sie nahm Anna bei der Hand, die sich hinausführen ließ mit stillem Gesicht.

Am nächsten Morgen war sie zum Guardian geeilt. Da kniete sie nun unter seinem schweren Schweigen. Endlich hob er die Hand, die bedächtige Hand eines Bauern am Pflug: Die Absolution und sein Segen waren wie ein Grenzkreuz an der Wegscheide von Annas vergangenem und zukünftigem Leben.

Bei der Holzbank, auf der die Bettler mittags die Klostersuppe löffeln, schieden sie voneinander.

Unerforschlich und unergründlich ist Gott, und rätselhaft der Menschen Wege, dachte der Guardian, als er die Pforte der Klausur behutsam hinter sich verschloss.

ZWEITER TEIL

1

An einem Samstagabend im Spätherbst kam Anna im Bahnhof der Stadt an. Der Pfarrer hatte sie nach der Beerdigung der Lehrerin in seinen Landpfarrhof nach Bergheim eingeladen. Er hatte sie noch nie dorthin mitgenommen, obwohl sie sich schon seit dem Sommer kannten.

Als sie aus der Bahnhofshalle trat, sah sie auch gleich seinen schwarzen DKW auf dem Vorplatz parken. Schüchtern blieb sie stehen. Der Pfarrer stieg aus und kam auf sie zu.

»Grüß dich Gott, Anna!«, rief er und lächelte. »Ich freue mich, dass du gekommen bist.«

Er schwang Annas Reisetasche, die nur das Nötige für ein Wochenende enthielt, auf den Rücksitz und öffnete ihr die Wagentür.

»Wir fahren zuerst ins Krankenhaus, nicht gleich zum Pfarrhof nach Bergheim. Ich muss noch eine Stunde in den Beichtstuhl. Du kannst in meinem Zimmer auf mich warten, bis ich zurückkomme. Der Benefiziat hält heute die Abendmesse.«

Er fuhr an und Anna bemerkte, wie Leute sich umdrehten und dem Auto nachschauten.

Beim rückwärtigen Eingang des Krankenhauses parkte er, wo auch damals sein Auto stand, als er sie im Sommer in die Schule am Ammersee zurückgefahren hatte. Er führte sie zu seinem Zimmer in den zweiten Stock hinauf, das sich auf der linken Seite am Ende des Ganges befand. Es war groß und behaglich eingerichtet, mit Bett, Schrank, Sofa, Teppich und Bildern an den Wänden; auch ein Schreibtisch stand darin, der über und über mit Büchern und Akten bedeckt war. Das riesige Fenster ging gegen Süden und Anna sah weites Wiesenland, über das schon die Dämmerung sank, vor den verschwimmenden Konturen der Berge.

»Setz dich aufs Sofa, Kind«, sagte der Pfarrer und ging auf ein Bücherregal zu. Seine Hand glitt an einer Buchreihe entlang und Anna schaute auf seinen breiten Rücken im schwarzen, tadellos sitzenden Anzug, sah wieder sein dunkles Haar, das glatt nach hinten gekämmt war, und konnte sich nicht sattsehen an seinem Profil, das priesterliche Güte ausstrahlte und von kühner Schönheit war. Als er gefunden hatte, was er suchte, gab er ihr ein schmales Bändchen in die Hand. *Regina von Morgana* las Anna auf dem Schutzumschlag. Links über dem Titel war die Abbildung einer wuchtigen Burg, und daneben, groß, die ganze Höhe der rechten Seite einnehmend, sah sie ein überirdisch schönes, elfengleiches Mädchen in kostbar purpurner Robe mit weit fallenden Ärmeln und Perlengeschmeide um den schlanken Hals. Das pechschwarze Auge war in ein zartgeschnittenes Gemmen-Profil gezeichnet. Ihr Haar war am Hinterkopf von einem dicken Zopf umschlungen und fiel in goldener Fülle offen auf ihren Rücken hinab. Zwischen den Händen hielt die Prinzessin eine schwarze, goldgebänderte Schale.

Anna las den Klappentext. Da stand, dass dieses Buch vier Jugendliteraturpreise erhalten hatte und der Autorin die Ernennung zum Ritter des Leopoldordens einbrachte. Anna begann zu lesen: »Der junge Hirte Gottlieb saß im Schatten eines großen Fliederbaums und schnitt sich eine neue Flöte, als seine Mutter über die Heide in das Horn stieß …«

Der Stadtpfarrer holte indessen seinen Mantel und eine violette Stola aus dem Schrank. »Behüt dich Gott bis nachher«, sagte er leise. Dann schloss er fast lautlos die Tür hinter sich.

Eine seltsame Leere bemächtigte sich des Raums, als er gegangen war. Irgendwie konnte sie sich nicht mehr auf das Buch konzentrieren, so neu und fast unwirklich empfand sie plötzlich alles. Sie blätterte noch eine Weile darin herum und betrachtete die feinen Federzeichnungen. Allmählich war es dunkel geworden. Sie blieb unbeweglich auf dem Sofa sitzen, vermochte es nicht, zum Lichtschalter zu gehen. Sie schaute ins Dunkel und fühlte ihre tiefe Sehnsucht nach diesem Mann.

Eine Stunde mochte vergangen sein, da hörte sie Schritte auf dem Gang, eilige Männerschritte. Ihr Herz schlug im Hals.

»Ja Kind, warum sitzt du im Dunkeln und machst kein Licht?«, sagte der Stadtpfarrer, als er etwas atemlos ins Zimmer trat. »Komm, wir müssen jetzt fahren. Meine Base wartet sicher schon mit dem Essen auf uns.«

Sie gingen den Gang entlang. Klosterschwestern und weltliche Mädchen trugen Tabletts mit dem Abendessen in die Krankenzimmer. Der Stadtpfarrer klopfte am Stationszimmer. »Schwester Adelindis, ich komme heute erst spät zurück. Wenn etwas wäre, bin ich im Pfarrhof in Bergheim zu erreichen.«

Die Stationsschwester lächelte ehrfürchtig.

»Ich sage es auch drunten an der Pforte, Herr Stadtpfarrer«, sagte sie beflissen und beäugte neugierig die junge Frau.

Alle Straßenlampen brannten schon, als sie durch die Stadt fuhren. Das Auto kurvte die Biegung des Schlossberges hinauf, fuhr rechts am mächtigen, mauerumgürteten Backsteinbau der Stadtpfarrkirche vorbei, die wie ein Schiff zwischen einer Straßengabelung lag.

»Gleich da drüben bauen sie den neuen Pfarrhof«, sagte der Stadtpfarrer und wies mit einer Kopfbewegung nach links. »Du weißt ja, dass ich noch solange im Krankenhaus wohne, bis er fertig ist. Seit der alte Herr, der Geistliche Rat, vor einem Jahr gestorben ist, bin ich hier eingesetzt; daneben versorge ich aber auch noch meine Dorfpfarreien.«

Sie fuhren nun ins freie Land hinaus. Anna schaute in den Lichtkegel der Scheinwerfer, der sich ins Dunkel der Straße fraß. Sie konnte zu beiden Seiten die Ränder von Wiesen und abgeernteten Feldern erkennen. Nachdem sie über eine Autobahnbrücke gefahren waren, säumte die dunkle Wand eines Waldstücks den Weg. Dann kam die Silhouette eines Heustadels in ihren Blick.

»Ich glaube, ich habe dir einmal gesagt, dass mein Bruder Severin mit seiner Familie auch im Bergheimer Pfarrhof wohnt«, durchbrach die Stimme des Pfarrers das Schweigen. »Er ist mit seiner Frau gerade in Berlin bei einem Symposium – sie kommen heute Nacht wieder zurück. Nur die Kinder sind da und Frau Huser, die Mutter meiner Schwägerin. Sie ist auch meine Haushälterin.«

Sie waren etwa sieben Kilometer gefahren, als das Auto in ein Dorf einbog.

»Hier in Holzhausen helfe ich hin und wieder aus, wenn Not am Mann ist.«

Anna schaute ihn an. Er fuhr sehr konzentriert. Sie betrachtete wieder sein Profil, das einen großen Geist verriet. Sein fast schwarzes Haar hatte im hereindringenden Licht der Straßenlaternen einen matten Blauschimmer. *Es gibt ihm etwas Elegantes, fast Aristokratisches,* dachte sie. Er strahlte Männlichkeit und Ruhe aus, was die junge Anna schon im Sommer magisch angezogen hatte. Sie konnte sich nicht erinnern, einen besser aussehenden Mann gesehen zu haben. Aber er schien gar nicht zu wissen, wie anziehend er war. Sie schaute auf seine Hände, die das Lenkrad umschlossen. Es waren kraftvoll geformte Männerhände. Sie fühlte sich unendlich geborgen an seiner Seite. Sie war jetzt zweiundzwanzig Jahre alt und doch hatte sie sich noch nie viel aus jungen Männern ihres Alters gemacht. Die Eltern hatten sie zwar einige Male auf Faschingsbälle mitgenommen, sie hatte getanzt in ihrem cremefarbenen langen Abendkleid aus Taft mit Spitzenoberteil; leichtfüßig war sie in den Armen vieler Tänzer durch den Saal geglitten, aber verliebt hatte sie sich noch nie. Und nun saß sie wieder im Auto neben diesem Mann, der Priester war, und ihr ganzes Herz flog ihm zu. Dennoch fühlte sie auf dieser Fahrt eine seltsame Beklemmung.

»Bergheim war meine erste eigene Pfarrei nach der Kaplanszeit in der Bischofsstadt. Ich hänge an diesem kleinen Dorf und seiner Kirche und mag die Leute – du wirst ja sehen.« Um seinen Mund lag ein Lächeln.

Anna überkam eine leise Furcht: *Wie würden die Verwandten ihr, der fremden jungen Frau, begegnen?* Aber Maurus, der Pfarrer – insgeheim nannte sie ihn schon so –, war ja bei ihr und hatte sie eingeladen. Wovor sollte sie sich fürchten? Ihr Vertrauen in ihn war bereits seit dem Sommer grenzenlos. Aber sie wunderte sich, dass er die Verbindung zu ihr trotz seiner Briefe, die doch sehr zwiespältig klangen, nicht abreißen ließ, und sie dorthin eingeladen hatte. Doch tat er es wohl, dachte sie, weil er als Seelsorger ihre Trauer um die verstorbene Freundin lindern helfen wollte und ihr von Herzen zugetan war.

»Das ist Wiesmühl«, sagte er, als sie nach etlichen Kilometern wieder ein Dorf erreichten. »Es bildet mit Bergheim eine Doppelpfarrei.«

Anna sah in der Dunkelheit die Umrisse einer Kirche die Bauernhäuser überragen. Eine kleine Wegkapelle flog vorbei, dann lief die Landstraße schnurgeradeaus bis zu einem Marktflecken, der nicht zu seinem Seelsorgsgebiet gehörte. Über eine Bachbrücke bog das Auto scharf nach links ab. Sie fuhren durch eine Kastanienallee. »Das ist fürstliches Gebiet«, sagte der Stadtpfarrer. Als sie das Schattendunkel der Kastanienbäume verlassen hatten, sah sie in der Ferne auf einer Anhöhe die Lichter eines kleinen Dorfes glimmen.

Ein leises, fast zärtliches Lächeln umspielte seine Lippen.

»Da droben liegt Bergheim!«, sagte er. Anna spürte, dass er stolz war auf sein Dorf, aber auch dass er sich freute, ihr das alles zeigen zu können. Die Erfahrung, wichtig genommen zu werden, als Person etwas zu gelten, war ihr früher fremd gewesen. Sie hatte wenig Selbstbewusstsein. In ihrem jungen Leben erfuhr sie kaum Lob, auch nicht, als sie nach jedem Schuljahr im Zeugnis Spitzennoten heimbrachte; Worte der Anerkennung oder gar eine Belohnung zu erhalten kannte Anna nicht. Die Eltern wollten für ihre Kinder das Beste; doch waren sie eher nüchtern und herb und nahmen Fleiß und Erfolg als selbstverständlich hin. Aber der Pfarrer freute sich sichtlich, dass sie neben ihm saß; er strahlte es aus. Anna hatte große, dunkle Augen und ein schmales, ebenmäßiges Gesicht, das von einer Fülle kastanienbraunen Haars umrahmt war, und bis auf ihre Schultern herabfiel. Vielleicht war es das, was ihn an ihr anzog. Sie erinnerte sich auch, dass ihre Lehrerin ihr erzählt hatte, der Stadtpfarrer habe gesagt, sie, Anna, könne so gut zuhören. Das war, nachdem er sie damals zur Schule zurückgefahren hatte. Anna durchflog auch der Gedanke, ob dieses Lächeln zärtlichen Stolzes nicht doch vielleicht etwas anderem galt, von dem sie nichts oder noch nichts wusste?

Die Straße senkte sich in einen Wiesengrund und stieg hinter einer kleinen Brücke wieder an. Es kamen Bauernhöfe und nach einer Querstraße sah Anna linker Hand im Licht über der Tür das Schild der Dorfwirtschaft. Gegenüber lag, von einem Mäuerchen umschlossen, die kleine Kirche mit dem Friedhof. Hohe dunkle Tannen säumten die Einfahrt zum Pfarrhaus, in die er nun einbog; um den Garten lief eine Hecke. Sie stiegen aus und standen vor dem Pfarrhof. Es war einer jener behäbigen, ländlichen Pfarrhöfe, die geräumig sind und viel Platz zum Wohnen bieten, an die noch ein Stadel angebaut ist, die einen tiefen, gewölbten Keller haben und verträumt inmitten eines großen Obst- und Gemüsegartens liegen. Über der Haustür, die unverschlossen war, brannte ein Licht.

Alles im Haus war still, als sie eintraten. Der Gang führte direkt zur Küche. Der Pfarrer ging hinein und nahm Anna bei der Hand. Es war eine große Küche mit Steinfliesen und einem riesigen Herd; zwischen den Herdringen sah Anna das Feuer lodern. Eine kleine, füllige Frau stand unter der Tür, die in die Stube führte, und sah ihnen entgegen. Angetan mit einer kleingeblümten Kittelschürze nahm sie fast die ganze Türbreite ein. Sie mochte ungefähr sechzig Jahre alt sein. Aus wulstigen Schultern wuchs ein kurzer Hals hervor, der den runden Kopf mit dem spärlichen grauen Haar trug, das zu einem Zopfknötchen geflochten und mit Haarnadeln am Hinterkopf festgesteckt war. Alles an ihr strahlte zähe Energie aus.

»Das ist Frau Huser, meine Base«, sagte der Pfarrer. »Und das ist Anna.« Dabei lächelte er seinen Besuch aufmunternd an.

»Grüß Sie Gott!«, sagte die Frau nicht unfreundlich und gab Anna die Hand. Sie blickte in kühle graue Augen mit stecknadelkopfkleinen Pupillen, die sie ungeniert musterten. Es wurde ihr ganz beklommen zumute. Aber was die Base sah, schien sie zu beruhigen: Anna stand in ihrem schwarzen Kleid, das sie seit dem Tod der Klosterfreundin trug, schüchtern neben dem Pfarrer, und wagte sich nicht zu bewegen. Er schien es nicht zu bemerken und fragte, ob das Essen schon fertig sei.

»Was hast du denn Gutes gemacht?«

»Flädlesuppe war noch da von mittags«, antwortete die Base, drehte sich um und ging ihnen voran in die Stube hinein. Auf dem Tisch war für drei Personen gedeckt. In einer Suppenschüssel dampfte die Pfannkuchensuppe, auf der frischer Schnittlauch schwamm. Trotz ihrer Beklemmung verspürte Anna Hunger.

»Anna, setz dich da hinten auf die Bank, rechts neben mich«, sagte der Pfarrer, »und lass es dir schmecken!«

»Das riecht ja sehr gut«, wandte er sich der Base zu und nahm an der Schmalseite des langen Esstisches Platz. Hinter ihm in der Ecke hing ein altersdunkles Bauernkreuz, zu dem ein Christusdorn hinaufwuchs. Die Vorhänge an den kleinen Fenstern waren aus grobem, naturfarbenem Leinen gewebt, das gut zur dunklen Holztäfelung der Stube passte.

»Ich schöpf gleich aus«, sagte der Pfarrer, nahm den Schöpflöffel und füllte vorsichtig Annas Teller. »Wo sind denn die Kinder?«, fragte er, während er zuerst den Teller der Frau und dann seinen eigenen füllte.

»Die hab ich schon ins Bett gebracht«, sagte sie, leicht mürrisch.

Er sprach ein kurzes Gebet. Dann aßen sie schweigend. Nachdem sie die Suppe gegessen hatten, ging die Base in die Küche hinaus und brachte ein Brotkörbchen, dazu Wurst, Butter und Käse. Eine Bier- und eine Wasserflasche standen am Tischende bereit. Anna nahm Wasser, der Pfarrer und die Base tranken jeder ein kleines Glas Bier.

»Ich schaue noch nach den Kindern«, sagte Maurus, als die Base die Teller zusammenräumte. »Komm Anna, geh nur mit!«

Sie stiegen die Treppe zum ersten Stock hinauf. Die alte Frau folgte ihnen schwer atmend. An dem lebensgroßen, gefassten Schnitzwerk eines von Pfeilen durchbohrten heiligen Sebastian vorbei betraten sie das Wohnzimmer. Drinnen öffnete der Pfarrer leise eine niedrige Tür an der rechten Wand. Im schmalen Lichtstreif, der nun ins Dunkel des Zimmers fiel, sah Anna in einem Doppelbett zwei Buben, die rosig vor Gesundheit eng aneinandergeschmiegt schliefen.

»Das sind die beiden Ältesten meines Bruders – Rolf und Christoph«, flüsterte der Pfarrer, mit dem Zeigefinger zärtlich den Mund eines der Neffen berührend und lächelte liebevoll-amüsiert, als sich die Lippen des kleinen Buben wie saugend um seinen Finger stülpten.

Anna verspürte einen Stich Eifersucht. Der schwere Atem der Base war dicht hinter ihr. Unwillkürlich wandte sie sich um. Der Anflug eines zufriedenen Lächelns lag um die schmalen Lippen der alten Frau, als ob sie sagen wollte: *Ja, er gehört uns, er hat alles, er braucht niemand sonst!*

Sie zogen sich leise zurück und gingen wieder hinunter.

»Ich hole uns einen Wein aus dem Keller. Magst du mitgehen?«, sagte er zu Anna gewandt. Die lief freudig neben ihm her. Aber als er die Kellertür öffnete, besann er sich und meinte, es sei doch besser, wenn sie oben bliebe. Dabei warf er einen raschen Blick auf die Base, die in die Küche ging und die Türe offen ließ. Mit feinem Gespür erfasste die junge Frau die Situation: Der Pfarrer war vorsichtig gegenüber der Base. Er wollte das bisher gute Klima auf keinen Fall trüben, indem er seine Zuneigung zu ihr offenlegte, die sich in solcher Vertrautheit gezeigt hätte. Trotzdem war sie überrascht. Warum begab er sich in eine solche Abhängigkeit? Sie dachte an die Leute am Bahnhofsplatz, die sich umwandten, um dem Auto nachzuschauen, in dem der Stadtpfarrer mit ihr wegfuhr. Überall lauerte Gefahr für einen Priester – in der eigenen Familie anscheinend auch.

Anna schaute ihm nach, wie er die Steinstufen hinunterstieg, sah in der Tiefe einen gewölbten Keller, aus dem es feuchtkühl und etwas modrig heraufwehte, und hörte leises Klirren. Dann kam er mit einer Flasche »Westhofener Bergkloster Spätlese« in der Hand wieder herauf.

In der Stube nahm er drei Zinnbecher aus dem alten Butzenscheibenschrank, den Anna wegen der kleinen runden, bleigefassten Scheiben aus grünlichem Glas mit einer Verdickung in der Mitte bewunderte. Die Zinnbecher waren von edler Einfachheit und schimmerten mattdunkel wie altes Silber. Sie lagen gut in der Hand. Auf der Unterseite war ein Zeichen eingepunzt.

»Ich verkoste ihn erst mal«, sagte der Pfarrer und goss ein wenig Wein in seinen Becher. »Ja, der ist ordentlich«, stellte er fest und schenkte der Base und Anna ein. Sie stießen an, es klang, wie aneinandergestoßenes Zinn tönt: metallisch.

»Wie lang ist es noch bis zu deinem Examen?«, fragte der Stadtpfarrer.

»Nicht mehr lange. Ich bin nur noch wenige Wochen auf der Schule – bis Anfang November. Dann wird die Prüfung sein«, antwortete sie.

»Und was wird dann?«

»Wir werden wohl alle in die Großstadt versetzt«, meinte Anna und dachte laut: »Meinen Eltern wird das weniger gefallen. Aber da wird nichts zu machen sein. Unverheiratete Beamte werden wegen des Wegfalls einer Trennungsentschädigung leichter versetzt. Ich muss abwarten.«

Der Pfarrer redete nun mit der Base über die Familie und Verwandte aus München, die einige Tage zu Besuch kommen wollten. Anna hatte den Eindruck, dass er sich nun mit der alten Frau unterhielt, damit sie sich nicht zurückgesetzt fühlte.

Der Wein war kellerkühl, schmeckte süß, und versetzte Anna in einen Taumel von Empfindungen. Ihr Leib, ihr ganzes Sein war von einem unbegreiflichen Glücksgefühl erfüllt neben diesem Mann, und immer wieder empfand sie diese tiefe Geborgenheit, als gehöre sie zu ihm und hätte im Leben nichts mehr zu fürchten, wenn sie bei ihm war. Obwohl außer seiner gütigen Anteilnahme und herzlichen Gastfreundschaft überhaupt nichts geschehen war, das sie zu solchen Empfindungen berechtigt hätte, fühlte sie sich herausgehoben aus ihrem bisherigen Leben, in dem sich nichts sonderlich Bemerkenswertes abgespielt hatte, und in eine Welt versetzt, in der sie sich plötzlich in einen anderen Menschen mit höherem Wert verwandelt glaubte. Ihr ganzes Wesen durchwogte ein nie gekanntes Hochgefühl, das fremd und beseligend in einem war. Sie wusste aus seinen Briefen, die er ihr seit Sommer geschrieben hatte, dass Maurus ein ganz besonderer Mensch war, aber spürbar nichts Besonderes sein wollte. Es war dies etwas Seltenes bei einem Priester. In ihrer Kindheit gaben sich die Geistlichen als hohe Herren, vor denen man knickste, wenn man ihnen begegnete, und vor Ehrfurcht verstummte.

Als der Pfarrer merkte, wie müde sie war, führte er sie hinauf in eine kleine Schlafkammer, die früher vielleicht eine Magd oder ein Knecht bewohnt hatte, und in der sich auf einer Kommode alte Bücher stapelten.

»Gute Nacht, Anna«, sagte er. »Schlaf gut!« Dann schloss er leise die Tür.

Sie zog sich aus und schlüpfte ins Bett. Es war kalt, das Kissen prall gefüllt, und das Federbett lastete schwer auf ihr. Wenig später hörte sie das Anlassen eines Motors unter ihrem Fenster: Der Pfarrer fuhr ins Krankenhaus der Stadt zurück.

Obwohl sie Wein nicht gewohnt war und sich benommen und taumelig fühlte, fand sie keinen Schlaf, und hörte jede Viertelstunde den blechernen Schlag der nahen Kirchturmuhr. Es musste schon lange nach Mitternacht sein, als drunten die Haustüre ging. Sie hörte Schritte die Treppe heraufkommen und leises Reden. Die Tür des gegenüberliegenden Zimmers wurde geöffnet, dann war es wieder still. Das mussten der Bruder und die Schwägerin gewesen sein, die von der Reise zurückgekommen waren.

Gegen Morgen schlief Anna kurz ein. Sie erwachte von Kinderstimmen und öffnete die Tür einen Spalt breit. Da war niemand. Leise schlich sie im Nachthemd die Treppe hinunter ins Bad, das ihr der Pfarrer vor dem Zubettgehen noch gezeigt hatte. Es war nicht besetzt, und sie konnte sich waschen. Nachdem sie sich in ihrer Kammer droben angezogen hatte, klopfte sie schüchtern an die Küchentür. Eine forsche Frauenstimme rief: »Herein!«

Anna ging hinein. »Guten Morgen!«, sagte sie leise. Sie fand die Frauen beim Vorbereiten des Mittagessens. Frau Huser schnitt rasch und gekonnt eine Zwiebelhälfte in dünne Scheiben, Frau Altweg, ihre Tochter, die mit ihrem runden Köpfchen und dem zur Fülle neigenden Leib das jüngere Abbild ihrer Mutter war, wusch in der Spüle Salat. Auf dem Herd standen ein riesiger Topf, aus dem Kartoffeldampf entwich, und ein kleinerer, in dem vermutlich Suppenfleisch kochte. Um einen Tisch am Fenster, durch das man den Friedhof und die Kirche sehen konnte, saßen drei Kinder und spielten.

»Guten Morgen, Fräulein Renz«, sagte Frau Altweg, die Schwägerin von Maurus, trocknete ihre Hände ab, und gab der jungen Frau die Hand. »Meine Mutter hat mir schon erzählt, dass Sie hier sind. Der Herr Pfarrer ist nicht da – er hält das Hochamt in der Stadt und kommt erst wieder zu unserer Elf-Uhr-Messe zurück.« Sie wandte sich wieder ihrem Endiviensalat zu. »Gehen Sie in die Stube hinein, da steht das Frühstück für Sie«, rief sie über ihre Schulter, und – etwas lauter: »Kinder, sagt ›Grüß Gott‹ zu Fräulein Renz!«

Die Kleinen kamen heran und gaben Anna die Hand. Sie folgten ihr in die Stube und schauten zu, wie sie sich den Kaffee eingoss und ein Brot mit Butter und Marmelade bestrich.

»Wie heißt ihr denn?«, fragte Anna leise, denn die Tür zur Küche stand offen, und sie war sehr gehemmt in der Nähe der beiden Frauen ohne den Pfarrer.

»Ich bin die Kristin«, sagte das größere Mädchen. Es hatte ein schmales Gesichtchen, blaue Augen und flachsblondes Haar, das zu dünnen Zöpfen geflochten war. »Und das ist der Uli.« Sie deutete auf den kleinen Bruder, der gleich ihr sehr zart gebaut war und ebenso blondes Haar hatte. Dann war da noch die Kleinste, Clara, die etwas pummelig und dunkelhaarig danebenstand. Nach einer Weile merkten die Kinder, dass Fräulein Renz nicht gerade gesprächig war, und gingen wieder zu ihrem Spiel in die Küche zurück.

Durch die andere offene Tür sah Anna einen Mann an einem Schreibtisch stehen, vermutlich der Bruder des Pfarrers, der etwas zu suchen schien. Er schaute auf, als er sich beobachtet fühlte, und kam freundlich lächelnd in die Stube. Er begrüßte Anna herzlich, und sie fand, dass er Maurus überhaupt nicht ähnlich sah, ihm äußerlich in nichts glich. Severin Altweg war klein und zart gebaut, hatte spärliches Haar und trug eine Brille, hinter der freundliche graue Augen offen und unvoreingenommen sein Gegenüber anschauten. Irgendwie spürte Anna, dass er dem Pfarrer, seinem Bruder, in allem vertraute, und ihm ganz ergeben war. So war Anna auch ihm als Besuch willkommen.

»Hoffentlich haben wir Sie nicht geweckt heute Nacht? Wir waren bei einem Kongress in Berlin und sind erst spät zurückgekommen.«

Er interessierte sich für ihren Bildungsweg und ihre weiteren Berufspläne und sagte, dass er meist die ganze Woche in Bonn sei. »Aber am Wochenende scheue ich die weite Heimreise nicht, da will ich bei der Familie sein.« Er stand auf. »Ich muss jetzt hinüber in die Sakristei und alles für die heilige Messe vorbereiten; ich mache hier an den Sonntagen den Mesnerdienst.«

Aus der Küche drang Bratenduft in die Stube herein und der Geruch gekochter Kartoffeln, die aus dem Topf genommen und wohl noch schnell vor der Messe für den Kartoffelsalat geschnitten und angemacht wurden. Es war dreiviertel elf Uhr und die Kirchenglocke läutete das erste Mal.

»Kinder, anziehen!« Die Stimme der Schwägerin tönte unüberhörbar.

Da vernahm Anna im Hausgang die Stimme des Pfarrers. Sie hielt den Atem an. Die Kinder stürmten aus der Küche hinaus. Ein wildes, freudiges Geschrei war zu hören und immer wieder klang der Ruf: »Onkele ... Onkele ...«

Er kam in die Stube und Anna schaute ihm strahlend entgegen.

»Grüß dich Gott, Anna«, sagte er. »Ich gehe gleich in die Kirche hinüber, es ist höchste Zeit, es geht schon gegen elf Uhr. Mach dich auch fertig – du brauchst dich nur den andern anzuschließen.«

Anna folgte ihm in den Flur. Da wimmelte es von Kindern. Sie sah den kleinen Uli in seinen Mantel schlüpfen, und Kristin, die Clara anzog. Andere Dorfkinder standen wartend herum. Ein Bub mit Pullover und grünem Ministrantenrock, aber noch ohne weißes Chorhemd und Krägelchen, drängte sich an einer Frau vorbei, die in der offenen Haustüre stand, und rief aufgeregt: »Rolf, Christoph! Ihr sollt gleich kommen, hat der Herr Pfarrer gesagt!«

Die zwei Buben, die sie am Abend schlafend gesehen hatten, lösten sich aus der Kinderschar und liefen hinter dem großen, halbangekleideten Ministranten zur Haustüre hinaus. Anna fragte sich erstaunt, ob wohl die kleinen Neffen des Pfarrers auch schon ministrieren konnten. Mit Erstaunen nahm sie wahr, wie hier kirchliches, dörfliches und familiäres Leben miteinander verschmolzen, und sie sah es mit Überraschung und Freude. Vielleicht war es in christlichen Urgemeinden ähnlich, als Älteste oder Familienväter der Mahlgemeinschaft vorstanden, und wo in den Häusern am Tisch Eucharistie gefeiert wurde.

Anna ging hinter der Kinderschar aus dem Haus. Nun sah sie den Pfarrhausgarten bei Tageslicht. Obwohl die Mittagsstunde fast angebrochen war, fröstelte sie in der herbstlichen Kühle. Die Sonne schien kraftlos durch den Nebeldunst. Vor dem Pfarrhaus standen noch Kübel mit Lorbeerbüschen und Geranientöpfe. Der Pfarrgarten stieg gegen die Hecke zu an; auf einer waagrechten Fläche mit Steinplatten stand ein Gartentisch mit Stühlen. Gegen Süden sah sie ein Häuschen mit offener Tür, das eine alte Waschküche zu sein schien. Anna folgte den Kindern durch den Gemüsegarten. In den Beeten grünte noch Petersilie und ein etwas geknickter Lauch; leere Bohnenstangen lehnten sich gegeneinander; Endiviensalat mit leicht gelblichen Rändern lag in die Erde eingeschlagen. Hinter einem Eisenpförtchen, das in den Angeln quietschte, führten zwei Steinstufen zum Friedhof hinab. Langsam ging Anna an der Kirchenmauer entlang. Die Sakristeitüre stand offen, und sie konnte nicht umhin, sekundenlang stehen zu bleiben und hineinzuspähen. Die kleinen Buben waren emsig dabei, sich für den Gottesdienst anzuziehen; größere Ministranten waren um ein Weihrauchfass geschart. Der Pfarrer stand an einem schweren Holztisch und blätterte in einem dicken Messbuch. Er trug eine Albe mit einem breiten Spitzenbesatz und um die Taille das Zingulum, die Gürtelschnur aus weißem Leinen mit Quasten, das die Albe hochbauschte und auch die über der Brust gekreuzte Stola festhielt. Der Bruder nahm gerade aus dem Sakristeischrank einen breiten Bügel heraus, über dem eine gotische Kasel hing. Die Kirchenglocken läuteten nun zum zweiten Mal. Während sie weiterging, sah sie noch einige Leute von der Straße die Stufen heraufkommen und durch den hinteren kleinen Vorbau in die Kirche hineingehen. Anna verweilte kurz vor einem gegeißelten, dornengekrönten Heiland, der an eine niedrige Säule gekettet links in einer Mauerwölbung stand und sie aus großen leidenden Augen anschaute. In einem Hohlraum darunter sah sie zu ihrer Verwunderung hinter einem weitmaschigen Drahtgeflecht Totenköpfe liegen. Davor stand eine Betbank.

Die Kirche war fast bis auf den letzten Platz gefüllt. Blasses Sonnenlicht fiel durch die romanischen Bogenfenster auf die abgetretenen Steinfliesen. Anna fand noch einen Platz in einer der hinteren Bankreihen auf der Frauenseite. Sie merkte, dass einige Leute neugierig zu ihr herschauten. Vorne, in der ersten Bank, sah sie das lange Flachshaar des kleinen Uli leuchten. Dort knieten auch alle anderen Dorfkinder. Kaum war der letzte Elfuhrschlag der Kirchturmuhr verklungen, lief Frau Altweg mit raschen Schritten an den Bänken entlang zu einem Platz in der Mittelreihe.

Die Sakristeitüre öffnete sich. Ein Ministrant zog am Eisenschwengel der Glocke neben der Tür. Laut hallte der Ton durch das Kirchenschiff. Die Leute erhoben sich, und auf der Empore setzte das Harmonium ein. Die Ministranten zogen dem Priester voran, als erste die beiden kleinen Neffen. Anna schaute auf den Pfarrer, der langsam und feierlich hinter ihnen herschritt. In den Händen trug er den Kelch, bedeckt mit dem Corporale, über das ein grünes Velum gebreitet war, das in dieser Farbe für den neunzehnten Sonntag nach Pfingsten liturgisch vorgeschrieben ist. Er stellte den Kelch auf den Altar, verbeugte sich tief, ging die Altarstufen hinab und begann: »In nómine + Patrís, et Fílii, et Spíritus Sancti. Amen. Introíbo ad altáre Dei« – und zwei Ministranten, die links und rechts neben ihm knieten, antworteten: »Ad Deum qui laetíficat juventútem meam.« Während des Stufengebets beugten die Buben manchmal ihre Oberkörper tief hinab, manchmal wandten sie sich in dieser Stellung dem Priester zu, und an der Stelle beim *Confiteor,* wo es heißt *mea culpa, mea culpa, mea máxima culpa,* schlugen sie sich mit der rechten Faust zum Zeichen der Anklage und Reue an die Brust.

Anna hatte sich seltsamerweise schon als Kind für die Liturgie interessiert. Sie war fasziniert von diesem geheimnisvollen religiösen Geschehen, das noch vorkonziliar geprägt war, und wäre zu gern auch Ministrant gewesen. Sie beneidete die Buben damals inbrünstig um diesen Dienst. Aber da gab es den *Codex Iuris Canonici,* in dem festgelegt ist, dass Mädchen vom Altardienst ausgeschlossen sind; nur im Notfall durften sie die Antworten geben, und das auch nur von ferne; sie durften nicht an den Altar herantreten. Aber von diesem Gesetz hatte sie als Kind keine Ahnung und niemand daheim wusste auf ihre Fragen eine Antwort oder konnte ihr diesen Ausschluss erklären. Immer hieß es nur: »Das dürfen nur Buben.« Selbst ihre Spitzennoten in Religion halfen da nichts.

Der Pfarrer stieg die Stufen hinauf und ging zum Altar. Anna hatte nur noch Augen für ihn. Er las den Eingangsvers und das Tagesgebet. Im Evangelium hörte sie das Gleichnis von einem König, der seinem Sohn Hochzeit hielt, und vom Mann, der kein hochzeitliches Gewand anhatte. Am Ende hieß es: »Denn viele sind berufen, wenige aber auserwählt.« Der Pfarrer legte in der Predigt das Evangelium aus. Er dankte Gott dem Vater, dass er uns zum heiligen Mahl geladen und uns das hochzeitliche Gewand geschenkt hat, und bat um die Kraft, so zu leben, wie es unserer Berufung würdig ist.

Die Messe nahm ihren Fortgang. Alle sprachen das Credo. Dann setzte das Harmonium zum Opferungslied ein. Mit ihrer jungen frischen Stimme sang Anna alle Strophen auswendig mit. Der Gesang war etwas schleppend, und sie musste sich anpassen. Die Ministranten gossen Wasser über die Hände des Priesters, und er trocknete sie mit dem dargereichten Lavabo-Tüchlein ab. Sie schaute ihm am Altar zu, aber es war für sie nicht wie sonst bei einem Gottesdienst. Da stand einer, der nicht wie die Priester ihrer Kindheit hoch über ihr stand, sondern der sie in sein Leben aufgenommen hatte, der an ihr Anteil nahm, und sie sogar seiner Freundschaft und Liebe für wert hielt. Wieder kam dieser Stolz über sie, der sie heraushob aus ihrem bisherigen Leben, der ihr das Gefühl des Klein- und Bedeutungslos-Seins nahm. Was im Lauf der Jahre durch Erziehung zur Sonntagspflicht und Gewohnheit geworden war, wurde plötzlich zur Freude, und sie erlebte alles neu und anders und tief innen. Plötzlich bekam sie ein Gespür dafür, was das Geheimnis des gelebten Glaubens war: Die Liebe zu den Menschen, Warmherzigkeit und Offensein für den Nächsten – und das strahlte Maurus aus. Oft hatte sie unter einer lähmenden Angst gelitten. Immer war sie nur Unverständnis begegnet, wenn sie davon sprach. Vielleicht rührte es auch daher, dass viel von Hölle und ewiger Verdammnis gepredigt wurde. Aber von diesem Mann da vorne am Altar strömte eine Kraft und Ruhe aus, die auch sie umfing. Es war ihr zumute, als sei sie ein Schiff, das aus einem beängstigenden Meeressturm in den rettenden Hafen gefunden hatte.

Der Pfarrer stimmte lateinisch die Präfation an und leitete zum Hochgebet über. Er hatte einen schönen geübten Bariton. Tiefes Schweigen erfüllte das kleine Kirchenschiff, als er die große Hostie von der Patene nahm und tief über den Altar gebeugt die Wandlungsworte sprach: »Hoc est enim Corpus meum.« Dann hob er die konsekrierte Hostie empor und zeigte sie den Gläubigen. Die kleinen Ministranten-Neffen hoben ihre Glöckchen von den Altarstufen auf und klingelten abwechselnd. Der Priester nahm den Kelch mit Wein in seine Hände, dankte, und sprach die Konsekrationsworte »Hic est enim Calix Sanguinis mei …«, machte danach wieder eine tiefe Kniebeuge, hob den Kelch empor, um auch ihn dem Volk zu zeigen.

Obwohl Maurus kraftvolle Männerhände hatte, sah Anna bei dieser heiligen Handlung wie edel sie waren, als sie ehrfürchtig das verwandelte Brot und den Wein emporhoben. Es war ihr, als hätten diese Hände eine unerklärlich heilige Strahlkraft, die wohl von seiner tiefen Gläubigkeit ausging. Sie war seltsam bewegt und hineingenommen in dieses Geschehen, das sie bisher nie so erfahren hatte. Ihre menschlichen Gefühle verschmolzen mit den religiösen, alles erschien ihr irgendwie anders und neu. Wie in Trance folgte sie dem weiteren Geschehen am Altar. Bevor der Pfarrer bei der Kommunion die Hostie aß, betete er: »Corpus Domini nostri Jesu Christi custodiat animam meam in vitam aeternam. Amen.«

Die Dorfleute verließen nun die Bänke, um zur Kommunionbank zu gehen und dort niederkniend ebenfalls den Leib des Herrn zu empfangen. Anna reihte sich mit ein. Sie kam näher nach vorne und hörte, wie der Pfarrer einen jeden mit seinem Vornamen ansprach, als er ihnen die Hostie auf die Zunge legte. Er nannte auch Anna beim Namen und schaute sie dabei bedeutungsvoll an. Beim Zurückgehen an ihren Platz wunderte sie sich, dass er auch von allen Nachfolgenden die Namen im Kopf hatte. Das Wort aus der Heiligen Schrift fiel ihr ein: »Ich kenne die Meinen, und die Meinen kennen mich.«

Als der Segen und das *Ite, missa est* verklungen waren, spielte das Harmonium ein Schlusslied. Dann strömten die Bergheimer aus der Kirche hinaus, und Anna ließ sich von der Menge mitschieben. Draußen stürmten die Kinder an ihr vorbei. Sie folgte ihnen langsam. Hin und wieder blieb sie an einer Grabreihe stehen und las die Namen auf den Grabsteinen. Kurz bevor die Stufen zum Gemüsegarten des Pfarrhofs hinaufführten, sah sie linker Hand ein schönes Holzkreuz zwischen Buchsgebüsch mit den Namen des Mannes von Frau Huser und eines frühverstorbenen Kindes namens Maria, das, nach dem Geburtsdatum zu schließen, ein Töchterchen des Bruders und der Schwägerin sein musste. Sie hielt sich noch im Gemüsegarten auf und ging auf den schmalen Wegen zwischen den Beeten hin und her. Eine unüberwindliche Scheu hinderte sie, zu den beiden Frauen in den Pfarrhof hineinzugehen. Sie wollte lieber draußen auf den Pfarrer warten. Er kam auch bald aus der Sakristei heraus.

»Warum gehst du denn nicht ins Haus?«, fragte er.

»Ich habe mich nicht hineingetraut«, antwortete sie. »Ich wusste nicht so recht, wo ich hin soll.«

Für einen Augenblick flog ein leichter Schatten über sein Gesicht.

»Du brauchst dich doch nicht fürchten«, meinte er. »Das ist mein Pfarrhof, und wir haben oft Besuch.«

»Komm, ich zeige dir mein Amtszimmer.« Sie gingen ins Haus und hängten ihre Mäntel an der Garderobe auf. »Dort geht's hinein«, sagte er und öffnete eine Türe, die sich links neben dem Hauseingang befand. Es war der Raum, in dem Anna während des Frühstücks den Bruder am Schreibtisch gesehen hatte. An der Wand stand ein großer Bücherschrank, daneben die Plastik des heiligen Ulrich mit der Mitra auf dem Kopf und dem Bischofsstab in der einen Hand, in der anderen hielt er ein Buch, auf dem ein Fisch lag, das Attribut des Heiligen. In der Mitte des Amtszimmers stand ein runder Tisch, ringsherum Stühle. Ein eisernes Kanonenöfchen, das an diesem kühlen Herbstsonntag geheizt war, bullerte, und verströmte eine wohltuende Wärme. Im Kirchlein drüben war es doch recht kalt gewesen.

»Weißt du«, sagte der Pfarrer, »mein Bruder sorgt für alles; er heizt schon frühmorgens das ganze Haus.«

Da kam er auch schon zur Türe herein, gefolgt vom Kirchenpfleger. Er schüttete das Opfergeld auf den Tisch, und die beiden Männer begannen, es zu zählen. Das gehörte zu seinen Aufgaben als Mesner, weil es hier keine Pfarrsekretärin gab.

Nun kamen auch die beiden Neffen, die ministriert hatten, herein, und gaben Anna die Hand.

»Onkele«, sagte der Ältere, »gehst du mit hinüber?«

»Ja. Geht nur voraus, ich komme gleich nach«, antwortete er ihm. Zu Anna gewandt erklärte er, dass sie drüben in der Wirtschaft meist Karten spielten bis das Mittagessen fertig sei.

Die Kirchturmuhr schlug zwölf, dann läuteten die Glocken feierlich den *Engel des Herrn.*

»Magst du mitgehen?«, fragte der Pfarrer.

Anna wurde es ganz heiß vor Freude. Sie war dankbar, in seiner Nähe bleiben zu dürfen, denn sie wusste nicht, was sie in der Zwischenzeit machen sollte und getraute sich auch nicht, ihre Hilfe in der Küche anzubieten. Sie war ja doch hier ganz fremd.

»Ja, ich gehe gern mit«, sagte sie und wollte zur Garderobe laufen.

»Den Mantel brauchst du nicht!«, rief er ihr nach. »Die Wirtschaft ist gleich über der Straße drüben.«

Sie ging neben ihm her.

»Grüß Gott, Herr Pfarrer!«, rief der Wirt, als sie eintraten. Er stand hinter der Theke, wo er gerade ein Bier einlaufen ließ.

»Grüß dich Gott, Martin«, erwiderte Maurus und ging auf einen Tisch zu, an dem einige Männer beim Frühschoppen saßen. Auch sie begrüßten ihn herzlich und sahen die fremde junge Frau wohlwollend an.

Die Wirtsstube war warm und rauchig. An der Wand hingen Schützenscheiben und alte Bilder mit Gruppenaufnahmen. Neben einer Durchreiche stand ein Gläserschrank, auf dem sich Pokale aneinanderdrängten. Ein alter, grüner Kachelofen, um den eine Bank lief, zog Annas Blicke an.

»Setz dich neben mich«, sagte der Pfarrer zu ihr, »vielleicht bringst du mir Glück!«

Nun kamen auch die Neffen herbei, die vor einem Spielautomaten gestanden hatten, und zogen Stühle unter dem Tisch hervor. Christoph, der jüngere der beiden, mischte gekonnt den Kartenstoß. Anna staunte. Die Männer nahmen ihre zugeteilten Spielkarten in die Hand und schoben sie wie zu einem Fächer auseinander. Sie schauten konzentriert hinein, und der Schafkopf begann. Manchmal schlug einer mit der Faust dröhnend auf den rohen Holztisch. Das Spiel wurde immer leidenschaftlicher. Wieder staunte Anna, wie die Ministrantenbuben mithalten konnten. Die Bauern bekamen rote Köpfe, nur die Neffen blieben ruhig, warfen aber hin und wieder eine sachkundige Bemerkung in die Runde. Manchmal schrie einer der Spieler »Trumpf«, aber Anna hatte keine Ahnung, warum. Der Wirt brachte indes immer wieder für den einen oder anderen einen frisch gefüllten Maßkrug und zeichnete einen kleinen Strich auf den Bierfilz dessen, vor den er ihn hinstellte. Dann schaute er stehend von oben in die Karten und sah, wer im Vorteil war. Auch die Wirtin kam herein, stand für kurze Zeit daneben und schaute, wie es lief. Anscheinend kannte sie sich aus. Da kam die kleine Kristin in die Gaststube gelaufen und sagte, dass sie zum Mittagessen kommen sollten. Die Männer brachten den Schafkopf zu Ende und standen auf. Auch sie gingen jetzt heim. Kristin lief mit ihren Brüdern voraus.

Die Sonne hatte inzwischen den Nebeldunst aufgesogen. Es schien ein warmer Herbstnachmittag zu werden. Von den Kastanienbäumen im Wirtsgarten fielen die glänzend braunen Knollen aus den geplatzten, grünstacheligen Hüllen ins laubbedeckte Gras. Die Blätter der Linde am Friedhofsmäuerchen leuchteten in einem zarten Goldton.

»Ich habe schon immer gerne Karten gespielt«, sagte der Pfarrer zu Anna, als er mit ihr zum Pfarrhof hinüberging. »Während meines Theologiestudiums im Georgianum hat man das nicht so gern gesehen. Einmal hat mir ein Kommilitone erzählt, dass ein Kurskollege mit auf dem Rücken verschränkten Armen vor dem schwarzen Brett gestanden habe, und als er die Mitteilung gelesen hatte, dass ich Präfekt werden solle, hätte er kopfschüttelnd ausgerufen: ›Die Sphinx gibt auch im zwanzigsten Jahrhundert noch ihre Rätsel auf!‹« Er schmunzelte. Anna lachte laut. Es gefiel ihr, wie unkompliziert und menschlich er war trotz seines geistlichen Standes. Im barocken Bayern gehörten Kirche und Wirtshaus von jeher zusammen. Nach Kirchenfesten und Wallfahrten mit Gebet und feierlichem Gottesdienst kam auch der Leib zu seinem Recht. Anna erinnerte sich des Jesus-Wortes: *Ich will, dass sie das Leben haben – und es in Fülle haben.*

Die Kinder hatten die Haustür des Pfarrhofes weit offen stehen lassen. In der großen Küche dampfte und duftete es. Die Schwägerin schnitt auf einem dicken, rechteckigen Holzbrett den Schweinebraten in Scheiben. Ihre Mutter schöpfte die Bratensoße in eine ovale Porzellanterrine.

»Wir sind gleich soweit!«, rief die Schwägerin über ihre Schulter, als der Pfarrer mit Anna über die Steinfliesen der Küche in die Stube hineinging. Der Bruder sprach mit seinen Kindern, die um ihn herumtollten. Auf dem weißgedeckten Tisch standen Schüsseln mit Kartoffelsalat, der mit Schnittlauch bestreut war, und andere Salate und Gemüse, die im Pfarrgarten unter den kundigen Händen von Bruder und Schwägerin in der guten Erde gediehen.

Nun kamen auch die Frauen herein. Die Familie formierte sich im Halbkreis um den Herrgottswinkel mit dem großen alten Holzkreuz und dem Christusdorn darunter. Die beiden älteren Buben stellten sich vor den Onkel, der ihnen die Hände auf die Schultern legte, dem einen links, dem andern rechts, während er das Tischgebet sprach. Man spürte etwas von der benediktinischen Tischkultur, die beide Brüder in der Jugend und in ihren frühen Mannesjahren kennengelernt hatten und die weitergepflegt wurde. Dann nahm man Platz.

»Anna, setz dich auf deinen Platz rechts neben mich«, sagte der Pfarrer. Sie schlüpfte hinter dem Tisch auf die Bank an der Wand. Er setzte sich an die obere Längsseite des Tisches unter das Kreuz. Der Onkel hatte den Vorsitz, war der selbstverständliche, unbestrittene und heißgeliebte Mittelpunkt, das spürte Anna. Frau Huser zog für sich den Stuhl zu seiner Linken unter dem Tisch hervor.

Zwei große Suppenterrinen mit Brätspätzlesuppe wurden aufgetragen. Die Mutter gab ihren Kindern je einen Schöpflöffel voll in ihre Teller und mahnte, es zu sagen, wenn sie noch mehr wollten. Der Pfarrer schöpfte für Anna, den Gast, die Suppe aus, danach für Frau Huser und für sich selbst. Alle konzentrierten sich auf die gutgewürzte Brühe mit den Brätspätzle. Dann gingen die Schwägerin und ihr Mann in die Küche hinaus. Sie trug auf einer Platte den aufgeschnittenen Schweinebraten herein, er kam vorsichtig mit der Bratensoße hinterher. Auf einer hochbeladenen Platte rauchten handgeriebene Kartoffelknödel, in die man mit der Gabel einstach und zu sich auf den Teller holte.

»Handgeschöpfte Soße!«, rief der Pfarrer gutgelaunt und übergoss seinen Knödel mit der Schweinebratensoße. »Das sagte Pater Stanislaus immer, wenn er bei uns zum Essen eingeladen war.«

Es war ein fröhliches Beieinander, das der Onkel genoss, weil es sich alle gutgehen ließen. Anna saß still und schüchtern neben ihm auf der Bank und erfühlte seine heimliche Freude über ihr Dabeisein. Nicht nur die Stube – das ganze Haus schien erfüllt von warmem Leben. Die Kinder und der Onkel und auch die Schwägerin, die trotz ihres etwas zu lauten Organs eine spürbare Mütterlichkeit ausstrahlte, schufen eine Atmosphäre der Fröhlichkeit und Sorglosigkeit.

Anna betrachtete die Frau des Bruders, die ihr schräg gegenüber saß. Wieder fand sie, dass Antonie Altweg ganz das Ebenbild ihrer Mutter war: klein und von etwas üppiger Leibesfülle und diesem runden Köpfchen; aber anders als jene hatte sie große, lebhafte Augen, unter denen schwarze Schatten lagen. Ihr mütterlicher Schoß war zum Gebären wie geschaffen. Sie hatte ihre bisher sechs Kinder alle daheim im Pfarrhaus geboren. Sie saß da und aß mit großem Appetit. Dabei redete sie viel, während der Blick immer wieder munter zu ihren Kindern schweifte. Ihre quirlige Lebhaftigkeit erinnerte an romanische Frauen, und obwohl ihr Haar eher ins Bräunliche ging, verströmte ihr Wesen etwas südländisch Dunkles, Heißblütiges.

»Weißt du noch, Onkele«, rief sie plötzlich begeistert, »als wir in die Staatsoper gingen, wo damals die berühmte – wie hieß sie doch gleich – gesungen hat?« Sie wartete nicht ab, bis ihr jemand zum vergeblich gesuchten Namen der Opern-Diva verhalf. »Heissa! Waren das Zeiten! Was haben wir alles erlebt miteinander!«

Die Gesichter der Kinder wandten sich allesamt ihrer Mutter zu. Sie hörten interessiert zu, und Anna schien es, als hätten sie bei diesem Begeisterungsausbruch einen neuen Zug an ihr entdeckt. Aber sie erfuhren nichts weiter, denn nun wollte auch Frau Huser nicht zurückstehen. »Und weißt du noch«, sagte sie, »als du mit mir auf den Ball im Löwenbräukeller gegangen bist? Ich hatte das grüne Chiffonkleid an …« Sie lächelte verträumt wie eine junge Braut.

Anna schaute den Pfarrer an, der etwas verlegen dreinschaute. Sie fragte sich, ob es Zufall war, dass diese Erinnerungen hervorgekramt und in ihrem Beisein ausgebreitet wurden. Oder erzählten die Frauen ihre Erlebnisse mit dem Pfarrer, um ihre langjährige und unverbrüchliche Zusammengehörigkeit mit ihm ihr gegenüber zu demonstrieren? Es war Anna, als wollte besonders die Base zu ihr sagen: »Siehst du, du junges Ding, was ich dir alles voraushabe! Mit meinen Erinnerungen kannst du nie mithalten!«

Anna spürte wieder diesen leisen Stich, den zu verspüren ihr nicht zustand, das wusste sie. Was ging sie das alles an? Aber es war nun einmal so. Sie konnte nichts dagegen machen, dass sie das alles innerlich mehr bewegte, als ihr recht war.

Der Bruder saß bei all dem schmächtig und bescheiden daneben und lächelte leise und neidlos. Auch ein wenig nachdenklich, schien es Anna. *Der Pfarrer war früher da als sein Bruder,* dachte sie, *er gehörte damals anscheinend noch nicht zum Familienkreis der Husers.* Sie schaute etwas mitleidig zu ihm hinüber. Fragte auch er sich, ob dieses Gespräch dazu gedacht war, der jungen Frau zu zeigen, dass der Onkel ihnen gehörte, ausnahmslos ihr Besitz war, mit ihnen verschweißt aufgrund vieler gemeinsamer Jahre? Hatten sie Angst, dass er ihnen eine Rivalin ins Haus gebracht hatte?

Maurus versuchte Anna manchmal ins Gespräch einzubeziehen, aber Frau Altweg kam sofort wieder auf die Kinder zu sprechen, auf den neuen Pfarrhof in der Stadt, von wo aus ihre beiden Ältesten ins Gymnasium der Kreisstadt fahren sollten, wenn die Zeit gekommen war.

Die Kinder fanden es nun nicht mehr interessant. Sie standen ungefragt vom Tisch auf und liefen hinaus in den Garten.

Ich glaube, sie dürfen alles, dachte Anna. *Sie sind der Schatz und Stolz, besonders der Frauen.*

»Wenn sie einmal Studenten sind«, sagte die Oma, »dann haben sie ja im neuen Pfarrhof ihre Zimmer. Von dort können sie mit dem Zug in die Schule fahren, und das Onkele holt sie dann vom Bahnhof ab, wenn's regnet.«

Anna wusste, dass die Bezeichnung »Studenten« eigentlich nur Studierenden an der Universität zukam. Aber der Stolz reichte schon weit in die Zukunft voraus, die niemand kannte.

Plötzlich schaute die Schwägerin Anna an: »Neulich hat eine Arztfrau beim Einkaufen zu mir gesagt: ›Frau Altweg, uns beiden geht es gleich. Wir sind doch die meiste Zeit ohne unsere Männer. Der meine ist fast immer im Krankenhaus, der Ihre die ganze Woche in Sachen Politik unterwegs‹ ...« Sie lachte ihren Schwager an: »Aber wir haben ja unser Onkele, der vertritt den Vati bestens.«

Das ganze Gespräch war gezielt für Anna gedacht. Obwohl die Frauen in keiner Weise unfreundlich zu ihr waren, fühlte sie sich immer mehr wie ein Fremdkörper am Tisch. Als hätte der Pfarrer das erfasst, sagte er: »Komm Anna! Ich zeige dir jetzt die Kirche und die Sakristei – dann machen wir noch einen Spaziergang ums Dorf herum.«

»Sei aber zum Kaffee wieder da!«, rief ihm die Schwägerin zu, als er mit Anna durch die Küche ging. Sie sah auf dem Herd die große Bratreine und mehrere Töpfe stehen; ungespülte Schüsseln, der Spatzenhobel und andere Küchengeräte lagen herum. *Ich hätte mich zum Abspülen anbieten müssen,* dachte sie. Aber sie war so froh, der

Stube zu entkommen und mit dem Pfarrer allein zu sein, dass sie das unmöglich fertiggebracht hätte.

Sie gingen in den goldenen Herbstnachmittag hinaus. Die Buben Rolf und Christoph spielten mit Freunden unter den Obstbäumen Fußball. Das Gras hinderte sie nicht, wild hinter dem Ball herzujagen. Der Pfarrgarten war sicher ein Paradies für die Kinder. Kristin, Uli und Clara waren nicht zu sehen.

Auf dem schmalen Kiesweg gingen sie an der südlichen Pfarrhofmauer entlang, die Sonnenwärme ausstrahlte, und die verbliebenen gelben Blätter des Birnenspaliers leise zittern ließ. Eine alte Frau mühte sich über die ausgetretenen Stufen vom Friedhof zum Gemüsegarten herauf.

»Grüß dich Gott, Theres!«, rief der Pfarrer. »Du kommst sicher zum Geschirrspülen?«

Ein verklärtes Lächeln erschien auf dem Gesicht der alten Frau, als sie von Maurus gegrüßt wurde. Es war ein gutes, reifes Gesicht, gezeichnet von der schweren Bauernarbeit eines langen Lebens. »Ja, ich helfe ein bisschen in der Küche«, sagte sie und strahlte. Anna sah mit Verwunderung im Blick der alten Frau die Hochachtung, die sie auch ihr, einer Fremden, entgegenbrachte, wohl weil sie in Begleitung des Pfarrers war. Sie schien ihn sehr zu verehren. »Behüt Sie Gott, Herr Pfarrer!« Die Theres ging weiter. Anna hatte das Gefühl, als betrachte die einfache Frau es als Ehre, im Pfarrhof mitarbeiten zu dürfen.

»Der Gottesdienst heute Vormittag war schön«, sagte Anna. »Die Predigt hat mir gut gefallen … und ich habe darüber gestaunt, dass Ihre kleinen Neffen schon so gut ministrieren können.«

»Sie sind Feuer und Flamme für diesen Dienst. Toni, meine Schwägerin, hat ihnen für eine Primiz im vergangenen Juli, bei der sie dabei sein durften, eigens neue Ministrantenröcke schneidern lassen mit roten Schulterkragen, die bis zu den Ellbogen reichen … sie haben wie kleine Prälaten ausgesehen.« Er lachte amüsiert.

»Ach ja, so etwas habe ich schon bei den Pfarrern gesehen, wenn der Bischof zur Firmung empfangen wird«, erinnerte sich Anna. »Die trugen auch so große Schulterumhänge, aber schwarze mit Fransen, über dem weißen Chorrock.«

Sie gingen durch die hintere Pforte in die Kirche hinein. Es roch nach kaltem Weihrauch. Anna liebte diesen Duft, der ihr vertraut war. Sie dachte an ihre Kindheit, wo sie im Sommer Tag für Tag im Münster ihrer Heimatstadt barfuß zu den Kinderbänken unterhalb des Hochaltars vorgelaufen war, und diesen Geruch eingesogen hatte wie Muttermilch.

Der Pfarrer tauchte die Finger der rechten Hand ins uralte Weihwasserbecken an der Mauer und zeichnete Anna ein Kreuz auf die Stirn.

»Hier bin ich nun schon seit über zwanzig Jahren Pfarrer, nachdem meine Kaplanszeit im Donaumoos und in der Bischofsstadt zu Ende war, und ich bin gern hier«, sagte er, während sie im Mittelgang weiter nach vorne gingen.

»Schau, diese Madonna auf dem rechten Seitenaltar«, sagte er und wies auf eine geschnitzte Marienfigur, »das ist das Werk eines befreundeten Holzbildhauers aus einer Nachbargemeinde. Sie ist schön gefasst, und meine Schwägerin macht sich viel Mühe mit dem Blumenschmuck, besonders für den Maialtar. Da holt sie sogar die Blumen von auswärts aus einer Klostergärtnerei.«

Sie schauten beide betrachtend zur Madonna hinauf. »Im Pfarrhof drüben hängt das große, kostbare Madonnen-Relief eines alten Ulmer Meisters«, fuhr er fort. »Ich habe es dem Bruder meines verstorbenen Vorgängers in der Stadt abgekauft, als der alte Pfarrhof abgerissen wurde. Das zeig ich dir dann ein andermal.«

Sie standen nun unmittelbar vor der Stufe, die in den Altarraum führte.

»Hier lag das erste Kind meines Bruders aufgebahrt, ein Mädchen«, sagte der Pfarrer mit bewegter Stimme. »Er bekam damals einige Tage Fronturlaub und stand in seiner Soldatenuniform ganz allein vor dem kleinen offenen Kindersarg, und die Tränen sind ihm übers Gesicht gelaufen …«

Anna schaute ihn von der Seite an. *Er muss seinen Bruder sehr lieben,* dachte sie.

»Als ich als junger Pfarrer herkam«, fuhr er fort, »habe ich ein Weihnachtsspiel geschrieben. Damals hatte ich noch viel Zeit. Es wurde hier in der Kirche aufgeführt … es muss ziemlich gut gewesen sein, denn Leute kamen bis von München heraus, um es zu sehen.«

Anna fragte, ob sie es einmal lesen dürfe.

»Es ist unauffindbar. Ich glaube, irgendjemand hat es beim Stöbern weggeworfen.«

Anna konnte das nicht begreifen und bedauerte es sehr.

»Meine Pfarrkinder haben damals die Rollen übernommen. Aber der schwäbische Dialekt kam halt immer durch. Einer der Theaterspieler, der Schorsch, sollte sagen, dass Maria seltsame Worte spricht. Es ist mir unvergesslich, wie er immer sagte: ›Frau, du schprichscht scheltscham!‹ Man konnte es ihm beim besten Willen nicht anders beibringen.«

Anna lachte leise. Der Pfarrer konnte einfach wunderbar humorvoll imitieren. Es war zu spüren, dass er voll Liebe an seine Leute dachte.

»Wir haben auch einen geschnitzten, auferstandenen Heiland. Er wird immer während des Auferstehungsgottesdienstes beim Gloria hereingetragen. Einmal ging die Sakristeitüre auf und der damalige Mesner wollte die Figur viel zu früh hereinbringen. Ich machte mit der Hand eine leicht abwehrende Bewegung zu ihm hin. Da hat er laut gerufen, sodass alle Leute in der Kirche es hören konnten: ›Ka' ma' ihn no net braucha?‹« Nun konnte sich Anna nicht mehr zurückhalten und lachte laut. Sie fand es köstlich, dass man den auferstandenen Herrn ›noch nicht brauchen konnte‹. Der Pfarrer erzählte so herrlich, um sie aufzuheitern.

»Ich habe auch gestaunt, dass Sie alle Vornamen der Leute im Gedächtnis haben«, sagte sie. »Ich habe es beim Kommunionausteilen gehört.«

»Das ist doch kein Wunder. Es sind doch meine Pfarrkinder, und ich möchte für sie wie ein Vater sein. Ich habe dir schon gesagt, dass ich viele von ihnen getauft habe; ich habe bei ihren Hochzeiten assistiert und so viele schon beerdigt. Ich kenne von den meisten ihre innersten Lebensgeschichten. Das bindet schon zusammen. Sie sind mir alle lieb geworden.«

Seine Stimme war weich, während er von den Dörflern sprach, und Anna schaute ihn von der Seite an. *Könnte ich doch immer bei ihm bleiben,* dachte sie. Es ging etwas von ihm aus, so etwas Sicheres, Beruhigendes, Warmherziges, Nicht-Einengendes, das Annas ganzes Sein umschloss. Sie erschrak nicht mehr vor ihren Empfindungen. Ein seltsames Gefühl des Stillstands der Zeit überkam sie, gleichzeitig dabei spürend, wie sie schwand, der Trennung entgegenlief, unaufhaltsam. Bei allem Wohlgefühl litt sie schon jetzt unter dem Abschied von ihm, und *es hatte ja erst begonnen. Was hatte begonnen?* Die Frage ließ plötzlich eine seltsame Angst in ihr hochsteigen und eine leise Trauer. Es musste nach diesem Besuch wohl alles zu Ende sein.

Sie gingen durch die Sakristei wieder ins Freie und die Stufen zur Dorfstraße hinab, die sich bald gabelte und linkerhand bergauf führte. Neben der Hecke, die den Pfarrhof umgab, bogen sie oben rechts ab. Nach den letzten Höfen war die Straße zu Ende. Sie liefen nun einen steinigen, trockenen Feldweg entlang. Zu beiden Seiten des Grasstreifens in der Mitte gruben sich die Fahrrinnen der Bauernfuhrwerke in den Boden, in denen sie nun weiterwanderten, der Pfarrer in der linken Spur, Anna in der rechten. Im Süden begrenzte der Wald den Blick. Schweigend gingen sie eine Zeitlang nebeneinander her. Einige hundert Meter weiter stürzten rechts die Wände einer Kiesgrube in die Tiefe. Das Auge schweifte über ein weites Tal bis hin zur Allgäuer Bergkette, die sich in herbstlich blauen Dunst hüllte.

»Ein schönes Land, besonders, wenn es von diesem diffusen Licht so verschleiert ist, als hätte es Geheimnisse«, sagte der Pfarrer leise. »Ganz weit dort hinten auf einem dieser Berge liegt ›Maria Trost‹ …« Er wies mit der Hand in unbestimmte Fernen. »Da war ich früher öfters mit einer Mädchengruppe für einige Tage, als ich noch Diözesan-Landjugendseelsorger war. Damals hatte ich noch viel Zeit. Wir sind gewandert und haben miteinander gesungen … und stell dir vor: Einmal, morgens, als ich aus meinem Zimmer gehen wollte, lag ein Mädchen schlafend auf der Türschwelle …« Er lachte etwas verlegen.

Anna schaute ihn an. Sie konnte sich gut vorstellen, wie umschwärmt er als junger Priester gewesen sein musste. Er war noch jetzt ein wunderbar aussehender Mann mit seiner stattlichen Gestalt, dem gutgeschnittenen Kopf und seinem schwarzen Haar. Aber es war vor allem seine Ausstrahlung, der auch sie schon verfallen war.

Als sie die Waldgrenze erreicht hatten, kehrten sie um.

»Nach dem Kaffeetrinken fahre ich so rechtzeitig in die Stadt zurück, dass du deinen Zug erreichst«, sagte der Pfarrer. »Ich habe ja um sieben Uhr die Abendmesse und gehe dann wieder ins Krankenhaus.«

Die Oktobersonne schien inzwischen so warm, dass der Tisch auf der Terrasse im Pfarrgarten zum Kaffeetrinken gedeckt war. Frau Huser und ihre Tochter unterhielten sich mit der Frau, die Anna vor der Elf-Uhr-Messe unter der Pfarrhaustür hatte stehen sehen.

»Das ist die Leni«, sagte Frau Altweg zu Anna. »Sie war unser Kindermädchen und hilft auch sonst noch mit im Garten und beim Beerenpflücken. Sie gehört schon ganz zum Haus.«

Die Leni hatte einen Marmorkuchen mitgebracht, der jetzt in Stücke geschnitten wurde. Schlagsahne türmte sich in einer Glasschale. Der Pfarrer und Anna nahmen Platz. Nun kam auch der Bruder aus dem Haus und setzte sich lächelnd in die Runde. Hin und wieder sprang eines der Kinder vom oberen Garten her und holte sich ein Stück Kuchen, um sofort wieder wegzulaufen. Nur die kleine Kristin lehnte sich an den Onkel, der den Arm um sie legte und zärtlich sagte: »Du bist mein Geißlein!«

»Dass ich es nicht vergesse«, wandte sich die Oma an den Pfarrer, »die Kristin muss nächste Woche zum Zahnarzt nach Augsburg wegen einer Zahnspange. Kannst du sie hinfahren?«

»Ich will sehen, wie ich es einrichten kann«, antwortete er. »Einer von uns muss immer erreichbar sein, entweder der Benefiziat oder ich. Vielleicht kann man den Termin auf einen Nachmittag legen. Du weißt ja, dass ich jeden Vormittag Religionsunterricht habe in der Grund- und Realschule.«

Keine der Frauen hat anscheinend den Führerschein, dachte Anna. *Der Vater der Kinder ist die ganze Woche fort, und der Onkel wird wohl überall eingespannt, wo ihn die Familie braucht.*

Während das Gespräch der Frauen den Dorfklatsch und die Kinder zum Inhalt hatte, die Brüder dagegen über politische und kirchliche Dinge sprachen, merkte Anna, dass die Blicke der Leni sie öfters verstohlen streiften. Sie konnte dieses Beobachtetwerden nicht so recht einordnen. Es schien ihr weniger Neugier auf ihre Person und ihr Aussehen zu sein, als vielmehr ein Abschätzen von Annas Beziehung zum Pfarrer. Sie konnte nicht umhin, nun auch ihrerseits die Frau näher zu betrachten: Schwarzes Haar lag glatt und etwas fettig um ihr ovales, faltenloses Gesicht, das von einer imposant vorspringenden Nase geprägt war, die ihren sonst ebenmäßigen Zügen etwas leicht Derbes verlieh. Eine gewisse Bauernschläue glomm in ihren dunklen Augen, und aus ihren Reden sprach eine seltsame Mischung von Selbstbewusstsein und Unterwürfigkeit. Wenn sie etwas sagte, fiel ihr oft Frau Altweg ins Wort und war anderer Meinung, und die Leni gab klein bei, obwohl man merkte, dass sie ihren Standpunkt dadurch nicht änderte. Sie nahm es hin. Anna spürte, dass die Frau alles daransetzte, zur Familie zu gehören. Aber da war eine Grenze, die sie ausschloss und in ihre Schranken verwies. Sie bekam immer wieder zu spüren, dass sie letztendlich doch nur ein Dienstbote war. Da half es anscheinend auch nichts, dass Frau Altweg die Patin von Lenis Tochter war und auf den Namen »Antonia« getauft wurde; ebenso wie die Schwägerin rief man sie »Toni«. Anna erfuhr es, nachdem das Kind, das ungefähr gleichaltrig mit Kristin war, aus der Kinderhorde an den Tisch gerufen wurde, wo es ein Stück Marmorkuchen erhielt. Sicher litt die Leni in einem Maß, das ihre natürliche Herbheit noch vertiefte, und sie demütig und aufbegehrend in einem werden ließ. Zugleich war sie zu klug und auch in einer Weise sensibel genug, um Frau Altweg nicht zu widersprechen. Anna spürte diesen Zwiespalt und hatte das Gefühl, dass die Leni ihr, der Fremden, wohlgesonnen war, aus welchen Gründen auch immer, vielleicht gerade deshalb, weil sie sich vergeblich um Zugehörigkeit bemühte, die sie nicht *so* bekommen konnte, wie sie es sich wünschte.

Der Pfarrer und sein Bruder unterhielten sich indessen weiter, und zogen auch Anna hin und wieder in ihr Gespräch mit ein. Frau Altweg goss Kaffee nach, wenn eine Tasse leer war, und ihre Mutter legte Maurus noch ein Stück Kuchen auf den Teller.

Die Sonne verschwand hinter dem Kirchlein, und es wurde merklich kühl.

»Wir müssen langsam aufbrechen«, sagte der Pfarrer und erhob sich.

»Anna muss den Fünfuhrzug erreichen, und ich werde mich im Krankenhaus auf die Abendmesse in der Stadtpfarrkirche vorbereiten.«

Anna lief zum Haus und in die Kammer hinauf, um ihr kleines Gepäck zu holen.

Die alte Frau schaute ihr nach. Sie würde es mit dem jungen Ding nicht schwer haben. Anna schien ihr zu bescheiden und überhaupt nicht raffiniert oder auf etwas aus zu sein. Was sie beunruhigte, waren die großen dunklen Augen, die wie in einem Märchen gefangen waren, und voller Zuneigung und Wärme an Maurus gehangen hatten. *Aber es wird von kurzer Dauer sein,* dachte sie. *Er hat ja schon so viele Menschen eingeladen, um ihnen eine schwere Lebensphase überwinden zu helfen.*

Als Anna aus der Türe trat, verabschiedete sich der Pfarrer gerade, küsste die beiden Frauen, dem Bruder und der Leni reichte er die Hand. Anna bedankte sich für alles und stieg ins Auto. Umringt von jauchzenden Kindern fuhren sie aus dem Pfarrgarten hinaus.

Schweigend saßen sie nebeneinander, während sie den Berghang hinabfuhren.

»Ich hoffe, es hat dir gefallen bei uns«, unterbrach nach einer Weile der Pfarrer die Stille.

»Es war wunderschön«, antwortete Anna leise und dachte: *Es ist alles wunderbar, wenn du da bist – wenn ich bei dir sein darf.*

Er fuhr nicht schnell. Langsam glitt das Auto zwischen den Wiesen hin, fuhr über die kleine Brücke in der Talsenke und durch die Kastanienallee. Wie im Traum und seltsam benommen vom Erlebten, sah Anna die Häuser der drei Ortschaften vorbeiziehen. Wieder überkam sie das seltsame Gefühl, als stünde die Zeit still, und doch spürte sie, wie sie schwand, wie die Stadt näher rückte, wie sie der Trennung entgegenlief, unaufhaltsam. Als ob er fühlte, wie es in ihr aussah, sagte der Pfarrer: »Vielleicht kann ich dich einmal anrufen, solange du noch in der Schule bist. Ich könnte mit dir dann einen Ausflug machen an meinem freien Nachmittag. Nimm aber deinen Pass mit!«

»Oh«, rief Anna, plötzlich wieder ganz lebendig, und ihr Herz schlug schneller, »das wäre schön! Der Pförtner würde es mir bestimmt ausrichten. Wir haben ja kein Telefon im Zimmer.«

Das Auto fuhr an der Umfriedungsmauer der Stadtpfarrkirche vorbei und den Schlossberg hinunter zum Bahnhof. Sie stiegen aus. Der Pfarrer hob ihre Tasche aus dem Kofferraum. Der Kofferraumdeckel fiel hart ins Schloss.

Es ist nichts Endgültiges, dachte Anna, *er will mich ja anrufen und vielleicht sogar mit mir fortfahren.* Sie reichten sich die Hände. Ihre großen dunklen Augen hingen an seinem Gesicht. Leise sagte sie ihm »Auf Wiedersehen«. Der Hals war ihr eng. Sie schluckte. Als er wieder ins Auto gestiegen war und losfuhr, hob er noch einmal die Hand zum Gruß. Sie schaute ihm nach, bis der Wagen von der Hauptstraße in eine Seitenstraße einbog, die zum Krankenhaus führte. Eine seltsame Leere breitete sich in ihr aus. Sie spürte plötzlich die Abendkühle und fröstelte. Langsam ging sie durch die Halle zum Bahnsteig. Inmitten der fremden Menschen wartete sie, bis der Zug einfuhr. Sie stieg in einen der Waggons, ging den Gang entlang und fand ein leeres Abteil. Die Stadt glitt vorbei, sie sah in der Ferne den Kirchturm wie etwas, von dem sie sich losreißen musste. Der Zug fuhr nun schneller durch Wiesen und brachliegende Felder und über einen Fluss. Langsam sank die Dämmerung über das Land. Ein Schimmer Freude stieg in ihr auf, der Gedanke an das baldige Wiedersehen. In der Schule angekommen, legte sie sich auf ihr Bett und schloss die Augen.

2

Einige Tage später wurde Anna in der Schulkantine übermittelt, sie solle sich beim Pförtner melden. Sofort lief sie hin. Der einarmige Mann öffnete das ovale Glasfenster und sagte ihr, ein Herr Altweg hätte angerufen, er käme am kommenden Montag so gegen dreizehn Uhr. Ihr Herz geriet aus dem Takt vor Freude. Sie konnte den Tag kaum erwarten. Schon morgens zog sie ihr Matrosenkleid an, in dem sie besonders frisch aussah, damit sie sofort nach dem Mittagessen vor der Schule auf ihn warten konnte. Im Unterricht konnte sie sich kaum konzentrieren und fieberte dem Ende entgegen. Sie schlang das Mittagessen hinunter und war als erste am Tisch fertig. Mit einer Entschuldigung in die überraschten, etwas verblüfften Gesichter der Kollegen – denn einige verehrten die junge Anna und hatten in ihr noch nie ein Geheimnis vermutet – stand sie auf, ergriff ihre kleine Tasche, die an der Stuhllehne hing, und lief hinaus.

Der weite Platz vor dem mächtigen Schulgebäude, das in der Zeit des Nationalsozialismus als Ausbildungsstätte für Führungsleute gedient hatte und in der Giebelwand den Reichsadler eingemeißelt trug, lag völlig verlassen in der Mittagsruhe da. Die Steinplatten schimmerten gelblich in der Spätherbstsonne. Anna lauschte die Anhöhe hinunter. Wieder empfand sie dieses Hochgefühl wie damals, als der Pfarrer mit ihr zu Lebzeiten ihrer Lehrerin an einem Sommerabend zu später Stunde an den Eibsee gefahren war, und auch, als er sie vor Kurzem nach Bergheim eingeladen hatte. Und nun würde die Fahrt eine längere werden, da sie ihren Pass mitnehmen sollte.

Ein Motorengeräusch wand sich durch den Wald die Anhöhe herauf. Und da sah sie auch schon den kleinen schwarzen DKW zwischen den Bäumen hervorkommen. Der Pfarrer fuhr eine weite Schleife auf dem Platz und hielt neben ihr an. Er stieg aus – sein Gesicht strahlte.

»Grüß dich Gott, Anna!«, rief er freudig. »Steig ein! Wir fahren gleich los in südlicher Richtung.«

Als sie neben ihm saß, betrachtete sie wieder sein Profil, das sie so gerne ansah. Er schaute öfters kurz zu ihr hin und lächelte. Dann sagte er: »Ich hab mich losreißen können. Eigentlich spiele ich an meinem freien Nachmittag mit meinen Neffen und einem befreundeten Pfarrer Schafkopf. Aber heute habe ich abgesagt. Ich will dir ein wenig das Land zeigen. Warst du schon einmal hinter dem Brenner?«

»Nein«, erwiderte Anna. Trotz ihrer zweiundzwanzig Jahre war sie noch nie über die Landesgrenze hinausgekommen. »Es war ja Krieg in meiner Kindheit. Der Vater nahm uns Kinder später manchmal in den großen Ferien mit in seine Heimat nach Niederbayern. Meine Mutter hatte ein Geschäft und konnte nicht weg, es wurde sehr gespart wegen des Hausbaues. Ich freue mich so, dass ich mit Ihnen fortfahren darf.«

Es war weniger das Fortfahrendürfen als die Tatsache, dass sie neben ihm saß und seine Nähe und Zuneigung spürte, was in ihr immer wieder das Gefühl tiefer Geborgenheit und neuem Glück auslöste. Sie sah, dass er diesmal keinen schwarzen Anzug, sondern eine beige Hose und einen braunen Sakko trug, ein weißes Hemd und eine gemusterte Krawatte. Aber die veränderte Kleidung nahm ihm nichts von seiner priesterlichen Ausstrahlung.

»Schau, wie herbstlich bunt sich die Bäume gefärbt haben, und wie der See unter dem Wind silbrig schimmert!«

Er fuhr sehr schnell und konzentriert und hatte dennoch einen Blick für die Landschaft. Sie schaute hinaus auf das gekräuselte Wasser mit den darauf schwebenden Segelbooten und spürte dabei immer seine warme Nähe; und da war so etwas, das roch wie ein Duftgemisch aus Leder, Tabak und Weihrauch, das sie unwiderstehlich anzog. Plötzlich hatte Anna das Gefühl, dass der Pfarrer irgendwie stolz war, mit ihr zu fahren und es auf seine Art genoss, sodass sie sich des Vorzugs bewusst wurde, jung und schön und anziehend zu sein. Am liebsten hätte sie ihren Kopf an seine Schulter gelehnt und die Augen geschlossen. Aber sie schaute den Bergen entgegen, die den Horizont abschlossen und auf den Gipfeln teilweise schon schneebedeckt waren.

Da fragte sie ihn, was sie seit Tagen bewegte: »Wie sind Sie denn Pfarrer geworden?«

»Ich war Kind einer wappenlosen Wiege, um mit Kardinal Faulhaber zu sprechen – ich meine wie er manchmal scherzhaft zu sagen pflegte.« Er lachte.

»Bei mir war es so: In der letzten Volksschulklasse kam der Schulinspektor in unser Dorf und hörte der Abschlussprüfung zu. Anscheinend bin ich durch meine Antworten aufgefallen, denn er sagte zum Lehrer: ›Der Bub muss studieren!‹ Der Lehrer klärte ihn auf: ›Wie stellen Sie sich das vor? Da sind zehn Kinder daheim, und er ist der Älteste und muss schon schwer mitarbeiten, weil der Vater im Feld ist.‹ Mein Vater kämpfte im Ersten Weltkrieg in den Vogesen und die Mutter führte allein unsere kleine Landwirtschaft. Wir hatten nur eine Kuh und einige Felder, und obwohl der Vater in der nahen Kleinstadt Landschaftsgärtner war, kannst du dir vielleicht vorstellen, dass wir nicht mit Reichtum gesegnet waren, und selbst wenn nicht Krieg gewesen wäre, hätten die Eltern unmöglich für ein Kind das ganze Geld zum Studium aufbringen können. Das war einfach undenkbar. Da bot sich der Lehrer an, mit der Mutter zu reden, und dem Vater ins Feld zu schreiben. Der Dorfpfarrer war bereit, mich irgendwo unterzubringen und mit dem hart ersparten Geld der Eltern das Studium mitzufinanzieren. Sie zahlten noch mit Naturalien hinzu. So kam es, dass ich, wenn auch verspätet, ins Internat eines nahen Benediktinerklosters kam, um das Abitur zu machen.«

Anna hörte still und aufmerksam zu. »Zehn Kinder!«, staunte sie.

Der Pfarrer lächelte: »Eigentlich brachte meine Mutter vierzehn Kinder zur Welt. Aber vier starben schon im Kindesalter. Ja, wir waren arm, aber glücklich, wir wussten es nicht anders. Wir hatten Milch und Brot und Kartoffeln und litten keinen Hunger – und wir hatten Frieden im Haus.

Mein Vater war ein goldener Mann. Er war einfach, aber von einer unerschöpflichen Güte; er war leutselig und wahrhaftig und hatte ein tiefes, frommes Gemüt. Er war fleißig und geschickt bei der Arbeit. Durch sein klares und freundliches Wesen gewann er die Achtung und Liebe aller, die ihm begegneten. In seinen letzten Jahren war er noch Mesner in unserer Dorfkirche, das verband ihn noch inniger mit seinem Herrgott. Er hat sich unermüdlich um uns gesorgt. Sechsundvierzig Jahre war er mit der Mutter verheiratet und hat uns Kindern den Weg zu Gott gezeigt durch sein Beispiel. Unzählige Opfer hat er gebracht und nie darüber gesprochen. Wenige Stunden vor dem Sterben sagte er zu mir mit letzter Kraft das Wort, das wir so oft von ihm im Leben gehört haben: ›In Gottes Namen!‹«

Anna spürte, wie ihr die Tränen in die Augen stiegen. Sie schaute die Straße entlang und sah die Ortschaften vorbeiziehen wie im Traum. Wie liebevoll er von seinem Vater sprach! Sie fühlte sich ganz in sein kleines Heimatdorf versetzt und glaubte die Menschen leibhaftig vor sich zu sehen.

»Die Mutter glich dem Wert der Dinge, die von weit her kommen. Sie war streng«, erzählte er weiter, »sie musste es auch sein bei so vielen Kindern. Wie hätte sie sonst Ordnung halten können? Ich erinnere mich, dass wir einmal, als wir mit dem Vater allein daheim waren, den Hausgang mit Wasser volllaufen ließen, um Schifflein zu spielen. Da kam der Vater plötzlich ganz aufgeregt gelaufen und rief: ›Buaba‹ – wir waren ja acht Buben –, ›schnell, des Wasser muass weg! D' Muater kommt!‹«

Sie lachte belustigt.

Das Auto fuhr langsamer – hielt an. Anna sah einen Schlagbaum und las: *Douane.*

»Das ist Scharnitz, und dahinter sind wir schon in Österreich«, erklärte der Pfarrer.

Ein Zollbeamter erschien. Der Pfarrer kurbelte das Autofenster herunter, reichte die beiden Pässe hinaus und verneinte die Frage, ob sie etwas zu verzollen hätten. Anna merkte an seiner Ruhe, dass ihm das alles nichts Neues war, dass er es wohl gewohnt war, eine Grenze zu passieren.

Sie fuhren weiter und er kam wieder auf das vorherige Thema zurück.

»Eigentlich lief mein Weg darauf zu, Missionar in Afrika zu werden, weil ich ja in dieser Klosterschule erzogen wurde. Ich studierte nach dem Abitur Theologie, war ein Jahr im Noviziat und dann drei Jahre Professe. Ich hatte damals mit dem Magen zu tun und befürchtete, den Anforderungen des Ordenslebens auf Dauer nicht gewachsen zu sein. Ich schrieb dem Erzabt einen ausführlichen Brief – ich war damals nur einige Jahre älter, als du es jetzt bist – in dem ich ihn bat, mich vor Ablegung der Ewigen Gelübde freizugeben. Die anderen Gründe, die mich für den Austritt bestimmt haben, waren persönlicher Art, die in meiner Veranlagung und Weltanschauung lagen. Ich beriet mich auch noch mit zwei vorgesetzten Patres und mit dem Pater Magister, der sehr gut wusste und es auch aussprach, dass man kaum mit der Lupe einen Ansatz zu einem Grund für den Ordensberuf bei mir finden konnte. Und ich erinnere mich, dass ich auch geschrieben habe: ›Wenn man nicht aus innerer Überzeugung mit Freude für den Klosterberuf eintritt und wirbt, bringt das keine gute Frucht. Lassen Sie in Gottes Namen ziehen, was nicht gerne bleibt, damit im Hause Gottes mit Freude dem Herrn gedient werde. Fünf opferfreudige Mönche leisten sicher mehr als zwanzig Mitläufer – und fünf Unzufriedene verderben mehr, als zwanzig Gute gutmachen können.‹«

Er schwieg eine Weile. Dann sagte er: »Aber im Rückblick kann ich jetzt sagen: Wenn ich eine Ahnung von Spiritualität bekommen habe, dann habe ich sie im Kloster gewonnen.«

Anna hörte alles mit großem Interesse und wunderte sich, dass er ihr vertraute, als kenne er sie nun schon lange genug, um ihr das alles so offen und ehrlich zu erzählen. Als er längere Zeit schwieg, wagte sie die Frage:

»Es muss aber doch mit großen Schwierigkeiten verbunden gewesen sein, wieder aus dem Kloster auszutreten?«

»Einfach war es nicht, und man hat es nicht gern gesehen, wenn einer ging. Zu meiner Zeit haben sich gleich mehrere entschlossen, Weltpriester zu werden, und wir alle konnten im Frieden mit dem Kloster unseren anderen Weg gehen. Ich habe den Briefwechsel aufbewahrt. Der Brief des damaligen Erzabtes gehört zu den kostbarsten Schriftstücken. Er schrieb mir darin auch, dass ich die Ordensgelübde bis zu einer gewissen Zeit in der Welt noch halten müsste. Dann sei ich völlig frei. Ich habe von ihm ein sehr gutes Führungszeugnis bekommen, in dem auch steht, dass ich auf eigenen Wunsch aus dem Kloster scheide.«

»Wo haben Sie dann weiterstudiert?« Anna schaute ihn von der Seite an und sah sein ernstes, in weit zurückliegende Vergangenheit entsunkenes Gesicht.

»Zuerst habe ich im Benediktiner-Kolleg in München gewohnt

und dort Theologie studiert. Die weiteren Semester habe ich dann im Georgianum gemacht und bei den Husers gewohnt – du weißt ja, Frau Huser ist jetzt meine Haushälterin und die Schwiegermutter meines Bruders Severin – du hast sie ja inzwischen kennengelernt.«

Anna erkannte immer mehr die Zusammenhänge und begriff, dass da sehr frühe Anfänge des Zusammenseins bestanden.

»Eigentlich ist Frau Huser, meine Base, irgendwie eine weitschichtige Verwandte meiner Mutter. Sie und ihr verstorbener Ehemann haben uns in meiner Kindheit und Jugend oft in unserem kleinen, schwäbischen Bauernhaus besucht. Ich kann mich erinnern, dass ich mit zehn Jahren meine erste Wurst gegessen habe – es war eine ›Regensburger‹ –, die brachten die Husers aus der Großstadt mit.«

Anna staunte immer mehr. Sie dachte, dass die Eltern des Pfarrers schon sehr arm gewesen sein mussten, verglichen mit heutigen Verhältnissen. Aber vielleicht war das in der damaligen Zeit keine Seltenheit, dass es in vielen Familien wenig Fleisch und kaum Wurst zu essen gab. Sie erinnerte sich an ihre Kindheit im Zweiten Weltkrieg, als die Magermilch einen bläulichen Schimmer wegen Fettarmut hatte, und der Limburger Käse einen harten weißen Kern innen, weil man ihm keine Zeit gab zu reifen, vor lauter Hunger. Und sie sah sich als Kind auf den abgeernteten Kornfeldern Ähren lesen und am Bahngleis Zuckerrüben aufsammeln, die von den beladenen Waggons gekollert waren, um sie in ein Haus zu tragen, wo Sirup gepresst wurde. Es war eine Delikatesse für die Kinder, die damals kaum Süßigkeiten kannten.

»Als ich dann nacheinander in zwei Pfarreien Kaplan war«, erzählte der Pfarrer weiter, »haben mich Herr und Frau Huser dort oft besucht und blieben manchmal längere Zeit.« Anna schien das ein wenig eigenartig. »Später, als ich meine erste selbstständige Pfarrstelle auf dem Land bekam«, fuhr er fort, »zog das Ehepaar mit ihrer Tochter, die jetzt meine Schwägerin ist, ganz zu mir nach Bergheim. Der Mann meiner Base war schwer lungenkrank; die Luft auf dem Dorf war besser für ihn als in der Großstadt, und sie waren froh, den Bombenangriffen des Zweiten Weltkrieges zu entkommen. Als ihr Ehemann starb, führte Frau Huser weiterhin meinen Pfarrhaushalt.«

Sie fuhren den Zirler Berg hinunter.

Anna nahm die Landschaft kaum wahr, die in sie einging und durch sie hindurchging und auch wieder an ihr vorüberzog wie an einer Abwesenden; sie war ganz erfüllt von der Nähe des Mannes neben ihr, der immer mehr ihr Wesen aufsog und in Besitz nahm, ohne das bewusst zu wollen.

Als Innsbruck in Sicht kam, erwachte sie aus dieser Trance und schaute interessiert auf die türmereiche Stadt, die sie aus der Geschichte und durch ein Lied kannte. Eine neue Welt tat sich Anna auf.

Sie fuhren die alte Brennerstraße.

»Schau du nur, und ich fahre«, sagte der Pfarrer.

Anna las seltsame Ortsnamen wie *Mutters* und *Natters*. Lange fuhren sie schweigend. Einmal wies er nach rechts und sagte: »Da hinten liegt das Stubaital.« Am Horizont sah man den Stubaier Gletscher.

Sie kamen durch Steinach und Matrei.

»Hier ist das ›Mutterl von Matrei‹. Sie hat einen kleinen Lebensmittelladen, und wir haben bei ihr schon oft eingekauft. Die Kinder haben ihr diesen Namen gegeben.«

Anna dachte, dass die kleinen Neffen und Nichten durch ihren Onkel wohl schon viel gesehen und erlebt hatten. Später zeigte er auf einen Berg im Süden, dem sie entgegenfuhren: »Das ist der Brenner. Hier ist die Grenze zu Italien.«

Sie sah wunderbare, schneebedeckte Bergformationen. Ihre Flanken warfen blaue Schatten in die Senken; dann kam links ein tiefer Taleinschnitt mit gigantischen Gebirgsketten.

Anna kam sich wie eine Weltreisende vor. In der kurzen Zeit seit ihrer Abfahrt von der Schule hatte sie so viel gesehen, dass sie ganz verwirrt war vor Freude. Sie fuhren durch Gries am Brenner und Gossensass und am Brennersee vorbei. Die Straße stieg bergan. Dann sah sie auf einer weiten Fläche mehrere Gebäude, vor denen Autos und Lastwagenschlangen standen. Der Pfarrer lenkte sein Auto auf einen seitlichen Parkplatz und sagte: »Hier am Brenner muss ich mir einen Stempel holen … ich bin gleich wieder da.«

Als er ausstieg, spürte Anna durch die Tür kalte Bergluft eindringen. Sie saß im Auto wie in einem Nest, mit einer tiefen, selbstverständlichen Ruhe, und schaute ihm nach, wie er mit beschwingten Schritten dem Zollgebäude zustrebte und im Innern verschwand.

Draußen herrschte ein reges Kommen und Gehen. Beamte in Uniform gingen über den Platz, sie sah Autos ankommen und wieder abfahren, Männer mit Grenzpapieren in der Hand liefen zur Lastwagenkolonne; durch das spaltbreit heruntergekurbelte Fenster trafen fremdländische Laute ihr Ohr, dunkelhäutige Gesichter huschten durch ihren Blick, der gleich wieder zur Tür zurückkehrte, durch die der Pfarrer herauskommen musste. Ihr Leben hatte sich verändert. Sie war nicht mehr allein. Eine ungekannte Wallung von etwas wunderbar traumhaft Neuem, kaum Fassbarem, von absolutem Vertrauen und seltsam kindlicher Zuversicht erfüllte sie. Wäre sie mit diesem Mann ins All hinausgeschleudert worden, sie hätte es fraglos geschehen lassen: Es gab nur noch *ihn* für sie.

Sie konnte es kaum erwarten, ihn zurückkommen zu sehen. Und da kam er auch schon eilends auf sie zugelaufen. Als er einstieg und den Motor anließ war es Anna schon wie etwas Vertrautes, neben ihm zu sitzen – ihr war so, als gehöre sie zu ihm.

Die Straße führte nun nach Südtirol hinunter. Hinter Sterzing deutete er nach rechts: »Da drüben ist der Jaufenpass. Den bin ich schon oft mit meinen Leuten gefahren … ich fahre gern Pässe. Dahinter geht's ins Passeier – du weißt schon, dort war Andreas Hofer, der Sandwirt im Passeiertal, daheim.«

Anna sah in westlicher Ferne einen schneebedeckten Berggrat und stellte sich vor, wie er mit den Seinen die Serpentinen hinauf- und hinunterkurvte. *Ja, auch das ist seine Welt,* dachte sie: *die Schönheit der Welt erkunden, um dabei den Menschen und sich selbst eine Freude zu machen.*

»Mich ergreift die Geschichte von Andreas Hofer immer sehr«, sagte Anna. »Wenn ich in den Bergen bei meinen Tanten bin, höre ich in bayerischen Matineen manchmal das Andreas-Hofer-Lied. Kennen Sie es?«

Ohne seine Antwort abzuwarten, begann sie zu singen: »Ach Himmel es ist verspielt / ich kann nicht länger leben / der Tod steht vor der Tür / will mir den Abschied geben / meine Lebenszeit ist aus / ich muss aus diesem Haus / meine Lebenszeit ist aus / ich muss aus diesem Haus.« Sie sah dabei fest geradeaus auf die Straße und wunderte sich über ihren Mut. Der Pfarrer lauschte ihrer reinen Stimme. Ein feines Lächeln lag um seinen Mund.

»Schön kannst du singen«, sagte er, als sie nach der ersten Strophe abbrach. Zu ihrer großen Freude sang er nun weiter: »O große Himmelsfrau / o Königin Maria / auf dich ich jetzt vertrau / o Jungfrau Maria / o liabe Frau i bitt / ›Verlaß den Sandwirt nit‹ …« und beim Refrain: »O liabe Frau, i bitt / ›Verlaß den Sandwirt nit‹« – sangen sie das Lied lustvoll miteinander zu Ende und schauten sich danach für einen Moment lächelnd an.

»Waren Sie schon einmal in Mantua?«, fragte Anna.

»Ja. Wir fahren im Urlaub immer nach Marina di Carrara ans Meer; da sind wir schon durch Mantua gekommen.«

Annas Augen streiften kleine Ortschaften, die Kapelle mit Spitzturm auf einer Anhöhe über dem Tal; bewaldete Berghänge rückten enger zusammen, kamen nahe an die Straße heran.

»Das ist die Sachsenklemme«, sagte der Pfarrer und erzählte ihr, was sich in dieser Talenge Geschichtliches zugetragen hatte.

Später sah sie Rebengelände und Häuser, die hoch oben vereinzelt aus dem Grünen leuchteten. »Ein wunderschönes Land«, sagte sie. Dann fuhren sie durch Mittewald und Franzensfeste.

Eine Stadt kam in Sicht. *Bressanone* war auf dem Ortsschild zu lesen.

»Das ist die altehrwürdige Stadt Brixen!«, rief er. »Die wollte ich dir zeigen!«

Wieder staunte Anna, wie man in wenigen Stunden so weit kommen und so viel sehen konnte.

Er parkte das Auto in einer Allee nahe dem Zentrum. Sie gingen zu Fuß an einer langen Mauer entlang.

»Hinter dieser Mauer liegt die Hofburg. Da haben früher die Bischöfe residiert«, sagte er.

Sie bogen rechts um die Ecke und gelangten in eine enge, romantische Gasse.

»Das ist der ›Finsterwirt‹, ein berühmtes, uraltes Gasthaus«, erklärte er, als rechter Hand der Blick durch einen steinernen Türrahmen in ein altersdunkles Gewölbe fiel.

Am Ende der schmalen Gasse traten sie auf einen weiten, sonnenüberfluteten Platz mit einer großen Kirche hinaus.

»Das ist der Dom zu Brixen«, sagte der Pfarrer. Sie standen vor der mächtigen Fassade, die von Doppeltürmen flankiert war. »Wir gehen zuerst in den Kreuzgang«, fuhr er fort, »und dann von da aus in die Kirche hinein. Wir müssen uns beeilen, denn jetzt ist der Kreuzgang noch geöffnet.«

Sie wanderten über den Platz und er stemmte eine schwere Türe auf. Es war totenstill. Kein Mensch außer ihnen war im Kreuzgang. Sie gingen nebeneinander über die alten Steinplatten. Es roch nach kühlem Gemäuer und Heiligkeit, nach einem Hauch Herbst und wehendem Geist. Anna hatte alles vergessen, ihre Schule, ihr bisheriges Leben, alles, was sie vielleicht noch erwartete. Sie lebte ganz die Gegenwart, war wie ein kleiner Fluss in einem mächtigeren Wasser, in das sie nun eingemündet war. Der Mann an ihrer Seite war ihr Leben geworden, denn in diesem Augenblick hatte sie auch die jüngste Vergangenheit vergessen, in der sie erlebt hatte, dass er sein Leben mit anderen Menschen teilte, die zu ihm gehörten. Sie betrachtete mit seinen Augen die wundervollen Fresken in den gotischen Gewölben und freute sich, weil sie vieles, was er ihr erklärte, aus den biblischen Geschichten kannte. Langsam durchwanderten sie die Arkaden des Kreuzgangs, blieben vor einigen Epitaphien stehen und Anna war mächtig stolz auf ihn, als er ihr die lateinischen Inschriften entzifferte. Sie schauten zwischen den Doppelsäulen hinein in den Innenhof des Kreuzgangs, in dem noch späte Rosen blühten. Dann öffnete er eine Seitentür zum Dom. Goldenes Licht füllte die Barockkirche. Lange standen sie im südlichen Querschiff vor der »Leinberger Madonna« und beteten still. Durch das hintere Portal verließen sie den Dom.

»Magst' ein Gelato?«, fragte der Pfarrer und zeigte auf den Eiswagen, der auf dem Domplatz stand. »Das italienische Eis ist sehr gut!«

»O ja, danke!«, sagte Anna.

Der Pfarrer bestellte Walnuss- und Pistazieneis, Sorten, auf die Anna gedeutet hatte. Er wählte Stracciatella und Mocca.

Sie sahen eine leere Bank nahe den »Lauben« und gingen eisschleckend und dabei einander anlächelnd langsam darauf zu. Anna war verzaubert; sie fühlte nichts anderes mehr als den Mann an ihrer Seite. Sie gab sich mit restlosem Vertrauen in seine Hand. Es war wie ein Traum, zu dem dieser Domplatz die Kulisse bildete. Sie saß neben ihm, den sie liebte und der Pfarrer war, auf einer Bank in dieser südlichen Stadt und sah den Glanz der Abendsonne auf den Hausmauern. Wenn er bei ihr war, konnte ihr nichts geschehen. Gerade dass er um so viele Jahre älter war als sie, gab ihr ein Gefühl von tiefer Geborgenheit. Sie sprachen lange nichts. Dann sagte er: »Nachher fahren wir noch nach Kloster Neustift hinaus. Es ist ein Augustinerchorherrenstift. Ich zeige dir die Kirche und dann kehren wir ein und machen eine Brotzeit. Es gibt da einen guten Weinkeller.«

Sie wanderten noch um die Pfarrkirche herum und tauchten die Hände in den Brunnen einer in Dämmer sinkenden Gasse hinter dem Kreuzgang. Dann fuhren sie durch Weinberge den kurzen Weg bis Kloster Neustift hinaus. Zuerst führte er sie in die Stiftskirche. Sie war noch voller Abendlicht; der reiche Stuck im Gewölbe und an den Wänden schimmerte elfenbeinfarben. Das Mädchen schaute zu den Fresken der Decke hinauf.

»Die sind ein Frühwerk des berühmten Augsburger Malers Matthäus Günther. Du siehst, unsere einheimischen Künstler haben sich auch in Südtirol verewigt.«

Sie verließen die Kirche und sahen sich im Stiftshof den Ziehbrunnen mit dem Trog aus weißem Marmor an.

»Aber jetzt wollen wir etwas essen«, sagte der Pfarrer. »Da drüben ist die Klosterwirtschaft.«

Sie betraten den dämmerigen Raum. Er war urig eingerichtet. Aufgestellte Fässer dienten als Tische, und man saß auf Hockern drumherum.

»Hier ist immer viel los«, sagte der Pfarrer, »besonders jetzt in der Törggelenzeit, aber wir finden schon noch einen Platz.«

Sie sahen ein Fass, an dem noch niemand saß, steuerten darauf zu und setzten sich auf die Holzhocker.

Ein Mann mit einem Schaber um den Leib gebunden – so nennt man in Südtirol die blauen Bauernschürzen der Männer – kam zu ihnen her und fragte, was sie bestellen wollten.

»Ich denke, wir trinken einen Grauvernatsch«, sagte der Pfarrer wie zu sich selbst. »Der ist hier gut. Und zweimal Speck und Käse.«

»Einen halben Liter Grauvernatsch und zweimal Speck und Käse«, murmelte der Mann in seinem südtirolischen Dialekt und kritzelte etwas auf einen kleinen Papierblock, wandte sich um und verschwand in der dämmerigen Kühle des hinteren Gewölbes.

»Kloster Neustift hat auch eine berühmte Bibliothek«, sagte der Pfarrer, während sie auf die Brotzeit warteten. »Hast du das gewusst?«

»Nein, das weiß ich nicht. Kann man die besichtigen?«

»Ich glaube schon. Aber ich war noch nie drinnen. In meinen ersten Kaplansjahren sollte ich in die Vatikanische Bibliothek nach Rom kommen. Damals arbeitete ich an einer Doktorarbeit über Kardinal Otto Truchsess von Waldburg und seine Zeit – hast du schon von ihm gehört? Ich war sehr arglos und vertrauensselig und erzählte dem Sohn eines meiner Professoren bei einer Zugfahrt von Briefen, die ich in der Staatsbibliothek entdeckt hatte. Später merkte ich, dass mir dieser Mann das Thema weggeschnappt hatte. Ich gab auf.«

Nach einer Weile des Schweigens setzte er hinzu: »Mein damaliger Chef – ich war Kaplan in einer Pfarrei im Donaumoos –, ein gütiger, erfahrener Pfarrer, sagte auf dem Sterbebett zu mir: ›Du gehörst in die Seelsorge. Versprich mir, dass du nicht nach Rom gehst‹ … Und ich hab es nie bereut.«

Der Mann brachte den Grauvernatsch und zwei Gläser.

»Bitte nicht so viel« – Anna hob abwehrend die Hand, als er ihr Glas vollgießen wollte –, »ich bin Wein nicht gewohnt und werde gleich so müde.«

»Und ich muss fahren … aber ich vertrag schon etwas«, sagte er, als er den Wein purpurrot in sein Glas fließen ließ. »Wir essen ja auch etwas Kräftiges dazu.«

Sie schaute in sein sonnengebräuntes Gesicht, das von Freude und Leben durchstrahlt war. Wie sie ihn mochte! Und wie sie ihm vertraute!

Er nahm sein Glas, trank aber nicht. Er hielt es in der Hand und schaute sie lächelnd an: »Meinst du nicht, dass es an der Zeit wäre, dass auch du ›du‹ zu mir sagst und ›Maurus‹?«

Es gab einen feinen Silberklang, als er Annas Glas mit dem seinen berührte.

»Auf dein Wohl, Anna!«

»Auf dein Wohl – Maurus!«, sagte sie leise, schüchtern. Sie musste diese Vertrautheit erst lernen, er stand in ihren Augen hoch über ihr als Priester und war doppelt so alt wie sie.

Und doch war eine freudige Überraschung in ihr hochgeschnellt, sodass ihr Herz einen Augenblick aussetzte.

»Und jetzt wollen wir es uns schmecken lassen!«, sagte Maurus, als der Mann mit der blauen Schürze die Brotzeit vor sie hinstellte, dazu in einem Körbchen Vintschgerl, ein dünnes Fladenbrot. *Vermutlich stammt der Name aus dem Vintschgau,* dachte Anna.

Sie aßen mit großem Appetit den Südtiroler Schinken, der dünn geschnitten und dunkelrot glänzend mit einem Streifen weißem Speck am Rand auf den rustikalen Holztellern lag und herzhaft-würzig schmeckte. Der Gorgonzola hatte die richtige Reife und zerschmolz auf der Zunge. Mit einem Schluck Rotwein hinterher war er köstlich. Anna genoss ihn, so wie Maurus ihn genoss.

Immer öfters nahm sie das Glas und trank in kleinen Schlucken, bis es leer war. Sie befand sich wie in einem Taumel von Glück, erinnerte sich aber, dass dieser Abend in einigen Stunden zu Ende sein würde und sie wieder auf sich selbst gestellt war. Trotzdem wollte sie voll ausschöpfen, was dieser Tag ihr schenkte, und es nicht durch ein Vorausdenken zerstören. Aber sie konnte den Gedanken nicht völlig verdrängen, dass sie sich noch heute trennen würden und er zu seiner Base und der Familie des Bruders zurückfuhr. Seit dem Tod der Lehrerin, die nur etwa doppelt so alt geworden war wie sie jetzt war, wusste Anna, wie kurz das Leben sein konnte.

Maurus schaute auf seine Armbanduhr. »Wann schließen sie denn bei dir das Haus zu?«, fragte er. Es war inzwischen acht Uhr geworden.

»Ich weiß nicht wie lange der Pförtner heute da ist«, antwortete sie. »Damals, im Sommer, nach unserer Fahrt zum Eibsee, bin ich noch spät in der Nacht hineingekommen.«

»Dann wollen wir trotzdem aufbrechen, dass du nicht ausgeschlossen wirst«, sagte er.

Er rief nach dem Kellner um zu bezahlen. Anna sah, dass die Klosterwirtschaft bis auf den letzten Platz voll war.

Sie gingen zum Auto. Es war an diesem Oktoberabend noch südländisch warm. Anna war etwas benommen vom Wein. Er öffnete ihr die Wagentür.

Auf der Brennerstraße fuhr er noch schneller als bei der Herfahrt und sprach kaum. Sie fühlte sich ziemlich müde. »Schlaf ein wenig«, sagte Maurus, der ihre Schweigsamkeit richtig deutete. Aber sie wollte nicht schlafen. Es schien ihr ein Verlust an Leben, jetzt zu schlafen und die Stunden des Bei-ihm-Seins nicht wach auszukosten. Aber obwohl sie sich zwang, die Augen offenzuhalten, fielen sie ihr zu, und sie merkte nicht, dass ihr Kopf an seine Schulter sank. Als sie aufwachte und sich in dieser Stellung fand, schreckte sie zusammen und richtete sich auf. Er aber sagte ruhig und ernst: »Bleib nur so – es ist schon recht so.«

Da legte sie den Kopf wieder an seine Schulter, diesmal bewusst; sie spürte seinen Jackenstoff und darunter die Wärme seines Körpers und dachte: *Bei ihm würde ich nie mehr Angst haben.* Diese Angst, vor der sie sich fürchtete und die sie nicht einordnen konnte, weil sie keine reale Ursache hatte, war ihr Begleiter von Kindheit an. Und sie überkam sie auch jetzt noch manchmal, obwohl sie erwachsen war. Diese Angst konnte in ihr aufschnellen und sie in Panik versetzen, wenn sie sich in einem Raum mit vielen Menschen gefangen fühlte – oder auch wenn sie allein unterwegs war und niemand weit und breit, der ihr hätte helfen können. Es war jetzt oft die Rede davon, dass solche Ängste ihre Wurzeln in der Kindheit haben konnten. Sie erinnerte sich, dass sie als Kind oft nachts oder morgens in das Schlafzimmer ihrer Eltern geschlichen war mit dem Satz: *Ich habe Angst!* Die Eltern hatten es abgetan mit den Worten: »Du brauchst doch keine Angst zu haben!« Aber das half dem Kind nicht. Später hatte eine Tante, die siebzehn Jahre ältere Schwester ihrer Mutter, erzählt, dass Anna eine Steißlage war, dass die Mutter eine sehr schwere Geburt hatte, dass keine Muttermilch kam und die Hebamme anordnete, das Kind bekäme nur Tee bis die Muttermilch einschieße. Und weiter erzählte die Tante: »Du hast tagelang geschrien, bis dein kleines Gesicht ganz blau war vor Hunger.« Anna fragte sich damals, warum sich niemand dieses kleinen Wesens erbarmt und ihm etwas anderes gegeben hatte als Tee. Sollte es die Urangst eines Babys sein, die sich in ihrer Kindheit und Jugend und weiter bis in ihr erwachsenes Leben auswirkte? Maurus aber war wie ein ruhender Pol, der sie magnetisch festhielt, und sie wünschte sich nichts sehnlicher, als nie mehr abgestoßen zu werden. Obwohl sie sich noch heute von ihm trennen musste, glaubte sie zu wissen: *Sie war nie mehr allein, er war für sie da, sie konnte zu ihm kommen in jeder Not. Aber wollte sie nur in der Not zu ihm kommen?*

»Ich bin so froh, dass ich dich gefunden habe«, sagte sie leise. Sie drehte ihr Gesicht nach oben und sah, dass er lächelte.

»Aber du weißt auch – und ich habe es dir seit unserer Begegnung oft geschrieben«, erwiderte er ebenso leise, »dass ich dir nicht für immer eine Heimat sein darf.«

Sie schwieg.

Es war inzwischen dunkel geworden. Der Brenner lag schon hinter ihnen. Das Auto fuhr durch die Nacht, und Anna konnte nichts mehr erkennen außer der Straße, in die sich die Scheinwerfer hineinfraßen.

Das faszinierende Lichtermeer der Stadt Innsbruck leuchtete vor ihnen in der Tiefe auf.

»Wie schön das ist!«, rief Anna und nahm ihren Kopf von seiner Schulter.

Maurus freute sich an ihrer Begeisterung. Wälder begleiteten sie und freies Land, in dem die Lichter von Ortschaften blinkten.

Das Ziel rückte nun immer näher. Bald kurvte das Auto zwischen Bäumen die Anhöhe zur Schule hinauf.

Es war sehr spät – nur in wenigen Zimmern brannte noch Licht.

»Hoffentlich kommst du gut hinein«, sagte Maurus und hielt auf dem Platz an. »Ich warte lieber so lange bis ich weiß, ob du auch gut in deinem Zimmer angekommen bist, bevor ich wegfahre.«

»Wenn im Turm ein Licht angeht, ist alles gutgegangen«, sagte Anna leise.

»Wir lehnen die Autotüren nur an«, sagte er, »damit niemand durch das Zuschlagen aufgestört wird.«

Sie stiegen aus und gaben sich die Hand zum Abschied. Anna

glaubte, in seinen Augen die gleiche dunkle verhaltene Zärtlichkeit zu sehen wie beim leisen Aneinanderklingen ihrer Gläser im Weinkeller von Kloster Neustift.

Es fiel ihr schwer zu gehen.

»Vielleicht magst du mich noch einmal besuchen, solange ich im Krankenhaus bin und du noch hier in der Schule«, sagte der Pfarrer. »Später, wenn ich ins Pfarrhaus gezogen bin, wird es nicht mehr so einfach sein.«

Anna riss sich los und lief mit schnellen Schritten zum Portal des Schulgebäudes. Es war noch nicht abgeschlossen. Ängstlich vermied sie jedes Geräusch. Unhörbar schlüpfte sie am Pförtner vorbei. Er saß lesend in seiner Loge und schaute nicht auf. Sie rannte die Gänge entlang und hastete die Treppen zu ihrem Turmzimmer hinauf. Sie knipste das Licht an und spähte auf den weiten Platz hinunter. Das kleine schwarze Auto stand noch da und neben ihm der Mann, der zum Turm hinaufschaute. Sie winkte hinter dem geschlossenen Fenster. Er hob die Hand zum Gruß und stieg ein. Die Scheinwerfer des Autos beschrieben einen weiten Kreis, und Anna sah ihm nach, bis das Licht im Walddunkel ertrank.

Am übernächsten Tag kam ein Brief von ihm, den er noch in der Nacht der Heimkehr geschrieben hatte:

Anna,
Du bist nun doch in mir mit mir gegangen – so bist Du bei mir mit der abendlichen Klarheit dieser alten Stadt, in der unseren Herzen die Zeitlosigkeit des Gültigen und die Flüchtigkeit des Wandelbaren zum Bewusstsein kam. Du hast wohl auch an dem aus dem Wasser beleuchteten Brunnen die wehmütige Weise unserer Zeit gehört, indes die Formen des alten Kreuzgangs, in den wir schauten, und die abenddunklen Berge, die die Straßen abschlossen – nah und fern zugleich –, das lautlose Lied der Stille der wachsenden Nacht den aufgetanen Herzen anvertrauten.
Ich weiß es: Du vermagst die Fülle des Geschauten und

Erlebten an diesem schönen Tag und aus dieser guten Nacht in Dich hineinströmen zu lassen, damit es dort die Kostbarkeit der Perle erlange – und Dich reich mache, auch in Armut, und Dich froh mache auch in Not – und segne alle, die Dir begegnen.
Ich danke Dir für jedes Wort der Seele und der Liebe – ich danke Dir für Dein Schweigen und Dein Warten – ich danke Dir und ich freue mich an Deiner jugendlichen Größe.
Wir haben einen reichen Tag geerntet –
oder ward gesät in uns?
Ich möchte immer so still sein können wie heute nacht; so wunschlos auch in der Ferne – so bereit für die Harmonie – so bereit für das Leben.
Schau in das Dir zugeneigte Herz,
Liebe! Dein M.

3

Anna hielt es nur bis zum Wochenende aus, Maurus nicht zu sehen. Am frühen Sonntagmorgen ging sie zum Bahnhof und nahm den Zug in seine Stadt. Sie kam dort viel zu spät an, um zu Beginn des Hochamts in der Kirche zu sein. Der Weg vom Bahnhof bis zum Schlossberg hinauf dauerte auch bei raschem Gehen eine Viertelstunde. Sie lief sehr schnell, und als sie atemlos vor dem Hauptportal der Kirche stand, hörte sie, dass Maurus schon bei der Predigt war. Ihr Herz schlug im Hals. Sie lauschte seiner Stimme und überlegte, wo sie am besten lautlos und möglichst ungesehen ins Gotteshaus hineingelangen konnte. Sie lief um die Kirche herum und öffnete leise und vorsichtig das Pförtchen des Seitenschiffs. Niemand schaute sich nach der späten Besucherin um. Alle hörten aufmerksam der Predigt zu. Anna blieb an der Mauer hinter den Kirchenbänken stehen und wagte es kaum sich zu bewegen. Die Worte der Ansprache glitten an ihr vorbei. Ihre Augen hingen am Gesicht des Mannes, den sie so vermisst hatte, und sogen es in sich hinein.

Das Hochamt nahm seinen Fortgang. Anna verfolgte alles wie in Trance. Mechanisch warf sie ihre Münze in das Opferkörbchen, das ein Ministrant vor sie hinhielt. Vor der Kommunionspendung wurde ein mit Hostien gefüllter Kelch vom Tabernakel eines Seitenaltars zum Hochaltar getragen. Dann stieg Maurus die Stufen herab und teilte zuerst im Hauptschiff, dann in den Seitenschiffen die Hostien aus. Am Schluss kam er zu den Wartenden, hinter denen Anna an der Wand stand. Wieder spürte sie ihr Herz klopfen. Sie reihte sich in die Menschenschlange ein, um zur Kommunionbank zu gehen. Sie kniete nieder. Als die Reihe an ihr war, hob sie die Augen und sah einen leisen freudigen Schreck in seinen Augen aufzucken. Nachdem er ihr die heilige Hostie gegeben hatte, war es Anna, als streichle er einen Augenblick leise über ihre Wange. Es war wie ein wortloser Gruß. Ein Glücksgefühl durchströmte sie und sie dachte, dass es ein zusätzliches Geschenk für sie sei, ihn nicht nur aus der Ferne sehen zu können, sondern auch noch seine Berührung zu spüren. Sie blieb von diesem warmen Erfülltsein eingehüllt an der Mauer stehen und schaute Maurus an.

Als das Hochamt zu Ende war, zog der Altardienst in Prozession durch das kleine Seitenschiff, in dem Anna stand, in die Sakristei zurück. Die Ministranten gingen an ihr vorbei, und als Maurus kam, streifte sein Ornat, der an den Schultern steif abstand, ihren Mantel. Wieder überkam sie dieses heiße Aufwallen von Freude.

Die Kirchenbesucher drängten hinaus. Anna setzte sich in eine leere Bank, um ihr Inneres zur Ruhe kommen zu lassen. Der Mesner kam in den Altarraum und löschte die Kerzen. Feiner Wachsdunst vermischte sich mit dem Weihrauchgeruch. Da öffnete sich das Pförtchen des Seitenschiffs und Maurus kam herein. Er gab ihr die Hand und sagte: »Komm heute Nachmittag so gegen drei Uhr ins Krankenhaus. Du brauchst dich bei der Pfortenschwester nicht anmelden, du weißt ja, wo mein Zimmer ist. Komm einfach herauf.« Dann ging er in Richtung Sakristei hinaus.

Anna hatte es sich erträumt, und nun dauerte es nur wenige Stunden, bis sie wieder bei ihm sein durfte. Sie blieb noch eine Zeitlang in ihre Freude versunken auf der Kirchenbank sitzen. Dann ging sie in den trüben Spätherbsttag hinaus und fand sich in einer Allee mit uralten Lindenbäumen, hinter denen Wiesen und brachliegende Felder begannen. Es war schon winterlich kalt. Lange wanderte sie auf den Feldwegen ziellos umher. Als sie zu frieren begann, wandte sie sich der Stadt zu, um ein Gasthaus zu suchen, in dem sie zu Mittag essen konnte. Sie sah ein Wirtshausschild, stieg entschlossen die Stufen hinauf und öffnete die Tür zum Gastzimmer. Am Stammtisch saßen Männer, die rauchten und sich laut unterhielten. Andere Gäste saßen an weißgedeckten Tischen und studierten die Speisekarte. Sie hängte ihren Mantel an die Garderobe und steuerte auf einen leeren Ecktisch zu. Eine Bedienung brachte die Karte. Sie suchte sich einen Sauerbraten mit Semmelknödel und Salat aus. Dann betrachtete sie den einfachen Raum und die Leute und wartete. Plötzlich hörte sie am Stammtisch einen der Männer sagen: »Der Stadtpfarrer ist doch immer krank. Aber er wird wohl nächstes Jahr in den neuen Pfarrhof einziehen.«

Anna hielt den Atem an. Maurus wirkte doch überhaupt nicht mehr krank. Er wohnte seit dem Herzinfarkt doch nur noch im Krankenhaus, um von dort aus seine Seelsorgsarbeit in der Stadt ausüben zu können, bis das Haus fertig gebaut war. Angestrengt versuchte sie, das weitere Gespräch der Männer zu verfolgen. Aber sie verstand nichts mehr im Durcheinander der Stimmen. Dass er eine wichtige Persönlichkeit am Ort war, über die gesprochen wurde, stand außer Zweifel.

Die Bedienung stellte den Sauerbraten vor sie hin. Es war eine Riesenportion, die dampfte und duftete. Sie hatte Hunger und aß alles auf, obwohl sie dem Treffen mit Maurus entgegenfieberte. Diese zitternde Ungeduld drängte sie, sofort nach dem Essen der Bedienung zu winken und zu zahlen. Draußen lief sie wieder ziellos herum. Unbewusst kam sie auf ihren Wegen dem Krankenhaus immer näher. Es war noch viel zu früh um hineinzugehen, und so kreiste sie um die Mauer, die den Park umgab, bis es drei Uhr war. Ungesehen von der Pfortenschwester lief sie, ohne den Aufzug zu benutzen, die Treppen zum zweiten Stock hinauf und den Gang entlang. Sie verschnaufte kurze Zeit vor seinem Zimmer und horchte durch die Tür, aber drinnen war es lautlos still. Pochenden Herzens klopfte sie an. Sofort hörte sie sein »Herein«. Maurus saß an seinem Schreibtisch und hob das Gesicht. Er legte den Füller beiseite und stand auf. Er strahlte Freude aus, als er ihr entgegenkam und ihr die Hand gab.

»Wir fahren ein wenig ins Land hinein. Ich will nur noch rasch einen Brief zu Ende schreiben … setz dich einstweilen aufs Sofa.«

Anna schaute ihn an, wie er mit gesenktem Gesicht weiterschrieb. Sie streichelte mit den Augen über sein dunkles Haar, das sich von Silberfäden durchzogen glatt an seinen Kopf schmiegte; sie sah seine Hand, die sie liebte, auf dem linken Rand des Briefbogens ruhen. Dann legte er plötzlich den Füller zur Seite, stand auf und kam zu ihr her.

Da klopfte es an die Türe, und bevor der Pfarrer noch hereinbitten konnte, öffnete sie sich, und im Türrahmen stand Frau Huser.

»Hab ich mir's doch gedacht!«, zischte sie giftig, fast triumphierend, weil sie ihre Vermutung bestätigt fand. Mit strichdünnen Lippen schaute sie die junge Frau vernichtend an. Anna erschrak und kroch in sich zusammen. Sie hatte Angst vor der Base und vor dieser

Stimme, die hart und zustechend klang. Ohne auch nur einzutreten, wandte sie sich abrupt um und schmetterte die Türe zu. Zornesröte stieg in das Gesicht von Maurus und er rannte ihr nach. Anna hörte durch die geschlossene Tür einen erregten Wortwechsel, von dem sie nichts verstehen konnte. Dann wurde es still, und Maurus kam wieder ins Zimmer zurück. Sein Gesicht war gerötet vor Ärger und Scham. Er sagte nur: »Komm, wir fahren!« Jegliche Freude in seinem Gesicht war erloschen.

Unten stiegen sie in sein Auto. Schweigend fuhr er durch die Einfahrt hinaus. Mit keinem Wort wurde der peinliche Vorfall erwähnt. Doch Anna spürte, dass er sich noch immer schämte. Er schämte sich der Base, die doch zu seinen Leuten gehörte.

Sie fuhren in südlicher Richtung den Bergen zu. In den Wiesen stiegen Bodennebel auf. Er fuhr konzentriert und schweigsam, und manchmal schaute Anna verstohlen in sein unbewegtes Gesicht, das sie so noch nicht kannte. Sie fühlte, dass das verletzende Verhalten der Base in ihm arbeitete. Nachdem sie mehrere Dörfer durchfahren hatten, bog er in einen Feldweg ein. Nach einigen hundert Metern hielt er an.

»Laufen wir ein wenig. Das tut uns beiden gut.«

Nachdem sie eine Zeitlang still nebeneinander hergegangen waren, sagte er: »Ich muss mich für das unmögliche Verhalten von Frau Huser entschuldigen – ich kann sie nicht anders machen.«

Er nahm Annas Hand. Sie wanderten auf dem Feldweg in den Nebel hinein. An einem Steinbruch brach der Weg ab. Schweigend schauten sie in die tiefe Geröllhalde hinunter. Plötzlich ließ Maurus Annas Hand los, wandte sich ihr zu und nahm sie in die Arme. Dann küsste er sie. Es war etwas Fremdes für sie, und es kam so unerwartet, dass sie erschrak. Obwohl sie mit zweiundzwanzig Jahren schon eine junge Frau war, hatte sie noch nie ein Mann geküsst. Sie spürte seine Lippen auf ihrem Mund, und durch ihren Leib rann ein ungekannter Schauer. Ihr Herz schlug schneller, als sie seinen Körper an ihrem Leib spürte. Sie dachte: *Nun gehören wir für immer einander an.* Dann sanken seine Arme herab. Anna umfing ihn und schmiegte ihren Kopf an seine Brust. So standen sie lange schweigend im Nebel. Hand in Hand gingen sie zum Auto zurück.

»Wann willst du wieder fahren?«, fragte er leise. Seine Hand umschloss warm die ihre.

»Ich denke, ich nehme wieder den Fünfuhrzug wie das letzte Mal.«

»Ja, das wird das Beste sein«, antwortete er. »Ich setze dich dann gleich am Bahnhof ab, so erreichst du ihn noch ... Ich weiß nicht, ob du nach diesem Vorfall wieder kommen magst ... es ist ja auch ungewiss, ob ich an den Sonntagnachmittagen im Krankenhaus sein kann. Ich bleibe am Sonntag nach der Elfuhrmesse zum Mittagessen oft in Bergheim und fahre dann erst zur Abendmesse in die Stadt zurück, das weißt du ja.«

Anna ging still neben ihm her. *Es würde mir genügen, wenn ich dich nur in der Kirche aus der Ferne sehen dürfte,* dachte sie traurig. *Aber die kurze Zeit, die ich noch auf der Schule bin ...*

Sie stiegen ins Auto. Anna schaute mit glänzenden, traumbefangenen Augen ins spätherbstliche, nebelverschleierte Land hinaus und sagte: »Ich möchte so gerne wiederkommen, ganz gleich, was geschieht –, aber ich weiß ja nicht, wie es bei mir beruflich weitergeht.«

Er wandte ihr kurz das Gesicht zu und lächelte.

»Aber Kind, du weißt auch, dass ich dir nie Erfüllung sein kann.«

Anna gab keine Antwort. Am Bahnhof öffnete er ihr mit der rechten Hand von innen die Beifahrertüre und ließ sie aussteigen. Sie hatte diesmal kein Gepäck, nur ihre Umhängetasche. Wie bei ihrem ersten Besuch schaute sie dem Auto nach, bis es entschwunden war. Langsam und wie abwesend ging sie zum Bahnsteig, spürte seine Lippen auf ihrem Mund, und wartete, in eine seltsame Süße versunken, auf ihren Zug.

4

In der kurzen Zeit vor dem Ende ihrer Berufsausbildung fand sich für Anna keine Möglichkeit mehr, zu Maurus zu fahren. Sie teilte ihm mit, dass sie bis zum Beginn des Examens in ihr Heimatamt zurückbeordert sei. Im Haus ihrer Eltern erhielt sie einen Brief von ihm, datiert vom 3. November 1956:

Anna, mögest Du es erfahren in diesen großen stillen Tagen, daß Du nicht allein bist. Ich habe oft daran denken müssen, daß es schwer ist, die Seelen der Abgeschiedenen klar zu fassen, auch wenn man um ihre Nähe weiß. Wir im Leben sind doch sehr den Dingen verhaftet.
Ich denke daran, daß Deine Prüfung bald beginnt: Hab einen klaren Kopf und gute Gesundheit! Und ich freue mich sehr, wenn es Dir gut geht. Ich wünsche es aufrichtigen Herzens.
Grüße die Deinen, wenn ein Gruß ihnen lieb ist. –
Und sei auf der Hut vor Menschen, die Dich aushorchen!
Gott behüte Dich!
D. M.

Wer sollte mich aushorchen?, fragte sich Anna. Daheim in ihrem Elternhaus horchte sie niemand aus. Und sonst kannte sie niemand, der an ihrem Leben besonders interessiert gewesen wäre. Anna hatte den Verdacht, dass jemand in Maurus' Umkreis ihm Angstgedanken in den Kopf setzte. Und wenn dem so war, so kam für Anna nur ein Mensch in Betracht: Frau Huser. War sie der Keil, der sich in die Verbindung zwischen ihr und Maurus treiben wollte?

Anna hatte Maurus geantwortet. Als ein zweiter Brief von ihm eintraf, nahm sie ihn aus der Hand der Mutter entgegen. Der Absender mit Berufsbezeichnung stand auf dem Kuvert. Am Abend spürte sie eine gewisse Unsicherheit ihrer streng katholischen Eltern, hinter der eine lautlose Frage stand; sie konnten diesen Briefwechsel zwischen einem Pfarrer und ihrer Tochter nicht so recht einordnen. Aber sie schwiegen.

10. November 1956

Liebe Anna! Du wirst in diesen Zeilen und in meinen Worten wohl vergeblich suchen, was Deine große unruhige Seele sucht: Die Liebe, die Erfüllung, Freude und Mut gibt, denn ich bin ja zu einer anderen, höheren – ich sage das in großer Demut – Liebe berufen: bereit zu sein als Gefäß für die Liebe und Kraft Gottes. Und glaube es: Diese Liebe allein kann auch Dir den Frieden geben, soweit wir dazu in dieser Welt berufen und fähig sind.
Deine Zeilen haben mir heute untertags und in dieser Nacht das Herz wieder voll gemacht. Die Gedanken wandern mit Dir alle Wege Deiner Jugend und Deiner Not – und sie wandern zu allen Menschen – zu den vielen –, die in Not und Leid sind. Sie sind ohne Zahl. Aber mir will immer wieder scheinen, daß Not und Leid und Trauer und Einsamkeit zum Menschen gehören, daß sie ihn reich und reif machen und fähig auch für die Freude. – Ja, das dürfen wir nicht außer acht lassen: So, wie die Geschöpfe reif werden müssen, ehe sie Frucht tragen können, so müssen es auch wir Menschen. Und vielleicht sind wir erst am Ende reif. Ich bin dem Tod in den letzten Tagen auf eine sehr schmerzliche und eindringliche Art begegnet; dem Tod und dem in seinem Gefolge stehenden Schmerz. Ein Zahnarzt mit 44 Jahren ist tödlich verunglückt; ein Arzt mit 42 Jahren ist plötzlich gestorben. Ich habe ihn lieb gewonnen in den drei Tagen der Gemeinschaft mit ihm angesichts des Sterbens.
Heute abend las ich über Katharina von Siena – und ich denke mit Heimweh an diese alte Stadt auf den Hügeln der Toskana –, da sagt Reinhold Schneider zusammenfassend über ihre Ansicht: »daß es die Krankheiten der Kirche sind, die alle andern Übel erzeugen«, und daß sie

sich darum anklagte: »Ach, weh mir Unglückseligen, die ich Schuld trage an all diesen Übeln!«
In der Stille und Einsamkeit der Nacht, meine Anna, bedrückt auch mich diese Schuld, daß ich nicht fähig bin, die Übel zu heilen, weil ich nicht gesund bin. Es gibt gewiß am Ende nichts Größeres und Herrlicheres als die Liebe. Sie wird bleiben! Aber jetzt kann es etwas anderes geben, das Wichtigere als die Liebe – nur jetzt – das Opfer. Weil es für viele der einzige Weg zur Liebe ist. Ich muß daran Anteil haben, wenn meine Liebe bestehen soll. Und auch Du hast – soweit Du mit mir Gemeinschaft hast – Anteil. Aber ich wünsche, Deinetwillen, daß Du Dich von mir lösest, denn Du bist doch zu Deinem Weg berufen. Zu Deinem Weg, der Dich zum Leben und zu Gott führt. Das ist Dein Gesetz. Es ist nur eines; denn die Gesetze des Lebens sind die Gesetze Gottes. – Und es gibt keine Vorausbestimmung zur Verdammnis; denn Gott umfaßt alles Geschaffene mit seiner Liebe und er haßt nichts von dem, was er geschaffen hat. – Was Du geschrieben hast, ja, das hat Calvin gelehrt, aber schon andere vor ihm.
Und die Lehre von der Prädestination ist ein Kreuz für den grübelnden Verstand. Man muß da vieles bedenken. Jedenfalls gilt die Wahrheit: den Menschen guten Willens gibt Gott seine Gnade. Und Du bist doch guten Willens!
Wenn ich sage: Du sollst Dich von mir lösen, so heißt das nicht, daß ich von Dir nichts mehr wissen will. Aber es wird halt notwendig sein, fern voneinander zu sein, bis Du frei bist für das Leben. Glaube, liebe Anna, daß das mehr von Dir und mir erfordert, als wenn wir einfach weitergehen, wie es der Tag mit sich bringt. Ich bleibe Dir nah und ich möchte um Dich wissen, wenn Dir das nicht zu schwer fällt. Hilf mir, wie ich Dir helfen will! Nicht nur mit dem Willen, nicht bloß mit dem Verstand, mit dem Herzen!
Versäume nicht zu beten!
Ich weiß nicht, wie lange ich noch wandern darf. Ich liebe

das Leben, auch in vielen Leiden. Und ich glaube, daß es für alle, die einander zugemessen sind, eine Möglichkeit der Begegnung gibt – anderer Art als es der irdische Mensch ersehnt – einen Ort der Begegnung im Geistigen und im Glauben – eine Weise der Gemeinschaft vielleicht in Gott – die uns freier macht, menschlicher, gottverbundener, und die Dich an Deinen Ort und mich an meinen Platz führen wird, an den Ort der Ordnung, in der allein das Leben gedeihen kann. Und für das Leben sind wir bestimmt, meine Anna. Gott segne Dich mit allem Guten, mit aller Liebe, mit aller Gnade. Ich bleibe Dir verbunden!

D. M.

Dann traf in ihrem Elternhaus der dritte Brief ein.

18. November 1956

Schläfst Du? Dann will ich Deinen Schlaf nicht stören; es ist ja eine kostbare Gabe, hineingenommen zu werden in diese Tiefe des Vergessens und des Erquickens. Wenn Du aber wach bist, dann will ich leise über Deine Wange streicheln: Sei im Frieden und habe die Liebe zum Guten. Ich bin der Überzeugung, daß man einen Menschen in sich aufnehmen kann, ohne ihm seine Freiheit zu verkürzen. Nur ist das in der Nähe schwerer als in der Ferne. Denn in der Ferne ist der Geist es, der das Werk vollbringen muß – und das ist eine Anstrengung; in der Nähe läuft der Mensch Gefahr, diese Mühe zu umgehen, indem er die Sinne zu Hilfe ruft (und das ist erlaubt, wenn das dem Erfassen der Seele dient) – und das Sinnliche (nicht im niederen Sinn) als das Wesentliche zu nehmen.
Du weißt, daß ich Dir gut bin und daß ich es Dir bleiben möchte bis an mein Ende, wenn ich dadurch die Ordnung Deines Lebens nicht störe. Ich meine halt, die Ordnung Deines Lebens sei die, wie sie einer Frau für gewöhnlich zugemessen ist, daß sie nämlich in einer Familie dem Le-

ben dient. Ich möchte keine Schuld haben, daß Du diesem Dienst entfremdet wirst.
Du bist ein Kind noch, mein Kind. Ich aber müßte das Leben kennen; ich müßte um die Verantwortung wissen, die mir auferlegt ist. Ich könnte Dich von dem Dir zugemessenen Weg abbringen, und ich will es doch nicht.
Aber tue ich es nicht schon mit dem, daß ich an Dich denke, auch jetzt in dieser Stunde der Nacht? Und ich frage mich oft, warum denn meine Gedanken immer wieder zu Dir gehen, aus der Freude wie aus der Trauer, aus dem Glück wie aus der Einsamkeit. Und die Erklärung wird wohl darin liegen, daß Du mir zugetan und aufgetan bist wie sonst kein Mensch; daß Du nicht Dich willst, sondern mich – und daß es dem Menschen – das mag nun nicht sehr edel, oder überhaupt nicht edel, sondern nur sehr menschlich sein – erhebt und beglückt, einem Menschen etwas sein zu dürfen.
So denke ich zu Dir in dieser Nacht und hab Dich lieb, nicht nach der Weise der Zeit. Ich will Freude in Dein Herz senken. Ich will Dir helfen, frei zu werden, auch von mir.
So gehe ich meinen Weg in die Einsamkeit, wie er mir bestimmt ist. Und ich wünsche, Du sollst nicht traurig sein. Glaube an den Sinn des Lebens, der auch Dir sich einmal klar zeigen wird. Und: Ich bin nicht der Sinn Deines Lebens. Ich bin nur eine kleine Brücke, die über eine Kluft führt. Wenn Du stehen bleiben willst, so raste eine kleine Weile, aber bleibe nicht lange! Denn die Menschen warten auf Dich. Du hast ein großes schönes Gemüt, Gott hat Dir ein tiefes Herz gegeben. Schenke das den Menschen, die auf Dich warten. Bleibe nicht gefangen in der Enge eines Tages! Gehe hinaus in die Fremde, die den Ort und die Stunde Deines Lebens in sich birgt.
Du mit allen guten und schönen Namen genannt – und doch ohne Namen, denn wie ich Dich auch nennen möchte oder könnte – es ist kein Name so, daß er Dich ganz be-

nennt, das Fremde und das Vertraute, das Ersehnte und das Gemiedene – der Mensch muß doch einsam sein können (ich habe heute die »Gebete der Einsamkeit« für Dich und mich gekauft!), so sei das der Name, mit dem ich Dich in dieser Nacht grüße: Gott-ans-Herz-gelegt. M.

Maurus' Briefe konnten Anna nicht von ihrem Heimweh nach ihm befreien. Sie machte ihre Arbeit, aber ihr ganzes Herz war bei ihm. Wenn sie in der Registratur des Amtes zu tun hatte, die in einem Gemach des Schlossturms hoch über der Donaustadt untergebracht war, stieg sie, wenn niemand anderer zugegen war, auf einen Hocker, und schaute voller Sehnsucht wie ein gefangener Vogel aus seinem Käfig durch ein Guckfenster der Mauerbrüstung über den verschneiten Auwald nach Süden, wo Maurus im Krankenhaus seiner Stadt wohnte, und von dort aus seinen Dienst tat.

Da es ihr unmöglich war, ihn in dieser Zeit zu besuchen oder mit ihm zu telefonieren, klammerte sich Anna an seine ersten Briefe, die er ihr während ihrer Berufsausbildung am Ammersee geschrieben hatte, und las sie nachts in ihrem Zimmer.

Die beiden ersten waren aus Bonn gekommen, wohin Maurus damals seinen Bruder Severin für einige Tage begleitet hatte, nachdem ein anderer Bruder, den er sehr geliebt hatte, plötzlich gestorben war:

Bonn, 11. Juni 1956

Anna, zu Dir wandern meine Gedanken aus diesem stillen klassischen Raum in Bonn, in dem mich das Bild meines toten Bruders anschaut, der vor unserer ersten Begegnung von uns ging, und in dem mir sein Geist nahe ist. Die Gedanken sind gut und schwer zugleich, erfüllt von Liebe und Trauer.
Was wird am Ende Deines Weges sein? Wirst Du sagen können, dass ich Dir Herz und Auge aufgetan habe für das Leben? So sollte es ja sein. Könnte doch die Stille dieser Nacht ausgefüllt werden mit den Gesprächen, die

noch sein könnten zwischen Dir und mir, die vielleicht noch sein werden – oder ist ihre Zeit schon vorbei?
Ich muß Dir doch helfen, Deine gegenwärtige Zeit recht auszuschöpfen. Vielleicht kann ich Dir da doch etwas sagen.
Aber ein Anderes liegt mir noch am Herzen: Anna, läßt Du Deine Liebe nicht einfach ziehen, wohin sie will? Ich kenne es wohl »daß der Liebende nicht mehr sein Eigen ist«, sondern daß er dem Geliebten gehört; aber die Frage ist doch, ob es auch die Liebe ist, oder nur eine Empfindung, oder eine Stimmung. – Ach, Liebe, ich kenne das Leben tiefer als Du; Dein unerfahrenes Herz aber wird hin- und hergerissen und Du weißt am Ende nicht mehr, wohin Du gehen sollst, oder wohin es Dich treibt. – Und Du bist doch leiderfahren, und von Leiden zerrissen, und von Wirrnissen benommen. Deine Lehrerin hat Dich doch mir anvertraut. – Das ist jetzt nicht mehr vonnöten, daß Du mir anvertraut wirst. Aber, wenn ich es Dir recht meine, dann lasse ich Dir Deine Freiheit. Dann weise ich Dir den Weg in den Tag, in Deinen Tag, in den Tag Deines Lebens. Und dieses Leben wird auch seine einsamen Abende kennen, seine einsamen Nächte. Da reden die Toten in die Seele hinein. Ich höre diese Stimme: Nimm keinem die Freiheit! Darum sei frei, Anna!
Sei frei, mich stehen zu lassen. Denn ich bin keine Heimat für immer. Nur eine Brücke. Ich halte Deine Hand lieb in der meinen, wenn Du mich brauchst. Aber dann laß meine Hand, auch wenn ich Dich halten sollte. Denn ich darf Dich nicht halten. Weil ich Dich lieb habe. – Du weißt es.
Ich freue mich im Grunde meines Herzens doch, auch wenn dies Herz ein wenig zittert. Liebe ist ja keine Sache kleiner Herzen. Ich möchte, daß Dein Herz reif wird für die große Liebe, die Frucht trägt, weil sie opfern kann.

Anna, nahe ist Dir

Dein M. A.

Bonn, *11. Juni 1956,* zweiter Brief

Anna, das Herz fürchtet sich am Anfang vor den ungewohnten Opfern, aber dann wird auch die Größe offenbar: Wir sind größerer Opfer fähig, als wir von uns selber glauben.
Du sollst nicht allein sein; wenigstens nicht mehr, als der Mensch es sein muß. Oder bin ich in gewissem Maß nicht auch allein in dieser Nacht; in dieser Nacht, von der Dir doch diese Zeilen melden, wie nahe ich Dir bin, da Du mir gut bist; und ich bin es Dir, Anna.
Ich möchte gerne groß und gütig sein. Und es ist schön, das aus einem geliebten Herzen heraus gesagt zu bekommen, man wäre es. Ich möchte es wahrlich sein; dann könnte ich Dir geben, was ich wollte, dann könnte ich Dir sein, was ich sollte. Dann wäre ich allen, die mir begegnen ein Zeichen, das auf die befreiende, vollendende Liebe hinweist.
Ich sollte groß und gütig sein, und Du wärest klein und ungut? Ach, Anna! Deine Augen waren voll Tränen, wenn auch unsichtbaren, und da hast du nicht mehr recht sehen können; Dein Herz hat geblutet, da ist alles in die gleiche Farbe des Leides getaucht worden und Du hast nicht mehr urteilen können. – Ich glaube, daß Dein Herz und daß Du selbst groß und gütig bist. Und wo wir es noch nicht sind, wollen wir einander helfen. Denn das ist ein Segen, der aus jeder wahren Gemeinschaft kommt: daß man einander hilft, einander stärkt, einander erfreut –
Allein bleiben kannst Du ja gar nicht mehr und ich hoffe, daß Du es auch nicht mehr bleiben willst. In die Einsamkeit gehen und einmal im Schweigen leben, das ist etwas Anderes; da ist keine Bitterkeit dabei, sondern das ist Segen.
Die Antwort auf die Zeilen vom 3. Juni und auf das, was hinter diesen Zeilen steht, kann ich schwer ins Wort allein geben.

»Ich habe ein großes Weh im Herzen –«
Anna, Du littest an dem Unbegreiflichen, das Du hast tragen müssen. Und das Du gedeutet hast, wie Du es verstanden hast. Aber müssen wir denn immer deuten? Müssen wir es uns nicht vielmehr eingestehen, daß vieles unbegriffen bleibt und bleiben soll. Der Tod ist groß, auch wenn wir ihn nicht begreifen. Und die Liebe ist gut, sofern es wahre Liebe ist, auch wenn sie unbegriffen ist.
Ob Deine Lehrerin glücklich war, als ich sie zum »Fest« nach Bergheim mitgenommen habe? – Wie kannst Du das fragen? Kanntest Du sie so schlecht? Der tragische Mensch kennt das Glück nicht; das macht es auch so opfervoll, ihn zu lieben. Aber er braucht die Liebe, sonst verzweifelt er am Leben.
Und meine Antwort zum letzten Teil des Briefes habe ich Dir schon zwei Mal gegeben und habe sie eigentlich in Wirklichkeit widerrufen. Darum sei hier noch einmal eine klare Antwort versucht:
Ich habe nichts getan, was ich bereuen oder widerrufen müßte oder möchte. Und ich möchte nie etwas tun, was ich jemals vor Dir oder den Menschen oder Gott bereuen oder widerrufen müßte. Es soll bei dem bleiben: daß ich allezeit gut an Dich denken können möchte wie in dieser Stunde; und daß Du so zu mir sollst denken können.
Wenn aber die Brücke geschlagen ist zum Leben, dann entlasse mich und halte mich nicht! Halte Dich nicht sehr an mich.
Ich weiß, dass Du nicht gedankenlos und unvernünftig bist und sein willst. Wir werden über jede Stunde der Gemeinsamkeit und über alle unsere Gedanken Rechenschaft geben müssen. Wir haben eine Kraftquelle, aus der wir schöpfen können, damit wir stark genug sind für jede Aufgabe, die uns gestellt ist und gestellt wird. Du weißt: Es ist die Verbundenheit in Gott, es ist das Gebet. Ich möchte, daß wir uns darin jeden Tag am Morgen und am Abend begegnen.

Nun ist es sehr spät geworden. Mein Bruder kam um 23.15 Uhr von seiner zweiten heutigen Beratung heim. Wir haben noch eine Weile zusammen gesprochen, auch über unsern Bruder, dessen Bild vor mir steht. Dann habe ich ihm gute Nacht gesagt, weil ich doch die Antwort für Dich vollenden wollte.
Die letzte Antwort, das Ende sei leise gesagt. Dein Ohr, liebe Anna, wird sie vernehmen und Dein Herz, das liebe, wird sie verstehen; denn das Herz begreift die Sprache des Herzens.
Es ist Dir aufrichtig zugetan das Herz
Deines M. A.

Anna hatte damals in den Sommermonaten seinen Briefen, die alle paar Tage während des Schulungskurses eintrafen, entgegengefiebert. Aber sie hatte auch Angst, wenn sie Sätze las, die nicht zu den Gefühlen ihres Herzens passen wollten, das Maurus doch damals schon ganz ausfüllte. Sie wollte ihm angehören und sich nie wieder von ihm trennen. Sie glaubte ihm nicht, dass sie ihn vergessen würde – vergessen musste. So vieles ging ihr in schlaflosen Stunden im Haus der Eltern durch den Sinn; auch die Erinnerung an den nächtlichen Ausflug im Juni an den Eibsee stieg vor ihr auf, der damals ganz überraschend für sie kam:

Maurus war spätabends zur Schule gekommen und hatte sie abgeholt. Anna hatte nicht nach dem Ziel der Reise gefragt. Wäre sie in den Tod gegangen – es war ihr recht: Sie fühlte sich schon damals ganz daheim bei ihm.

Sie waren weit durch die Nacht gefahren, als die Straße plötzlich anstieg.

»Komm, wir sind da!«, hatte Maurus gesagt, als das Auto hielt. Sie stiegen aus.

»Das ist der Eibsee!«

Wie ein Juwel lag der kleine, hochalpine See im Mondlicht, umstanden von schwarzdunklen Tannen und überragt von den Felswänden der Waxensteine, in deren Flanken ewiger Schnee schimmerte. Die Luft war klar und kalt obwohl Sommer war. Anna erinnerte sich, wie sie schweigend am Ufer standen, Hand in Hand. Das Wasser glänzte mattsilbern wie flüssiges Blei. Eine unvergleichliche, geheimnisvolle Stille und Einsamkeit breitete sich darüber hin.

»Das wollte ich dir zeigen«, hatte Maurus ehrfürchtig geflüstert. Er liebte die Schönheit und wollte Anna daran teilhaben lassen. Sie hatte sich zum ersten Mal an ihn geschmiegt – es war ihr Dank, der ihn beglückte.

Als er sie zur Schule zurückgebracht hatte, und von ihr Abschied nahm, gab er ihr einen mit Bleistift geschriebenen Brief, den er vor der Fahrt zum Eibsee in München geschrieben hatte:

Anna, soeben habe ich Deine Stimme gehört – und wenn alles den erhofften Weg nimmt, werde ich in einer Stunde bei Dir sein.
Und werden wir die Stunde verstehen, daß sie weist ins Bleibende? Werden wir unsere Herzen halten, daß wir reicher und gestärkter einander verlassen und ineinander – nein zueinander – oder beieinander sind.
Wenn Du diese Zeilen in Händen hältst, dann sind wir schon wieder getrennt im Äußeren, und die Herzen werden einander suchen und werden einander zuerst nicht finden – aber dann werden wir im Tiefsten doch frei und zugleich geeinigt einander schauen.
Laß mich Dir nahe sein, so wie ich es will: dich befreiend – Deine Kraft dem Leben zuwendend, Deine große Seele erweckend. Möge ich der Gnade dieser Begegnung immer würdig bleiben! Daß ich nichts an Dir zerbreche! Daß ich Dich in allem Guten und Edlen fördere! Daß ich Dir ein Segen sei!
Da Menschenwollen so unbeständig ist, empfehle ich mich und Dich in Gottes Liebe, in Gottes Gnade.
Ich sag's in Dein Herz hinein: Ich habe Dich lieb, Anna.
D. M.

Ein Gedicht von Ricarda Huch lag noch bei, das er mit der Hand geschrieben hatte, und das Anna immer wieder las. Er hatte einen

Weg gefunden, ihr das zu sagen, was sein Mund nicht sagen durfte. Sie suchte Zuflucht in der Gedichtzeile: »Sterben müßt ich, hätt ich dich noch lieber …«

Diese Worte füllten ihr Herz und ihre Tage aus. Maurus war ein Liebender. Er brauchte diese Worte der Dichterin, um sein tiefes Gefühl ausfließen lassen zu können. Er war ein weicher Mensch voller Sehnsucht. Aber er war auch ein leidenschaftlicher Seelsorger der sich bewusst war, ohne seinen Beruf nicht leben zu können. Alle Menschen umschloss er mit seiner Liebe und wollte sie in sein Leben einlassen. So wurde er ein innerlich Zerrissener, der nicht beides leben durfte: seine Berufung *und* seine Liebe zu Anna. Kurze Zeit später hatte sie damals von ihrer todkranken Lehrerin erfahren, dass er einen schweren Herzanfall erlitten hatte.

Den nächsten Brief überflog Anna, weil er schmerzte wie damals, als sie ihn erhalten hatte. Er war am 26. Juni 1956 geschrieben, »einige Minuten vor Mitternacht«. Da hieß es in einem Absatz:

> *Du wartest wohl schon die Tage her auf ein Wort von mir? Die ungeschriebenen und ungesagten Worte aus der Herzenstiefe – ich wage das große Wort schon nicht mehr zu schreiben – hörst Du doch auch?*
> *Vielleicht, meine Anna, sind wir schon wieder am Abschiednehmen? Dann freilich müßte das Herz doch etwas bluten. Aber ich denke: es müßte uns beiden gut sein. Dir, damit Du Deinen Weg unbehindert gehst, mir, damit ich meine Arbeit in Treue tue.*
> *Ich sage vielleicht sind wir schon am Abschiednehmen?! Dann sei das Herz ohne Trauer! Dann sei gesegnet die Begegnung; denn es war eine Begegnung der Gnade.*
> *Für Deine lieben Zeilen, die ich schon am Sonntag nachts bei meiner Rückkunft vorfand, sei bedankt. Ich werde Dir nicht weniger zugeneigt sein. Wer von uns geht gerade seinen Weg? Es wäre schön, seine Seele rein bewahrt zu haben und an keinem Menschen schuldig sich zu wissen. Denn es ist ja immer auch eine Last auf den anderen*

gelegt, wenn wir versagen; es wäre schön, aber das Entscheidende ist doch: wieder heim zu wollen in das Licht, wieder leben zu wollen in der Wahrheit.
Wer trüge keine Wunden aus dem Kampfe und aus dem Ringen um die Höhe?
Wie ist mir leid um Dich, mein Kind!
Du schriebst mir, Du wärest an den Abgründen des Lebens vorbeigegangen.
Ja, Anna, Du wolltest etwas anderes sagen, als was da steht. Du wolltest sagen: Auch die Abgründe des Lebens und die Abgründe des Irrens sind Dir nicht fremd geblieben.
Und sie sind Dir doch fremd geblieben. Es ist schon so, wie Du geschrieben hast: Du bist vorbeigegangen. Du bist wissend geworden, aber heil. Du bist heil geblieben und die Sehnsucht in die Vollkommenheit der Liebe ist nur größer in Dir geworden. Und helfen soll diese Sehnsucht Dir und mir und allen, die uns begegnen!
...
Es ist darum meine große Sorge und mein Fürchten: Daß kein Schatten der Schuld auf unsere Liebe komme – daß ich an Dir, meine Anna, nicht und nie schuldig werde.
So wäre es schön, wenn auch leidvoll, wenn wir jetzt auseinandergingen: Mit diesem guten Bild im Herzen und im Gedächtnis und – in der tiefen Sehnsucht.
Dann ist es geblieben wie es ist: gut und tief und köstlich; ein Wunder in dieser wunderlosen Zeit; das Gottesgeschenk einer reinen, guten, fruchtbaren Liebe.
Mir will es scheinen, die Zeit sei nicht mehr ferne, da wir wieder jedes seinen Weg wird ohne den anderen gehen müssen. Denn die Menschen werden uns trennen, weil sie uns nicht verstehen, nicht verstehen können. Weil sie uns nicht glauben, nicht glauben können.
Es wird auch dazu eine große Kraft gehören: denen nicht zu zürnen, die uns trennen wollen, vielleicht auch einmal trennen.
Wie wir am Wasser standen mitten in den Bergen, am

Wasser in der Nacht: Es ist Licht und Dunkel zugleich darin; es trägt und es läßt versinken – es kommt aus den Himmeln und versickert in der Erde – in den dunklen Schoß der Erde. Und es sang sein Lied, dies Wasser der Nacht und des Lichtes zugleich.

Ist's ein Symbol, das Wasser, zu dem wir hinaufgekommen sind in der stillen Nacht? Ist's ein Symbol für ein Werk, das uns immer zu tun aufgetragen ist, wenn wir einander liebend begegnen: Nicht dem Gesetz der Neigung und des Gefälles uns zu fügen – sondern die Liebe im Geiste anzustreben. Die Liebe, die aus der Tiefe kommt und die uns ziehen könnte in die Tiefe – diese Liebe zu haben und zu wandeln in die Liebe im Licht.
Du weißt es, wie gut ich Dir bin!
Ich grüße Dich mit dem Gruß der Liebe, meine Anna!
Dein M.

8. Juli 1956

Anna, kannst Du mich hören in der Tiefe Deiner Einsamkeit, in der Kammer Deiner Trauer? Kannst Du mich hören, auch wenn ich Dir nichts mehr sagen kann? Und weißt Du um meine Nähe, auch wenn der Weg zu Dir verschlossen für mich ist? Trag alles und leide – aber zerbrich nicht!
Wisse um die tiefste Not, die die Herzen bedrängen kann: keinen Weg zu wissen zu denen, die auf uns warten, die uns zugeordnet sind, deren Liebe in das Herz hinein spricht – Tag und Nacht – und keinen Ton der Antwort geben zu können – und wisse diese Not und bleibe doch dem Leben aufgetan.
Die feindlichen Mächte, die uns bedrohen, können wohl die äußere Gestalt der Zuordnung verstören – aber die innere Kraft, das tiefste Wissen wird nur gesammelter.

Ob wir im Innersten wieder getrennt werden? Ich glaube, es ist unmöglich, wenn der Eine und Einigende in unserer Gemeinschaft ist.
Ich begehre nichts. Ich kann es tragen, daß wir einander nicht mehr sehen. Ich will nur, daß Du reifst und wächst zu Dir, in Dich hinein und hinauf zum Menschen der reinen Liebe, die aus der ewigen Liebe stammt.
Ich glaube, wenn die Harmonien auch verklungen sind und wenn man auch nichts mehr von ihnen hört, so bleibt doch etwas Gültiges, Wahres, Gutes.
O, meine Anna!
Nimm das in Dein Herz hinein und bewahre es für immer!
D. M.

16. Juli 1956

Anna, wie das weitergehen soll, ohne daß das Herz Schaden nimmt. Diese Unendlichkeit der Sehnsucht, aus der jeder Tag kommt und in die jeder Tag mündet. Wo ist die Freiheit, die wir eins dem anderen lassen wollen? Können wir wieder zurück in jene Unbefangenheit, in der wir nur ein leises Ahnen hatten und in der die Hoffnung nur ganz leise zu hoffen wagte: Es könnte die Liebe so groß kommen wie sie kam. Aber sie kam größer und sie wird immer noch größer, wenn wir uns nicht eindämmen. – Mir liegt Dein Wort schwer und tief und beglückend und beunruhigend in der Seele: »Wissen Sie, wie lieb ich Sie habe?«
Ja, ich weiß es: »daß nimmer Du Dein Eigen bist«, ich weiß es, daß die Liebe Dich nun zieht, so wie Du es vielleicht gar nicht willst. – Ich mache mir Sorgen: daß Du das Leben versäumst, daß Du den Ruf Deines Lebens überhörst – und ich möchte Dich doch in das Leben führen.
Und doch warte ich, bis ich Deine Stimme wieder höre, bis ich höre, ob ich Dich wieder sehen werde. Und wenn ich Dich sehe, dann werde ich mich freuen in einer klaren,

großen Freude, hinter der doch schon wieder das Leid und das Heimweh wartet.

Am 31. Juli 1956, kurz vor seinem Urlaub, schrieb Maurus:

... Ich habe es Dir schon einmal gesagt: Ich kann mir keine Freude mehr denken, die vollkommen wäre ohne Dich. Wenn ich die Berge am Rande des Landes leuchten sehe, meine ich: Mit Dir müßte ich sie sehen können; und wenn ich an die Schönheiten der fernen Bauten und Bilder denke: Mit Dir möchte ich sie betrachten können. Aber es wird da wohl so sein: Ich kann die Herrlichkeiten sehen – und Du bist fern. Und so wird alle Schönheit in eine leichte Wehmut und alle Freude in einen Hauch der Trauer gehüllt sein.
Schnell vergessen?, sagst Du. – Die Not wird sein, daß ich schwer vergessen kann. – Aber vielleicht bringe ich es fertig, Dich geistig nahe zu wissen – oder wird mir das Schwere gelingen, mich langsam zu lösen – so wie die reife Frucht sich vom Baum löst – oder wird es schmerzlich sein wie wenn Leib und Seele sich scheiden. Das wird bleiben: Du hast mich reich gemacht, Du hast mir ein reines Glück gebracht – Du hast mir den Weg zur Höhe gewiesen.
Bleibe so: tief, gut, rein!
Alles Liebe, alles Schöne, alles Hohe Deinem geliebten Herzen!

Dein M.

Dann war er mit den Seinen in den Urlaub gefahren. Aus Italien erreichte sie ein mit Bleistift geschriebener Brief:

Marina di Massa, 13. August 1956

Anna, Du gehst mit mir auf den Wegen dieses Landes, von dem Deine Sehnsucht träumt, und ich spreche zu Dir in allen schönen Stunden – wenn ich in das geheimnisvolle Dämmer der Dome trete, und wenn ich von den Bergen über die heißen, trockenen Täler schaue, wenn der Sternenhimmel durch das Dach des Pinienwaldes grüßt, und wenn das Meer, das unruhige, sein mächtiges Lied in die Tage und Nächte hinein singt.
Ich sitze nun am Meer, das weit hinaus unter dem graublauen Himmel in der Sonne glitzert. Und ich denke an das unendliche Meer der Liebe – einer anderen Liebe, einer höheren als die des Alltags –, die Menschen verbinden und erhöhen und verwandeln kann.
Damit Du es weißt, wo Du mich suchen mußt: Wir liegen in Marina di Massa, etwa 20 km südlich von La Spezia.
Ich bin Dir nahe und grüße Dich aus gutem Herzen wie immer

D. M.

Gegen Ende November teilte Anna Maurus mit, dass sie ihr Examen bestanden habe, und mit vier ihrer Kollegen ab 1. Dezember nach München versetzt sei. Nur einer konnte in der Provinz bleiben, weil er einen kleinen Sohn hatte, der krank in einer Gipswanne lag.

5

Nach ihrer Versetzung musste Anna in München auf Zimmersuche gehen. Der Staat hatte für die jungen Beamten keine Unterkunft bereit. Für einige Tage konnte sie bei Verwandten unterkommen, aber der Raum war sehr beengt, weil alle Kinder noch zu Hause wohnten. Ihr Onkel besorgte ihr eine vorübergehende Bleibe in der Hotelpension »Zugspitz« am Starnberger Bahnhof. Sie musste den winzigen Raum zu einem ziemlich hohen Preis mit einem Zimmermädchen des Hotels teilen, und konnte nicht einmal ihren Koffer auspacken. Täglich schaute sie in die Wohnungsanzeigen der »Süddeutschen Zeitung«, um ein passendes Zimmer in Untermiete zu finden. Von ihrer neuen Adresse hatte sie Maurus brieflich verständigt. Kurz darauf ließ er sie wissen, dass er sie am kommenden Montag, so gegen sechs Uhr abends, treffen könnte. Anna sehnte den Tag herbei und freute sich schon alle vorhergehenden Tage darauf.

Am Montag eilte sie beschwingt vom Amt heim in die Hotelpension, kleidete sich um, und wartete unten vor dem Hoteleingang auf ihn. Sie schaute sich auf dem Gehsteig die Augen aus. Immer wieder sah sie auf die Uhr, blickte gehetzt nach links und rechts – aber er kam nicht.

Der Verkehrsstrom rauschte an ihr vorüber – fieberhaft hielt sie Ausschau.

Es war lange nach sechs Uhr, als sie plötzlich seinen schwarzen Wagen vorbeifahren sah, eingekeilt in den Autostrom. Sie sah sein geliebtes, ernstes Gesicht konzentriert am Steuer – und schon war er vorüber. In Panik rannte sie dem Auto nach und in ihr schrie es: *Hier bin ich – hier bin ich!*, aber er konnte das natürlich nicht hören, und bog inmitten der Autokolonne nach links in die große Bahnunterführung ab, wohin sie ihm nicht mehr nachrennen konnte. Am liebsten hätte sie laut geweint. Ganz zerstört ging sie in die Hotelpension zurück. Als sie im vierten Stock aus dem Lift kam und niedergeschlagen in ihr Zimmer gehen wollte, sagte der Hotelbesitzer zu ihr: »Ein Herr hat angerufen und wollte Sie sprechen. Ich habe gesagt, Fräulein Renz ist nicht da – sie ist einholen gegangen.«

Anna packte die Wut der Verzweiflung. *Einholen … einholen … was für ein Wort für das bayerische ›einkaufen‹!*, begehrte es in ihr auf, obwohl sie wusste, dass das Wort keine Schuld traf. Sie selbst war es doch, die alles falsch gemacht hatte! Warum war sie so ungeduldig und voreilig auf die Straße hinunter gelaufen?! Wenn sie hier oben gewartet hätte, hätten sie sich nicht verfehlt. Anna war ganz außer sich vor Enttäuschung. Die Gelegenheit war für immer dahin. Jeder Kilometer entfernte ihn mehr von ihr. Zum ersten Mal seit sie in der Stadt war, verspürte sie eine tiefe Verlassenheit. Eine Million Menschen lebte um sie herum, aber sie fühlte sich mutterseelenallein wie in einer Wüste. Einige Stunden später wagte sie es, im Krankenhaus anzurufen. An der Vermittlung wurde nach ihrem Namen gefragt, und nach einer Wartezeit sagte ihr die Stimme, der Herr Stadtpfarrer melde sich nicht. Ein zweites Mal getraute sie sich nicht mehr zu telefonieren. Sie konnte nicht einschlafen und hörte die halbe Nacht hindurch den Lautsprecher vom Hauptbahnhof herüberhallen.

Anna hielt es nicht mehr aus und bestieg am folgenden Sonntag den Frühzug, der in seine Stadt fuhr. Schon während er langsam dort einrollte, spähte sie nach dem Kirchturm. Sie stieg als erste aus dem Waggon und lief mit Eilschritten die lange Straße zur Kirche hinauf. Maurus war schon mitten in der Predigt. Leise glitt sie durch das Pförtchen in den kleinen Seitenanbau hinein. Sie stand an die Wand gelehnt und horchte auf das, was er sagte. Er sprach davon, dass Gott gut ist. Es war so tröstlich für ihr von Kindheit an verängstigtes Gemüt zu hören, dass Gott Güte und Barmherzigkeit ist. Sie schaute ihm zu, wie er die heilige Messe zelebrierte, wie sich sein Gesicht über die Hostie neigte und die Wandlungsworte sprach, wie er Brot und Wein emporhob und den Menschen zeigte. Bei der Kommunionspendung sah er Anna und ging beim Auszug, sie mit dem Ornat streifend, an ihr vorbei. Wieder kam er, als alle Leute die Kirche verlassen hatten, zu ihr herein und flüsterte ihr zu, dass sie nachmittags ins Krankenhaus kommen solle, aber etwas später.

Gegen vier Uhr lief sie an der Pfortenschwester vorbei, die ihr nachrief, zu wem sie wolle. Anna antwortete wahrheitsgemäß, dass sie beim Herrn Stadtpfarrer einen Besuch mache. Schwester Perpetua wollte ihren Namen wissen, und griff dann zum Telefonhörer. Irgendetwas warnte Anna zu sagen, dass der Herr Stadtpfarrer sie erwarte. Sie erhielt den Bescheid, dass sie zu ihm heraufkommen könne. Nach den langen Wochen des Getrenntseins stieg sie zu seinem Zimmer in den zweiten Stock hinauf, und stand klopfenden Herzens vor der Tür. Er hatte ihr leises Pochen sofort gehört, er wusste ja, dass sie es war.

»Kind, warum warst du denn bei meinem Anruf nicht im Hotel?«, rief er, als er vom Schreibtisch aufstand und Anna entgegenging. »Wir hatten doch einen Zeitpunkt vereinbart!« Noch immer schwang ein verzweifelter Ton in seiner Stimme.

»Ich hab gedacht, ich warte unten auf dich. Ich hab es im Zimmer einfach nicht mehr ausgehalten … Ich hab dich vorbeifahren sehen und bin dem Auto nachgerannt …«, rief sie noch im Nachhinein ganz aufgeregt.

»Aber jetzt bist du ja da«, sagte er begütigend und nahm ihr Gesicht zwischen die Hände. Sie schloss die Augen, als sich sein Mund wieder zärtlich auf ihre Lippen legte. Dann ging er zum Schrank und holte seinen Mantel. »Wir fahren wieder weg«, sagte er. »Die Straßen sind schneefrei, und draußen sind wir sicherer.«

Anna wusste sofort, was er meinte. Kein unverhoffter Besuch konnte so in die Stunde der Zweisamkeit einbrechen, die er ihr und sich schenken wollte.

Er hatte bereits die Türklinke in der Hand, als er sagte: »Jetzt hätte ich fast die Briefe vergessen, die ich dir in der Zwischenzeit geschrieben und die ich nicht mehr an deine Heimatadresse geschickt habe; ich habe sie bei mir aufbewahrt, ich wusste ja nicht, wie man es bei dir daheim auffasst.«

Er ging zurück zum Schreibtisch und holte ein dickes Kuvert aus der Schublade. Anna steckte es in ihre Handtasche.

Sie verließen das Krankenhaus wieder durch die große hintere Türe, durch die die Schwerkranken hereintransportiert und Tote hinausgetragen wurden, und gingen zu seinem Auto. Anna empfand wieder diese zitternde Freude wie immer, wenn sie bei ihm sein durfte.

Sie fuhren durch die Stadt, die in der sonnigen Winterstille fast menschenleer war. Der Pfarrer bog im Zentrum in westlicher Richtung ab. Sie kamen durch einige Dörfer; dann erreichten sie den Kurort, den er anstrebte. Auf einem Parkplatz stellte er das Auto ab und führte sie über die Kurpromenade am Uferdamm eines rasch fließenden Baches entlang. Auf der rechten Seite reihten sich Sanatorien aneinander. Herren mit Damen in Pelzmänteln schlenderten an ihnen vorbei. Sie gingen über eine kleine Brücke auf ein Café zu, in dem sie hinter großen Glasfenstern viele Menschen sitzen sahen. Drinnen fanden sie ein freies Tischchen. Maurus nahm Anna den Mantel ab, trug ihn zur Garderobe und hängte beide Mäntel übereinander.

Das Café war sehr vornehm. Zwischen schweren Brokatvorhängen fiel das gedämpfte Licht der Wintersonne durch große Glasscheiben. Eine Bedienung in schwarzem Kleid und spitzenumrandetem Halbschürzchen nahm die Bestellung auf. Der Pfarrer bestellte ein Kännchen Kaffee, Anna wünschte sich heiße Schokolade. Eine Kuchenplatte, die man im Kreis drehen konnte, wurde in die Mitte des Tischchens gestellt. Maurus wollte nichts essen, aber Anna suchte sich aus dem köstlichen Angebot ein Stück Nuss-Sahne-Torte aus. Dann ließ sie ihre Augen im Café umherwandern und bemerkte, dass die Blicke einiger Damen neugierig und bewundernd an Maurus hafteten. Er sah aber auch blendend aus in seinem schwarzen Maßanzug mit schwarzer Krawatte. Das dunkle Haar, von wenigen Silberfäden durchzogen, lag glatt zurückgekämmt an seinem Kopf und betonte sein geistvolles Gesicht, das jetzt Gelöstheit und Freude spiegelte und jenes reine, unbestimmbare Etwas, das vielleicht der Seelsorgsdienst manchem Geweihten verleiht. Maurus fiel einfach auf. Immer ging dieses Besondere von ihm aus, das auch sie verzaubert hatte. Sie war unsagbar stolz, ihm gegenüberzusitzen. Anscheinend kannte ihn hier niemand. Es schienen Kurgäste zu sein, die ihren Nachmittagskaffee tranken.

»Die Leute schauen auf dich …«, flüsterte sie Maurus zu. Er erschrak nicht und lächelte leise.

»Lass sie schauen«, sagte er, »es ist nichts Unrechtes, dass ich mit dir in ein Café gehe.« Anna dachte: *Er weiß es gar nicht, dass die Frauen ihn als Mann bewundern – vielleicht ahnen sie sogar, dass er Geistlicher ist, verwunderlich wäre es nicht, bei seiner priesterlichen Ausstrahlung, die ihn mit den Jahren geprägt hat.*

Plötzlich ging ihr durch den Kopf, dass kürzlich, als sie vor ihrer Versetzung noch bei den Eltern wohnte, ein junger Mann, der mit ihr auf der Schule war, aber dann zur Bundeswehr übergewechselt war und die Offizierslaufbahn anstrebte, angereist kam, und ihrer Mutter eine große Pralinenschachtel gebracht hatte. Sie wusste, dass dieser junge Mensch sie verehrte, aber sie fühlte sich nicht im mindesten zu ihm hingezogen. Sie sah im Geist seinen kraushaarigen Kopf und das junge, wie ihr schien, nichtssagende Gesicht mit den Kulleraugen, und sie verglich ihn mit dem Mann, der ihr gegenübersaß – da konnte der Junge nicht im Traum bestehen. Es lag aber im Grunde nicht an seiner aufgeschossenen, mageren Gestalt und den knochigen Knien unter der kurzen Sommerhose, die ihn ausstachen, es war einfach dieses Unsagbare, dieser übermächtige Sog, der sie so ausschließlich zu Maurus hinzog, dass alle anderen Männer für sie bedeutungslos wurden.

Es gab unter den Kollegen noch einen Verehrer. Wenn sie damals mit ihm und all den anderen in der Abendsonne auf dem Mäuerchen des Schulhofs hoch über dem See saß, hatte dieser auf der Gitarre gespielt, und etwas schwermütig mit seiner dunklen, angenehm rauchigen Stimme das Lied: *Brennend heißer Wüstensand – fern so fern mein Heimatland …* gesungen; Anna hatte mitgesungen und in seinen Augen ein schwärmerisches Leuchten gesehen, das ihre Augen festhielt. Aber sie empfand nur kollegiale Freundschaft. Und sie verglich auch ihn mit dem Mann, der ihr im Café gegenübersaß, und fand den Vergleich unmöglich. Beide Kollegen hatten Maurus ihre Jugend voraus, aber was bedeutete das schon!

»Was denkst du denn?«, fragte Maurus in ihre Gedankenverlorenheit hinein.

»Ach, da war kürzlich ein Kollege bei uns daheim, und brachte meiner Mutter eine Schachtel Pralinen.«

Einen Augenblick schien es Anna, als flöge ein leichter Schatten über sein Gesicht; aber sie konnte sich auch getäuscht haben.

»Und – gefällt dir der junge Mann?« Sein Blick war aufmerksam und forschend auf sie gerichtet.

»Nein, es war mir peinlich, dass er gekommen ist. Ich habe ihn doch gar nicht ermuntert – er hatte überhaupt keinen Grund, bei uns zu erscheinen … ich möchte bei dir sein«, flüsterte sie wie gestoßen von einer inneren Bedrängnis, »ich möchte nie mehr von dir fortgehen müssen und allein sein!«

»Aber Kind! Du weißt doch, dass das nicht möglich ist, auch wenn ich es wollte! … Du kennst doch das Gedicht von Hans Carossa ›Der alte Brunnen‹, wo es am Ende heißt, dass in der Nacht ein Wanderer ans Marmorbecken trat, und mit der hohlen Hand Wasser schöpft. Er geht bald weiter. Aber die Trauer über die Einsamkeit weicht der Freude, denn fern unterm Sternenschimmer gehen noch viele Wanderer, und mancher ist auf dem Weg zu dir.« Und lächelnd fügte er hinzu: »Verschließe nur die Türe nicht, damit du ihn nicht versäumst.«

Der Satz tat Anna wieder weh wie alles, was er zu diesem Thema zu ihr sagte oder geschrieben hatte. Sie dachte trotzig: *Ich brauch ja nicht heiraten. Ich habe ja einen Beruf. Niemand kann mir verwehren, ihn zu lieben, wenn ich nichts von ihm will.* Und doch: Würde sie das auf Dauer verkraften, immer draußen zu stehen, immer zu warten, nie vor der Welt zu ihm zu gehören?

»Was ist denn?«, fragte Maurus und schaute nun ernst in ihr von Trauer verwölktes, junges Gesicht.

»Es ist nichts. Nur – ich fürchte mich davor, wieder allein zu sein.«

»Ja Kind, das muss ja nicht sein. Du bist jung. Verschließ dich nicht vor den Menschen. Du kennst das Leben doch noch gar nicht! Wie oft habe ich dir das schon geschrieben!«

Er schaute auf die Uhr.

»Wir müssen aufbrechen«, sagte er. »Ich muss zurück.«

Sie holten ihre Mäntel. Anna fühlte eine Schwere in sich. Die Freude war erloschen. Schweigsam fuhren sie seiner Stadt entgegen. Da bog er in einen Parkplatz ab und hielt an.

»Sei doch nicht so niedergeschlagen, Kind! Ich möchte nur, dass du auch andere Menschen siehst und dich dem Leben nicht verweigerst. Ich kann dein Leben ja nicht sein … mein Beruf … du weißt es doch.« Er streichelte ihr Gesicht. Als ihre Tränen auf seine Hand tropften sagte er: »Ich mache mir jetzt Gedanken, ob ich recht daran getan habe, dass ich dich noch einmal aus deiner Einsamkeit – aus deiner vermeintlichen – zurückgerufen habe, als ich an dem Abend, an dem wir uns verfehlt haben, nach München gefahren bin; denn es führt dich wohl kein Weg aus der Gegenwart in das Leben, als der über eine längere oder kürzere Einsamkeit … Wir wollen uns hier verabschieden. Ich lass dich nachher weiter draußen aussteigen, sonst fällt es vielleicht auf. Du hast ja noch Zeit und gehst dann besser das Stück zu Fuß zum Bahnhof.«

Als er in die Nähe der Stadt kam, hielt er an. »Du kannst mir ja schreiben oder mich auch im Krankenhaus anrufen, wenn du magst«, sagte er noch, als sie ausstieg.

Anna schaute ihm nach, bis sie das Auto nicht mehr sehen konnte. Zwischen verschneiten Feldern ging sie langsam dem Bahnhof zu. Im Warteraum setzte sie sich auf eine Bank. Mit leeren Augen sah sie Menschen an sich vorbeieilen. Der Zug donnerte heran. Sie ging auf den Bahnsteig und fuhr in die Großstadt zurück.

Auf ihrem Platz im Abteil nahm sie das unverschlossene Kuvert aus der Tasche, das ihr Maurus im Krankenhaus übergeben hatte, und entnahm ihm die Briefe, die er nicht abgeschickt und für sie aufbewahrt hatte. Sie waren auf schönem Büttenpapier geschrieben. Anna las und las. In einem hieß es:

… Wie alle Nächte – vielleicht zwei ausgenommen seitdem ich Dich das letzte Mal sah, ist auch heute die Mitternacht vorbei.
Und meine Gedanken und mein Herz, sie sind – bei Dir.
Aber das ist die Qual: Ich helfe Dir nicht, sonst fühltest Du Dich nicht allein; ich quäle Dich – ohne daß ich es will – darum verstehst Du mich nicht; darum stehst Du in Gefahr, bitter gegen mich zu sein.
Ich danke Dir, daß Du Dich dagegen wehrst. Ich bin um das noch froh: Deinetwillen, mein Leid Du und meine Sorge.
Liebe!

… Dein gutes Gedächtnis erinnert Dich gewiß noch an die Stunde, in der ich Dir das Goethe-Wort zitierte: »O

welches Glück, geliebt zu werden und – Götter! – lieben, welch ein Glück!«, und daß ich Dir sagte: ich verstünde das jetzt so ganz. Es ist ein Reichtum, lieben zu können; es ist eine Gnade, lieben zu dürfen; es ist eine Not, die Liebe verbergen zu müssen.

Du stehst auch vor meiner Tür und frierst, sagst Du. – Das empfindest Du nur so. Denn Du bist tief in meinem Herzen. Und ich fürchte mich vor Gott nicht, dies ihm zu zeigen. Aber ich fürchte mich, es Dir zu zeigen. Weil ich wirklich liebe, mein Kind!

Wo bist Du wohl? Gebs Gott, daß Du in Frieden bist. Gute Nacht!

4. Dezember 1956, morgens 0.25 Uhr

Jede Nacht – bis Du Dein Herz gefestigt hast – will ich mich mit Dir treffen, wie ich es gerade getan habe. Ich will alle Gedanken und alle Kraft des Herzens Dir zuwenden, eine kleine Weile. Ganz für Dich da sein, Du mußt das ja spüren. Dann sollst Du Deinen Tag und Deine Freude und Deine Einsamkeit in mich hineinlegen. – Niemand kann uns daran hindern, niemand kann uns diese Gemeinschaft stören. Niemand soll diese heilige gute Stunde entweihen. Bei einem Mann, der die Liebe zu Dingen in der Welt als eine Hemmung für die Liebe Gottes verabscheut, habe ich ein Wort gefunden, das mir vor Augen stehen soll, wenn ich mich auf den Weg zu Dir mache, um Dir ganz verbunden zu sein. Gigo von Kastell sagt im Tagebuch eines Mönches (Nr. 276): »Kein Zugeständnis der Begier! Keine Schranke der Liebe!«

Aber es ist für den, ach so wandelbaren Menschen nicht leicht, wahrhaft treu zu sein, denn es hat ja nicht nur ein Mensch Anspruch auf unser Herz.

Es rufen uns alle an, meine Liebe; am allermeisten die, die gar keine Heimat, die gar keinen Menschen haben.

Dürfen wir da in unserer Liebe, die doch unser Glück ist, bleiben? Oder müssen wir nicht aus der Stunde der Liebe hinaus auf den Weg der Liebe, die sich opfert? So wie wir einmal hinausgegangen sind, und einander fanden. Es ruft jemand unsere Liebe an – –

Anna las auch Briefe, in denen ihr bewusst wurde, wie ungerecht und durchtränkt mit Bitterkeit ihre Briefe an Maurus manchmal waren – wie sie ihn belasten mussten. Aber sie litt mit allen Fasern ihres Herzens an dieser ausweglosen Liebe, die ihr wegen des Pflichtzölibats nie zur Erfüllung werden konnte. Sie konnte diese Liebe nicht aus ihrem Herzen herausreißen – sie vermochte es einfach nicht, ihn nicht mehr zu sehen. *Sie vermochte es nicht.*

8. Dezember 1956, Mitternacht

Eben komme ich heim. Im dichten Nebel, durch den ich fahren mußte, habe ich immer wieder nach Dir geschaut. Aber wenn ich Dich auch suche und zu sehen wünsche: Es ist mir lieb, daß Du nicht gekommen bist. Nur möchte ich gerne wissen, wo Du bist – ich meine Deinen geistigen Standort zuerst; dann aber auch Deine Adresse, denn ich möchte Dir doch gerne ein Wort schicken, daß Du wenigstens das weißt: Ich habe Dich nicht verlassen.
Das Schöne, das ich heute abend hörte: Die Jupiter-Symphonie, die Eroika möchte ich mit Dir hören, denn das muß doch das Köstlichste sein: Mit der Seele, die einem die vertrauteste ist, sich zu erheben oder zu versinken – es wird dasselbe sein – in die unendliche Weite und Höhe und Tiefe, die so vollkommen ist, daß einem das Herz weh wird von der Schönheit, die man sein eigen nennen möchte für den geliebten Menschen – und sie ist doch nicht erreichbar. Wird es jemals sein, daß wir wenigstens in meiner Stube sitzen und das hören und in uns aufnehmen dürfen, um in der Musik eins zu sein – oder wird auch das eine Sehnsucht bleiben?

Wie die Liebe, die über Dein und mein Herz gekommen ist? Und die doch gut ist. Gut und tief.
Ich lasse sie wandern durch die Nacht zu Dir, daß sie Dich finde und – wenn sie Dich auch nicht beglücken kann, so doch stärke, daß Du Deinen Weg weiter gehst und daß Du dem Leben dienst, das Dich ruft.
Du kennst mein Herz und wie es Dir zugetan ist.
Manchmal fällt es so auf mein Herz, daß ich doch fragen muß, ob mein Weg vielleicht bald am Ende ist. Dann sei nicht traurig, sondern glaube, daß ich Dir von Herzen gut bin.
Und wird das auch einmal sein, daß unser Leid nur Liebe wird?
Dann vielleicht – – –

Anna legte die Briefe in das große Kuvert zurück. Am Hauptbahnhof in München angekommen, fuhr sie mit dem Lift in das winzige Zimmer der Hotelpension »Zugspitz« hinauf. Sie beschloss, ihren gesamten Briefschatz jeden Tag in der Tasche mit ins Amt zu nehmen. So konnte kein Unberufener darin lesen.

6

Anna drückte auf den Klingelknopf neben dem Namensschild »Reif«. Kurz darauf hörte sie einen Brummton, und die schwere Haustüre ließ sich nach innen aufdrücken. Mehrere Steinstufen führten zu den Wohnungen hinauf. In der geöffneten Türe der rechten Parterrewohnung stand eine hochgewachsene, ältere Dame mit kurzem grauem Haar und senkrechten Kerben über der Oberlippe, die auf Enttäuschungen und seltenes Lachen schließen ließen und dem Gesicht eine gewisse Strenge verliehen. Etwas Hoheitsvolles, Unnahbares, Selbstbewusstes ging von ihr aus, das Anna einschüchterte. Kühle graue Augen musterten die junge Frau noch bevor sich Anna vorgestellt und gesagt hatte, sie käme wegen der Annonce in der »Süddeutschen Zeitung«, sie suche ein Zimmer. Frau Reif bat sie herein. Duft von Bohnerwachs stieg vom Parkettboden des Gangs auf. Der schmale Korridor war mit einem einfachen Teppich belegt. Die Türen links waren alle geöffnet und ließen das Tageslicht eindringen. Frau Reif öffnete die erste Tür rechts zu einem möblierten Zimmer, das in seiner Größe mehr einer Kammer glich, und nur das nötigste Inventar enthielt: Eine Liege, auf der man die Bettdecke tagsüber zur Wand hin zusammenrollen und unter einer Diwandecke verbergen konnte; gegenüber stand ein schöner, mächtiger, alter Schrank von gediegener Handwerksarbeit – »ein schwäbisches Erbstück«, wie Frau Reif betonte –; am Fenster sah Anna einen gleichdunklen, schweren Tisch mit Stuhl und ein leeres Bücherregal, in das sie ihre Bücher stellen konnte, was dem Zimmer dann eine persönlichere Note verleihen würde. Anna fragte nach dem Mietpreis und erschrak. Er überstieg die Hälfte ihres geringen Anfangsgehalts. Sie schaute durch das Fenster auf die steinerne, schneebedeckte Brunnenschale, die sich aus einer rechteckigen Anlage erhob. Ein Weg unter kahlen Bäumen führte um die verschneite Fläche und gab den einander gegenüberliegenden Häuserfronten eine gewisse Vornehmheit. Anna dachte, dass es schön sein würde, im Sommer den Wasserstrahl des Brunnens aufsteigen zu sehen, und ins Laub der Bäume zu träumen. Dieser Blick und die Stille des Innenhofs, besonders aber der Wunsch, endlich aus dem beengenden Zusammenwohnen mit dem Zimmermädchen in der Hotelpension und dem hektischen Getriebe der Innenstadt mit den nächtlichen Lautsprecherdurchsagen des Starnberger Bahnhofs entkommen zu können, gaben den Ausschlag, dass sie das Zimmer nahm. Man einigte sich auf die Mietzahlung im Voraus am Monatsanfang. Nun zeigte ihr Frau Reif die ganze Wohnung: Die Küche, Annas Zimmer gegenüber, dann das Bad, das sie mit noch zwei anderen Untermieterinnen und Frau Reif zu teilen hatte; sie ließ Anna in den kleinen Raum schauen, in dem das Telefon stand, und sie durfte auch das Zimmer ihrer Vermieterin betreten, das der Haustüre gegenüber am hintersten Ende des Ganges lag und offenstand. Es war geschmackvoll eingerichtet. Eine alte, silberverzierte Ikone zog ihren Blick an. Frau Reif, die Annas stille Bewunderung richtig deutete, erzählte ihr, dass ihr verstorbener Mann Antiquitätenhändler gewesen sei, und sie diese Ikone einst von ihm bekommen habe. Durch das Fenster konnte man in einen großen Innenhof schauen, der den Namen »Rosenhof« trug, wie Frau Reif stolz erwähnte. Er sei im Sommer über und über mit Rosen bewachsen und still und schattig. Ihre Stimme war freundlich und Anna hatte den Eindruck, dass sie froh war, das Zimmerchen an sie vermietet zu haben. Sie erwähnte noch, dass Herrenbesuche unerwünscht seien.

So zog Anna einen Tag später mit ihrem Koffer in die Borstei, wie die schöne Wohnanlage an den Gaskesseln hieß. Ein Senator hatte sie einst gebaut. Noch bevor sie ihren Koffer auspackte und die Kleider in den Schrank hängte, öffnete sie das Fenster und atmete tief die frische Luft ein, die hereinströmte. Hier würde sie sich bestimmt wohlfühlen. Unter einer Torwölbung mündete zwar eine Fahrstraße in den Innenhof und lief neben dem Gehsteig unter ihrem Fenster vorbei, doch waren es sicher nur Anwohner, die hier hereinfuhren. Sie schlief gut in dieser ersten Nacht in der Borstei. Nun lebten also vier Frauen in der Wohnung. Anna war die Jüngste. Gleich am nächsten Tag lernte sie die anderen Mitbewohnerinnen kennen. Das Zimmer neben ihr gehörte einer berufstätigen Frau; hinter dieser wohnte eine etwas ältere Dame mit einem »von« im Namen. Sie war von hagerer, knochiger Gestalt und hatte ein maskenhaft starres Gesicht, aus dem stechende Augen das Gegenüber durchbohrten. Wenn sie in der Küche einmal kurz mit Anna sprach, ging etwas Herablassendes von ihr aus. Anna wusste nicht, was die Frau arbeitete, ob sie überhaupt arbeitete. Jedenfalls war sie immer als Letzte im Bad. Die Zeiteinteilung dort hatte sich gut eingespielt. Aber die Frauen begegneten sich nicht oft, morgens in der Küche manchmal, oder abends, wenn sie sich Tee machten. Anna war schüchtern und vermied ein Zusammentreffen. Sie war in sich gekehrt und las am Abend. Sie hatte ein kleines Radio, das sie auf den Tisch am Fenster stellte. Besonders wenn ein Hörspiel kam, schaltete sie ihn gern ein; dann ließ sie sich in eine andere Welt entführen, in der sie ihr Alleinsein und ihre Sehnsucht nach Maurus beschwichtigen konnte.

Anna hatte Maurus geschrieben, dass sie nun nicht mehr in der Hotelpension, sondern in der Borstei bei Frau Reif wohne, und ihm ihre neue Anschrift und die Telefonnummer mitgeteilt. Bei jedem Läuten des Telefons hielt sie den Atem an, ob der Anruf nicht vielleicht für sie war. Eines Abends näherten sich tatsächlich Frau Reifs Schritte ihrem Zimmer. Sie klopfte und sagte, dass ein Herr sie zu sprechen wünsche. Anna hatte den Eindruck, als ob sie in der Stimme ihrer Vermieterin Verwunderung höre, und als seien ihre Augen neugierig fragend auf sie gerichtet. Sie folgte ihr und nahm den Hörer auf. Ihr Herz klopfte, als sie die Stimme von Maurus hörte. Sie fühlte fast körperlich, wie Frau Reif die Ohren spitzte, um etwas vom Gespräch zu erhaschen. Denn der kleine Raum, in dem das Telefon stand, hatte keine Tür und war somit Tag und Nacht offen. Anna sprach leise und gehemmt und wusste zugleich, dass sie das noch verdächtiger machte, einen Freund zu haben. Maurus spürte das natürlich. »Ich merke, dass du nicht frei sprechen kannst. Ich wollte dich nur fragen, ob ich nächste Woche am Montagabend, so gegen sieben Uhr, deine neue Wohnung anschauen dürfte?« Anna bejahte es freudig. Trotz ihrer Ängstlichkeit hätte sie unmöglich vermocht, ihm zu sagen, dass Frau Reif Herrenbesuche nicht erlaube. Sie freute sich über alles, weil sie nun wusste, dass Maurus sie nicht stehen ließ und nicht anders konnte, als ihr Leben weiter zu begleiten.

Am Montagabend schaute Anna immer wieder angespannt auf ihre Uhr. Sie musste lange warten, bis es endlich an der Wohnungstür klingelte. Sie hörte Frau Reif mit ihrem festen Tritt den Gang entlangkommen. An ihre Zimmertüre gepresst, lauschte sie mit pochendem Herzen atemlos auf die Worte, die draußen gewechselt wurden. Sie hörte die ruhige Männerstimme von Maurus, verstand aber nicht, was er sagte. Frau Reif klopfte an ihre Tür: »Fräulein Renz, es ist Besuch für Sie da!« Anna öffnete. Sie sah Maurus und zugleich das von einer leichten Röte überhauchte Gesicht ihrer Vermieterin, in deren Augen sich Überraschung und ungläubiges Staunen mischten. Als die Türe geschlossen war, hörten sie, wie die Schritte von Frau Reif sich entfernten. Da stand er vor Anna im offenen Lodenmantel mit schwarzem Anzug und Krawatte, und so musste er auf Frau Reif gewirkt haben: ein auffallend attraktiver, geistreicher Mann – eine Persönlichkeit.

Maurus und Anna schauten sich mit strahlenden Augen an. Er nahm ihre Hände in die seinen. Irgendetwas hinderte sie, dass ihre Lippen sich berührten. Es war ihnen, als hätten die Wände Augen.

»Das ist also dein Zimmerchen!«, sagte Maurus und schaute sich um. Seine Stimme klang etwas fremd. Er schien gehemmt durch die Begegnung mit Frau Reif und ihrer hoheitsvollen, forschenden Art.

»Wie gefällt es dir hier, Kind?«, fragte er leise.

»Ich muss mich halt erst eingewöhnen«, antwortete Anna. »Aber ich bin froh, ein Zimmer für mich allein zu haben, und besonders, dass ich vom lauten Bahnhof weg bin. Es ist hier ruhig in der Nacht, und schau nur« – sie deutete mit der Hand zum Fenster, hinter dem die Brunnenschale zu sehen war – »ist der Ausblick nicht schön?« Er folgte ihrem Blick und schaute in den erleuchteten, verschneiten Innenhof hinaus.

»Ja, es ist sicher gut, dass du das Zimmer genommen hast … aber wie verstehst du dich mit Frau Reif?«

»Bis jetzt komme ich gut mit ihr zurecht. Aber ein wenig gehemmt bin ich schon in ihrer Gegenwart; sie hat so etwas Ernstes, Strenges an sich. Aber stell dir vor: neulich, in der Küche, hat sie mir erzählt, dass sie manchmal abends zu den Bach-Konzerten in der Markuskirche geht, und sie hat mich gefragt, ob ich sie einmal begleiten will.«

Maurus schien aufzuatmen. Sie setzten sich auf das Sofa, aber diese merkwürdige Beklemmung hielt noch immer an. Der Raum gab ihnen etwas Unfreies, Gehemmtes. Es war, als wären sie eingemauert und umstellt von einem tonlosen Lauschen, das die Wände durchdrang. Die zitternde Freude, die sie beim Warten auf ihn erfüllt hatte, sank immer mehr in sich zusammen.

»Komm, lass uns wegfahren!«, sagte Maurus. Anna holte ihren Mantel aus dem schwäbischen Schrank. Auf dem Gang steckte sie ein Kärtchen mit ihrem Namen in ein Kästchen neben der Tür.

»Was hast du denn da hinterlegt?«, fragte Maurus, als die Wohnungstür hinter ihnen ins Schloss gefallen war.

»Wenn eine von uns abends weggeht, muss sie ihr Namenskärtchen einlegen, damit die Sicherheitskette nicht vorgelegt wird. Sonst könnte man nämlich nicht mehr herein.«

Maurus schaute sie an, sagte aber nichts zu dieser für ihn bestimmt befremdenden Einrichtung.

Er hatte sein Auto außerhalb des Innenhofs geparkt.

»Wohin fahren wir denn jetzt?«, fragte Anna.

»Ich weiß es selber noch nicht – irgendwohin – hinaus aus der Stadt.«

Es überkam sie wieder dieses Glücksgefühl wie jedesmal, wenn sie bei ihm sein durfte. Sie vergaß alle Vorsicht und schmiegte den Kopf an seine Schulter.

»Kind – nicht!«, sagte er fast erschrocken. »Es könnte mich und mein Auto jemand kennen. Warte, bis wir außerhalb der Stadt sind, wo es dunkel ist.«

Anna richtete sich auf und schaute ihn von der Seite an. Sie konnte nie genug bekommen, sein Profil zu betrachten. Als die Stadt hinter ihnen lag und sie ziellos durch Ortschaften und Wälder weiterfuhren, sagte er: »Hier ganz in der Nähe ist das Spätberufenen-Seminar, in dem sich ein junger Mann aus Bergheim auf das Priesteramt vorbereitet. Er ist mir sehr ans Herz gewachsen und ich hoffe, dass er das Studium schafft. Er stammt aus einem Bauernhof und hat sich erst vor einigen Jahren dazu entschlossen. Er muss viel nachholen.« Seine Stimme war voller Liebe, als er ihr das erzählte.

Es war nun ganz dunkel geworden. Maurus bog in einen Waldweg ein. Er stellte den Motor ab und nahm Anna in die Arme. Ihre Stirnen lehnten sich aneinander. So blieben sie lange und sprachen kein

Wort. Dann berührten sich ihre Lippen. Seine Hände lösten ihren Schal, streichelten leise ihren Hals und glitten zu ihren Schultern. Annas Atem setzte aus. Ein ungekannter Schauer durchrann sie. Noch nie war ihr Maurus so nahe gekommen. Sie drängte sich näher an ihn. Da sagte er wie erschrocken über sich selbst: »Wir müssen zurückfahren, du kommst sonst zu spät in die Wohnung!« Er ließ den Motor an und fuhr vorsichtig rückwärts aus dem Waldstück hinaus auf die Landstraße. Anna überkam Trauer wie immer, wenn der Abschied nahte. Sie legte den Kopf an seine Schulter und schloss die Augen, bis sie die Lichter der Großstadt auf ihren Lidern spürte. Maurus ließ sie direkt vor dem Haus aussteigen. Es war schon nach zehn Uhr, als sie fast lautlos die Wohnung aufschloss und bemerkte, dass noch Licht aus Frau Reifs Zimmer drang.

Als Anna am nächsten Abend in die Küche ging, um sich Tee zu machen, kam Frau Reif herein und sagte leichthin: »Ach, da sind Sie ja! Ich habe Sie gestern gar nicht mehr kommen hören … War das ein Kleriker, der Sie besucht hat?«

Die Frage klang nicht unfreundlich und wie nebenbei, aber Anna erschrak und spürte, dass eine unbezwingbare Neugier dahinter stand. Nicht die Spur eines Vorwurfs, weil sie Männerbesuch hatte, klang darin. Auch schauten die Augen ihrer Vermieterin nicht anklagend, eher immer noch staunend, weil zu dieser jungen, unbedeutenden Frau ein solcher Mann zu Besuch gekommen war. Es musste da eine engere Verbindung geben. Und das interessierte Frau Reif brennend. Anna konnte sich vorstellen, wie die blendende Erscheinung von Maurus auf Frau Reif gewirkt haben musste, nicht zuletzt auch seine Ausstrahlung von Autorität, Geist und Bildung, die sie spürbar beeindruckt hatten. Ohne Zweifel hatte noch nie ein katholischer Priester diese Wohnung betreten. Frau Reif war evangelisch. Anna fühlte, dass dieser Besuch nicht nur sie selbst in den Augen ihrer Vermieterin aufwertete, sondern dass sich Frau Reif selbst in dieser kurzen Begegnung sonnte. Sie hatte die Frage nach seiner Identität wahrheitsgemäß beantwortet, war aber nicht zu weiteren Erklärungen bereit.

Dann kam ein Brief von Maurus. Frau Reif hatte das Kuvert mit der markanten Schrift auf Annas Tisch gelegt. Der Brief war ohne

Absender, und ihr war, als höre sie in der Stille ihres Zimmers die Stimme von Frau Reif sagen: *Ich weiß schon, von wem der Brief kommt ...* Sicher hätte sie zu gerne den Namen des Absenders gewusst und aus welchem Ort er kam.

Der Brief war vom 21. Dezember 1956:

> *Meine Anna,*
> *wie bin ich erfüllt von Dir! Von Deiner Liebe und von Deinem Leid! Und wie möchte ich Dir nahe sein um Dir helfen zu können, aber ich bin Dir ferne – und ich fürchte sehr, daß Du auch die geistige Nähe nun schwerer empfinden kannst, da Du ja doch denken wirst: Wenn ich es wollte, dann müßtest Du jetzt nicht in der Einsamkeit sein.*
> *Aber glaube mir: Wenn ich mein Herz ganz in der Hand hätte, dann hätte ich Deine Einsamkeit nicht mehr gestört. Ich muß es noch einmal sagen: Ich bin der Überzeugung, daß Du nur über die Einsamkeit wieder in das Leben gelangst.*
> *Du weißt, daß ich mir Gedanken darüber mache, wie ich das verantworten kann, Dich Deinem Weg zu entfremden, denn an meiner Seite kann ja Dein Weg nicht sein.*
> *Es bleibt uns keine andere Wahl, als daß wir uns bemühen, daß unsere Liebe doch nur Freundschaft wird.*
> *Aber, wirst Du sagen, es hat keine Bedeutung, ob wir die Tiefe unserer Herzen Freundschaft oder Liebe heißen: Wir kennen das Lied, das alle Tage und Nächte ausfüllt, das auch diese Nacht erfüllt:*
> *Ich habe Dich so lieb.*
> *Meine Anna – – –*

Anna fuhr zum Weihnachtsfest zu ihren Eltern und blieb bis Neujahr bei ihnen. Am Abend des vierten Arbeitstags im neuen Jahr fand sie ein großes Briefkuvert auf ihrem Tisch. Sie öffnete es sofort, ohne den Mantel auszuziehen. Maurus hatte am 28. Dezember 1956 begonnen, ihr zu schreiben. In einem Brief hieß es am Ende: »Ich grüße Dich aus dem Licht, in dem alle Schatten verblassen und in dessen Kreis einem das Häßliche nichts anhaben kann.«

Was meinte er mit dem »Hässlichen«? Wer tat ihm etwas Hässliches an?

Im Brief vom 3. Januar 1957, 23.40 Uhr, schrieb er:

Anna,
ich hatte mich schon vor einer Stunde zur Ruhe gelegt, weil mir so gar nicht gut ist. Die nicht erledigten Arbeiten drängen und bedrängen mich so, daß ich fast die innere Ruhe verliere – und nicht einmal die Muße finde, mit meinem Sinnen und Wollen auf längere Zeit ganz bei Dir zu sein. Und mir will es scheinen: Es wäre sehr notwendig, mit meiner ganzen Kraft Dir meine Nähe zu beweisen.
Denn der Brief – Dein lieber gestriger Brief –, den ich heute schon bekommen habe, ist doch das Dokument einer verzweifelten – nein, noch ist es nicht ganz soweit! –, aber das Dokument einer sehr unglücklichen Liebe.
So schön es ist, den Strom des Herzens in das geliebte Herz fluten zu lassen, hier ist etwas anderes notwendiger: Klarheit zu schaffen über das Mögliche und Unmögliche.
Du kannst es aus den Zeilen meines in Deinen Händen befindlichen Briefes nachlesen: wie glücklich ich war über die Erkenntnisse und Bekenntnisse der Heiligen Nacht.
Heute muß ich annehmen, daß Du es gerne so haben wolltest: bereit zu sein zum Lieben, Opfern und Leiden – aber daß es Dir in Wahrheit nicht gelingt.
Und so beunruhigt mich Dein Leid und Deine Not. Sie sind – ohne daß Du es willst – eine Anklage gegen mich.
Ich weiß, daß zu unserer Liebe ein besonderes Maß an Leiden gehört, aber ich habe erfahren, daß das Leiden und Leidenkönnen und Leidenwollen – den Menschen tiefer und reicher macht. Nur darf es kein sinnloses Leid sein, sonst führt es zur Verzweiflung.

Ich habe gestern abend in den Nachthimmel gesehen. Es war ein Bild wie damals oft in Marina di Massa: ein Silbersee draußen im Meer, und gestern war er am Himmel, überall wo die Städte der Menschen darunter mit ihren Lichtern und Leiden lagen. Auch über Deiner Stadt stand dies lichte Meer. Ich weiß, woher der Schein kommt, aber ich dachte doch, daß es ein Abglanz Deiner Liebe sei. Und es tat mir weh, Dich so ferne zu haben, aber ich tröstete mich, Dich in der Liebe geborgen zu wissen.

Sei doch nicht verzagt, meine Liebe, wenn wir nicht leiblich – ich kann nicht sagen nicht »wirklich«, denn mir scheint, was ich ausdrücken will, eine konzentriertere und echtere Wirklichkeit zu sein als die gewöhnliche – sei also nicht verzagt, wenn ich bloß mit meinem Herzen, aber wahrhaftig mit einem guten Herzen, bei Dir bin.

Und so bist Du jetzt wieder bei mir. Ich möchte dich liebhaben ohne Dich anzurühren – lies das Wort, das es nicht gibt: Ich rühre Deine Seele an mit dem Besten, dessen ich fähig bin: ich mache Dich froh und ruhig und ergeben; denn ich liebe Dich – oder: ich will Dich lieben, daß meine Liebe Bestand und Rechtfertigung hat vor der einen Liebe.

D. M.

Seit Anna in München lebte, war sie frei und musste über ihre Freizeit niemand Rechenschaft geben. Sie war zu jung, um ihrer übermächtigen Sehnsucht nach Maurus nicht nachzugeben, und nicht zu ihm zu fahren. So fuhr sie in der Morgenfrühe des Dreikönigsfestes mit dem Zug in seine Stadt. Sie stand an der Mauer der Seitenkapelle und sah ihn am Altar. Wieder streichelte er nach dem Empfang der heiligen Kommunion mit seiner Hand leise über ihre Wange, und die Schulterkante der Kasel streifte sie beim Auszug aus der Kirche, als er an ihr vorbeiging. Anna wusste, dass sie sich nachmittags nicht ins Krankenhaus wagen würde wegen Frau Huser, die dort unerwartet auftauchen konnte. Vor ihr hatte Anna eine namenlose Angst, eine größere Angst, als vor einem strafenden Gott.

Als sie inmitten der hinausströmenden Menschen die Kirche verließ, konnte sie gerade noch sehen, wie Maurus mit seinem Auto wegfuhr. Sie hatten sich bei der Kommunion in die Augen geschaut, aber er konnte danach nicht zu ihr in die Kirche hereinkommen: Anna wusste, dass er sehr in Eile war, weil er nach dem langen Hochamt mit Chor und Orchester in der Stadtpfarrkirche rechtzeitig Bergheim erreichen wollte, um dort seinen dritten Sonntagsgottesdienst zu zelebrieren.

Während sie im Schnee auf Feldwegen umherlief, fiel ihr ein, dass Maurus an diesem Festtag wohl in Bergheim zu Mittag essen und den ganzen Nachmittag dort bleiben würde. Sie hatte einmal geglaubt, dass es ihr genüge, ihn aus der Ferne in der Kirche zu sehen, um sich nicht ganz von ihm trennen zu müssen. Nun merkte sie, dass es doch sehr schwer für sie war, kein Wort mit ihm reden zu können. Nach einigen Stunden des ziellosen Umherwanderns nahm sie den nächsten Zug zurück in die Großstadt.

Sie wollte sich ablenken und nicht den ganzen Feiertag in ihrem Zimmerchen in der Borstei sitzen; daher fuhr sie gleich vom Hauptbahnhof aus mit der Trambahn nach Schwabing und ging ins Kino an der Occamstraße, wo künstlerisch hochwertige Filme gezeigt wurden. An diesem Nachmittag lief »La belle et la bête« von Jean Cocteau mit Jean Marais in der Hauptrolle. Anna ließ sich in eine irreale Zauberwelt entführen. Danach verließ sie mit heißen Wangen das Kino. Draußen atmete sie die Weltstadt, fühlte sich mitten in ihr, und doch war da kein Mensch, mit dem sie sich hätte austauschen und seine Hand halten können. Um noch nicht in ihr Zimmer heimzumüssen, schlenderte sie vom Feilitschplatz auf der Leopoldstraße in Richtung Siegestor. Sie ging in den Hahnhof, ein Weinlokal in der Leopoldstraße, wo es das Brot umsonst gab, das in Körbchen geschichtet mit einem karierten Leinentüchlein bedeckt auf jedem der deftigen Holztische stand. Da saß sie mutterseelenallein, aß ein Stück fränkische Leberwurst und trank ein Gläschen Weißwein dazu. Als sich das Lokal später füllte und es sehr laut wurde, ging sie ins abendliche Schwabing hinaus, und auf dem Boulevard unter den Pappeln an der Glitzerwelt der Boutiquen und Nachtlokale entlang. Aus Neugier machte sie einige Schritte in eines dieser Etablissements hinein, um ihr Alleinsein zu übertönen. Männer standen im schummrigen Licht am Tresen und starrten sie an. Fluchtartig verließ sie das Lokal und rannte zu Fuß bis zur Hohenzollernstraße, um von dort aus heimzufahren.

Anna erfuhr, dass Professor Romano Guardini jeden Sonntag bei der Elfuhrmesse in der Ludwigskirche predigte. Es war für sie wie eine Zuflucht, dort hinzugehen, um ihn zu hören, wenn sie das Wochenende nicht bei ihren Eltern verbrachte oder sich verbot, zu Maurus' Gottesdienst zu fahren. Beim Zuhören kam ihr die Idee, die Predigten Guardinis für Maurus mitzustenografieren, und sie ihm nach und nach zu schicken. Unter der Kanzel stehend schrieb sie auf einem Mauerabsatz alles nieder. Es fiel nicht groß auf. Die Studentengemeinde füllte die Kirche bis auf den letzten Platz, sodass Anna auch noch von gespannt Lauschenden dicht umdrängt war. Im Amt tippte sie in der Mittagszeit auf der Schreibmaschine die Predigten Guardinis von ihrem Stenogramm ab.

In seinem nächsten Brief schrieb Maurus:

> *Liebe, bald ist Mitternacht, die Stunde also, in der Du am Sonntag fast schon am Tor zum Montag Deinen Brief begonnen hast, der heute zu mir kam. Du sollst aber nicht wachen, wenn Du Dich zur Ruhe legen kannst, Liebe! Ich muß die Stunde der Nacht hernehmen, weil mir in der Arbeitshast des Tages kaum Zeit gegönnt ist, das niederzuschreiben, was durch die Seele wandert.*
> *Mir will scheinen, als werde das Geistige etwas befleckt, wenn man es in Worte kleiden möchte – und es besteht nur allzu leicht die Gefahr, sich unklar auszudrücken – d.h. die Worte werden dem Zu-Sagenden nicht gerecht – und so begibt man sich der Gefahr der Unwahrhaftigkeit. Ich sage das nicht zu Dir. Du kannst schreiben, wie Du fühlst. Ich muß mich nun schon besinnen, ob ich das alles sagen darf, was die Überfülle des Herzens hinüberströmen lassen möchte.*
> *Ach, mein Kind, ist doch die innere Welt so groß und*

reich, weit und hell auch in ihren Nächten – aber die äußere Welt kann einen so bedrängen und beengen – und locken und traurig machen.
Und ob nicht deswegen Dein Herz sich zu meinem neigte, weil wir – und werden es die anderen nicht auch in sich tragen? – beide diese enge Welt lieben und zugleich an ihr leiden? Ist es nicht die Bruderschaft des Leides und einer Liebe, die mehr meint und mehr will als nur den Einen? – Müssen wir nicht viele suchen? Alle die Wanderer der Sehnsucht und des Heimwehs, die alle eine Nachbarschaft ersehnen und sie so selten finden? Und die doch eine Atmosphäre ausstrahlen, in der die Möglichkeit der Begegnung sich andeutet, wie die Blume sich verrät auch in der dunkelsten Nacht durch den Duft, den sie verströmt.
Ach, und dann kommt der Tod! – Ich weiß nicht: Es fällt mir schwer, mich mit ihm zu befreunden und vertraut zu machen. Und er gehört doch zu unserem Leben wie der Grund, auf den der Maler seine Bilder zeichnet, oder wie der Rahmen, der alles zusammenfaßt.
Du hast mir geschrieben, Dich ausruhen zu lassen von Deiner Not.
Anna! Du weißt, wie sehr ich das will: Dir Frieden, Ruhe, Zuversicht geben. Aber solange Du an meiner Seite den Frieden suchst, wirst Du immer Unruhe finden, denn ich kann nicht bei Dir sein, nicht bei Dir bleiben.
Ich weiß es: Du bist tapfer genug, Deine Last zu tragen.
Ich freue mich über das Große, das Du bei Guardini gehört hast. Es wäre schön, es gemeinsam hören zu dürfen. Aber wir hören es ja zusammen. Ich sah mit Dir in der Sonntagsnacht das blaue Licht über dem Schnee. Ich habe mit Dir die Wege bedacht, die wir gewandert sind und die wir nie wandern werden außer im Geiste.
Die ganze Zeit – sogar der Sonntag – ist ausgefüllt mit vieler Arbeit. Das ist aber kein Hindernis, bei Dir zu sein.
Gott behüte Dich, Liebe, und Deinen Maurus

Eines Tages lud Frau Reif Anna ein, sie zu einem Konzert des Münchner Bach-Chors unter der Leitung von Karl Richter in die Markuskirche zu begleiten; an der Orgel saß Hedwig Bilgram. Die Kirche war mit Zuhörern überfüllt. Anna setzte sich auf die Stiege, die zum Chor hinaufführte und auf der schon viele junge Menschen, vermutlich Studenten, saßen. Ein junger Mann stand auf und bot Frau Reif seinen Sitzplatz in einer Kirchenbank an.

Als sie nach dem Konzert heimfuhren, und über das Wunder Bach'scher Musik sprachen, spürte Anna, dass ihre Vermieterin gern mit ihr zusammen war. Frau Reif erzählte ihr an diesem Abend auch, dass sie Platon lese und mit der Frau eines Staatsschauspielers befreundet sei, mit der sie manchmal spazieren gehe. Sie fragte Anna, ob sie nicht Lust hätte, mit ihr zusammen an einem Samstag oder Sonntag nach Grünwald hinauszufahren, um eine Wanderung im Isartal zu machen. Anna sagte zögernd für einen Samstag zu; die Sonntage wollte sie sich freihalten für ihre Bahnfahrten zu Gottesdiensten von Maurus oder für Heimfahrten zu ihren Eltern. Manchmal fuhr sie auch mit dem Omnibus zum Skifahren in die Chiemgauer Berge zu ihren beiden Tanten. Frau Reif meinte, dass sie sich doch von der Familie mehr lösen solle, um die Großstadt kennenzulernen, und auch um eine »eigenständige, unabhängige Persönlichkeit« zu werden.

Von Maurus kamen immer wieder Briefe, denen sie sehnlich entgegenwartete. Einer war am 21. Januar 1957 um Mitternacht geschrieben, in dem es hieß:

> *... Und ich vermochte es damals auch, Dir Frieden zu geben; denn ich liebte Deine junge tapfere Seele in ihrer Frische, Tiefe und Weite. Ich wollte Dich auch an mich ziehen, denn es ist immer ein lockendes Abenteuer, eines Menschen Freundschaft zu gewinnen und eines hochgesinnten Herzens Vertrauen zu erwerben.*
> *Aber dann kam jene Liebe – keine böse – aber doch eine, die letzten Endes darauf ausgeht, im anderen die letzte und die bleibende Ruhe zu finden, zu suchen.*

Dafür aber bin ich nicht geschaffen; ich bin gerufen, vielen Menschen, allen die mir in den Weg geschickt werden, Freund zu sein, und es ist schon gut, wenn sich an einem nahvertrauten Herzen das Innere entzündet – aber eine bleibende Heimat kann ich nicht sein …
… Denn es bleibt doch die Frage, ob – abgesehen von kleinen Strecken des Weges – es möglich ist, von irdischen Dingen, auch von schönsten, so erfüllt zu sein, daß man glaubt: Ich bin am Ziel.
Eine kleine Weile möchte ich Deine Heimat sein, damit Du es weißt: Es gibt das Daheimsein, und damit Du's erfährst, wie groß das ist, Heimat zu bereiten.
Du hast das Herz dazu.
Ich bin nicht fähig, Dir zu sagen, was ich sagen möchte – aber vielleicht – nein Du verstehst, Du kennst D. M.

Du hast mich gefragt, ob ich schon schlafe (es war am Samstag um 22.15). Ach, mein Kind, wenn das einmal kommt, daß ich so früh schon mich niederlegen kann, dann habe ich viel Zeit – oder ich bin krank. Denn die Arbeit bedrängt mich von allen Seiten. Wenn ich aber einen freien Abend hätte, dann gäbe es viele Dinge, die warten – auch der Schlaf ist schön – und ich glaube, es muß etwas Besonderes sein, mit dem geliebten Menschen auf den Schlaf zu warten, auf die Wanderfahrt in das Reich des Gelöstseins, der Freiheit.
Ich bin morgen – 4 Stunden Schule, 3 Stunden Konferenz – im Geiste auch bei Dir, gut und lieb. Und nimm dies Wort von Adalbert Stifter an, als käm's aus meinem Herzen (meinem unguten gutseinwollenden):
»Alles ist unbedeutend und nichtig gegen die Größe des Herzens – das Herz allein ist das einzige Kleinod auf der Welt.«

Es kennt die Größe Deines lieben Herzens

D. M.

Im nächsten Brief schrieb er:

Ich glaube, wir reifen nicht in der Erfüllung, sondern in der Entbehrung. Aber das Herz sinnt doch immer wieder darüber nach, ob es nicht der Verbannung entfliehen darf.
Freilich erhebt sich für den wahrhaft Liebenden die Frage, ob es überhaupt eine Verbannung gibt. Die Liebe ist doch eine geistige Macht, die die Schranken des Raumes überwindet.
Durch das Reich der Träume …

Zuletzt in dieser Nacht will ich mit Augustinus beten:

»Kehre Du mich tief innen zu Dir!
Dulde nicht, daß etwas mir widerstreite,
wenn ich strebe zu Dir
und solange ich lebe in diesem Leib und ihn trage
heiße mich, rein sein
großherzig, gerecht und weise
und vollkommener Liebhaber und Hörer
der Weisheit Dein
und mache mich würdig zu wohnen
und des Wohnens wirklich teilhaftig zu sein
in Deinem seligsten Reiche. Amen.«

Trotz seiner schönen Briefe überfiel die junge Anna oft Schwermut. Sie wollte einfach nicht verstehen, warum sie nicht öfter beieinander sein durften. Sie konnte schwer nachvollziehen, was er meinte und von ihnen beiden forderte.

Wieder ging sie nach Schwabing, um sich dort abzulenken in der Hoffnung, dort etwas zu gewinnen, was sie auf einen anderen Weg hätte bringen können. Sie schrieb ihm von ihren abendlichen Unternehmungen. Es kam ein langer Antwortbrief datiert vom 25. Januar 1957 spät abends:

Als ich am frühen Abend heimkam, Liebe, und Deinen erwarteten Brief gelesen hatte, da war mein Herz wieder einmal »voll von Tränen« und angefüllt von Leid bis an den Rand.
Ich will nun nicht von den vielen Überlegungen reden, die mir heute nachmittag durch den Kopf und durch das Herz gegangen sind, vielleicht würde ich Dich damit wieder nur betrüben.
Und, meine Anna, ich will Dir kein Leid bereiten; ich will Dir vor allem das Leid ersparen, das Dich, wenn Du Deinen Weg fern von mir gehst, nur mit Bitterkeit an mich zurückdenken ließe.
Als ich nun vor dem Schlafengehen noch einmal Deine Zeilen lesen wollte, da bin ich nicht über den Anfang hinausgekommen.
Warum ist es denn plötzlich so schwer geworden, zu mir zu reden? Und warum willst Du mir Dein Herz nicht mehr anvertrauen? Du mußt es doch wissen, wie sehr ich für Dich da bin. Und Du zeigst mir doch den Weg ins Licht. Könnte ich das doch: »Ganz rein sein!« Nicht nur in jenem engen Sinn, der die Beziehung zwischen Mann und Frau auf die rechte Höhe hebt, nein in jenem umfassenden Sinn, der die Wahrheit und das Licht und die Liebe einschließt, der die Selbstlosigkeit ohne Pathos und Betonung, die Arglosigkeit und Opferbereitschaft des Parsifal verlangt. Wäre ich so, dann könntest Du mich lieben ohne Sorge und Beschwerde, denn die Liebe würde dann zum Leben weisen.
Mir fällt es nicht schwer, in meinem Herzen immerfort zu Dir zu sprechen und Dir zu sagen: daß ich mich freue, daß Du da bist. Manchmal freilich, ist der Geist fast unfähig, die darstellende Form für das zu finden, was tief im Innersten ist – und es so zu fassen, daß die Aussage eine gültige ist.
Ich will, daß Du die Not in mein Herz hinein sagst – so wie Du mir doch auch Deine Freude offenbarst. Das wird

doch wohl auch ein Stück des Sinnes unserer Begegnung sein, daß Du mir, dem Reiferen – ach, könnte ich sagen: dem Reifen! – die Not Deines jungen schönen Herzens anvertraust. Und Du könntest es wissen, daß Du mich damit nicht belastest, sondern daß Du mich beschenkst. Denn wenn etwas außer der Liebe den Menschen reich machen kann, dann ist es doch das Vertrauen, das sich im hingebenden Herzen offenbart. Keineswegs erwarte ich, daß Du kein Geheimnis mehr für Dich behältst, aber das wünschte ich doch: daß Du für alles – Deine Freuden und Leiden, für Dein Licht und Deine Dunkelheit – in mir eine Heimat weißt.

»Es ist plötzlich so schwer geworden« –

Ich fasse es so auf, daß ich daran die Schuld trage. Wieder waren meine Worte so, daß sie Deinem Herzen weh taten. Und ich habe sie doch geschrieben, das Dunkel und das Rätsel früherer Worte zu lichten, aber es geht mir wohl wie einem ungeschickten Arzt, der, da er die Wunde behandeln und heilen will, sie größer und schmerzender macht.

Oder ist Dir etwas zugestoßen?

Das wäre mir sehr leid um Dich, meine Anna. Ich bin Dir nicht böse – wie könnte ich Dir böse sein! –, daß Du dorthin gegangen bist. Aber ich wünsche es nicht. Ich bitte Dich, geh zu Deinen Büchern, schaue auf zu den Sternen, denke an unsere großen unendlichen Stunden.

Strebe danach, reif zu werden für die Liebe, die allein das Leben groß macht. Denke ja nicht, daß ich auf der Höhe stünde und keinen Wunsch verspürte herabzusteigen – oder daß ich die Vollendung der Liebe gar schon in mir trüge! Wäre es nur so! Dann könnte ich zur Liebe lieben. Aber ich wünschte, so zu sein: ein großer Liebender wie Augustinus, oder wie Guardini oder wie Franziskus. Aber es ist anmaßend, das auch nur zu wünschen.

Lies doch den Anfang dieses Briefes! Ich habe ihn am 22. Januar begonnen, also zu einer Zeit, zu der Du meinen – Dir neue Beschwerden bereitenden – Brief schon in

Händen hattest, aber da die Worte, die mich so seltsam berühren, noch nicht niedergeschrieben waren: »Es ist plötzlich so schwer geworden ...«
Schwer dürfte es schon sein, aber wenn das Sprechen zum Vertrauten schwer geworden ist, dann ist etwas gestört. Und sieh, Anna: Auch wenn wir uns trennen würden, kann das geschehen ohne Störung. So wie wir auf der Wanderung eine Landschaft verlassen müssen um andere Berge, Ströme und Meere, Weiten zu schauen – aber das verlassene Land liegt uns doch im Sinn und singt uns sein Lied, das ein Ton der großen Lebensmelodie ist.
Das Schwere gehört in unser Leben. Und ich habe manchmal – als wir unschuldig auf dem Wege waren – und wo alles heiter schien, das Schwere sehr empfunden. Ich glaube aber, das gibt dem Leben Gewicht und Tiefe, das gibt auch der Freude ein tieferes Fundament.
Keine Sehnsucht mehr haben, heißt: ein armer Mensch sein. Aber es wird wohl kein lebendiges Herz geben, das keine Sehnsucht kennt.
In dieser Sehnsucht sollst Du daheim sein, das ist mir viel lieber, als wenn Du meinst, die Schwabinger Luft könnte so etwas wie ein »Raum« sein, so daß man der Einsamkeit nicht so ausgesetzt ist. Dieses Raumempfinden ist eine Täuschung. Ich glaube auch, daß diese Welt überlebt ist. Diese »andere« Welt war möglich, als es noch die Welt gab, die »diese« Welt hielt. Unsere Zeit ist zu belastet, als daß nicht alle ihren ernsten Teil zu tragen bereit sein müßten. Du bist noch jung, liebe Anna; Du wirst mir vielleicht mit meinen altklugen Feststellungen nicht recht geben. Aber das Leben verlangt unseren Dienst zuerst, dann erst kommt der Feierabend. Es gibt hier keinen ewigen Feiertag, darum sind diese Menschen arm. So profan das klingen mag: Das materielle Geschehen ist ein Sinnbild für das Geistige. Wenn man nichts verdient, kann man mit gutem Gewissen auch nichts ausgeben. Und wenn man nicht dient, kann man nicht frei sein.

Kannst Du Dir Michelangelo so vorstellen? Oder mußte er nicht lieben und leiden, wachen und kämpfen um die Werke seines Geistes, des Ernstes und der gültigen Schönheit zu schaffen. – Erinnerst Du Dich, wie wir hier in diesem Zimmer die Bilder betrachteten, die ich – auch für Dich, und für Dich besonders! – aus Florenz mitgebracht hatte?
Welche Mühsal, welche Einsamkeit; welche Hoffnung, welcher Glaube, welche Liebe, welches Leid ist in den Gestalten der Mediceerkapelle lebendig – oder verewigt – oder sternenstill geworden! Hat der Künstler nicht die Nacht selbst gedeutet? Und lies die Schilderung seiner Nacht. Ach, ich meine, wir können es verstehen. Uns waren doch solche Nächte beschieden, daß wir sie auch preisen müssen, wenn wir's auch nicht vermögen, in Worte zu fassen wie Michelangelo.
Bedenk nur, was Du dort, im sogenannten Münchner Künstlerviertel, gesehen hast, und dann lies dazu das Gedicht von Michelangelo in der Übersetzung von Rainer Maria Rilke:

»O Nacht, zwar schwarze, aber linde Zeit,
mit Frieden überwindend jedes Streben,
wer recht sieht und versteht, muß dich erheben,
und wer dich ehrt, ist voll Verständigkeit.

Du brichst das matte Denken ab, zersägst
und nimmst es ein mit feuchter Ruh und Schwere,
während du mich, wohin ich oft begehre,
im Traum von unten ganz nach oben trägst.

Schatten des Sterbens, nur vor dir macht Halt,
was Herz und Seele feind ist, immer wieder;
letzte, Bedrückten, gute Arzenei.

Du heilst die schwache fleischliche Gestalt,
machst Tränen trocknen, legst das Müde nieder,

und Zorn und Elend geht durch dich vorbei.«
Nenne es nicht Stolz oder Einbildung, wenn ich Dir sage: Diese Nacht, in der ich zu Dir spreche – und ich möchte noch lange reden, aber Du heißt mich ja zur Ruhe gehen! – diese Nacht ist mir reicher und lieber als viele Nächte dort, wenn ich sie haben könnte. –
... Und aus meinen Gedanken kann ich Dich nicht mehr ausschließen und ich will es nicht.
Du bist heute also daheim. Und bist jetzt gewiß schon lang in Deinem lieben Zimmer. Wir haben uns jetzt halt nur im Geiste getroffen, aber das ist auch eine echte – eine wirksamere – Art der Begegnung. Ich bin Dir nahe, lieb und gut.

D. M.

28. Januar 1957, Mitternacht

Wer keine Flügel hat – und nur dem Sehnsuchtskundigen wachsen sie – der bleibt immer im Alltag stecken und er fragt nach der Rentabilität des Lebens, des Leidens und der Liebe.
Es wird aber wohl so sein: Je zuchtvoller ein Mensch geworden ist – umso tiefer und höher ist seine Sehnsucht, umso freier ist er als Gefangener des Lebens und der Liebe. Manchmal meine ich: Ich müßte noch in der Nacht den Weg zu Dir gehen, aber wenn ich mich dann besinne, was ich wohl bei Dir Besseres tun könnte, als ich es hier zu tun vermag, dann weiß ich, daß es besser ist, hier zu bleiben. Denn es ist das Heimweh ein kostbares Gut, das man nicht verlieren soll – und ich schenke es in Deine Seele hinein. Rein und klar wie die Nacht ist, still und friedevoll wie der Gang der hohen Sterne. Bleib mir ein Stern, der mir Bote ist des Ewigen. Laß mich Dir ein Stern sein, der mit den anderen Sternen über Deinem Haupte leuchtet.
Bleibe gut, Liebe! Und ich will Dir nie weh tun. D. M.

16. Februar 1957, 23.20 Uhr

Meine Anna, solange habe ich geschwiegen – und habe doch immer um Dich gesonnen, was ich tun kann, um Dir den Frieden zu geben, denn es ist schmerzlich, von dem geliebten Menschen immer wieder zu hören, daß er hoffnungslos, daß er fremd in der Welt, daß er voll Not und Schwermut sei.
Ich habe mir überlegt, ob es vielleicht möglich gemacht werden könnte, daß wir einige Tage gemeinsam verleben könnten, um uns dann für immer zu trennen. Ich sehe keine andere Möglichkeit als die der Trennung. –
Es bedrückt mich, daß ich unfähig bin, über die Ferne hinweg Dir das Gefühl der Geborgenheit zu geben. Du bist nicht daheim in meinem Herzen? – Wenn ja, dann dürftest Du doch nicht so verlassen sein, wenn ich Dir räumlich ferne bin.
Aber verzeih mir, Liebe, wenn ich Deinem jungen Herzen etwas zumute, was es noch nicht verstehen und was es darum auch nicht üben kann! Ich will Dich nicht an mich binden – Du weißt es. Ich will Dich doch dem Leben geben.
Ich will nicht, daß Du ewig wunden Herzens bist. Und ich will nicht, daß die Furcht Dich bestimmt.
Ich will Dich frei und groß wissen. Ich weiß: Du wirst es einmal sein.
Wenn Du willst.
Du willst und Du kannst; denn Du liebst und es liebt Dich gut und tief und ernst

D. M.

7

An einem kalten, strahlend sonnigen Wintersamstag drängte Frau Reif Anna zu einem Spaziergang nach Grünwald. Als sie gegen Mittag aufbrachen, dachte Anna: *Es wird schwierig werden, ihren unausweichlichen Fragen standzuhalten.* Aber sie sagte zu, und beide fuhren gegen Mittag mit der Straßenbahn ins Isartal hinaus. Die Wege waren gut begehbar. Sie wanderten in Richtung Kloster Schäftlarn. Zu Annas Überraschung erzählte Frau Reif von sich selbst, von ihrer Ehe und der Trennung von ihrem Mann; sie erwähnte auch ihren Sohn, der Medizin studiert habe und mit einer Ärztin in Berlin verheiratet sei. Sie verriet, dass ihr Mann danach mit einer anderen Frau zusammengelebt habe, denn sie hätte niemals in eine Scheidung eingewilligt. »Ich mache doch nicht den Weg frei für eine andere«, sagte sie etwas verbittert. »Ich bin eine korrekte Frau.« Ihre Hausfrau erzählte weiter, dass sie bei der Beerdigung ihres Mannes diese Frau gesehen habe; es sei eine kleine, dicke Person gewesen und sie hätte am offenen Grab sehr geweint. Gerechterweise ergänzte sie noch, dass diese Frau ihren Mann sicher geliebt habe, »denn ihr Schmerz war echt«. Aber sie selbst sei immerhin die »Ehefrau« gewesen, setzte sie etwas hart nach. Anna empfand Mitleid mit jener fremden Frau. Aber sie dachte, dass der Ehemann von Frau Reif sich wohl lieber in das üppige Fleisch der warmherzigen »dicken« Nachfolgerin gekuschelt hatte als an seine hochgewachsene, knochige Ehefrau die »nach der Uhr kochte« und Platon las.

Anna glaubte, dass ihre Hausfrau so offen zu ihr sprach, um ihr das Geheimnis des Besuchs eines Klerikers und der vielen Briefe zu entlocken. Aber sie konnte einfach nicht darüber reden. *Maurus wäre es vielleicht nicht recht,* dachte sie, *obwohl es sicher nicht gefährlich ist, weil Frau Reif ja evangelisch ist. Bei den evangelischen Christen dürfen die Pfarrer heiraten. Das gehört bei ihnen zum normalen Leben.* Anna war erleichtert, dass sie nicht mit unangenehmen Fragen konfrontiert wurde, obwohl sie spürte, dass sie Frau Reif auf der Seele brannten.

Als sie abends wieder in die Straßenbahn einstiegen, drängten viele Ausflügler mit hinein. Frau Reif und Anna saßen sich gegenüber, und jede schaute schweigend aus dem Fenster. Anna atmete auf, denn jetzt war sie sicher, dass das Gespräch nicht mehr auf Maurus kam. Aber sie ahnte, dass sie den Fragen nicht für immer entkommen würde und nahm sich vor, bei einem Wiedersehen den geliebten Mann zu fragen, wie sie sich verhalten solle.

27. März 1957, 23 Uhr

Ich sinne hin und her all die Tage. Aber was ich auch tue, wird nicht das Rechte sein.
Ich bin vor kurzem erst gekommen. Ich bin nur heimgefahren, weil ich auf Dein Wort gewartet habe. Aber auf dem Weg habe ich mir gedacht: Du hast keinen Grund zu schreiben. Und so habe ich das eine Mal gedacht: Du hast geschrieben, und dann wieder: Es wird keine Post da sein. So habe ich mich gefreut, als ich den Brief entdeckte – und war enttäuscht, als ich das Bild aber kein Wort fand, und mußte doch wieder denken: Du hast es schon recht gemacht. –
Nun schaue ich wieder zu Dir hin – hab Dank, daß Du so kamst – und so bei mir bist –; lächelst Du leise unter der Trauer? Oder weinst Du unsichtbar unter dem stillen Blick? Ich will nicht, daß Du traurig bist. Die Trauer gehört in unser Leben, aber sie ist doch eigentlich nur die Begleiterscheinung einer tieferen Zuversicht, daß wir in einem sinnerfüllten Ganzen stehen. Auch unsere Liebe wird sich einmal offenbaren als eine gute lichterfüllte Stelle unseres Lebens.

»Nichts als Friede ist mehr.
Es ist die Stunde der Mitternacht – und bis zum Rande gefüllt ist der Kelch mit Entzückung, den Gott all seinen Geschöpfen reicht. –

Sie redet und ich küsse ihr Herz.«
Paul Claudel

Das könnte von Dir gesagt sein.
Das möchte Dir sagen meine Anna – Dein Maurus.

Karfreitag, Mitternacht

Im Licht der roten Kerze und vor dem Bilde des Herrn in der Verlassenheit.
Wenn ich es auch nicht verdiene – so tue es in Deiner Barmherzigkeit, Herr: Nimm mein Herz, nimm unsere Herzen in Deine Liebe hinein und mache Du sie gesegnet!
Ich bin hinausgetreten in die Nacht. Dein Leiden und Deine Liebe erfüllt sie. So ist sie geheiligt. Nimm alle leidende Liebe in Deine Liebe hinein und heilige und reinige sie! Du kannst es. –
Ich frage mich, ob ich nicht schweigen muß, um dem geliebten Herzen Freude zu bringen. Sonst möchte ich wie der leise Regen, der draußen in der Nacht auf die Erde fällt und sie erfüllt und durchdringt – in Deine Seele fallen und sie durchdringen mit Trost und Frieden. –
Gestern habe ich gedacht:
»Der stille Mon will untergohn,
für Leid nicht mehr mag scheinen«,
heute möchte ich flehen: Ihr lieben Sterne und alle ihr Lichter am weiten Himmel, scheint und leuchtet für sie, daß sie über der Trauer die Freude ahne, über der Trennung den Sinn erfahre. – Tröste sie, o Herr –
M.
Ich möchte die Liebe haben, Dich lieben zu können bis in das Herz Gottes hinein.

Anna war am nächsten Sonntag nach dem Pfarrgottesdienst, den zu ihrer großen Enttäuschung ein anderer, fremder Pfarrer hielt, im wilden Schneetreiben auf der Straße in Richtung Wiesmühl gelaufen. Ein kalter Wind trieb die Schneeflocken übers Land, großflockig nass. Sie hoffte, Maurus dort draußen irgendwo zu finden. Er fuhr tatsächlich aus seiner Stadt kommend an ihr vorbei, erkannte sie im letzten Moment, und bremste abrupt. Sie lief dem Auto nach. Er erschrak, als er sie in diesem erbärmlichen Zustand so völlig durchnässt neben dem Auto sah. Aus dem heruntergekurbelten Fenster heraus sagte er, dass er nach Bergheim müsse und den ganzen Nachmittag dort bliebe. Es wäre Besuch da. Aber er könne sie rasch in die Stadt zurückfahren. Abends sei ein Theaterbesuch in München geplant. Anna stieg ins Auto, Maurus wendete auf einem Feldweg. Am Bahnhof gab sie ihm ihre eiskalte Hand und fuhr völlig durchgefroren und vom Alleinsein zerrissen nach München zurück.

Einige Tage später schrieb er ihr um Mitternacht wieder einen Brief:

> *Mein Liebes!*
> *Bei Tag und Nacht erschüttert mich die tiefe Not Deines lieben Herzens und ich sinne unaufhörlich, wie ich Dir in Wahrheit helfen könnte. – Ach nein, nicht so helfen, als ob ich meine Hand Dir reichen wollte. Ich möchte ganz behutsam, so daß Du es kaum merkst, meine Hände um Dein ganzes Leben legen, mit meinen Händen meine Liebe, so, daß Du es weißt: Du bist geborgen.*
> *Wolltest Du Dich doch führen lassen!*
> *Aber heute glaubst Du etwas, und morgen hast Du es wieder vergessen. – Ach Liebe, ich mache Dir keine Vorwürfe! Ich höre Dein Weinen in meine Einsamkeit und in diese Nacht herein. Laß Dir die Tränen trocknen. Und wenn Dein Herz in ihnen leichter wird, dann weine, aber weine nicht hoffnungslos! –*
> *Du weißt es doch, worum es mir besonders zu tun ist: daß ich meine Pflicht und meinen Dienst nicht versäume. Ich muß für viele da sein. Und ich vermag es nur, wenn ich opferfähig bin.*

Auch ich kann mich nirgendwohin retten in meinem Leid und in meiner Not, wenn ich nicht zu Gott finde. Und mir will es scheinen, als ob ich Dir dann helfen kann, wenn ich in den Frieden komme. Es kann kein geschenkter Friede sein, sondern nur ein Friede, hinter dem viel Leid liegt, aber davon braucht ja kein Mensch zu wissen. – Ich möchte gerne gut und geduldig und langmütig sein, aber wer vermag das ohne besondere Gnade!

M.

15. April 1957, 23 Uhr

Der Schnee auf den Feldern ist vergangen, den der gestrige kalte Tag gebracht hat – aber der Schnee im Herzen, die Bitterkeit im Innern, wer wird sie hinwegnehmen?
Das Leid wäre mir lieber, das nur aus dem Einsam- und Verlassensein kommt, aber das Bittere ist ja dies: daß man ein fremdes, nein: ein vertrautes, liebes Herz verwundet – und daß man es nicht sagen und nicht klar machen kann, daß man im Grunde doch von der Liebe geleitet ist.
Aber wenn ich das bedenke – und ich will es wieder gut machen, was ich gefehlt habe –, dann weiß ich, daß ich wieder zurückkehre an die Stelle, an der wir wiederholt gestanden sind, und an der zu bleiben uns nicht gut ist – so daß ich die Wunde zwar für eine Weile verbinden konnte, aber nur um sie bald von neuem und noch tiefer aufzureißen.
Ich werde wohl nichts tun können, als mit der besten Kraft meines Seins Dich zu umgeben – auch wenn Du meinst, ich hätte Dich verlassen. Das war kein Abschied gestern, und darum muß ich Dir nachwandern, darum muß ich Dir nachsinnen. Ich würde gern leiden, wenn ich wüßte, daß Du das Bittere und Unverständliche überwunden hast.

Ich nehme alle Zärtlichkeit meines Herzens, ich nehme alle Behutsamkeit der Liebe, um Dich zu bergen und Dich zu stärken.
Sei stille mein Herz!

M.

8

Anna hatte zufällig einen Reiseprospekt des Bayerischen Pilgerbüros in die Hand bekommen. Sie blätterte darin und wurde auf eine Romfahrt aufmerksam. Spontan entschloss sie sich zu dieser Reise und meldete sich an. Sie schrieb Maurus von dem Vorhaben und teilte ihm den Tag ihrer Abreise mit. Er schrieb am 27. April 1957 um 23.50 Uhr sofort zurück:

Am frühen Morgen sang eine Amsel, die auf dem First des Türmchens saß – wie damals ein Vogel sang an einem Abend im Januar, da ich auf Dich wartete –
Und heute am Abend, da hallte das Lied der Amsel wieder im Hof. – Abend und Morgen: ein Leid im Lied:
Wozu kommt der Frühling?
Wozu kommt immer wieder ein Morgen und ein Abend?
Nun fahre in die weite schöne Welt! Und denke, ich wäre an Deiner Seite! Vielleicht kommst Du bei Nacht ins Kolosseum; dann denke, daß ich da auch einmal ganz allein bei Nacht gegangen und gestanden bin, daß ich von der Brüstung hinab geschaut habe in die dunklen tiefen Gänge.
Ich möchte Dich von Herzen bitten: geh mit einem festen Sinn und freue Dich auf die kostbaren Tage. Und denke: die wären die Fortsetzung des Weges, den wir damals begannen, als wir hinter dem Brenner das erste Mal gemeinsam die Innigkeit des Südens ahnten und betraten.
Ich meine, daß ich mir dann den Mittwoch, 15. Mai, frei halten kann, sodaß wir einige Stunden beisammen sein können. Ob ich dann weg kann, ist heute noch nicht zu sagen; denn ich muß – leider – auch mit meiner Gesundheit rechnen. Sie ist heute, Gott sei Dank, wieder besser. Aber Sonntag und Montag waren ungut. – Mach Dir deswegen keine Sorgen: ich will schon am Leben bleiben und ich lebe – trotz allem – sehr gerne. Ich will mich auch bes-

ser pflegen und vor allem früher zur Ruhe gehen. Aber laß auch Du Dich bitten: Werde wieder ruhiger; sei nicht verzagt.
Kaufe Dir ein Weinchen und ein Eis. Das ist gut, besonders wenn es heiß ist. – Nur nicht zuviel! – Und denke: ich wäre an Deiner Seite, dann wird's Dir schmecken und es wird Dich freuen.
Ich wünsche Dir eine liebe gute Reisebegleitung! Und ein frohes freies Herz.
Buon viaggio!
À Rivederla!
Sei Gott befohlen, ja wahrhaftig: sei empfohlen hinein in Seine Liebe, Güte und Freude.

D. M.

Er merkte noch an, dass er vielleicht nach Innsbruck fahren und ihr auf dem Bahnsteig dort Lebewohl sagen könne. Da wusste Anna, wie sehr er sich danach sehnte, mitfahren zu können, sie begleiten zu dürfen.

Auf dem Bahnsteig des Münchner Hauptbahnhofs betrachtete Anna ihre Reisegefährten und sah, dass sie die Jüngste in der Gruppe war. Im Abteil saß sie einer älteren Dame gegenüber, mit der sie sich im Gespräch austauschen konnte.

Als der Zug im Innsbrucker Bahnhof einen längeren Halt machte, schaute sich Anna aus dem Fenster vergeblich die Augen aus: Maurus war nirgends zu entdecken. Sicher war ihm etwas Unvorhergesehenes dazwischengekommen. Sie wollte ihm eigentlich einen kleinen Brief übergeben. Nun bat sie einen vorbeilaufenden Bahnbeamten, die Post in einen Briefkasten zu werfen.

In Rom angekommen, fuhr sie ein Omnibus zu einem Kloster nahe der Via Merulana. Sie aßen in einem großen, hellen Speisesaal zu Abend. Auf dem langen Tisch standen Glaskaraffen mit Wasser. Das Essen war pilgermäßig einfach. Anna genoss die Atmosphäre des Klosters, die melodische Sprache und die sanften, südländischen, mandelfarbenen Gesichter der Nonnen.

Sie schlief bei offenem Fenster in dieser ersten, lauen Mainacht in Rom.

Mit der Gruppe besuchte Anna die Peterskirche und einige der Hauptkirchen der Stadt. Bei der Generalaudienz des Papstes standen sie zusammengedrängt zwischen vielen Pilgern.

Nach kurzer Zeit brach in Anna ihre Jugend durch und es wurde ihr langweilig, mit den langsamen, älteren Leuten von einer Sehenswürdigkeit zur anderen zu schlendern. Sie machte sich selbstständig. Mit einem Stadtplan in der Hand wollte sie die »Ewige Stadt« im Alleingang erforschen. In der Morgenfrische machte sie von der Merulana aus einen Abstecher in die Via Labicana nach San Clemente. Dort stieg sie auch in die Unterkirche hinab, wo einst Mithras, dem Gott des Lichts, geopfert wurde. Es war unheimlich und schaurig da unten in den dämmerigen Höhlengängen. Und es rauschte so seltsam von unsichtbaren Wassern. Bald entfloh sie wieder in das leuchtend fließende Licht der Morgensonne hinauf. Sie ging zum Kolosseum und betrachtete mit den Augen von Maurus den gewaltigen Bau – grausame Bilder des antiken, heidnischen Rom stiegen vor ihr auf: Sie sah im Geiste brüllende Löwen durch die tiefen Gänge unter ihr schleichen, stellte sich Gladiatorenkämpfe vor, das anfeuernde Geschrei des blutdürstigen Pöbels, auf der Tribüne den römischen Kaiser mit dem Daumen nach unten, und in ihren Vorstellungen spiegelten sich auch die blutigen Christenverfolgungen. Sie kannte nur einen der Märtyrer mit Namen: den heiligen Bischof Ignatius von Antiochia, der hier unter der Regierung Trajans starb.

Anna wanderte weiter zum Forum Romanum. Drinnen wandte sie sich zuerst in Richtung Kapitol und suchte den *Lapus Niger*, den schwarzen Stein, und an der Nordecke der Rostra den Kegel aus Backsteinen, der als der Nabel Roms galt. Auf der Via Sacra, der Heiligen Straße, die das ganze Forum durchquert, und die seit der Kaiserzeit die Straße der römischen Triumphatoren war, ging sie auf dem antiken Pflaster aus grau-schwarzen Lavaplatten langsam bis zum Titusbogen. Dort stieg sie rechts zum Palatin hinauf, jenem Hügel, von dem aus einst die Welt regiert wurde. Da lagen die Farnesischen Gärten in stiller Schönheit mit Olivenbäumen, Zedern und Pinien, dunklem Lorbeer, exotischen Bäumen und Gewächsen, die sie nicht kannte. An der Domus Augustana vorbei gelangte sie zum Stadium. Sie lehnte am Eisengeländer und schaute hinunter auf das Halbrund eines niedrigen Gemäuers und zerbrochene Säulen, die im Gras in der Sonne schimmerten. Dann ging sie den kurzen Weg zum Antiquario Palatina hinüber; durch einen Fensterblick erahnte sie in der Tiefe das Tal, das den Palatin vom Aventin trennt, und in dem der Circus Maximus liegt. Sie besichtigte noch das Haus der Livia und das Haus des Augustus. Durch die Eingangspforte des Forums verließ sie beeindruckt den Ort.

Am nächsten Tag stieg Anna die Stufenflucht zum Kapitol hinauf – ein reines Spätwerk Michelangelos. Sie stand vor dem Reiterstandbild des Imperators Marc Aurel; dann ging sie ins Kapitolinische Museum. Lange verweilte sie vor dem *Sterbenden Gallier,* der sie tief bewegte. Ganz benommen von Kunst und Schönheit stieg sie anschließend zu einer der heiligsten christlichen Stätten Roms hinab: zum Carcer Mamertinus. In diesem mamertinischen Kerker, hörte sie, seien die Apostel Petrus und Paulus sieben Monate lang gefangen gewesen. Anna las, dass die Kerkermeister nach ihrer Bekehrung Petrus die Freiheit schenkten. Doch als er aus Rom fliehen wollte, begegnete ihm am Anfang der Via Appia der Herr, dort, wo heute das Kirchlein *Domine quo vadis?* steht. Anna bedauerte, nicht bis zur Via Appia hinauszukommen, denn sie liebte die Wurzeln und Wunder ihres Glaubens und auch die Legenden.

Von der Piazza Venezia aus spazierte sie nun die Via del Corso entlang. Ein Hinweisschild wies rechts zur Fontana Trevi. Erst unmittelbar am Ende gab die Gasse den Blick auf den wohl berühmtesten Brunnen Roms frei. Anna hörte die mächtigen Wasser ins weite Becken rauschen. Fasziniert bewunderte sie den Hintergrund: Unter einem Papstwappen tritt der Meeresgott Neptun gewaltig aus einem Triumphbogen mit vier Säulen. Er kommt auf einem Muschelwagen wie aus einer Felswand, gezogen von geflügelten Pferdeleibern, die von Tritonen gebändigt werden. Ein barockes Schauspiel, von Wasserstürzen untermalt. Die Fluten funkeln in der Sonne, ergießen sich in drei halbmondförmige, nach oben verjüngende Schalen, quellen aus breiten Felsmäulern, fließen über Steintreppen und sammeln sich verströmend im großen Becken, in dem im grünlich klaren

Wasser die Münzen blinken. Lange stand Anna im Menschenwall, bis auch sie ihr Geldstück in den Brunnen warf.

In einem Schuhgeschäft am Platz kaufte sie sich ein Paar hübsche, preiswerte, rote Schuhe Größe achtunddreißig; sie war stolz, ihren Wunsch in italienischer Sprache so vorbringen zu können, dass der Verkäufer sie sofort verstand.

Dann aß sie vor einem kleinen Ristorante zu Mittag.

Sie schlenderte zum Corso zurück. An der Straßenecke hockte eine alte Bettlerin. Anna gab ihr einen Obolus in die ausgestreckte Hand. Sie überquerte den Corso und machte einen Besuch in der Kirche Sant'Ignazio di Loyola.

Zum Pantheon war es nur ein kurzer Weg. Vor der seitlichen, tief hinabreichenden Mauer neigte sie sich über die Balustrade und betrachtete interessiert die wilden, römischen Katzen, die unten im Graben herumschlichen. Auf den Brunnenstufen des Platzes stehend sah Anna nun das Pantheon, diesen edelsten aller Römerbauten, der erhalten ist, und studierte die Inschrift auf der Tempelfassade. Ehrfürchtig trat sie in die großartige, mächtige Kuppelhalle, stand im Dämmer der Rotunde und schaute zur runden Öffnung der Wölbung hinauf, durch die der Himmel hereinschaut. *Sicher hat Maurus auch schon hier gestanden,* dachte sie. Dann las sie noch – eingekeilt in die Besuchermenge – die Worte auf dem bescheidenen Grabmal Raffaels.

Nun ging sie die wenigen Schritte zur Dominikanerkirche Santa Maria sopra Minerva hinüber und freute sich an dem kleinen, berninischen Elefanten, der einen Obelisken auf dem Rücken trägt. In der Kirche herrschte tiefe Stille. Anna schritt langsam im rechten Kirchenschiff nach vorn. Da sah sie einen Mann mit gefalteten Händen vor einer Seitenkapelle knien. Er war jung und hatte schwarzes, kurzgelocktes Kraushaar. In dem Moment, als sie hinter ihm vorbeiging, stand der Mann auf und kam auf sie zu. Anna erschrak. Er redete laut und hastig mit wilden, glühenden Augen auf sie ein. Sie erriet, dass er Geld von ihr wollte. Man hatte den Pilgern gesagt, niemals den Geldbeutel aus der Tasche herauszunehmen, wenn man von Bettlern angesprochen würde. Anna tat, als verstünde sie ihn nicht. Da riss er ihr das Buch, den Reiseführer, aus der Hand, und kratzte dabei mit den Fingernägeln über ihre Umhängetasche, die sie quer über die Schulter vorne am Bauch trug, sodass man sie ihr nicht so einfach wegreißen konnte. Auf dem rehbraunen Leder blieb eine hässliche, helle Kratzspur zurück. Da wurde das hintere Portal geöffnet. Stimmen von Eintretenden waren hinter den Säulen zu hören. Der wilde Schwarzgelockte gab ihr das Buch zurück und verschwand. Annas Herz beruhigte sich. Sie ging ins Mittelschiff und gesellte sich zu den Leuten, die hereingekommen waren. Zu ihrer namenlosen Überraschung sah sie den jungen Mann, der sie überfallen hatte, seelenruhig neben dem Tisch stehen, an dem ein Klosterbruder Karten feilbot; er redete mit ihm, als würden sie sich kennen. War der junge Mann ein Verrückter? Anna nahm sich vor, nie mehr in einer Kirche umherzuwandern, wenn niemand anderer zugegen war.

Auf der Suche nach der Piazza Navona öffnete sich der wundervolle Platz ganz plötzlich vor ihr, und sie konnte an ihm noch das Oval einer antiken Rennbahn erkennen. Sie lauschte dem Rauschen des Vierströmebrunnens Berninis, bewunderte die grandiosen, sanft patinierten Marmorgestalten der Flussgötter Donau, Nil, Ganges und La Plata, betrachtete die Fassade der Kuppelkirche von Sant'Agnese, ging dann zu einer Eisdiele hinüber und kaufte sich ein Eis namens Cassata siciliana, wie es ihr Maurus empfohlen hatte, schleckte auf einer Steinbank sitzend die italienische Köstlichkeit, atmete den südlichen Nachmittag, und unversehens schlug ihr Herz leichter.

Eine alte Römerin setzte sich zu ihr. Anna fragte nach dem »Pasquino«, von dem sie gelesen hatte, und der sich hier in der Nähe befinden musste. Die alte Dame wies mit dem Finger lächelnd zu einem schmalen Durchgang. Anna folgte der Richtung und fand an der nächsten Ecke die berühmteste der »redenden Statuen« Roms. Sie stand vor dem schönen Torso; sie wusste, dass Pasquino ein buckliger Schneider war, der hier im fünfzehnten Jahrhundert seine Werkstatt hatte. Er soll Zettelchen an die Statue geheftet haben, die auf diese Weise bei den Römern in Umlauf kamen und die Stimme des Volkes kundtaten. Anna freute sich sehr, dass sie den Pasquino gefunden hatte. Auf dem Heimweg kam sie in eines der ältesten Stadtviertel Roms, wanderte durch die malerischen Gassen der Via del Governo

Vecchio und Via Sora mit uralten Häusern und Tavernen, und gelangte zurück auf den Corso Vittorio Emanuele.

Am vorletzten Tag fuhr Anna wieder zur Piazza Venezia, schlenderte den Corso entlang und weiter durch die elegante Via Condotti am bekannten Café Greco vorbei zum Spanischen Platz. Der Duft des Blumenmarkts stieg ihr in die Nase. Sie las die Inschrift am Haus, in dem der Dichter Keats gewohnt hatte. Dann stieg sie die prächtige Freitreppe zur Kirche Trinità dei Monti hinauf. Von dort aus ging sie auf dem Viale Trinità dei Monti entlang zur Villa Medici und genoss dabei den Blick über die Stadt und in die Gärten der Via Margutta. Im Park der Villa ruhte sie sich unter Steineichen aus, träumte ins Brunnenwasser der Granitschale und dachte an Maurus – an den sie immer dachte. Um rechtzeitig zum Abendessen im Kloster zu sein, stand sie endlich auf und kam weiterwandernd in den Pincio; vom Piazzale Napoleone blickte sie auf die Piazza del Popolo hinab. Müde von der langen Wanderung und vom Geschauten fuhr sie in ihr Domizil zurück.

Am letzten Tag vor der Heimreise spazierte Anna am rechten Tiberufer entlang nach Trastevere, verweilte betend in der Basilika Santa Maria in Trastevere, die in ihrer Stille etwas Mystisches ausstrahlte, aß in einer urigen, volkstümlichen Taverne, und ging dann über die Brücke Ponte Garibaldi zur Synagoge. Sie hörte einen Kantor singen; ein Mann wies sie auf die Frauenempore, wo sie von den Jüdinnen mit einem neugierigen, liebevollen Lächeln empfangen wurde. Anna fühlte sich sofort wohl. Als sie den Gottesdienst verlassen hatte, setzte sie sich auf ein Mäuerchen am Tiber.

Am späten Nachmittag besuchte sie noch einmal die Peterskirche. Sie hatte noch Zeit, spazierte an der Engelsburg vorbei und suchte am Corso Vittorio Emanuele entlang eine Gasse, die laut Stadtplan irgendwo rechts zum Campo dei Fiori führen musste. Sie bog in die Via dei Cappellari ein. Ein Hauch Mittelalter wehte sie in diesem alten *quartiere* an, das wohl wieder eines der ältesten Stadtviertel Roms war. Zur Linken kam sie an der *Grotta del libri* vorbei, einem engbrüstigen, schluchtartigen Bücherladen, in dem eine alte, gepflegte Römerin saß und las. Im engen Gässchen weiterwandernd schaute sie hinein in die offenen, erleuchteten Höhlentiefen der Werkstätten, beobachtete Tapezierer neben Stoffballen, sah Rahmenvergolder und Möbelrestauratoren bei der Arbeit, und ihr war, als wandle sie durch die Welt Michelangelos und Berninis, aus der sie durch ein langsam sich vorbeizwängendes Polizeiauto wieder in die Gegenwart zurückgeholt wurde. Am Ende der Gasse öffnete sich der Campo dei Fiori. Anna schaute entzückt auf den lebendigen, bunten, malerischen Marktplatz und auf die Blumenfülle, die in Kaskaden von den Ständen quoll. Langsam ging sie auf das Denkmal des verbrannten Ketzers Giordano Bruno zu, der standhaft ins rotglühende Abendlicht ragte, und las mühsam die Inschrift: *A BRUNO – IL SECOLO DA LUI DIVINATO – QUI – DOVE IL ROGO ARSE.* »Bruno gewidmet, von dem Jahrhundert, das er vorausgeahnt, hier, wo der Scheiterhaufen lohte«. Sie stand lange davor und dachte darüber nach, wie hart die Kirche sein konnte – *musste*? –, um die Lehre rein zu bewahren. Ob diese unmenschliche Grausamkeit gerechtfertigt war? Ob es im Sinne von Jesus war? Anna glaubte: Ganz sicher nicht!

In einem Geschäft an der Ecke kaufte sie noch süße Mandeln. Als sie den Campo verlassen wollte, wurde sie von einer älteren Frau angesprochen. Sie hatte feine, adelige Gesichtszüge. Schüchtern wickelte sie etwas in Seidenpapier Verpacktes aus: Es war eine schwarze Kappe, die über und über mit winzig kleinen schwarzen, schimmernden Steinperlen bestickt war. Die alte Dame redete leise auf Anna ein, die soviel verstand, dass sie ihr diese kostbare Handarbeit zum Kauf anbot. Anna fragte nicht nach dem Preis, sie vermutete, dass sie dieses Stück niemals hätte bezahlen können. Die alte Dame tat ihr leid. Vielleicht war sie unverschuldet in Not geraten. Diese Begegnung, und die bittenden Augen der alten Römerin, gingen ihr lange nach. Zum ersten Mal in ihrem Leben bedauerte sie, nicht reich zu sein.

Als Anna daheim in München ihr Zimmer betrat, fand sich ein Briefkuvert von Maurus auf dem Tisch. Er hatte während ihrer Pilgerreise geschrieben, wie auch sie ihm mehrmals ihre Unternehmungen und Erlebnisse aus Rom mitgeteilt hatte.

5. Mai 1957, 20 Uhr

Meine Anna,
vorher habe ich in die Ferne gelauscht – und ich habe gemeint, ich höre das Rollen der Räder und das leise Rauschen des Wassers und ich vernehme das Pochen Deines lieben Herzens – nun fährst Du wohl in Verona ein, Du betrittst das Land Deiner Sehnsucht und vielleicht entdeckst Du, daß das Geheimnis eines Landes und eines Volkes und eines Menschen im Geiste und im Herzen ergriffen und angenommen werden muß.
Du wirst wohl nur eine kleine Weile in der alten Stadt weilen und nur aus der Weite die Brücken und Türme und Mauern sehen. Denkst Du an Dietrich von Bern und an Theoderich und an die Scaliger, die dort in den Gräbern ruhen, und von denen die wehrhafte Brücke über die Etsch dort kündet?
In der Arena sind im Sommer weltberühmte Opernaufführungen. Wir haben miteinander in meinem Zimmer einmal viele Bilder von San Zeno angeschaut; weißt Du's noch?
Ich bin glücklich, daß Du mit einem klaren und frohen Herzen fährst. Sei und bleibe froh! Fahre in der Freude Deiner Jugend. Sei glücklich! Es leuchten Dir alle Sterne – – –

D. M.

Donnerstag, 9. Mai 1957, 23.30 Uhr

M. A.
wie aus einem Traum wirst Du heimkehren, aber ich wünsche und hoffe für Dich – und für uns: daß die Stille, mit der Du vor wenigen Tagen in die Ferne gefahren bist, daß diese Stille in Dich hinabgesunken ist und daß sie in Dir Wurzel geschlagen hat. Es ist mir fast, als wäre diese

Stille auch zu mir herübergeströmt, als hätte sie auch mich erfüllt – und am liebsten würde ich mit Dir in dieser unverletzlichen Stille bleiben, in die niemand Zutritt hat, als das Große, das Heilige – Gott.
So bin ich nun auch in einem großen Zweifel, was ich – was wir an dem vereinbarten Urlaubstag tun werden, sollen, können.
Wir können ihn nicht so verbringen, daß wir beide in der Stille bleiben, d.h. ich kann ihn nicht mit Dir allein verbringen. Böse Menschen – böswillige, die mir und Dir Übles wollen, machen es unmöglich. Sei deshalb nicht traurig, meine Anna, die wahre Gemeinschaft hängt nicht daran, ob unser Beisammensein niemand anderer stört, sondern sie wird davon bestimmt, ob wir im Innersten, im Geiste, in der Seele, verbunden sind. Und das sind wir. – Ich weiß nun auch, daß unser Weg in die Freiheit führt – in die Freiheit Gottes.
Wenn ich es nicht schon versprochen hätte, daß wir in die Ferne fahren, so würde ich es wohl nicht mehr tun, denn mir ist es in diesen Tagen gewesen: Ich wäre immer bei Dir – als Du den Herrn empfangen hast, als Du vom Heiligen Vater gesegnet wurdest. Und nichts störte unsere Gemeinschaft: keine Unruhe der Menschen, keine Angst vor dem Abschied. Ob wir noch einmal so beisammen sein können, so unbeschwert, so erstmalig, so den Dingen, dem Wasser und der Sonne und der Schönheit und der Vergänglichkeit hingegeben wie an jenem Herbsttag des vergangenen Jahres in Brixen?
Vielleicht kommen mein Bruder und meine Schwägerin mit. Du sollst dann am Dienstag um 11 Uhr mittags in L. sein am Bahnhof. Am Mittwochabend müßte ich wieder zurück sein. Wohin wir fahren sollen, kann ich noch nicht sagen. Es wird ja auch das Wetter eine Rolle spielen.
Ich möchte Dich morgen, Freitag, etwa 18.30 anrufen in Deiner Wohnung. Deinen Paß hast Du ja bei Dir – und gegebenenfalls hast Du gewiss auch warme Kleider dabei.

Viel braucht man ja nicht für – leider nur – einen Tag. Wie es meist zu gehen pflegt, bin ich zur Zeit wieder sehr angebunden: auch das Krankenhaus ist zur Zeit verwaist, so daß ich auch dafür da sein soll. –
Liebe, wachse in das Leben des Alltags ein, aber so, daß das Große und Schöne, das Du gesehen hast, über allem leuchtend stehenbleibt – daß Deine Seele in allem frei bleibt und groß, so wie ich sie in ihren Tiefen, die Dir vielleicht noch verborgen sind, kennen und lieben lernen durfte.
Ich freue mich mit an Deinem Licht – Gott segne unsere neue Begegnung. D. M.

PS: Ich bin schon noch in Innsbruck an den Zug gekommen, d.h. an die Stelle, von der Dein Zug weggefahren war – ich hatte noch ein kleines Zwischenspiel: beim Rückwärtsfahren bin ich mit meinem Wagen an einen plötzlich hinter mir haltenden Wagen ganz leicht angestoßen, und bis das erledigt war, war Dein Zug abgefahren. Ich habe Dir ein Weilchen nachgesonnen und bin dann zurückgefahren – und dann wartete auf mich ja die Arbeit. –
Ich hatte nur noch eine Sorge: Du möchtest nicht betrübt sein, weil ich nicht mehr rechtzeitig kam.

9

Am verabredeten Dienstag kam Anna lange vor elf Uhr an dem kleinen Bahnhof an. Es war ein sonniger, warmer Maientag. Sie stellte ihr kleines Gepäck am Bahnhofsvorplatz ab und wanderte hin und her; sie konnte die Ankunft von Maurus kaum erwarten. Endlich sah sie sein Auto kommen. Ihre Freude erlosch: Neben ihm saß Frau Huser.

Maurus stieg aus und kam auf sie zu.

»Sei nicht enttäuscht«, sagte er leise, »ich hätte nicht allein kommen können. Meine Schwägerin wollte nicht mitfahren, aber Frau Huser erklärte sich bereit – ich hätte sonst überhaupt nicht fahren können ...«, wiederholte er, als er in Annas verdunkelte Augen sah. »Steig ein Kind und freu dich, dass wir überhaupt beieinander sind.«

Nachdem Anna »Grüß Gott« zu Frau Huser gesagt hatte, saß sie stumm und verkrampft im Fond des Wagens. Sie brauchte lange, bis sich ihre Enttäuschung etwas legte, und sie sich auf die neue, nicht erwartete Situation einstellen konnte. Maurus bemühte sich um ein lockeres Gespräch, in das die Base hin und wieder einen Brocken einwarf. Am Fernpass bog er in einen idyllisch gelegenen Parkplatz ein. Frau Huser holte eine Bratreine mit Rohrnudeln aus einem Korb im Kofferraum und stellte sie auf den Tisch des Parkplatzes.

»Greifen S' zu!«, forderte sie Anna nicht unfreundlich auf, nachdem sie sich auf die Bank gesetzt hatten. Die Nudeln waren oben hell wie Dampfnudeln; unten hatten sie eine goldbraune Kruste vom Butterschmalz. Sie schmeckten duftig und ganz frisch, vermutlich hatte sie die Base erst vormittags kurz vor der Abfahrt gemacht. Anna sagte, wie gut sie seien, was Frau Huser geschmeichelt hörte – und was auch Maurus gefiel, der sich nach einer geglätteten Atmosphäre sehnte. Trotzdem fühlte sich Anna nicht wohl in der Gegenwart der alten Frau. Sie konnte den Auftritt damals bei ihrer Begegnung im Krankenhaus nicht vergessen. *Wie schön wäre es, mit ihm allein zu fahren,* dachte sie.

Die Fahrt ging weiter durch herrliche Landschaften, und Maurus wurde nicht müde, auf alle Schönheiten und auf besondere Orte hinzuweisen. Er sprach und fuhr nur für sie, das spürte Anna. Sie kamen durchs Engadin. Am Comersee wollten sie übernachten. Maurus nahm in einem Gasthof in Seenähe zwei Zimmer: eines für die alte Frau und für sich, das zweite für Anna. Es war wohl nicht anders möglich, um für die Base den Verdacht eines Zusammenkommens von Maurus und Anna von vornherein auszuschließen.

Nach dem Abendessen schälte Anna mit einem Obstmesserchen eine Orange für Maurus. »So mag er es nicht«, sagte Frau Huser etwas spöttisch, ihre langjährige Erfahrung der Essensgewohnheiten von Maurus unterstreichend. »Sie müssen sie anders schälen; Sie müssen die weiße Haut mitabziehen, dass sie ganz weg ist!« Anna errötete und schaute verlegen zu Maurus hin, der sie begütigend anlächelte, aber nichts sagte.

Später standen sie alle drei am offenen Fenster von Annas Zimmer und schauten auf den nächtlichen See hinaus, der schwarz unter dem Sternenhimmel lag und silbrig blinkte. Maurus, der in der Mitte zwischen den beiden Frauen stand, legte jeder einen Arm um die Schultern: Anna, um sie seine Nähe spüren zu lassen, Frau Huser, um sie nicht eifersüchtig zu machen. Anna schaute kurz in sein angespanntes Gesicht, das aussagte, was ihn bewegte: Liebe und alles Unaussprechliche, das in ihm war. Sie schlief schlecht in dieser Nacht; so nahe war sie bei Maurus, nur durch eine Wand von ihm entfernt – und doch durch Welten getrennt: bewacht von Frau Huser.

Anderntags nach dem Frühstück fuhren sie zum Luganer-See und nach Locarno am Lago Maggiore. Sie blickten hinauf zum Heiligtum *Madonna del Sasso,* das umstanden von dunkel aufragenden Zypressen in die üppige, südliche Vegetation eingebettet lag. Maurus fuhr nicht hinauf: Die Zeit reichte nicht aus.

Über den St. Gotthard-Pass ging es wieder heimwärts. Am Bahnhof von L., dem Ausgangspunkt ihrer Reise, nahm Anna den Zug zurück in die Großstadt.

10

Maurus und Anna trennten sich nicht nach dieser Reise, wie er es gewollt hatte. Anna hatte es nicht geschafft, Maurus fernzubleiben. Wieder gab sie ihrem Heimweh nach und fuhr zu einem Sonntagsgottesdienst in seine Stadt. Nachmittags machten sie einen Waldspaziergang. An den Waldwegen blühte der Seidelbast.

Sein nächster Brief war vom 11. Juni 1957, geschrieben um 22 Uhr.

> *Meine Anna, es ist schwer, seinem Herzen Zügel anzulegen und nicht zu sagen, was im tiefsten Grunde dies Herz beschäftigt. Du spürst es gewiß, wenn die Worte nicht wahr sind. Und die Wahrheit zu sagen, ist ja nicht gut – oder ist nicht förderlich für das, was ich will, denn ich kann ja nicht sagen: was wir wollen.*
> *Als ich heute durch den Abend fuhr, dachte ich so sehr an Dich, daß ich wusste: Ich werde es Dir wieder schreiben, wie gut ich Dir bin. Aber dann kam wieder die Überlegung, –*
>
> *Da wurde ich heute nacht weggerufen zu einem Schwerkranken und kam – sehr müde nach einem arbeitsreichen Tag – erst um ½ 3 Uhr wieder zurück. Ich ging ein ziemliches Stück durch die milde Nacht unter den wandernden Wolken, die das Mondlicht verklärte. – Meine Gedanken waren bei Dir. Nur im Geiste gibt es die Möglichkeit, gemeinsam ganz ungestört und unbeirrt durch so eine gute Nacht und ihre Stille zu wandern bis an den See unter den schneebedeckten Bergen, bis an den anderen See mit seiner großen Nacht, bis zu den dunklen Zypressen – ach, weißt Du wohin? –*
> *Bis dorthin, wo man sich lehnen kann in eine Geborgenheit wie »am Grabe der Mutter«, und weiter noch. –*
> *Heute kam Dein Brief.*

Eigenartig, ich suchte diese Tage nach einem Gedicht, das ich Dir schreiben könnte, ich fand das rechte nicht.
Aber es wollte mir auch wie ein Ausweichen vorkommen, etwas anderes zu sagen als das, was mir durch die Seele geht. Ich werde es gestehen müssen, daß ich mir Sätze, wie Du ihn am Schluß geschrieben hast, kaum mehr zu schreiben wage. Ich will Dir den Frieden geben – ich will Dir doch das Tor zum Leben öffnen – und Du machst es mir so schwer. Ich tadle Dich dafür nicht, aber ich leide sehr um Dich, weil ich Dich nie glücklich machen kann. Mein Weg muß ein anderer sein.
Wenn ich Dich nicht zum Leben führe – und in das Leben entlasse, dann tauge ich nichts für Dich, dann bin ich überhaupt nichts wert im Leben; die Liebe muß, wenn sie bestehen will über eine kleine Zeit hinaus – und alle Zeit ist klein! –, die Liebe muß doch dienen. Wenigstens meine Liebe, eine andere Liebe an mir ist Unrecht und wird mich vernichten, d.h. zu einem Nichts – zu einer Leere mein Leben machen.
An einem hohlen Menschen aber könnte Dir gewiß nicht gelegen sein. –
Ach, könnte ich helfen – könnte ichs heilen – könnte ichs stärken dies liebe liebe Herz!

D. M.

Wieder nahm Anna an einem Sonntag den Frühzug, um Maurus aus der Ferne in der Kirche zu sehen. Wieder hastete sie vom Bahnhof die lange Straße entlang und den Berg hinauf. Wieder hörte sie vor dem Portal, dass er schon mitten in der Predigt war und trat leise ein. Kein Kopf drehte sich nach ihr um. Sie stand wie immer an der Wand der Seitenkapelle und sog sein Gesicht in sich hinein. *Wie schön er ist,* dachte sie. *Ob ich es wagen kann, am Nachmittag zu ihm ins Krankenhaus zu gehen?*

Beim Auszug mit den Ministranten hörte ihn Anna leise sagen: »Geh auf die Straße nach Holzhausen hinaus.« Heiße Freude durchströmte sie wie jedesmal, wenn sie einer Begegnung mit ihm entgegenwarten durfte. Einige Schritte hinter ihm verließ sie die Kirche und eilte der Landstraße zu. Es dauerte nicht lange, bis sein DKW sie überholte und anhielt. Anna rannte die kurze Strecke und stieg ins Auto; er hatte die rechte Tür bereits von innen geöffnet. Sie schauten einander kurz an. Eine leise Freude stahl sich in sein Gesicht.

»Ich habe den nächsten Gottesdienst in Holzhausen, da kannst du mit in die Kirche gehen. Bleib am besten weiter hinten, du wirst schon noch einen Platz finden. Ich parke das Auto wie immer hinter dem Friedhof, da kommst du nachher wieder hin. Danach halte ich dann noch in Bergheim die Elfuhrmesse; aber es ist besser, wenn du da nicht mitgehst. Du kannst ja inzwischen spazierengehen; so gegen zwölf Uhr fahre ich wieder ins Krankenhaus zurück. Eigentlich werden sie erwarten, dass ich zum Mittagessen bleibe, aber ich finde schon einen Grund, wegzukommen.«

Sein Gesicht war ernst.

Die Glocken in Holzhausen läuteten schon zusammen, als sie aus dem Auto stiegen. Maurus eilte in die Sakristei. Anna folgte ihm langsam. Sie ging durch den kleinen Vorbau am hinteren Portal in die Kirche hinein. Ihr Herz klopfte. Die Augen der Männer, die in den hinteren Bankreihen saßen, richteten sich auf sie. Anna erspähte einen leeren Platz auf der Frauenseite. Schnell ging sie darauf zu und setzte sich. Sie wagte sich nicht mehr zu rühren. Sie sang alle Lieder auswendig mit. Maurus hielt die gleiche Predigt wie beim Hochamt in der Stadtpfarrkirche. Sie konnte ihn nicht so gut sehen wie dort, weil eine große, breitschultrige Frau ihr die Sicht nahm. Aber sie hatte ja noch den ganzen Nachmittag vor sich. Sie fühlte sich eingehüllt in Vorfreude.

Maurus hatte das Auto nicht abgeschlossen; sie konnte nach dem Gottesdienst gleich einsteigen und drinnen auf ihn warten.

»Es eilt, es ist schon dreiviertel elf Uhr. Ich muss schnell fahren«, sagte Maurus, als er sich etwas atemlos hinter das Steuer setzte und den Motor anließ.

Rasch nahm er die Kurve um den Friedhof und fuhr auf die Landstraße hinaus. Das Auto flitzte dahin. Hinter der Kastanienallee hielt er an, und Anna stieg aus. Sie schaute dem Auto nach, wie es die Bergstraße hinauffuhr und im Dorf verschwand.

Sie hatte nun fast eine Stunde Zeit und wanderte auf der Allee zurück. Dann bog sie links in den Weg ein, der an der Schlossmauer entlangführte. Ziellos lief sie südwärts den Bergen zu. Immer wieder schaute sie zurück auf das weite Land, auf die Wäldchen inmitten der Wiesen und auf das kleine Dorf am Berghang, das Maurus so sehr liebte. Sie kam an Weihern vorbei, die den Marktflecken hinter dem Schloss säumten. An den Uferbinsen schimmerte noch Nachttau. Anna wusste nicht, wie sehr ihr diese Landschaft vertraut werden sollte, ihre wechselnden Jahreszeiten, die heißen Sommertage und die Winternächte mit Kälte und Schneesturm.

Schon vor der Zeit war sie wieder auf der Landstraße, um auf die Rückkehr von Maurus zu warten. Da sauste auch schon das schwarze Auto zwischen den Bauernhäusern hervor und fuhr den Berghang herab. Es hielt neben ihr an und Anna stieg ein. Als Maurus ihr strahlendes Gesicht sah, sagte er: »Solange ich noch nicht im neuen Pfarrhof bin, kannst du an den Sonntagen, an denen du in der Kirche bist, mit mir hinausfahren, und auch nachmittags ins Krankenhaus kommen. Später wird es schwerer sein, sich zu treffen.«

»Wann wird denn der neue Pfarrhof fertig?«, fragte Anna.

»So, wie es aussieht, erst im Herbst«, antwortete Maurus.

Anna stieg vor dem Krankenhaus aus und ging zum Gasthaus um zu essen. Zur vereinbarten Zeit lief sie beschwingten Schrittes ins Krankenhaus, vorbei an der Schwester Pförtnerin, die ihr wortlos nachschaute.

Kaum war sie zehn Minuten bei Maurus im Zimmer, klopfte es an die Tür. Ein Geistlicher trat ein. Maurus Gesicht leuchtete auf. Er begrüßte den Besucher sehr herzlich und stellte ihn Anna als Mitbruder aus der Bischofsstadt vor. Sie wollte gehen, doch Maurus bat sie, zu bleiben. Sie empfand das viel mehr als eine Auszeichnung: Sie spürte, dass er sie bei sich haben wollte, wer immer auch kam. Unausgesprochen waren sie miteinander verbunden. Maurus ließ sie an seinem Leben teilhaben.

Der Geistliche setzte sich in einiger Entfernung neben Anna auf das Sofa. Ihr Blick verlor sich durch das große Fenster in die Ferne, wo hinter blühenden Wiesen, in die sich dunkle Waldzungen streckten, die Bergkette blausilbrig aufstieg. Dann tat sie so, als ob sie in einem Buch lese; aber sie verlor kein Wort des Gesprächs. Sie fand es faszinierend, wie die beiden Männer miteinander umgingen. Sie unterhielten sich fröhlich und ungezwungen. Ihre Unterhaltung hatte nichts Salbungsvolles, keine Spur von klerikaler Frömmelei, wie sie das manchmal bei anderen Geistlichen gehört hatte. Sie spürte echte Brüderlichkeit, die sich nicht verstellen musste. Sie fühlte, dass sie sich ehrlich mochten. Sie sprachen von der Jugendarbeit. Anna konnte daraus schließen, dass der Besucher das Amt des Diözesan-Jugendseelsorgers innehatte, und Maurus mit ihm in der Vergangenheit als Dekanats-Jugendseelsorger zusammengearbeitet hatte. Obwohl dieser Geistliche viel jünger war, stand ihm Maurus an Begeisterung in nichts nach, als sie von ihrer Arbeit mit der Jugend sprachen.

Wieder empfand Anna: Neben Maurus konnte kein anderer Mann in ihren Augen bestehen. Sie erschrak nicht mehr, dass er Priester war. Doch hatte sie plötzlich Sorge, es könnte durch ihre öftere Anwesenheit im Krankenhaus ein Schatten auf seine Person fallen. Sie wusste, wie Pfarrer beobachtet wurden. Aber Maurus hatte ein so strahlendes Wesen, er nahm die Menschen gefangen durch sein Offensein und seine Güte; er neigte sich ausnahmslos allen zu.

Nach einer Stunde verabschiedete sich der Priester. Noch lange klang die große Freude in Maurus über den Besuch des Freundes nach. Anna spürte, wie sehr er die Menschen brauchte – und die Menschen ihn.

14. Juni 1957, 1 Uhr

M. A.! Ich habe heute wieder Dein Büchlein »Der Mensch in der Zelle« von Edzard Schaper in die Hand genommen und das schmerzliche darin gelesen, das Du darauf am 14. April 1957 – es sind nun genau zwei Monate – zitiert hast, als Du damals in diesem Zimmer saßest, in dem ich jetzt schreibe, noch schreibe – werden die Nächte denn ewig mich wachend finden? – und nun ist mir der Gedanke gekommen, ob wir nicht alle in die Zelle uns bannen mit der Enge unserer Gedanken, mit dem Verhaftetsein in die

eigene Not, und ob es nicht möglich sein müßte, sich frei zu machen, wenn man größer denkt, wenn wir uns selber aufgäben –
Wie wird es wohl mit Dir sein in Deinem Schweigen?
Und wird Deine Seele Ruhe haben?
Oder trauerst Du ob aller Stunden der Trennung?
Ich meine, wir könnten wachsen und einander helfen in die Freiheit.
Daß wir es wollten – dann werden wir es wohl vermögen!

D. M.

10. Juli 1957, 1 Uhr

Mein Kind, mein liebstes!
Kränke Dich nicht, daß ich nicht komme und nicht kommen kann. Es ist wohl gut so. Wir müssen das doch lernen, voneinander frei zu werden im Äußeren; ich rechne dazu auch, daß wir uns sehen und treffen.
Du bist doch in meinem Herzen geborgen und kannst darum nicht verzweifeln. Kann Dich ein Mensch verdammen, da Gott Dich liebt? Denn ohne Zweifel liebt er Dich, da er so große und tiefe und namenlose Leiden über Dich kommen läßt. Rede zu Gott und klage Ihn nicht an! Ich glaube, Du kannst nicht mehr beten, meine Anna. Bete wieder, und Du wirst Ruhe und Kraft in Deiner Seele haben.
Werde nicht irre an den Menschen! Auch wenn ich nicht bei Dir bin, auch wenn ich nicht bei Dir sein kann, trage ich Dich in meinem Herzen.
Und noch mehr: Ein Wort von Johanna von Bismarck:
»Der Dich schuf, wird Dich tragen, auch über den Abgrund hin.«
Ich werde Dich nie verlassen. Aber opfere Dich, damit ich dienen kann – auch Dir in der tiefsten selbstlosen Liebe.

D. M.

11

Ein heißer Hochsommer war angebrochen. Als Anna an einem Julisonntag der Stadt entfloh und wieder einmal schnell und ungesehen an der Pfortenschwester des Krankenhauses vorbeihuschen wollte, um in das Zimmer von Maurus hinaufzusteigen, hörte sie ein leises Klirren in ihrem Rücken. Durch das geöffnete, ovale Membranfensterchen rief ihr Schwester Perpetua mit einer rätselhaften Befriedigung in der Stimme nach: »Die Frau Oberin hat mir aufgetragen, Sie bei Ihrem nächsten Besuch zu ihr zu führen!«

Sie kam aus dem Pfortenzimmer heraus, und lief Anna eifrig über einen spiegelnden Korridor voran. Mit lauschend vorgeneigtem Oberkörper pochte ihr Finger an die Tür der Oberin. »Herein!«, rief es in milder Klarheit aus einer seltsam bedrückenden Lautlosigkeit. Die Pförtnerin drückte die Türklinke herunter – das Herz schlug Anna wild im Hals – und ließ sie eintreten.

Ein strenger Geruch erfüllte den Raum. Neben einem Mahagonitischchen stand dunkel und hochaufgerichtet eine Nonne in makellosem Habit aus feinem, schwarzem Tuch. Ihr großflächiges Gesicht, aus dem alle irdischen Nichtigkeiten entschwunden zu sein schienen, schaute aus weißgefälteltem Linnen unbewegt Anna entgegen. Hinter ihr leuchtete im offenen Fenster der Sommer; Bienen umtaumelten summend eine Rosenranke, die sattgrün und dunkel die ferne, flimmernde Alpenkette durchwölbte.

»Ich habe Sie erwartet«, sagte die Klosterfrau zu Anna, die unter dem Sommerkleid der Schauer einer Gänsehaut überlief, während sie staunend wahrnahm, wie der Raum die Kühle bewahrte und jenen vertrauten Geruch klösterlicher Kleider.

»Ihre Besuche beim Herrn Stadtpfarrer geben zu Beunruhigung Anlass!«

Annas Herz flatterte wie ein verängstigter Vogel. Die Augen der Oberin brannten auf ihrem Gesicht. Nur das Spiel der Hände mit dem seitlich herabhängenden Rosenkranz verriet die Erregung der Ordensfrau, als sie den Satz aussprach, der durch Jahre wie ein

Brandmal in Anna haftet: »Wissen Sie denn nicht, dass es heißt: ›Du bist Priester auf ewig nach der Ordnung des Melchisedek!‹ … Fürchten Sie nicht die ewige Verdammnis?«

Wie ein schwarzflammender Engel des Gerichts stand sie gegen das Licht des leuchtenden Sommertages.

Da hob Anna ihr erbleichtes Gesicht, in dem von innerer Qual gezeichnet nicht die fordernde Liebe einer Frau, sondern die bedingungslose Hingabe eines Kindes glühte, zu der Oberin auf. Wie eine junge Häretikerin vor dem Großinquisitor sagte sie aus einer unumstößlichen Gewissheit heraus leise und tapfer: »Ich würde für ihn auch in die Hölle gehen!«

Eine Bewegung unerwarteter Erschütterung lief über das beherrschte Antlitz der Oberin hin, so, wie der Ausläufer eines Erdbebens noch äußerste Grenzen streift. War es das Blasphemische der Antwort oder die überraschende Erkenntnis einer echten Liebe, die keine mädchenhaft-leichtfertige Schwärmerei war, was die Flügel des gestärkten Schleiers fast unmerklich erzittern ließ? Mit bebenden Lippen sagte die Klosterfrau leise und wie zu sich selbst: »Sie lieben ihn ja wirklich!« Und fast schwesterlich, mit einem Ton, in dem etwas wie Mitgefühl schwang, fügte sie zögernd hinzu: »Da werden Sie noch viel Bitteres erleben müssen!«

Langsam, mit einem Körper der schwer war wie Blei, ging Anna die Teppen hinauf und klopfte an Maurus' Zimmer. Alle Freude war aus ihrem Gesicht entschwunden.

»Kind, was ist mit dir?«, rief Maurus, als er sich vom Schreibtisch erhob und auf sie zukam. Anna konnte die Begegnung mit der Oberin nicht verbergen, zu tief hatte sie das Gespräch aufgewühlt.

»Die Frau Oberin hat mich zu sich kommen lassen«, flüsterte sie noch ganz benommen. »Sie hat gesagt, meine Besuche bei dir geben zu Beunruhigung Anlass.«

Maurus war betroffen.

»Was gehen sie meine Besucher an«, stieß er dann aufgebracht hervor. »Kann zu mir nicht kommen, wer will?!«

Aber er wurde immer stiller und dachte daran, dass er niemand Anlass zum Ärgernis geben sollte.

»Anna, du weißt, ich bin hier Gast nach meinem Herzinfarkt, bis ich ein eigenes Zuhause im neuen Pfarrhof habe. Es ist besser, du kommst nicht mehr ins Krankenhaus.«

Anna war es, als presse eine Hand ihr Herz zusammen.

»Komm Kind, wir fahren wieder ein wenig ins Land hinaus. Es ist heute ein so schöner, heißer Sommertag.«

Sie schaute noch einmal traurig in seinem Zimmer umher, dann gingen sie zum rückwärtigen Ausgang. Er fuhr durch Holzhausen in Richtung Bergheim. Das Getreide stand schon hoch und an den Feldrainen leuchtete roter Mohn; Kornblumen blühten zwischen den Halmen. Sie sah Kamilleninseln in der Sonnenglut zittern; manchmal wehte Heuduft süß und stark durch das offene Autofenster. Das sommerliche Land kochte über vom Geruch der Reife, der aus den ockerfarbenen Weizenfeldern stieg. Die Luft war bis zum Horizont voll warmer klarer Bläue, in der die Zwiebelhauben und Giebeldächer der Kirchtürme weithin sichtbar ihre Dörfer überragten.

Wenn Anna so neben Maurus im Auto saß, hatte sie alles, dessen sie bedurfte; sie war im Mittelpunkt der Welt geborgen, und spürte mit allen Sinnen die Fülle des Lebens. Die bedrückende Begegnung mit der Oberin löste sich auf.

Maurus bog ins Dorf Wiesmühl ein und hielt unterhalb des Kirchleins.

Aus den Bauerngärten roch es nach erhitzten Tomatenstauden, Minze und Thymian. Sonnenblumen hoben sich leuchtend über Reihen von stark duftendem rosa und violettem Phlox, Dahlien, Edelmargeriten, bunten Zinnien und blauem Rittersporn. Kaum hatten sie die Autotüren zugeschlagen, kam auch schon der Schmied des Dorfes, der nahe bei der Kirche wohnte und den Organistendienst versah, mit einem großen, uralten Kirchenschlüssel angelaufen. Anscheinend hatte er das Auto kommen sehen. Sein offenes, bäuerliches Gesicht strahlte Maurus an, der ihn mit »Schorsch« anredete. Sie stiegen miteinander die Steinstufen, die breit wie eine Freitreppe waren, zum kleinen Friedhof hinauf, der sich von einer Mauer umschlossen dicht um das Kirchlein schmiegte. Weißgekalkt und bescheiden stand es inmitten der Gräber; der Kirchturm wirkte stark und gedrungen wie ein Burgfried. Schorsch schloss das Pförtchen auf, das sich an der Westseite des romanischen Gemäuers befand. Im

Innern war es kühl, und, obwohl das Sonnenlicht durch die Bogenfenster fiel, wohltuend dämmerig.

Maurus stieg die steile Holztreppe zur Empore hinauf. Anna und Schorsch gingen hinter ihm her. Die hellgescheuerten Stiegenbretter knarrten unter den Tritten. Maurus setzte sich ans Harmonium. Wortlos, wie in gewohntem Einvernehmen, begann der Schmied den Blasebalg zu treten. Anna lehnte am Harmonium und schaute auf die Hände von Maurus, die ruhig und sicher in die Tasten griffen und alte Volksliedmelodien aus seiner Jugendzeit spielten. Sie lauschte den Liedern, die er mit seiner schönen Baritonstimme für sie sang, und die ihr süß durchs Herz gingen: »Wär' ich ein Vögelein, wollt' ich gern bei dir sein ... schöss' mich ein Jäger tot, fiel ich in deinen Schoß, sähst' mich dann traurig an, gern stürb' ich dann«.

Es schwang so Reines, Inniges darin, dass ihr die Liebeslieder wie ein Gebet klangen. Und es lief wie eine schmerzliche Seligkeit durch ihren Leib, als er das Lied von einem *Ringelein aus Golde* sang. Der heilige Raum und das alte Harmonium, das Martyrium der heiligen Margaretha auf dem Goldgrund der Seitenflügel des Altartriptychons und ihre unsägliche Freude verzauberten die Lieder für Anna ins Feierlich-Sakrale. Das einfache, gute Gesicht des Schmieds am Blasebalg schien wie durchleuchtet von bedingungsloser Liebe und Treue zu seinem Pfarrer. Maurus schaute lächelnd in Annas liebestrahlendes Gesicht und erhob sich von der Harmoniumbank. Er gab dem Schorsch die Hand und dankte ihm. Auch Anna reichte ihm die Hand und lächelte ihn an. Er sah sie an wie ein Heiligenbild. *Sicher hat er noch nie etwas von der Ordnung des Melchisedek gehört,* dachte sie.

Dann fuhr Maurus sie zum Bahnhof.

DRITTER TEIL

DIE REISE NACH CARRARA

1

So weht der Wind den Brenner herauf«, hatte Maurus einmal gesagt und mit dem Kinn zur Straßenböschung gedeutet, durch die der Sommerwind fuhr und die Blätter aufstülpte, dass sie grausilbern nordwärts flimmerten. Dann hatte Schweigen schwer wie etwas Unausgesprochenes, Drängendes zwischen ihnen gehangen. Das Auto fuhr mit gedrosseltem Tempo eine Serpentinenstraße hinab, glitt an altersbraunen Dächern und Türmen einer Stadt vorbei die so nahe heraufwuchsen, dass die Hand fast danach greifen konnte. Sie waren über den Fluss gefahren, hinter dessen Brücke das grüne Wasser über breite flache Holzstufen einem Baumtunnel entgegenstürzte. Anna hatte ihre Augen von dem faszinierenden Anblick gelöst und in das ernste Männerprofil neben sich geschaut. Sie sprach aus, was in seinem angespannten Gesicht arbeitete: »Hättest du mich gern dabei, wenn du in den großen Ferien nach Italien fährst?«

Da war etwas Schmerzliches in seinem Gesicht aufgebrochen, und sie hörte in seiner Stimme die Bewegung seines Innern, als er leise und rau erwiderte: »Ach, mein Kind!«

All dem dachte Anna nach, als sie an diesem heißen Julisamstag wie betäubt auf einer kirschroten Bank in der Kastanienallee seiner Stadt saß. Gleich vom Bahnhof aus war sie in die Kirche geeilt und ungesehen zur Männerempore hinaufgeschlüpft. Die Kirche wurde gerade für eine Trauung hergerichtet. Eine alte Frau humpelte mit einem

Arm voll Lilien durch den Mittelgang bis zur rotausgeschlagenen Betbank für das Brautpaar. Sie rief etwas für Anna Unverständliches ins hallende Gewölbe. Die Mesnerin balancierte auf einer Leiter am Hochaltar und steckte frische weiße Kerzen auf. Wie ein Matrose in der Takelage eines Segelschiffs schrie sie über die Schulter zurück, als müsste sie eine unhörbare Brandung übertönen: »Der Stadtpfarrer ist heut früh mit einem Auto voller Kinder in den Urlaub gefahren! Er ist eigens noch mal von Bergheim reingekommen, weil er mir was angeschafft hat – der Benefiziat hält die Trauung!«

Diese Nachricht traf Anna wie ein unerwarteter Keulenschlag.

Maurus war fort.

Jäh schien sich Leere auszubreiten, es war, als schlüge das Herz der Stadt nicht mehr. Sie schlich die Wendeltreppe der Empore hinab und tappte nach der Kirchentür. Maurus war fort. Der Himmel flimmerte mit einem Mal grell und blendete wie Wüstensand. Das Laub der Bäume erschien ihr matt, wie von fahler Blässe überhaucht, als sie langsam und müde durch den kleinen, aufgelassenen Friedhof der Kastanienallee zugegangen und auf die schattige Bank gesunken war.

Er hat sich nicht einmal verabschiedet, dachte sie. *Warum hat er sich nicht einmal verabschiedet?*

Die Kastanienäste hingen vor ihren Augen dunkelgrün bis auf die offene Feldscheune herab, Brückenwagen standen auf Stroh im Innern, Räder mit zerbrochenen Speichen lehnten im Dämmer an der Bretterwand. Aus dem Stadtgraben, in dessen Mulde Hahnenfuß und Löwenzahn wucherten und keine Handbreit Erde freigaben, traf Kühle ihren Rücken. Wie erblindet schaute sie in die wabernde Hitzelohe bis zur blauen Waldgrenze. Ein Simmern wie von Drähten zitterte über den ungemähten Wiesen und Feldern. Kühe lagen wiederkäuend im dünnen Schatten wilder Obstbäume. Aus ihren mahlenden Kiefern troff schäumender Speichel; träge schlugen sie mit den Schwänzen nach den metallisch schimmernden Bremsen, die in schwarzen Trauben ihre Leiber peinigten.

Wo war Maurus jetzt?

Sie stand auf und ging durch die Mittagsglut der Stadt zum Bahnhof zurück. Das ruhelose Schüttern des fast leeren Zuges beruhigte sie etwas. In Anna bereitete sich etwas vor. Es war, als spüre sie in sich den geheimnisvollen Trieb eines Zugvogels, der fortfliegen muss. Sie wusste, sie konnte diesem inwendigen Brennen nur entkommen, wenn sie etwas unternahm. Aber was?

Bilder stiegen aus der Erinnerung auf: Eine blasse Fotografie – der lachende Vater mit entblößtem Oberkörper wäschebürstend am Ufer des Po; die Erzählung von der Schlacht um Monte Cassino; die Geschichte vom Paket mit den von ihm selbst entschälten, süßen Mandeln, das Frau und Kinder nie erreichte; der blaue und rostfarbene Filzstumpen aus Verona, aus denen die Mutter sich Hüte machen lassen sollte.

Einige Tage später lagen ein Brief und eine Karte mit ausländischen Briefmarken auf Annas Tisch in der Münchner Wohnung. Sie las zuerst die Karte vom 22. Juli, die aus Matrei hinter Innsbruck kam, und auf der stand: »Gute Grüße auf der Fahrt, M.«; dann riss sie hastig den Brief auf, der mit Bleistift geschrieben war, und las:

Marina di Massa, 23. Juli 1957

M. A.
Wenn die Ruhe, die mich am ersten Abend meines Hierseins erfüllt, auch Dein Herz erfüllen würde, so wäre ich glücklich.
Ich bin heute nachmittag, 14.30 Uhr, gut hier angekommen im Camping Touring Club d' Italia in Marina di Massa. Das ist ganz am Meer zwischen Marina di Carrara und Marina di Massa.
Wie geht es Dir? – eine Frage die ich selten in Briefen an Dich schrieb, wenngleich sie mich immer beschäftigt.
In großer Eile und in Sorge um Dich und in guter Liebe
D. M.

Meine Adresse: M. A.
Marina di Carrara
bei La Spezia
Italien
Posta in ferma

Der Brief hatte mehrere Tage gebraucht, und kurz darauf erreichte Anna der nächste, datiert mit dem 3. August:

M. A.
Wie wird es Dir wohl gehen? Ich war nun jeden Tag auf der Post in Marina di Carrara und habe keine Zeile von Dir vorgefunden. Hoffentlich ist Dir nichts zugestoßen.
Oder hat die Ruhe, die hier über mich gekommen ist, auch Dich ergriffen, daß Dein unruhiges Herz nun Frieden hätte? Wie sehr wünschte ich in Deine tiefste Seele hinein Ruhe und Geborgenheit!
Es ist hier, wie es im vergangenen Jahr gewesen ist. Jeder Tag ist schön; im weiten Meer fühle ich mich von der Unendlichkeit umfangen. Und abends steht der Mond am Himmel und bildet eine Straße von Silber ins Meer hinaus. Ich bin sehr bequem und habe noch gar nichts unternommen aus meiner Ruhe zu geraten, nicht einmal einen kleinen Ausflug in die nächste Umgebung habe ich gewagt.
Ich schlafe viel, jeden Tag schwimme ich wenigstens eine Stunde, sonst ruhe ich und koche ein wenig.
Untertags setzt mir die Hitze wohl zu, denn da wir vor den Bäumen am Meer sind, kühlt nichts die hohe Hitze als die leichte Brise, die vom Meer her weht.
Und übers Meer wandern die Gedanken – und über die Berge wandert das Sinnen, und wenn in der Nacht die Sterne durch das Piniendach glitzern, frage ich: Wie lange noch werde ich Wanderer sein dürfen?
M. A., habe Frieden! Habe alles Glück und alle Liebe. Bleib gut in Deinem Herzen, so wie ich Dich kenne.
Sei lieb gegrüßt von
D. M.

Nun gab es für Anna kein Halten und kein vernünftiges Überlegen mehr. Sie erbat sich von Frau Reif den Kellerschlüssel und holte den ererbten Überseekoffer mit den bunten Aufklebern ferner Städte und

Hotels aus dem winzigen Verschlag ihres Kelleranteils. Der Anblick des geöffneten Koffers auf ihrem Zimmerboden beruhigte sie. Von jetzt an tat sie alles wie eine Schlafwandlerin und wie unter einem geheimen Zwang, als wäre dies unumgänglich und vorausbestimmt.

Am Montag beantragte sie Urlaub und erhielt ihn wunderbarerweise auch genehmigt. Sie kaufte in einem Sportgeschäft ein orangefarbenes Einmannzelt, das kleinste, das es gab, denn sie musste es ja samt Gestänge tragen, dazu eine blaue Luftmatratze mit Blasebalg. Obwohl sie nur das Allernotwendigste einpackte, erschrak sie vor der Schwere des Koffers. Zuletzt steckte sie die zusammengefalteten Lirescheine in den rehbraunen, ledernen Brustbeutel aus Vaters Soldatenzeit.

Ihre Vermieterin sprach nicht viel, als Anna spätabends unter ihrer Last schwankend die Wohnung verließ. Aber sie konnte sich nicht enthalten zu fragen: »Was haben Sie denn um Gottes willen in diesem Koffer?«

»Ein Zelt!«, sagte Anna. Frau Reif bekam große Augen, und Anna verabschiedete sich schnell. Sie wankte mit dem Überseekoffer durch den Rosenhof, den die Wohnanlage umschloss. Gelbes Laternenlicht fiel auf die Steinplatten unter der dunklen Blutbuche. Das Wasser des Brunnens splitterte wie flüssiges Silber aus der Kupferröhre ins Steinbecken und vertiefte mit sanftem Geplätscher die Stille der schwülen Sommernacht. Beklommenheit und Sehnsucht, Entschlossenheit und Angst wogten in dem Mädchen durcheinander. Im Tor der Borstei hörte sie das sirenenhaft absinkende Getön einer ankommenden Straßenbahn. Anna hastete schwer atmend über die Straße und wuchtete mit äußerster Anstrengung den Koffer auf die Fahrerplattform. Durch die warme Dunkelheit sauste der Wagen den Doppeltürmen des Liebfrauendoms im ausgeleuchteten Nachthimmel zu; rechts der Straße flogen helle, leere Cafés vorbei, offene Eisdielen, eine Boutique, dann eintönige Häuserfronten wie die Linie einer feldgrauen Wachkompanie.

Der Koffer riss sie fast vom Trittbrett der Trambahn, als sie am Hauptbahnhof ausstieg. Das Stadtzentrum fieberte noch von der Hitze des Hochsommertages, die die Hausmauern gespeichert hielten. Nach Atem ringend zerrte sie den Koffer über die Stufen des

Nordeingangs zur Bahnhofshalle hinauf. Die Schwüle umschloss sie wie erstickende Watte. Unter dem Glasgewölbe ballte sich die Hitze zur Siedeglut. Neonflimmernder Staub wirbelte hinter den sausenden Gepäckwagen der Bundesbahn auf. Anna sah weit und breit keinen Gepäckkuli. Schweißnass schleppte sie sich mit ihrem Koffer durch das Menschengetümmel, stieß mit Leuten zusammen, begegnete Kopfschütteln und Grinsen. Beklemmung schnürte ihr jagendes Herz ab. Der Koffer sackte zu Boden; sie setzte sich minutenlang darauf. Ein brandendes Getöse, das aus dem vibrierenden Beton aufzuquellen schien, füllte die Halle, es hörte sich an wie das verstärkte Summen eines emsig wimmelnden Wespennestes, das aber aus einem Wirrsal von Geräuschen bestand, aus ungezählten Menschenstimmen, Rufen, Räderrollen, zischendem Dampf, der wie ein mächtiges, akustisch verhaltenes Hauchen und bebendes Schnauben war, und die Stimme des Lautsprechers wie eine hohle Hand überwölbte.

Anna raffte sich auf und schleifte ihren Koffer unter wiederholtem Abstellen zu ihrem Bahnsteig. Keuchend suchte sie am Brenner-Express entlang den Kurswagen nach Mailand. Der Himmel schimmerte nachtblau in den gläsernen Bogen des Hallenendes. Dahinter schwammen die Signallichter wie rot glühende Eierbriketts, glommen grün- und gelbtupfig auf, sprühten eisblau wie das Feuer eines Lötkolbens.

Ein Schaffner hob den Überseekoffer mit einer witzigen Bemerkung in den Waggon. Anna schob das sperrige Gepäck mühsam durch den schmalen Gang, stieß ihn ins Abteil und fiel auf ihren Sitzplatz. Rot aufgedunsen brannten die Hände an ihren wie leblos herabhängenden Armen. Endlich ruckte der Zug an und glitt wie auf geölten Lagern weich aus der Halle, kreuzte im Dunkel aufgleißende Schienenstränge, raste durch taghell erleuchtete Bahnhöfe. Mit den Handgelenken drückte Anna das Fenster herab. Nachtluft wehte ins Abteil, riss das grüne, verrußte Vorhängchen aus der Messinghalterung, umfächelte ihr glühendes Gesicht mit dem Duft aus Getreidefeldern. Es war ihr, als lebte sie auf wie ein erstickender Fisch, der tief durch die Kiemen atmend seinem Element zurückgegeben ist.

Später verlangsamte der Zug das Tempo. In Leuchtbuchstaben flog der Name *Wörgl* vorbei; moosfeuchte Waldluft und der Harzgeruch gefällter Baumstämme drang ins Abteil. Sie mussten nahe an einer Sägemühle vorbeigefahren sein.

Mitternacht war längst vorüber, als der Brenner-Express in Innsbruck einfuhr. Ein junger, dunkelhaariger Mann betrat das Abteil. Mithilfe eines Gepäckträgers hievte er eine Anzahl Koffer und Pappschachteln durchs Fenster herein. Er hob Annas Koffer auf die Gepäckablage, um Platz zu schaffen. Anna zog ihre Füße auf den Sitz, bis er alles untergebracht hatte. Auf dem Bahnsteig umarmte ein altes, weinendes Ehepaar eine füllige, wasserstoffblonde Frau. Ihr Gesicht wirkte im Neonlicht farblos und aufgedunsen wie Hefeteig. Ein kleiner Junge, zart, blond und durchscheinend blass, stand wie vergessen daneben und schaute großäugig auf die Erwachsenen. Türen knallten zu. Der Zugschaffner rief »Alles einsteigen!« Der alte Mann riss plötzlich den Jungen hoch und presste das betretene Gesichtchen an seine nasse Wange. Die alte Frau schluchzte, die junge zog den Kleinen hinter sich in den Zug hinein; Taschentücher flogen im Nachtwind, Tränen perlten über das aufgeschwemmte Gesicht der jungen Frau. Der Mann schob das Fenster hoch. Das Licht schmolz in sich zusammen, wurde spärlich, düster. Das Gespräch des jungen Ehepaars verrann in ein Murmeln, aus dem einzelne Worte aufzuckten wie Lichter in der Nacht: *Marseille … Casablanca …*

Der kleine Junge, den sie Patrick nannten, kauerte stumm in der Fensterecke, Anna gegenüber. Sie lächelte ihm zu und er lächelte zurück – zwei Kinder auf der Fahrt ins Ungewisse.

Anna schlenkerte die Sandalen von den Füßen. Sie stieg auf die Sitzbank und löste den Lederriemen, mit dem die Reisedecke am Koffer festgeschnallt war und holte sie herunter. Der dunkle Mann zog für den Jungen den Sitz neben Anna nach vorne, die Rückenlehne rutschte nach; es wurde eine Liege für den Kleinen. Auch sie zog nun ihren Sitz etwas vor und lag wenig später zusammengerollt neben dem Kind unter dem grünbraun karierten Plaid. Auf einmal schob sich der kleine Patrick wie von selbst unter ihre flauschige Decke. Als sein Köpfchen ihre Schulter berührte, zog sie die Wolldecke vorsichtig bis unter sein Kinn herauf. Noch einmal schlug das

Kind seine ernsten Augen groß und nah zu Anna auf. Sie fühlte eine scheue Zärtlichkeit wie einen Schmerz, und sie spürte, wie sehr sie sich nach einem eigenen Kind sehnte.

»Treno per Genova binario cinque … parte fra dieci minuti!« – Zug nach Genua Gleis fünf … Abfahrt in zehn Minuten!, kreischte es am frühen Morgen aus dem Lautsprecher.

Der Koffer schlug um Annas Füße, als sie stolz im Bewusstsein ihrer geringen, aber doch hilfreichen Italienischkenntnisse wie ein schräg zur Seite geneigtes, leckes Schiff zum Bahnsteig fünf humpelte. In die verglasten Scherengittergewölbe des Mailänder Bahnhofs drang kühles Frühlicht. Köstliches Espresso-Aroma entfaltete sich in der Morgenfrische.

»Gelati, aranciata, birra, cioccolata, biscotti, arance, giornali, sigarette …«

Ein kleiner Italiener schob schreiend seinen rollenden Laden den langen Bahnsteig entlang.

»Vuole un' arancia, Signorina?«

»No, grazie«, sagte Anna müde. Die aufgesprungenen Blasen an ihren Händen brannten. Sie schleppte sich nur bis zum ersten Abteil des letzten Zugwagens. Zwei schwergliedrige Bauernmädchen mit sanften, guten Kuhaugen schauten ihr neugierig entgegen. Ein älterer Mann, anscheinend der Vater, vesperte aus einem hölzernen Koffer, der auf seinen gespreizten Knien lag. Mit einem Taschenmesser schnitt er Kanten von einem Weißbrotwecken und schob mit den Fingern große Würfel eines scharfriechenden Schafs- oder Ziegenkäses in den Mund. Eine bauchige, bastumwundene Weinflasche kreiste zwischen den dreien. Die Mädchen boten Anna ermunternd die Flasche an. Sie wischte mit dem Handballen über den dunkelgrünen Flaschenhals und spülte den faden Geschmack einer schlaflosen Nacht aus ihrem Mund hinunter. Wieder umschnürte Beklemmung ihr schmerzhaft pochendes Herz. Ein Gedicht von Ricarda Huch lief ihr durch den Kopf: *»Um bei dir zu sein / Trüg ich Not und Fährde / Ließ ich Freund und Haus / Und die Fülle der Erde / Mich verlangt nach dir / Wie die Flut nach dem Strande / Wie die Schwalbe im Herbst / Nach dem südlichen Lande …«*

Würde sie jemals bei Maurus ankommen? ... Alles wird gut sein, wenn sie erst bei ihm war.

Die beiden Landmädchen sprachen eifrig gestikulierend auf Anna ein und versuchten sich verständlich zu machen. Als der Zug über eine endlos scheinende Brücke rasselte, wandten sie kurz ihre Gesichter vom darunter ziehenden Strom ab und kehrten sie Anna zu, indem sie mit ausgestreckten Armen in die Tiefe wiesen. Immer wieder riefen sie begeistert: »Il fiume Po! Il fiume Po!« – Der Po! Der Po! Sie sprachen das »o« so knapp akzentuiert, dass es französisch klang. Anna kannte es nur lang ausgesprochen. Sie stand auf und neigte sich zum Fenster vor. Der hineilende Zug führte ihre müden Augen über den breiten, gelb und schlammig ziehenden Fluss. Morastinselchen trieben träge darin und schaumige Blasen, faltig zusammengeschobene, grünliche Ablagerungen, an denen sich undefinierbares Treibgut staute, drängten an die Ufer. Sumpfbrodem schwebte wie Dunst über hinfliehenden Pappelreihen, Reis- und Maisfeldern. Wieder verspürte Anna eine Beklemmung aufsteigen. Später, als die Tunnel den schrillen Pfiff der Lokomotive abwürgten, sank sie mit bleischweren Lidern in einen schwindeligen Halbschlaf.

In Genua riss sie ihr Koffer über das Trittbrett hinunter in eine Gluthitze hinein. Ein weiß flimmernder, schattenloser, endlos langer Schotterbahnsteig fraß ihre letzte Kraftreserve. Erschöpft und schweißverklebt stieg sie in den überfüllten Bummelzug Richtung La Spezia. Eingekeilt zwischen Italienern konnte sie während der Fahrt manchmal auf tiefblaue, meerumschäumte Buchten hinunterschauen, auf deren Sandstrände in Felsen verkrallte Kiefern Schatten warfen.

Zum ersten Mal in ihrem Leben sah sie das Meer.

Rapallo – Santa Margherita – konnte sie an Haltestellen lesen.

Später sauste der Zug nach kurzen, abgehackten Pfiffen durch die lichtlosen Höhlen vieler Tunnel, zwischen denen die rasende Fahrt durch kleine Fischerorte wie blitzhafte Helle war, in der schmutzige Zeitungsfetzen und Rußflocken am Zugfenster vorbeiwirbelten. Erst viele Jahre später sollte Anna erfahren, dass sie unter den Cinque Terre hinfuhr, dass über den Tunnel steile Treppengässchen in berühmte, bukolisch liebliche Weinberge hinaufklommen, und aus grottengrünen Pergolen schwarz verhüllte Fischerfrauen in fatalistisch steinerner Unbewegtheit auf die wechselnde Farbigkeit der Meeresströmungen hinausschauten – vielleicht Nachfahrinnen seeräuberischer Sarazenen des Altertums, die einst diese Küste heimgesucht hatten.

Dann endlich: Carrara-Avenza.

Anna zögerte. Von einer Sekunde zur anderen beschloss sie, erst in Massa-Centro auszusteigen. Sie hatte nicht die geringste Ahnung von der Lage des Zeltplatzes, dessen Adresse ihr Maurus mitgeteilt hatte.

2

Der Bahnhofsplatz von Massa brütete verödet in der Nachmittagshitze. Ein Taxi wartete im kargen Schatten einer staubigen Palme. Anna ging darauf zu und spürte unter den Schuhsohlen den weichen, glühenden Asphalt, der an aufgebuckelten Stellen teerig aufbrach wie schwarze Pestbeulen. Der Taxifahrer schlief mit offenem Mund, den Kopf auf die Rückenlehne des Sitzes gebettet. Seine Zunge pendelte in der himbeerfarbenen Mundhöhle. Anna versetzte ihm mit den Fingerspitzen einen gelinden Stoß. Mit einem Schnarchlaut fuhr er auf und starrte sie an. Sie nannte ihm den Namen des Zeltplatzes. Träge zwängte er sich aus dem Wagen und schwang das Gepäck in den Kofferraum. Sie fuhren durch hitzeflimmernde, menschenleere Straßen, umkreisten Zierrabatten mit scharlachroten Blumen, die Anna noch nie gesehen hatte, fuhren meilenweit durch ausgeglühtes Ödland und Weingärten, in denen sich zitronengelbe und rosafarbene Landhäuser mit geschlossenen Fensterläden fast verbargen, glitten über eine Brücke mit durchbrochener Steinbrüstung, unter der Brackwasser grünschillernd verrottete. Die Limousine schlich weich und elegant wie ein geschmeidiger, schwarzer Panther durch eine dämmergrüne Platanenallee wie durch einen Traum, der alle Sinne wohlig einschläferte. Als sie die kilometerlange Pineta entlangfuhren, schaute Anna beklommen auf die endlos vorbeiziehenden Zelte. Azurblau, saharabraun, dunkelgrün und orangefarben leuchteten sie unter den Pinien, zwischen denen im Westen das Meer glitzerte.

Sekundenlang wandte ihr der Taxifahrer das Gesicht zu: »Sola?« – Allein? Die junge Frau, verwirrt und verlegen, schüttelte nur stumm den Kopf. Dann bog die Limousine linker Hand in eine breite Einfahrt hinein. Meer und Himmel schimmerten in der Pinienwölbung am Ende der Sandstraße wie ein umgekehrter, blitzender Silberschild. Im Schatten des Hains drängte sich Zelt an Zelt. Anna zog den Brustbeutel aus ihrer Bluse und bezahlte den Taxifahrer. Staubwirbelnd brauste das Auto davon.

Sie hatte Glück. Die Zeltstadt hielt Siesta. Wahrscheinlich würde ihr niemand, dem sie nicht begegnen wollte, in den Weg laufen. Mit scheuen Blicken die Umgebung abtastend, stieg sie die Stufen der Blockhütte hinauf, die mit »Anmeldung« gekennzeichnet war. Auch hier wurde sie gefragt, ob sie allein sei. Wieder traf sie ein erstaunter, abwägender Blick aus dunklen Italieneraugen.

Unschlüssig lehnte sie auf der Veranda des Blockhauses und sondierte das Terrain. Schattige Sandstraßen teilten die Zeltstadt in Wohnviertel. Die Bungalow-Zelte lagen meist so dicht beieinander, dass die Spannschnüre sich überschnitten oder unmittelbar vor den rundum gegrabenen Regenkanälen im Boden verankert waren. Sie wagte nicht, ihr Zelt in einer noch freien, schmalen Nische aufzubauen. Kurz entschlossen stieg sie die Stufen hinab, raffte den Koffer auf und schleifte ihn über die große Einfahrt meerwärts. Sonnenstrahlen brachen wie goldene Nadelbündel aus einem Weißglutring durch die windbewegten Pinien und besprenkelten den Sandboden mit huschenden Lichtflecken. Die letzte Wegmulde war vom Strand durch eine kleine Anhöhe getrennt, auf der zwei riesig hohe, sturmzerklüftete Pinien helle, weitentfernte Schatten warfen. Anna beschloss, dort oben ihr Zelt aufzuschlagen.

Sie stellte den Koffer auf dem Hügel ab. Ihre heißen, geschwollenen Hände spürten zitternd den kühlenden Meerwind. Ihr Blick tastete die Umgebung ab. Die langgestreckte Erdwelle auf der sie stand verlief westwärts in eine terrassenförmige, völlig baumlose Fläche, die sich bis zu einem Damm über dem Meer hindehnte. Einem Nomadendorf gleich lagen die Zelte auf der trapezförmigen Höhe; die Vorhöfe waren von ausgebleichtem, dürrem Schilf umzäunt.

Da verspürte sie in der Bauchhöhle einen jähen Stich. Neben einer gestreiften Segeltuchwand blitzte es zweifach schwarz und silbrig von Lack und Chrom: Dort mussten sie sein! Dies mussten die Zwillingsautos von Maurus und seinem Bruder Severin sein! Ihr Herz schlug zum Zerspringen. Sie vergaß ihr Gepäck und rannte den Erdbuckel hinab zum Strand. Tiefer Sand verschlang ihre Füße und durchspülte heiß die Sandalen. Wie blind umlief sie braune Körper, die in der Sonne schmorten, und Kinder, die im Sand spielten. Je näher sie der Hochfläche kam, umso langsamer, zögernder wurde ihr Lauf. Dann blieb sie wie angewurzelt stehen, ganz still wurde es in ihr. Klar konnte sie nun zwischen den Stangen des Sonnendachs das Autokennzeichen von Maurus lesen. Da hatte sie die Sehnsucht so weit hergetrieben, und nun verharrte sie in Reichweite seines Zeltes wie eine Fremde. Seltsam ausgehöhlt, ohne jede Empfindung, sank sie in den glühenden Sand. Und auf einmal sah sie einen anderen Maurus vor sich: einen, an dessen Freude über ihr Kommen sie zweifelte. Scham bohrte in ihr wie ein feiner Meißel. Aber sie war nun einmal da. Und nichts auf der Welt hätte vermocht, sie von diesem Ort zu vertreiben, bevor sie ihm begegnet war. Sie erhob sich schwer, als müsste sie Lasten hochziehen, und trottete langsam zu ihrem Gepäck zurück.

Kofferschlösser klickten auf; sie zerrte den Packsack heraus; Zeltgestänge klimperte auf die Erde. Mit brennenden Händen zog sie das nagelneue Segeltuch über dem Boden aus. Manchmal blickte sie mitten in der Arbeit verstohlen in die Runde und begegnete neugierigen und verwunderten Augen, die sie aus den zurückliegenden Zelten beobachteten. Sie steckte die Heringe in die Ringe der Umrandung des Zeltbodens und hämmerte sie mit einem Stein, den sie in Reichweite fand, in den federnd weichen Boden. Dann kroch sie unter die Zeltplane, setzte die Aufstellstäbe vorne und hinten und schob die Firststange dazwischen. Sie, die immer als unpraktisch galt, baute diese Behausung, als hätte sie jeden Handgriff hundertmal geübt. Hastig und doch vorsichtig wand sie sich aus dem noch schlaffen Zelt heraus wie aus der dämpfig heißen Höhle eines Tierbauchs. Meerwind traf ihr schweißnasses Gesicht. Sie reckte sich mit zerschlagenen Gliedern hoch auf und sog den Harzgeruch der Pinien tief in sich hinein. Dann kniete sie nieder und glättete die Zeltwände, indem sie die weißen Schnürchen ringsum straff nach außen zog, und die übrigen Heringe durch die Schlaufen in die Erde schlug.

Als sie ihr Zelt ohne fremde Hilfe faltenlos, prall und symmetrisch, einem kleinen tapferen Vorposten gleich auf dem Hügel nahe dem Meer aufgebaut sah, überkam sie ein neues, völlig fremdes Gefühl: der bittere Stolz des Einsamen.

Den Platz für die Luftmatratze und hart daneben den für den Koffer – mehr gab das kleine Zelt nicht her. Anna ließ die Vorhänge am Zelteingang herunterfallen und riss ihre Kleider vom Leib. Im

Badeanzug entschlüpfte sie gebückt der Gluthöhle und spähte zu den großen Zelten auf der nordwestlichen Anhöhe hinüber. Wenn sie Maurus begegnen wollte, musste sie irgendwann am Wegrand auf ihn warten.

Tief rutschten ihre Fersen in den Sand, als sie in die Mulde des Sandpfades hinunterstieg. Sie ließ sich im Pinienschatten nieder, umschlang ihre Knie mit den Armen und schaute zur Anhöhe hinauf. Sie saß lange. Aber je mehr sie sich in wachsender Sehnsucht die Augen ausschaute, umso hoffnungsloser und verlassener fühlte sie sich. Sie nahm nichts wahr, was um sie herum vorging. Das Leben der Zeltstadt war längst wieder erwacht. Auf die Bretter der nahen Dusche rieselte das Wasser in silbernen Schnüren ununterbrochen über die salzigen Körper, die vom Schwimmen aus dem Meer zurückgekommen waren.

Plötzlich strömte ihr alles Blut zu Herzen: Sekundenlang hatte sich Maurus' Kopf durch den Zwischenraum zweier Zeltgiebel des hochgelegenen Nomadendorfs bewegt. Sie sprang auf. Er musste es gewesen sein! Und da tauchte seine ganze Gestalt in der westlichen Lichtung des Pinienhains auf und schlenderte leichten Schrittes den Sandpfad herauf.

Er kam allein. Zitternde Freude nagelte Anna auf dem Boden fest. Er trug Badeshorts, und sie sah, dass sein Gesicht sehr gebräunt und schmaler war. Alles in ihr trieb sie ihm entgegen. Sie sprang auf und lief auf ihn zu. Als das Erkennen wie ein jäher, freudiger Schreck über sein Gesicht zuckte, hielten sie sich schon an den Händen.

»Wann bist du denn gekommen?«, fragte er und seine Stimme klang rau vor Überraschung und doch auch so, als hätte er es nicht anders gewusst, als wäre alles zwischen ihnen abgesprochen gewesen.

»Ich bin schon ein paar Stunden hier« – sie schluckte und bettelte in sein Gesicht hinauf – »freust du dich, dass ich da bin?«

»Wie kannst du nur so fragen! Wo bist du denn überhaupt?« Sein Blick flog forschend über die Zelte.

»Dort oben … schau, dieses kleine orangefarbene, das ist mein Zelt!«

Als durchbebe ihn etwas wie Rührung, drückte er ihre Hand fester und sagte: »Ach Kind, da kommst du so weit hierher und baust dir ein Häuschen und wirst doch die meiste Zeit allein sein müssen.«

»Aber ich bin bei dir und sehe, was du siehst und weiß, wie nahe du bist.«

»Wenn du damit zufrieden bist …!« Wieder nahm er ihre Hand und klomm mit ihr die Wegmulde hinauf.

»Warum hast du denn so in die Sonne gebaut? Du wirst es tagsüber drinnen nicht aushalten können«, sagte er.

»Ich hab keinen anderen Platz gefunden, ich hab auch gar nicht lange gesucht, weil der Koffer so schwer war«, entgegnete Anna freudestrahlend.

Maurus öffnete den Reißverschluss des Zelts und zwängte sich hinein. Sie schlüpfte nach. Ihre Köpfe drückten sich in die schrägen Wände, als sie, die Hände einander auf die Schultern gelegt, sich gegenüberknieten und stumm anschauten. Dann lagen sie auf der Luftmatratze. Unter den orangerot durchglühten Zeltwänden schimmerten ihre schweißnassen Körper wie tauglitzernde Bronzegestalten. Leicht wie Flaum lag Annas Hand auf seiner Brust. Sie spürte sein Herz wie einen schweren, regelmäßig schlagenden Hammer. Kein Gedanke an Sünde trübte ihre bedingungslose Hingabe. Es war wie ein Sichauflösen ihres ganzen Seins, eine Selbstaufgabe bis in die letzten Konsequenzen. Sie weinte in seiner Achselhöhle lautlos vor Liebe, Glück und Erschöpfung.

Wie aus tiefen Gedanken sagte Maurus in ihr unbemerktes Weinen hinein: »Es wird nicht lange dauern, dann werden sie merken, dass du da bist; wenn sie es einmal wissen, haben wir keine Ruhe mehr.«

Er richtete sich langsam auf und band mit den Schnüren die Zeltvorhänge an den Giebelseiten zu festen Wülsten.

»Ich muss jetzt wieder gehen«, sagte er dabei, »ich wollte nur kurz nach den Kindern schauen.«

Er beschattete mit der Hand die Augen und spähte suchend zu den kantig aufragenden Klippen hinaus, auf denen sich die Menschen wie schwarze Silhouetten vor dem schimmernden Meer bewegten. Das abendliche Sonnenlicht zersplitterte in funkelnden Scherben auf dem Wasser.

Er wandte sich auf den Fersen kauernd noch einmal zu Anna um. In ihren Augen lag die Verstörung eines ausgesetzten Jungtiers.

»Ich schaue später noch nach dir«, sagte er schnell, »versuch aber trotzdem zu schlafen – wie müde du aussiehst!«

Er presste ihr verweintes Gesicht an seine Brust. Mit einem dumpfen Schmerz spürte sie, dass er schon nicht mehr bei ihr war. Sie schaute ihm nach, bis er im Gewirr der Zelte verschwand.

Langsam ging sie den weich abfallenden Strand hinunter. Zum ersten Mal in ihrem Leben umspülte Meerwasser ihre nackten Füße. Sie watete tiefer hinein, unter den Sohlen das wunderbare Gefühl nassen, nachgiebigen Sandes. Das Wasser umfloss sie wie kühle Seide, als sie hineingleitend lautlos und geschmeidig auf die Klippen zuschwamm.

Zurückgekehrt überrann sie das Duschwasser kalt und prickelnd. Der nasse Sand, der an ihren Fußsohlen haftete, und ihr tropfender Badeanzug verunreinigten den Zeltboden. Sie schlüpfte in ihren frischen Schlafanzug, breitete ein Leintuch über die Luftmatratze und zog die Reisedecke über sich. Fast augenblicklich schlief sie ein.

Vor einem Hintergrund verglühender Goldbarren am Horizont brach später das Gesicht von Maurus wie ein unfassbares Wunder in ihr kurzes Erwachen, als sie aus bleischwerem Schlaf emportaumelte. Er berührte nur leise mit dem Mund ihre wieder zurückgesunkene Stirn. Als er sich rückwärts aus der Zeltöffnung schob, wankte das Häuschen vom Stoß gegen die senkrechte Aluminiumstange. Die Erschütterung verebbte in den straffen Spannleinen wie der Ton einer ausschwingenden Saite.

3

Anna erwachte von einer kriechenden Kälte, die von den Füßen heraufzog. Ihre Wolldecke fühlte sich leicht und dünn an. Zusammengerollt wie eine Katze versuchte sie vergeblich, Wärme und Schlaf festzuhalten. Fernes Sirenengeheul verriet die Nähe einer Fabrik. Sie zog ihre Armbanduhr aus der Innentasche der Zeltwand und beleuchtete das Zifferblatt mit der Taschenlampe. Es war erst fünf Uhr morgens.

Sie nahm die Decke um die Schultern wie Maurus den schweren brokatenen Rauchmantel beim *Pange lingua* und kroch vor das Zelt hinaus. Der Sand durchrieselte kalt ihre Zehen. Fröstelnd schaute sie aufs Meer hinaus, das im Morgengrauen mit langen, flachen Wellen zu den Klippen lief. Hinter ihr schliefen die Menschen in kuschelig warmen, gut ausgerüsteten Hauszelten mit Schlafsäcken, Daunendecken und gegenseitig gespendeter Körperwärme. Es war die erste von vielen Morgendämmerungen, in denen die Frierende verzweifelt den Schlaf festhalten wollte, der entfloh, und sie oft in die Einsamkeit eines langen Tages stieß.

Als die ersten Sonnenstrahlen durch das blauschwarze Nadelgeflecht des Pinienwäldchens sickerten, erwachte der Campingplatz in träger Schläfrigkeit. Bauernfrauen aus dem fruchtbaren, lunigianischen Hinterland schrien monoton und langgezogen ihr *patate, pomodori, uva* durch die Zeltreihen. Anna ging den rufenden Stimmen nach, um sich ein Frühstück zu holen. An einer langen Mauer hinter der *Cantina* standen die Marktkarren. In Körben und Kisten häuften sich frisches Obst und Gemüse, auch solches, das sie noch nie verkostet hatte: Zucchini, Auberginen und die schuppenblättrigen Kelche der Artischocken. Bei einer dicken, dunkelhäutigen Händlerin mit dem ernsten, würdevollen Gehabe einer Matrone, in deren Ohrläppchen zigeunerhaft große, goldene Ohrringe baumelten, kaufte sie eine riesige blaue Weintraube und trug sie wie eine Laterne vor sich her. Das Meer klammerte sich noch ans Frühlicht, als Anna sich vor ihrem Zelt in den Sand setzte und die Traube aß. Nachttau schimmerte auf den zwetschgenvioletten Beeren. Die Augen vom Silberdunst der Unendlichkeit des Meeres magisch angezogen, zupfte sie wie traumbefangen eine nach der anderen ab und schob sie langsam in den Mund. Dann schlüpfte sie in den Badeanzug, sprang zum Strand hinunter und warf sich ins Wasser. Sie fühlte die elastische Kraft ihres jungen Körpers, als sie, das Gesicht tief in der Flut, schmal und glatt durchs Wasser glitt. In der grünen Klarheit überschwamm sie die moosüberwehten Felsbrocken vor den Klippen. Ihre Hände ertasteten das Gestein. Sie zog ihre schwebenden Beine ein, die wie von der Flut hergeweht, sanft einen Stand fanden. In Hockestellung im Wasser kauernd und mit den Zehen an das hermetisch feste Muschelmosaik einer Felsplatte gekrallt, schaute sie in die klare Tiefe. Fische tippten mit den Mäulern leicht an den Tang, erschraken mit züngelnd rascher Bewegung und schossen wie ein formierter Silberblitz in ferne Dämmertiefen. Anna war auf einmal von einer wundersamen Freude erfüllt, von der Freude an der Schönheit der Schöpfung.

Sie erhob sich aus dem Wasser und suchte einen Einstieg in die Klippen. Schwarze, talergroße Krebse krabbelten über die Steine und torkelten unbeirrt in wasserdurchstürzte, dunkle Schründe. Erschauernd zog sie sich hoch und erklomm eine Felsplatte. Das Meer lief in langgestreckten Wellenbogen gegen die Klippen an. Sie schaute den Steinwall entlang: Außer einem weit entfernten Fischer, hinter dem die Schiffsmasten des Carrareser Hafens in den Morgendunst ragten, war noch kein Mensch hier draußen zu sehen. Sie schmiegte sich in die meeroffene Felsenkanzel, streifte die Träger ihres Badeanzugs von den Schultern und schloss die Augen. Ihre kleinen festen Brüste dehnten sich weiß und wohlig in der Sonne wie unter Maurus' warmer, zärtlicher Hand. *Ich bin bei ihm,* dachte sie, *ich bin bei ihm und heute noch darf ich ihn wiedersehen.*

Eine reine Freude erfüllte sie. Sein braungebranntes, schmalgewordenes Gesicht stieg in ihr auf, sein dunkles Haar, das immer einen Stich ins Blauschwarze bekam, wenn er daheim im Regen ohne Schirm in die Kirche hinüberlief, seine klare Stirn, die sich hoch und kühl in ihre flache Hand schmiegte, und sie sah seine Augen, wenn sie voll Zärtlichkeit auf sie herabblickten.

Sie öffnete die Augen und sprang auf. Einen Augenblick lang

schwindelte ihr vor der Brandung zu ihren Füßen, die mächtiger geworden war und donnernd in die Hohlräume zwischen die Felsbrocken stürzte. Die Gischt spritzte bis zu ihren Schenkeln hinauf. Die sich aufbäumende Wassermulde sog die angeschleuderte Woge in grünglasigen Katarakten gierig in ihren Schoß zurück. Sie zog die Träger des Badeanzugs über die Schultern, kletterte über die Felsen hinab, und stieß sich von einer glitschigen Steinplatte ab. Mit ruhigen Stößen schwamm sie auf ihr kleines, leuchtendes Zelt zu. Sie war nicht mehr weit vom Ufer entfernt, als ihr Herz vor Aufregung rascher zu klopfen begann. Sie sah, wie Maurus einen Zipfel ihres Zeltvorhangs aufhob, sich bückte und hineinspähte, sich wieder aufrichtete, vergebens umherschaute, und in der Wegsenke verschwand. Annas Füße fassten Grund und stemmten sich in den Sand. In rasender Hast wühlte sie sich durch das Wasser uferwärts. Der Sand rutschte unter ihren Sohlen weg; sie stürzte vornüber ins Wasser, rappelte sich wieder hoch, erreichte endlich den Strand. Keuchend strebte sie durch den Sand dem Entschwundenen nach, obwohl sie ihn nicht mehr sehen konnte. Gehetzt schaute sie die Wegmulde hinauf: Dort ging er nicht. Sie rannte blindlings die große Einfahrt entlang, von wo aus sie alle einbiegenden Pfade überblicken konnte. Da entdeckte sie ihn auf halbem Weg in Richtung *Cantina*. Gazellenleicht vor Glück jagte sie den Sandweg entlang. Als sie ihn eingeholt hatte, sagte sie atemlos und freudestrahlend in sein überraschtes Gesicht hinein: »Hast du mich gesucht? Ich habe dich vom Meer aus vor meinem Zelt gesehen.«

»Ja wo warst du denn den ganzen Morgen? Ich habe schon dreimal nach dir geschaut: als ich zum Rasieren ging, dann noch einmal, als ich fertig war, und jetzt gerade. Hast du denn schon gebadet?«

Sein Blick ruhte auf ihrer nassen Haut.

»Ich bin sehr früh aufgewacht und zu den Klippen hinübergeschwommen«, antwortete sie und lief übersprudelnd vor Freude neben ihm her. »Ich hab nicht gedacht, dass du schon jetzt bei mir vorbeikommen könntest … Wohin gehst du denn?«

»Ich will für heute Mittag Gemüse und Obst einkaufen und wollte dich fragen, ob du mich begleitest. Wie hast du denn geschlafen in dieser ersten Nacht auf dem Zeltplatz, Liebes?«

»Zuerst gut und fest«, sagte Anna, »aber ich bin schon um fünf Uhr aufgewacht, weil mir so kalt war.«

»Sobald ein Platz frei wird, bauen wir dein Zelt unter die Pinien; dort oben bist du ganz der Nachtkühle vom Meer her ausgesetzt.«

Er blieb stehen und wandte sich ihr zu, während seine Augen spähend in die Runde gingen. Dann legte er den Arm um ihren Nacken und sagte leise: »Lass dir zuerst einmal einen ›Guten Morgen‹ wünschen!«

Er küsste sie auf den Mund und sagte lächelnd: »Salzig bin ich, doch lieb, Töchter Jerusalems«, indem er das Hohelied abwandelte und mit den Fingerkuppen wie ein Bildhauer den Konturen ihrer Lippen nachfuhr. Er behielt den Arm um ihre Schultern, bis sie bei den Bauernkarren angekommen waren.

Maurus steuerte auf die dicke Marktfrau zu, die vor der binsengeflochtenen Wand Gemüse und Obst feilbot. Ihr zigeunerdunkles Gesicht wurde lebendig und strahlend, als sie ihn sah. Sie überschüttete ihn mit einem Begrüßungsschwall ihrer vollen, sonoren Stimme, in der eine dunkle Sinnlichkeit mitschwang; dabei musterte sie Anna, der sie in der Frühe die blaue Traube verkauft hatte, mit ihren schweren, klugen Augen erstaunt und neugierig. »Kennst du sie denn?«, fragte Anna flüsternd in sein großes Ohr hinein, das sie später immer an die großen Ohren des guten, liebenswerten Papstes Johannes XXIII. denken ließ, die Gott für die Anhörung der Not des ganzen Erdkreises geschaffen hatte.

»Freilich«, sagte Maurus, »wir kaufen schon seit vielen Jahren bei ihr. Sie stammt aus Sardinien.« Und ohne Zwischenpause rief er lachend der Gemüsehändlerin etwas auf Italienisch zu, und ihr tiefes, kehliges Lachen vereinigte sich mit dem seinen. Es war das herzliche Lachen zweier alter Freunde.

Anna betrachtete Maurus heimlich von der Seite, während er sich über die Gemüsekörbe neigte: Er trug die lange, beige Hose, die er damals bei ihrer Fahrt nach Brixen getragen hatte, dazu ein kurzärmliges, weißes Sommerhemd. Sie kannte ihn ja meist nur schwarz bis zum Hals hinauf mit dem weißen Kragenrändchen, das sie ihm im Pfarrhof früher schon einmal mit gnädiger Erlaubnis der alten Frau in den steifen Kleriker-Stehkragen einknöpfeln durfte. Ohne dieses Gewand schien es ihr, als hätte er die Kluft überbrückt, die ihn sichtbar vom Volk schied. Es ging jetzt etwas von ihm aus, das ihn freier erscheinen ließ; er war ein Mensch unter Menschen geworden, der Glasglocke seiner abgeschirmten Sonderstellung entschlüpft. Er gehörte dazu.

Anna konnte sich nicht vorstellen, dass die Marktfrau mit ihm gescherzt hätte wie mit ihresgleichen, oder von so rückhaltloser Herzlichkeit gewesen wäre, wenn ihr ein Priester im schwarzen Anzug und Kollar gegenübergestanden hätte. Das flößte den Menschen meist das Gefühl von Besonderheit und Unnahbarkeit ein. Anna hatte wohl von Bestrebungen gesellschaftlicher Assimilation des Priesters gehört, aber sie konnte sich nicht so recht vorstellen, was damit gemeint war. Sie empfand nur ein leises Bedauern, gestaltlos und stumm, über das sie nicht lange nachdachte. Wenn sie litt, weil ihr das Schicksal nur Minuten, selten auch Stunden mit dem geliebten Mann gönnte, so war ihr bisher noch nie der Gedanke gekommen, dass auch der schwarze Anzug wie ein Schild war, der ihn sichtbar von der Menge trennen sollte, ihn aus dem Volk heraushob. *Aber echte Demut will dem anderen nichts voraushaben – Demut meint doch Gleichstellung und kleidet sich unauffällig,* dachte sie.

Hätte nicht die Freude, das erste Mal mit Maurus einkaufen zu dürfen sie ganz erfüllt, so wäre sie vielleicht länger solchen Gedanken nachgehangen und hätte in ihrem Innern aufbegehrt. So aber war sie gleich wieder strahlendes Schauen und kostete es voll aus, dass sie bei ihm sein durfte. Dies war die Erfüllung ihrer Sehnsucht, die jede Sekunde ihres Daseins ausmachte.

Maurus unterhielt sich indessen mit der Gemüsefrau, und Anna sah an ihren Gesichtern, dass es ein gutes, ernstes Gespräch war. Sie dachte: *Sein ganzes Wesen ist geprägt von seiner Berufung – er strahlt sie einfach aus. Selbst im Urlaub drängt es ihn, die Güte Gottes den Menschen mitzuteilen* – und sie spürte, dass diese Frau aus dem Volk ihn annahm, viel aufgeschlossener vielleicht, als sie ihn angenommen hätte, wenn sein Priestersein nach außen hin sichtbar gewesen wäre.

Die Frau kippte die Waagschale voller Kartoffeln in die Einkaufstasche, die Maurus vor ihr aufhielt; darauf kollerten Zwiebeln und rotgrüne Fleischtomaten, die er selbst ausgesucht hatte; obenhin schichtete sie Salat, gelbe Trauben und eine Birne für Anna.

»Komm, ich helfe dir tragen«, sagte sie und ergriff eine Schlaufe der prallvollen, schweren Tasche. Sie gingen über den festgestampften, besonnten Boden vor der *Cantina*; die Wärme tat ihrem ausgekühlten Körper gut. Weit draußen pflügte ein schneeweißes Passagierschiff durch das glitzernde Meer.

Sie bogen in den Sandweg zwischen den Zelten ein.

»Manchmal ist es schwer, die richtigen Worte zu finden«, sagte Maurus in sich gekehrt. »Worte können so leicht zu Phrasen werden, wenn man der Not nicht abhelfen kann.«

»Meinst du die sardinische Bäuerin? Aber sie macht doch einen so munteren Eindruck!«

»Sie ist ein tapfere Frau«, antwortete Maurus leise. »Ihr Sohn ist unheilbar krank, und der Mann ist ihr in keiner Weise eine Stütze.«

»Aber sie hat gespürt, dass du ihr wirklich gut bist«, sagte Anna. »Als sie zu dir sprach, war dein Gesicht voller Zuneigung. Richtiges Zuhörenkönnen ist schon Einandertragenhelfen, und das ist unter uns Menschen fast ein wenig so, wie wenn Gott ein Wunder wirkt, denk ich .... Und ich glaub, dass gerade einfache Menschen ein untrügliches Gespür für wirkliches oder geheucheltes Mitgefühl haben. Man merkt bei dir, dass die Anteilnahme aus deinem Herzen kommt. Du bist so offen für die Menschen und ihre Not, vielleicht weil du einer bist, der sich nicht über andere erhaben fühlt, der sich nicht einbildet, dass er *›es schon ergriffen hätte‹* – Paulus hat doch einmal so von sich in einem Brief, ich glaube an die Philipper, geschrieben –, sondern der sich seiner menschlichen Schwächen bewusst ist ... Du strahlst so viel Güte aus – auch wer das Geheimnis deines Berufs nicht kennt, spürt das. Es hat dich einfach geprägt.«

»Woher du das nur wieder alles hast!«, sagte Maurus und lächelte.

»Aus mir«, sagte sie ernsthaft und folgte mit den Augen einer Kinderschar, die schreiend ein Schlauchboot im Zickzack durch das Labyrinth der Zelte zerrte. Frauen räumten die Frühstücksreste von den Campingtischen; hinter Zeitungen verborgen räkelten sich Männer in den Klappstühlen.

»Was wirst du denn jetzt tun?«, fragte Maurus, als sie langsam den

Sandweg zurückschlenderten. Mit einem Schlag war sein Gesicht verdüstert. Anna spürte, die halbe Stunde des Einkaufens bedeutete ein Alibi für ihn, aber er wusste für die fernere Zeit nicht, wann er wieder freikommen konnte.

»Ach weißt du«, sagte sie mit einer gespielten Unbekümmertheit, die aus ihrer verschämten Einsamkeit kam, »mir fällt schon etwas ein …« – aber sie schluckte, als würge sie ein Weinen. Mit einem Zittern in der Stimme fragte sie: »Was machst du denn nachher?«

»Was haben wir heute? – Montag –.« Seine Stirnfalten, die nicht von der Anstrengung des Nachdenkens herrührten, sondern von der quälenden Unmöglichkeit, eine Abmachung treffen zu können, glätteten sich langsam, als er zögernd sagte: »Ja, am Montag ist Markt in Massa, da wollen sie sicher hinfahren. Danach geht man zum Baden.«

Er schaute verfinstert in den Boden hinein, als tue sich dort ein Tor zu einem Zusammensein mit ihr auf. Anna spürte die Bedrückung, die ihm aus seiner Unfreiheit erwuchs. Und jäh überfiel sie die Befürchtung, seinen Urlaub durch ihre Anwesenheit zu belasten.

»Wenn du zwischen Strand und Klippen schwimmst, kann ich dich aus der Ferne sehen.« Sie blickte von der Seite in sein gesenktes Gesicht.

»Ja, das könntest du«, sagte er langsam, »aber es wird noch einige Zeit dauern, bis wir aus Massa zurück sind – ach Kind!«

So viel Kummer klang aus diesem Ausruf, dass Anna stehen blieb, die Einkaufstasche losließ, und mit beiden Händen sein zerquältes Gesicht umschloss.

»Aber Lieber, es bedeutet mir doch schon so viel, wenn ich dich jeden Tag aus der Ferne sehen kann. Denk doch daran, wie wenig ich daheim von dir habe!«

Er lächelte mit Wehmut in ihre Augen hinein.

Sie bückte sich nach der Birne, die beim Loslassen der Tasche auf den Boden gekollert war und behielt sie in der Hand. Sie gingen weiter und näherten sich dem Zentrum des Campingplatzes, auf dem ein reges Treiben herrschte. Diskutierende Männergrüppchen standen beisammen; Frauen und Kinder liefen langsam und lautlos auf die stark befahrene Chaussee hinaus; aus einem Radio gellte eine verrauchte, kreischende Frauenstimme einen italienischen Schlager in die von vielfältigen Geräuschen und Gerüchen erfüllte Morgenluft des Pinienhains.

»Kehr jetzt um, hier wird es gefährlich«, sagte Maurus. »Sowie ich irgendwie kann, komme ich bei dir vorbei.«

»Wer ist denn alles dabei diesmal?«, fragte Anna und streifte scheu sein beunruhigtes Gesicht.

»Alle!«, klang es heiser aus seinem Mund und er räusperte sich.

»Alle!«, echote Anna hilflos und wusste, wie die alte Frau sein eheloses Leben ausnützte und einengte mit ihrer hemmungslosen Eifersucht, die sie dem ganzen Familienclan zu injizieren versuchte.

Ein hagerer Mann mit einem Raubvogelgesicht unter dem schwungvollen Sombrero radelte vorbei.

»Hallo, Othello!«, rief Maurus dem Mann zu, der mit zwei Fingern grüßend an seinen breitkrempigen Hut tippte.

»Othello?« Anna drehte sich um und schaute ihm erstaunt nach.

»Er ist der Aufseher hier«, lachte Maurus wie befreit, »du wirst ihn noch oft sehen, solange du da bist. Also Kind, behüt dich Gott!«

Er nahm ihr die Taschenschlaufe aus der Hand und sie spürte, wie unruhig und nervös er war. Sie machte einige steife Schritte seitwärts vom Weg ab, bis ihr Fuß an ein Zeltpflöckchen stieß; dann verharrte sie regungslos und sah ihm nach, wie er trotz der schweren Tasche rasch dahineilte.

Ihre Augen wurden groß und dunkel in seinem Fortgehen. Sie fühlte Leere um sich her, als dränge ihre Verlassenheit das volle, pulsierende Leben des Ortes weg, oder als hätte Maurus ihr Leben mit sich hinweggenommen, es war, als hinke ihr Herz wie ein verwundetes Tier hinter ihm her, bis eine unsichtbare Grenze es lähmte. Nie würde sie diese Trennung begreifen können, die Notwendigkeit der Verheimlichung ihrer Anwesenheit, weil sie den Verwandten einfach nicht zugestehen konnte, sie aus seinem Leben ganz auszuklammern. Diese Unduldsamkeit gegenüber der jungen Frau hatte ihre Wurzel sicher auch in der Angst, ihn an Anna zu verlieren; er war durch das langjährige Zusammenleben mit der Familie in seinem Pfarrhof und durch seine Persönlichkeit, auf die sie stolz waren, zum Mittelpunkt geworden; die Ablehnung entsprang vielleicht auch der Sorge, ein Schatten könne durch diese Verbindung auf sein Ansehen und seine Ehre fallen. Sie waren seiner bisher sicher und leiteten das Recht auf seinen alleinigen Besitz wohl auch davon ab, dass er an den Zölibat, an die Verpflichtung zur Ehelosigkeit, gefesselt war. Aber weil sie insgeheim fühlten, dass er durch und durch Pfarrer war und diesen Beruf nie aufgeben konnte, war doch die eigentliche Wurzel der Ausgrenzung Annas die Eifersucht der alten Frau, die alles vergiftete. Für so viele andere Menschen war Platz in dieser Familie, nur nicht für Anna.

Als Maurus ihrem Blick entschwunden war, ging sie seltsam verloren auf dem weichen, federnden Nadelboden zu ihrem Zelt zurück. Noch viele Stunden musste sie warten, bis er auf dem Damm erschien und über Felsblöcke zum Wasser hinunterstieg. Die Kinder sprangen sicher wie Gemsen neben ihm über die mächtigen Quader, auf den winzigsten Plateaus mit schwebend ausgestreckten Armen das Gleichgewicht haltend; dann sprangen die Buben mit dem Kopf voraus in die Flut. Anna sah, dass Maurus zwischen Klippen und Strand in die Wasserstraße hineinschwamm. Die Kinder umtauchten ihn wie Delfine; sie konnte von ihrem Standplatz aus beobachten, wie sie aus der Meeresbläue ins Sonnenlicht emporschnellten. Versunken starrte sie auf die Gruppe der Badenden. Menschen liefen dicht an ihr vorbei zum Strand hinunter; Rufe erschallten in ihrem Rücken. In ihr Bewusstsein drang von alledem nichts. Es war, als hätte sie ihren Körper verlassen, als lehne er am Pinienstamm auf der Anhöhe wie eine entseelte Hülle, während ihr ganzes Sein zu Maurus hinübergeneigt war. Die Intensität dieses Bei-ihm-Seins übersprang alle Schranken körperlicher Trennung: Sie schwamm an seiner Seite, tauchte ein ins Spiel der Kinder; die Hand schwerelos auf seine Schulter gelegt empfand sie sich leicht und schwebend wie eine fließende Meeresalge auf seinem Rücken. Ihr Schauen verschmolz mit seinem fernen, fast nur erahnten Gesicht, wenn es sich ihrem kleinen Zelt zuwandte. Immer wieder glitt seine Hand wie absichtslos aus dem Wasser und hob sich zum Gruß. Und Anna bewegte grüßend die Hand, unbewusst lächelnd. Traumverloren und scheu war dieses Zurückgrüßen, überhaucht von einer wehen Zärtlichkeit. Sie wäre zufrieden gewesen, immer nur schauen zu dürfen. Aber durch die vielen Abschiede war auch jetzt dieses feine Erzittern in ihr vor dem Augenblick, wo die Neffen zum Ufer zurückkraulen und Maurus ihnen folgen würde. Nun reckte er ein letztes Mal den Arm senkrecht aus dem Wasser; dann trieb er mit kraftvollen Bewegungen auf dem Rücken liegend der Felsenanhöhe zu. Sie sah noch, wie die kleine Gruppe über die Hochfläche zu ihren Zelten trabte. Als sie hinter den khakifarbenen Zeltplanen verschwunden war, verharrte sie eine Zeitlang wie betäubt, bis ihr Außer-sich-Sein langsam nachließ und sie ihren Körper wieder wahrnahm.

Sie spürte plötzlich die harte Baumrinde, an die sie gelehnt stand, und die sengende Mittagssonne. Ihre Augen irrten hinaus ins Grenzenlose, das sie mit seinem flüssigen Gefunkel blendete. Die Gluthitze trieb sie in den dichteren Pinienschatten zurück, wo sie lange, am Boden sitzend und ohne viel zu denken, dahindöste. Was war die Welt ohne Maurus! Das glitzernde Meer, der irisierend weiß glühende Himmel, dieser ganze flimmernd heiße Augusttag mit seinen Düften und dem Getümmel der Menschen um sie herum – sie bedeuteten für sie nicht mehr als fremde, sich bewegende Wesen und eine Schöpfung, in der sie zu vergehen wünschte.

Ein kleiner Italienerjunge mit einem Korb voll braunem, gezuckertem Schmalzgebäck wanderte am Strand entlang. Sie kaufte ihm etliche seiner *Bamboloni* ab, die er mit heller Stimme anpries, und verzehrte sie heißhungrig.

Am Abend wartete sie vergebens auf Maurus.

Während der nächsten Tage getraute sich Anna kaum, den engeren Umkreis des Zeltes zu verlassen. Maurus stahl sich zu den verschiedensten Zeiten zu ihr her und sie fürchtete, er könne einmal kommen, während sie beim Schwimmen war oder etwas zum Essen kaufte. Das Obst kaufte sie bei der Marktfrau. Sie bekam zehn herrlich große reife Pfirsiche für umgerechnet ungefähr siebzig Pfennige. Seit ihrer Ankunft hatte sie nichts außer Früchten, Bamboloni und einiger Handvoll jener winzigen, in Olivenöl gebratenen Fische gegessen, die eine alte Frau einen Steinwurf weit entfernt in einem Kessel briet. Sie fühlte sich müde und schwach und wurde anfällig für schwermütige, bohrende Gedanken.

Eines Spätnachmittags, es war zu der Zeit, als die Frauen die Spirituskocher entzündeten und der Geruch von geschmortem Gemüse und brutzelnden Steaks die Zeltstadt durchzog, raffte sich Anna auf und ging zum Vergnügungszelt hinüber. Es lag nur etwa hundert Schritt von ihr entfernt in der Nähe der Einfahrt und überragte alle anderen Zelte wie das eines Wüstenscheichs die geduckten Behausungen der Nomaden.

Anfangs blieb sie schüchtern neben dem Eingangspfosten stehen und betrachtete das Gedränge an der Bar und an den Spieltischen. Dann ging sie entschlossen zur Theke, zog den Brustbeutel aus der Bluse und nestelte einen Lireschein heraus. »Una cassata, per favore!«, sagte sie. Während sie sich auf einer der Holzbänke das früchtegespickte Eis schmecken ließ, ruhten ihre Augen auf einem Mädchen, einem Kind noch, das am Billardtisch lehnte und den Spielern zusah. Es hatte einen auffallend gewalttätigen Mund, wie ihn Anna noch nie an einem so jungen Wesen bemerkt hatte.

Plötzlich fühlte sie sich selbst von irgendwoher beobachtet. Ganz langsam und vorsichtig, als läge sie auf der Lauer und könne sich durch eine unbedachte Wendung verraten, drehte sie den Kopf zum Zelteingang. Da traf ihr Blick in die kühlen, grauen Knabenaugen von Christoph dicht neben der Musikbox, die sie herausfordernd fixierten. Alles Blut schoss ihr zum Herzen. Sekundenlang verkrallten sich ihre Blicke ineinander. In diesem Augenblick hörte Anna trotz des Krawalls im Zelt in Klarheit die munteren Staccato-Passagen des *Wild Cat Blues,* den der Musikautomat gerade spielte: Katzenhaft weich tupfte der stufenhafte Rhythmus gleichsam über Lianen und Urwaldgeäst, fing sich behend und spielerisch verschlingend wieder ein, und jagte wildkatzengleich in sprunghaften, bezaubernd melodischen Variationen durch Annas Erstarrung.

Jetzt ist es geschehen, jetzt wird sie es erfahren, dass ich hier bin, dachte sie. Auf einmal war ihr, als schaue sie durch diese trotzverdunkelten Augen in die dämmergraue Tiefe anderer, so geliebter Augen hinein; ihr Blick umfasste voll das junge, selbstbewusste Gesicht mit dem klar gekanteten Mund und dem ungebärdigen braunen Haarschopf, der mit einer Klemme zurückgehalten wurde, damit wie beim Onkel die Stirn frei bliebe. Es war Anna, als sehe sie den jungen Maurus vor sich, das in die Jugend zurückverwandelte Gesicht, das noch nicht von der Sorge um die Menschen aufgerissen und gezeichnet war, das noch viel hinnehmen, erfahren und erleiden musste, bis es neben seiner stolzen Reinheit auch Verstehen und Güte widerspiegelte. Und während Anna die jungen Züge von Christoph betrachtete, verlor sich langsam ihre schreckverkrampfte Spannung, und sie wurde ruhig und gefasst.

Unsicherheit bemächtigte sich des Buben; der Ausdruck von Ablehnung und Überlegenheit schmolz dahin, und seine Augen entzogen sich verwirrt der magnetischen Blickbahn zwischen ihm und Anna, schweiften unruhig durchs Zelt, kehrten blitzartig noch einmal zurück, bevor sie den Kopf abwandte. Als sie das Zelt verließ, war der Bub verschwunden.

Nachdenklich und traurig ging sie zu ihrer Behausung und legte sich auf die Luftmatratze, die Arme unter dem Kopf verschränkt.

Die Saat der Großmutter hat schon Wurzeln geschlagen in seinem jungen Herzen, dachte sie bitter. Sie sah in ihrem Innern die leise Feindseligkeit in den Bubenaugen aufglühen, erlitt noch einmal die schweigende Verurteilung durch seinen abweisenden Mund.

Erschrocken fuhr Anna auf, als wenig später der schnurrende Ton des hochgezogenen Reißverschlusses in ihre von Schwermut durchtränkte Stille einbrach.

»Ich bin's nur«, sagte Maurus, und schob sich gebückt ins Zeltinnere. Neben ihr kniend schaute er auf sie hinab. Eine rätselhafte Helle durchleuchtete sein Gesicht. Anna legte ihre Hand auf seine Schulter. Noch erschüttert von der Begegnung mit seinem Neffen sagte sie mit seltsam monotoner Ruhe: »Christoph hat mich gesehen.«

»Ich weiß«, entgegnete er. Ein Lächeln stieg in seine Augen.

»Du weißt?« In ungläubigem Erstaunen mühte sie sich, ihre Bestürzung mit seiner fast fröhlichen Ruhe in Einklang zu bringen.

»Du weißt es und kannst trotzdem zu mir kommen?«

Sie spannte sich förmlich einer erklärenden Antwort entgegen, die sie allein nicht finden konnte; allzu verschiedenartig schien ihr die Wirkung ihrer Entdeckung auf sie und Maurus zu sein.

»Christoph hat sich nach dem Abendessen hinter mich gestellt und in mein Ohr geflüstert: ›Onkele, die Anna ist da!‹ Natürlich wollten sie alle gleich wissen, was es so Geheimnisvolles gäbe. Da forderte ich den Buben auf, es ihnen laut zu sagen. Einmal mussten sie es ja doch erfahren, Kind. Ich kann nicht immer Ausflüchte erfinden, damit wir uns sehen können.«

»Ja – und wie reagierte denn *sie*, als sie erfuhr, dass ich da bin?«

Anna sog die Worte von seinen Lippen, als er sagte: »Wie meinst du wohl? Denk dir nur, sie hat vorhin ganz freundlich zu mir gesagt: ›Da wirst du jetzt wohl gehen müssen, um ihr gute Nacht zu sagen!‹«

Quälend wurde Anna bewusst, was die Helligkeit in seinem Gesicht ausmachte. In unbekümmerter Arglosigkeit, wie sie nur Kindern und reinen Toren gegeben ist, meinte er, Verstehen und Gewähren gefunden zu haben. Obwohl er ganz allmählich in diesen Strom eifersüchtiger Unduldsamkeit hineingezogen worden war und um des Friedens willen in einer fast resignierten Ergebung lebte, glaubte er nun, die ursprüngliche, von keinem Eindringling gestörte Eintracht sei wiederhergestellt und alles sei gut.

Eine Warnung stieg in ihr auf, die sich in der Verschreckten zu Misstrauen wandelte: *Gab es nicht auch eine geheuchelte Großmut, die das Vertrauen herauslockte und daraus nur umso sicherer und einschnürender die Schlinge warf? Beruhte nicht auch die Gefangennahme der freien Kreatur manchmal auf dem Missbrauch arglosen Vertrauens? Geschah das nicht allzu oft durch achtloses Hineintappen in eine ungeahnte Falle? Im Käfig verkümmern die kraftvollen Schwingen des Adlers, die für Freiheit geschaffen sind, für Weite und Unendlichkeit. Und Maurus' Herz war angelegt für Größe, Freiheit, Schönheit und Menschlichkeit.*

Mit dem hellsichtigen Instinkt der Bedrohten witterte Anna die geheimen Gedankengänge der Base; sie glaubte zu fühlen, dass diese kalt berechnend in die Zukunft plante, deutete diese ungewohnte Großherzigkeit als das, was sie vielleicht in Wirklichkeit war: Eine Großmut, die ihre Früchte schon reifen sieht, die Überwachung und Abhängigkeit zeugt.

»Du freust dich gar nicht?«, unterbrach Maurus ihr düsteres Sinnieren. Ein leiser, aber unüberhörbarer Vorwurf schwang in seiner Frage, als er seine eigene Freude nicht auf ihrem Gesicht widergespiegelt fand.

»Ach, Lieber, wenn ich ein klein wenig teilhaben dürfte an deinen Urlaubstagen! Aber ich fürchte, diese ungewohnte Haltung ist nur eine vorübergehende Laune – oder aber es sind andere Beweggründe mit im Spiel.«

»Hab doch Vertrauen, Kind! Es wird noch alles gut werden … komm jetzt!« Er zog sie an beiden Händen zu sich auf. »Komm, wir wollen zusammen einen Abendspaziergang machen; jetzt, da sie wissen, dass du da bist, brauchst du dich nicht mehr verstecken.«

Sie presste ihr Gesicht mit einer stürmischen Zärtlichkeit an seinen Hals. Er spürte an seiner Brust das wilde, schutzsuchende Andrängen ihres schmalen, fast mageren Körpers.

»Wie schnell dein Herz ist«, sagte er besorgt.

»Du bist da. Ich darf bei dir sein!«, sagte sie halblaut, wie man aus übervollem Herzen ein spontanes Gebet spricht, alles Dunkle vergessend und den Augenblick verkostend wie ein Hungernder, der ein Stück Roggenbrot in die Hand bekommt. Als berste ihr Herz vor Erschütterung, erbebte sie unter stoßendem Aufschluchzen.

»Aber Liebes, du solltest dich jetzt freuen und nicht weinen«, sagte Maurus beschwichtigend. Er nahm mit beiden Händen ihr tränennasses Gesicht von seinem Hals und hob es ganz nahe vor seine ernsten Augen, die im Dämmer des Zelts den Glanz rauchgrauer Seide hatten.

»Schau doch, welch schöner Abend!«, sagte er, indem er den Vorhang aufs Zeltdach zurückschlug. Kühle wehte vom Meer her. Wie eine rotglühende Münze sank die Sonne langsam in den Spalt des Horizonts. Eine sich verjüngende Lichtbrücke zitterte purpurn auf dem Wasser.

Leichten Schrittes ging Anna in ihren Turnschuhen neben Maurus durch die Sandstraßen. An der Bar neben der Allee plauderte er mit Bekannten, den Arm um Annas Schultern gelegt. Mit ihm wurde alles Neuland für sie – alles war gleich wunderbar. Der Abend verzauberte die Konturen der Pinien, die wie weiches Gewölk über der Chaussee schwebten. Der Gehsteig wimmelte von flanierenden Menschen. Im Garten eines Ristorante leuchteten im Kerzenlicht schneeweiße Servietten auf rustikal rotem Leinen.

»Komm, wir wollen etwas essen!«, sagte Maurus und führte Anna über den Kiesweg. Sie bekamen einen Tisch ganz für sich allein. Die Silhouette eines jungen Obers huschte durch das zauberische Halbdunkel. Die *Pastasciutta* dampfte köstlich riechend ins Laub einer jungen Akazie, unter der sie saßen. Maurus hob ihr das Glas mit rotem Landwein entgegen. Anna war wie von einem Traum umfangen. Sie tauchte ein in die dunkle Tiefe seiner Augen, aus der ihr eine so unverhüllte Liebe entgegenströmte, dass sie fast aufhörte zu atmen, und kleine Stiche ihren Körper durchrieselten. Sie fühlte etwas in sich, das fast schmerzte, dem sie sich ganz hingab, und Zeit und Raum versanken um sie. Und die junge Anna dachte, dass eine solche Stunde viel an Entbehrung aufwog. Es sollte ihre letzte, unbeschwerte Zweisamkeit in diesem Sommer sein.

Als sie zurückgingen, kamen sie am großen Zelt vorbei. Lampenlicht flutete aus der Zeltöffnung und umfing die umliegenden Pinienstämme. Maurus entdeckte inmitten des Menschengewimmels Christoph am Billardtisch und zog die sich Sträubende an der Hand hinter sich ins Zelt hinein.

»Spiel einmal mit ihm«, ermunterte er Anna, die errötete und scheu lächelnd dem Jungen die Hand hinstreckte; dabei reichte er ihr einen hölzernen Stock. Die leise Feindseligkeit in den Bubenaugen war einer zurückhaltenden Kühle gewichen. Anna stellte sich in Position und setzte die Queuespitze zum horizontalen Stoß an. Sie stieß den Stock leicht und zielsicher durch ihre gekrümmten Finger, wie sie es bei anderen schon einmal gesehen hatte. Die elfenbeinerne Kugel rollte über die mit feinem grünem Tuch bezogene Platte, prallte mit sanftem Aufschlag gegen den angepeilten Ball, der wiederum in schrägem Winkel weiterrollend einen dritten in die Flanke traf. Anna, der die Spielregeln völlig unbekannt waren, bewies eine unvermutete Gewandtheit. Mit großem Geschick beförderte sie die Bälle in die Löcher der Längsseiten des Billardtisches. Sie setzte die Partie mit Feuereifer fort. Hier war etwas, das sie in ihren Augen Christoph ebenbürtig erscheinen ließ. Als sie mit heißen Wangen und mit Stolz die anerkennenden Augen des Geliebten suchte, sah sie ihn über die Schulter des Neffen geneigt, ihn gegen sie anfeuernd. Der mögliche Gedanke, er könne bei dem Buben durch Parteinahme um seine Gewogenheit für sie werben, lag ihr fern. Etwas Wehes zuckte in ihrem Herzen auf. Ihre Stöße wurden absichtlich ungenau, und in der ziehenden Schwere ihrer vermeintlichen, jähen Verlassenheit machte sie dem Neffen den Sieg leicht.

4

Sooft Anna in den nächsten Tagen Maurus erspähte, befand er sich in Begleitung. Beim morgendlichen Gemüsekauf sah sie aus der Ferne eines der Kinder neben ihm herlaufen. Einmal geriet sie in die allernächste Nähe der alten Base, als diese ihren schweren, massigen Leib durch ein wegloses Zeltviertel schob und mit scharfem, eidechsenschmalem Gesicht Ausschau hielt, vermutlich die Gegend nach ihr absuchend. Anna erstarrte vor Schreck. Dann entglitt sie mit indianerhafter Wendigkeit von Pinienstamm zu Pinienstamm der Gefahr und schlüpfte in die Geborgenheit ihres Zelts.

Um Langeweile und Einsamkeit zu überstehen, wanderte sie eines Vormittags nach Marina di Carrara. Sie wollte einige Karten kaufen und schreiben und sie dann am Postamt aufgeben. Sie hoffte auch, eine deutschsprachige Lektüre zu finden. Es war glühend heiß. Auf der baumlosen, hitzeflimmernden Straße zwischen Pineta und Hafengelände begegnete sie keinem Menschen. Nur Autos flitzten an ihr vorbei, durch deren offene Fenster die Luft zog. Gegenüber dem Hafen erreichte sie die ersten Palmen. Auf den Blättern lag dicker, bräunlicher Staub. Sie lief schnell von Baumschatten zu Baumschatten als durchhaste sie eine sengende Feuerlohe, und verweilte jedesmal eine Zeitlang, um sich von der Sonnenglut zu erholen. Unter einer der Palmen lag ein hechelnder Straßenköter. Anna sprach mit ihm wie mit einem Menschen. »Du bist wohl sehr allein und Durst wirst du auch haben«, sagte sie zu ihm, der fiebrig zu ihr aufsah. »Ich würde dir gern zu trinken bringen, aber ich weiß nicht, wo hier ein Brunnen ist. Wenn du mitkommst, will ich für dich Wasser suchen.« Aber der Hund lief nicht mit ihr weiter. Zurückblickend sah sie ihn einsam daliegen, mit bebendem, schweißigem Fell an den Palmenschaft gedrückt.

Unter der Kaimauer quollen braune Fabrikabwässer ins Meer. Die Strömungen vermischten sich und durchwölkten das Wasser, dass es wie von zerfließenden, safrangelben Temperaklecksen übertuscht schien. Vom Licht scharf umrissene Schiffskolosse brüteten im Hafen, wie von geschmolzenem Silber umflossen.

Anna bog rechts nach Marina di Carrara ein. Die Marmorfassade der Kirche schimmerte blendend weiß vor dem offenen Meer, das in der Sonne bis zum Horizont glitzerte. Der große Platz vor der Kirche lag wie ausgestorben da. Eine Kaskade elfenbeinfarbener, altersmilder Marmorstufen lief vom Portal zu den flammend roten Kakteen in den Steinkübeln herab. Anna rettete sich aus den vibrierenden Glutwellen unter die Markise der Trattoria *da Tonino*. Mit zitternder Hand wischte sie die Schweißperlen von der Stirn. Sie bestellte sich eine *aranciata* und trank sie eisgekühlt in kleinen Schlucken. Sie dachte an nichts mehr. Sie war von allem losgelöst. Sie empfand allein das prickelnde Hinabrinnen des erfrischenden Getränks in ihrer ausgedörrten Kehle. Die Perlenschnüre am Eingang der Bar klickerten leise schwingend hin und her, wenn ein Gast hineinging. Allmählich ruhten Annas Augen und ihr Geist selbstvergessen im Schattendunkel des gegenüberliegenden Pinienparks.

Plötzlich traf es sie wie ein elektrischer Schlag: Das Profil von Maurus war an ihr vorübergesaust. Augenblicklich war sie in die Gegenwart zurückgestoßen. Sie schnellte auf. Atemlos und starr folgte sie mit dem Blick dem Auto. Es hielt auf dem Platz rechts vor der Kirche an. Eine Frau stieg aus, die Anna sogleich als seine Schwägerin erkannte. Sie hob ein Kind aus dem Wagen, die kleine Clara. Maurus trug einen Strohhut. Sie überquerten miteinander die Straße, das Mädchen zwischen sich an den hochgereckten Händchen führend. Anna bezahlte gehetzt ihr Orangengetränk, schob sich mechanisch durch die Tischchen der Bar, und sah die drei in entgegengesetzter Richtung an den Läden entlanggehen; verstohlen folgte sie ihnen aus der Ferne. Ihre Augen brannten auf Maurus' Rücken. Mit stummem Schrei rief sie ihn an. Wenn sie an einem Schaufenster stehen blieben, stockte auch ihr Fuß; wenn sie weitergingen, setzten auch ihre Füße sich puppenhaft in Bewegung. Als sich die Schwägerin einmal umwandte, drückte sich Anna in heißer Scham an eine Hauswand. Aber ihre Verfolgung blieb unentdeckt. Alles trieb sie ihnen nach, aber sie stand wie angewurzelt. Sie schaute ihnen nach, bis sie um eine Hausecke bogen. Dann kehrte sie um und ging über den heißen Platz zum Pinienhain hinüber. Sie spürte den weichen Nadelboden unter den Sandalen. Ein ungeheures Gefühl der Verlassenheit überkam sie. Die Schönheit der Apuanischen Alpen über der Platanenallee vertiefte noch ihr Alleinsein. Auch hier war diese unsichtbare Mauer, an der sie sich wund rannte. Sie hockte sich auf den schattigen Boden unter die Pinien und starrte unverwandt zum leeren Auto hinüber. Eine Stunde mochte vergangen sein, als die drei zurückkamen und einstiegen. Das glitzernde Auto zog auf dem Platz eine Schleife und sauste meerwärts davon. Annas Augen füllten sich mit Tränen. Von zitternd stauenden Lidrändern quoll es unaufhaltsam über: bitteres, lösendes Salzwasser floss in die lastende Hitze dieses ihr plötzlich so fremden Landes.

Stundenlang blieb sie noch unter den Bäumen sitzen und döste vor sich hin. Dann verspürte sie plötzlich Hunger. In einer Seitengasse fand sie ein kleines Ristorante. Sie war der einzige Gast. Und weil sie die mündlich vorgetragene Speisekarte nicht verstand, führte sie die Frau in die Küche und hob alle Deckel von den Töpfen, ließ Anna hineinschauen und auswählen. Für wenig Geld bekam sie einen riesigen Teller Gemüsesuppe, dann aus einem großen Tiegel mit siedendem Öl einen ebenso großen Teller voll kleiner, ligurischer Sardellen und Kartoffeln, einen halben Kipf Weißbrot und Rotwein. Ein alter Mann, der in der Ecke der Küche saß, schaute ihr freundlich lächelnd zu. Anna gab ein gutes Trinkgeld.

Gegen Abend machte sie sich auf den Heimweg zum Zeltplatz.

Auf der breiten Hafenmauer lungerte ein zigeunerhafter junger Mann, der ihr nachpfiff. Sie schaute sich nicht um, aber sie hörte, dass er von der Mauer herabsprang und ihr fast katzenhaft lautlos folgte. Sie beschleunigte ihre Schritte. Da war er mit ein paar Sätzen an ihrer Seite. Er lief neben ihr her und sprach merkwürdig eindringlich auf sie ein. Anna verstand kein Wort. Sie zuckte mit den Schultern und suchte ihm mit Gesten deutlich zu machen, dass sie allein sein wollte. Er ließ sich nicht abschütteln, sondern heftete sich weiterhin klettenhaft aufdringlich an ihre Fersen. Sie lief immer schneller auf dem Gehsteig neben kilometerlangem, verschilftem Ödland der Zeltstadt zu. Angst und Ärger malten sich auf ihrem verweinten, erschöpften Gesicht.

»Bitte gehen Sie zurück!«, flehte sie verzweifelt. Mit Schrecken bemerkte sie, dass er böse wurde. Dunkle Flammen schwelten in seinen geröteten Augen. »Stronza!«, zischte er im Lauf, heiser vor Wut. Es war, als schleudere sein verzerrter Mund einen Stein auf sie. Anna wusste nicht, was das Wort bedeutete, aber sie fühlte: Es musste etwas sehr Hässliches sein.

Mit hämmernden Schläfen und jagendem Herzschlag erreichte sie die Umzäunung des Zeltplatzes. Ihr Verfolger blieb hartnäckig neben ihr, auch noch, als sie rennend die Kurve der Einfahrt nahm.

Im dunklen Pinientor öffnete sich der Blick auf das Meer. Das Türkis der Uferbreiten verlor sich weiter draußen in dunklem Stahlblau, auf dem hie und da weiße Schaumkämme aufkrausten. Der gezackten Rückenflosse eines Fisches gleich, ragte der Klippenzug basaltblau aus dem Wasser. Ganz in der Ferne, wo der Himmel herabtauchte und sich mit weißgeädertem Rosenquarz und apfelgrünen Streifen säumte, wuchs schon Dämmerung dem Meer zu.

Anna vermied die Nähe ihres kleinen Zelts, um dem Mann ihr einsames Wohnen nicht zu verraten. Atemlos erreichte sie die Kaimauer hinter den Zelten von Maurus. In auswegloser Not flüchtete sie in diese Gegend, die sie bisher scheu gemieden hatte. Mit dem Rücken zum Meer setzte sie sich auf den Damm. Allmählich beruhigte sich ihr rasendes Herz. Aus den Augenwinkeln sah sie den barfüßigen Italiener wenige Schritte von ihr entfernt stehen. Er starrte finster auf sie herab. Beharrlich belauerte er sein Opfer. Sicher dachte er, dass die junge Frau ganz allein hier sein musste, da sie allein den langen Weg von Marina di Carrara zum Zeltplatz gelaufen war. Schon glommen in einigen Zelten die Karbidlämpchen auf. Die Schatten der Menschen, die sich im Innern bewegten, huschten grotesk über die Zeltwände.

Wo soll ich nur hingehen, wenn es ganz dunkel wird?, dachte Anna ratlos und beklommen. *Lieber Gott, lass Maurus doch spüren, in welcher Not ich bin!*

Mit der ganzen Kraft ihres Herzens sehnte sie ihn herbei.

Und das Wunder geschah: Eine Gestalt löste sich aus dem Dämmer zwischen den Zelten und bewegte sich auf den Damm zu. Sie erkannte Maurus am Gang. Klopfenden Herzens sprang sie auf. Mit einem einzigen Blick hatte der Näherkommende die Situation erfasst und legte den Arm um Annas Schulter. Wie eine zu Tode gehetzte

Gazelle lehnte sie sich an ihn. Maurus lächelte in das wilde, aufgerissene Gesicht des jungen Verfolgers hinein und fragte ihn freundlich etwas, das Anna nicht verstand. Die Züge des Mannes veränderten sich schlagartig: Tödliche Verlegenheit breitete sich auf dem dunklen Gesicht aus; die verschleierten Augen spiegelten Überraschung und Verwirrung. Es war, als sei er auf der Jagd nach einem schönen, vermeintlich herrenlosen Pferd gewesen, und musste plötzlich erkennen, dass es jemand gehörte.

Stolz stieg in Anna auf wie in einer verkannten Königin, wenn sie der König bei der Hand nimmt und ihr vor allen Leuten den ihr gebührenden Platz einräumt. Da trollte sich der Italiener verlegen fort.

Anna wandte Maurus ihre strahlenden Augen zu. Ihr Herz zersprang fast von einem noch nie gekannten Glück. Noch immer den Arm um sie gelegt, führte er sie in sein Zelt. Von seiner Nähe beschützt, ging sie über die Binsenmatten des Vorzelts. Es war der jungen Anna, als hätte sie nie Schöneres gesehen: Vor der Apsis des Schlafraumes saßen alle im Kerzenlicht an einem langen Tisch, der wie eine Oase leuchtete: Da gab es Tomaten, Salami, Käse, Butter, dampfende, geschälte Kartoffeln und Brot und Wein.

Still und schüchtern saß Anna zwischen seinen Verwandten. Nur manchmal hob sie erschüttert den Blick und streifte die lichten Kinderköpfe der Kleineren. Drei blanke Augenpaare staunten groß in reiner, rückhaltloser Zuneigung zu ihr her. Die alte Frau sprach kaum ein Wort. Maurus aber, das Gesicht von verhaltener Ergriffenheit tief über sein Holzbrettchen geneigt, brach das weiße Brot mit Anna und goss Wein für sie in ein Glas, der in der allgemeinen Stille golden perlend aufgluckste. Und als teile sich die schmerzlich klare Liebe Annas auf wunderbare Weise den Verwandten mit, begann mit einem Mal ein unbeschwertes Gespräch. In die Augen von Maurus trat ein froher Schein. An diesem Abend schien alles weich und traumhaft für die junge Frau nach dem Taumel der aufwühlenden Ereignisse dieses Tages.

Langgezogene, sirenenhaft hohe Töne zogen später wie abgerissene Klagen durch die Nacht.

»Die Frau des ›pittore‹ singt!«, sagte der kleine Uli mit entrückten Augen.

Unter dem sternübersäten Himmel gingen alle zum Meer hinüber. Die Frau eines französischen Malers saß einsam wie ein Muezzin auf den Steinen. Ihr slawisches Gesicht war emporgehoben und schwamm wie eine helle Blume in der Dunkelheit. In der glänzend blauschwarzen Umrahmung ihrer glatten Haare war es mit einer fremdartig ekstatischen Hingabe dem Meer zugewandt, das unter dem weißen Mondlicht wie eine silberschuppige Fischhaut gleißte.

5

Am Nachmittag des folgenden Tages wurde Anna ins Familienzelt eingeladen. Es war wie auf einem Sommerfest. Einige Nachbarn standen plaudernd unter dem Vorzelt, als Maurus sie herführte. Auch Italiener waren da, die er ihr mit »Fabrizio e sua moglie Franca« vorstellte ... »la professoressa«, fügte er heiter hinzu, und ein anderes Ehepaar, das mit ihnen schon lange befreundet war, Diego und Giulia mit ihrem blonden Söhnchen Luigi, die Anna an jenem Abend an der Bar der *Cantina* bereits gesehen hatte.

Der Kinderschwarm tummelte sich zwischen den Großen im Schatten des Sonnendachs. Rolf, Maurus' ältester Neffe, kam mit einem Kübelchen Speiseeis von der Bar zurück. Seine vergnügte Unbefangenheit wich einer blitzhaften Verschlossenheit, als er Anna sah.

»Onkele«, sagte er, ohne sie weiter zu beachten, »teile du es bitte aus!« Er schwang sich den kleinen Luigi auf die Schultern und verdrückte sich.

Ein buntbewegtes Durcheinander von jungen, braungebrannten Menschen in Badehosen und Bikinis war es, die nun lachend, schwätzend und drängelnd ihre Eisschälchen in Empfang nahmen und sich der Klappstühle bemächtigten. Anna saß demütig-glücklich etwas abseits auf einer zusammengerollten Binsenmatte. Anwesend, aber nicht mit einbezogen, schaute sie zu Maurus hin, der vom Eisverteilen voll in Anspruch genommen war. Als sich ihm keine Hand mehr entgegenstreckte, gewahrte er sie, als er in die Runde blickte. Sekundenschnell verdunkelte Betroffenheit sein Gesicht wie ein huschender Wolkenschatten die Sonne.

»Aber du hast ja noch gar nichts!«, rief er mit erzwungener Munterkeit, als er sie so einsam, fast ausgeschlossen, sitzen sah. Er füllte noch ein Schälchen und reichte es Anna hinunter. Auf einmal waren alle Blicke der auf der Binsenmatte Kauernden zugewandt. In peinvoller Verlegenheit las sie in den Augen der italienischen Gäste die Frage nach ihrer Zugehörigkeit, vermischt mit einer zurückhaltend staunenden Befremdung. Erst jetzt war ihnen aufgefallen, dass die Familie die junge Frau nicht so recht in ihre Gemeinschaft einbezog, ja ihre Anwesenheit missachtete. Anna errötete heiß und senkte den Kopf. Sie wollte mit allen Fasern ihres Herzens bleiben, aber auch weglaufen, und wusste doch: Nichts auf der Welt war furchtbar genug, sie aus der Nähe des geliebten Mannes zu vertreiben. Auch fühlte sie jetzt noch mehr die bewusste Ignoranz des jungen Rolf, der auf den Zeltvorplatz zurückgekehrt war, und sie mit seinen braunen, in ihrem asiatischen Schnitt etwas verschlagen wirkenden Augen streifte, sich aber sofort mit spürbarer Verachtung und Arroganz von ihr abwandte.

»Rolf, Rolf, tu ihm nicht weh!«, schrie seine Mutter mit lachend sich überschlagender Stimme in die betretene Stille, und lenkte alle Augen auf den ältesten Sohn, dessen kräftiger, gedrungener Knabenkörper sich nun mit dem zarten blonden Luigi spielerisch balgend auf dem grasigen Sandboden wälzte.

»Aber Mutti!«, rief er mutierend rau und schmeichlerisch mit gespielter Entrüstung zurück, und genoss wieder einmal wie gewohnt gönnerhaft, dass sie ihn zum bewunderten Mittelpunkt machte.

Das kleine lebhafte Gesicht der Schwägerin riss auf von einem berstenden Stolz, in dem die hochmütige Lässigkeit ihres Ältesten umso üppiger gedieh. Agil und überall zugegen hatte sie ihre Jungen mit einer fast tierhaften Mutterliebe im locker bändigenden Griff. Anna hatte sie in Bergheim zwar oft betrachten können, wenn Maurus sie dorthin mitgenommen hatte. Aber hier nahm sie alles neu auf: Die kleine, füllige Gestalt, das runde Köpfchen, die Brust, die sicher ihre sechs Kinder alle mit Freude gestillt hatte, das breite frauliche Becken, die von schwarzblauen Schatten umkreisten großen Augen, die behend auf alles zustießen, und doch wie scheinbar absichtslos Anna völlig übersahen. Ein flirrender Tanz von Lichtern spukte in ihnen, als sie jetzt ihrem zweiten Sohn zurief: »Christoph, setz' dich auf deinen Platz neben das Onkele!«

Anna, die mit einem Hauch neidvoller Trauer die sprühende Selbstsicherheit Frau Altwegs aus der Kraft ihres gesegneten Frauseins bewunderte, saß still auf ihren Binsen. Jetzt folgte sie mit den Augen dem Knaben Christoph. Giulia, neben die Christoph nun sein Hockerchen drängte, und die mit ihrem Mann Diego Maurus zwischen sich hatten, rückte mit einem leicht befremdeten Lächeln zur

Seite. Aus ihren sanften, schwermütigen Mandelaugen warf sie einen seltsam mitfühlenden Blick auf die schmale, braune Schönheit der Anna. Verwunderte Teilnahme tauchte darin auf, die wie eine schwesterliche Frage war: *Warum bist du hier? ... Warum wartest du am Rand eines Feldes, dessen Ernte dir doppelt verwehrt wird? Weißt du nicht, dass du schön bist, dass deine Jugend und Anmut und deine dunklen Augen andere, junge Männer, begehren könnten?*

Rasch senkte Anna das Gesicht auf ihr Eisschälchen. Reglos saß sie auf der Binsenrolle. Mühsam und doch wie unter einem Zwang, hob sie wenig später die Augen und sah, wie Christoph Löffelchen um Löffelchen von seinem Eis in den Mund von Maurus schob. Dazwischen warf der Bub flinke, trotzig-graue Blicke zu Anna hinüber, die mit ihrem Toroncino-Eis den würgenden Kloß kühlte, der plötzlich in ihrem Hals steckte.

Der kleine Luigi kam angelaufen, das sommersprossige Gesichtchen weinerlich verzogen, und rief: »Papà, papà, Uli non dice mai dove va!«

Diego, das quengelnde Söhnchen zwischen den Knien, die Augen wildrollende väterliche Beschwichtigung, sprach mit Giulia nachdrücklich auf ihn ein. Dass der flachshaarige, deutsche Altersgenosse seine drängende Frage, wohin er ginge, wohl kaum verstanden haben konnte, ging dem Kleinen nicht ein.

Ein Gedanke, der da war, ohne dass sie ihn hindern konnte, schlich sich in Annas Herz: *Auch ich könnte schon ein solches Kind haben.* Und wieder brannte der feine Schmerz in ihr, den sie wehrlos ertrug.

»Mauro!«, rief Fabrizio, nachdem er sich eine ganze Weile mit seiner Frau besprochen hatte. »Come stanno le cose? Che facciamo stasera? Andiamo a Lucca verso sera a casa? Faremo una piccola festa con cena e vino – molto buona!«

»Mangiamo tutti insieme stasera!«, ergänzte die professoressa und schaute erwartungsvoll auf Maurus.

»Stasera? – Heute Abend?«, wiederholte Maurus fragend, und suchte mit den Augen die Neffen. »Kinder, Fabrizio und Franca laden uns heute Abend zum Essen in ihr Haus nach Lucca ein. Wollen wir hinfahren?«

Ein Lächeln verhaltener Freude erblühte auf seinem Gesicht, während sich ein Begeisterungssturm erhob. Alle kamen angelaufen und schrien wild und freudig durcheinander.

Lucca! Anna dachte an den wundervollen Sarkophag der Ilaria del Carretto im Luccheser Dom, an die Kirche San Frediano mit seinem herrlichen Taufbecken und dem Marmor-Polyptychon des Iacopo della Quercia in der Capella Trenta, das sie alles einmal in einem Bildband gesehen hatte. Ihre Augen bekamen einen träumerischen Glanz.

Sie schaute auf die italienischen Freunde, die sich lachend erhoben hatten.

Diego und Fabrizio – beide hochgewachsen, jung und männlich schön wie Botticelli-Erzengel: ein großer Wurf des Schöpfers.

Diego war dunkel und feurig wie eine Nacht der Leidenschaft, die Gestalt von der makellos durchformten Kraft eines Adam in der Sixtinischen Kapelle; sein Gesicht war das eines antiken Apolls; er hatte mächtige stille Augen mit dem Seidenglanz schwarzer Kohlen oder wie schwarzsamtene Nächte, in denen es wetterleuchtete; es war ein altrömisches Antlitz, wie aus mattgelbem, parischem Marmor gemeißelt.

Fabrizio war sein Gegenpart: Eine Lichtgestalt, schmal in den Hüften, kurzes, goldbraunes Gelock über der niedrigen Stirn wie das eines edelrassigen Stiers über Augen aus honiggelbem Bernstein mit flirrendem Goldstaub darin – so sah sie Anna staunend inmitten dieses sie umringenden Gedränges und jubelnden Stimmengewirrs –, und sah doch nur den Geliebten, der mit der ruhigen Ausstrahlung seiner Persönlichkeit hier wie überall der beherrschende Mittelpunkt war, die Nabe, die sie umkreisten, was ihm ein Ausbrechen unmöglich machte. Denn Maurus war gut und konnte keinem wehe tun. Anna trug es, und es war ihr Schmerz und ihre Macht zugleich, dass sie wusste: Nur wenn sie seine Freiheit achtete, konnte sie ihn behalten.

»Venite, ragazzi! Andiamo ancora a fare il bagno!« – Kommt, Kinder, wir gehen zum Baden!, rief Diego, Uli und Luigi zärtlich mit den Händen im Nacken fassend. Die Freunde gingen von Vorfreude getragen durch die Umzäunung hinaus. Der eine wandte sich meerwärts, der andere schlenderte mit Franca und Giulia in Richtung ihrer Zelte. Rolf überholte Diego und die Kinder springend wie ein ungebärdiges Fohlen.

Maurus' Bruder kam aus dem Hauszelt, Mona, sein jüngstes Kind an der Hand führend, und lenkte die tappenden Schrittchen der Kleinen dem Damm zu. Kristin, das der Onkel manchmal zärtlich »Geißlein« nannte, ein liebes, hellhaariges Kind mit einem feingeschnittenen Gesichtchen, blieb still in Annas Nähe sitzen. Beide schauten mit Maurus den Abziehenden nach. Fabrizio wandte sich in einiger Entfernung noch einmal winkend um und rief zurück: »Abbiamo tempo fino alle sei! Ciao! Ciao!«

Annas Augen wanderten zaghaft zur Schwägerin, die die Eisschälchen ineinanderstellte. In ihrem Gesicht nistete ein verklärtes Lächeln, das in seiner Bewusstheit eine Zurschaustellung ihres Stolzes auf die Familie und ihres Rechtsanspruches auf den Schwager war. Es zog eine Grenze um die Familie, zu der Maurus gehörte. Sie hatte ein zweifaches Recht auf ihrer Seite: Sie war die Frau des Bruders – und da war der Zölibat, der den Ausschluss Annas erlaubte, geradezu forderte, weil er ihre Auffassung von Moral unterstrich. Anna dachte: *Wenn ich sie wäre, würde ich wahrscheinlich ebenso empfinden. Aber ich bin es nicht. Ich bin Anna, die Maurus liebt mit allen Konsequenzen.* Da neigte sich dieser im Vorübergehen zu ihr hinab und raunte ihr zu: »Geh du jetzt auch, Kind! Damit das gute Wetter anhält …!«

Sie schluckte. Schmerz riss in ihr wie ein wildes Tier. Hilfesuchend streifte sie einen Moment die großen ernsten Kinderaugen von Kristin. Dann erhob sie sich und lief mit einem herausgewürgten Wort des Dankes an die Schwägerin schnell, viel zu schnell, fort. An der Rückwand des Zeltes aber hockte die alte Frau unbeweglich wie eine Stammesgottheit, in deren Augenhöhlen alle Fäden zusammenlaufen, mit einem Lächeln satter Befriedigung auf den scharfen Zügen.

Als die untergehende Sonne dem schwarzen Bergrücken vor Portovenere entgegensank, schwankten drei aufeinanderfolgende Autos die Sandmulde herauf.

Hastig schlüpfte Anna in ihr Zelt. Durch die hintere Lüftungsöffnung sah sie mit brennenden Augen die Menschenfracht vorbeifahren auf dem Weg nach Lucca. Einen Augenblick lang nahm sie Maurus wahr, der am Steuer des zweiten Wagens saß, und dessen gespannter Mund in seinem reglosen Gesicht zu rufen schien: *Anna – Kind, ich nehme dich mit mir!*

Da schlug sie die Unterarme vor die Augen und schluchzte wild und trocken auf.

6

Am nächsten Tag wurden viele Zelte abgebrochen. Schwerbepackte Autos schwankten mit tiefhängendem Kofferraum auf die Avenue hinaus. Am späten Nachmittag versetzten Maurus und Anna das kleine Zelt auf einen freien Platz unter die vorderen Pinien des Wäldchens. Zu zweit war es ein Leichtes, schnell damit fertigzuwerden. Auf den Knien rundum rutschend, schlugen sie gemeinsam die Heringe in den Boden. Plötzlich ließ eine vertraute, humorvolle Stimme Annas Kopf hochfahren.

»Machen Sie 's nur ganz straff, es könnte Sturm geben heute Nacht!«

Überrascht schaute sie in die schmunzelnden Gesichter der beiden Brüder. Auch Maurus blickte Anna lächelnd an, als hätte er seinen Bruder schon lange bei ihnen stehen sehen, und beide hätten schon eine ganze Weile heimlich amüsiert ihrem freudigen Eifer zugeschaut. Eine heiße Röte überglühte ihre Wangen. Ihre Augen gingen forschend zum Horizont und kehrten verlegen und schutzsuchend zu Maurus zurück.

»Hab keine Sorge Kind, es sieht nicht nach einem Wetter aus. Das ist nur wieder einer der Späße meines Bruders«, sagte er, aber ihr war es, als schwinge eine leise Befangenheit in seiner begütigenden Stimme mit.

»Du sollst heimkommen. Es ist Post für dich da«, erklärte Herr Altweg den Grund seines Erscheinens.

»Ich komme gleich«, entgegnete Maurus sanft, aber mit einer Spur verhaltenen Unwillens. Anna griff nach einem der restlichen Heringe. Als der Bruder sich entfernt hatte, brachten sie stumm ihr Werk zu Ende. Manchmal, wenn sie den Bruder sah, drängte unabweisbar eine Erinnerung in ihr herauf: Es war im Wohnzimmer des Stadtpfarrhofs, als sich die kleine Clara auf ihren Schoß setzte. Der Bruder trat ein. Aufglimmender Unwillen und Kehrtwendung waren eins. Fast unmittelbar danach rief die Großmutter ohne ersichtlichen Grund mit scharfer Stimme das angeschmiegte Kind aus dem Raum. Scham zerfraß Anna damals. *Aussatz der Sünde,* hatte sie bitter gedacht – *bin ich aussätzig?*

Als sähe Maurus die Traurigkeit im abgewandten Gesicht Annas, sagte er mit der Festigkeit eines von leiser Bangigkeit überlagerten Entschlusses und eines auf dem Boden von Unsicherheit reifenden Planes fast rau: »Bleib heute Abend bei deinem Zelt. Vielleicht kann ich mit dir heute Abend ein wenig fortfahren.«

»Ja«, flüsterte sie nur, von fassungsloser Freude erfüllt.

»Mein Gott, Kind«, murmelte er und streichelte über ihr Haar, seltsam bedrückt angesichts des übermenschlichen Glanzes dieser jungen Augen. Wie sollte das weitergehen? In unabsehbaren Leiden sah er die Zukunft für die bedingungslose Liebe Annas vor sich, der er in seiner zweifachen Gebundenheit niemals gerecht werden konnte.

Sie schaute ihm nach als er fortging, diesmal hineingerissen in Vorfreude und zitternde Erwartung.

Der Abend leuchtete in tiefer, sonnensatter Goldversponnenheit. Die Zelte erglühten intensiv farbig, es schien, als lägen großbrockig kantig geschliffene Smaragde, Saphire, Granaten, Rubine und Goldtopase und im tieferen Schatten blutrot gefleckter Jaspis unter die Pinien hingestreut. Die Zeltbewohner bewegten sich malaienbraun im Goldgrün des Hains. Die Bäume verströmten ihren herbsüßen Harzgeruch.

Anna saß vornübergeneigt im Giebeldreieck ihres Zelts und schrieb mit einer Piniennadel in den Sand. Immer wieder schaute sie den Weg hinauf. Und da geschah es: Der ersehnte schwarze Wagen schaukelte auf dem unebenen Sandboden lautlos auf sie zu. Anna durchfuhr ein Stich: Der Platz neben Maurus war schon besetzt. Unverkennbar kam auch der kleine gefürchtete Kopf der alten Frau näher und näher; unter ihrem Kinn glänzte braunes Kinderhaar. Gelähmt vor Enttäuschung verharrte Anna in der Zeltöffnung. Maurus entstieg dem in einigem Abstand haltenden Auto und ging mit einem leicht verlegenen Lächeln auf sie zu.

»Komm«, sagte er, »steig trotzdem ein und sei zufrieden, dass es wenigstens so ist – dass ich überhaupt fort kann.«

Anna stand langsam auf. Sie ging mit ihm dem Auto zu, ihre Füße waren schwer vor Angst. Wie in einem plötzlichen Angesogenwerden ging sie direkt in die kalt durchbohrenden Augen der Base hinein. Eine kühle, knochige Hand reichte sich ihr knapp hin, aus der sie das unverhohlene Widerstreben körperlich durchzuckte.

In den Fond des Wagens gedrückt, flog Anna mit angehaltenem Atem durch eine Landschaft, die trunken war von Sommer, Fruchtbarkeit und Abendsonne. Als sie hinter Marina di Carrara durch einen langen Platanentunnel der Stadt Carrara entgegensausten, zwang die dichtgrüne Begrenzung ihren flüchtenden Blick ins Wageninnere zurück. Unbeweglich und stumm wie eine kleine, böse Götzenstatue hockte die alte Frau neben dem geliebten Mann. Selbst der unduldsamste Verfechter zölibatären Lebens hätte keinen schärferen Wächter ersinnen können. Gleichsam in sich zusammenkriechend tastete Annas Blick von den wulstigen Schultern über das magere Zopfknötchen aus dünnem, grausträhnigem Haar zum Gesicht der Base. Im Profil war ein Streifen gelblederner Haut sichtbar, die Anna unwillkürlich an die faltige Rahmschicht überfälliger, gestöckelter Milch in einem irdenen Töpfchen denken ließ. Da bewegte sich unverhofft der schmallippige Mund: »Morgen musst du zum Weinmacher«, klang es befehlerisch in die Stille hinein. »Beim Kartenspielen geht immer so viel weg.«

Maurus schwieg. Die alte Frau verkniff den Mund. Annas Augen glitten die wenigen Zentimeter von der gefürchteten zur geliebten Schulter und hingen zärtlich an Maurus' schwarzem, glatten Haar. Als ihr Blick abschweifte, begegnete sie völlig überraschend im inneren Rückspiegel seinen Augen. Sie schimmerten ermutigend, als wollten sie sagen: *»Ich bin bei dir. Wir sind beieinander – auch so …!«*

Diese wortlose, geheime Verständigung wob um Anna wieder eine Hülle von Geborgenheit. Da vermochte die beklemmende Gegenwart der Base nicht länger ihre Freude abzuwürgen. Mit ortskundigem Elan durchfuhr Maurus jetzt das abendliche, zu quirligem Leben erwachte Carrara. Wenig später las sie mit heimlichem Jubel auf einem Wegweiser *Cave di marmi*. Maurus wollte ihr also die Marmorbrüche zeigen. Mühelos klomm sein Auto die Serpentinenstraße empor, die ins Gebirge hinaufführte, und legte sich leise quietschend in die quadergemauerten Haarnadelkurven. Maurus war ein gewandter, kühner Fahrer.

»Schaut doch«, rief er fast beschwörend, »schaut doch um euch, wie schön das Land ist!«

Anna richtete sich steil auf und rutschte auf die vorderste Kante des Sitzpolsters. Als er ihre Hand auf der Wölbung seiner Rückenlehne spürte, presste er mit leisem Druck die Schultern gegen ihre Finger. Es durchschauerte Anna. Ihr Herz erbebte vor Glück wie ein nackter kleiner Vogel im Nestflaum.

Waldfreie Buchten boten bezaubernde Talsichten. Am fernsten Rand in der Tiefe war das Meer als feiner, grauer Streifen zu erkennen. Bergziegen standen an steilen, wildbewachsenen Abhängen; klare Quellen schossen in uralte Steinbecken. Bergsenken gaben den Blick auf malerisch zusammengedrängte Hügelstädtchen frei. Da und dort klebten Burgruinen wie Adlernester an den Hängen des apuanischen Apennin. Lichte Buchenwälder, von der Abendsonne durchblitzt, und dunkellaubige Esskastanienbäume säumten die steile Auffahrt. Kühle Höhenluft durchströmte das Auto. Immer dann, wenn die Base auf Maurus' Geheiß rechts in eine Waldschlucht hinunterschaute, drückte Anna ihr Gesicht in seine Haare und sog den vertrauten Geruch in sich hinein. Sie durchfuhren ein Bergdorf, das in dunkelgrünen Baumwolken ertrank. Kinder krabbelten im Straßenstaub zu Füßen alter Frauen, die auf ausgetretenen Steinstufen vor den offenen Türen saßen. *Die Menschen hier müssen sehr arm sein,* dachte Anna. Wie im Traum schien ihr das Heraustreten eines Mannes aus einer Trattoria, hinter dem die bunten Türbänder lautlos zusammenschwangen.

Plötzlich leuchteten helle Geröllhalden von riesigem Ausmaß zu ihnen herauf: die Marmorbrüche!

Der Weg schlängelte sich staubweiß mitten durch das Gelände einer Steinsägerei. Maurus hielt an. Blendend weiße Marmorblöcke mit wachsartigem Glanz türmten sich hinter zwei muskulösen Arbeitern, die auf dem Boden kauerten und aßen. Ihre blauen Baskenmützen waren überpudert von Marmorstaub, die Gesichter sonnenverbrannt und faltig wie verrunzelte Hutzeln.

Maurus stieg aus, ging zu ihnen hin, begrüßte sie und sprach mit ihnen. Sie machten einladende Gesten und boten ihm mit zerschundenen Händen von ihrem Abendbrot an.

»Kommt«, rief er lachend Anna und Frau Huser im Auto zu, »kommt heraus, wir wollen ihren Schafskäse versuchen!«

Er kam der langsam heranhumpelnden Base, die das Kind an der Hand führte, entgegen. »Komm Oma«, sagte er liebevoll überredend, »versuch doch auch davon«, und schob ihr mit zwei Fingern ein Würfelchen der quarkigen Masse zwischen die dünnen Lippen. Einer der Arbeiter verschwand und kam mit einem sauberen Glas zurück. Er füllte es mit rotem Landwein und reichte es Maurus hin, der trank, und das Glas Anna bot. Sie wollte das Glas an die alte Frau weitergeben. Diese aber schüttelte mit zusammengepressten Lippen wortlos in heftiger, schroffer Abwehr den Kopf. Anna erschrak. Was war das nun wieder? Sie sah die Blicke der Base über ihre schlanken, braunen Beine hinaufwandern wie eine kriechende Spinne, bis sie sich verächtlich und missbilligend an ihren weißen Shorts festklammerten. Eine feurige Lohe fuhr in die Wangen der jungen Frau.

»Sie sägen diesen Block für ein Monument in England«, sagte Maurus und deutete in die von messerscharfen Drähten durchzogene Halle. »Er ist von der minder feinen Sorte zweiter Qualität; der feine, statuarische Marmor wird fast ausschließlich im Tal von Torano gebrochen, sagen sie.«

Er wandte sich zu den Frauen um, ahnungslos vom stumm-erbitterten Angriff der Base auf Annas junge Schönheit.

»Kommt, wir fahren noch nach Colonnata hinauf, bevor es dunkel wird!« Er legte mehrere Lirescheine auf den Marmorblock; der rote Landwein schimmerte purpurn im vergehenden Licht. Anna bückte sich und las einige der im Umkreis herumliegenden, scharfkantigen Marmorbruchstücke auf. Sie mussten sich vornehm auf dem Boden vor ihrem Zelt machen!

Die alte Frau ging mit dem Kind weiter zum Auto. Maurus blieb bei Anna stehen und sagte: »Es ist eine unvorstellbar harte Arbeit in den Brüchen. Viele der *cavatori* haben hier ihr Leben verloren und wurden beim Abtransport von den tonnenschweren Blöcken zermalmt, musst du wissen, aber die Menschen hier kennen ihre Wurzeln. Sie wissen, woher sie gekommen sind: aus den Verbannten und Sklaven des römischen Reiches, die hierher zur Zwangsarbeit geschickt wurden. Deshalb haben sie gelernt, Achtung vor der Menschenwürde zu haben. Es sind arme Menschen, ich habe sie nach ihrem Lohn gefragt; man muss sich wundern, wie sie mit diesem geringen Verdienst leben können.«

»Reiche Menschen ...«, erwiderte Anna dunkel und ein wenig traurig.

»Ja, du hast recht – reiche Menschen!«, sagte er, versonnen begreifend, was sie meinte. Sie sahen die alte Frau mit verhärtetem Mund beim Auto warten, das Kind an der Hand.

Als sie durch die imposante Landschaft ins Hochtal von Colonnata hinauffuhren, sagte die Base plötzlich aus einem nicht erkennbaren Grund und völlig unpassend: »Die Buben waren ganz außer sich, weil du den ganzen Nachmittag fort warst!«

Sie schielte befriedigt nach seinem verständnislosen Gesicht, die bösartig-gezielte Überrumpelung voll auskostend.

»Ich war kaum eine Stunde weg ...«, antwortete Maurus, und fügte schmerzlich zögernd hinzu: »Ich gehe schon nicht verloren. Wir haben nur Annas Zelt in den Schatten gebaut.« Unwillig verschluckte er den Groll, der ihn überfallen wollte. Er empfand es als Anmaßung, ihn Anna gegenüber so bloßzustellen, indem sie seine Gebundenheit an die Familie herausstrich, und es empörte ihn, ihre glühende Eifersucht auf die Neffen abzuwälzen. Sie musste ihm aber auch jede Freude verderben, selbst dann, wenn er sie daran teilhaben ließ.

Anna besaß viel zu wenig von seiner Zeit, als dass sie nicht jeden Augenblick mit ihm als unwiederbringlich empfunden hätte, und deshalb diese Stunden voll auskosten wollte. Sie schüttelte den Vorwurf, der in Wahrheit besonders sie treffen sollte, ab, wie man Schnee abschüttelt.

»Mein Gott, wie altertümlich und malerisch!«, rief sie überrascht, als sie auf die kleine Piazza Palestro von Colonnata einfuhren. Alte Männer mit Hüten auf dem Kopf hockten aneinandergereiht auf der Bank an einer Hausmauer. Mit steinalten Augen schauten sie auf die Fremden, das Kinn auf ihre Stöcke gestützt. Vor ihnen gackerten und pickten Hühner auf dem Pflaster. Wäscheleinen durchzogen die Altanen, an denen Hosen, Hemden und ein Leintuch zum Trocknen hingen.

Sie stiegen aus.

Über einem schwärzlichen Quaderturm zuckten groß und weißflammend die ersten Sterne auf.

»Wie schön, dass du hierher gefahren bist! Ich war noch nie so hoch im Gebirge, und hab auch noch nie ein so altes, italienisches Bergdorf gesehen.«

»Uli sagte, als wir im vergangenen Jahr hier oben waren: ›Das ist das Ende der Welt!‹«, lachte Maurus etwas gedämpft, aber schon angesteckt von ihrer sprühenden Begeisterung, und wies in die nachtblau abfallende Unendlichkeit hinter dem Bergdorf, der sie entgegenwanderten. Verstohlen wagte Anna einen Blick auf die beiden Menschen, die ihr zur Rechten gingen: Sicher war es schwer für Maurus, ihr *und* der Base gerecht zu werden: seine harmlos vermittelnde Redeweise wollte die alte Frau umstimmen und Anna gewogen machen und doch zugleich auch etwas verheimlichen. Denn mit dem Blick der Liebenden sah sie unsägliche Sehnsucht in seinem Angesicht aufbrechen, das seltsam angespannt und bleich wie von verschwiegenem Leid in die unermessliche Dämmerbläue des Abends hineinging. Da wünschte sie sich brennend, mit ihm allein zu sein. Er hatte die rechte Hand stützend unter den abgewinkelten, linken Ellbogen der Base geschoben; ihr schwerer Leib schwankte auf den unförmig dicken Füßen neben ihm den steinigen Pfad hinan. Die Ränder der Halbschuhe schnitten in das überquellende Fleisch. Kein Wort entschlüpfte ihrem zusammengepressten Mund, der in die abweisende Verschlossenheit der Züge eingekerbt war. Insgeheim erschrak Anna über das wilde Aufbegehren ihres Herzens und schalt sich undankbar; aber sie konnte das heiße Fordern in sich durch nichts übertönen. Es kam ihr ein Gedanke, und sie fragte leise: »Glaubst du, Vittoria Colonna hat Michelangelo hier oben besucht, als er da war, um sich die Marmorblöcke für seine Werke auszusuchen? Ob der Ort deshalb Colonnata heißt?« Fragend schaute sie zu Maurus auf.

»Das könnte schon sein, Kind«, antwortete er mit einem leisen Beben in der Stimme, die bewegt war von Wünschen und Vorstellungen, die er keinem Menschen auf der ganzen Welt enthüllen durfte, auch Anna nicht. Langsam und sinnend fuhr er fort: »Aber wenn wir auch nicht wissen, ob Vittoria Colonna hier war, so ist es doch gewiss, dass Michelangelo einst diese Berge und diesen Nachthimmel geschaut hat, so wie wir ihn jetzt sehen. Ich habe gelesen, dass ihm der Preis der Carrareser zuerst zu hoch war. So ging er zu den Brüchen von Pietrasanta und hat dort die Blöcke nach Reinheit und Geäder abgesucht; aber nur hier in Carrara fand er den reinsten Marmor für seine Statuen, und ich denke, dass er auch den Transport seiner Blöcke zum Hafen hinunter überwachte – gearbeitet hat er hier oben aber nicht, soviel ich weiß.«

Dass der große Michelangelo vor Jahrhunderten die gleichen blendend weißen Halden geschaut hatte, die jetzt im Mondlicht fahl vor ihnen schimmerten, war ein Gedanke, der Anna erschauern ließ. Was war der vergängliche Mensch und wie groß sind die Werke, die er zu schaffen vermag! Andächtig fasste sie nach der Hand des geliebten Mannes. »Schau«, staunte sie, unversehens den Schritt beschleunigend, »was sind das für viele rote Lichtlein dort drüben?!« Neugierig strebte sie dem erdnahen, dunkel glosenden Brand entgegen und zog Maurus unwillkürlich an der Hand mit sich. In ihrem Eifer bemerkte sie sein leises Widerstreben nicht, sah auch nicht, wie die Base sich abrupt umgewandt hatte und mit mahlenden Kiefern und verkrampften Schulterwülsten davonhumpelte, das Kind mit sich zerrend.

»Es ist der Friedhof«, rief Anna hell und lief noch schneller. »Auf jedem Grab brennt ein winziges Flämmchen! Wie daheim an Allerseelen! Ob sie das Fest ›Maria Assunta‹ im Friedhof auf diese Weise feiern?«

»Es heißt ›L'Assunzione di Maria in Cielo‹, Kind! Auf lateinisch heißt das Fest Mariä Himmelfahrt ›In Assumptione Beatae Mariae Virginis‹«, antwortete Maurus zerstreut, bemüht, mit ihr Schritt zu halten, und hielt dann in dreiviertelter Kehrtwendung an, um nach der zurückgebliebenen Base und der kleinen Nichte Ausschau zu halten.

»Lieber Gott!«, stieß er nun halblaut, gepresst und gepeinigt hervor. »Was haben wir jetzt wieder verbrochen?«

Erschrocken wandte sich Anna nach ihm um, der einige Armlängen hinter ihr mit zerquältem Gesicht der alten Frau nachstarrte.

»Ich hätte vielleicht deine Hand nicht nehmen sollen … oder … oder habe ich etwas Falsches gesagt? Oder sind wir zu schnell gegangen?«, stammelte sie bestürzt.

Er antwortete nicht. Verstimmt ging er mit Anna der Base nach, die beim Auto stand mit einem Gesicht, vor dem Anna schauderte. Es barg alles, was die Welt an Angst und Verstörung für Anna aufzuweisen hatte.

»Was hast du denn?«, rief Maurus beim Näherkommen, bekam aber nur ein wildes, verstocktes Kopfschütteln zur Antwort. In den alten Augen brannte der Hass.

In gespanntem Schweigen fuhren sie ab.

»Ich möchte bloß wissen, warum du immer deinen Kopf da hinten haben musst!«, fuhr die Großmutter plötzlich missgelaunt das Kind an, das sich auf ihrem Schoß umgedreht hatte, über ihre linke Schulter zu Anna zurückäugend, und setzte es mit massivem Nachdruck auf ihren Schenkeln zurecht. Dem kleinen Mädchen entschlüpfte ein Schluchzerchen ob dieser unverständlichen Behandlung.

»Warum soll die Clara sich nicht nach Anna umschauen, wenn es sie freut?«, grollte Maurus dunkel, nun ernstlich böse.

Er hielt das Auto an und stieg aus. Langsam ging er zum Rand einer Marmorgrube, die zu ihrer Linken wie ein milchig schimmerndes Tal in die sternklare Nacht eingesenkt lag.

Das Alleinsein mit der Base im Auto wurde Anna unerträglich. Alle Vorsicht außer Acht lassend, öffnete sie die Wagentür und ging Maurus nach. Sie konnte nichts mehr falsch machen. Mit untrüglichem Instinkt spürte sie, dass sie mit keiner Verhaltensart, auch nicht mit äußerster Zurückhaltung, die alte Frau für sich einnehmen konnte. Von einer seltsamen Scheu gehalten, blieb sie einen Schritt hinter Maurus stehen. Seine spürbare Verfinsterung hielt sie ab, ganz zu ihm hinzugehen. Er warf einen halben Blick über seine Schulter nach ihr hin, sprach aber kein Wort.

»Lieber«, flüsterte Anna behutsam bittend und schob ihre kalte Hand in seine herabhängende Linke. Ein Schauer von Verlassenheit durchrann sie, als sie vergebens auf den Gegendruck seiner Finger wartete.

»Man soll hier manchmal sogar noch Marmorblöcke mit römischen Bruchmarken finden«, sagte sie hilflos und zitternd vor seiner jähen Fremdheit und begriff nicht, warum sie in diesem Dilemma ihre Belesenheit kundtat. Und doch war ihr, als hätte sich auf einmal seine

Hand wärmer um die ihre geschlossen, als ströme ihr etwas zu, das sie in dieser Verlassenheit wie ein Glücksgefühl empfand. Minutenlang standen die beiden Menschen schweigend inmitten der nächtlichen Carrareser Marmorberge. Das Mondlicht floss bleich und gespenstisch über die weißen, abschüssigen Bruchhalden. Maurus und Anna wussten nicht, dass diese Leidensgemeinschaft die Bindung zwischen ihnen festigte und schicksalhaft in die Zukunft wirkte, und das umso stärker, je mehr sich die Base in der Art ihrer Gegenmittel vergriff, um ein Zusammengehören mit allen Mitteln zu verhindern.

»Geh zurück – so wird es nicht besser!«, sagte Maurus. Anna erschrak vor der brüchigen Härte seiner Stimme, die sie ins Herz traf. Und doch wusste sie, dass nicht sie gemeint war.

Beim Auto angekommen, kroch sie mit Todesverachtung hinter der verbissenen Reglosigkeit der alten Frau auf ihren Sitz, einen Ausbruch ätzender Wut weniger fürchtend als diese gnadenlos besessene Versteinerung. Das Kind war inzwischen eingeschlafen. Annas Augen hingen an der dunklen, einsamen Gestalt über dem schimmernden Abgrund. Endlich kam Bewegung in sie. Die Silberbläue des Bodens beschattend, näherte sich Maurus dem Wagen, stieg ein und ließ den Motor an. Wieder fuhren sie in kilometerlangem Schweigen.

»Was ist denn nur? Was hast du denn?«, fragte er gedehnt, die Stimme heiser belegt vor Qual.

»Wenn du uns nicht brauchen kannst, dann lässt du uns das nächste Mal daheim!«, sagte die Base giftig. Anna duckte sich in das Polster des Fonds, als braue sich ein Unwetter über ihr zusammen.

»Mein Gott, mach mir doch nicht alles so schwer! Wer sagt denn, dass ich dich nicht brauchen kann?«

Es kam keine Antwort. Eine unerträglich geladene Spannung lastete über den drei Menschen.

»Fosdinovo ...«, las Anna und murmelte den Namen des Ortes halblaut vor sich hin, ihrer eigenen Stimme nachhorchend und verzweifelt den Bann dieses zerstörerischen Schweigens brechend.

»Was sagst du?« Maurus gab seiner Frage eine Leichtigkeit, als könne er damit alles Beklemmende fortwischen.

»Fosdinovo ... dort hinten war ein Wegweiser nach Fosdinovo«, antwortete sie leise mit versagender Kraft, und sehnte sich plötzlich nach der Einsamkeit ihres kleinen Zeltes. Sie starrte verstört auf das Lenkrad, wo an baumlosen Wegstrecken seine Hände in Mondhelle getaucht waren. Ihre Gedanken zerrannen unter dem Druck einer dumpfen Trauer. Betäubende Leere stieg in ihr auf. Unfähig, das Eindringen dunkler Gewalten einer bestimmten Ursache zuzuordnen, erahnte sie menschliche Verkettungen, die ihrem klaren, doch immer noch kindlichen Gemüt nicht fassbar waren. In die noch nicht abgehärtete Lebenserfahrung ihrer jungen Jahre brach alles seltsam durchlässig in ihre Benommenheit wie ein Schrei in undurchsichtigen Nebel. Sie erlebte diese Rückfahrt in die Tiefe plötzlich wie einen Albtraum: Weiches Zustürzen auf die Kehren – lautlos harter Aufprall des Lichtkegels in steingemauerten Kurven – flüchtig huschende Helle über Bäume und Wegabzweigungen – alles glitt unheimlich fremd, beängstigend, unwirklich durch ihre aufgerissenen Augen. Unwirklich auch die Menschen nahe vor ihr, wie geisterhaft umrissen: Golemhaft die schwarzverhockte Masse der Alten, die in unüberbietbarer Eifersucht kein anderes Wesen neben Maurus duldete als sich selbst und die *Ihren* – das schlafende Kind in seiner Schuldlosigkeit und Erdenferne – fremd auch Maurus in furchtbarer Unerreichbarkeit. Und immer tiefer hinab sauste das Auto, als rasten sie in unentrinnbaren Schraubenwindungen in den saugenden Trichter der Höllenkreise hinab.

Dann – auf rätselhafte Weise erschütternd – der ruhende Lichtersee der Stadt Carrara in der nächtlichen Ebene. Weit im Westen die Küstenstraße, den dunklen Meeressaum begrenzend wie flimmerndes Geschmeide.

»Gute Nacht, Lieber«, flüsterte Anna in ihrem Herzen. Sie sagte es auf dem letzten Stück der Heimfahrt vor sich her wie eine Litanei, irr vor Sehnsucht nach ihm.

»Gute Nacht«, sagte sie wenig später leise, als sie auf dem schlafenden Zeltplatz vor ihm stand. Unter seinen beschwörenden Augen beugte sie sich mit unaussprechlicher Überwindung zur Base ins Auto. Die Hände gingen aufeinander zu, als müssten sie glühendes Eisen fassen.

»Gute Nacht, Anna!«, sagte auch Maurus, der daneben stand, und nahm ihre Hand. Sie umklammerte die seine wie eine Ertrinkende.

Sekundenlang sanken seine vergehenden Augen in die ihren. Da wussten sie alles.

»Mein Marmor«, flüsterte Anna erschrocken, als wären die Bruchstücke das Einzige, was ihr verblieb.

Er ging zum Kofferraum und öffnete ihn. Hinter dem hochstehenden Deckel riss er sie hastig in seine Arme: »Gute Nacht, Liebes, ich bin bei dir!«, stieß er gedämpft hervor. Dann legte er die Steinplatten in ihre ausgebreiteten Hände.

Die zusammengelesenen, fahlen Marmorstücke vor sich hertragend, tappte Anna wie eine Schlafwandlerin zu ihrem nachtkalten Zelt und sah sich nicht mehr um.

7

Der aufsteigende Morgen dehnte sich für Anna endlos in den Vormittag. Umsonst schaute sie sich die Augen nach Maurus aus. Die fröhliche kleine Horde trabte heute nicht zum Damm, um sich ins Meer zu stürzen.

Da hielt es Anna nicht länger aus. Mit klopfendem Herzen schlich sie im tiefen Sand an der Quaderwand der Hochfläche entlang, deren sandig vorquellende Aufbrüche notdürftig von Maschendraht und Holzbohlen gebändigt wurden. Über die aufgetürmten Steine am Südende des Dammes klomm sie zu einem erhöhten Ausguck hinauf. Blind für die unermessliche Schönheit der Meerlandschaft und die aus tiefem Blau firnweiß leuchtenden Marmorsenken der apuanischen Alpen hinter dem Pinienhain, sah sie nur das große Zelt des geliebten Mannes. Aber nichts regte sich dort. Das Herz schlug ihr schwer im Hals, als sie sich Schritt für Schritt näher heranwagte. Sie schienen fortgefahren zu sein. Die Autos waren weg.

Sie stand bereits am Binsentor, als sie die beiden Frauen bemerkte. Sie saßen schweigend unter dem Vorzelt, nur wenige Meter von Anna entfernt, und zogen von grünen Bohnen die Fäden ab. Sie war vor Schreck unfähig wegzulaufen und verharrte wie gelähmt auf der Stelle. *Fagiolini,* dachte sie verwirrt – grüne Bohnen. Und weil ihr junges Herz in seiner Verdüsterung danach drängte, irgendeine Luke zur Freude aufzustoßen, trumpfte sie innerlich mit ihrem armen Wissen der italienischen Vokabel gegen die schmerzliche Erfahrung der unüberwindbaren Abneigung der beiden Frauen ihr gegenüber auf.

Da sagte Maurus' Schwägerin, ein anscheinend abgerissenes Gespräch fortsetzend: »Pater Marianus hat gesagt, die Buben bekommen Marmelade und Brot zum Frühstück soviel sie nur wollen, da kann man ganz unbesorgt sein. Und ich habe mich von allem selber überzeugt. Sie entbehren dort nichts, rein gar nichts. Das kannst du mir glauben!«

Ihre Mutter murmelte etwas Unverständliches in die gelbe Plastikschüssel, die in der blauen Gewandmulde zwischen ihren gespreizten

Schenkeln hing, während sie flink das Messerchen über die Bohnenenden gleiten ließ. Anna starrte mit einer sonderbaren Mischung von lähmender Furcht und scheuer Bewunderung auf die Hände von Frau Huser, die trotz der merkwürdig spitz ausgebuchteten Verdickungen der Fingergelenke mit gekonnt schnellen Bewegungen die Bohnenfäden abzog. Und sie lauschte den Worten der Tochter mit jener zitternden Faszination, die Kinder überkommt, wenn sie beim Indianerspiel unentdeckt bis hart ans Lager des feindlichen Stammes heranrobben konnten.

»Ich muss grad dran denken«, sagte jetzt die Schwägerin, und ihr gesenktes Gesicht ging über den grünen Bohnen mit einem stolzgeschwellten Lächeln in die Breite, »wie der Vati erzählte, dass sich Clara wie ein Mannequin vor dem Spiegel drehte, als er ihr in Bonn das weiße Sommerkleidchen kaufte. Die Verkäuferinnen sind alle im Kreis um das kleine Persönchen herumgestanden – übrigens, weißt', was die Frau Doktor Harthausen einmal zu mir gesagt hat?« Ohne ihrer Mutter Zeit zu einer Gegenfrage zu lassen, wiederholte sie mit spürbarem Hochgefühl den Satz, den Anna bei ihrem ersten Mittagessen in Bergheim schon einmal von ihr gehört hatte: »Ich kann Ihnen nachfühlen wie das ist, die meiste Zeit allein zu sein! Wir Frauen von Ärzten und Politikern wissen das, wie sonst keine andere Frau.«

Was wisst ihr von Entbehrung und von Einsamkeit?, dachte Anna. *Zusammengehören dürfen vor Gott und der Welt – gibt es ein tieferes, wesentlicheres Glück? Nein – sie erfassen ihren Reichtum nicht! Oder sie wissen um ihn, geben es aber nicht zu, und bedauern sich auch noch.*

Während sich die Schwägerin in der Wirkung ihrer Worte auf sich selbst und ihre Mutter sonnte, erwiderte diese, sprunghaft in eine Erinnerung tauchend und dennoch den Zusammenhang wahrend: »Ich hab's den Buben neulich gesagt: Bei uns ist ein rotes Auto unmöglich! Der Vati muss einen schwarzen Wagen haben, wenn er am Bundeshaus vorfährt!«

Wie Bälle spielten sie sich die kleinen Episoden ihres gesellschaftlichen Aufstiegs zu. Ihre Wesensart fischte im Seichten nach den Torheiten des Lebens, während die Armut ihre Kostbarkeiten aus

Strömungen barg, wo sie sich in dunklen Leiden einen echten Glanz bewahrten.

Plötzlich schüttelte die Schwägerin mit zusammengepressten Lippen heftig den Kopf, während sie mit fieberhafter Schnelligkeit die Bohnen zu schnippeln begann. Völlig übergangslos, vielleicht durch die Erwähnung des roten Autos von einem neuen Gedanken angesprungen, rief sie: »Der Christoph – so ein dummer Kerl! Lässt er sich doch sein achtzehnkarätiges Goldkettlein mit dem Medaillon, das ihm das Onkele gekauft hat, einfach vom Hals wegstehlen!«

Und als ihre Mutter, die mit ihren Gedanken anscheinend anderen Geschehnissen nachhing, nicht in ihre Entrüstung einstimmte, durchschlugen die Worte nach kurzem Stillschweigen wieder wie kleine harte Geschosse die flimmernde Vormittagsbläue.

»Steht er doch neulich im Menschengedränge vor einem Marktstand in Carrara und spürt, wie Hände an seinem Hals herumfummeln, und kommt nicht auf die Idee, dass man ihm das goldene Kettchen wegstiehlt.«

»Wenn er sich umgedreht hätte«, warf die Großmutter ein, »dann hätte er ihn erwischt.«

»Du tust dich leicht! Er hat sich doch umgedreht! Und was war's? Ein braunes Zigeunerweib hat ihm frech ins Gesicht geschaut. Und wenn ich's dir sag: Er hat sich überhaupt nichts dabei gedacht, der dumme Bub! Erst viel später hat er gemerkt, dass er das goldene Kettchen nicht mehr hat. Und erst da …«

Anna hörte plötzlich nur noch diese Stimme. Selbst im Schmerz würde sie wohl nicht leise, brüchig oder dunkel werden wie ihre eigene, die sich ihr so oft entzog und fast versagte, von ihrem nackten Leid beladen.

Die alte Frau stellte die Schüssel mit den Bohnen in den Sand.

»D's Onkele kauft ihm heut bestimmt in Massa –« Jäh brach der Satz ab. Sie hatte sich aufgerichtet und ihr Blick traf Anna. Die alten grauen Augen wurden steinhart. Ein Zittern durchlief das junge Geschöpf am Binsentor. Annas Hand, deren Haselnussbräune vom schneeigen Weiß ihres Frotteepullis noch betont wurde, und sehnig und samten war von Meerwasser, Sonne und Hautcreme, griff wie haltsuchend seitwärts in die dürren Binsen. Das Schilf raschelte leicht in der Windstille. Die ruhenden Sonnenflecken im Schattengeflecht des Röhrichts zu Füßen der Frauen irrlichterten. Da war etwas im aufschauenden Gesicht der Schwägerin das darinnen war, noch bevor sie ruckhaft den Kopf hob und Anna erblickte: Ein Sichverschließen und Auf-der-Hut-sein, die es wie tierhafte Witterung überfallen hatte und wortlose Abwehr verriet, ehe sich unverhohlene Abneigung auf ihrem Gesicht eingrub.

Annas ganzer Mut raffte sich zu der hilflos unüberlegt gestammelten Frage auf: »Wo ist Maurus?«

»Der ist nicht da!«, antwortete die Schwägerin patzig.

Zwei Augenpaare durchstießen die junge Frau wie die Flammenschwerter der Kerubim östlich des Gartens von Eden, die den Weg zum Baum des Lebens bewachten.

Kalt, feindselig, verächtlich musterten sie die unter der stummen Verurteilung Erblasste, die scheu vor dem fernen Hintergrund der rostig verbrannten Kiefern des Ostello-Parks stand: Die knospige Brust hügelte sanft den schneeigen Flausch des Pullis; weich fiel die graue Flanellhose auf ihre weißen Turnschuhe; das braune Gesicht war schmaler, fraulicher in nackter Pein.

»Bitte verzeihen Sie!«, flüsterte sie heiser vor Scham. Sie wandte sich langsam um, machte einige taumelnde Schritte um die Ecke des Schilfzauns und ging an ihm entlang hinter das Hauszelt, sprang benommen über den Absturz der Hochfläche in den tiefen Sand hinunter. Mit leeren Augen strebte sie auf das Meer zu. Ihr Herz füllte sich schwer mit dem Empfinden des Verworfenseins. Sie lief immer schneller, lief ziellos und fluchtartig am dunkelsandigen, schaumbespülten Meeressaum entlang, als müsste sie vor etwas fliehen, das hinter ihr her war; sie jagte dahin wie ein Wild beim Kesseltreiben, bis der ziehende Klumpen in ihrer Brust in heißem Weinen aufbrach, und sie in der weiten Verlassenheit des vormittäglichen Strandes mit hämmernden Pulsen unter dem blendend weißen Fiat-Turm im Süden in den Sand niederstürzte.

Einige Zeit später schrak sie durch helles Geschrei auf. Ihr war elend zumute. Da kamen wie wandernd zwitschernde Blaumeisen eine Korona gleichförmig blau gekleideter Waisenkinder mit ihren Aufseherinnen auf sie zu und tummelte sich ganz in ihrer Nähe spielend im Sand. Eine Weile verlor sich Anna in die Betrachtung der südländischen Kindergesichter: Die einen waren schmal und kühn, mit klugen, dunklen Augen voll wacher Intelligenz, umrahmt von Haaren wie glänzende, schwarze Seide; andere waren weich, rund, tief dunkel gebräunt mit Stichelhaarschnitt und dem schweren, langsamen Blick trägerer Lebensart; die Gesichter der kleinen Mädchen schimmerten braun wie sahniger Mokka und hatten Augen wie schwarze Kirschen, waren lieblich, sanft und scheu oder manchmal wie wild im Spiel, das Feuer noch schlafender Leidenschaft verratend. Nachdem sie in Badekleidung waren, stürmten sie unter den zeternden Rufen der Erzieherinnen ins Meer.

Anna raffte sich auf und ging in der stechenden Sonne ebenfalls zum Wasser. Sie beugte sich hinunter, schöpfte mit der Hand aus den quirlig versandenden Uferwellen und benetzte ihr müdverweintes Gesicht damit. Dann trottete sie wieder nordwärts.

Mittag war längst vorüber. Die flimmernde Wasserfläche zwischen Klippen und Zeltstadt belebte sich wie an jedem dieser sengend heißen Augustnachmittage mit Tret-, Schlauch- und Motorbooten und vielen Badenden. Annas winziges Zelt barst vor Gluthitze. Kniend stülpte sie den Frotteepulli über den Kopf, zerrte liegend die Flanellhose von den Füßen, mühte sich in den Badeanzug und kroch schweißnass ins Freie. Eine scharfe Bitterkeit zwang ihre Augen von den Zelten der Hochfläche weg. Sie stellte sich unter die Dusche, die sie aus sonnenglühenden Röhren lauwarm berieselte. Mit einer eigentümlichen Schwäche in den Beinen lief sie stelzig ins Meerwasser hinein. In wildem, tränenlosem Aufbegehren gegen ihr Alleinsein schwamm sie zum Klippensaum hinüber, insgeheim in uneingestandener, verzehrender Hoffnung die Gesichter der anderen Schwimmer nach Maurus absuchend. Enttäuscht stieg sie drüben in die Felsquader ein. Bronzeschimmernd wie eine sichelschmale Ähre stand sie auf einem Felsplateau und starrte in die mächtigen, gletschergrünen Wassermulden des offenen Meeres.

Komm –!, klatschten die Wellen an die Steinbrocken, lockend und drängend. *Komm!*, zischten sie schäumend in den Hohlräumen des Gesteins unter ihr. *Komm! Brausendes Vergessen erwartet dich in der Kühle unserer Untiefen!*

Da stieg Anna auf den Quadern hinab und glitt gleichsam wie gezogen in die zurückweichende Brandung, wurde für Augenblicke emporgehoben wie auf den Rand einer grünglasigen Muschelschale, bevor sie, wie von einem Sog in ein Wellental hinabgezogen, eine anrollende, mächtig aufgebäumte Woge mit gewaltiger Wucht überstürzte und sie mitreißend bis hart vor die Klippen zurückschleuderte.

Unheimlich nahe bleckten die schwarztriefenden, muschelgespickten Felsbrocken scharfkantig in ihre aufgerissenen, entsetzten Augen; es brauste hohl in den wasserdurchtosten Schründen; geschlucktes Salzwasser würgte sie und in der Nase empfand sie eine stechende Qual. Todesangst umschnürte ihr Herz.

Nein!, schrie es in irrer Panik in ihr auf: *Maurus – Maurus! O mein Gott, hilf mir doch!*

Ein erneuter Sog zog sie ins Meer hinaus. Noch einmal überschlug sie die unerbittliche Gewalt der Brandung, warf sie wie ein Spielzeug klippenwärts, quoll gurgelnd mit ihr ins Unendliche zurück, hob die Geschwächte in grausamem Triumph hoch empor, und riss ihre geblendeten Augen in das Leuchten des Sommernachmittags zurück.

Ich will leben!, dachte sie verzweifelt, *leben – und Maurus wiedersehen!*

Tief und zitternd zog sie die Luft ein und untertauchte eine in rasender Eile ankommende Welle. Auf einen Wogenkamm gehoben, sah sie in geringer Entfernung die Schneise, durch die das Meer zwischen den Quadersteinen ins ruhige Wasser hinter den Klippen mündete. Nun schwamm sie mit letzter Kraft und gezielten Stößen und nützte den Wellengang, der sich unter einem plötzlich aufgekommenen Wind auch hinter der Meereseinmündung mit schneeweißen Gischtkämmen krönte. Die pressende Angst lockerte ihren furchtbaren Griff. Durch das Klippentor sah sie in der Ferne die Zelte in der Sonne leuchten. Ihr Haar triefte, als sie mit zitternden Händen auf einen abgeflachten Stein hinaufkroch. Das Herz schlug wie ein Hammer in ihrer Brust, schwer und schmerzhaft. Eine ohnmachtgleiche Schwäche hielt sie minutenlang in den Klippen fest. Um einen Sonnenbrand zu vermeiden, ließ sie sich erschauernd wieder ins kühle Wasser gleiten und überquerte den ruhigen Meeresarm. Im heißen Zelt streifte sie den Badeanzug ab und zog etwas Trockenes an. Dann nahm sie ihre Decke und legte sich in den Pinienschatten. Allmählich kehrte Ruhe in sie zurück. Im nachträglichen Schauder der entronnenen Gefahr verspürte sie ein tiefes Offensein für menschliche Nähe. Mit einem wunderlichen Glücksgefühl lauschte sie dem eiligen, sandgedämpften Vorbeitrappeln nackter Kinderfüße und den melodisch rauen Rufen der Fischerfrauen: »Pesce … pesce!« inmitten der abendlichen Geräusche der Zeltstadt. Eine tiefe Dankbarkeit ergriff sie. Sie glaubte Maurus so nahe, als atme er neben ihr und hielte ihre Hand. Und plötzlich schwammen ihre weit offenen Augen in Tränen. Sie überliefen ihre Lider wie Wasser einen Brunnenrand.

Auf einmal überkam sie ein starkes Hungergefühl. Mit den Enden der Zeigefinger drückte sie die Augen aus; dann holte sie ihren Brustbeutel aus der Innentasche der Zeltwand. Sie zog die Lederlaschen auseinander: Er war noch immer mit großen Lirescheinen prall gefüllt. Sie hatte kaum etwas verbraucht in den vergangenen zehn Urlaubstagen. Sie ging durch die Camping-Einfahrt und überquerte die Landstraße, auf der Windböen gelben Staub auftrieben. Im Ristorante bestellte sie mit leiser Stimme eine *Minestrone, Spaghetti alla Marinara* und ein Glas *Vino rosso.* Die Tische waren um diese Zeit noch unbesetzt und der Kellner bediente sie rasch. Anna nahm andächtig ein Weißbrotstück aus dem leinenbedeckten Körbchen und bestreute den gefüllten Teller mit Parmesan. Das Gesicht auf die dampfende, köstlich duftende Brühe gesenkt, aß sie langsam, mit ungeteilter Hingabe. Abendkühle wehte aus den Bäumen. Die Lampion-Girlanden glühten auf. Sie trank den granatroten Landwein, der sie in eine warme Geborgenheit hüllte. Sie fühlte sich merkwürdig leicht und frei, als hätte sie das gefährliche, aufwühlende Erlebnis dieses Nachmittags zu einem bewussteren Leben geführt, auch in die tiefe Dankbarkeit, dem Ertrinken mit Gottes Hilfe entronnen zu sein. Wie in einem leichten Rausch empfand sie plötzlich Freiheit und Unabhängigkeit, die wie ein bitteres Geschenk an ihre Einsamkeit und ihren Stolz waren.

Müde und benommen vom Essen und vom Wein schlenderte sie zu ihrem Zelt zurück. Noch lange starrte sie in trancehafter Verlorenheit auf das Meer hinaus. *Geh hin und liebe! Helfen wird dir keine Hand!*, pochte es wie dumpfe Klage in ihr, als sie mit abwesender Geste das windzerzauste Haar aus der Stirn strich und auf ihre Luftmatratze kroch. Sie schlief sofort ein, schlief tief und traumlos, bis sie wie immer im ersten Morgengrauen fröstelnd erwachte.

Als sie hinausschaute, jagten Wolkenfetzen über den fahlen Himmel. Das Meer stürzte mit schwarz glänzenden, drohend aufgeworfenen Wogenkämmen gischtschäumend in die Klippen. Die alten Pinien bogen sich knarrend und ächzend landein und warfen hartgedörrte Zapfen auf die flatternden Zeltdächer. Dann zuckte der erste Blitz in die aufgewühlte, schwarzgraue Wildheit des Wassers, dem fast augenblicklich ein helles knisterndes Knattern und das betäubende Krachen des Einschlags folgte. Mit ihren Fäusten hielt Anna die schnalzend schlagenden Zeltvorhänge fest und schaute durch einen Spalt ins Freie. Die Nachbarn beschwerten die Spannleinen mit eilig zusammengelesenen Steinen und schürften hastig die Regenrinnen rund um die Zelte tiefer. Familien quetschten sich notdürftig bekleidet in ihre Autos und schlugen die Wagentüren hinter sich zu. Die Donnerschläge hallten wie betäubende Detonationen, als sie sich an den Bergwänden des Apennin brachen. Da warf eine grelle Feuerlohe Anna auf ihre Luftmatratze zurück. Mit aufgerissenen Augen erwartete sie atemlos und gelähmt vor eisiger Angst das berstend splitternde Krachen eines Pinienstamms, der auf ihr Zelt niederstürzen und sie zermalmen würde.

Ist es meinetwegen?, durchzuckte es sie in wildklopfender Angst. *Frevle ich gegen Dich, Gott, mit meiner sündigen Liebe, und schleudert Dein Zorn dieses Unwetter auf mich?*

Sie dachte an Jonas im Bauch des Fisches, und wie das Meer ruhig wurde, als ihn die Schiffsmannschaft von den Planken ins Wasser hinabgestoßen hatte.

Urplötzlich stürzte der Regen nieder. Er prasselte auf das kleine Zelt und schlug in den Sand. Anna lag regungslos. Durch ihre geschlossenen Lider zuckte der grelle Schein der Blitze. Sie lag eingeschlossen in ihrer wasserumspülten Arche und spürte einen feinen Sprühregen auf ihrem Gesicht. Unter dem anhaltenden Niederprasseln des Regens wurden die Zeltwände schlaff und senkten sich tief auf sie herab. Von irgendwo drang Wasser ein und sammelte sich auf dem Gummiboden zu einer Lache. Ganz allmählich ließ der Regensturz nach. Dann hörte er ganz auf. Der Donner verlor sich dumpf grollend und murrend im Gebirge.

Anna fror. Sie kroch nach draußen und warf die feuchte Wolldecke über eine Wäscheleine. Unruhiges Wolkengrau floh über die Pinien in die Berge. Das Meer kochte weißschäumend. Noch im Schlafanzug zog Anna auf den Fersen hockend die gelockerten Spannschnüre straff. Die Zelte erschienen geduckt, traurig, nass und farblos, als sie auf dem rillig ausgeschwemmten Sand zur Waschanlage ging.

In ihre dunkelgraue Flanellhose und den warmen Pullover gekleidet, die im Lederkoffer trocken geblieben waren, schaute sie Maurus entgegen, als er Stunden später den Fahrweg heraufeilte.

»Mein Gott, Kind, wie hast du's denn überstanden?«, rief er im Näherkommen atemlos. Ein rauer, verlegener Ton war in seiner Stimme, dann überflog ein etwas blasses Lächeln sein Gesicht, als Anna unter dem Zelteingang sitzend zu ihm aufschaute und sagte: »Ich leb schon noch …«

»Wir sind alle in die Autos gegangen, da ist man am sichersten, weil der Blitz nicht einschlägt.«

Er sagte es leichthin, wie um seine Unfreiheit zu überbrücken, und wusste zugleich mit beschämter Hilflosigkeit um Annas Verlassenheit und ihr bedrohtes Ausgesetztsein und um die Verantwortung seines Herzens. Der Meerwind trieb blauschwarze Haarsträhnen über seine Stirn. Annas aufgehobenes Gesicht wurde schmal unter ihrer bangen Frage: »Bleibst du jetzt ein bisschen bei mir?« In ihren Augen stand das bettelnde Hoffen eines Kindes, während sich ihre Hände in den zusammengerafften Zeltvorhängen verkrampften.

»Es geht nicht gut …«, antwortete er gequält, und seine Brauen zogen sich zusammen. »Sie wollen nach Massa zum Einkaufen fahren und ich hab gesagt, dass ich gleich wieder zurück bin.«

Annas Augen färbten sich dunkel vor Enttäuschung.

»Ich würde so gerne auch einmal mit dir fortfahren solange wir hier sind. Ich bin den weiten Weg hergefahren und bin fast immer allein«, sagte sie mit klagender Bitterkeit und dachte nicht an den Ausflug in die Marmorberge.

»Es wird schon noch kommen«, tröstete er ausweichend, während seine Augen unruhig in die Richtung spähten, aus der er gekommen war.

»Bleib in den Abendstunden daheim«, sagte er im Weggehen halb zu ihr zurückgewandt. »Ich will schauen, dass ich längere Zeit kommen kann.«

Anna sprang auf. »Wann?« Sie lief ihm mit erwachender Freude im erhellten Gesicht einige Schritte nach.

»So gegen sechs Uhr vielleicht!«, rief er mit gedämpfter Stimme zurück, und schaute gehetzt nach allen Seiten. Sie folgte ihm in weiter Entfernung und sah ihn durch die Pinienstämme hindurch auf einem Umweg seinem Zelt zueilen.

8

Als Anna am späten Vormittag mit einer Tüte Pfirsiche von der Marktfrau kommend auf dem Gehsteig der Chaussee heimwärts ging, fuhr Maurus mit dem Auto, Frau Huser neben sich und den Rücksitz voller Kinder, an ihr vorbei. Die Kleinen hingen flachshaarig mit den Oberkörpern weit aus den offenen Autofenstern, und ließen jauchzend den Fahrtwind durch ihre wehenden Hände streichen. Ein feiner, nagender Schmerz schnitt durch ihr herzklopfendes Nachschauen am Straßenrand. Sie brachte den stürmischen Tag nach dem Gewitter hin mit Wandern am Strand entlang und Warten auf den Abend, quetschte am Meeresufer Sandschlick durch ihre Zehen und ließ die anlaufende Flut darüberspülen. Sie träumte in die jagenden Wolkengebilde und versuchte sich vorzustellen, wo Maurus mit Frau Huser und den Kindern jetzt war, sah sie im Geist durch malerische, enge Gassen einer italienischen Stadt laufen, und vor dampfenden, tomatenroten Spaghettigerichten sitzen. Dann verlor sie sich wieder ganz in die Wildheit des noch immer unabsehbar tobenden Wassers. Salziger Meerwind riss um ihre magere Gestalt, füllte ihre Augen und zerrte ihr ausgelaugtes Haar zurück, zwang sie zum Widerstand, forderte ihre Kraft heraus. Eine leidenschaftliche Zuversicht überkam sie plötzlich; sie spürte Jugend in sich und stählerne Biegsamkeit und eine unbekannte, befreiende Gelassenheit. Und als söge die Urgewalt des Meeres die kleine Anna in sich auf, fühlte sie sich hineingenommen in ein namenlos Mächtiges, das durch sie hindurchging, ihr winziges Menschsein betäubend und geheimnisvoll mit ihr verschmelzend, das alle Wirrnis in ihr auflöste.

Irgendwo in ihrem Leib empfand sie ein stechendes Glück, als abends gegen sechs Uhr die geliebte, braune Männerhand eine strohumwundene Weinflasche und ein Päckchen Grissini ins Zelt schob, und Maurus gleich darauf hereinkroch.

Sie setzte sich auf. Ihre Augen wurden dunkel strahlend. Mit beiden Armen umschlang sie seinen Nacken und presste ihr Gesicht an seinen Hals.

»O mein Kind …«, sagte er leise, das Gesicht auf ihrem Haar, »o mein Kind!«

Sie legte die Hände an seine Schläfen, bog den Kopf zurück und brachte ihr Gesicht ganz nahe an seines. Übergroß schwammen ihre Augen ineinander.

»Lieber!«, flüsterte Anna, überströmend vor Freude, »Lieber, du bist gekommen, du bist bei mir!«

Wieder war jene Erschütterung in ihrer Begegnung, dieses tiefe Erbeben, das nicht körperlich war. Ihre Gesichter unter der Bräunung schienen bleich und schmal gemeißelt und wie von einem Glanz überhaucht. Als hielte sie dieses geheimnisvoll Gewaltige des Ineinanderversinkens nicht mehr länger aus, schloss Anna die Augen. Ihre Stirn lehnte sich an seine Stirn. Sie fühlte seine Haut an ihrer Haut, glatt wie kühle Seide.

»Komm Liebes, ich hab uns etwas mitgebracht!«

Die gegeneinander Knienden lösten sich. Indem er Anna an den Schultern etwas von sich abhielt, lächelte er in ihre ernsten Augen: »Wie jung du bist!« Und schmerzlich fügte er hinzu: »Ach Kind! Warum hast du gerade mir begegnen müssen? Ich bin dir doch nur zum Unglück. Ich kann dir ja nie Erfüllung sein!«

»Wie kannst du mein Unglück sein, wenn ich dich lieb habe?«, entgegnete Anna. »Vielleicht hab ich in dein Leben kommen müssen. Wenn schon ohne den Willen Gottes kein Haar von unserm Haupt fällt, wie könnten sich da die Wege der Menschen nur zufällig kreuzen?« Und leiser sagte sie in sein Schweigen hinein: »Mein Unglück wäre, wenn ich einem anderen Mann gehören müsste. Alle meine Gedanken sind doch zu jeder Sekunde des Tages bei dir. Ich weiß, dass ich dich liebhaben muss, solange ich lebe.«

Sie hatte den letzten Satz klar, still, wissend und unbeugsam gesprochen, den Blick auf seiner braun gebrannten Brust, als sehe sie durch Maurus hindurch einen langen, einsamen Weg vor sich.

»Und doch hab ich manchmal solche Angst, weil sie mich alle verdammen.«

»Wer verdammt dich?«, fragte er rau.

»Sie haben mich neulich so angeschaut … so … so verächtlich.«

Mit äußerster Spannung lauschte er ihrer Schilderung der vernichtenden Begegnung mit den beiden Frauen beim Bohnenabfädeln. Er ließ sich auf das Bett nieder und starrte verfinstert zu Boden. Durch Anna zog noch einmal die Qual des vergangenen Tages und die Todesgefahr im offenen Meer hinter den Klippen. Dann sagte sie völlig übergangslos mit überraschender Munterkeit: »Aber abends war ich dann beim Essen. Es hat herrlich geschmeckt!«

Sie saß neben ihm, den Kopf an seinen Oberarm gelehnt; ihre rechte Hand ruhte leicht und zärtlich auf der Wölbung seines Knies, das von den samtenen Rippen seiner Cordhose überspannt war.

»Wein hab ich auch getrunken«, fuhr sie fort und rieb wie ein spielendes Jungtier zärtlich ihre Nase an seiner Schulter.

»Willst du wissen, was ich gegessen habe?«

Als hätte er ihre Frage überhört, fragte er stirnrunzelnd und nachdenklich während er mühsam die Weinflasche zwischen seinen Knien entkorkte: »Wann bin ich denn gestern weggefahren? … Ach ja, ich fuhr mit meinem Bruder und den Kindern gleich nach dem Frühstück über Pisa ein Stück in die Toskana hinein. Wir sind erst am späten Nachmittag zurückgekommen … Ja stimmt – abends gabs dann Bohnen.«

Er streckte die Hand aus und griff nach dem Glas, das auf dem Koffer stand. Goldbrauner Wein perlte aus der bauchigen Flasche.

»Trink, Liebes!«, rief er und reichte ihr das Glas hin. Sie nahm es mit beiden Händen entgegen und trank einen tiefen Schluck.

»Guuut«, stöhnte sie und schmeckte die volle Traubensüße des Muskatellers, als sie ihm das Glas zurückgab.

»Schlag das Zelttuch zurück, dann können wir aufs Meer hinausschauen!«, sagte Maurus.

Sie schwang die geteilten, lose hängenden Vorhänge aufs Dach hinauf. Dann lehnten sie aneinander, und ihre kleine Hand schob sich mit unendlichem Vertrauen in seine warme Männerhand. Das Meer war ruhiger geworden. Die schwarz anrollenden Wellen schienen von flüssigem Silber durchsetzt. Der Strand dehnte sich menschenleer. Nur auf dem Fahrweg kreuzten Vorbeilaufende ihren Ausblick, Männer, die in kurzen Hosen lässig rauchend dahinschlenderten, barfüßige Kinder und Frauen, die in Schüsseln geschnittenes Gemüse zur Geschirrspüle trugen, um es zu waschen.

»Wir werden heute Nacht Vollmond haben«, sagte Maurus.

»Gehst du noch immer vor dem Schlafen mit den anderen zum Damm hinüber?«, fragte Anna und dachte an jene wundersame Nacht zurück, in der die Frau des *pittore* auf den Steinen kauernd ihre fremdartigen Gesänge über das schimmernde Meer sandte.

»Ach weißt du, wir spielen jetzt am Abend meistens Schafkopf und dann wird es spät, und der Wein tut das übrige ...«

»Wenn ich doch nur eine Fliege wäre«, träumte Anna sehnsüchtig, »dann könnte ich an deiner inneren Zeltwand sitzen und würde alles sehen, was du siehst, und alles hören, was du sagst!«

»Ach du Dummerle!«, lachte er und hob ihre Hand an seine Lippen und küsste sie ganz zart. In der Geborgenheit ihrer gegenseitigen Wärme und Nähe schauten sie wieder stumm in die verdämmernde Unendlichkeit.

Plötzlich spürte Anna ihre Hand hart umpresst. Massige Frauenfüße verharrten vor der Zeltöffnung. Maurus und Anna hielten den Atem an. Die Frau stand so nahe, dass man vom vorderen Zeltmast aus mit der ausgestreckten Hand ihren Rock hätte berühren können, der sich unter ihrem hörbaren Schnaufen hob und senkte, und den freien Blick zum Meer verwehrte. Die bloßen Beine steckten in ausgelatschten Schlappen, die nach Südosten wiesen. Glänzend wie hauchdünnes Cellophan umspannte die Haut ihre formlosen, krankhaft blauroten Waden.

Lautlos und zentimeterweise schoben sich die Liebenden in den Hintergrund des kleinen Zeltes. Anna starrte auf das dralle, im Gelenk wie abgebundene Ärmchen, das in halber Rockhöhe ins Blickfeld ragte – es musste das der kleinen Clara sein – und, den Arm der alten Frau verdrehend, darauf schließen ließ, dass das Kind in entgegengesetzter Richtung zurückschauend von irgendetwas anderem gefesselt schien, das außerhalb des Interesses der Großmutter lag. Wenn die Kleine im Weitergehen hereinschaute, mussten die Kinderaugen direkt die beiden Menschen treffen, die im Innern des Zeltes reglos aneinandergedrängt kauerten wie verschreckte, schutzsuchende Tiere im dunkelsten Winkel ihrer Höhle. Das Zelt war ihnen zum offenen Gefängnis geworden.

Aber da schlurften die Füße weiter und eine feste Hand zog das Kind mit.

»Frau Huser …!«, hauchte Anna vergehend vor Angst an Maurus' Ohr.

Sein Gesicht war maskenhaft unbewegt und ausdruckslos geradeaus gewandt wie in einem Staunen, als ob das unerwartete, überrumpelnde Geschehen keinen Zugang in sein Begreifen finden könnte, und war dennoch gezeichnet von einer ungeheuren Anspannung. Der Druck seiner Hand verstärkte sich erneut wie in geheimer Warnung. Annas Gesicht riss herum. Da schlurften die Schuhe wieder ins Blickfeld, das trippelnde Kind daneben her – und am Zelt vorbei –, kehrten nach einer Weile zurück, wanderten unablässig hin und her, hartnäckig, bedrohlich, unerbittlich, verharrten wiederum eine lähmende Atempause lang zwischen Meer und Zelt, dann wandten sie sich sandschürfend um und bewegten sich ins Unsichtbare.

»Geh nicht fort –!«, flüsterte Anna erstickt und schlang ihre Arme wild um seinen Leib. »Geh nicht fort!«

Sie hielt ihn verzweifelt umfangen, den Kopf an seine Schulter gedrückt und starrte mit aufgerissenen Augen hinaus, das jähe Wiedererscheinen der gefürchteten, schlurfenden Füße erwartend, und in zitternder Panik vor der höhnischen, spitzen Stimme der Base.

Als das Vorbeidefilieren längere Zeit abgebrochen war, raunte Maurus: »Ich muss heimschauen. Vielleicht sucht man mich …«

Er löste sich mit sanfter Gewalt aus ihrer Umklammerung und sagte: »Schau hinaus, ob die Luft rein ist.«

Da kroch Anna gehorsam nach vorn und streckte vorsichtig den Kopf ins Freie wie ein scheu witterndes Wild.

»Ich kann sie nicht mehr sehen – sie ist weg!«, flüsterte sie zurück. »Du kannst jetzt hinaus.«

Er zwängte sich an ihr vorbei und noch bevor er sich draußen zu voller Größe aufrichtete, würgte sie schon das Alleinsein. Sie schaute ihm nach mit heißen, fiebrigen Augen, wie er schnell und elastisch den Fahrweg hinauflief. Eine bodenlose Bitterkeit warf sie an den Rand des Hasses. Warum gönnten sie ihr nicht einmal diese wenigen Stunden mit ihm allein in diesen vielen langen Tagen? Sie hockte sich auf ihr Bett, schüttete Wein ins Glas, stürzte ihn hinunter, und goss das Glas von Neuem voll. Sie trank, den Mund berstend voll schwerer Süße, als könne sie ihr Elend zuschütten.

Mit schwerfälligen, betäubten Bewegungen zog sie sich aus, breitete ihr Gewand über die Kofferlänge hin und stopfte die kleineren Kleidungsstücke hinter den Kopfwulst der Luftmatratze. Dann ließ sie sich zurückfallen. Hinter ihren geschlossenen Lidern kreiste flimmerndes Dunkel wie ein hinauf- und hinunterdrehendes Karussell.

Sie war sofort hellwach, als spät in der Nacht der Reißverschluss schnurrend hochgezogen wurde.

Sie lag ganz still. Der Schlaf hatte wie eine Decke die Bitterkeit in ihr erstickt. Sie empfand bei diesem Geräusch weder Schreck noch Angst wie bei fremdem Eindringen. Es war, als erfühle sie mit untrüglicher Gewissheit den vertrauten Körper vor dem Zelteingang, als umhülle sie plötzlich das Wissen um sein letztes, tiefstes Daheimsein bei ihr. Ein Stoß erschütterte die Straffheit der Spannleinen. Sie hob eine Hand in Erwartung traumhaft weich der Helle seines Gesichts entgegen, das unter den Schlagschatten der Pinien auf den Schrägwänden in der silbernen Transparenz des Zeltinnern auf sie zuglitt. Er stürzte wie ein gefällter Baum an ihrer Seite hin, das Gesicht wortlos ins Kissen vergraben.

»O Lieber, was ist geschehen? Was ist mit dir?« Die Hände in unendlich behutsamer Gebärde auf sein Haar gelegt, versuchte sie seinen Kopf seitwärts zu bewegen, der wie von schwerer Bedrückung dalag.

»Was hast du denn?«, fragte sie noch einmal flehend und wälzte ihn auf die Seite, um in sein Gesicht schauen zu können. Schatten von Trauer und dumpfem Trotz nisteten in seinem Antlitz, das im gefilterten Mondlicht milchig hell aus seiner blauschwarzen Haarfülle schimmerte.

»Sag doch, hat es etwas gegeben?«, fing sie wieder an.

»Nein Kind, es ist kein Wort gefallen, das dich beträfe … komm, lass das jetzt, sag nichts mehr und frag auch nicht – wir wollen schlafen und im Frieden sein.« Er atmete schwer, angefüllt vom Wein und einer Müdigkeit, die von tief innen kam. Mit einer überwachen Sensibilität spürte Anna, dass ihn nicht nur Liebe und Sehnsucht mitten in der Nacht zu ihr getrieben hatten, sondern dass er als ein Unverstandener und Heimatloser aus einem verschwiegenen, häuslichen Zerwürfnis ausgebrochen war.

Sie schob den Arm unter seine Schultern und nahm ihn noch näher zu sich heran. Mit einer jungen, wehmütigen Mütterlichkeit barg sie seinen Kopf an ihrer Brust.

»Mach deine Augen zu«, flüsterte er heiser, und ohne den eingeschmiegten Kopf zu heben, tastete seine Hand über ihr Gesicht hin und schloss ihre Augen. Noch während seine Hand schwer auf ihre Schulter abglitt, hörte sie an seinem ruhigen Atmen, dass er bereits eingeschlafen war. Sie hielt ihn in den Armen wie ein Kind. Wenn auch sein bewusstes Denken und Fühlen im Schlaf fern von ihr waren, so erschütterte sie doch zutiefst dieses bisher Unbekannte: Sein schlafgelöster Körper an ihrer Seite, der sich durch den Stoff von Hemd und Hose im gleichmäßigen Atem andrückte und wieder zurücknahm. Zum ersten Mal in ihrem jungen Leben umschlossen ihre Arme einen Mann im Schlaf mit der Hingabe fraulichen Behütens. Sie sog den Geruch seines Haares ein und sann darüber nach, warum das so war, dass er sich nach kurzer Zeit wieder von ihr loslösen, fortgehen und sie alleinlassen musste. Denn sie, Anna, nahm doch niemandem etwas weg, stahl keiner Ehefrau die Liebe ihres Mannes, und auch Gott raubte sie nichts. Wie hätte das ein Mensch auch vermocht?

Ein Wort aus der Liturgie der Priesterweihe ging ihr durch den Kopf: *Ich nenne euch nicht mehr Knechte, sondern Freunde,* – wenn also Maurus zu den Freunden Gottes zählte, so durfte *sie,* die er doch in sein Leben aufgenommen hatte, sich wohl ebenfalls zu diesem Freundeskreis zählen, überlegte sie vertrauensvoll. Warum aber sollte Gott an seine Freunde eine Forderung stellen, die im Gegensatz stand zu jener, die Er an alle Menschen, geschaffen nach seinem Bild und Gleichnis, gerichtet hat: *Wachset und mehret euch und erfüllet die Erde,* dachte sie in ihrem unverbildeten Herzen weiter mit einer Logik, die fern aller moraltheologischen Forderungen und vatikanischen Spitzfindigkeiten war.

Ein leises Frieren durchlief sie bei dem Gedanken, dass diese Stunden mit Maurus nur ein Übergang zur unausbleiblichen Einsamkeit waren, die kurze Frist, die sie vom morgigen Tag trennte, wo er wieder kaum erreichbar für sie war. Sie genoss seine Nähe und Hingegebenheit mit äußerster Intensität: schlaflos, zeitgierig, ihn hungrig umklammernd in keuscher Wildheit.

Da plötzlich wurde sie mit der ihr inzwischen eigenen, lauernden Vorsicht reglos gespannte Aufmerksamkeit: Schritte schleiften auf dem Fahrweg durch die stille Mondnacht. Im rhythmisch anschwellenden Rauschen und Aufprallen der Brandung hatte das träge, schleppend monotone Geräusch dieser einsamen Schritte etwas Gespenstisches. Das Schlurfen kam näher. Annas Atem stockte. Ganz nahe tappte es um das Zelt herum. Mit wildklopfendem Herzen, den schlafenden, geliebten Mann in den Armen, hörte sie hart über sich das kurze, stoßweise Schnaufen, das wie eine Drohung über ihnen hing, und starrte entsetzt auf den plumpen Schatten, den das Mondlicht in erdrückender Schwärze und unerträglich beklemmender Reglosigkeit auf die rechte Zeltschräge warf. Der Schatten schwankte weiter, erschien auf der anderen Seite, und huschte vom Meer aus gesehen rechts wieder in dunkler Massigkeit das lichtdurchsickerte Zeltdach entlang. Eine Zeitlang umschlich er seine Opfer wie ein ausgehungerter Wolf in einer mondhellen Winternacht ein einsames Gehöft. Wie bei einem schauerlichen Schattenspiel buckelte der dunkle Umriss plötzlich in schwankenden Bewegungen, und eine Hand drückte tappend auf die nachgiebige Zeltwand am unteren Dachende, um darunterliegende Leiber zu ertasten. Unwillkürlich zog Anna mit ihren Armen Maurus der Zeltmitte zu, als müsse sie ihn einer tödlichen Berührung entziehen. Er atmete tief auf und öffnete die Augen. Noch bevor er ein Wort sagen konnte, presste sie ihm mit beschwörendem Blick ihre eiskalte Hand auf den Mund. Da lag auch er regungslos in einem ahnungsvoll aufdämmernden Schrecken, und horchte mit glasigen Augen in die unheimlich schwebende Gefahr hinaus. Nach Minuten atemloser Bangigkeit richtete er sich wie eine Marionette in steifer Schlaftrunkenheit auf. Zeitlupenhaft langsam und leise zog er den Zeltreißverschluss hoch und spähte durch einen Schlitz vorsichtig hinaus.

»Sie steht draußen …«, formte sein Mund lautlos die Worte, »sie wartet auf mich.«

In der panischen Angst von ausweglos Belagerten schrie Annas Blick: *Was sollen wir nur tun –?*

Da sagte plötzlich eine schneidende Stimme in die tiefe Stille der Mondnacht: »Ich weiß, dass du da drinnen bist!«

Annas Herz machte einen wilden Satz.

Die Hände auf den Boden gestützt, raunte Maurus noch immer etwas benommen, Ausweglosigkeit im verschlafen zerfurchten Gesicht: »Es ist besser, wenn ich hinausgehe!«

Dann kroch er hinaus.

Einen Augenblick lang sah Anna das nachtblaue Gefälle des Sandstrandes und das schwarze Gezack der Klippen gegen die silberschleierige Sternversponnenheit des Himmels, dann – kaum dass das Segeltuch hinter ihm herabgefallen war – schlüpfte sie in einem verzweifelten Gefühl von Alleinsein und in wilder Entschlossenheit hinterher, als müsse sie ihn behalten, als dürfe er nicht einfach so fortgehen, als müsse sie ihm beistehen.

Nur wenige Schritte vom Zelt entfernt stand wie eine versteinerte Furie die Base. Maurus wankte ein wenig unsicher auf sie zu, so, als ginge er auf treibenden Eisschollen. Da konnte Anna nicht anders: Sie stürzte ihm nach und ergriff stützend seinen rechten Arm, gerade als er bei der wartenden Frau Huser ankam.

Da war es, als durchrase grauenhafte Dämonie die alte Frau: »Gehen Sie weg! Er braucht Sie nicht!«, zischte sie kalt vor Wut mit einem bösen Glitzern in den Augen, und gab Anna mit der geballten Faust ihres kurzen fleischigen Armes, der aus wütend malmenden Schultern vorschnellte, einen Stoß vor die Brust, dass sie zurücktaumelte.

Im Nachbarzelt hustete eine Frau.

»Nicht hier, bitte nicht hier!«, flehte Anna in namenloser Pein.

Durch die schwarzen Schirmpinien rann silberspinstig das Mondlicht.

Maurus stand schweigend zwischen den beiden Frauen, und Anna starrte in die Hilflosigkeit seines Gesichts. Die alte Frau bebte wie von einem Sturm geschüttelt in rasender, fanatischer, leidenschaftlicher Eifersucht; der Busen wogte vor hektischer Besessenheit; das scharfe Gesicht war wutverzerrt und in seinen Linien vom blauverschattenden Mondschein noch unheimlicher, furchterregender gezeichnet; in den Mundwinkeln stand nach den hingeschleuderten Worten Speichel – und Anna sah zugleich Maurus mit hängenden Armen in müder Erschlaffung dastehen, den schönen, stolzen Kopf auf die Brust geknickt – ein Bild furchtbarer Ergebung und Ohnmacht.

Annas Augen wurden groß und dunkel in einem fassungslosen Staunen.

Langsam füllte sich ihr leeres Herz mit einer ziehenden Schwere.

Warum gingen sie nicht? Warum führten ihn die alten, knöchernen Finger, die seinen Unterarm umkrallten, nicht weg? Wollte sich die alte Frau zuvor noch an ihrer beider Qual weiden?

Als die Base das Grauen der Verlassenheit in das junge Gesicht einkehren sah, verwandelte sich das böse Glitzern der harten Augen in einen wilden Triumph, wie ihn eine Nebenbuhlerin über die Niederlage einer Rivalin empfinden mag. Anna konnte die Worte hören, die ihr in unverhohlener, hassvoller Schadenfreude aus dem unbarmherzigen Blick entgegenbrannten: *Merkst du jetzt endlich, dass du nichts zu erwarten hast! Er gehört uns! Uns allein – für immer und ewig!*

»Komm, lass uns doch endlich gehen!«, drängte Maurus beengt und leise vor Bedrückung.

Wieder hustete die Frau im Nachbarzelt.

Anna warf einen gehetzten Blick auf die Wand des großen Hauszeltes, das im bläulichen Halbdunkel des Pinienhains stand. Von der glühenden Scham dieses würdelosen Auftritts gefoltert, der fremden Ohren nicht entgangen sein konnte, riss sie die Wolldecke aus ihrem kleinen Zelt und floh barfuß zum Strand hinunter. Sie warf die Decke wie einen Mantel um sich und lief am Meeresufer über den festen, feuchten Sand. Kleine Wellen benetzten die Ränder ihres Schlafanzuges, als würde sie ins Meer abgedrängt, als hätte die Erde nicht mehr Raum für ihr Leben.

Er hatte ihr nicht beigestanden, hatte sie schutzlos und schweigend dem Angriff der alten Base ausgeliefert.

Er hatte sie allein gelassen.

Keuchend erklomm sie den Steinhügel zur Hochfläche.

Nein, jammerte es in ihr, *nein – das war nicht er … nein, nein, so ist er nicht! Er war nur so furchtbar müde – er hat gar nicht begriffen …* hetzte es durch ihre Verzweiflung, die mit der Schärfe eines Messers in ihr wühlte.

In ihrer zitternden Verstörtheit machte sie einen Fehltritt, verlor das Gleichgewicht, und schürfte sich beim Hinunterstürzen am scharfkantigen Gestein eines Hohlraums das Schienbein auf. Sie achtete es nicht, zog sich mit der freien Linken heraus, mit der anderen Hand die Decke raffend, und hastete weiter … *Nein!,* schluchzte es wieder aus ihrer tiefsten Tiefe: *Das bist nicht du, Lieber – nein, das bist nicht du –!*

Die Worte peitschten sie vorwärts, ohne Blick, ohne Ziel.

Schmal jagte ihr Schatten über den mondhellen Damm. An seinem Ende sackte sie in den tiefen Sand ab – taumelte weiter, den geisterhaft ragenden Schiffskolossen des Carrareser Hafens entgegen, als stieße sie etwas, die Wucht einer unfasslichen Erfahrung, die sie aus ihrer liebenden Gläubigkeit und ihrem unbegrenzten Vertrauen hinaustrieb.

Sie erreichte steinigen Strand. Stolpernd und strauchelnd verlor sich ihre Flucht in lähmender Müdigkeit. In ihre Decke gewickelt warf sie sich in eine Kiesmulde. Ihr Herz schlug hart gegen die Steine. Starr und tränenlos lag sie vom schimmernden Mondlicht übergossen auf dem nachtkalten Boden wie eine Mumie.

9

In der Morgendämmerung hatte sie sich zu ihrem Zelt zurückgeschleppt. Schlaf umfing sie mit schwerer Dumpfheit bis in die heißen Mittagsstunden hinein. Wie aus wirren Fieberträumen erwachend, fand sie sich erst langsam zurecht, blieb lange liegen, im Ohr das regsame Summen der Zeltstadt, in den Augen eine verschleierte Leere, hinter der sich zögernd eine Umschichtung ihres Innern vollzog, eine Veränderung, die sie wie eine Flut aus dem letzten Rest der Kindheit ins Erwachsenwerden hinüberschwemmte.

Sie setzte sich auf und zog den Badeanzug über die Füße herauf. Ihre Bewegungen hatten etwas Versinkendes. Immer noch wie in Trance ließ sie sich im Schattenspiel der Pinien neben ihrem Zelt nieder, faltete die Hände um die Knie und legte ihre Stirn darauf. Wie sich ein kantiger Stein, der von der Wassergewalt eines Flusses erfasst wird, stoßend und reibend an seinesgleichen glatt und rund schleift, fühlte sich Anna, hineingerissen in die dunkle Strömung des Lebens, plötzlich losgelöst von allem und auf sich selbst gestellt. Sie spürte mit Schärfe ihr Getrenntsein von anderen Menschen und wusste nicht, dass sich ihr Wesen in diesem Alleinsein abschliff und härtete, dass der Schmerz das Wesentliche unter törichten Erwartungen freigrub, einem inneren Kern zudrängte, und sie einer tieferen Reife zuwachsen ließ. Wenn das Schwere unerträglich wird, schlägt es um wie ein überfülltes Boot und löst sich auf.

Nach einer Zeit der Denkunfähigkeit, die alle Einzelheiten auslöschte, sagte eine fremde, dunkle Männerstimme über ihr: »Sie sind immer so allein. Darf ich sie einladen, mit uns einen Teller Suppe zu essen?«

Anna hob den Kopf. Ihre schwitzige Stirn, die an den Kniekuppen geklebt hatte, trug zwei rote Druckmale. Ihr erloschener Blick traf in die kühlen, grauen Augen ihres Zeltnachbarn. Er stand knapp vor ihr und schaute auf sie herab. Eine momentane verlegene Verwirrung und jäher Stolz trieben ihr das Blut zum Herzen.

Hatte er das Geschehen der Nacht beobachtet?

Überraschung und scheue Zurückhaltung belegten ihre Stimme,

als sie leise entgegnete: »Das ist sehr freundlich, ich danke Ihnen. Aber ich weiß nicht, ob ich das annehmen darf … Ist es Ihrer Frau denn auch recht?«

»Yvonne!«, rief der Mann in sein Zelt hinüber, »Yvonne – komm doch mal bitte her! Das Fräulein möchte dein Einverständnis zu unserer Einladung hören.«

Seine Frau war in grünen Shorts und weißer Sportbluse neben ihn getreten. Mit einem Lächeln der Zustimmung pflichtete sie ihm bei: »Aber ja … wir haben darüber gesprochen. Ich würde mich sehr freuen, wenn Sie mit uns essen wollten.«

Menschliche Wärme strömte Anna entgegen, spontanes Wohlwollen, das ihr die Tränen in die Augen trieb, wie es ihr manchmal geschah, wenn sie sich nach Tagen äußerlicher und innerlicher Entbehrung in unverhoffte Freundlichkeit und fremde Güte hineingenommen fühlte.

»Ich komme gern«, stammelte sie und räusperte ihre Stimme frei. Ihr müdes braunes Gesicht lächelte mühsam.

»Also dann …«, rief der hagere Nachbar mit einer aufmunternd ausholenden Schwenkbewegung seines Armes, die Anna gleichsam vom Boden aufhob.

Seine Frau war bereits vorangeeilt. Anna sah ihren Rücken in der behenden Gebärde des Umrührens über den Kochtopf geneigt. Ihre linke Hand hielt den Topfdeckel von sich ab wie ein dampfendes Schlaginstrument. Unter dem blauen Baldachin des Vorzelts lagen auf dem Campingtisch bereits drei Gedecke.

»Setzen Sie sich! Setzen Sie sich ruhig … ich bin gleich soweit!«, rief die etwa vierzigjährige Frau, einen raschen Blick über ihre Schulter auf die schüchtern dastehende junge Frau werfend. Der Mann, mittelgroß, drahtig, das braun gebrannte, intelligente Adlerprofil von graumeliertem Haar abgesetzt, hob mit wohltuend ritterlichem Ernst einen Klappstuhl leicht zurück, um Anna zum Sitzen einzuladen. Dann bückte er sich nach einer Flasche und füllte schweigend die Gläser ringsum mit rotem Landwein. Seine Frau trug die Suppenschüssel auf. Sie tauchte den Schöpflöffel in die dampfende, sämig grüne Erbsensuppe, auf deren Oberfläche zerstückelte, rostbraune Wiener Würstchen schwammen, und füllte zuerst Annas

Teller. Nach dreistimmigem Guten-Appetit-Wünschen begannen sie zu essen. Sie aßen langsam und bedächtig, nahmen die heiße Suppe mit den Löffeln vorsichtig vom Rand der Teller weg. Annas Blick glitt kurz und scheu über ihre Gastgeber. Das sommersprossige Gesicht der Frau mit dem sahnig weißen Teint der Rothaarigen war in heiterer Ausstrahlung ihrem Mann zugewandt, der die schmale Hand in das ihm entgegengehaltene Brotkörbchen senkte.

Anna ergriff das Trinkglas mit beiden Händen, um das Zittern der Schwäche zu verbergen. Sie trank einen tiefen Schluck. Die kühle Herbheit des Weines füllte ihren trockenen Mund.

»Bitte, nehmen Sie doch auch Brot«, sagte die Frau und reichte auch ihr das Körbchen herüber. Mit ihren braun gebrannten Fingern nahm Anna ein Stück Baguette. Weizengoldig blätterte die Kruste ab und fiel auf das Bast-Set, als sie das frische Weißbrot auseinanderbrach, und im Räuchergeschmack der Erbsmehlsuppe seine duftig lockere Fülle schmeckte, die sich mit dem nachgetrunkenen Rotwein vollsog.

Da überließ sie sich ganz einem warmen Behagen. Erinnerung an daheim stieg in ihr auf wie etwas längst Vergessenes. Die Wucht starker, den ganzen Menschen einfordernder Erlebnisse lässt Vergangenes zeitweise verlöschen, dann aber wieder umso heller aufleuchten. Leicht vornübergeneigt, von Suppe, Wein und Hitze eingelullt, saß sie wie in traumhafter Auflösung bei den beiden Menschen am Tisch. Das kühle Fächeln des Meerwindes tat gut; die Augusttage der Lunigiana sind selbst an der Küste im Schatten noch sehr heiß.

Sie schrak daher fast ein wenig auf, als der Mann nach längerem, schweigendem Löffeln der Suppe sagte: »Sie sollten das nicht mehr tun … das ist nichts für Sie … hierher fahren und zelten, so allein – nein! Tun Sie das nicht mehr!«

Sein grauverwölkter Blick ruhte nachdenklich auf dem mit purpurnem Wein gefüllten Glas, das er in Augenhöhe hochhielt.

»Ich bin noch nie allein so weit fort gewesen«, sagte Anna. »Es ist überhaupt das erste Mal, dass ich allein im Ausland bin.« Etwas würgte ihr fast die Stimme ab, als sie, mit der Kuppe des Zeigefingers die reschen Brotkrustensplitter neben der Tischkante zerdrückend, fortfuhr: »Aber ich habe selber gedacht, dass ich im nächsten Jahr daheim bleibe … man ist im fremden Land noch viel mehr allein, als wenn man in einer Großstadt wohnt.«

Anna hoffte inständig, ihre Gastgeber möchten nicht fragen, wer ihr zeitweiliger Besucher sei, falls sie Maurus gesehen hatten, und noch viel mehr fürchtete sie, das Gespräch könne auf die vergangene Nacht gelenkt werden. Wer hätte es auch verstanden, dass sie Bekannte oder Freunde auf dem Zeltplatz hatte, nachdem ihr Häuschen so abgeschieden stand, und dass sie soviel wie immer allein war – von Maurus, den sie liebte, ganz zu schweigen!

»Haben Sie denn keine Freundin, mit der Sie reisen können?«, fragte die Frau. »Unser Sohn ist heuer mit Freunden am Thuner See – wir sind Schweizer, wissen Sie! Sie haben es sicher an unserem Autokennzeichen gesehen«, sagte sie, und wies mit der Hand auf den gelben Citroën, der neben dem Zelt stand. »Er wollte diesmal nicht mit uns fahren, und wir verstehen ihn. Jugend gehört zu Jugend!«

»Sie haben einen Sohn?«, fragte Anna und hob die Augen. Sie war froh, dass sich das Gespräch einem anderen Thema zuwandte, um eventuellen gefährlichen Erkundigungen nach Maurus zu entkommen. Sie wusste nicht, wieviel Bewunderung, Anteilnahme und verborgene Sehnsucht in ihrer leisen, überstürzten Frage lag, sodass das Ehepaar etwas erstaunt dieses sonderbar einzelgängerische Geschöpf an ihrem Tisch musterte.

»Ja, das haben wir – einen Sohn! Yves.«

Der drahtige Graukopf lachte ein dunkles, von behäbigem Stolz geschwelltes Lachen, das in seltsamem Gegensatz zu seiner vergeistigten Hagerkeit bewusste Männlichkeit und väterliche Liebe in sich vereinigte, und eine unsichtbare Brücke starker Verbundenheit zu der Frau schlug, die ihm gegenübersaß, und Teller und Löffel leise klirrend aufeinanderschichtete.

»Männer müssen Söhne haben«, sagte er ernst und klar, das schmale Gesicht mit dem kühnen Profil Anna zugewandt. Langsam drehte er das abgestellte Weinglas zwischen den ausgestreckten Fingern.

»Söhne, Töchter, Kinder. Ich hab nur einen Sohn. Gott hat es so gewollt. Ich verstehe junge Menschen nicht, deren Lebensinteresse verengt wird und somit verarmt durch einen egoistischen Individualismus, der jeglicher Gemeinschaft widerstrebt. Ich verstehe aber auch die anderen nicht, die eine Ehe eingehen, aber darin von einer dekadenten Zivilisation angefressen nur die Möglichkeit sehen, das Leben gierig auszukosten, und die daher ein Kind als Belastung empfinden, oder die eine Ehe nur auf Zeit eingehen und ihren Sinn nur in der Geschlechterliebe sehen. Wahres Leben ist etwas ganz anderes: Leben heißt sich fortpflanzen, der Vergangenheit, Gegenwart und Zukunft das gottgewollte Recht einräumen, das Göttliche im Menschlichen wirken durch zeitliche Unsterblichkeit im Überdauern der Geschlechterfolge. Wenn Sie an Abraham denken – ich weiß nicht, wieweit sie biblisch beschlagen sind …?«, warf er mit einem kurzen Blick seiner hellen, grauen Augen zu Anna hin ein. »Bei ihm war noch alles, was er dachte und tat, vom Ursinn des Lebens erfüllt, nämlich der Fortführung seines Geschlechts durch eine Nachkommenschaft. Es ist deshalb auch völlig abwegig, seine außereheliche Gemeinschaft mit Hagar als Polygamie zu werten. Nur die heiße Not der Kinderlosigkeit trieb ihn zu der Magd, die ihm seine Frau Sara zuführte. Das Wesentliche in seinem Leben war nicht seine Bedeutung als Einzelpersönlichkeit. Er sah sich – man kann fast sagen in einer großartig mystischen Schau – hineingenommen in die Verheißung der Geschlechterfolge, die sein ganzes Sinnen und Trachten ausmachte. Es war diese religiös fundierte, unstillbare Ur-Sehnsucht in ihm, als Ahnvater dem Leben rückhaltlos zu dienen, und in seinen Nachkommen stark, verjüngt und gottgesegnet fortzuleben. Aber wer hat heute wirklich noch ganz dieses patriarchalische Bewusstsein, sich hineingenommen zu wissen in die große Aufgabe des Gesamtmenschlichen? Wie viele schlagen eine echte Lebenserfüllung aus und jagen auf einem Weg dahin, der sie vom wahren Glück immer weiter fortträgt.«

Er schaute sinnend auf die gehaltenen Bewegungen seiner Frau, die eine Schale mit blauen Trauben und gelbsamtenen Pfirsichen auf die Tischmitte niedersetzte, und auf jedes Set einen kleinen Teller mit einem Obstmesserchen legte.

»Nur in der Gemeinschaft vollendet sich das menschliche Leben, nicht im Alleingang.« Ein leises, entschuldigendes Lächeln umspielte seine Augen, als er in munterem Ton hinzusetzte: »Aber Sie sind noch jung! Ich wünsche Ihnen, dass Sie sich ins Leben eingliedern und froh und glücklich werden!«

Wieder rührte sich in Anna diese unbestimmt lastende Qual, die auch noch im Schlaf untergründig und schwer an ihrem Herzen gehangen hatte. Sie hätte nicht zu sagen gewusst, warum ihr in diesem Augenblick entfuhr, was ihr nachträglich siedendheiß wie ein jäh bereutes Geständnis im Leib brannte: »Aber es gibt doch Männer, denen die Möglichkeit zur Zeugung von Nachkommenschaft genommen ist. Ich meine die Priester der katholischen Kirche. Ist das sinnvoll im Hinblick auf Gottes Einrichtung und seiner Forderung des Sich-Vermehrens?«

Denn gleich darauf fühlte sie die Röte in der schlagartigen Spannung der beiden Aufhorchenden glühend in ihre Wangen schießen. Aus ihrer Frage war ein Aufbegehren hochgeschnellt, das im flirrenden Mittag hing und dem sie erschrocken nachlauschte. Sie konnte die Worte nicht mehr ungesprochen machen.

Die Frau, die spielerisch einen Pfirsich liebkost hatte, strich mit einer sanften Gebärde eine Locke unter das grüne Seidentuch, das zum schmalen Band gefaltet ihr fülliges Haar zurückhielt.

»Sie berühren da ein recht diffiziles Thema – fast ein Tabu«, sagte der Zeltnachbar mit einem Lächeln schwermütigen Ernstes im raschen Ineinanderfinden der Blicke zwischen ihm und seiner Frau.

»Ja, es ist eine Unnatur ... diese gesetzliche Ehelosigkeit der katholischen Geistlichen, die im Laufe eines Manneslebens sicher manchem zur schwer erträglichen, verschwiegenen Last geworden ist. Das neue Testament kennt kein Verbot der Ehe. Von den Aposteln war selbst Petrus verheiratet und im ersten Timotheus-Brief wird der Ehestand der Bischöfe sogar als Regel vorausgesetzt. Übrigens« – er lachte amüsiert – »bin ich durch ihren Einwurf vorhin auf eine Tatsache gestoßen, die den Gegenpol zu meinen vorherigen Überlegungen ergibt, nämlich, überkommene Güter einer Institution zu bewahren: Wenn Abrahams ganzes Sinnen und Trachten darauf zielte, Söhne und Erben zu bekommen, so waren es die Päpste, die die Nachkommenschaft der Priester im negativen Sinn sahen – vielleicht wirklich sehen mussten. So wurde diese ganz konträre Überlegung, dieses gegensätzliche Bestreben zum Anlass, die Priesterehen auszumerzen.

Vielleicht wissen Sie – bei einem Ihrer bayerischen Historiker können Sie das übrigens auch nachlesen –, dass im zehnten und elften Jahrhundert die Weltgeistlichen größtenteils verheiratete Männer waren. Manche, die von Leibeigenen abstammten, erwählten ihre Frauen nicht mehr aus den Leibeigenen der Kirche, sondern nahmen sie aus den freien Töchtern des Landes. Damit genossen ihre Söhne gemäß der mittelalterlichen Ordnung Freiheit und die Erbnachfolge ihrer Besitztümer. Die Lehen gerieten in Gefahr, der Disposition der Kirche entzogen zu werden. Um dieser Zersplitterung der Kirchengüter vorzubeugen – man kann nicht umhin, den Weitblick der Päpste für die Zukunft der Kirche zu bewundern in einer Sache, die ihnen im Grunde vielleicht gleichgültig, aber wegen der Folgen von ungemeiner Wichtigkeit erschien –, um also der Vererbung der Pfründe Einhalt zu gebieten, erstrebten sie mit allen Mitteln die Abschaffung der Priesterehen. Mit dem wachsenden Selbstgefühl des Papsttums steigerte sich auch die Bemühung, die Bande zu lösen, die die Diener der Kirche an Staat und Familie knüpften. Die Unabhängigkeit der Kirche konnte nur von einem Klerus gesichert werden, der von familiären und bürgerlichen Pflichten frei, sich ganz den hierarchischen Interessen des Papsttums hingeben konnte. Sehen Sie, das waren die Gründe und nicht etwa jener, dass die Tugend der Enthaltsamkeit dem Ehestand vorzuziehen wäre.

Seit dem achten Jahrhundert wurde den Geistlichen unaufhörlich von Päpsten und Kirchenkonzilien die Ehelosigkeit eingeschärft. Trotzdem lebten in Frankreich, Deutschland und Oberitalien die meisten Kleriker in ordentlicher Ehe. So war es lange vergeblich, dass das Verbot der Priesterehen erlassen und immer wieder vergebens wiederholt wurde. Der ganze Weltklerus wurde damals erschüttert durch eine Verordnung von Papst Leo IX., der auf Anraten seines Freundes, des Mönches Hildebrand aus dem Kloster Cluny, für die gesamte Geistlichkeit, angefangen vom Subdiakon, das Verbot erließ, ihren Frauen fortan beizuwohnen. Der Wortlaut war folgender: ›Ut Sacerdotes et Levitae Subdiaconi cum uxoribus non coeant.‹«

Anna hing mit großen Augen an den Lippen des Schweizers. Er trank sein Glas aus und sagte mit einer abfälligen Handbewegung: »Konzilien – Synoden – Bullen! Als nichts fruchtete, nahm Rom die

Volksmassen zu Hilfe. Wer hätte sich nicht lieber geweigert, aus der Hand eines armen, verheirateten Pfarrers, der nicht die Härte aufbrachte, seine Frau zu entlassen, die Sakramente zu nehmen, als mit dem Bannfluch der Kirche belegt, im Feuer der Hölle zu schmoren!«

Der Graukopf mit dem scharfen Adlerprofil ergriff mit schmaler Hand den Flaschenhals und ließ den roten Landwein in die drei leeren Gläser glucksen.

»In unserer Zeit«, fuhr er fort, »wäre ein Papst wünschenswert, der mit wachem, aufgerissenem Herzen zum *aggiornamento* aufrufen würde. In einer Zeit, wo man die Priester nicht mehr mit Kirchengütern, sondern mit Gehältern entlohnt, liegt kein Grund zu kirchenstaatlicher Besorgnis mehr vor, also auch keine Veranlassung zur Aufrechterhaltung des Pflichtzölibats.«

Annas Innerstes war aufgewühlt. Ihre Augen glühten dunkel vor Erregung. Diese Version hatte sie noch nie gehört. Perspektiven hatten sich aufgetan, von denen sie bisher keine Kenntnis besaß. Was also war es, das der Verwirklichung ihres Glücks entgegenstand? Ihr Herz, das sie in der Augusthitze dieses Landstrichs oft mit jagenden Schlägen ängstigte, klopfte hart in ihrer Brust. Seit der Begegnung mit Maurus war sie überall und allgegenwärtig mit diesem Gesetz konfrontiert, das ihr Leben radikal-schicksalhaft bestimmte. Wie von selbst hatte sich das Gespräch auf dieses Thema hingelenkt. Dieses Gesetz war gleichsam die Mauer, an der sie irr vor Ausweglosigkeit und Ohnmacht hin und her lief. Immer hatte sie geglaubt, von Anfang an seien andere Beweggründe die Ursache für die priesterliche Ehelosigkeit gewesen. Immer hatte sie von Ganzhingabe gehört; sie hatte gedacht, die Ehelosigkeit sei gefordert, damit sich der Priester ganz für die Pfarrgemeinde einsetzen könne. Aber sie wusste ja aus Erfahrung, dass Maurus auch für die kinderreiche Familie seines Bruders da war, wenn dieser die ganze Woche über beruflich fern sein musste, und dennoch Tag und Nacht für seine Stadtpfarrei und seine anderen drei Pfarrgemeinden arbeitete, und an erster Stelle rund um die Uhr für seinen Dienst am Menschen da war.

Ihre Erschütterung verbergend, schloss sie die Hände fest um das Trinkglas und bemühte sich um einen leichten Ton als sie sagte: »In der Schule hat man uns erzählt, diese Ehelosigkeit sei um des Himmelreiches willen gefordert wegen der Ganzhingabe an Gott und der totalen Verfügbarkeit für den priesterlichen Dienst.«

»Natürlich kann man diese Lebensform der römisch-katholischen Kirche auch positiv werten«, erwiderte der hagere Zeltnachbar, und klopfte die Taschen seines Jackets, das auf der Rückenlehne des Stuhles hing, nach Zigaretten ab. »Solange sie freiwillig um des Evangeliums willen gelebt wird, wird niemand etwas einzuwenden haben.«

»Aber es ist doch eine freiwillige Sache!«, warf nun seine Frau ein. »Abgesehen von einigen, die von frommen, ehrgeizigen Eltern soviel wie dazu gezwungen werden, ist es doch jedem jungen Mann freigestellt, Priester zu werden! Und wer einmal sein Wort gegeben hat, der bleibt gebunden bis zum Tod. Ein Ehemann kann doch auch nicht einfach seine Frau verlassen, wenn er sich im Laufe seines Lebens in eine andere verliebt! Meiner Ansicht nach verpflichtet dieses zölibatäre Versprechen ebenso bis zum Tod wie das Treueversprechen eines Ehepartners auch – oder etwa nicht?«, wandte sie sich an ihren Mann und schob ein kürbisgelbes Pfirsichviertel in den Mund, während sie sich mit vorgeschobenem Kinn seitwärts über die Stuhllehne neigte, damit der herabtriefende Saft in den Sand kullern konnte, und dabei fragend zu ihm hinüberschielte.

»Du kannst doch nun wirklich nicht das Zölibatsversprechen mit dem Eheversprechen vergleichen!«, antwortete er. »Der Mensch ist zum Menschen hin geschaffen und die Ehe ist gottgewollt und naturbedingt. Zerbricht eine Ehe, aus welchen Gründen auch immer, leidet der Mensch. Wenn zum Beispiel ein Mann seine Frau verlässt, die ihn liebt, oder auch umgekehrt, so fügen sich Ehepartner in den meisten Fällen einen tiefen Schmerz zu, zerstören vielleicht sogar ihr Leben, wenn sie sich voneinander trennen. Und das ist Sünde und verantwortungslos. Kann aber ein Priester Gott wehtun, wenn er eine Frau liebt und sie heiratet? Man kann Gott nicht weh tun wie einem Menschen. Gottes-Bund ist nicht gleich Menschen-Bund! Nein, Gott leidet nicht durch die Liebe zwischen einer Frau und einem Priester, da *Er* sie selbst als Mann und Frau erschuf. Es ist doch das natürliche Bedürfnis eines richtigen Mannes, eine Frau und Kinder zu haben. Wenn nun ein Priester nach der Weihe einer

Frau begegnet und zu ihr in Liebe entbrennt, oder wenn menschliche Einsamkeit im Lauf seines Lebens einen Mann zu zerstören droht, oder wenn er vielleicht sexuell nicht mehr zurecht kommt und gegen diese nicht gottgewollte Unnatur rebelliert, und wenn er nach ehrlichem Bekenntnis aus dieser Verpflichtung ausbricht – ist es da nicht furchtbar, dass er als Abtrünniger, als Verräter abgestempelt wird und ein Ausgestoßener ist und bleibt, einer, der seines Lebens nicht mehr froh wird – ein armer Hund!«

Anna dachte, dass sie und Maurus noch nie solche Fragen berührt, noch viel weniger erörtert hatten. Nur die Liebe hatte gezählt in den seltenen, flüchtigen Stunden ihres Beisammenseins. Mit feinem Gespür war ihr aus seinen Briefen bewusst, dass ein Weg zueinander dadurch, dass er seine Berufung aufgab, undenkbar war. Dieser Schritt hätte ihn ins Unglück gestoßen.

»Meiner Meinung nach wäre es das Beste, den ehelosen Stand ganz der freien Wahl des Einzelnen zu überlassen«, sagte der Zeltnachbar ruhig und blies den Rauch seiner Zigarette quer durch den Schattenstreif des Zeltdaches in die Mittagsglut.

Mein Gott – seine Frau sein dürfen! Ich glaube, ich würde sterben vor Glück!, dachte Anna, und spürte in sich zitternd noch einmal diese vergangene, albtraumhafte Nacht.

Plötzlich wurde sie unruhig. Sie saß mit dem Rücken zum Meer und konnte ihr Zelt nicht sehen. Obwohl es ihr unwahrscheinlich schien nach dieser Nacht vernichtender Demütigung und ihres schamvollen Verkriechens in wilder Pein, konnte es doch möglich sein, dass Maurus sich fortzustehlen vermochte, um nach ihr zu schauen.

»Verzeihen Sie bitte«, sagte sie verlegen, »ich hole mir nur schnell ein Taschentuch – ich bin gleich wieder da.« Sie sprang auf und lief ohne eine Antwort abzuwarten zu ihrem Zelt hinüber. Über dem Meer zog ein Flugzeug mit warmem Brummen durch die irisierende Mittagsbläue und zog ein Reklameband hinter sich her. Mit hastigen Blicken schaute sie nach allen Richtungen und versicherte sich, dass Maurus nicht in der Nähe war. Sie kroch ins Zelt und schneuzte hörbar.

Als sie sich ihren Gastgebern wieder näherte, hörte sie die Schweizerin sagen: »… und ich glaube, dass ich mich nicht täusche – und du wirst mir vielleicht recht geben –, dass sich die Mehrzahl des Klerus in dieser Sache einig ist.«

Bei den letzten Worten sah sie zu Anna auf, in den Augen den eigenartigen Ausdruck einer Mitverschworenen, und legte einen schönen Pfirsich vor sie hin.

Anna setzte sich. Der Mann wandte ihr sein schmales Gesicht zu und sagte: »Meine Frau meint, dass die Frau zu allen Zeiten als dem Mann nicht ebenbürtig angesehen und dementsprechend behandelt wurde, und dass sie diese Zweitrangigkeit besonders von Seiten der Kirche zu spüren bekommt.«

»Ja, das ist auch wahr!«, ereiferte sich seine Frau und in ihren lebhaften Augen tanzte ein lustvoll aggressives Funkeln. »Dieses Eheverbot, von dem du vorhin dauernd gesprochen hast, das wird schon auch seinen Grund in der Deklassierung der Frau haben ... in unserer *Unreinheit*, mit der natürlich kein Geweihter in Berührung kommen darf. Statt gleichgestellte, helfende Gefährtin des Mannes sein zu dürfen, wird hier die eheliche Vereinigung als Entheiligung ausgespielt. Aber Söhne sollen sie schon bringen und Mutter sein ... Söhne zur Aufstockung der Priesterkaste!«

»Du hast vorhin richtig von einer Mehrheit der Kirchenmänner gesprochen«, sagte der Graukopf mit ruhiger Gelassenheit zu seiner Frau, die herausfordernd zu ihm hinblickte. »Es gibt auch Minderheiten – es hat sie schon ganz früh gegeben –, bereits im Jahre 325 auf dem Konzil von Nicaea trat ein Mann auf, ein gewisser Bischof Paphnutius, der selbst ein strenger Asket war und der – man höre und staune! – in dem vorgeschlagenen Gesetz der Ehelosigkeit einen Anlass zur Unzucht sah und die *Heiligkeit des Ehelebens* so beredt verteidigte, dass das schon seit der Synode von Elvira im vierten Jahrhundert erstmals beantragte Gesetz des Verbots der Priesterehe zurückgehalten wurde und sich nicht durchsetzen konnte. Ein Asket also! Es wurde dann beschlossen, den unverheiratet in den Klerus eintretenden Geistlichen der drei oberen Grade nach der Weihe zu verbieten, mit Weibern unter einem Dach zu leben und erst recht, sich mit ihnen fleischlich zu vermischen. Daher sollten die Presbyter, welche weiterhin Frauen nehmen würden, nach dem Spruch der Kirchenversammlung zu Neucäsarea ihre priesterliche Würde verlieren; ihre Kinder jedoch sollten die Sünde der Eltern nicht büßen müssen.

Selbst noch im Jahre 355 sprach die Synode zu Gangra das Anathema aus über jeden, der sich weigerte, am Gottesdienst eines verheirateten Priesters teilzunehmen. Aber die Überhandnahme des Mönchtums zwang neben den anderen kirchenpolitischen Gründen den Klerus dann doch, mit ihm in der Heiligkeit zu wetteifern und demgemäß dem Zölibat immer mehr Raum zu geben, was einem Auffressen des Schwächeren durch das Stärkere gleichkam. Im Jahr 1022 hat ein Papst Benedikt auf der Synode von Pavia angeordnet, dass Geistliche nicht verheiratet sein dürfen. Der Widerstand war groß. Nur wenige Bischöfe getrauten sich überhaupt, die neuen Gesetze zu verkünden. Der Passauer Bischof, der es wagte, wäre vom empörten Klerus seines Bistums damals fast gesteinigt worden und wurde vertrieben. Erst 1139 wurde im II. Laterankonzil der Zölibat zum Gesetz, als Innozenz II. die heiligen Weihen zu einem trennenden Ehehindernis erkärte und zwar für Bischöfe, Priester, Diakone und Subdiakone. Festgeschrieben und tabuisiert wurde die Frage der priesterlichen Ehelosigkeit seit der Zeit Gregors VII. – und endgültig seit dem Tridentinischen Konzil. Seitdem stellt der Zölibat eine unabdingbare Zugangsvoraussetzung für den Empfang der Priesterweihe dar.«

»Woher wissen Sie das alles? Sind Sie ein Kirchenhistoriker?«, staunte Anna bewundernd und atmete tief den mittäglich intensiven Geruch des Pinienharzes ein.

»Mein Mann hat sich mit Kirchengeschichte befasst«, antwortete die Schweizerin. Mehr verriet sie nicht, und Anna fragte nicht weiter.

Auf einmal erschien es Anna wunderbar, bei diesen Menschen sein zu dürfen. Nicht nur, dass dieser gebildete Mann, ohne sie näher zu kennen, würdigte, an seinem Tisch zu sitzen – es richtete auch ihr gedemütigtes Selbstwertgefühl auf, das unter der ablehnenden Haltung von Maurus' Verwandten sehr geschrumpft war. Auch war ihr weiß Gott inzwischen bewusst geworden, dass ihr einschichtiges Wohnen auf dem Zeltplatz ein ungünstiges Licht auf sie als Frau werfen musste.

Minutenlang beschwingte sie ein aufkommendes Hochgefühl. Dann lenkte der Zeltnachbar ihre Gedanken wieder dem eigentlichen Thema zu, als er sagte: »Es ist schon etwas an dem, dass die geschlechtliche Beziehung als Entheiligung angesehen wurde. Schon im Judentum hat die kultische Reinheit eine Rolle gespielt und es galt die Vorschrift, dass Priester und Hohepriester, wie übrigens das ganze Männervolk auch, sich zur Vorbereitung auf heilige Handlungen ihrer Frauen enthalten sollten.

Bereits der Apostel Paulus gab der Ehelosigkeit den Vorzug und hielt die Ehe nur zur Verhinderung der Unzucht für notwendig. Im Urchristentum war es außerdem der Glaube an die erwartete, baldige Wiederkunft des Herrn, die die Ehe nicht erstrebenswert erscheinen ließ, weil sie mit ihren unvermeidlichen, diesseitigen Sorgen die Hinwendung auf göttliche, ewige Dinge beeinträchtigte. Auch der Evangelist Matthäus schreibt in 19,12 von dieser ›Ehelosigkeit um des Himmelreiches willen‹ und wir wissen von ihm, dass Jesus mit unverkennbarer Hochachtung über diese Lebensform gesprochen hat. Es ist jedoch von dieser Freiwilligkeit bis zur gegenwärtig geforderten Praxis der Kirche ein himmelweiter, grundlegender Unterschied. Und hier beschneiden die Kirchenmänner meiner Ansicht nach die menschliche Freiheit. Freiheit zur Ehelosigkeit und Freiheit zur Ehe! Das wäre eine positive Devise! Ohne dass einer auf den Priesterberuf verzichten muss. Denn die Zölibatspflicht ist biblisch nicht begründbar. Sie ist reines Kirchengesetz und existiert in der Kirche wie gesagt erst seit 1139. Deshalb könnte es auch in unserer Zeit verheiratete Priester geben. Es gab schon in früher Zeit hochverdiente Priester im Ehestand.«

Der Schweizer schwieg eine Weile und schaute in die Ferne. Dann fuhr er fort:

»Jedenfalls nahm die Sache ihren Lauf. Und wie bereits gesagt, es wurde dann schon zu Anfang des dritten Jahrhunderts der Ruf laut – und in dem Maße sich die hierarchischen Ideen verwirklichten immer lauter –, dass kein Geweihter sich verheiraten dürfe, und seit dem vierten Jahrhundert finden sich in verschiedenen Kirchenbezirken schon Gesetze in dieser Richtung. Allmählich erlosch jeder Widerstand, und im zwölften Jahrhundert verschwand die Priesterehe mit Ausnahme des germanischen Nordens, wo sie noch bis ins vierzehnte Jahrhundert anerkannt wurde, völlig aus der abendländischen Kirche.

Später ist die lateinische Kirche in der Beurteilung des Zölibats immer strenger und enger geworden …« »Was sich dann auf das Volksempfinden ausgeweitet hat«, warf seine rothaarige, milchhäutige Frau ein. »Denn was sind die negativen Auswüchse dieses Gesetzes? Heimlichkeiten, Gerüchte, böses Gerede, Ehrabschneidung, Verleumdung … jene pikanten Witze über die Pfarrer und ihre Haushälterinnen … dann die unehelichen Kinder, die nicht wegzuleugnen sind, diese bedauernswerten Geschöpfe, und nicht zuletzt das unfreie, steife, unnatürliche Benehmen, das römisch-katholische Geistliche in der Öffentlichkeit oft an sich haben, um das befürchtete Gerede eines vermeintlichen Ärgernisses von vorneherein auszuschließen. Denn alles schaut ja auf sie und ihre Heiligkeit.«

»Aber warum ist es denn eigentlich eine so große Sünde, wenn eine Frau einen Priester liebhat?«, fragte Anna aus ihrer inneren Not heraus.

Da sagte der Mann mit dunkler, sicherer Stimme: »Liebe ist keine Sünde. Wahre Liebe ist rein.«

Seine Augen unter den eisgrauen Brauenbüscheln leuchteten ruhig und gütig.

Ob ich die wahre Liebe habe?, dachte Anna und schlug die heißen Augen nieder, die plötzlich schwer waren von Tränen. *Wenn ich die wahre Liebe hätte, müsste ich daheim sein und nicht hier auf diesem Zeltplatz … dürfte ich ihn nicht so in Nöte stürzen … müsste ich verzichten. Ich bin nur ein Mädchen … und ich hab nach den Sternen greifen wollen … er steht so weit über mir in allem … vielleicht machen sie es recht, wenn sie uns aus ihrem klerikalen Leben ausklammern, uns Frauen …*

Ein neuer Gedanke überfiel sie und ihre Stimme war durchzittert von einer bebenden Scheu, als sie leise sagte: »Wenn die Frau auch zweitklassig ist in den Augen vieler Kirchenmänner – in den Augen von Jesus war sie es nicht. Immer wieder waren es doch auch Frauen, die seinen Weg begleiteten, denen er zugetan war, und deren Sünden er mit Barmherzigkeit zudeckte und sie vergeben hat. Jesus hat die Frauen hochgehalten und sogar als Gesprächspartner für wert erachtet. Da gibt es doch Begebenheiten, wo er sie vor den Männern auszeichnete ... Ist er nicht nach seiner Auferstehung zuerst Maria Magdalena erschienen – nicht Petrus! – in dem Garten, in welchem sein Grab lag, frühmorgens, als eben die Sonne aufging? Er hat sie bei ihrem Namen gerufen – ›Maria! Rühre mich nicht an!‹, hat Er gesagt ... vielleicht war *sie* es sogar, die ihn schon einmal berühren durfte, damals, als sie mit ihren Tränen seine Füße benetzte und kostbares Nardenöl darüber ausgoss und mit ihrem langen, schönen Haar trocknete und küsste, und Er die Kritiker in die Schranken verwies. Und dann hat Er doch jenes bekannte Wort ausgesprochen: ›Ihr wird viel vergeben, weil sie viel geliebt hat.‹ – Sie stand ja auch mit den anderen drei Frauen ganz nahe bei seinem Kreuz ... Ja – und dieses wunderbare Gespräch mit der samaritanischen Frau am Jakobsbrunnen, zu der Er vom lebendigen Wasser sprach.«

Eine große Geborgenheit erfüllte mit einem Mal die kleine Anna. Jesus würde wissen, wie sie liebte, denn *Er* wusste ja alles. Er wusste auch, dass sie bereit war, für Maurus in die Hölle zu gehen – obwohl sie fürchtete, wahnsinnig zu werden, wenn sie nur über die Zeitspanne der Ewigkeit nachdachte, die doch gar keine Zeitspanne mehr war, sondern endlose Dauer.

Das Schweizer Ehepaar blickte mit unverhohlener Sympathie und Wärme auf die mädchenhafte Anna. Was hatten sie da für ein erstaunliches, wunderliches, junges Geschöpf zu sich eingeladen, dessen Art und Gedankengänge sie mehr und mehr überraschten.

»Da hat das Fräulein ganz recht«, sagte die Frau und tauschte mit ihrem Mann einen strahlenden Blick. »Jesus selbst lebte zwar ohne Frau. Aber er hat die Frauen anscheinend doch geehrt. Mir ist auch nichts bekannt, dass er seinen Jüngern radikal geboten hätte, sich von ihren Frauen zu trennen, um der Nachfolge willen.«

»Nein, das hat er sicherlich nicht«, pflichtete Anna bei, »denn dann hätte Martin Luther, der doch ein tieffrommer, ungemein gewissensängstlicher, depressiver Mensch war, der sich mit der ganzen Wucht seines Glaubens in die Arme des barmherzigen Gottes warf – dann hätte Luther niemals Katharina von Bora zu seiner Ehefrau gemacht.«

Das braungebrannte Adlergesicht des Zeltnachbarn zerbarst in einem dunklen, vollen Lachen. »Die frauliche Logik!«, rief er. »Aber nicht übel! Es ist ja bekannt, dass sie Luther in der Seelsorge eine große Hilfe war. Das allein wäre schon ein Grund, der Frau als Ehefrau die Tür des katholischen Pfarrhauses zu öffnen.«

»Ich kann mir vorstellen, dass sich eine Frau oft lieber mit einer Frau aussprechen würde«, sagte Annas Gastgeberin nachdenklich. »Wir haben doch oft Probleme, die einfach nur eine Frau intuitiv erfassen und beurteilen kann, schon rein vom physischen Gesichtspunkt aus.«

Da sagte Anna etwas schamhaft, aber mit der Tapferkeit eines Wesens, das sein ureigenstes Anliegen auf einer neuen, unerwarteten Ebene verteidigt: »Ich hab einmal einen Frauenarzt sagen hören: ›Die Seele der Frau liegt in der Gebärmutter‹ – ob Sie *das* damit meinen?«

»Genau das!«, lachte die rotblonde Frau hell auf. »Genau das will ich sagen. Sie haben den Nagel auf den Kopf getroffen. Der ganze Lebensstrom mit all seinen Beglückungen, Erfüllungen, Enttäuschungen, Belastungen und Leiden durchzieht die Frau in einer ungeahnten Wechselwirkung von Körper und Seele. Und ich stelle mir vor, dass einer hilfesuchenden Frau das Verständnis und Einfühlungsvermögen einer Artgenossin aus berufenem Hause, also einer Pfarrersfrau, eine große Stütze sein könnte.«

»Es kann ja auch nicht ausgeschlossen werden, dass in naher oder ferner Zukunft wegen des Zölibats ein Engpass beim Priesternachwuchs entstehen könnte«, schaltete sich ihr Mann nun wieder ein. »Dann wäre die Kurie eines Tages vielleicht sogar gezwungen, dieses Gesetz zu lockern oder gar aufzuheben, um den Gemeinden die Seelsorge und die Eucharistie zu gewährleisten.«

»Ich frage mich nur, ob man dann nicht vielleicht die Sorge haben muss, dass sich Unberufene in diesen Stand einschleichen«, meinte seine Frau. »Würde nicht vielleicht die Auslese – die Qualität des Menschenmaterials, wenn ich so sagen darf – darunter leiden?«

»Wenn einer die Sache Gottes ergreift, und sich zu diesem Beruf hingezogen fühlt, ohne dass er auf die Ehe verzichten muss, dann denk ich, wird ihm sicher trotzdem die Gnade des Charismas dazugegeben«, sagte Anna spontan mit einer verblüffend sicheren Zuversicht, über die sie sich selbst wunderte. »Wenn man nur daran denkt, wer seine ersten Jünger waren! Zweifler, Jähzornige, Feiglinge! Thomas, der nur glauben konnte, was er mit eigenen Augen sehen durfte – Petrus, der im Garten Gethsemani das Schwert zog, und Malchus das rechte Ohr abhieb, um dann zu fliehen; am nächtlichen Lagerfeuer im Hof des Hohenpriesters verleugnete er Jesus und schwor: ›Ich kenne diesen Menschen nicht!‹, und dann hinausging und bitterlich weinte, der aber auch im Angesicht des allwissenden Gottes sagen konnte: ›Herr, Du weißt alles – Du weißt auch, dass ich Dich liebe!‹«

Während Anna weitersprach, wurde es ihr auf einmal seltsam leicht … Petrus liebte seinen Herrn, obwohl er ihn dreimal verleugnete. Todesangst ist also nicht Feigheit, dachte Anna weiter, und Petrus glaubte sich ausgeliefert und in höchster Gefahr, wenn er sich zu Jesus bekannte – wäre nicht auch Maurus in Gefahr gewesen, wenn er sich zu ihr bekannt hätte in der vergangenen Nacht vor der alten Frau, in einer Gefahr von unabsehbarer Tragweite? Trug er nicht seine Haut zu Markte, wie ihr einmal von einem jungen Kaplan im Beichtstuhl gesagt wurde? Die Base hatte ihn in der Hand und konnte ihn vernichten, wenn sie wollte … *Maurus liebt mich,* dachte Anna, *auch wenn er nicht offen zu mir stehen kann.*

Es erschien ihr furchtbar, sein Mannsein so vergewaltigt zu sehen. Die Kirchenmänner stellten das Zölibatsgesetz über die natürlichen Bedürfnisse des menschlichen Individuums – ja das war es! – und pressten es damit wehrlos in eine Form, die der Eifersucht so mancher Haushälterin und frömmelnden Betschwester eine tödlich gefürchtete Macht verlieh.

»Der Priester ist aus den Menschen genommen«, sagte der hagere Graukopf in das minutenlange, gedankenverlorene Schweigen hinein zu Anna gewandt, »und ist mit menschlichen Schwächen behaftet wie wir alle. Aber er trägt seine Sendung wie ein Stigma, wie ein lichtes Zeichen seiner Bereitschaft und Gottesnähe, ich weiß nicht, aber finden Sie nicht auch, dass man einem Pfarrer seinen Beruf ganz einfach am Gesicht ablesen kann?«

Jäh durchfuhr Anna die ängstliche Frage, ob er auch in Maurus den Priester erkannt hatte, falls er ihn schon mit ihr gesehen hatte?

Ohne auf ihre Antwort zu warten fuhr er fort: »Da ist beim einen so etwas wie Reinheit in den Zügen, eine merkwürdig klare, leuchtende Unberührtheit; bei anderen – besonders bei der jungen Priestergeneration können Sie das beobachten – ein Aufgerissensein von der leidenschaftlichen Sorge um den Mitmenschen, einem unbeugsamen Dienenwollen; dann gibt es andere, die gezeichnet sind von Krieg und Lebenserfahrung, Männer, die sich rückhaltlos und schonungslos einsetzen für die Rettung der Menschen wie ein Arzt, der unter Selbstaufgabe um gefährdetes Leben kämpft; männliche Gesichter voll strahlender Herzlichkeit und Güte und einem brennenden Offensein für die Not der ganzen Welt; andere wiederum sind geprägt von kindlicher Einfachheit und einer, ich möchte fast sagen fleischgewordenen, mönchischen Demut, die mir in ihrer Unbewusstheit immer ans Herz rührt; andere sind asketisch, vergeistigt, entrückt und weltfern im Strom einer mystischen Erfahrung, manche unter der älteren Generation neigen im Ausdruck zu unbestechlicher Härte und selbstbewusster, kraftvoller Sicherheit, zu Klugheit und Willensstärke, die aber dennoch gepaart sind mit Liebe und Güte, aber skeptisch und traditionsbeharrend gegenüber allem Neuen und Modernen – dann diese bäuerlichen Typen, oft salbungsvoll, betulich, behäbig, humorig, milde, gelassen, erdnah, die die Gnade einer guten Küche zu schätzen wissen.« Er lachte wieder sein sympathisch dunkles Lachen.

Die Schweizerin neigte sich leicht über den Tisch und sagte: »Nicht zu vergessen die stolze, fürstliche, unnahbare Würde und Erhabenheit auf so manchem glatten Klerikergesicht, die bewusst oder unbewusst einer weltmännischen Arroganz so verdammt ähnlich ist, und die den eigentlichen Sinn ihrer Berufung verschüttet hat.« In ihren lebhaften Augen war ein spöttisches Glitzern, während sie ihre Wange zärtlich an einem Pfirsich rieb.

»Aber doch ist ihnen dies *Eine* eigen«, fuhr der Graukopf unbeirrt fort, »dieser Glanz, diese merkwürdige Helle, die sich wie ein Abglanz des göttlichen Wortes über sie ausgießt … Und Sie haben recht: Warum sollte sich einer einschleichen, dem an Gottes Sache nichts gelegen ist? Weder finanziell noch versorgungsmäßig bietet dieser Beruf eine so überwältigende Anziehung – Deutschland vielleicht ausgeschlossen, weil die Besoldung vom Staat gewährleistet ist –, dass ein vom Zeitgeist Angefressener danach streben würde. Verglichen mit dem langen Studium stellt sich materiell gesehen doch so mancher Facharbeiter besser.«

»Was aber würde sein, wenn es keine Priester mehr gäbe?«, fragte Anna.

»Ein Volk ohne Priester – das wäre wie ein Land ohne Quellen, wie eine Wüste ohne Oasen, wie eine Herde ohne Hirten«, antwortete der Graukopf.

»Ob man wohl denken darf, dass die Ehe gut für einen Pfarrer wäre?«, warf Anna nun ein.

»Die Ehe ist«, griff der Zeltnachbar Annas Zögern auf, »und jetzt sind wir wieder da angelangt, von wo wir ausgingen, auf den normalen, natürlichen Menschen zugeschnitten, ist Brücke zum menschlichen und institutionellen Fortdauern. Daraus müsste sich auch für die Kirche eine Verpflichtung ergeben, nämlich die Verpflichtung zur Gemeinschaft gegen Einsamkeit und Individualismus als den Feinden der Ehe. Diese Auffassung ist nicht neu. Sie ist so alt wie die Menschheitsgeschichte. Sie kennen doch die Worte aus der Genesis, 1. Buch Mose 2, 18–24, wo es heißt:

Dann sprach Gott, der Herr:
Es ist nicht gut, dass der Mensch allein bleibt.
Ich will ihm eine Hilfe machen, die ihm entspricht ...«

Nachdem der Schweizer ruhig und einprägsam den ganzen Abschnitt zitiert hatte, setzte er hinzu: »Denn keine Einrichtung verwirklicht die Zukunft als nur der lebendige Mensch – und der muss eben doch gezeugt und geboren werden. Dieser wichtigen Aufgabe der Erhaltung und Fortpflanzung des Menschengeschlechtes und ihrer Priester sollte sich Rom nicht durch ein Gesetz entziehen, durch das es sich unter Umständen vielleicht später einmal mit eigener Waffe schlägt.«

Annas Blick verlor sich ins Wesenlose. Sie war im Innersten aufgewühlt. Eine gewaltige Sehnsucht nach dem geliebten Mann überkam sie. Sie wollte ihn sehen, wollte ihre Arme um ihn werfen – oder wenigstens allein sein.

»Ich möchte jetzt zum Baden gehen, mir ist so heiß!« sagte sie.

»Ja, tun Sie das«, antwortete der Schweizer und spähte unter buschigen, eisgrauen Brauen zum Strand hinunter, mit der flachen Hand die Augen beschattend.

»Wie wäre es«, sagte seine Frau, als Anna aufstand und ihr Klappstühlchen unter den Resopaltisch schob, »wenn Sie einmal mit uns wegfahren würden? Sie werden die Gegend noch kaum kennen? Haben Sie Lust heute Abend?«

Anna sagte dankend zu.

10

Als sie zu ihrem Zelt zurückkam, durchfuhr es sie wie ein Stich: Der junge Christoph stand in der Badehose vor ihr, wie aus dem Boden gewachsen. Blitzartig durchforschte sie das hübsche Bubengesicht. Aber ihr Blick prallte hilflos an seiner Ausdruckslosigkeit ab, einer Verschlossenheit, die sie auf den Einfluss der Erwachsenen zurückführte.

»Kommst du zu mir?«, fragte Anna verwirrt. Bebende Überraschung schwang in ihrer Stimme. Etwas Bittendes lag in ihren Augen. Sie hatte den Buben gern, und warb mit heimlicher Sehnsucht um seine Zuneigung. Von all seinen Neffen war dieser Maurus äußerlich am ähnlichsten. Er hatte einen kräftigen, sonnengebräunten Knabenkörper, der sich in den Schultern männlich breit und in den Hüften schmal entwickelte. Seine hellen Augen aber hatten eine überlegene Kühle, die sie an die bittere Herbheit grüner Nüsse denken ließ.

»Welche Marke hat Ihr Zelt?«, fragte er ohne Begrüßung, kommissarisch fremd und übergangslos, während er den Blick abschätzend darüber hinschweifen ließ.

»Ich weiß es nicht«, sagte Anna.

»Aber das müssen Sie doch wissen«, sagte er wegwerfend, fast verächtlich, »das muss doch irgendwo stehen, so aufgenäht ... auf einem Etikett.«

»Vielleicht kannst du es herausfinden«, erwiderte Anna.

»Darf ich hinein?«

»Freilich, gern, schau nur. Es ist ein bisschen eng drinnen, weißt du, weil der Koffer soviel Platz wegnimmt. Ihr habt ja ein so großes ...« Sie kroch hinter ihm hinein.

Er suchte an der Zeltplane herum, fand aber nichts, was ihm den Hersteller verraten hätte.

»Es muss Marke ›Chalet‹ sein«, meinte er sachkundig und ein bisschen großspurig. Während er sich dem Ausschlupf zuwandte, streiften seine Augen flink alle Gegenstände im kleinen Zelt.

»Bleib doch noch ein wenig!«, bat Anna.

Er machte es sich auf dem freien Platz neben dem Koffer bequem, die nackten Füße überkreuzend. Anna fühlte dunkel, dass er nach Bubenart etwas Abenteuerliches auskostete, das er in jedem anderen fremden Zelt wahrscheinlich ebenso genossen hätte wie bei ihr. Dennoch klopfte ihr Herz in zager Freude. Sie riss die Grissinischachtel auf, die Maurus ihr zuletzt mitgebracht hatte: »Magst du?«

Er angelte sich eine der fingerdicken, braunen Gebäckstangen, steckte sie zwischen die Lippen und knabberte schweigend.

Als ob wir die Friedenspfeife rauchten, dachte Anna glücklich, das mürbe Gebrösel zwischen den Zähnen.

»Warst du heute schon im Wasser?« Krampfhaft mühte sie sich um ein Gespräch.

Die Grissinistange im Mundwinkel, sagte er: »Wir baden immer schon vormittags und nachmittags noch mal.«

»Ich hab euch schon manchmal aus der Ferne gesehen – du schwimmst gut. Aber manchmal fahrt ihr doch auch in der Frühe schon fort …?« Sie suchte das Zittern ihrer Stimme zu beherrschen im glühenden Verlangen, dem blinden Tappen in ungewusste Fernen Gestalt zu geben; sie wollte von diesem Kind wissen, wohin der Geliebte mit ihnen fuhr, wie es war, dort, wo sie nicht dabei und bei ihm sein durfte.

»Ja, neulich waren wir einen Tag in Florenz«, antwortete Christoph. Etwas in Anna verbot ihr weiter zu fragen: Was habt ihr dort gemacht? Wie ist es da? Was kann man in Florenz alles sehen?

Der Bub hatte es so beiläufig gesagt, so nebensächlich, als wisse er gar nicht, was ihm da Wunderbares geschenkt war. Anna überkam es wie Staunen, so, als schaue sie wie ein Hungernder auf das köstliche Gelage üppig und achtlos Tafelnder. Sie dachte an die Stadt am Arno und an die erste Zeile eines Gedichts von Theodor Däubler: *»Zypressen stehen da als hohe Pforte / in silberner Verschwendung tagt Florenz …«*

In ihrer Fantasie stieg eine Stadt auf mit Wundern an Schönheit, strahlend im Sonnenlicht, geheimnisvoll und blausilbern im Mondlicht. Eine Geschichte aus Wilhelm Hauffs *Märchen* fiel ihr ein, die sie in ihrer Kindheit immer fasziniert hatte: Einsame Schritte auf dem hallenden Pflaster mitternächtlicher Florentiner Gassen, hastig geflüsterte Worte eines Unbekannten im Vorüberstreifen, die nicht dem Griechen Zaleukos galten, sondern dem Mantel, den er kurz zuvor an sich gerissen hatte: »Nehmt euch in Acht, Graf, heute Nacht ist nichts zu machen!« … jenen schweren Mantel aus genuesischem Samt, purpurrot, mit astrachanischem Pelz verbrämt und reich mit Gold bestickt, dunkle Augen, furchtbar blitzend aus Larvenschlitzen und vierhundert Zechinen, hingezählt auf die Mauerbrüstung des Ponte Vecchio, prächtig funkelnd im Mondschein über den weithin schimmernden Wellen des Arno; marmorne Paläste und menschendurchflutete Marktgewölbe, weltberühmte Museen – Florenz!

Dieser kleine Bub, der vor ihr saß, war mit ihrem Liebsten in Florenz gewesen! Etwas riss an ihrem Herzen, das weher tat als bloßer Neid, das alles Hochfliegende abschnürte und erstickte. Sie fühlte sich wie ein gefesseltes Tier, das wild zum Leben drängt, und dem die Fessel die Sehnen verwundet.

Sie saß mit weiten Augen, das Brennen eines maßlosen Schmerzes im Blick.

»Ich muss jetzt gehen«, sagte Christoph mit einem Unbehagen in der Stimme, und kroch fast fluchtartig aus dem Zelt.

Ein Gemisch aus Qual und Scham, Verlassenheit und Stolz, verschloss Anna den Mund. Sie war unfähig, ihm einen Gruß an seinen Onkel nachzurufen.

Am Spätnachmittag tauchte der schweizerische Zeltnachbar neben Anna auf, als sie ihren tropfenden Badeanzug über eine Wäscheleine zwischen die Pinienstämme hängte.

»Wir können fahren!«, sagte er in seiner warmen, ruhigen Art.

»O danke, ich komme sofort!«, rief Anna und sprang zu ihrem Zelt. Sie fischte kniend aus dem Zeltinnern ihre Sandalen heraus, dabei die rückwärts leicht angehobenen Füße gegeneinanderklopfend, um die Sohlen vom anhaftenden, nassen Sand zu befreien.

Die Autotüren des schweren, zitronengelben Citroën standen weit offen. Die Schweizerin, ein rotseidenes Tuch um den lockigen Kopf drapiert, saß gedankenverloren wartend auf dem Beifahrersitz. Ein Lächeln überflog ihr helles Gesicht, als Anna vorne um das Auto bog, bevor sie auf das Rückpolster hineinglitt. Weich hoppelte der

Wagen über die piniennadelgepolsterten Bodenwellen, und rollte langsam und fast lautlos durch die Ausfahrt auf die Landstraße hinaus. Anna schaute währenddessen flink um sich. Würde sie von jemand aus Maurus' Familie gesehen werden? Sie gestand sich ein, dass sie es brennend wünschte. Dieses Ausfahren in einem feudalen Citroën half ihrem Selbstbewusstsein und ihrem Lebensmut etwas auf. Das Auto gewann rasch an Geschwindigkeit. Mit einem Mal sah sie die Hinterköpfe des Schweizer Ehepaares nahe vor sich wie etwas Fremdes und Unwirkliches. Die Stimme des Graukopfs klang hohl durch die jagende Stille, als er auf einen mächtigen Schiffsblock wies, der hinter der Hafenmauer von Marina di Carrara schwarz in das Gold des Horizonts schnitt, an dessen Flanke sie im Vorbeiflitzen den Namen »Alexa« ablesen konnte.

Plötzlich, im Bewusstwerden des andauernden Entfernens von Maurus, spielte sich in Anna etwas ab, das dem rasenden Abspulen eines Seils von einer Winde glich, und im wilden Verschlingen der Straße zugleich wie ein panikhaftes Anklammern an das Zurückgelassene, Vorbeifließende, Schwindende war, das ihr in seiner Unaufhaltsamkeit den Atem benahm, und sie wie in einer sich dagegenstemmenden Anspannung in ein Verlöschen der Zeit versetzte, sie ganz hineinsaugend in einen Raum, wo sie nichts von *Allem* trennte, und sie in eine Phase leeren, schmerzlosen Schwebens entließ. Traumhaft wurde alles und wie von innen erkannt: Die bunte Bewegung flanierender Menschen auf einer endlos langen Strandpromenade – Hotels hinter Palmen – Silhouetten in dämmerigen Weinbars – die fliehende Küstenstraße – nahende Ampeln rot, gelb grün – binsengedeckte Sommerrestaurants am Meeresstrand im Westen, und die filigranen Schattenrisse windschiefer Sonnenschirme gegen den metallisch blinkenden Hintergrund des Wassers – braunes, ausgeschwemmtes Ödland – starrende Schilffelder – die Brücke über die Magra mit dem Flussdelta und den spärlich fließenden Wasserarmen und Rinnsalen um Kies- und Krautinseln, alles hineingegeben in Annas Gesicht, und Maurus reichte mitten durch alles hindurch: unbegreiflichstes aller Rätsel, herzinnerlichstes.

Dann eine Asphaltschleife ins Bergland und ein Ortsschild: *Amèglia.*

Fast senkrecht klomm das Auto nach Montemarcello hinauf, steil stiegen die Köpfe des schweizerischen Ehepaares vor Anna auf. Undurchdringliche Baumwildnis grenzte an die seidige Abendbläue des Himmels. Eine schwarz gekleidete Frau kam die Straße herunter. Wiegenden Gangs trug sie einen Korb auf dem hoch aufgerichteten Kopf. Wie von einer Kamera ins Bild gezogen, wuchs sie immer deulicher werdend auf das Auto zu. Ihr Gesicht glitt groß in Annas Schauen, maronenbraun, stolz, gesammelt, ausgeglüht von Sonne, gegerbt von harter Arbeit, antiken Leidenschaften und Urerfahrung: ein biblisches Gesicht, in dem sich Völker und Jahrhunderte versammelten ... glitt vorbei ... Améglia sog die Fahrenden hinauf, malerisch in halber Höhe spiralig emporgewunden, vom lichtbrechenden Berg in einen violetten Abend getaucht.

»Das Domkapitel von Luni hat sich zeitweilig auch dort oben aufgehalten«, sagte der Schweizer, das lange Schweigen brechend, und deutete mit einer raschen Aufwärtsbewegung seines eckigen Kinns zu den dichtgedrängten Häusern des Bergstädtchens.

»Luni?«, fragte Anna, aus ihrer traumhaften Abwesenheit aufschreckend. »Wo liegt denn Luni?«

»Ja, das hätten Sie wohl nicht für möglich gehalten: Dort unten«, er neigte den Kopf leicht zum Talbecken zurück. »Inmitten dieser fruchtbaren Gartenlandschaft zwischen Küstenstraße und apuanischem Gebirge befand sich einst eine berühmte Hafenstadt des Altertums namens Luni. Von den Römern in vorchristlicher Zeit gegründet, war sie Zentrum der Marmorverschiffung. Noch heute wird die Lunigiana nach ihr benannt.«

»Und es ist nichts mehr von ihr übrig?«, fragte Anna interessiert.

»Man ist dabei, sie wieder auszugraben. Es muss damals ein blühender Handelsplatz gewesen sein. Aber der Untergang der Stadt war wohl nicht aufzuhalten. Normannen und Sarazenen überfielen und plünderten den Ort; der Hafen in der Magra-Mündung versandete immer mehr, und infolge Verfalls der antiken Entwässerungsanlage versumpfte das Gelände. Die Malaria raffte die Bewohner hinweg; wer verschont blieb, floh in die Berge, wo reine und gesunde Luft war. Damals entstanden jene vielen Hügelstädtchen, die wie Adlerhorste da drüben auf den Bergen thronen. Luni verödete. Ein Abt aus Pisa organisierte sich aus den Tempeln der verfallenden Stadt antike Säulen für den Neubau der Kirche und des Klosters von San Michele.«

Anna kurbelte das Fenster halb herunter. Der Fahrtwind füllte kühlend ihre vibrierende Handfläche. Der Citroën wand sich durch ansteigende Gassen – überschlich eine kleine Piazza. Ausgemergelte Männer mit Hut auf dem Kopf kauerten auf flachen Steinstufen. Hinter dem Ort überwucherte üppige Fruchtbarkeit die Steigung. Schwere Fleischtomaten hingen rotgelb in sonnversengten Stauden. Goldgeäderte Melonen ruhten auf ausgebranntem, rissigem Erdreich, Gurken lagen zwischen samtigem Blattwerk, Ölbäumchen versilberten die Hänge. Rebenterrassen, Feigen- und jahrhundertealte Esskastanienbäume klommen hinan. Zwischen den Borden des Fahrweges staubte der Wagen langsam und holpernd bergauf, kroch manchmal waagrecht am Berg entlang, stieg noch höher, kurvte schließlich auf ein Grasplateau und hielt an.

Anna lief in die Helle der Gipfellinie voraus. Oben angelangt, stieß sie einen Laut des Entzückens aus. Sie stand hoch über dem offenen Meer. Wildwuchs brach jählings in den schwindelnden Abgrund. Schwarzgrüne Buchten in unermesslicher Tiefe. Winzige, flache Silbermonde des Wellengangs von weit her. Unhörbare Brandung. Sie konnte das Donnern der Wogen nur ahnen. Schäumende Gischt zerschellte an Felsen. Ein einsamer Vogelschatten taumelte im Meerwind an den Steilwänden entlang. Draußen lichtfließende Weite – Raum, als saugende Gewalt aus Horizont und Wasser. Die ungeheure Stille. Das Gefühl schwebender Leichte und des mit ausgebreiteten Armen Ins-Licht-Stürzenmüssens. Da näherten sich auf der Grasnarbe hinter ihr die gedämpften Schritte des Schweizer Ehepaars.

»Dort unten liegen unsere Zelte!«, sagte der Mann, als er neben Anna stand. Mit ausgestrecktem Arm wies er zum weiten, schimmernden Küstenbogen hinunter, der zwischen der Bocca di Magra und Viareggio südwärts schwang. In ungeheurer Ferne der Fiat-Turm, elfenbeinhell und zierlich wie eine Schachfigur auf schmalem Sandstreifen.

Irgendwo dort unten aber war Maurus, das Liebste, was ihr die Erde trug. Irgendwo da unten auf den Sandwegen. *Ob er mich sucht? Oder ist es ihm unmöglich, sich von den andern zu entfernen?*

Dann, dachte sie, *dann ist es gleichgültig, wo ich bin.* Und leise, wie rinnender Sand, überkam Anna das Bewusstsein der schwindenden Zeit und eine gläserne Trauer im Wissen um die Unwiederbringlichkeit der Stunden und ihren Verlust.

Das Ehepaar schlenderte auf dem Bergkamm einen Steinwurf weiter nordwärts. Die Frau lehnte sich an den Mann. Als ineinanderverschmolzene, scharfumrissene Silhouette ragten sie dunkel in den rotglosenden Sonnenuntergang. Anna hörte sie französisch miteinander sprechen. Sie blickte in die ferne Tiefebene hinunter. Fast nie wusste sie, was Maurus gerade tat. Ob er wachte oder schlief, ob er aß oder Briefe schrieb, ein Buch las, redete, träumte, oder irgendwo mit den andern durch das Land fuhr. Ob er schon einmal mit ihnen hier oben gewesen war, und diese ganze Herrlichkeit geschaut hatte?

Warum stand er nicht hier bei ihr? Warum hielt er nicht ihre Hand? Warum war das so unbegreiflich unmöglich?

Ein Gefühl bitterer Schwere überfiel sie. Wie hätte die junge Anna auch wissen können, dass räumliche Abwesenheit reines, ungetrenntes Beieinander sein konnte? Woher sollte ihr auch, die so voll glühender Hoffnung und gläubiger Erwartung war, ein Wissen kommen, das durch viele Jahre erlitten werden musste?

»Schauen Sie dort hinüber!«, rief der Schweizer Anna zu und deutete auf die nahen Berge im Norden, die sich dunkel in den Sonnenuntergang streckten. »Das sind die Cinque Terre und davor ist die Isola Palmaria, an klaren Tagen können Sie von hier aus Portovenere sehen, das Kirchlein San Pietro und die Festung auf den Klippen. Der kleine Ort spielte einmal eine wichtige Rolle als südöstliche Eckbastion des genuesischen See-Imperiums. Sie müssen einmal hinfahren! Es lohnt sich!«

»Ich muss bald heimfahren«, sagte Anna leise und gepresst mehr zu sich, die Augen schwer von der ohne Maurus geschauten Schönheit. »Ich will wieder heim.«

Es klang wie verloren, und er konnte es unmöglich gehört haben. Was sollte sie allein in Portovenere?

Was überhaupt auf der ganzen Welt konnte sie ohne Maurus noch freuen? Was gab es außer ihm Lohnendes, dafür auch nur einen Schritt zu tun?

Er aber war gefangen, gebunden vom Zölibat, bewacht und belauert, und ihre Liebe lebte nur von seltenen, kurzen Begegnungen, in die Verzweiflung mitverwoben war. Es war ein Augenblick, in dem alles in lichterloher Qual verbrannte, was sich ihr in Maurus so oft beglückend widergespiegelt hatte: die Erfahrung ihres jungen Seins, ihre Gazellenanmut unter der Berührung seiner behutsamen Hände, die seidige Schmiegsamkeit ihres Haares und ihre dunkelklaren Augen, die in den seinen verschimmerten … die Wendigkeit ihres Geistes im Feuer seines Intellekts und seiner Logik, alles überwölbt und geborgen in Gottes Güte aus der überzeugenden Kraft seines großen Herzens.

Alles dahin, zerfallen, vergessen.

Annas Liebeserfüllung durfte keinen Platz haben in Gottes Schöpfung, weil Menschen ein Gesetz dagegen gemacht hatten. Das war ihre Bitterkeit.

Schmal und unbeweglich stand sie auf dem Kap. Der Schmerz in ihrem Gesicht verlor sich in die weithin blinkende Gleichförmigkeit des Meeres. Nur dies würde bleiben: Dass sie ohne Maurus hier oben gestanden hatte. Und ohne ihn schien ihr plötzlich alles glanzlos und wie verloren. Sie wollte *heim*. Sie lauschte dem kleinen Wort nach, das sie durchhallte wie das helle Klicken eines fallenden Tropfens in einer Höhle. Heim, fort wollte sie, von ihrer Einsamkeit zerrissen – und zugleich sehnte sie sich glühend nach dem geliebten Mann. Ihre tiefste Heimat war doch er.

Mit einem Mal wusste sie, dass sie ihn noch heute sehen würde. Da ging sie wie eine Träumende zu den Schweizern hinüber.

Die Frau wandte sich ihr zu: »Ist es nicht herrlich hier oben?«, rief sie mit ihrem weichen, französischen Akzent. »Aber es wird allmählich kühl«, setzte sie rasch hinzu und ihre Begeisterung verflog, als ihr Blick Annas große, ferne Augen im schmalen, veränderten Gesicht streifte. »Wir sollten wieder hinunterfahren. Komm, mon Chérie!«

Sie schob ihren Arm unter den ihres Gemahls und zog den versunken über einen Grasbüschel Stolpernden durch die grüngläserne Dämmerung abwärts in Richtung Parkplateau.

»Ich danke Ihnen, dass Sie mich mit hier herauf genommen haben«, sagte Anna neben ihnen herlaufend, ihre schmerzliche Bitterkeit mit der eigenen Stimme übertönend. »Ohne Auto ist man an den Zeltplatz gebannt und hat keine Ahnung von der vielfältigen, grandiosen Schönheit dieses Landstrichs.«

»Ich wusste, dass Sie dieser Platz beeindrucken würde. Deshalb habe ich Sie ja auch hier heraufgefahren«, sagte der Schweizer mit seiner tiefen, beruhigenden Stimme. »Der Mensch ist klein und kümmerlich mit all seinen Sorgen um die Nichtigkeiten dieser Erde. Da oben aber überwältigt ihn Gottes Schöpfung. Das Menschenherz ist groß, wenn es im Wesentlichen beheimatet ist«, fügte er gedankenverloren hinzu.

Anna sah staunend zu ihm auf. Sein bronzefarbenes Gesicht empfing das letzte Licht aus der Talöffnung.

Über den schwarzen, fantastischen Baumgebilden der Steineichen zuckten schon erste Sterne wie winzige Brillanten am blassgrünen Abendhimmel. Sie erreichten das grasbewachsene Plateau. Der Schweizer kramte in seiner Hosentasche nach dem Autoschlüssel. Die Frau stand wartend da und sagte fröstelnd »Pwwh«, während ein Schütteln sie von Kopf bis Fuß durchschlängelte. Sie stiegen ein. Das Auto hatte noch die Wärme des Hochsommertages gespeichert. Sanft hoppelnd und auf den Stoßdämpfern federnd setzte es sich in Bewegung. Anna genoss nach den Entbehrungen der vergangenen vierzehn Tage wohlig hineingeschmiegt den Luxus der weichen Polster. Sie hing den Worten des Schweizers nach. Warum war *sie* nicht *so* von Gottes Schöpfung überwältigt worden da oben, sodass Bitterkeit wegen der Trennung von Maurus sie ergreifen konnte? Zum ersten Mal ging Anna etwas auf von dem, was ihrem jungen Leben noch ferne lag: *Wie kam man Gott so nahe, um von ihm überwältigt zu werden? Hatte sie sich Ihm denn jemals gestellt? War sie noch nicht müde, gehetzt, verwundet und geschlagen genug, um vor Gott hingeschleudert und von Ihm überwältigt worden zu sein? Wie weit reichte die Leidensfähigkeit eines Menschen, bevor er in die Knie gezwungen wurde … bevor nur noch Er existierte, an den man sich klammerte am Abgrund der Verzweiflung? Und es musste so gut sein, fraglos im Wesentlichen angelangt zu sein, dass alles leidenschaftliche Begehren und alle scheinbare*

Großmächtigkeit in die Unermesslichkeit und Güte Seines herabgebeugten Angesichts mündete … Werde ich, Anna, jemals so weit kommen?

Die Häuser von Améglia stiegen kantig abgestuft in den grünlich verwesenden Abend. Sie schaute zwischen den Köpfen der Schweizer hindurch in die dunkelnde Landschaft. Gegen Osten, auf gleicher Höhe des Autos, sah sie Lichter von Dörfern an verdämmernden Berghängen. Gespenstisch fahl leuchteten die Marmorhalden über dem untergegangenen Luni. Der ortskundige Zeltnachbar fuhr langsam durch die hereinbrechende Nacht landeinwärts.

»Sollten wir nicht irgendwo noch eine Kleinigkeit essen?«, fragte er, den Blick unverwandt auf die Straße gerichtet.

»O ja, das könnten wir«, rief seine Frau so glockenhell, dass es wie Jauchzen klang, »aber bitte dort, wo wir kürzlich waren!«

»Darf ich Sie zum Essen einladen?«, fragte Anna.

»Nein – Sie machen uns eine Freude, wenn Sie unser Gast sind!«, sagte der Zeltnachbar.

»Wir fahren jetzt auf der alten Via Aurelia … wissen Sie, was das bedeutet?« Er wandte sich fragend einen Moment zu Anna um.

»Die Aurelia ist eine der vier großen Heerstraßen, auf denen die römischen Legionen aus dem Zentrum des damaligen Weltreiches nach Norden marschierten, und aus den eroberten Provinzen mit reicher Beute im Triumphzug zurückkehrten nach Rom – in die Ewige Stadt.«

Anna setzte sich hochgereckt auf und mühte sich, die Straße besser zu sehen.

Augusta Vindelicorum, sann sie … *Maurus war in jungen Jahren in dieser Stadt Kaplan,* und laut sagte sie: »Splendidissima Rhaetiae colonia – wenn sie aus meiner Heimat kamen, zogen sie vielleicht auch auf dieser Straße zurück.«

Der Schweizer wandte sich wiederum einen Augenblick lang nach ihr um und lächelte. Schauer der Vergangenheit und der Vergänglichkeit streiften Anna.

An der nächsten Straßenabzweigung bog das Auto nach rechts ab zu einem Ristorante, das ganz nahe am Meer lag.

»Ich esse gefüllte Muscheln – eine Spezialität hier«, sagte die

Schweizerin zu Anna, als sie an einem Tisch Platz genommen hatten und die Speisekarte studierten. »Und was mögen Sie?«

»Wenn ich das gleiche nehmen dürfte ...?« Sie schluckte und schaute schüchtern von einem zum anderen.

»Un litro di Lambrusco e muscoli ripieni per tre!« – Einen Liter Lambrusco und gefüllte Muscheln für drei!, bestellte der Graukopf, als der *cameriere*, der Kellner, zum Tisch kam und ein Gefäß mit geriebenem Parmesan schwungvoll daraufstellte. »E pane!« – Und Brot!, rief er dem Enteilenden nach.

Anna schaute sich um. Von der Decke hingen torfbraune Fischernetze malerisch hochgerafft; man konnte in eine Küche hineinschauen, in der es brutzelte, kochte, siedete, brodelte, aus der herrliche Gerüche drangen und so wunderbare Gerichte herausgetragen wurden, dass sie in Annas Augen ein heißhungriges Glänzen weckten. Vom Serviertisch klang dezentes Klirren der Bestecke; sie sah eine riesige Silberplatte mit einer Auswahl weißlicher, grünschillernder und schwarzgetigerter Fischleiber mit gallertig vorquellenden Knopfaugen; plumpe, dornig gepanzerte Langusten und einige großscherige, korallenrote Hummer lagen dabei; daneben stand eine überquellende Schale mit reifem, ausgesuchtem Obst – eine farbige Leuchtinsel im schummerigen Dämmer holzbrauner Wände und hingetuschter Schatten; das Ristorante war wie eine warme, von behaglichem Kerzenlicht durchflossene Arche.

»Schön ist es hier!«, sagte Anna leise, und ließ den Blick über die verstreut sitzenden Gäste schweifen.

Hinter meersalzbeschlagenen Luken und zusammengefügten Bohlen hörte man den sanft klatschenden Wellenschlag.

»Nun kommt es«, freute sich die Schweizerin, ihre Serviette entfaltend.

Der Kellner stellte eine Schüssel voll tiefschwarzer, ölglänzender Muscheln auf die Tischmitte. Dann goss er den roten Wein in die Gläser.

»Und so wird's gemacht«, sagte der Graukopf Anna zuzwinkernd, während er sachkundig die Muscheln spaltete, stochernd die Füllung löste und in den Mund schob. Anna hatte es nachahmend ebenfalls bald im Griff.

»Schmeckt es Ihnen?«, fragte seine Frau, indem sie den Kopf hob und lächelnd in Annas den Muscheln hingegebenes Gesicht sah.

»Wunderbar!«, strahlte sie auf, zu jung und zu dankbar, um noch irgendeinem Gedanken der Bitterkeit Raum zu geben.

»Salute!«, rief der Graukopf. Sie fassten alle drei die Weinkelche am starken Glasstiel, und ihre Augen schwebten eine Sekunde lang über dem zitternden Granatrot des Weins, ehe sie tranken.

»Wie lange werden Sie denn noch hierbleiben?«, fragte der Schweizer, das Glas absetzend.

»Einige Tage noch ... vielleicht drei oder vielleicht auch nur zwei. Ich weiß noch nicht so recht.«

Anna trank von Neuem. Die spritzige Kühle des Lambrusco füllte ihr Blut mit Schwere. Die Lippen am Rand des Glases traf ihr Blick plötzlich in die dunkelglutenden Augen eines jungen Mannes. Er saß mit einigen Gefährten am übernächsten Tisch, eine Gitarre über dem Rücken, die ein breites, quer über der Brust verlaufendes Band festhielt. Er starrte sie unablässig an. Anna senkte das gebräunte, mädchenhafte Gesicht, um es Sekunden später, wie von Zauberkraft heraufgezwungen, ihm wieder zuzuwenden. Sein Haar fiel ungebärdig in die schöne, breite Stirn, sinnlich stolz war sein Mund, männlich umflaumt. Ein wildes, unverhülltes Begehren brannte ihr aus den Zügen des jungen Troubadours entgegen. Sie schaute ihn an und spürte trotz der Weinschwere eine klare Ruhe in sich aufsteigen. Sie war wie ein Fluss zwischen festen Ufern.

Anna trank und trank wieder, die stillen Augen unverwandt auf dem leidenschaftlichen Gesicht des jungen Mannes – und sehnte sich nach Maurus.

Als sie aufbrachen, folgte ihr sein brennender Blick wie eine mitschwenkende Kamera und bohrte sich heiß in ihren Rücken.

Vor dem Ristorante empfing sie eine sternversponnene Nacht. Unter der Pergola schlenderten sie auf einem Sandweg zum Auto. Später dann wieder die breite Uferstraße – endlos und einschläfernd.

Das Palmendunkel am Straßenrand legte sich sanft auf Annas müdverengte Augen – dann Kreuzungen wie gleißende Oasen – Agaven aus zauberhaftem Blauschwarz geschnitten zwischen silberspinstigen Meeresdurchblicken – der Orangenmond über den schwarzstarrenden Schiffsmasten hinter der Hafenmauer von Marina di Carrara.

Langsam, fast feierlich, nahm das Auto die Einbiegung ins Camping-Dorf: Blakende Petroleumlampen vor den Zelten, aufleuchtend und wieder verdeckt im Hin und Her von huschenden Gestalten; dunkle Zeltschrägen in der Tiefe des Pinienhains, daneben von rötlichem Schein überflammte Physiognomien, seltsam markant, hölzern, zigeunerhaft über glimmenden Holzkohlenrosten, da und dort hinter den Zeltwänden fantastisch groteske, hexenhaft springende Schattengebilde von geheimem Urwaldzauber, und zwischen windzerzausten Strandpinien die nächtliche Silberweite des Meeres.

Dann ersterbendes Motorenbrummen, wippendes Einschaukeln des Citroëns in die Parkmulde am Zelt der Schweizer.

Anna verabschiedete sich mit herzlichem Dank.

»Schlafen Sie gut!«, sagten der Graukopf und seine Frau; beide schauten ihr nach, bis sie in ihre kleine Behausung geschlüpft war. Müde und weinschwer fiel sie auf die Luftmatratze.

Draußen der unsichtbare Wellenwurf gegen die tintenschwarzen Klippen wie eine dumpfe Drohung.

11

Anna schlief sofort ein. Aber in ihrem Unterbewusstsein hielt sich der Gedanke, dass Maurus sicher noch kommen würde um nach ihr zu schauen. Nach wenigen Stunden schrak sie wieder auf. Frösteln überkroch sie. Wach und ernüchtert lauschte sie hinaus: meerdurchstürzte Stille.

Sie rappelte sich steif auf. Der pralle Kopfkeil der Luftmatratze warf sich aufschnellend gegen ihre Unterarme. Vom Schlaf benommen, kippte sie aus dem Gleichgewicht und fiel gegen die Zeltwand, sodass der kleine Bau wankte und die Zeltschnüre zirpend vibrierten.

Er war noch nicht da – ich hätte es im Schlaf gespürt – ganz sicher hätte ich's gespürt, dachte sie. *Hoffentlich ist nichts passiert mit dem Auto – wie spät ist es denn?* Sie grapschte auf den Ellbogen gestützt ihre Uhr aus der Wandtasche des Zelts, machte auf den Knien eine Drehung, und streckte die Uhr nach einem Mondflecken am Boden suchend aus dem Zelteingang. Fünf vor zwölf, erkannte sie im Mondlicht, die Augen ganz nahe am Zifferblatt.

Ich muss schauen, was mit ihm ist …

Sie raffte die Wolldecke um die Schultern, schlüpfte draußen erschauernd in ihre eiskalten Sandalen, deren feuchte Glätte sie in hellwachen Trab versetzten. Mit Sprüngen nahm sie die Hürden der Spannleinen an den Zelten, umlief die Hochfläche und erreichte den Weg, der an der Mauer des *Ostello* entlangführt. Vorsichtig dahinpreschend verhielt sie am günstigsten Durchblick ihre Schritte. Der Zaun vom Familienzelt warf geflügelte Schilfschatten auf den bleichen Sandboden. Hinter der herabgelassenen Eingangsplane schwelte noch flackerndes Kerzenlicht, wie von Bewegungen beunruhigt.

Ob sie noch Karten spielten? Lieber Gott, zeig mir doch wenigstens, dass er da ist … zeig ihn mir ganz kurz nur! Sie stand und wartete, stand ganz zeitlos, ausgeleert in den Strom ihrer Angst und Sehnsucht.

Bis er kam.

Ihr Herz regte sich nicht, wie versteinert von der Wucht der Erfüllung. Sie sah ihn im Mondlicht der Kaimauer zugehen, langsam, gedankenverloren – allein. Anna stand noch immer reglos. Ihr Wille gitterte imaginäre Balken vor den Zeltausgang der Verwandten.

Lass niemand rauskommen – o Gott, lass niemand rauskommen!, hechelte ihr Inneres beschwörend, das Zelt und den geliebten Mann gleichzeitig im Auge behaltend. Nun hatte er den leicht erhöhten Betonstreif des Dammes erreicht. Er stand da, eine einsame Gestalt unter dem silberschweifenden Kranichzug der Sterne. Anna schmiegte sich hinstürzend an ihn – und stand doch regungslos auf der Stelle. Als er seltsam traumverloren in nördlicher Richtung weiterging, setzte sie ihm in großen, federleichten Sprüngen nach.

Er erschrak kaum, als sie ihn erreichte. »Mein Gott, Kind, wo bist du denn bloß immer? Jedesmal, wenn ich bei dir vorbeigehe, bist du nicht daheim!«

»Die Schweizer neben mir haben mich auf einen Berg jenseits der Magra mitgenommen. Wenn ich gewusst hätte – aber ich weiß ja nie, wann du weg kannst … O Lieber, es ist so schön, dass ich dich wiederhabe!«, freute sie sich hochatmend und lief neben ihm her. »Bleib ein wenig bei mir jetzt!«

»Lang wird's nicht gehen«, erwiderte er und lenkte seine Schritte zum Weg an der Ostello-Mauer entlang. »Komm, hier sind wir sicher!«

Er zog sie an der Hand zum meerwärts gelegenen Parktor der Jugendherberge. In die Ecke von Mauer und mannshoher Eisenverstrebung gelehnt, hielt er sie an der Wärme seines Körpers, ihr Haar mit beiden Händen streichelnd.

»Ich bin so froh, dass deine Zeltnachbarn sich ein wenig um dich kümmern«, sagte er. »Du hast keine Ahnung … Ach Kind! – Aber du weißt es«, er schloss ihr Gesicht in die Muschel seiner Hände und hob es zu sich auf: »Auch wenn ich nicht bei dir sein kann, mit meinem Herzen bin ich immer bei dir!«

Da sagte Anna bedrängend: »Wenn du doch auch einmal mit mir –« Sie brach jäh ab, von der bleichen Qual seines müdverfallenden Gesichts getroffen.

Wie kühl und hoch und seidenglatt seine Stirn war unter ihren tröstend darüberhuschenden Fingern, wie groß und kühl und zärtlichweich die Ohrmuscheln, hinter die sie sein glattes Haar zurückstrich, das blauschwarz an den kalten Eisenstäben des Parktors schimmerte; dahinter wob durchsilberter Dämmer um englisch zugeschnittene Sträucher in der Gartentiefe, in die aus einigen Fenstern über der Jugendstilbalustrade noch dottergelbes Licht fiel.

Annas Gesicht ruhte zärtlich in seiner pochenden Halsgrube. Sie roch den Duft sonnengeronnener Hautcreme und spürte zugleich den herben Geruch der Zedern im Park.

Plötzlich war Maurus' Körper ruckhaft aufgerichtete Anspannung.

»Sie suchen mich«, flüsterte er erregt. »Sie suchen nach mir mit der Stablampe ... Nein! Bleib! Schau nicht hinaus!«

Er presste ihre aufschreckende Gestalt noch mehr zu sich in die Tornische. Auf dem steinigen Weg neben ihnen fraß sich ein schwankender Lichtstrahl durch das Dunkel. Nackt und scharfkantig glänzten die Kiesel und Gesteinsfalten auf. Maurus zog Annas Reisedecke über ihre Köpfe. Als wieder Nacht über den Weg gefallen war, flüsterte er rasch atmend: »Komm – komm schnell zum Strand hinunter!« Ungleichmäßig stolpernd flüchteten sie, die Decke über sich haltend und mühsam zusammenbleibend, über die Steinquader in den Sand hinunter.

Da war es wieder! Eine jäh zustoßende Leuchtsäule wanderte im Halbkreis suchend über das Gelände, irrte über Mauer und Damm, glitt die Steinquader zum Strand hinunter, kroch auf sie zu wie ein riesenlanger, hellzitternder Tastfinger. Maurus und Anna warfen sich strauchelnd in den Sand. Ihre dunkelgeweiteten Augen starrten unter der Wolldecke auf den huschenden Schein, der wie der Strahl eines Leuchtturms über sie hinlief.

»Zieh deine Füße ein! Sie könnten deine Schuhe und deine Hose erkennen!«, flehte Anna bebend, wie ein zusammengerollter Embryo in die Wölbung seines Leibes geschmiegt. »Sie werden kommen und schauen, was hier liegt!«

»Das werden sie nicht – hab doch keine Angst!«, beruhigte sie Maurus und presste sie, die Füße näher an den Leib ziehend, fester an sich.

Immer so bleiben können, in alle Ewigkeit, dachte Anna.

Der Scheinwerfer kehrte zurück, sekundenlang auf ihnen verharrend.

»Sie denken vielleicht, es ist mir etwas passiert. Sobald sie nicht mehr diese Gegend absuchen, gehe ich. Bleib du dann noch ein Weilchen hier. Und dann geh heim zu deinem Zelt. Morgen schau ich, ob ich vielleicht ein wenig mit dir fortfahren kann.«

Er sprach es flüsternd in ihr Haar. Als sie längere Zeit Dunkelheit umschloss, hob er vorsichtig die Decke und schaute in die Nacht hinaus.

»Gute Nacht, mein Liebes!« Er küsste sie, schlug die Hülle zurück, und stand auf. Die Wange auf dem kalten Boden, die Hand in den Sand vergraben und zwischen ihren Fingern sein rieselndes Rinnen spürend, sah sie Maurus die Felsbrocken erklimmen und raschen Schrittes auf dem Damm zu den Zelten zurückgehen. Sie lag ohne Gedanken mit leeren Augen, den Feinsand hartkeilig unter die Fingernägel gerammt. Dann hob sie den Kopf. Kaltfunkelnd sprenkelten in der Ferne unzählige Lichttupfer am Strand südwärts; sie waren wie Leuchtschnüre im silberstaubigen Moiréschwarz der weiten Buchten – kilometerweit.

Sie schauerte vor Einsamkeit. Sich hochrappelnd durchwatete sie das geisterhaft spitzgipflige Glimmersandgebirge zu ihren Füßen, schaufelte stäubende Muschelschalen und Papierfetzen über ihre nackten Zehen, watete, die Reisedecke mantillagleich über den Kopf gelegt, zum Meer hinüber. An den schneeweiß auslaufenden Schaumbügen des Ufers gewann sie nassen, festen Grund und ging heimzu – leichtgewichtig spurenlos.

Morgen, tönte es in ihrem Inneren, *morgen ... aber es sind noch so viele Stunden bis morgen ...*

Sie fiel sofort in tiefen Schlaf. Am späten Vormittag erwachte sie von einer ungewohnten Berührung und einer beklemmenden Beengung. Schlafbenommen wollte sie mit der Hand etwas von sich abtun, das auf ihrem Gesicht wetzte. Sie schlug die Augen auf. Die Zeltplane hing schlaff von der Firststange und sparte nur den schmalen Raum ihrer Luftmatratze aus. Erschrocken stützte sie sich auf, mit Kopf und Schultern die laschen Zeltwände auseinanderdrängend, bahnte sich mit aufgeregt flatternden Händen einen Ausgang, und schlüpfte im Schlafanzug ins Freie. Draußen traf es sie wie ein Schlag in den

Magen: Sämtliche Heringe lagen aus der Erde gerissen lose in den Schlaufen rings um das Zelt herum.

Das hat der böse Feind getan! Wie ein Panther sprang sie das Wort aus der Heiligen Schrift an. Ihr Verdacht irrte über alle hin, die sie kannte ... und verwarf sie alle – zweiflerisch, verwirrt, dumpftraurig. Gehetzt blickte sie um sich und sah den Schweizer zu ihr herüberschauend die Morgenzeitung zusammenfalten. Er erhob sich langsam von seinem Stühlchen. Eine heiße Schamlohe fuhr in Annas Gesicht.

»Jemand hat Ihnen heute Nacht einen Schabernack gespielt«, sagte er, als er neben ihr stand. »Ich wollte Sie nicht mit Hämmern aufwecken, sonst hätte ich die Spannleinen wieder straff gemacht.«

Anna nestelte kniend mit absichtlich langsamer Sorgfalt einen verbogenen Hering aus der Schlaufe. Um nicht unhöflich zu erscheinen, hob sie schnell das schamheiße Gesicht zu ihm auf. »Ich hab es erst beim Aufwachen gemerkt – ich muss tief geschlafen haben, heute Nacht.«

Noch einmal flog ihr Blick verstohlen zu seinen Augen hinauf, die ernst und befremdet und von stummer Empörung verwölkt in eine geheime Ferne zwischen den Pinienstämmen sannen.

»Ich hab's gleich wieder«, sagte sie, die Stimme zerpresst von der Anstrengung des Hineinhämmerns der Metallstifte, und dachte dabei voll Verzweiflung und wilder Trauer: *Ich will nicht, dass er noch länger bei mir steht und so seltsam in die Ferne sieht ... wenn er doch wieder ginge und mich allein ließe, und ich will nicht, dass er Maurus sieht, wenn er mich heute vielleicht abholt, wer weiß, was er sich denkt, es ist schon viel zu viel geredet worden zwischen uns gestern, wenn auch nur ganz allgemein ... aber er ist ja nicht dumm, und vielleicht hat er die Spannleinen nur nicht festgemacht, damit ich es auch glaube, wenn ich es mit eigenen Augen sehe, damit es mir eine Lehre ist, selbst wenn er nicht weiß, was hier alles vorgeht ... Nie, nie, nie werden sie mich mögen!*

Laut aber lachte sie hart vor bitterer Selbstironie zum Schweizer hinauf: »Es lohnt sich schon gar nicht mehr. Einen Tag früher oder später ...« und schlug von schräg her mit einem nahegelegenen Stein einen Aluminium-Splint in den federnden Boden. Ihre gewaltsam aufgerissenen Augen hielten das zitternd sich stauende Nass der Tränen. Sonnenwärme bedeckte ihren Rücken. Haarsträhnen umschlenkerten ihren Mund.

»Sie sind uns jederzeit willkommen, wenn Ihnen die Zeit zu lang wird«, sagte der Graukopf. Hinter ihnen klang porzellanenes Klirren. Anna hörte, dass er sich entfernte.

»Ich danke Ihnen so sehr für alles!«, rief sie aufspringend. Tränen liefen nun über ihr Gesicht. Sie war zermürbt von all dem Unbegreiflichen, von den schlagartig sich überstürzenden Geschehnissen, von Güte und Hass und dem ehrlich-offenen Bemühen des Zeltnachbarn.

Der Mann schaute sich um, lächelte, und hob zurückgrüßend die Hand. Dann verschwand er in seinem Zelt.

Alles war wieder in Ordnung gebracht. Anna zog ihren Badeanzug an und schlüpfte in die Sandalen. Dann klemmte sie den Toilettenbeutel und ein Handtuch unter den Arm und ging zum Waschraum hinüber. Eine rohe Betonstufe führte durch den engen Einlass in das nicht überdachte Mauerquadrat. Dort herrschte reges Leben. Italienische Mammas beugten sich mit schwabbelndem Busen Wäsche einweichend über tiefe Steintröge, die nord- und westwärts an den Wänden entlang angemauert waren. Auf schrägrillig abfallenden Betonborden rieben sie die klatschnasse Unterwäsche mit Schmierseifebrocken ein; die knetenden, pressenden Hände schaumnass unterhielten sie sich mit südländischer Mentalität pausenlos in ihren typisch weiblich-gutturalen Lauten miteinander, und schrien manchmal gellend die Namen ihrer herumtollenden Kinder. Die Wäschestücke stapelten sich spiralig ausgewrungen auf den Trogrändern. Schmutziggraue Lauge floss die Beckenwände hinab und staute sich blasig am Abfluss. Alles hier war nass, primitiv, ärmlich. Und es war kühl, fast kalt zwischen diesen Mauern. Die Sonne stach nur ein Diamantprisma von Nadelblitzen durch die schwärzlichen Pinienschirme.

An der Südmauer machten junge Frauen und Mädchen ihre Morgentoilette. Gebräunt und gertenschlank balancierten sie in Bikinis vor den Spiegeln, tauchten die Fingerspitzen in die auf dem schmalen Marmorbord abgestellten Cremetöpfchen, bestrichen und beklopften mit vorgerecktem Gesicht die kritisch betrachteten Hautpartien von Stirn, Wangen, Hals, Schultern und Brustansatz, und schwärzten sorgfältig Wimpern und Brauen mit Stift und Tuschebürstchen. Eine Weile folgten Annas Augen den graziös arbeitenden Fingern, verloren sich mit einem Anflug schwermütigen Neids in das Aufglänzen der goldenen Eheringe, tasteten hinter den grazilen Rücken mit wehem Interesse in den zurückgespiegelten, glatten, jungen Gesichtern nach dem Unfassbaren, dem Glück, dem für sie Unerreichbaren, und fand die jungen Frauen wie kühle Lichtengel: gepflegt und hell und seicht vom Leichtgeschenkten, Gewohnten.

Sie stellte ihre Waschutensilien auf den Rand eines weißmarmornen, gelbfleckigen Rundbeckens, das in der Mitte der Waschanlage stand, und aus dessen Mittelsäule ringsum Wasserhähne herausragten. Mit Hingabe seifte sie ihre Hände und beanspruchte den Platz lange Zeit zum Zähneputzen und zum Waschen.

An diesem Vormittag verwandte sie vor dem Spiegel große Sorgfalt auf ihre Schönheitspflege, da doch Maurus mit ihr wegfahren wollte. Ihre kalten Fingerspitzen kreisten cremend um große, ernste Augen. *Ob er sich durchsetzte und wegkam?* Im Geiste sah sie ihn im offenen, weißen Hemd den Sandweg herauffahren. *Ob er kommen konnte? Was er ihnen sagte? Bestimmt war es schwer. Die scharfen Stecknadelknopfaugen der Base. Spitzig hingeworfene Fragen, scheele Bemerkungen. Die Freude schon im voraus abgewürgt?*

Anna kramte nach dem Lippenstift, schraubte ihn hoch. Den Mund aufwölbend, übermalte sie die gespannten Halbmonde und rieb farbverteilend die Lippen aneinander. Leuchtendes Karmesin. Sie schminkte sich selten. Der Lippenstift schmeckte süßlich, klebrig, pomadig. Soll aus Läuseblut sein, hatte sie einmal gehört. Wenn er nur kam! Sie wusste die Stunde nicht, konnte also nicht zum Schwimmen oder sich nachmittags längere Zeit vom Zelt entfernen. Plötzlich war sie von einer schweren, ziehenden, ruhelosen Ungewissheit durchzittert. Mit fliegenden Händen toupierte sie ihr strähniges, ausgelaugtes Haar. Es war nicht mehr viel zu retten. Immer wieder fiel es fettig auseinander. Anna ließ erschlafft die Arme herabsinken. Sie warf Bürste, Kamm, Lippenstift und Cremetube in den Beutel, quetschte ihn unter die Achsel, und eilte aus der Waschanlage. Sie fror. Steifbeinig und eiskalt staksten ihre jungen Füße auf der Einfahrtsallee zeltwärts. Das Meer blendete. Als sie am Blockhaus vorbeikam, sah sie Maurus' Bruder die Stufen herunterkommen. Schüchtern grüßend lief sie an ihm vorbei.

»Einen Augenblick!« Die sonore, eine spürbare Erregung niederkämpfende Stimme traf sie in ihren Rücken. Anna fuhr herum. Sie sah ihn auf sich zukommen, eine Handvoll Briefe und Zeitungen am rechten Hosenbein entlangschwingend.

»Christoph hat mir gesagt, dass Sie auf dem Zeltplatz herumerzählen, mein Bruder sei Pfarrer!«

Annas Herz schütterte erschrocken. Wie starr gespanntes Pergament bei einem Sturmstoß. Wann und wem hatte sie dergleichen erzählt?

»Nein«, sagte sie heiser vor Überraschung, »nein, das ist nicht wahr, so etwas hab ich nie zu jemand gesagt!«

Die grauen Augen hinter den Brillengläsern verengten sich. Eine blasse Lohe unterlief die Haut seines Gesichts, das sich ins Aschgraue verfärbte. Seine Stimme klang gereizt als er sagte: »Wir zelten nun schon jahrelang. Wir waren hier immer anonym!«

»Sie sind es noch!«, sagte Anna mit zitternder Tapferkeit und schaute fest in die bohrenden Pupillen, aus denen seine innere Erregung stach. »Nie habe ich zu einem Menschen auf dem Zeltplatz so etwas gesagt!«

Sie erinnerte sich, dass Maurus einmal von seinem Bruder erzählt hatte, er sei ein Mann, auf den man sich verlassen konnte – ein guter Mensch – die ruhende Mitte für die Kirche des Dorfes und die Gemeinde. So hatte auch sie ihn daheim kennengelernt. Nun stand ihr ein anderer gegenüber. Einer, der ihr nicht glaubte. Anna spürte: Es war nicht allein die Sorge um den Bruder, was ihn trieb, ihr so scharf zu begegnen, es war ein Zorn, der aus seiner Hilflosigkeit entsprang. Er liebte seinen Bruder. Der war der Patriarch.

Anna fiel siedend heiß das Gespräch mit dem Schweizer Ehepaar unter dem offenen Vorzelt ein, das kirchliche und zölibatäre Probleme beinhaltet hatte, und das der Bub, vermutlich im Verborgenen stehend, mitangehört und falsch gedeutet haben musste. Sein Vater aber, der in diesem Fall die Aussage seines Sprösslings nicht anzweifelte und zur ungeprüften Wahrheit werden ließ, machte die Aussage des Buben zur unumstößlichen Anklage. Er überging Annas Verteidigung, ihr heißes Leugnen, wie etwas von vornherein Unglaubhaftes. Es ging ihr auf, dass alles, was sie hätte noch sagen können, in den Meerwind gesprochen war.

Sie schaute auf den kleinen, zarten Mann und erschrak über das zuckende Licht in seinen grauen Augen, das nicht zu ihm passte. Etwas in ihr krampfte sich zusammen. Abwesend starrte sie auf die sich in Augenparallele zu ihr bewegenden Lippen, und seine nächsten Worte verhallten in ihr wie hohles Dröhnen einer Trommel. Dann sank ihr Blick auf den milchweißen, unbehaarten Hautfleck in der Öffnung seines Sommerhemds, der für einen Moment die Vorstellung eines schmalbrüstigen Elfenbeincorpus des toten Gekreuzigten in ihr weckte, irrte hinauf zu seinem glänzenden Scheitel, auf dessen starker Lichtung die Sonne in den spärlichen Haarfäden glimmte, tastete sich wieder zurück zu seinem kritisch verkniffenen Gesicht. Nein, so kannte sie ihn bisher nicht. Sie kannte ihn als freundlich lächelnden Menschen.

»Wenn ich mit meiner Frau allein hier wäre«, hörte sie ihn sagen, »würde ich in einem Hotel wohnen und nicht auf einem Zeltplatz.«

Es klang kühl und eine Spur milder. Anna kam der Gedanke, ob diese Zurredestellung, die keine Rechtfertigung zuließ, darauf hinauslief, dass auch er sie hier weghaben wollte. Sie sah sein sorgfältig gepflegtes Äußeres, die makellos glattrasierten Wangen, die ausgeprägten Bügelfalten seiner langen Hose. Ja, sicher hätte er besser in ein Hotel gepasst.

Ein Auto schwankte weich vorüber; sie traten mechanisch einen Schritt zur Seite. Wie im Traum sah Anna ganz in der Nähe eine Frau vor einem Zelt sitzen, die eine Schüssel auf dem Schoß hatte und Kartoffeln schälte. In zartgelben Kringeln rollten sich die Schalen stopsellockig wippend über ihre arbeitenden Hände herab … *die hyazinthenen Locken der Magd,* lief es durch Annas Gedankendurcheinander, unwillkürlich die Zeile eines Trakl-Gedichts erinnernd, und eine seltsam sanfte Schwermut hüllte sie ein. Ganz langsam, als tauche sie aus verstörenden Dämmertiefen auf, wurde sie sich wieder des bunten Menschengewimmels um sich herum bewusst, und stand doch wie in einem Vakuum von Alleinsein. Alles in ihr zog sie von dieser Stelle fort. Aber die Maßregelung durch das offizielle, im Familienkreis jedoch meist schweigend und bescheiden im Hintergrund verharrende Oberhaupt, nahm seinen Fortgang.

»Ganz abgesehen davon – und das muss auch einmal gesagt werden«, traf es wieder streng auf das stumme, sich innerlich angstvoll zusammenziehende, festgenagelte Häuflein Elend Anna, »ganz abgesehen von allem anderen gibt es dauernd Verdruss bei uns! Ich habe zu meiner Schwiegermutter gesagt: ›Du bist nicht dem Maurus seine Frau – und die Anna ist es auch nicht!‹«

Sein schmaler Mund hämmerte die Worte hart akzentuiert in die Luft; er betonte abgehackt wie einer, der überzeugt ist, die Dinge nüchtern und sachlich zu beurteilen, und auch hin und wieder innerhalb der Familie in die Schranken weisend einzugreifen.

Die junge Anna stand da, rotüberflammt, geduckt von Scham und ganz in sich zusammengekrochen. *Und die Anna ist es auch nicht!*, echote es in ihr.

»Ich werde meinen Bruder nicht mit dieser Geschichte behelligen«, warf er im Weggehen noch hin, und blinzelte mit den wie versengt wirkenden Wimpern seiner leicht entzündeten Lider gegen die zum Zenith gewanderte Sonne.

Ohne Gruß ging er weg.

Anna floh in ihr Zelt. Hitze schlug ihr entgegen. Sie warf sich auf die Luftmatratze und vergrub das Gesicht in der Decke. Ihr Blut pochte schwer. Die Begegnung mit Herrn Altweg bedrückte sie umso mehr, weil sie wusste, dass Maurus seinen Bruder liebte. Verstört überließ sie sich der unbeirrbar rinnenden Zeit und klammerte sich an die Hoffnung auf das baldige Kommen des geliebten Mannes. Sie nahm sich vor, ihm alles zu erzählen.

12

Als sie am übernächsten Tag gegen Mittag schwitzend auf ihrem prallen Überseekoffer kniete, um die alten Schlösser zum Einklicken zu zwingen, lief Maurus von der großen Ausfahrt herkommend, hastig zwischen den Pinienstämmen hindurch auf sie zu.

»Komm, komm schnell, wir sind schon am Abfahren!«, rief er in höchster Eile mit einer Stimme, in der eine gewisse Verlegenheit sich mit dem Triumph mischte, Anna allen Widrigkeiten zum Trotz in seinem Auto mitzunehmen.

»Ich bring den Koffer nicht zu«, ächzte sie, und Tränen der Aufregung und der Bangnis vor dem Kommenden würgten sie. Er kniete sich in seiner beigen Hose neben sie auf das Rechteck der leeren Zeltfläche. Gemeinsam schlossen sie das schwere Gepäck, schlangen den Lederriemen um die Mitte und zogen ihn so fest, bis der Dorn der Schließe in das letzte Loch einsprang. Maurus raffte den Koffer hoch und schleppte ihn ihr voran quer durch den Hain in Richtung Ausfahrt. Sie warf einen gehetzten Blick zum schweizerischen Nachbarzelt hinüber. Ja, da standen die beiden, der Graukopf und seine blonde Frau und winkten ihr zu, anscheinend kaum überrascht von dem, was plötzlich mit ihr geschah.

»Auf Wiedersehen!«, rief sie, und sprang, einem unwiderstehlichen Zwang folgend, zu ihnen hin. »Ich werde mitgenommen«, stammelte sie atemlos, »ich danke Ihnen nochmals so sehr für alles! Es eilt …«, gab ihnen die Hand und winkte mehrmals sich umwendend zurück, während sie Maurus zwischen den Baumstämmen nachrannte.

Mit stockendem Herzen sah sie im Näherkommen den Rückenwulst der Base. Wie ein regloser Buddha saß sie vorne rechts im Auto. Das runde, in den Schultern steckende Köpfchen strömte eine lauernd starre Feindseligkeit aus. Maurus hatte bereits beide Autotüren geöffnet, als Anna atemlos neben ihm ankam. Mit einem Lächeln, das jeden Widerspruch abschnitt, sagte er hinuntergebeugt ins Auto hinein: »Ich habe die Anna hergebracht. Sie wird ein Stück mit uns fahren. Gib ihr die Hand!«

Anna streckte ihre vom Packen und Riemenzurren heiße Hand in den Wagen und sagte leise: »Grüß Gott, Frau Huser!«, und fühlte die flüchtige Berührung der kühlen, knochigen, widerstrebenden Altershand. Während Maurus rasch zum Auto des Bruders hinlief, das nur wenige Schritte hinter seinem Auto angehalten hatte, sagte Frau Huser von ihm ungehört zu Anna: »Unsere Buben mögen es nicht, wenn Sie bei uns mitfahren!«

Auf dem Rücksitz saßen Rolf, Christoph und Kristin. Als der Onkel zurückkam, rückten sie etwas zusammen und machten Anna Platz. Maurus verstaute den wuchtigen Koffer hochkant neben ihr und schloss mit einem knappen, festen Ruck die Autotür. Anna, den schmalen Körper an die rechts zwischen ihr und dem Autofenster steilragende Riffelwand des Koffers gepresst um möglichst wenig die Kinder zu beengen, ließ ihre Augen nicht von Maurus, als er vorne um das Auto ging. Sie sah sein morgenfrisches, gebräuntes Gesicht in einer glückseligen Zufriedenheit leuchten wie bei einem Mann, der nach einsamem Entschluss allen Widerwärtigkeiten zum Trotz ein gutes Werk getan hat, und alles zu ihm Gehörige unter Dach und Fach weiß.

Wie anders war sein Gesicht vorgestern! Mein Gott, vorgestern! Hier war wirklich jeden Tag alles anders. In der zitternden Anspannung der hautnahen Gegenwart von Frau Huser und den älteren Buben verlor sich ihr erinnernd brennender Schmerz. Das schwer aufgepackte Auto senkte sich ein wenig, als Maurus einstieg. Er neigte sich leicht nach rechts und ließ den Motor an. Der Wagen rollte langsam und etwas schwankend zwischen den hin- und hereilenden Zeltbewohnern dem vormittäglichen Verkehrsfluss der Chaussee entgegen. Sekundenlang sah Anna das scharfgeschnittene, adlerkühne Gesicht des Othello, der hinter einem gestikulierenden Männergrüppchen aufragend mit dem Rücken an das Blockhaus gelehnt den rechten Fuß abgewinkelt gegen die Holzwand stemmte, die Augen auf dem vorbeifahrenden Auto, und mit zwei Fingern lässig an die Krempe seines Sombreros tippte, bevor sich das Bild hinter Annas Kofferwand schob. Maurus winkte mit strahlendem Lächeln zurück. Dann kurvte er in die Landstraße hinein. Das Auto gewann an Geschwindigkeit. Wortlos, wie Fremde, saßen sie darin, und sausten zwischen Pinienhainen, Häusern mit Tonkrügen und Amphoren in den Vorgärten hindurch. Anna, die unnatürlich schweigsamen Kinder links neben sich, die stumme, alte Frau hart vor sich, fühlte, wie ihre Hände kalt und feucht wurden. Aus den Achselhöhlen rannen Schweißperlen kühl an ihrer Haut hinab.

»Schaut euch noch einmal um, bevor wir ins Landesinnere abbiegen!«, mahnte Maurus rau mit einer gezwungen fröhlichen Stimme, in der Anna doch auch wieder einen verhaltenen Triumph und jene Befreiung und Leichtigkeit schwingen hörte, die der Genugtuung über sein Durchsetzungsvermögen entspringen mochten: Er war wenigstens eine Zeitlang seiner Ungewissheit, Sorge und Kümmernis um Annas Alleinsein enthoben. Er wusste wo sie war – und sie waren zusammen.

Anna schaute über die Kinderköpfe hinweg westwärts. Noch einmal sah sie das Meer hinter dem weiß flimmernden Sandstrand in endlos versilberter Bläue, in der Ferne hinter der Magramündung von waldigen Bergen dunkel angesprungen. Im Glitzern der Hafengewässer brütete reglos schwarz ein Tanker.

Sie fuhren über die vergilbten Marmorplatten der Piazza von Marina di Carrara, die in der Mittagsglut blendeten. Erinnerungen durchflogen Anna und sie dachte: *Nun sitze ich hier drinnen in diesem luftdurchfächelten Auto und stehe nicht mehr draußen allein in der Hitze wie damals, als ich ihm nachschaute, ihm und der Schwägerin und dem Kind in ihrer Mitte … wenn ich die Hand ausstrecke, könnte ich ihn berühren – seine Schulter, sein Haar, sein Gesicht …* und sie fühlte ihren Mund trocken werden vor zitterndem Glück.

Die Schlucht der breiten, schattenkühlen Avenue schluckte das Auto. Die Baumzweige spiegelten sich dunkel in den riesigen Schaufenstern moderner Geschäftsfassaden. Eine Empfindung von Vornehmheit, vom Duft der großen weiten Welt wehten Anna an, ein Hochgefühl streifte sie: Sie saß nicht in einem beliebigen fremden Taxi, das sie zum Bahnhof fuhr: Sie saß in der kleinen, schwarzen Limousine des Mannes, den sie liebte, und zu dem sie, wenn auch rechtlos, gehörte, denn ihr Leben gehörte ihm ganz.

Avenza – las sie in großen Lettern über einer Unterführung. So hieß der Bahnhof von Carrara, und sie fragte sich starr vor Abschiedsangst, ob sie dort ausgeladen würde. Aber Maurus fuhr gleichmäßig weiter ohne herunterzuschalten oder den Blinker zu betätigen. In einem tiefen, zitternden Atemzug löste sich ihr hölzern steil an den Koffer gepresster Körper; ihre Muskeln lockerten sich vor Erleichterung, und in weicher Nachgiebigkeit etwas zusammensackend, spürte sie in seltsamer Bedrückung und Scheu die warme Körpernähe von Christoph an ihrer Seite – und erinnerte sich der nicht allzu fernen Jahre, wo sie noch bedenkenlos und natürlich in einem Versteck mit Spielgefährten aneinandergedrückt kauerte, ohne Scheu und bange Unsicherheit oder dem Gefühl, dem anderen lästig zu sein. Aber die geheimen Spannungen unter den Erwachsenen, Streit, Eifersucht, Hass, töten die Unbefangenheit der Kinder; ihre Gesichter verschließen sich wie Blumen in der Nacht, ihre reinen Augen werden unsicher und weichen aus.

Sie fuhren Sarzana entgegen. Die Luft über der Landschaft waberte in der Sommerglut.

»Da schaut hinauf!«, rief Maurus und wies mit der Hand auf eine wuchtige Zwingburg, die von einer olivensilbrigen Hügelkuppe in die heiße Lunigiana herunterdrohte. Sie schauten alle empor; auch Frau Huser drehte kurz das erschreckend starre Gesicht der Festung zu.

»Sarzanello! Und denkt euch, wie eigenartig: Durch den, der einst mit Herrschergewalt da droben residierte, kam das Rautenwappen Bayerns in dieses Land. Castruccio Castracani hat er geheißen, jener Luccheser Tyrann, der mit dem Schwert für Ludwig den Bayern den Weg nach Rom zu dessen Kaiserkrönung gebahnt hat. Kaiser Ludwig ernannte ihn zum Dank dafür zum Reichsvikar in der Toskana und zum Bannerträger des Heiligen Römischen Reiches, dazu noch zum erblichen Herzog von Lucca.«

Staunend und voll stolzer Bewunderung hörte Anna zu. *Was der geliebte Mann alles wusste!*

Da sagte die kleine Kristin mit ihrem hellen Zwitscherstimmchen, indem sie die Händchen streckte und in den Polster unter Maurus' Rücken grub: »Onkele, meinst du die blauen und weißen Ecken wie auf der Fahne von unserem Bürgermeister?«

»Natürlich, frag doch nicht so!«, fuhr Rolf auf. »Als ob wir nicht in Bonn sämtliche Fahnen der Welt kennengelernt hätten!«

Sein auffahrender Hochmut galt nicht dem Schwesterchen. Anna spürte es stechend unter einem Schauer von Armut und Minderwertigkeit, gegen den sie sich vergeblich zu wehren suchte.

»Der Vati wird schon ziemlich weit voraus sein«, lenkte Maurus ab. »Mein Bruder fährt einen anderen Weg«, wandte er sich erklärend an Anna. »Ich will diesmal durch die Reggio Emilia. Aber wir haben einen Treffpunkt vereinbart. Schaut euch um – schaut euch das Land an!«, rief er wieder und wieder und Anna wusste, dass seine Mahnung vor allem sie meinte, und ließ ihre Augen gehorsam, eifrig und unermüdlich über die links vorbeiziehenden bewaldeten Berge und die malerischen Hügeldörfer gleiten, denn nach rechts hinaus verstellte der senkrechte Koffer den Ausblick. Sie schaute wie ein Kind, das aus lauter Dankbarkeit alles tut, wenn es nur nicht allein gelassen wird, wenn es nur in seiner Nähe sein durfte. Ihre Augen brannten vor Sehnsucht, während der ganzen kostbaren Zeit immer nur sein geliebtes Profil anzuschauen, und ihren Blick in seinem dunklen Haar ausruhen zu lassen.

Das Auto kurvte nun auf einer schmalen Asphaltstraße dahin, die zwischen den Magra-Fluss und eine schwärzliche, feuchtglänzende Felswand eingezwängt war; die Betonstümpfe gegenüber der schroffen Bergmauer verursachten im Vorbeisausen einen zischenden Ton – bsch – bsch – bsch; Kühle aus Wasser, Wald und Fels strömte durch das Autofenster. Anna sog sie schüchtern verstohlen tief in ihre beengt vibrierende Brust.

Da ertönte Frau Husers Stimme: »Rolf, zünd dem Onkele eine Zigarette an!« Es waren ihre ersten Worte seit der Abfahrt vom Zeltplatz. Obwohl die Aufforderung von befremdend kalter Knappheit war, schwang für Anna unüberhörbar ein wilder, drängender Unterton darin, als besänne sie sich plötzlich ihrer Art von Waffen gegen die junge Frau, und riefe den Enkel als Verbündeten auf.

Annas Blick verklammerte sich in Maurus' Gesicht. Es schien plötzlich angespannt schmal, verletzbar und wie von innen lauschend.

Der kleine wendige Knabenkörper Rolfs schob sich gereckt zwischen den Vordersitzen hindurch und drückte den Anzünder in das Armaturenbrett. Dann glitt die Bubenhand in die Tasche der braunen Jerseyjacke des Onkels und kramte langsam und mit einer unaussprechlich dünkelhaften Lässigkeit darin herum. Als er das Zigarettenpäckchen zutage gefördert hatte, klopfte er mit altkluger Könnergebärde eine Zigarette aus der schräg nach unten gehaltenen Schachtel, klemmte sie zwischen die Lippen seines überlegen-abweisenden Kindergesichts, angelte, den kleingewachsenen Körper wieder gestreckt zwischen die Vordersitze geklemmt, nach dem herausgesprungenen, glühenden Anzünder, und tippte, sich aufrichtend, saugend und paffend die rotglosende Rundung gegen das aufglimmende Zigarettenende. Endlich steckte er sie mit gezielter, auskostender Behutsamkeit dem Onkel zwischen die Lippen, während seine Großmutter den Vorgang mit dem glitzernden Blick triumphierend-zärtlichen Stolzes von der Seite her beobachtete.

Anna betrachtete scheu das Bubengesicht. Die Haut, von der samtenen Reinheit moccafarbener Mandelmilch, schien von der wie zu kurz gekommenen oberen Gesichtspartie gestrafft hochgezogen, sodass die dunklen Augen aus seltsam schrägen Schlitzen schimmerten, was ihm einen unkindlichen Ausdruck intelligenter Verschlagenheit verlieh. Unter allen Geschwistern schien ihr bei ihm der Familiensinn am tiefsten ausgeprägt. Sie fühlte, dass Rolf sich von ihr beobachtet wusste; sein fortgezwungener Blick legte es darauf an, ihr zu zeigen, wer hier ein Recht hatte und wer nicht. Sie fühlte es wie Säure auf einer Wunde. Warum wollte er ihr wehtun? Warum legten es alle darauf an ihr zu zeigen, dass ihr nichts gehörte?

Annas Blick verlor sich ins Leere. *Wie war das nur vorgestern?*

In den sich überstürzenden Ereignissen hatte sie Mühe, das kurz Vergangene, das in schleichender Schwere immer wieder unterschwellig in ihr aufbrodelte, in Klarheit zu fassen und an sich vorüberziehen zu lassen: Maurus war gekommen, vorgestern, am frühen Nachmittag, einige Stunden nachdem sein Bruder sie zur Rede gestellt hatte. Sie war aus ihrer Schwermut von der Luftmatratze aufgeschnellt beim Wurf des Zelttuchs auf ihr Zeltdach, als gleichzeitig der vertraute Atem von Maurus den niedrigen Einlass ausgefüllt hatte. Sie trug die weißen Shorts und eine neue, noch immer für einen besonderen Anlass aufgesparte Bluse. Aber sein Gesicht war nicht froh gewesen, war so schrecklich verändert, düster wie eine dunkel verwölkte Landschaft, über die es verborgen gewittrig hinmurrt und unterirdisch grollt.

»Ist etwas geschehen?«, hatte sie gefragt mit jener bangen Unterwürfigkeit, die angstvoll vor jedem neuen Schmerz zurückschreckt.

»Nichts ist!«, hatte er fast barsch geantwortet, rau und verweisend, wie sie seine Stimme noch nie gehört hatte. Sie war bis ins Innerste erschrocken. Das Auto stand draußen, und schweigend fuhr er Massa entgegen.

»Wohin willst du?«, hatte er gefragt, knapp, abweisend.

Sie wagte nicht zu sagen, was in ihr schrie: *Nur bei dir sein will ich, nur bei dir sein, sonst nichts! Bei dir sein für Zeit und Ewigkeit! Aber sei gut zu mir!* Stattdessen hatte sie mit flehender, zitternder Stimme gesagt: »Ich weiß nicht – ich weiß es doch nicht … es ist doch gleich … ich meine, wenn ich bei dir bin – fahre, wohin du gerne fährst; du weißt doch, wo es schön ist!«, und hatte dabei sein versteinertes, von einem unbekannten Groll entstelltes, furchtbar fremdes Gesicht angeschaut. Wie anders hatte sie sich diese letzte, einzige Fahrt mit ihm allein vorgestellt!

»Du bist heute so anders«, hatte sie dann gequält in sein entsetzliches, kilometerlanges Schweigen hinein gesagt, »habe ich etwas verbrochen? Sag es mir doch! Ich halte das nicht aus, wenn du so fremd bist!«

Aber er verharrte in seiner Stummheit, und stumm fuhren sie in südlicher Richtung am Meer entlang.

Ihre frohe Erwartung war in bittere Enttäuschung umgeschlagen. Es war ihr vergangen, ihm vom Gespräch mit seinem Bruder zu erzählen … dies alles wurde nichtig im Kummer dieser neuen Verstörung. Ihr geschundenes Selbstgefühl, das sich immer wieder an seiner Liebe aufgerichtet hatte, suchte verzweifelt einen Ausweg; sie konnte dieses furchtbare Schweigen nicht einfach gleichmütig abwartend hinnehmen. Sie fühlte sich vernichtet und niedergeschmettert. Immer elender geworden unter diesem unerklärlichen Verhalten, zu dem er keine Erklärung gab, und das nur die vage Vorstellung eines Zerwürfnisses mit Frau Huser zuließ, war sie über einem anhaltend bohrenden Schmerz immer tiefer in dumpfes Grübeln versackt, das mit fortschreitender Dauer in ein wehrloses Nicht-mehr-Denken zerfloss, weil es zu unerträglich war. Sie erfuhr die spätsommerliche Leuchtfülle der Versilia und der beginnenden Toskana wie eine wehe Blendung.

In ohnmächtiger Lähmung erstarrt hatte sie neben ihm gesessen. In die Grausamkeit seines Stummseins schob sich Pisa mit regem Nachmittagsleben – das Auto zog eine Schleife: Sie sah ein aufsteigendes Märchen aus Elfenbein, Kaskaden rahmschimmernden Gesteins im Rotgold des sich neigenden Augusttages. Es wimmelte von Touristen in heller Sommerkleidung, die ihre Fotoapparate zückten, und mit großen Sonnenbrillen und aufgeschlagenen Kunstführern in den Händen über die pupurdunstig durchfilterte Vornehmheit des Domplatzes schlenderten.

»Wir brauchen gar nicht aussteigen«, hatte Maurus plötzlich gesagt, »so, wie du angezogen bist, können wir nicht in die Kirche hinein!«

Tränen waren über ihr Gesicht gelaufen. Wie hätte sie auch wissen sollen, dass sie nach Pisa fuhren, dass sie statt der Shorts eine lange Hose hätte anziehen sollen? Aber es war nicht das, es war nicht, weil sie diese Herrlichkeit nicht betreten sollte. Es war seine Stimme, die sie niederdrückte, jene fremde, furchtbare Härte in ihr, die sie wie ein Hammer durchdröhnte, als durchdröhne sie die ganze Welt. Die Tränen waren über ihr Gesicht gelaufen – unaufhaltsam, unversiegbar.

Auf der Rückfahrt durch grüngoldene Baumtunnel hatte er ihr dann einen kurzen Seitenblick zugeworfen und rau erklärt: »Sie wollten schon heute das Auto haben zum Packen für morgen …«

Übermorgen also schon werden sie fahren, hatte sie gedacht, *wie werde ich zum Bahnhof kommen?*

Und wie eine bittere Flut durchstürzte sie wiederum die Erkenntnis, dass die Frauen deshalb schon nachmittags sein Auto gefordert hatten, um ihr diesen Ausflug zu vereiteln. Einige Minuten später sagte er: »Jemand hat auch behauptet, du hättest gesagt, du willst dir das Leben nehmen.«

Anna erschrak. Zu wem sollte sie so etwas gesagt haben? Und niemand hatte sie damals in ihrer Todesangst im offenen Meer hinter den Klippen gesehen. Wenn sich jemand so in ihr Elend einzufühlen vermochte, wie es diese aus der Luft gegriffene Behauptung zeigte, dann konnte man ihr doch nicht jegliche Güte verweigern?

Es zerschlug ihr die Antwort.

Das Weinen entstellte allmählich ihr Gesicht. Es war heiß und aufgedunsen, die Augen schmal und verschwollen. Irgendwo am Straßenrand hatte er dann noch getankt. Der Tankwart, ein schwarzhaariger, junger Italiener, hatte ihr einen Blick zugeworfen, und sie hatte sich wegen ihres verquollenen, verweinten Gesichts geschämt. Minutenlang überkam sie die Versuchung, leise und unbemerkt auszusteigen und sich davonzustehlen, um in der Nacht heimlich ihr Zelt abzubrechen, und am frühen Morgen die Schweizer zu bitten, sie zu einem Bahnhof zu fahren. Aber sie hatte nicht gewusst, wie weit es noch zum Zeltplatz war. Auch hatte sie Hemmungen, ein fremdes Auto anzuhalten … und wenn sie niemand mitnahm? Und sie hätte Maurus in große Sorge gestürzt – ganz sicher und trotz allem.

Spätabends war er dann noch einmal an ihr Zelt gekommen. Eine Veränderung schien mit ihm vorgegangen. Eine gewisse nachdenkliche Weichheit und reuige Verhaltenheit hatten Gesicht und Stimme zurückverwandelt in den, den sie kannte. Anna war ihm zermürbt, widerspruchslos und erschöpft zum kleinen Ristorante an der Chaussee gefolgt. Sie hatte ihm gegenüber gesessen, versunken wie ein Stein in dunkler Brunnentiefe, hatte ihre *Pastasciutta* gegessen, und während ihres hingegebenen Trinkens den blind verdämmernden Blick von ganz nahe in den Rotweinspiegel getaucht. Unter seinem zärtlich behutsamen Sprechen war es wie wirres, glückschweres Lächeln um ihren Mund geirrt.

Alles war wieder gut gewesen.

Vorgestern Abend erst – mein Gott, erst vorgestern …

Zwischen dem geliebten und dem panisch gefürchteten Kopf der alten Frau hindurch sah Anna in der Ferne den aufblitzenden Lauf der meerwärts fließenden Magra, beim Näherkommen in freien Durchblicken von Rinnsalen umschlungene Schwemminseln – einen Mann in hochschaftigen Wasserstiefeln inmitten des träge strömenden Flusses.

Eine brennende Frage, die schon seit Langem immer wieder ihr

Sinnen ausfüllte, quälte sie, deren Beantwortung sie erneut geschmerzt hätte, ganz gleich, wie die Erkenntnis ausfiel: Lieferte ihn sein priesterliches Amt, das an den Zölibat gekoppelt war, die Angst vor der Enthüllung seiner Liebe zu ihr – obwohl er ja nicht mit ihr zusammenlebte –, der despotischen Beherrschung der alten Base aus, was als Grund am leichtesten zu ertragen gewesen wäre, da Annas von Ängsten und Skrupeln durchdrungener Katholizismus seinem Priestersein vor ihrer Liebe den Primat überließ, oder war der Grund in der Furcht vor innerfamiliären Auseinandersetzungen zu finden, oder war es seine Liebe zu den Kindern, weil er selbst keine eigene Familie haben durfte?

Diese Fragen verflüchtigten sich immer wieder: Anna wollte nichts von alledem *wirklich* beantwortet haben, nichts, das sie aus ihrer Liebe und zeitweisen Geborgenheit gerissen hätte. Denn ihr junges Menschsein wandte sich ganz unbewusst immer einem Ausweg zu. Wie in einen Kokon momentanen Glücks eingeschmiegt, weigerte sich ihr unerfahrenes, von Schicksalsschlägen noch nicht gehärtetes Wesen mit zurückschreckender Angst und keiner vernünftigen Überlegung zugänglichen Beharrung, sich entschlossen einer schmerzhaften Wahrheit zu stellen, und ihr mit aller Tapferkeit zu begegnen.

Mit der verbissenen Kraft ihres jungen, liebeshungrigen Herzens hütete sie das kleine Maß an Erfüllung, das ihr zufiel, hütete es auch gegen sich selbst. So verdämmerten auch jetzt ihre sinnenden Fragen in den rettenden Gedanken, dass es doch ein wahrhaft mutiges, alles wiedergutmachendes Handeln und ein echtes Zeichen seiner Liebe war, dass er sie allen Schwierigkeiten zum Trotz in seinem Auto mitgenommen hatte. Und was letztlich allein zählte war das Wissen, dass Maurus sie liebte.

Hinter Aulla nahm er die Straße über den Cerreto-Pass, der über achtzehnhundert Meter hoch ist. Es wurde wenig gesprochen auf dieser Fahrt. Hinter Ketten von Lastzügen fuhr er die kurvenreiche Strecke hinauf. Auf der Passhöhe sahen sie hinunter in die Reggio Emilia und tranken an der Theke eines *rifugio,* einer Berghütte neben der Straße, kühle *aranciata*. Als sie in den Landstrich der Emilia hinunterkamen, brannte die Ebene unter der Sonnenglut. Die

Luft stand heiß und zitternd über den Feldern und Rebenhängen, über Wiesen und Obstplantagen. Grünsilbern flirrende Pappelalleen strebten zu überwölbten Toreinfahrten weitläufiger Gehöfte. An einer Sumpfstelle unter verbröckelndem Gemäuer suhlten sich Schweine; auf den Weiden ruhte malmend euterstrotzendes Rindvieh. Pferde standen mit gesenkten Köpfen unter Bäumen, mit spielerisch peitschenden Schweifen sich der Fliegen erwehrend. In der Ferne die Silhouette einer sich nähernden Stadt. Beim Durchfahren blendend kreuzende Asphaltbänder, Bruthitze in beklemmend leeren Straßenschluchten. Heißer Teergeruch durchzog das Auto, Gluthauch prallte gegen die Hausmauern mit den herabgelassenen Jalousien. Raffinerie-Türme ragten schwarz in den hitzefahlen Himmel.

»Ich habe so Durst!«, klagte Kristin, und auch Christoph verlangte zu trinken. Ächzend in ihrer Leibesfülle bückte sich die Großmutter zu einem Korb neben ihren Füßen hinunter, zog eine Thermosflasche zwischen ihre Knie und schraubte sie auf.

»Wartet noch ein wenig, bis wir aus der Stadt draußen sind, dann machen wir eine Rast«, sagte Maurus.

Aber die alte Frau goss Tee in den Schraubbecher und reichte das gefährlich schwappende Getränk über ihre Schulter zurück an die Enkel.

Außerhalb der Stadt bog Maurus in einen Feldweg ein. Eine lehmgelbe Staubwolke zog wirbelnd hinter der schwarzen Limousine her.

»Von da oben werdet ihr einen weiten Blick ins Land haben!«, rief er, und Anna bewunderte seine Frische und Spannkraft, der die atemberaubende Hitze anscheinend nichts anhaben konnte. Zur Linken stieg eine gelblodernde Böschung hinan, brennend goldenes Blütengewölk über dornigem Gestrüpp. Als die kleine Steigung den Hügelkamm erreicht hatte, erstarb der Motor. Maurus stieg aus, ließ die Autotüre offenstehen, und verschwand wortlos durch eine Lücke hinter das Gebüsch. Auch die Buben sprangen samt Kristin hinaus und trollten sich irgendwo hinter die Hecke.

»Wollen S' auch was?«, fragte Frau Huser mit einer leichten Kehrtwendung zu Anna hin, während auch sie die Autotüre hinausschwingen ließ.

»Ja, bitte!«, sagte diese mit trockenem Mund und fasste den zurückgereichten Becher vorsichtig am oberen Rand, um die alten, knochigen Finger nicht zu berühren. Stöße heißer Luft wellten durch das Auto. Anna trank hastig ohne abzusetzen und gab den Becher dankend zurück. Als sie auf die linke Seite hinüberrutschen wollte, um ebenfalls auszusteigen, schnarrte die Stimme der alten Frau: »Unsere Kinder mögen das nicht … so beengt da hinten … der Koffer da versperrt die ganze Aussicht!«

Ohne zu antworten verließ Anna den Wagen, floh einen Steinwurf weit an der gelben Blütenwoge der Böschung entlang, steckte das flammendheiße Gesicht in das warm atmende Gesträuch und zupfte gedemütigt und voller Scham an den Blütenblättchen herum. Sie konnte nicht begreifen, dass man es ihr missgönnte, bei Maurus zu sein. Sie gehörte doch ganz ihm. Auch wenn sie nicht legal seine Frau war. Und sie nahm ja keiner Ehefrau etwas weg. Es musste ein großer Triumph für Frau Huser sein, dass es dieses Zölibatsgesetz gab, denn sonst säße jetzt sie, Anna, als seine Frau neben Maurus, und *musste* geduldet werden. Dass er ohne dieses von der Kirche gemachte Gesetz vielleicht schon eine Ehefrau gehabt hätte, kam ihr nicht in den Sinn. Oder sie wären sich nicht begegnet. Aber er war an keine andere Frau gebunden, und ihre Wege hatten sich gekreuzt. Diese Schicksalsbestimmung bestand.

Von Zeit zu Zeit lugte sie verstohlen zum Auto zurück, wo sich Maurus inzwischen vor dem hochgestellten Kofferraumdeckel zu schaffen machte. Er wandte sich um und rief zu ihr hin: »Anna, komm! Iss auch etwas!«

Als sie bei ihm ankam, streckte er ihr ein Stück Weißbrot entgegen. Die Kinder saßen essend auf ihren Plätzen. Ein Holzbrett auf dem Schoß, schnitt Frau Huser eine Hartwurst in dicke Scheiben.

»Wer will noch Bonner Wurst?«, rief sie. Maurus beugte sich ins Autoinnere, nahm zwei Wurststücke vom Brett und reichte eines davon Anna, die es heißhungrig neben ihm in der Sonnenglut stehend verschlang. Brot und Wurst in der linken Hand, bückte er sich noch einmal ins Auto hinein und angelte nach der bauchigen, bastumwundenen Weinflasche, die gut verstöpselt hinter der Handbremse zwischen den Vordersitzen eingeklemmt war.

»Oma, magst auch trinken?«, hörte ihn Anna noch im Gebücktsein ins Auto hinein fragen. »Nein, ich trink keinen Wein bei der Hitze!«, vernahm sie die abweisende Antwort, während ihr Blick sich in der Weite der Emilia verlor. Fahler Dunst flimmerte über der ausgetrockneten Ebene und verwandelte die Farben in hitzezitterndes Silbergrau. Eine plötzliche Schwermut erfüllte Anna. Dunkel ahnte sie, wieviel Bitteres aus dem maßlosen Besitzanspruch der Base noch auf sie zukam.

»Anna, magst du einen Schluck Wein?«, fragte er nun. »Es ist ein Secco, schon ein bisschen sehr herb, aber ganz rein und kräftig.«

Stumm streckte sie die Hand nach dem Flaschenhals aus und setzte das dunkelgrüne Rund an ihren Mund. Während sie trank, stützte Maurus von unten den Bastbauch, in dem der Wein schwankte. Als sie die Flasche absetzte, trafen sich ihre Augen und blieben sekundenlang ineinander verklammert. Ein Schauer unzähliger Glücksstiche durchprickelte Anna. Fast gleichzeitig kroch wieder Qual in ihr auf, und unausgesprochene Fragen überstürzten sich in ihrem Blick, in dem Hoffnung, aber auch die Angst vor einer baldigen Trennung in einem loderten. Da lief ein Schatten über seine Augen. Er warf einen raschen, verstohlenen Blick ins Auto, wo Frau Huser mit Nachdruck die Essensreste in die Tasche neben ihren Füßen stopfte. Mit veränderter, gehetzter Stimme sagte er: »Fahren wir! Kinder, lasst die Anna wieder auf ihren Platz!« Folgsam krochen alle drei heraus, und Anna stieg vor ihnen ins Auto und presste sich wieder an die Kofferwand.

Langsam schwankte der Wagen den lehmgelben Feldweg entlang und fuhr staubend zur großen Überlandstraße hinab. Da legte Geißlein, die hinter Maurus saß, plötzlich ihre Ärmchen um den Hals des Onkels und schmiegte das flachshelle Köpfchen an sein Haar. Anna sah unsägliche Zärtlichkeit seine Züge verklären. Etwas in ihr krampfte sich zusammen, qualvoll und zitternd, wie im Herzen eines eifersüchtigen, einsamen Kindes. Frau Huser beobachtete die Szene von der Seite. Ja, das war ihre Macht! Und die war unschlagbar. Für immer. Sie lächelte. Ihr Lächeln war gelb, zahndünn, hämisch, triumphierend.

13

Am Spätnachmittag – nach Stunden des Stummseins für Anna, in denen ihre brennenden Augen über das Köpfchen Frau Husers hinweg das flimmernde Asphaltband der Straße entlanggeirrt und sich hin und wieder in Alleeschatten oder in einem der dunklen Sumpfgewässer mit weiß- und rosaschimmernden Seerosen ausgeruht hatten – erreichten sie den Ort, in dem die Brüder zusammentreffen wollten. Schon lange hatte Anna nicht mehr auf die Ortsschilder geachtet. Es war eine sehr alte Stadt in die sie einfuhren, voll golddunstiger Spätsommersonne, die die Konturen der Mauern und Wälle mit bernsteinwarmem Leuchten überflutete. Sie erfuhr nie ihren Namen, weil sie einfach vergaß, danach zu fragen. War es Reggio nell'Emilia oder Guastalla oder gar Mantua gewesen? Sie hielten auf einem Platz an der Stadtmauer, der von Platanen überschattet war. Um einen Brunnen breitete sich ein kleiner, bunter Markt aus. Anna war ganz benommen, als sie hinter den Kindern das Auto verließ, und verlor sich in unwiderstehlichem Entzücken in das Bild, das sie wie ein Traum gefangen nahm, und ihren Schmerz wundersam fortsog. Rötliches Abendlicht brach in breiten, blitzesprühenden Fächerstrahlen schräg über die zinnenbewehrte Mauer, drang wie Säulen schwebenden Goldstaubs durch das Laub der Bäume, und überhauchte die Gesichter der Marktfrauen mit altertümlichem Zauber.

Anna stand ganz versunken.

In Obststeigen und auf Planen lag zu ihren Füßen alles ausgebreitet, was das Land hervorbrachte: Pfirsiche, Trauben, Feigen, Birnen, Melonen, prächtige Fleischtomaten, Bohnen, Zucchini, Radicchio, Kartoffeln und ein ihr fremdes, violettes Gemüse in glänzender Schalenhülle; auf Marktständen sah sie Eier, Mais, Ziegenkäse und gerupftes Geflügel. Die Farben waren ins Tiefe, Warme, Samtene, Satte gewandelt, und die Rundungen und Formen des Obstes prangten schwellender, weicher, sanfter, lockender, als sie es jemals gesehen hatte. Alles ging in die junge Anna ein und sie wusste: Dies würde bleiben für immer. Diese Farben und Formen, das Licht und die Gesten, die nahe und auch wieder seltsam fern waren. Diese Minuten staunenden Schauens schütteten einen Reichtum in den Speicher ihrer Erinnerung – die Stunde war wie ein Durchbruch in ferne Zukunft.

Zärtlich-graue Mulis standen an Gemüsekarren geschirrt. Anna lief zu einem Esel hin und legte ihre braune Hand kraulend zwischen seine dunkel glänzenden, traurigen Augen voll sanfter Ergebenheit, die ihr zur Quelle einer leisen Freude wurden. Suchend schaute sie sich nach Maurus um. Die Kinder stoben ihm und der Großmutter voran zum Auto seines Bruders, das mit vollbepacktem Dachständer in den Parkplatz einschwenkte. Sie sah aus der Ferne die stürmische Begrüßung: Der Bruder strahlte, die Schwägerin umarmte und küsste Maurus und die Kinder, als wären sie durch den Ozean getrennt gewesen, nur der zarte, blonde Uli stand reglos etwas abseits ins farbenfrohe Markttreiben entrückt. Sie sah, wie sich Maurus umwandte, wie seine Augen suchend den Platz überflogen. Als er sie entdeckte, winkte er ihr, herüberzukommen. Aber Anna kehrte sich scheu ab und dem Stand eines Händlers zu, der zwischen Hügeln schwerer, grüner Kürbisse und von grauem Netzgeäder umspannten Melonen stand, einen der großen Erdfrüchte mühelos zu sich heraufschwang, und ihn mit einem langen, starken Messer auf einem kleinen Tisch achtelte. Sie holte ihren Brustbeutel aus der Blusenöffnung, zog an den weichen Lederlaschen die Riemchenverkreuzung auseinander und zwängte mit zwei Fingern ein Hundertlirestückchen ans Tageslicht, den Preis, der auf ein braunes Pappestück aufgemalt war. Sie empfing einen der saftig rotfleischigen, von pechschwarzen Kernen durchsetzten Halbmonde, und grub leicht nach vorn geneigt die Zähne in das kühle, watteartige Fruchtfleisch. Als plötzlich Maurus und sein Bruder neben ihr auftauchten, erglühte sie unter ihrer Bräune, wischte verlegen mit dem Handrücken über ihre safttriefenden Mundwinkel, und spuckte die Kerne diskret in die Fausthöhle.

»Die dürfen S' schon auf den Boden spucken«, sagte der Bruder mit einem Lächeln, »das läuft hier nicht unter Umweltverschmutzung.«

»Anna, Kind, zeig doch meinem Bruder, wo du dein Geld aufbewahrst … da schau!«, lachte Maurus, als sie am elfenbeinfarbenen Baumwollbändchen die Soldatenbörse ihres Vaters noch einmal zutage förderte. Auch der Bruder lachte. Aber es war ein gutes Lachen, das sein Gesicht in unzählige freundliche Fältchen knitterte.

»Wolltest du nicht mit der Mutter einen Espresso trinken?«, wandte er sich fragend an Maurus. »Das tun sie hier nämlich immer auf dem Heimweg«, sagte er zu Anna gewandt, »da kann sie nicht genug davon bekommen«, fuhr er gesprächig und gut gelaunt schmunzelnd in seinem schwäbischen Tonfall fort. »Ich könnt das nicht vertragen ...« – *Ich auch nicht,* dachte Anna. *Sie muss ein gesundes Herz haben, die Frau Huser.*

Der Bruder bückte sich und griff vom Melonenhügel ein schönes Exemplar. »Ich nehme sie den Kindern mit«, sagte er sich aufrichtend. »Kommen S' doch zu uns herüber«, redete er während des Zahlens Anna zu, »und stehen S' nicht so allein herum!«

So schlenderten sie zu dritt auf das Grüppchen zu, in dem Frau Huser nach Maurus ausschauend wartete, und die einzige starre Figur war. Als sie Anna zwischen Maurus und seinem Bruder kommen sah, machte sie plötzlich eine jähe Wendung und strebte schwerfällig humpelnd über den Anger der schmalen Gasse zu, in der sich Läden mit bunten Bändern an den Türen malerisch aneinanderreihten. Maurus schwenkte wortlos ab und holte die alte Frau rasch ein; er winkelte seinen Arm stützend unter ihren linken Ellbogen. Anna folgte dem ungleichen Paar mit den Augen – neidlose Leere im Herzen.

14

Es war schon dunkel, als sie in Verona ankamen. Der Campingplatz war klein wie ein großer Garten, mit Grasflächen, Bäumen und Kieswegen. Man schlug für eine Nacht die Zelte auf. Das abendliche Treiben dieses Nomadenlagers entbehrte nicht einer gewissen Zigeunerromantik. Alles war so eng beieinander, die Kochfeuer steigerten die Bewegung menschlicher Schatten auf den Zeltwänden ins Riesenhafte, und das Brutzeln und Brodeln und Zischen vermischte sich mit dem abendlichen, monoton tosenden Verkehrsfluss der großen, südlichen Stadt.

»D's Essen ist fertig! Kommen S' rüber!«, rief Frau Huser vom Weg her Anna zu, die um ihr kleines Zelt herum die letzten Heringe einschlug. »Heut Nacht wird unsere Kristin bei Ihnen schlafen. Dann sind S' nicht allein! Den Schlafsack bringt mein Christoph nachher rüber … Kommen S' jetzt! Sonst wird d's Essen kalt!«

Anna sprang auf. Um der alten Frau einen Vorsprung zu lassen, rieb und klopfte sie umständlich lange die erdigen Handflächen aneinanderpatschend ab. Dann ging sie im Abstand hinter ihr zum großen Familienzelt hinüber. Alle saßen schon vor dampfenden Spaghetti-Tellern und die Schwägerin goss reihum mit einem Schöpflöffel Tomatensoße darüber. Maurus' Augen leuchteten dunkel und glücklich, als Anna eintrat.

»Da sitzen S' hin!«, sagte die Schwägerin, und wies mit dem leeren Schöpfer auf einen freien Stuhl, weit weg vom geliebten Mann.

»Anna, gib mir deinen Becher her!«, forderte Maurus weich, stand auf und streckte ihr über die Ferne seine Hand entgegen. Als sie ihn mit Wein gefüllt zurücknahm, berührten ihre Finger einen Augenblick seine Haut.

»Bis wir heimkommen, gibt's schon keine Frühäpfel mehr«, hörte sie die Schwägerin sagen. »Die Theres wird's hoffentlich geklaubt haben! Und man muss auch gleich die oberen Zimmer stöbern und d's Gras wird auch d's Mähen brauchen.«

Maurus aß schweigsam, das Gesicht auf den Teller gesenkt.

Sie sind in Gedanken schon daheim, dachte Anna, *das ist leicht, sie müssen ja nicht von ihm fort ... Wie weit er mich wohl mitnehmen wird? Vielleicht bis Garmisch? Oder gar bis ganz heim?*

Wie eine brennende Wunde füllte sie diese Frage aus, die von Angst und leidenschaftlicher Hoffnung durchsetzt war.

»Und im neuen Pfarrhof in der Stadt richtet man dann für die Studenten zwei Zimmer ein«, fuhr die Schwägerin in ihrer flinken, keinen Widerspruch duldenden Art fort – auch sie bezeichnete ihre Buben bereits als »Studenten«, wie es Anna schon einmal von der Großmutter gehört hatte nach dem Mittagessen bei ihrem ersten Besuch in Bergheim –, »und dass ihr mir ja anständig seid, dass vom Onkele keine Klagen kommen!«, wandte sie sich mit unüberhörbarem Stolz an die beiden halbwüchsigen Söhne.

»Jaaa – Jaaa Mutti ...«, sagte Rolf gespielt gereizt und leicht überheblich, »da brauchst dir aber auch schon gar nichts denken!«

Frau Altweg wusste genau, dass vom Onkel nie eine Klage kommen würde und noch viel weniger von der Großmutter, denn die vergötterte ihre beiden ältesten Enkel. Aber sie wollte dieses Thema nun einmal vor Anna ausbreiten.

Da wusste Anna, dass man es nun doch anders beschlossen hatte, und Rolf und Christoph nach Fertigstellung des Stadtpfarrhofes nicht mehr ins Internat gehen würden, sondern beim Onkel wohnen sollten, und es würde sein, als hätte Maurus Söhne.

»Die sind ja gerade erst mit dem Rohbau fertig geworden«, mischte sich nun Maurus' Bruder in seiner ruhigen Art ein, »da wirst du dich schon noch eine Zeitlang gedulden müssen, vermutlich bis Ende des Jahres; vorher wird das Haus kaum bezugsfertig sein.«

Schwermütige Einsamkeit drückte plötzlich auf Annas Herz, denn dann würde Maurus wohl noch weniger Freiheit haben, um hin und wieder wegzukommen.

Anna trank, lechzend nach Betäubung, und empfing in ihre großaufgetanen Augen einen langen, seltsamen Blick vom geliebten Mann.

Schau mich doch nicht so an, jammerte es unruhig und unbehaglich in ihr, *schau mich doch bitte nicht so an, nicht so ... So sieht man jemanden an, den man bemitleidet, aber dem man nicht helfen kann. Wohin sind deine Gedanken inzwischen gelaufen ...? Ja, ich weiß es doch selbst, es ist ausweglos ... ausweglos. Aber in der Kirche werde ich dich anschauen dürfen, das können sie mir nicht nehmen!*, dachte sie in wehem Trotz.

»Ja«, sagte Maurus plötzlich knapp und erhob sich. »Es gibt noch allerhand zu tun.«

Er verließ das Zelt, gefolgt von seinem Bruder und den beiden älteren Neffen. Es schien Anna, als ob er sich wegen des Redeschwalls seiner Schwägerin genierte – und wohl auch, weil sie die Buben als »Studenten« bezeichnete, was sie ja nun wirklich noch lange nicht waren und – wer weiß – vielleicht nie sein würden.

Dann humpelte auch Frau Huser mit der an ihrer Hand trippelnden kleinen Mona hinter ihnen ins Freie. Die Schwägerin sammelte das Geschirr zusammen und wies mit einem Zustoßen ihres Zeigefingers auf einen Plastikeimer: »Fräulein Anna, holen S' da drüben Wasser zum Spülen! Kristin geh mit, dass sie's findet!«, rief sie nach ein paar geschäftigen Schnaufern über ihre rechte Schulter, schon emsig hantierend.

Anna kam wasserschleppend in Begleitung des neben ihr herhüpfenden Kindes zurück, den linken Arm zur Balance weit von sich gestreckt, hochatmend und heißwangig von der Auszeichnung, die ihr durch die Heranziehung zur Mitarbeit widerfahren war. Als Kristin ihre Geschwister im kleinen Nebenzelt in der Dunkelheit beieinandersitzend erkannte, rannte sie von Anna weg zu ihnen hinüber.

»Eine Frau hat nur Arbeit, wenn man zeltet«, sagte Frau Altweg, als sie der eintretenden Anna mit sehnigen Armen den Kübel abnahm und das Wasser vorsichtig in die Spülschüssel ausgoss. »Aber mit so vielen Leuten kann man nicht ins Hotel, das ist einfach zu teuer. Mein Mann verdient nicht schlecht, aber Kinder kosten viel Geld heutzutage.«

Anna lächelte zag und pflichtete ihr schüchtern bei. »Wenn Sie mir ein Geschirrtuch geben, würde ich Ihnen gerne abtrocknen helfen«, fügte sie leise hinzu.

Sie war in der Nähe von Frau Altweg noch gehemmter als beim Zusammensein mit deren Mutter, vielleicht weil sie spürte, wie unüberbrückbar wesensverschieden sie beide waren, und weil sie der Ehrbarkeit der verheirateten Frau und ihrer oft erlebten Frömmigkeit gegenüber immer ein Gefühl ähnlich dem einer armen Sünderin hatte – wogegen sie bei Frau Huser instinktiv spürte, dass hinter der unüberwindbaren, oft rasend ausbrechenden Eifersucht, wenn auch unbewusst, das Verständnis für Annas Leidenschaft, die ja dem gleichen Manne galt, vorhanden war.

»Ja, da werden wir kein Glück haben«, entgegnete die Schwägerin dem schüchternen Anerbieten, »das Geschirr muss heute so trocknen. Die Tücher sind wahrscheinlich irgendwo unten drin, unter all dem andern Zeug. Ich brauch daheim schon immer tagelang, bis ich alles wieder ausgepackt und an Ort und Stelle hab.«

Anna wusste nicht recht, was tun und was reden. Sie stand verlegen herum und versuchte unter irgendeinem Vorwand zu entkommen.

»Ich geh vielleicht ein wenig zu den Kindern hinaus«, würgte sie scheu hervor.

»Ja, das tun S'!«, sagte die Schwägerin milde.

Anna entwischte aus der unruhigen Kerzenhelle des Zeltes in die Bläue der Veroneser Nacht, in der der Widerschein der hellen Stadt die Sterne um ihr Leuchten betrog. Im Lampenlicht des Parks überkringelten die Schatten der Baumzweige die kreideweißen Kieswege. Menschliche Gestalten huschten darüber hin und verloren sich zwischen den blauschwarzen Zeltpyramiden. Sie sah im Licht der Bogenlampen die Autos später Ankömmlinge das Tor passieren mit planenverhülltem Zeltgepäck auf den Dachträgern; aus herabgekurbelten Fenstern reichten die Fahrer ihre Pässe zur Kontrolle hinaus. Aber ihn, den sie so brennend suchte, entdeckte sie nirgends.

Aus dem nahegelegenen kleinen Schlafzelt rief ihr Kristin zu: »Fräulein Anna, erzählen Sie uns ein Märchen?«

Anna wandte sich um und ging zu den drei dunkel kauernden Kindergestalten hinein. Sie hockte sich zu ihnen auf den Boden.

»Soll ich euch die Geschichte vom *Zwerg Nase* erzählen?«

»Oh ja, bitte!«, rief das Mädchen begeistert, und auch Uli und Clara, die beiden anderen im Bunde, wandten ihr stumm und erwartungsvoll die hübschen, von der Nachtbläue zart verschatteten Kindergesichter zu.

Da ließ Anna die orientalische Pracht des marmorweißen Scheichs-Palastes von Alessandria aufsteigen, wo die freizulassenden Sklaven bei Erfrischungen, Wasserpfeife und köstlichem Sorbett auf kostbaren Teppichen vor ihrem Herrn saßen, der auf schwellenden Damastpolstern ruhend schwermütig ihren Geschichten lauschte.

Sie erzählte den Kindern, die an ihren Lippen hingen, vom schönen Knaben Jakob, der von einer Kräuterhexe in einen hässlichen, buckeligen Zwerg verwandelt wird, und bei Eichhörnchen und Meerschweinchen meisterlich kochen lernt, – als plötzlich ein massiger Schatten den Zelteingang verdunkelte, und die Stimme Frau Husers gut gelaunt sagte: »Ja, ja, das gefällt euch!«

Annas Herz setzte aus, als sie Maurus neben der Base stehen sah, und sie verstummte.

»Erzähl doch weiter«, ermunterte er sie, und Lächeln war in seiner Stimme. Da gingen die beiden auch schon wieder weg. Anna, von einer unbezwinglichen Macht an den Boden gebannt, spürte einen feinen Schmerz aufbrechen, und ihre Augen irrten über die wunderbefangenen Kindergesichter. Schluckend wie unter harter Fron brachte sie die Erzählung zu Ende. Dann stand sie auf und sagte: »Ich bin nun sehr müde und geh in mein Zelt hinüber. Ihr werdet sicher auch bald schlafen gehen.« Sie zwang in ihre Stimme die Leichte, mit der die Liebe Kindern das Leid verbirgt. Sie wagte sich nicht mehr ins Familienzelt, und ging in der warmen Nacht den kurzen Weg zu ihrer Behausung. Jemand hatte inzwischen den Schlafsack von Kristin hergebracht. In der schmalen Rinne zwischen den beiden Lagerstätten hielt Anna sich auskleidend die Balance bis sie lag und die Decke über sich heraufzog. Sie lauschte in die Nacht hinaus: *Ob er noch zu ihr herüberschaute, bevor das Kind kam?*

Da hörte sie rasche, gedämpfte Schritte.

»So – da – geh nur hinein!«, sagte draußen die Schwägerin, indem sie die Zeltplane hob und Geißlein im Schlafanzug hineinschlüpfen ließ. »Gute Nacht, und schlaft recht gut miteinander!«, rief sie munter und ging.

»Ist dein Onkele drüben?«, flüsterte Anna erstickt.

»Ja, die trinken noch Wein und reden«, erwiderte das Kind.

Anna fragte nichts mehr. Wieder riss jener ungestüme Schmerz in ihr, dass die Zeit unwiderbringlich hinging und sie aus seinem Leben ausgeschlossen war. Sie machte die Augen zu und tastete sich mit ihrer ganzen Vorstellungskraft zum großen Zelt hin, um ihn anzurühren. Er musste, *musste* noch kommen. Er war ja noch so nahe wie das ganze Jahr über nicht mehr. Als Füße über das Gras streiften, lag sie ganz starr. Das geliebte Gesicht tauchte dunkel ins Zelt herein. Wild vor Heimweh brannten ihm ihre Augen entgegen, aber das Schluchzen gefror in ihrem Hals, und ihr Leib, der aufschnellen wollte, verharrte gelähmt auf der Luftmatratze. Er neigte sich zu der kleinen Nichte hinab und küsste sie. Dann sah Anna seine dunkelglänzenden Augen ganz nah über sich, aber ihr lautloser Schrei prallte gegen die Mauer aus Vorsicht und Sittlichkeit, um dann, als er nur wortlos ihre Hand drückte, in bodenlose Enttäuschung abzustürzen. Es kam ihr nicht in den Sinn, dass er sie vor der kleinen Nichte unmöglich küssen konnte.

Der Zeltvorhang fiel hinter ihm herab. Mit weiten Augen lauschte sie dem Enteilenden nach. Dann füllte uferlose Leere die Welt. Bevor der Schlaf Anna leise überkam, floss es lau und unaufhaltsam aus geschlossenen Lidern über ihr nachtkühles, unbewegtes Gesicht.

15

Am nächsten Tag fuhr Maurus um die Mittagszeit hinter dem Auto seines Bruders aus dem Zeltplatz in die Straßen Veronas hinaus. Anna hoffte einem letzten Tag mit dem geliebten Mann entgegen. Sie sah alles durch ihn hindurch: Die Stadt Dietrichs von Bern mit ihren alten Plätzen und Fassaden, den Marmorstandbildern, Kirchen, Türmen, Festungsmauern, Palastzinnen und Brücken – sie erhaschte für einen Augenblick in schräger Tiefsicht das Blinken der Etsch und erlebte alles durch den Zauber seiner Gegenwart. Er saß wieder links vor ihr wie auf der Fahrt durch die Lunigiana und Emilia. Der Ausdruck seines Gesichts unter dem naturfarbenen Stohhut war ernst und angespannt. Auf einer Kreuzung bog er plötzlich ab, ohne dem Auto seines Bruders noch weiterhin zu folgen. Seltsamerweise verlor niemand ein Wort darüber.

Annas Herz begann dumpf zu pochen.

Ein großes Gebäude kam in Sicht, rückte näher. Asphaltrampen spien einen gepäcktragenden Menschenstrom ins mittagsheiß flimmernde Verkehrsgewühl und sogen eilig Zustrebende in ein weites Portal.

Der Bahnhof!, schrak es durch Anna, *Warum fährt er zum Bahnhof?*

Eine stechende Ahnung durchzuckte sie.

Das Auto schob sich langsam durch die Verkehrsdichte und ergatterte auf dem Bahnhofsgelände die Parklücke eines eben ausscherenden Fiat. Als Maurus ausstieg, sprangen gleichzeitig die Kinder nacheinander ins Freie. Auch Frau Huser öffnete die Tür, ertastete mit ihren dick geschwollenen Füßen unsicher das Pflaster, und stemmte ächzend ihre Leibesfülle hinaus. Maurus umschritt den Wagen, kippte das Rückenpolster des rechten Sitzes nach vorn, und hob ins Auto gebückt den sperrigen Überseekoffer von Annas Seite. Aus ihrem Blick traf ihn das stumme Entsetzen eines todwunden Tieres. Er ging, den schweren Koffer schleppend, durch das turbulente Treiben der Halle zu, die humpelnde Base mit den Kindern und der wehrlosen Anna im Gefolge, die betäubt, knieweich und ohne

Denkvermögen wie eine Verurteilte auf dem Weg zur Hinrichtung in ihrer Mitte einherlief.

Das Bahnhofsinnere wimmelte von Reisenden und widerhallte von melodischen, italienischen Lautsprecherdurchsagen. Maurus stellte den Koffer ab, wandte sich zu Anna um und fragte, vom summenden Lärm umbrandet: »Anna, wo hast du deine Fahrkarte?«

Mit fliegenden Händen zerrte sie das dunkelbraune Billett aus dem Brustbeutel, die verbliebenen Lirescheine quollen aufschnellend über ihre zitternden Finger und segelten zu Boden, während sie einen Herzschlag lang schamheiß und wie angeprangert mit einem Gefühl des Verstoßenwerdens die Bubengesichter gewahrte, die alles mit kühlem Interesse verfolgten – und sich zugleich unter den Augen Frau Husers wusste, wie damals Hagar unter den mitleidlosen Augen von Sara, als Abraham ihr die Wasserschläuche auflud und sie in die Wüste entließ.

Maurus, der sich nach den Geldscheinen gebückt und sie eingesammelt hatte, reichte sie ihr zusammengefaltet zurück, nahm die Fahrkarte entgegen und sagte: »Ich lasse dir die Fahrt von Carrara bis Verona gutschreiben, dann kannst du dir in München das Geld zurückzahlen lassen ... wartet hier«, fügte er zu seiner Base gewandt hinzu, »ich bin bald wieder da!«

Die Buben liefen mit ihm weg und Anna hörte noch, wie Christoph zu ihm hinaufbettelnd nach dem Fahrschein verlangte, den er dann im Laufen studierte, bis alle drei hinter einer Bürotür verschwanden.

»Von hier können S' bis München durchfahren«, sagte Frau Huser verbindlich, aber kieselhart, und bohrte ihre gletschergrau umrandeten Stecknadelpupillen in Annas wild-verzweifelte Augen.

»Wann kommen Sie da heim?«, erkundigte sich Geißlein treuherzig.

»Ich weiß nicht«, sagte Anna und schluckte, »ich schau schnell den Fahrplan an ...« und lief, dankbar unter diesem Vorwand wegzukommen, zu der großen Anschlagtafel mit den Abfahrtszeiten der Züge hinüber. Ihr Wahnsinnsblick zerfloss über den Buchstaben und Ziffern, die flackernd zu tanzen begannen, und flog in kurzen Abständen immer wieder gehetzt zur Tür des Bahnbüros, aus der Maurus wieder herauskommen musste.

Und als der ersehnte und zugleich gefürchtete Augenblick da war, ging sie mit zögernd berechneten Schritten, um gleichzeitig mit ihm anzukommen, durch das Bahnhofsgetriebe zu ihrem Koffer zurück, auf dem Kristin wie ein kleiner Wächter kauerte, und Frau Huser reglos wartend wie ein massiges, in Bauernblau gewandetes Steinmonument stand.

Als sie aufeinandertrafen, nahm er Anna bei der Hand indes er weich sagte: »Kind, du musst dir an einem Schalter im Münchner Hauptbahnhof ein Antragsformular auf Fahrkostenrückerstattung geben lassen und es ausgefüllt mit der Fahrkarte zusammen einreichen ... Schau«, er zeigte ihr ein Stempel-Zertifikat auf der Rückseite des Fahrscheins, »da hinten ist bestätigt, dass du die Heimfahrt erst in Verona angetreten hast. Dein Zug geht in einer halben Stunde. Komm! Ich bring dich noch auf den Bahnsteig ... Einmal muss es ja doch sein!«, setzte er leise wie zu sich selbst hinzu und raffte den schweren Koffer wieder auf.

Unfähig, ein Wort zu erwidern, zwängte sie ihre kleine, kalte Hand neben der seinen in den Koffergriff, bei der Berührung des Mittragens ihre lichterlohe Abschiedsverzweiflung lautlos in ihn hineinglühend: *Es wird so schrecklich sein, wenn du nachher fortgehst, wenn du mich allein lässt ... ich hab dich doch so lieb ... lass mich nicht allein, bitte, bitte, auf diesem fremden Bahnhof ... ich weiß gar nicht, was ich tun soll, wenn du fort bist – was soll ich bloß tun?*

Sie gingen der Unterführung entgegen die zu den Gleisen führte, stiegen die Stufen hinab, und durchquerten beim polternden, ohrenbetäubenden Dröhnen eines über ihnen einfahrenden Zuges den bebenden Tunnel, stiegen schwer atmend zum Perron hinauf, auf dem der Brenner-Express ankommen musste.

Der Bahnsteig war unabsehbar voll von Reisenden, die dem haltenden Zug auf dem gegenüberliegenden Gleis entquollen und ihr Gepäck über die Trittbretter herabzerrten, und denjenigen, die dem Zug entgegenharrten, mit dem auch Anna fahren sollte. Es war eine Bewegung von zielstrebigem Strömen und Gegenströmen; schwitzende, schleppende, schreiende, hastende Menschen schoben und wanden sich durch die Wartenden, die von Verwandten oder Freunden umringt redend und gestikulierend beisammen standen oder gleichmütig auf ihren Gepäckhügeln hockten, und in der Mittagswärme schläfrig vor sich hindösten. Ständig das hastig hervorgestoßene »permesso« der Vorbeidrängenden und Anrempelnden in den Ohren, schlängelte sich Maurus mit Anna und dem Koffer durch das Gedränge; Frau Huser und die Kinder folgten ihnen dicht auf den Fersen. Der typisch trockene Bahnhofsgeruch nach Ruß, Eisen, Staub, Abort und Karbol, untermischt mit scharfer, menschlicher Ausdünstung, hing in der Luft.

Maurus ließ den Koffer absacken, der mit einem schürfenden Laut auf den Betonboden schleifte, und sagte: »Du bleibst am besten gleich hier stehen; wenn sich die Leute verlaufen haben, gibt es Platz. Sicher hilft dir jemand, den Koffer in den Zug hineinzuheben.«

Annas Augen flimmerten von verhaltenen Tränen und übermenschlicher Beherrschung. Die Bedrückung des Unabwendbaren, dessen er sich schuldlos schuldig fühlte, belegte heiser seine Stimme, als er ihr die Hand reichte und leise sagte: »Komm gut heim, Kind! Ich wünsche dir eine gute Reise. Behüt dich Gott und alles Gute!«

Blind für alles um sie herum, schlug die Qual der Trennung über ihr zusammen. Sie hatte auf einmal die rasende Vorstellung, als müsse sie die Arme um ihn werfen und ihn festhalten. Aber nur ihr Herz zuckte wild in schnellen, harten Stößen wie das eines in die Enge getriebenen Wildes, von vier Paar Augen umstellt, während ihre Hand kalt und leblos in seiner lag. Für eine Sekunde hetzte ihr Blick über die Gesichter der Buben: Aus Rolfs frühreifen Mandelaugen traf es sie wie seziererische Neugier und spöttische Genugtuung. Frau Huser streckte ihr die Hand hin, die sich kühl und knochig anfühlte, und sagte mit spitzer Munterkeit: »Behüt Sie Gott! Gute Reise!«

Anna dankte und schluckte würgend.

Dann verabschiedete sie sich mit zitterndem Anstand rasch von Geißlein und den Buben. Alles, was sie jetzt tat, war so unwirklich, war wie eine mechanische Bewegung von Gliedern und Lippen. Im sekundenlang unbewussten Abschweifen ihrer flirrenden Augen nahm sie nichts wirklich wahr – keinen Atemzug lang das letzte Zusammensein mit Maurus vergeudend. Ihr Blick verfing sich in wilder Not an der Gestalt des Geliebten, der ihr Leben mit sich fortriss, wenn er ging.

Als er sich umwandte und mit den anderen wegging, stand sie in stummer, panischer Ausweglosigkeit auf den Bahnsteig gebannt. Ein Schrei wollte sich ihrem ausgetrockneten Mund entringen, die letzte Möglichkeit gewaltsamen Anklammerns und Zurückhaltens Anna bezwingen, bevor sich die endgültige Trennung zwischen ihn und sie schob, und ihre tastende, verzehrende Suche nach ihm sich im Undurchdringlichen verlieren musste. Ihr Blick krallte sich ohnmächtig in seinem Rücken fest, als er sich immer weiter entfernte.

Von irgendwoher wehte ein Hauch von reifem Obst.

Vor dem Hintergrund der in heißer Mittagsbläue fern versilbernden Schienenstränge gingen die letzten Ausgestiegenen vom Zug des gegenüberliegenden Gleises an Anna vorbei und verschwanden im Sog der Unterführung. Hinter ihnen stieg Maurus mit Frau Huser und den Kindern die Treppe hinab, Stufe um Stufe, wie von einem Puppenspielermechanismus gelenkt – sein Strohhut sank tiefer und tiefer.

Er schaute nicht mehr zurück. Nach einer halben Stunde fuhr der Brenner-Express in den Bahnhof von Verona ein.

VIERTER TEIL

1

Anna war wieder daheim in München in ihrem kleinen Zimmer bei Frau Reif. Der Alltag forderte sie wieder ein und der tägliche Dienst im Amt. Aber sie lebte aus der Vergangenheit. Ihre Sehnsucht nach Maurus war so groß, dass sie sich ihn buchstäblich einverleibte; ihr Wesen war so von ihm durchtränkt, dass sie oft wie in Trance arbeitete. Sie ließ ihn von ihrem Leben Besitz ergreifen, weil sie nicht ohne ihn leben konnte. Und doch nahm sie jede Gelegenheit wahr, um sich abzulenken und auf andere Gedanken zu kommen. Es gab Tage, an denen sie die Großstadt sogar genoss. Der Herbst lockte mit Spaziergängen im Nymphenburger Park. An Samstagen ging sie manchmal mit Frau Reif auf den Wegen unter Bäumen bis zum großen Wasserbecken, in dem Schwäne ruhig und gravitätisch ihre Bahn zogen.

Eines Tages sah sie ein Plakat, auf dem, wie jedes Jahr um diese Zeit, die Antiquitätenmesse im *Haus der Kunst* angekündigt wurde.

Es war an einem nasskalten Herbstabend voll rostbrauner Färbung. Anna, die Hände tief in die Taschen ihres grünen Lodenmantels vergraben, durchquerte auf knirschenden Kieswegen den Münchner Hofgarten. Vorbei an einsamen, glänzend nassen Bänken am offenen Rundtempelchen, das durchsponnen von regentrüber Schwermut mit der Dämmerung verwuchs, vorbei an balgenden Hunden, die ineinanderverkeilt die steile Grasböschung in das tiefer gelegene Anlagenquadrat vor dem Armeemuseum hinabkugelten, strebte sie dem *Haus der Kunst* zu, wo die Antiquitätenmesse schon in vollem Gange war. Sie ging nicht sofort hinein, sondern lehnte sich zwischen den großen Steinkugeln über die alte Brückenmauer an der Prinzregentenstraße, unter der, von zwei kleinen Obelisken flankiert, der Eisbach in den Englischen Garten fließt. Wasserstaub verwehte wie Silberdunst über dem mächtigen Sturz der grünglasigen Flut, die aus den niedrigen Zwillingsgewölben unter der Brücke hervorschoss und sich in gewaltigen Wogen aufbäumte. Sie schaute gern in dieses Wasser und folgte minutenlang der später raschen, aber ruhigeren Strömung unter den alten Bäumen, die sich in der dunklen Weitläufigkeit des Parks verlor. Dabei überkam sie ein Gefühl der Einmaligkeit und Großartigkeit *ihrer* Münchner Stadt, in der sie lebte, und die sie nun mit Stolz als die ihre empfand. Und es war ihr, als ob gerade in dieser nebeltrüben Jahreszeit mit dem gelben und rostroten Laub auf dem Boden neben der in feuchter Verschleierung verschwebenden klassizistischen Prachtstraße, der geheimnisvollen, dämmerigen Tiefe des Englischen Gartens, und der im spiegelnden Scheinwerferlicht langsamer, lautloser und eleganter – wie ihr schien – auf dem nassen Asphalt vorüberziehenden Autos, die Vornehmheit der Stadt noch mehr zur Geltung kam.

Sie löste sich vom Brückengeländer und wanderte die kurze Strecke zurück zum *Haus der Kunst*. Im lichtstrahlenden Foyer war großes Gedränge. Lässig übergeworfene Pelze, Parfümdüfte, Lächeln, Eleganz – die große weite Welt streifte sie. Wie ein junges Pferd, das mit aufgeblähten Nüstern den Kopf in fremde, aufregende Witterung wirft, überließ sie sich mit glänzenden Augen und hochschlagendem Herzen dem Sog dieses unwiderstehlichen Flairs. Abwesend löste sie die Eintrittskarte. Wie getragen von einer Woge wurde sie inmitten anderer Besucher zwischen livrierten Museumsaufsehern in das Labyrinth der Messestraßen hineingespült. Sie trieb durch die reich- und breitgefächerte Vielfalt der Kostbarkeiten aus allen Sammelgebieten wie ein langsam dahingleitendes Boot auf einem Fluss zwischen schimmernden Borden, hin und wieder festgehalten von der Besonderheit eines Exponats. Alles war geprägt von Seriosität und Renommee.

Sie sah vornehmes, englisches Mobiliar, erlesene Stücke aus der französischen Königszeit, wundervolles Porzellan, Moskauer Silber, ostfriesisches Silber, alte Humpen und Engelsköpfe, Zinn und russische Ikonen, bewunderte eine Augsburger Silberkanne mit Becken um 1715; eine Plastik von Tilman Riemenschneider lenkte ihren Blick auf sich; ihre Augen verloren sich auf der volksliedhaften Farbigkeit alter kaukasischer Teppiche, streiften einen schönen Herat. Die Landschaft eines niederländischen Meisters zog sie an – riesenhaft, dunkel. Lange stand sie bei Bierstorfer vor der lieblichen Madonna eines Ulmer Meisters und dem kostbar gefassten Holzrelief eines heiligen Ulrich aus dem schwäbischen Raum, gleich daneben flämische Tapisserie – alles zu sagenhaften Preisen. Sie glitt an der Koje von Bernheimer vorbei mit antiken Orientteppichen und einer gotischen Truhe aus Florenz, betrachtete eine vergoldete Kaminuhr der Königin von Neapel und ein vergoldetes Trinkgefäß in Form eines Bären aus dem 16. Jahrhundert. In einem anderen Stand sah sie Asiatica, später Volkskunst, bemalte Bauernschränke aus der Tölzer Gegend und Hinterglasmalerei – gegenüber Exotica, Fayencen, Goldschmiedearbeiten, Gobelins. Weit hinten, am Ende des Saals, stöberten junge Menschen in einem Antiquariat; an den Wänden reihten sich in Schweinsleder gebundene alte Bücher aneinander, auf den Tischen lagen Graphiken; man konnte Einblick nehmen in kostbare illustrierte Bände mit kolorierten Kupferstichen von Blumen und Tieren.

Minutenlang setzte sich Anna auf einen leeren Stuhl und betrachtete die Vorüberschlendernden. Eine schwangere Frau fiel ihr auf. Sie trug ihr verinnerlichtes Gesicht wie eine Blume über der schweren Leibeslast, und wanderte wie in Trance langsam an ihr vorbei. Anna erhob sich wieder und ging weiter durch die Messehalle.

Vor einer Galerie kostbarer alter Gemälde faszinierte sie ein alter Herr mit silbernem Haarhelm. Er saß, die Beine übereinandergeschlagen, auf einem Louis-quatorze-Sessel, das feinnervige Falkengesicht mit abweisender Noblesse auf die aristokratisch schmale Vornehmheit seiner Hand gestützt, die einen Stock mit Elfenbeinknauf umschloss. Anna näherte sich mit einem plötzlichen Anflug von Schüchternheit, von standesbedingter Deplaziertheit, seinen Bildern, die er mit einem Gemisch aus staunenswertem Unbeteiligtsein und unsäglichem Hochmut zu hüten schien wie den heiligen Gral. Sie empfand es wie eine unverdiente Gnade, überhaupt davor stehen zu dürfen. Dass sie verkäuflich seien, schien ihr in seiner Nähe ganz und gar aus dem Bereich des Möglichen gerückt.

Sie wandte sich der Bilderwand hinter seinem Rücken zu. Plötzlich spürte sie das schmerzhafte Bohren der Erinnerung wie eine Meißelspitze in ihrem Innern. Die schwarz lodernden Zypressen in den Hügelgärten des südländischen Gemäldes, das sie gerade betrachtete, wichen vor ihr zurück. Sie sah sich wieder im Brenner-Express und erinnerte sich an das unmögliche, aussichtslose Unterfangen, auf der Plattform des ratternden Zuges stehend, eingezwängt zwischen schwitzenden Menschen und Gepäck, mit heißen Augen in der Veroneser Klause unter den in weiter Ferne auf der Landstraße dahinschießenden Silberameisen der Autos das von Maurus zu erkennen. Aber der Zug war dahingerast und die Landschaft wechselte. Sie spürte wieder die sich verschiebenden Eisenteile der Plattform bei jedem Gleiswechsel unter ihren Füßen. Trient und Bozen unter glühender Sonne. Später Brixen mit seinen Doppeltürmen und wehem Erinnern. Am Brenner war ihr leichter geworden. Als kühle sich ein in die Luft geschleuderter, heißer Lavabrocken dem Gesetz der Schwerkraft folgend und auf die Erde zurückkehrend langsam ab, oder als wirke die Nähe der Heimat beruhigend auf sie: Auf einmal war wieder Zuversicht über sie gekommen. Sie lebte auf in dem Bewusstsein, dass nun jeder Kilometer ihr Maurus wieder näher rückte. In Innsbruck war ein Abteil frei geworden. Die Erregung der Heimkehr hatte sie erfasst. Der Italiener, der ihr in Verona den Koffer auf die Plattform geschwungen hatte, saß ihr nun gegenüber. Anna vermutete, dass er ein Gastarbeiter war und nach Deutschland fuhr, um zu arbeiten. *Auch er hat Abschied nehmen müssen,* hatte sie gedacht. Er hatte seinen Holzkoffer, der auf seinen Knien lag, geöffnet, und einige eingewickelte Päckchen herausgenommen. Dann säbelte er einen Kanten Weißbrot ab und reichte ihn Anna zusammen mit einem auf das Messer gespießten Brocken Schafskäse herüber; dabei hatte er ihr gutmütig ermunternd zugelächelt.

Auftauchend aus dieser Erinnerung wandte sie sich von dem Italien-Bild ab und schlenderte weiter durch die Messestraßen. Im Vordergrund einer Koje mit Landschaften alter Meister saß an einem zierlichen Biedermeiertisch vor hauchzarten, dampfenden Moccatässchen ein junges Paar nebeneinander – schöne, elegante, hochgezüchtete Menschentypen. Anna hätte nicht zu sagen gewusst, warum sie unwillkürlich an Thomas Manns Erzählung *Wälsungenblut* denken musste. Sie betrachtete verstohlen das marmorklare, fein gezeichnete Gemmenprofil der jungen Frau – die großen, dunklen Augen der beiden Menschen waren lächelnd und wie verzaubert einander zugewandt – der Mann, hochgewachsen und feingliedrig wie sie, schien ganz ihr hingegeben. Annas Blick folgte seiner schmalen Hand, die im Seitenschlitz ihres langen, schwarzen Samtrocks liebkosend die seidenbestrumpften Beine entlangglitt. Sie saßen da wie auf einer kleinen Insel, ganz auf sich konzentriert, scheinbar völlig unberührt von dem sie umbrandenden Menschengetümmel.

Anna trat hinter der jungen Frau an ein Gemälde heran und hörte sie mit zärtlich dunklem, rauchigem Timbre sagen: »Mamá sollte erst im Herbst nach New York fliegen ... denkst du nicht auch?«

Sie rätselte, wie die beiden zueinander standen – waren es Geschwister, oder Liebende, oder ein junges Ehepaar –, in welcher Welt von Reichtum, Luxus und Vornehmheit sie wohl lebten? In diesen Abendstunden war es ihr, als hätte sie selbst Anteil an dieser Welt – fern ihrer Realität des Brotverdienens, und auch im Moment fern ihrer unerfüllbaren Liebe. Sie genoss diesen vorübergehend gehobenen Zustand und wusste zugleich, dass sie um nichts hier oder anderswo mit jemand hätte tauschen wollen, Maurus war ihre Sehnsucht und unerfüllte Erfüllung. Trotz des Hochgefühls inmitten dieser erlesenen Kostbarkeiten und der im Reichtum lebenden Menschen spürte sie, fühlte es wie in Trance: Das mit Maurus, das reichte zurück in nie gelebte Vergangenheit – und erstreckte sich in noch nicht gelebte Zukunft ... es musste so sein, es war ihre Bestimmung.

Langsam ging sie weiter von Bild zu Bild. Flämische Landschaften hingen da – sicher sehr kostbar; eine Troika raste über die winterliche, rosig belichtete russische Steppe – die Wahnsinnsaugen hungriger Wölfe irrlichterten neben angstschnaubenden Pferden.

Anna fand es aufregend und faszinierend, was sie in diesen Abendstunden im *Haus der Kunst* erlebte. Sie trank die Atmosphäre in sich hinein. Sie war eingetreten in eine Welt, die sie bisher nicht kannte.

Das Gedränge in den Gängen wurde immer dichter. Sie verspürte

Hunger und strebte dem Ausgang zu. Durch die schon nächtliche Akademiestraße ging sie zum Odeonsplatz und nahm die Trambahn in Richtung Schwabing. Hinter dem Siegestor sauste sie zwischen schwarzen Pappeln durch den lichterglitzernden Boulevard der Leopoldstraße, stieg um, und fuhr über den Kurfürsten- und Hohenzollernplatz zum Leonrodplatz und weiter zur Borstei. Als sie geräuschlos die Wohnungstüre aufschloss, sah sie beim Eintreten am Ende des Gangs die hohe Gestalt von Frau Reif in gebückter Haltung durch das Schlüsselloch in Frau von Galls Zimmer spähen. In diesem Augenblick glich ihr Profil dem einer angespannt lauernden, grauen Spitzmaus. Sie schrak empor, als Anna die Wohnungstür hinter sich schloss. Diese tat, als hätte sie nichts bemerkt, und trat mit einem freundlichen Gruß schnell in ihr Zimmer.

2

An einem kalten, regnerischen Novemberabend wanderte Anna wie gewöhnlich eine Stunde zu Fuß vom Dienst heim. Da begegnete sie einer Kinderprozession, die singend mit Laternen hinter einem Reiter herzog. Sein weiter, roter Umhang bedeckte noch das Hinterteil des Pferdes. Es fiel ihr ein, dass heute Martinstag war mit dem alten Brauch des Martiniritts. Der Legende nach hatte der heilige Martin mit dem Schwert seinen Mantel geteilt, um die Hälfte einem frierenden Bettler zu schenken. In ihrem Zimmer setzte sie sich an den Tisch, und schrieb spontan ein Gedicht nieder:

MARTINIRITT

Lampions schaukeln an Stecken,
schwanken durch windige Regennacht,
umtanzen leuchtend den Heiligen
auf seinem störrischen Gaul.

Doch mir verlöschte das Antlitz,
als sein Mantelschatten
fliehend
mich dunkel übersprang.

Morgen wird Schnee
herabbrechen
wie weißes Mehl.

Sie las die Verse und freute sich wie einer, der mit seinen Händen aus einem Tonklumpen eine Vase geformt hat. Auf einmal empfand sie diesen Abend und ihr kleines Zimmer wie eine warme Zuflucht, in die sie sich einkuscheln konnte.

In der Morgenfrühe zog sie die grünen Vorhänge zurück. Es war noch dunkel draußen – eine weiß schimmernde Dunkelheit: Über

Nacht hatte es geschneit. Der holzverschalte Brunnen und die Rasenfläche lagen unter einer Schneeschicht.

An manchen Abenden – es war selten – hörte Anna das Telefon im kleinen Zimmer am Ende des Gangs klingeln. Wenn es dann geschah, dass Frau Reifs Schritte sich ihrem Zimmer näherten und sie anklopfte, schlug ihr Herz schneller. Denn dann flüsterte ihre Vermieterin mit bedeutungsvoller Miene durch den Türspalt: »Ein Anruf für Sie!«, und beide wussten, von wem er kam. Anna kümmerte es nicht, dass sie ahnte, dass Frau Reif vor der Tür mit gespannter Aufmerksamkeit etwas vom Gespräch zu erhaschen suchte. Insgeheim schmeichelte es ihrer Hausfrau, dass ein Kleriker, ein Mann mit Geist und Bildung, mit ihr Verbindung aufnahm, wenn auch nur Annas wegen. Und da das Leben für sie selbst nichts Aufregendes mehr bereit hatte, sog sie aus dem blutwarmen Erleben ihrer Untermieterinnen Ersatz und eine letzte, arme Erfüllung.

Eines Abends fand Anna einen Brief von Maurus auf ihrem Tisch mit Datum vom 6. Okober 1957, der sie, aus welchen Gründen auch immer, erst jetzt erreichte.

Meine liebe Anna!
Wo bist Du wohl in dieser Nacht, in Deiner Nacht? Ich suche Dich mit meinem Herzen, das Dich mit guter Liebe lieben möchte, mit einer Liebe, die Deine Tränen trocknet, daß das nicht der kalte Nachtwind tun muß; mit einer Liebe, die Dich vertrauend den Weg in die Zukunft gehen läßt.
…
Warum sagst Du, ich hätte keine Zeit für Dich? Gibt es nicht etwas, was mehr wert ist als die Zeit? Die Zeit ist vorausgesetzt, aber in der Zeit gilt doch nur der Einsatz des Lebens und der Liebe.
Ich habe draußen in der Nacht eine Stimme gehört, eine junge Stimme, die klang so zuversichtlich und hell. Ich wünschte, es wäre Deine Stimme gewesen.
Ich tue Dir weh – aber ich tue das Rechte, wenn ich sage: Komm nicht! Bleibe! Wir können alles lernen, wenn wir es

nur ernstlich wollen. Jedes Kommen bereitet neue Mühsale. Aber wenn Du Dich überwindest, wenn Du opferst, dann wird allmählich der Friede kommen und Dein liebes gutes Herz wird die geläuterte Freude erfahren, und dann wird an Deiner Freude Anteil haben, der mit Dir leidet.

D. M.

3

In einer Dezembernacht wachte Anna von einem Geräusch am Fenster auf. Sie lag zuerst still und lauschte, und als sie erneut ein Klirren hörte, stand sie auf und lugte durch den Vorhangspalt hinaus. Unter ihrem Fenster stand Maurus. Er sah zu ihr herauf und winkte sie zu sich heraus. Leise öffnete sie das Fenster und flüsterte mit pochendem Herzen hinunter: »Ich komme gleich!« Ihr Blick streifte die Uhr: Es war schon nach Mitternacht. Sie war jetzt hellwach und zog sich rasch an. So lautlos wie möglich verließ sie die Wohnung.

»Ich musste überraschend eine Verwandte nach München heimfahren und konnte es dir nicht mehr sagen«, sagte er. Anna schmiegte sich an ihn. Im Auto legte sie wie immer den Kopf an seine Schulter und spürte den kalten Lodenstoff seines Mantels an ihrer noch schlafwarmen Wange. Es war so unwirklich, fast wie ein Traum, dass er da war, dass sie ihm mitten in dieser Winternacht plötzlich so nahe war und seine Stimme hörte und den Geruch atmete, der von ihm ausging: diesen leisen, herben Hauch, der seinem Haar anhaftete, und den zarten Weihrauchduft seiner Kleidung, den sie so liebte, und ihr einen Schimmer der vergangenen Kindheit vermittelte. Im heimatlichen Münster war ihr dieser Geruch schon frühmorgens bei der täglichen Schulmesse vertraut geworden.

Unter einem Alleebaum hielt er das Auto an.

»Wie geht's dir denn, mein Herz?«, fragte er, und nahm sie in die Arme.

»Du weißt es doch: Wenn du bei mir bist, geht's mir immer gut!«

Er lächelte. »Du fährst doch sicher zu Weihnachten heim? Und da wollte ich dich vorher nochmals sehen und dir ein frohes, gesegnetes Fest wünschen.«

Sie schaute ihn an. Seine Augen schimmerten wie dämmergraues Rauchglas.

»Ja«, sagte sie, »ich fahre zu meinen Eltern … und wo feierst du?«

»Weißt du, für mich ist das eine strenge Zeit. Am Heiligen Abend muss ich nachmittags noch in den Beichtstuhl … dann noch viele Kranke besuchen; wenn es mir hinausgeht, dann fahre ich so gegen acht Uhr nach Bergheim, wo sie mit der Bescherung auf mich warten.«

»Und wie ist es da?«, fragte Anna begierig und voller Sehnsucht.

»Wir gehen alle nach oben und beten vor dem Wohnzimmer ein Vaterunser, bevor wir hineingehen. Da ist dann die Krippe aufgebaut und der Christbaum und die ganzen Geschenke. Um zehn Uhr halte ich die Christmette in Bergheim; da kommen auch die Leute von Wiesmühl herüber; anschließend muss ich sofort aufbrechen, um die Mitternachtsmette in der Stadtpfarrkirche zu halten. Danach geh ich ins Bett – in der Früh habe ich schon wieder in Holzhausen den Weihnachtsgottesdienst, anschließend in der Stadt das Hochamt, dann in Bergheim, wo auch das Weihnachtsessen ist. Du siehst, zum Feiern ist da außer in der Kirche keine Zeit, vielleicht dass ich an den Nachmittagen der zwei Festtage etwas zur Ruhe komme.«

Seine Arme schlossen sich fester um sie: »Ich hab gar kein Geschenk für dich, Liebes, bei mir geht es so turbulent zu, dass ich keine Zeit finde, irgendwohin zu fahren und etwas zu besorgen.«

Anna lächelte und legte die Hände um sein Gesicht: »Ich hab ein Buch für dich, aber ich wusste ja nicht, wann ich es dir geben kann – und jetzt hab ich's vergessen ... und für mich ist es das schönste Weihnachtsgeschenk, dass du heute zu mir gekommen bist.«

»Was ist das denn für ein Buch?«

»Das verrat ich nicht. Vielleicht kann ich's dir im Januar einmal bringen?«

»Bist du an Heilig Dreikönig wieder da?«

Anna war voller Freude: die Frage klang, als erwarte er sie an diesem Tag.

Es begann zu schneien. Die Windschutzscheibe wurde undurchsichtig von dicken Flocken.

»Ich fahre dann wieder«, sagte Maurus. »Die Straßen sind nachts ja nicht immer geräumt, und da kann ich nicht so schnell fahren. Morgen ist wieder ein ausgefüllter Tag mit sechs Stunden Unterricht und zwei Gottesdiensten; nachmittags habe ich noch eine Beerdigung.«

Er brachte Anna bis zur Haustüre. Die Schneeflocken zerflossen auf ihren Gesichtern. Im Innenhof der Borstei herrschte lautlose Stille. In keinem Fenster der dunklen Häuserfassaden brannte Licht.

Annas Herz war schwer wie immer, wenn sie ihm nachschauen musste, wie er fortging.

Am Abend – Anna bereitete gerade ihren Tee zu – kam Frau Reif in die Küche herein. Sie machte sich einige Minuten schweigend am Küchenschrank zu schaffen, dann wandte sie sich um: »Frau Weller hat mir gesagt, dass heute Nacht ein Mann Steinchen gegen Ihr Fenster geworfen hat, und dass Sie dann fortgegangen sind.«

Es schoss heiß in Anna hoch. So hatte also auch Frau Weller den nächtlichen Steinchenwurf gegen das Fenster gehört. Hatte sie sich wichtig machen wollen, oder missgönnte sie Anna den Mann, weil sie es Frau Reif hinterbracht hatte? Sie war so Anfang fünfzig, klein und dick, mit schwarz gefärbten Haaren, alleinstehend, und bewohnte das Zimmer zwischen Anna und Frau von Gall.

Anna schwieg. Frau Reif stand hochaufgerichtet vor ihr. Ihr Gesicht war angespannt und streng. Die grauen Augen blickten kühl.

»War *er* das?«, fragte Frau Reif.

»Ja«, antwortete Anna knapp.

Frau Reif blieb still. Sicher wusste sie schon lange, was dieser Mann Anna bedeutete. Im Grunde hatte sie nie etwas gegen diese Verbindung gehabt. Sie selbst war in ihren Gefühlen ja auch nicht unberührt geblieben. Und sie mochte Anna. Vielleicht hatte sie gehofft, dass das ihr zugetragene Wissen nun Annas Zunge lösen und sie mehr erzählen würde. Aber so sehr sie gern mehr erfahren hätte, sie fragte nicht weiter. Anna wünschte ihr eine gute Nacht und ging hinüber in ihr Zimmer.

4

Wenige Tage nachdem Maurus Steinchen an ihr Fenster geworfen hatte, tauchte Frau Huser in Annas Dienststelle auf. Es klopfte, und sie sah zu ihrem Entsetzen die alte Frau in der Türe stehen. Trotz ihrer inneren Lähmung stand sie rasch vom Stuhl auf; sie ging in den Gang hinaus und schloss die Tür hinter sich. Ihr Herz flatterte. Die Augen der Base stachen zu; eine vernichtende Hasstirade ergoss sich über Anna, die erblasst und hilflos vor ihr stand und die Tränen nicht zurückhalten konnte. Stumm ließ sie alles über sich ergehen. Dann endlich humpelte die Base davon.

Anna konnte sich nicht erklären, wie Frau Huser in die Großstadt gekommen war; sie konnte ja nicht Autofahren. Und woher wusste sie, wo sie arbeitete? Sie wusste anscheinend alles. Anna fürchtete, dass die Kollegen drinnen den lautstarken Wortschwall mitbekommen hatten, und ihn für den Auftritt einer eifersüchtigen, alten Ehefrau gehalten hatten. Sie lief zur Toilette und kühlte ihr verweintes Gesicht mit einem nassen Taschentuch. Dann ging sie in den Arbeitsraum zurück und setzte sich mit gesenktem Kopf an ihren Schreibtisch, um schweigend und voller Scham weiterzuarbeiten. Aber die Kollegen stellten keine Fragen; keiner rührte an die ungute Sache; sie behandelten Anna mit unveränderter Achtung und einem Zartgefühl, das ihr guttat. Daheim schüttete sie zum ersten Mal Frau Reif ihr Herz aus. Sie musste es einfach tun.

Am gleichen Abend noch berichtete sie den Vorfall, der sie sehr verstört hatte, in einem Brief ohne Absender Maurus im Krankenhaus.

Einige Tage später kam ein Brief, geschrieben in einer Dezembernacht, morgens um 2.15 Uhr:

Liebe,
warum quälst Du Dich so? Ich möchte immer meine Hand über Dich halten, aber es sind Menschenhände immer schwach – ich werde immer meine Hände über Dich hal-

ten, damit Dir nichts Böses widerfahre, aber es ist kein Mensch vor dem Bösen sicher; ich werde immer meine Hände über dich halten, betend, damit Gottes Liebe Dich umfange und Du vertrauend auch durch die Nacht und die Not gehest.
Es wird Dir niemand etwas tun. Quäle Dich nicht so und glaube an den Frieden, den Gottes Herz auch Deinem lieben guten Herzen schenkt.
Du bist doch gut! Sag Dir doch nicht immer das Gegenteil vor! Soviel guter Wille – und soviele Leiden Deines armen, lieben Herzens – sind das nicht Gebete und Rufe, die Gottes Liebe erreichen müssen.
Du wirst viel leiden müssen – das liegt wohl in Deinem Wesen, aber ich glaube, daß die am tiefsten leiden, auch am tiefsten lieben. Und können wir annehmen, daß ein Leiden – so groß wie Deines –, das aus der Liebe stammt, einen anderen Sinn haben könnte, als daß es ein Zeichen dafür ist, daß nur die eine Liebe, die Gott selber ist, das unruhige Herz zum Frieden bringen kann.
Laß Dich durch nichts verbittern! Geh den Weg Deines guten Herzens. Ich werde Dich im Tiefsten nie verlassen, solange Du meiner bedarfst.

D. M.

Dann kam der letzte Brief aus dem Krankenhaus, geschrieben wenige Tage vor Weihnachten, morgens 1 Uhr.

M. A., Du wirst schon lange auf ein paar Zeilen warten, und ich komme jetzt kaum zu der Zeit, die doch notwendig ist, wenn es nicht bloß Worte obenhin sein sollen. Ich hoffe von Herzen, daß Du über allem wieder ruhiger geworden bist. Wir gewinnen nie etwas, wenn wir über der Bosheit oder über der Schwäche der anderen stolpern. Ein großes Herz – und wir wollen es doch haben – wird <u>über</u> dem Niederen stehen.
Du wirst über meinen Anruf bei Frau Reif informiert

worden sein. Es ist nun nicht so, wie ihr vermutet habt, daß Frau H. hinter allem steckt; denn etwa um ½ 4 Uhr ist in Bergheim angerufen worden – und es wurde dort in einer entstellten Weise berichtet, was Frau Reif gesagt hat. Es wird mir immer rätselhafter, wer sich da gar so um mich kümmert, aber ich denke, daß es jemand ist, der in die Verhältnisse einen tieferen Einblick gewinnen konnte. Meine Vermutungen konzentrieren sich immer mehr auf Fräulein S.; sie war es doch, die voriges Jahr an Silvester mir den Brief geschrieben hat, in dem sie indirekt verriet, daß sie Verschiedenes inszeniert hat.
Auch ohne diese Gedanken komme ich doch immer mehr zu dem Entschluß, meinen Weg in die Einsamkeit zu gehen. Ich habe ganz in der Stille Hinweise bekommen – von keinem Menschen, sondern aus Gebeten und Veranstaltungen, die mich geradezu zwingen möchten, ernst zu machen mit einem Leben, das meiner Aufgabe entspricht. Ich widerrufe nicht, was ich Dir sagte, aber wenn ich Dich wahrhaft liebe, muß ich Dein Leben und Deine Zukunft im Auge haben. Ich kann mich nicht frei sprechen von dem Vorwurf, daß ich immer wieder zu nachgiebig gewesen bin. Schließlich müßte ich doch der reife Mensch, den seine Jahre und seine Erfahrung verpflichten, sein, der die Führung in die Hand nimmt. Du würdest später einmal schlecht bedankt sein, wenn Du erkennen müßtest, daß ich es hätte wissen müssen, daß ich aber, um Dir für eine Zeit Bitteres zu ersparen, nicht den Mut besaß, gegen Deinen Willen zu handeln.
So bitte ich Dich: Wenn Du mich lieb hast, so laß mich handeln, wie ich es für recht und gut finde. Komme nicht! Und rufe nicht an! Glaube es mir, daß ich damit nicht die für mich angenehmste Entscheidung treffe.
Ich bin Dir nahe und verbunden mit der innersten und besten Kraft meines Herzens. Vertraue mir, meine liebe Anna. Könnte ich Dich doch wahrhaft glücklich machen! Gott segne Dich!

Ich bin fast jeden Abend »dort«, wo wir uns treffen wollten, gewesen. Auch an jenem Abend, als ich schon wußte, daß es nicht notwendig sei. Ich bin Dir sehr dankbar. Aber ich weiß dabei, wieviel es Dich kostet, nicht zu kommen, und was Du dabei leidest. Es wird aber auch einmal die Zeit kommen, da das Leiden seine Frucht trägt.
Ich bin Dir nahe in guter tiefer Liebe.

Dein M.

5

Es kam der erste Brief aus dem neuen Pfarrhof, datiert am 29. Dezember 1957:

Meine Anna,
nach einem – an keinen Menschen gerichteten Wort, sollen diese Zeilen an Dich das Erste sein, was ich in diesem Hause schreibe. Möchte ich Dir Frieden geben können!
Macht und Ohnmacht des menschlichen Herzens ist mir in den vergangenen Tagen besonders zum Bewußtsein gekommen. Hätte ich die Macht des großen Herzens, so könnte ich Dich gewiß den Weg führen, auf dem auch Dir, Liebe, das Licht begegnet.
Ich möchte gerne einige stille Stunden haben, in denen ich mit Dir – Herz zu Herz – reden könnte. Möchtest Du mich morgen – Montagabend, besuchen? Ich bin bis etwa 8 Uhr in der Kirche. Am Dienstag früh könntest Du wieder nach M. zurückfahren.
Sei der unendlichen Liebe empfohlen!

D. M.

Als Anna heimgekommen war, hatte sie diesen Brief aufgerissen und überflogen; Maurus hatte sie zuvor schon von seinem neuen Pfarrhof aus in ihrem Amt angerufen. Sie war glückselig. Er wollte ihr sein neues Pfarrhaus zeigen – und sie durfte sogar dort übernachten.

Sie packte das Nötigste in eine Tasche und fuhr zum Bahnhof. Als sie in der kleinen Stadt ankam, lief sie aufgeregt vom Bahnhof zur Kirche hinauf. Die tägliche Abendmesse war zu Ende und die Menschen hatten sich schon verlaufen, als sie die Pfarrkirche betrat. Die Mesnerin löschte gerade die Kerzen am Altar, aber die großen Lichter brannten noch. Sie setzte sich in eine Bank ganz hinten. Maurus kam aus der Sakristei und ging durch den Mittelgang lächelnd auf sie zu.

»Komm, wir gehen!«, sagte er und nahm Annas Hand. Ihr Herz

klopfte; eine plötzliche Angst schnürte ihr die Kehle zusammen, als sie an Frau Huser dachte.

Es schneite, als sie durch den dunklen Abend zum Haus hinübergingen.

»Hab keine Sorge, ich bin noch allein«, sagte Maurus, als hätte er ihre Gedanken erraten. »Frau Huser kommt erst nach Neujahr ins Pfarrhaus … und morgen in aller Früh fährst du ja wieder weg.«

Anna atmete auf. Warum war sie nicht selbst darauf gekommen, dass niemand anderer im Haus war? Hätte er sonst in seinem Brief schreiben können »Ich möchte gern einige stille Stunden haben, in denen ich mit Dir – Herz zu Herz – reden könnte«?

Sie gingen durch den Vorgarten. Maurus schloss die Pfarrhaustüre auf. Drinnen war es wunderbar warm. Er hängte ihre Mäntel an die Garderobe im Flur, dessen Wände weiß und kahl waren. Dann öffnete er die Tür und zeigte ihr sein Amtszimmer. Das erste, was Anna sah, war ein mannshohes Kreuz an der Wand; darunter stand ein Betstuhl aus hellbraunem Holz mit geschnitzten Wangen; oben war er mit einem schwarzen Stoff bezogen, der mit einem Blumenmuster aus Goldfäden und den Initialen *JHS* bestickt war. Maurus sagte, er habe diesen Betstuhl zur Primiz geschenkt bekommen.

Auf dem Schreibtisch türmten sich Bücher und Akten.

»Es schaut noch arg aus hier drin«, lachte er. »Ich muss erst alles ordnen und einräumen … Komm her, Kind, und lass dir zuerst Grüß Gott sagen!«

Er schloß sie in seine Arme und küsste sie. Anna fühlte sich von einem zitternden, hauchdünnen Glück umsponnen und sie wünschte, es würde nie, nie mehr zerreißen. Dann nahm er sie bei der Hand und führte sie weiter durch das Esszimmer in die Küche. Auf dem Küchentisch lagen Brot, Käse und eine ganze Salami, daneben stand eine Flasche Wein. Sie trugen alles samt Tellern und Besteck hinüber ins Esszimmer. Maurus sprach ein Gebet. Anna erkannte – erkannte es mit einem innerlichsten Glücksgefühl: Er wollte nicht beginnen, in diesem Pfarrhaus zu wohnen, ohne dass sie es kannte – sie gehörte schon zu tief in sein Leben –, sie sollte wissen, was um ihn war; sie sollte sich in der Ferne sein Umfeld vorstellen können, seine Räume; er brauchte ihre Liebe in diesem Haus, wenn auch nur in der Vorstellung, dass sie hier schon geweilt hatte, und ihre Gegenwart dem Haus eine Seele gab, die Geborgenheit, die er brauchte, und – Anna sollte ihre Liebe hereintragen, damit sie im Getrenntsein eine Heimat habe.

»Setz dich auf die Bank, Kind«, sagte er und ließ Anna hinter den Tisch an die Wandseite; er selbst nahm an der Schmalseite Platz unter dem Emmausbild, einer kleinen, mit Blattgold umrahmten Holztafel, auf der Jesus und die beiden Jünger beim Brotbrechen dargestellt waren, und die Maurus als Tabernakel-Entwurf vom Künstler geschenkt bekommen hatte.

Zum ersten Mal war Anna mit Maurus allein in einem Haus – in seinem Haus.

Sie sprachen nicht viel. Vielleicht konnte das Herz mehr zum Herzen sprechen im Schweigen. Anders als in seinen Briefen, sagte Maurus kein Wort, das Anna das Herz hätte schwer machen können. Es hätte ja auch seiner Einladung widersprochen. Sie befanden sich wie in einem Hohlraum, der ganz ihnen gehörte, wenn auch zeitlich begrenzt. Aber daran dachten sie nicht.

Maurus schnitt Brot und Salami auf, goss Anna und sich Bier ins Glas. Immer wieder sahen sie sich lächelnd in die Augen.

Später, als sie miteinander die Teller abgespült hatten, gingen sie ins Wohnzimmer. Es war ein großer Raum mit einem Fenster, das die ganze Wandbreite zur Kirche hin einnahm. Bleiches Schneelicht umfloss die Schwarzkiefern im Garten. Maurus ließ die Jalousie herab und schaltete das Licht an. Das Zimmer war bereits völlig eingerichtet. Eine neue Couchgarnitur stand vor dem Fernseher in Fensternähe; über einem niedrigen, alten Mahagonischrank hing ein Triptychon mit der Geburt Jesu; im linken Flügel kamen die *Heiligen Drei Könige,* im rechten die Hirten zum Kind im Stall. Der Künstler des Emmausbildes hatte es gemalt.

Maurus holte die Weinflasche aus der Küche, nahm die Zinnbecher, aus denen sie schon bei Annas erstem Besuch in Bergheim getrunken hatten, aus einem Glasschrank, zündete mehrere Kerzen an und machte das elektrische Licht aus. Zuerst legte er die Schallplatte mit den Liedern auf, die er gern mit Anna hören wollte – auch *Adelaide* war dabei –, und setzte sich neben sie auf die Couch. Anna legte ihren Kopf an Maurus' Schulter; seine Hand umschloss warm die ihre. So saßen sie stundenlang, hörten immer wieder Musik und tranken vom Wein, bis er sie in den ersten Stock hinaufführte, wo sie sich zur Ruhe legten. Der Wein, das Glück und die Müdigkeit forderten ihr Recht. Sie schliefen nebeneinander ein, die stille Winternacht wie eine bergende Hülle um sich und ihre Liebe und das Haus.

In der Dunkelheit des Wintermorgens fuhr Maurus Anna zum Bahnhof.

»Ich danke dir, dass du gekommen bist!«, war alles, was er sagen konnte.

Dann saß sie im Frühzug, um zur Arbeit in die Großstadt zurückzufahren, und schaute wie im Traum in die dunkel vorbeiziehende Schneelandschaft.

6

Den Silvesterabend und den Neujahrstag verlebte Anna allein. Sie ging ins Kino und schlenderte in der Innenstadt herum. Um sich auf etwas freuen zu können, nahm sie sich vor, am *Hochfest Heilig Dreikönig* das Hochamt bei Maurus mitzuerleben. Er hatte ihr einmal gesagt, dass *Epiphanie* – das Fest der Erscheinung des Herrn – in der russisch-orthodoxen Kirche das eigentliche Weihnachtsfest sei.

Am Vorabend des Dreikönigstages fuhr Anna mit dem Zug in seine Stadt. Sie nahm sich im Gasthaus ein Zimmer und stellte ihre Tragetasche ab. Dann ging sie zur Kirche hinauf. Es war schon spät, aber Maurus saß noch im Beichtstuhl. Sie setzte sich wieder ganz hinten in eine Bank. Sie dachte an ihre Kindheit zurück: Fast jede Woche stand sie im Münster ihrer Heimatstadt mit bang klopfendem Herzen vor dem altersdunklen Beichtstuhl des Stadtpfarrers oder des Benefiziaten und suchte ihre Kindersünden zusammen. Wenn sie dann drinnen hinter dem Vorhang in der engen, unbequemen Nische auf dem harten Brettchen kniete, um durch das vergitterte, ovale Fensterchen zitternd ihre kleinen Verfehlungen ins Ohr des Beichtvaters zu flüstern, haspelte sie meist den ganzen Beichtspiegel herunter, um nur ja nichts auszulassen, was ihr vielleicht in der Aufregung hätte passieren können, denn dann wäre die ganze Beichte ungültig gewesen. So beichtete sie auch alles im sechsten Gebot: »Ich habe Unkeusches gedacht – gehört – geredet – angeschaut – allein getan und mit anderen«, obwohl sie keine Vorstellung hatte, was das eigentlich war: allein getan und mit anderen. Aber die Angst vor der Hölle lastete schwer auf ihrer Kinderseele und drohte sie zu erdrücken. Nach der Absolution konnte sie aufatmen: Alles war gebeichtet – ob sie es getan hatte oder nicht.

Und wie war es jetzt? Sie erinnerte sich der Worte des Schweizers auf dem Zeltplatz in Carrara: »Liebe ist keine Sünde. Wahre Liebe ist rein.« Das tat gut. Das beruhigte. Mit diesem Satz konnte sie leben, selbst wenn sie diese Liebe dem Gesetz nach nicht leben durfte. Anna überlegte, warum sie gerade Maurus liebte. War es, weil sie ein sehr religiöses Kind gewesen war, das von allem Kirchlichen magisch angezogen wurde? Oder war es, weil ihre anerzogene Angst vor der Hölle sie in die umfassende Geborgenheit bei Maurus trieb? Wohl beides. Kann man überhaupt ergründen, wie Liebe zwischen zwei Menschen entsteht? Sie ist da – wäre es gottgewollt, sie zerstören zu lassen?

Als der letzte Beichtende aus dem Beichtstuhl heraustrat und in einer Bank kniend sein Bußgebet verrichtete, dauerte es noch eine Weile, bis das gewölbte, halbhohe, mit einem Rocaille-Schnitzwerk verzierte Türchen knarrte, dann mit einem schürfenden Geräusch von innen aufgeschoben wurde, und Maurus herauskam. Er nahm die violette Bußstola von den Schultern, küsste das kleine, goldgestickte Kreuz in der Mitte, und legte sie zusammengefaltet in den Beichtstuhl hinein. Dann schob er ordnend die Vorhänge zusammen und wandte sich zum Gehen. Er sah Anna sofort und kam auf sie zu.

»Hast du ein Zimmer genommen?«, flüsterte er.

»Ja«, flüsterte sie zurück. »Ich bin in der ›Linde‹.«

Er schien erleichtert.

»Morgen habe ich um halb acht Uhr den ersten Gottesdienst in Wiesmühl, dann um neun Uhr hier das Hochamt. Danach muss ich gleich nach Bergheim fahren und dort noch vor dem Gottesdienst die Vigil nachholen mit einer kleinen Vesper, dann die Wasserweihe, du weißt schon, auch Salz, Kreide und Weihrauch ... da fährt auch Frau Huser mit, und man isst dann in Bergheim. Geh bald zur Ruhe und schlaf gut, Kind! Behüt dich Gott!« Er gab ihr die Hand und ging mit raschen Schritten zum Nordportal. Anna schaute ihm nach, bis der schwere Türflügel langsam und gedämpft ins Schloss fiel. Sie schloss die Augen und ging im Geiste neben ihm hinüber ins neue Pfarrhaus. Unsagbar gerne wäre sie mit ihm gegangen, aber sie wusste: Es war besser so. Es ist *sein* Haus, aber vor so einem großen Festtag darf es keine Spannungen geben. Und ihr Besuch hätte sie heraufbeschwören können. So tröstete sie sich mit morgen.

Anna sah, dass die Mesnerin aus dem Altarraum zum Beichtstuhl zurückspähte, ob noch jemand davorstand. Als sie sich vergewissert hatte, dass niemand mehr da war, ging sie in die Sakristei – im Hauptschiff der Kirche erlosch ein Licht nach dem anderen. Nur die Apsis blieb noch spärlich beleuchtet. Das ›Ewige Licht‹ am rechten Seitenaltar gloste purpurn-düster und umwob den pfeildurchbohrten, heiligen Sebastian mit rötlichem Schimmer. Bald würde die Mesnerin kommen, und die hinteren Türen zuschließen. Anna wollte nicht auffallen und ging lautlos aus der Kirche hinaus. Sie wanderte durch die abendlich stillen Straßen. Es war sehr kalt. Aber sie wollte nicht so früh ins Gasthaus gehen. Sie wusste, dass der Lärm aus dem Schankraum noch bis spät in der Nacht durch die Decke zu ihrem Zimmer hinaufdrang, und sie manchmal bis Mitternacht nicht einschlafen konnte. Es war schon spät, als sie es wagte, am Pfarrhaus vorbeizugehen; in der Hecke zum Kirchplatz hin entdeckte sie eine Lücke, und schlüpfte schnell entschlossen in den Pfarrgarten hinein. Im Schatten eines Steinhäuschens stand sie knietief im Schnee und schaute zu den erleuchteten Fenstern hin, hinter denen Maurus jetzt lebte. Die Zeit und die Nacht und die Kälte, die Sehnsucht und der Verzicht – sie waren schon so mit Anna verschmolzen, als gehöre es so zu ihr, als müsse das alles so sein. Wollte sie überhaupt noch etwas anderes – ein anderes Leben? Sie konnte nicht mehr zurück von dieser Liebe, was immer sie auch bereithielt.

Es war noch dunkle Nacht, als sie am nächsten Morgen aufstand und das Gasthaus verließ. Sie hatte einen Hausschlüssel und konnte gehen und kommen, wann sie wollte. Draußen war es schneidend kalt. Wenn sie schnell lief, konnte sie in einer halben Stunde das Waldstück hinter der Autobahn erreichen, wo sie schon manchmal auf Maurus gewartet hatte. Sie wollte immer möglichst weit von der Stadt entfernt warten, damit es nicht auffiel, wenn er sie ins Auto einsteigen ließ. Der Hauch ihres Atems gefror auf ihrem Gesicht. Bevor sie die Autobahnbrücke überquerte, schaute sie sich um. Aber sein Auto war noch nicht zu sehen. In der Morgenfrühe dieses Feiertages war hier noch niemand unterwegs. Sie gelangte bis zur Waldschneise, als sie ihn kommen hörte. Das Auto bremste, kam hart neben ihr zum Stehen. Die Tür öffnete sich von innen, sie stieg mit strahlenden Augen ein.

»Warum bist du denn bei dieser Kälte herausgelaufen?«, sagte

Maurus und nahm ihre eiskalte Hand. »Du bist ja ganz durchgefroren, du hast doch nichts von mir in den paar Minuten …«

Anna strich sein Haar zurück.

»Ich hab alles, wenn ich bei dir sein kann«, sagte sie.

Diese wenigen Minuten Fahrt bis Wiesmühl hin und zurück und die Stunde des Gottesdienstes würden ihr gehören.

Sie fuhren schweigend weiter. Die Glocken begannen zu läuten, als sie in das kleine Dorf, das noch in der Dämmerung lag, einbogen. Maurus stieg aus und eilte Anna voran die breiten Stufen zum Kirchlein hinauf, freundlich gegrüßt von den Leuten, die er überholte. Anna blieb noch minutenlang im Auto sitzen. Als Letzte ging sie durch die kleine Pforte und setzte sich auf die Bank rechts an der Mauer. Sie schaute auf das goldglänzende Triptychon der heiligen Margarethe – bald musste der Gottesdienst beginnen –, und schon zog der Mesner am Glockenschwengel neben der offenen Sakristeitür. Hinter zwei Ministranten trat Maurus heraus und ging die wenigen Schritte zum Altar. Sie sah sein Gesicht nur, wenn er sich am Hochaltar zum *Dominus vobiscum* umwandte, weil die Priester mit dem Rücken zum Volk die Messe zelebrierten. Die Leute sangen in ihrer einfachen, bäuerlich-frommen Art, und Anna stimmte mit ein so gut es ging, weil ihr Mund von der Eiseskälte irgendwie steif und nicht gefügig war. Nach dem Gottesdienst beeilte sie sich, zum Auto zurückzugehen, das unverschlossen war. Sie setzte sich hinein und es dauerte auch nicht lange, bis Maurus raschen Schrittes die Stufen herunterkam. Er drehte eine Kurve und fuhr zur Stadt zurück. Er ließ Anna hinter der Pfarrkirche aussteigen und fuhr zum Pfarrhof hinüber. Sie ging in die Seitenkapelle und setzte sich in die letzte Bank. Auf dem Hochaltar brannten schon alle Kerzen. Sie roch den Duft von warmem Wachs und kuschelte sich in ihren Wollmantel. Die Kirche füllte sich an diesem hohen Festtag bis zum letzten Platz. Die Prozession der Ministranten zog mit Maurus durch das Seitenpförtchen ein. Anna spürte seine Nähe, als er hinter ihr vorbeiging.

In der Apsis standen Kinder, die als orientalische Könige verkleidet waren und Kronen aus Goldpapier auf dem Kopf trugen. Auch der Mohr war wunderschön anzuschauen mit seinem kunstvoll gewundenen Turban. Einer der Sternsinger trug auf einem Stab einen

Stern, ein anderer schwang das Rauchfass. Maurus stand am Altar. Er trug einen Ornat aus Goldbrokat und strahlte Freude, Hingabe und Güte aus. Anna sah nur noch ihn. Sie wurde hineingenommen in sein konzentriertes, hingegebenes Zelebrieren des feierlichen Epiphanie-Hochamtes, das Chor und Orchester mit den vertrauten, melodischen Weisen der Kempter-Messe umrahmten. Wie jedes Jahr genoss sie diese wundervolle Musik, die wie Engelschöre und liebliche Hirtenlieder klang; sie kannte jeden Ton und hätte alles mitsingen können. Sie lauschte dem süßen Strich der Geigen und dem warmen, dunkleren der Celli. Und inmitten dieser himmlischen Klangsymbiose stand der Mann, den sie liebte. Sie schmiegte sich hinein in diese Stunde wie in ein wohliges Nest. Während der Predigt herrschte lautlose Stille. Nach der Opferung und dem Hochgebet sprach Maurus langsam und feierlich die Wandlungsworte. Ein großer Ministrant beräucherte den Zelebrationsaltar mit Hostie und Kelch. Der Duft des Pontifikalweihrauchs hing schwer im Altarraum und stieg in bläulich-verschwebenden Wolken zur Decke des Kirchenschiffs hinauf. Immer glaubte Anna zu spüren, dass Maurus sie bei sich hatte, und ihr ganz nahe war.

Nach dem festlich gesungenen *Ite, missa est* verließ sie als erste die Kirche und lief bis zum Ende des Friedhofs, wo die Felder begannen. Sie blieb stehen und schaute zur Landstraße hinüber. Es dauerte nicht lange, da sah sie Maurus im Auto vorbeiflitzen; neben ihm erkannte sie den kleinen Kopf von Frau Huser. Anna konnte ihm mit den Augen bis auf die Wölbung der Autobahnbrücke folgen. Dann entschwand das Auto ihren Blicken. Langsam wandte sie sich um und ging zum Bahnhof. Durch das Zugfenster sah sie noch einmal den Kirchturm, dann weite Schneelandschaften, in die sich Waldzungen schoben. Die Schneekristalle glitzerten unter der kalten Sonne auf den Feldern und Höhen, hinter denen sich in weiter Ferne das Dorf Bergheim verbarg.

7

In den folgenden harten Winterwochen konnte Anna mit Maurus nur dann kurz sprechen, wenn sie im Gasthof übernachtete, und in eisiger Morgenfrühe zur Waldschneise hinauslief; dann hielt er das Auto an, und sie konnte ihn nach Wiesmühl zu seiner ersten Sonntagsmesse begleiten. Nie war es ihm recht, wenn sie in der strengen Kälte dort draußen stand und auf ihn wartete. Aber Anna wagte nicht, im Pfarrhaus anzurufen; sie fürchtete, Frau Huser könne am Telefon sein. Und sie hielt es nicht aus, ihn über viele Wochen nicht zu sehen. In der Zwischenzeit vertraute sie ihre Gedanken und ihr Heimweh nach ihm ihren Briefen an. Sie dachte daran, dass seine Post im neuen Pfarrhof von der Base überwacht werden konnte, aber Maurus beruhigte sie und sagte, dass er die Briefe bekäme. Er war mit Arbeit zugedeckt. Anna litt darunter, dass er keinen Weg zu ihr fand, und machte ihm manchmal das Leben schwer. Nach Wochen kam wieder einmal ein Brief von ihm:

18. April 1958

M. A.,
es ist mir leid, daß Du solange hast auf Antwort warten müssen, denn es ist mir nicht lieb, daß Du zu all Deiner Not im Herzen auch noch die Angst tragen sollst, ich wäre Dir nicht gut, oder ich würde Dir zürnen.
Ich möchte es Dir in aller Güte sagen und in aller Ruhe: Du bist doch maßlos in Deinen Gefühlen, in Deinen guten und in Deinen ungeklärten.
…
Du weißt doch, daß mir mein Weg vorgezeichnet ist und daß ich willens bin, diesen Weg zu gehen. Du wirst viel leiden müssen, das wirst Du auch auf einem anderen Weg erfahren. Du bist zum Leiden berufen, aber auch zum Lieben.
Ich muß Dich daran erinnern, daß es auch die Erfahrung

beweist, daß ich Dir nur vorübergehend Frieden und Freude geben konnte und geben könnte. Du hast es wiederholt schon bekannt, daß Du beim Kommen schon an die Not und Angst des Abschiednehmens denken mußt. Und glaube es doch: Eine Liebe, die Dich um den Lebenssinn betrügt, ist keine gute Liebe. Sie kann nicht bestehen vor dem Urteil des Gewissens in uns, und nicht vor dem Gericht Gottes über uns.
Du weißt, daß ich dem Ende weit näher bin als Du. Und wenn ich Dich verlassen muß, dann sollst Du doch nicht in die Einsamkeit und in die Verlassenheit versinken, sondern ich möchte Dich dann ins Licht geführt haben. Ich will Dir dienen. Und Du solltest es nicht vergessen, daß Du manchen Beweis erfahren hast, daß das nicht nur ein Wort von mir ist, sondern daß ich darin ein mir Aufgegebenes sehe. Wenn Du mit Gott sprichst – Du kannst es nicht oft genug und ehrlich genug tun! –, dann wirst Du mich darin verstehen.
...
Ich werde sehr einsam sein müssen; ich glaube, daß ich es schon bin. Und es werden wohl nur Stunden sein, in denen ich mir meiner Verlassenheit nicht bewußt bin. Du täuschst Dich, wenn Du meinst: Ich hätte meine Familie, ich hätte alles. – Ich habe äußerlich alles –, aber im Tiefsten habe ich nichts. Und da bin ich nicht der Einzige. Das ist eine alte Menschheitsklage: »Ich habe keinen Menschen!« Freilich darf ich hier auch wieder nicht blind sein: Ich habe den Menschen, der keine Heimat hat – und ich bin heimatlos mit ihm; ich habe den Menschen, der nach dem Frieden sucht und ich bin ruhelos mit ihm; – ich habe den Menschen, der um die Liebe leidet – und ich bin willens, ein Mensch des Verstehens und der Liebe zu werden. Ich möchte gut sein gegen alle – und keinen binden. Ich möchte ein Herz haben für alle – und mein Herz nicht verlieren.
Wenn ich in das Paradies des Glücks eintreten wollte, so

würde ich meiner Berufung und meinem Auftrag und meinem Wesen untreu werden. Ich bin zu den Leidenden und Heimatlosen gesandt. Laß mich meinen Weg gehen. Laß mich frei werden von mir. Opfere, damit auch ich opferfähig werde. Denn wenn etwas den Menschen noch überzeugen kann, dann ist es das Opfer; die Hingabe des eigenen Friedens und des eigenen Glückes. So auch allein wird das Herz so groß – nein, so allein kann es wachsen, und es muß wachsen –, denn nur die hochgemuten und die großen Seelen geben sich hin ohne sich zu verlieren und lassen sich beladen ohne zu fallen, weil sie ihr Herz bei Gott haben und haben können.
Zu Ihm möchte ich Dein Herz hinheben und hinlieben, damit Er es heile und befriede und führe in die Liebe, die Deinem teuren Herzen gemäß ist.
Hilf mir, damit ich Dir helfen kann, meine liebe Anna – hilf mir mit Deiner Ferne, damit Dich tragen kann die gute nach Gott geformte Liebe

Deines M.

8

Das 25-jährige Priesterjubiläum von Maurus rückte näher. Da sie seinen Weihetag kannte, wünschte sie sich so sehr, mit dabei zu sein. Sie wollte ja alles nur in der Kirche aus der Ferne miterleben und dachte, dass ihr das niemand verwehren könne. Als sie ihm einmal von diesem Wunsch erzählte und ihn über den Ort und die Feier befragte, reagierte er zögernd, aber nicht ablehnend. Die Zeit ging hin, und kurz vor dem Jubiläum schrieb er ihr am 8. Juli 1958 einen Brief, der sie schmerzte, weil sie nicht wusste, warum sie plötzlich nicht an diesem Fest teilhaben sollte.

M. A.
Dein ruheloses Herz bereitet mir viel Sorge; nicht, weil ich nicht bereit wäre, Deine Unruhe und Deine Not in mein eigenes Herz und Leben aufzunehmen, sondern weil ich nicht imstande bin, Dir den Frieden zu geben – mehr noch: Die Freude und den Mut zum Leben, und vor allem den Willen zu Deinem Leben. Was ich Dir sagen könnte, das ist alles schon oftmals gesagt, und wenn ich wiederholen wollte, was schon so oft gesagt worden ist: Es fällt doch immer nur ins Bodenlose.
Es ist mir unmöglich, Deinen Wunsch zu erfüllen. Schon die äußeren Gründe hindern mich daran. Und noch mehr die inneren. Jedes Zusammentreffen macht Dir die Freiheit und das Freiwerden schwerer. Ich hätte schon lange energischer sein müssen. Wenn Du es doch einsehen würdest, daß jede neue Begegnung nur ein neues Leid bedeutet. Ich muß doch, wenn Du wieder gegangen bist, wissen, daß Du nichts mitgenommen hast: keine Freude, keinen Mut, keine Kraft. Sondern Du leidest schon vor dem letzten Augenblick am Geschiedensein. Wenn ein Mensch dem anderen ein Reichtum sein sollte, um wieviel mehr müßte das zutreffen bei Menschen, die einander nicht auf gewöhnliche Weise begegnen. Aber schau,

ich getraue mich nun schon nicht mehr, Dir zu schreiben, wie ich denke und was ich denke, weil ich in Sorge sein muß, Du verwandelst meine Worte nach Deinem Sinn und gebrauchst sie dann um Dein Leben noch dunkler zu machen, um noch weniger Licht zu sehen.
Am kommenden Sonntag werde ich wohl von meinem Bruder in die Abtei gefahren werden. Und wenn Du Interesse daran hast, daß ich ins Innere komme, dann muß ich mit Rainer Maria Rilke bitten: »Komm nicht!« Du hast Deinem Willen noch nicht das Letzte abverlangt.
Ich bin Dir nahe, Liebe.

D. M.

Es war nicht Trotz, was Anna antrieb, Maurus nicht zu gehorchen: Es war ihr Herz, das sie zu dieser Feier trieb. Sie wollte ihn sehen, sie wollte dabeisein; sie wollte ihn bei diesem Fest erleben – wenn auch nur verborgen und aus der Ferne.

Es war außergewöhnlich heiß in der Stadt in diesem Juli. Sie fuhr zur Abtei und nahm sich in der Klosterwirtschaft ein Zimmer. Es war ein wundervoll leuchtender Sommersamstag vor dem Fest. Anna lief hinaus in die weithin blühende Wiesenlandschaft um das Kloster. Plötzlich stockte ihr Herz: In der Ferne sah sie Maurus ganz allein auf dem Feldweg ihr entgegenkommen. Er konnte sie noch nicht erkannt haben; er rechnete ja nicht mit ihrem Kommen. Sie wollte ihm um nichts in der Welt begegnen. Sie wollte auf keinen Fall seine innere Einkehr stören; sie wusste, dass es Tage des Stillschweigens waren, die diesem Silbernen Priesterjubiläum vorausgingen. Jäh machte sie kehrt und lief dem Wald zu. Stunden später wanderte sie auf einem anderen Weg zurück zum Gasthaus. So gerne hätte sie der abendlichen Komplet in der Klosterkirche beigewohnt; aber sie fürchtete, dass Maurus sie hätte sehen können. Sie verließ ihr kleines Dachzimmer nicht mehr bis zum frühen Morgen.

Schwer und feierlich läuteten die Glocken der Abteikirche zum festlichen Hochamt. Vorsichtig nach allen Seiten spähend, ging Anna durch den kleinen Klosterpark und tauchte in der Menschenmenge unter, die sich auf dem Platz unterhalb des Portals eingefunden hatte. Sie sah die Prozession der Priesterjubilare in weißen Messgewändern an sich vorbeiziehen, erspähte Maurus, der ernst und gesammelt neben einem Kurskollegen in der Reihe einherging; der Bischof mit Mitra und Bischofsstab, nach allen Seiten segnend, beschloss den Festzug. Nachdem die Prozession in der Kirche verschwunden war, strömte die Menge hinter ihr her. Als Letzte stieg Anna die Stufen zum Portal hinauf, um von keinem Verwandten gesehen zu werden. An die hintere Kirchenmauer gedrückt blieb sie stehen. Irgendwie fühlte sie sich bei solchen Anlässen immer wie eine Aussätzige. Aber sie dachte in aller Demut: Niemand kann es mir verwehren, hier hinten dabei zu sein.

Das Gotteshaus war bis auf den letzten Platz gefüllt. Anna wandte keinen Blick von dem geliebten Mann, der mit allen anderen Jubilaren im Chorgestühl auf der rechten Seite des Altarraums stand. Viele Stufen führten dort hinauf, sodass sie ihn wie auf einer Bühne gut sehen konnte. Sie folgte der Liturgie des Hochamts und den Worten der Predigt des Bischofs, die ihr von Neuem die Sündhaftigkeit ihrer Liebe bewusst machte. Vor der Wandlung versammelten sich alle Priester um den Altar zur Konzelebration.

Nach dem Segen des Bischofs und dem feierlichen, gemeinsamen Segen der Priesterjubilare, die wie bei ihrer Primiz mit ausgestreckten Händen das ehrfürchtige Volk segneten, verließ Anna rasch als erste die Kirche. Schnellen Schrittes lief sie durch den strahlenden Sommersonntag auf der Fahrstraße talwärts, und setzte sich an den Rand einer blühenden Wiese. Es mochte eine Stunde vergangen sein, als sie zusammenschrak.

»Hab ich Sie doch wieder erwischt!«, zischte die gefürchtete Stimme von Frau Huser hinter ihr. »Müssen Sie denn überall dabei sein!« Zorngeifernd stand sie hinter Anna und schaute mit stechenden Augen auf das zusammengeschrumpfte Bündel Mensch herab. Wutbebend wandte sie sich ab und schwankte mit ihrer Leibesfülle den Weg zurück hinauf zum Kloster.

Nachmittags war die feierliche Vesper. Wie gerne wäre Anna wieder ganz hinten in der Kirche gestanden. Sie wusste, dass Maurus unter den Kurskollegen auserwählt war, die Ansprache zu halten.

Aber sie getraute sich nicht mehr in die Klosterkirche zu gehen. Sie saß am offenen Fenster ihres Gasthauszimmers und schaute über das weite, sonnenwarme Wald- und Wiesenland. Verzweifelt sehnte sie sich in die Kirche hinüber.

Später, als die Vesper zu Ende war – unwiederbringlich einmalig und nie mehr erlebbar für Anna –, hörte sie unter ihrem Fenster eine Männerstimme rufen: »Ah – MdB Altweg!« Sie schaute vorsichtig hinunter. Da stand Severin, der Bruder von Maurus, und schüttelte einem Pfarrer freundlich lächelnd die Hand. Sie sah, dass Severin Altweg zur Feier des Tages auf seinem dunklen Anzug mehrere Orden trug – er hatte sich um das Land verdient gemacht. Klopfenden Herzens sah sie nun auch Maurus näherkommen; auch er lächelte und beteiligte sich am Gespräch. Frau Huser erblickte sie nicht. Dann gingen die drei miteinander in Richtung Parkplatz.

Spät am Abend, als alle Gäste sich verlaufen hatten und keine Gefahr mehr bestand, von jemand, der sie kannte, gesehen zu werden, wanderte Anna zum weit entfernten Bahnhof.

Kurze Zeit später erhielt sie eine Niederschrift von Maurus:

Ganz erfüllt von Stille und Schweigen ist die Nacht. Der Mond steht am Himmel über den reinen vertrauten Wolken in der Bläue dieser schweigsamen, von der Tiefe und der Ahnung erfüllten Nacht. Auf meinem Schreibtisch stehen die weißen Nelken, mit denen ein guter Mensch mir Freude bereiten wollte.
Still und rein und ohne Aufdringlichkeit – wie das Sein der Blumen steht Dein Wesen und Dein Leben vor mir, in meinem Leben, in meiner Freude, in meiner Lebensweite.
Anfällig sein – bedeutet das nicht auch Offensein? Bedeutet das nicht: lauschen auf den Anruf, der aus den Seelen, die uns zugeordnet sind, für die wir darum auch Verantwortung tragen, kommt, und denen wir darum Antwort geben müssen? Und wenn es nur die Antwort wäre: Du rufst nicht vergebens; es ist eine Seele, die bereit ist, Deinen Ruf zu hören und ihn weiterzugeben.
Es ist eine Wirklichkeit: Da rühren die Seelen aneinander,

wie die Ähren im Felde einander berühren und das Lied der Reife singen.
Man braucht einander nicht körperlich nahe zu sein – es ist leichter, einander zu sehen, und wissen, wir sind nicht getrennt –, aber die Nähe des Geistes ist tiefer und inniger und entscheidender.
Die tiefsten Begegnungen ereignen sich im Unkörperlichen. –
Was bringt wohl der Tag, der sich leise schon andeutet? – Ich weiß meine ersten Aufgaben und meine großen Handlungen.
Aber wird da nicht noch viel mehr geschehen? An uns, mit uns und durch uns? An den Leidenden, an den Glücklichen, an den Liebenden?
Und ist es nicht eine ganz andere Liebe, die alles hingibt für die Freiheit aller, für die Freiheit der Welt? Ist sie nicht nahe der Wirklichkeit des »Lamm Gottes«, das die Welt befreit?

Maurus und Anna sahen sich lange nicht mehr.

FÜNFTER TEIL

1

An diesem Abend hatten die schweren Schneefälle der vergangenen Tage ganz plötzlich aufgehört. Als der weißverwehte Zug langsam in die kleine Stadt einfuhr, glühten schon vereinzelte Lichter in den Fenstern der Häuser jenseits des Bahndamms. Nur wenige Reisende entstiegen im Bahnhof den Wagen. Anna klomm vorsichtig über das schneeglatte Trittbrett auf den Bahnsteig hinunter. Zu Tode erschrocken zuckte sie zusammen: Hart neben ihr schoss zischend eine Dampfwolke aus der Tiefe der Gleise. Aus den Schwaden unter den Puffern tauchte schemenhaft ein zusammengebuckeltes, vermummtes Wesen auf. Einen Augenblick lang konnte sie rotumränderte Augen unter bereiften Wimpern erkennen, die sie von unten her mit seltsam ausdruckslosem Gesicht streiften. Wie im Traum wandte sie sich um und schaute der Erscheinung nach, wie sie den Zug entlanghastete, und wieder unter den verschneiten Waggons verschwand.

Die Erinnerung an den Film *Anna Karenina* streifte sie, an Tolstois altes Russland, an eine unsterbliche Liebe, der das klickende Klopfen eines Bahnarbeiters unter dem vereisten Zug auf einer winzigen Bahnstation im Schneetreiben des russischen Winters zur unheimlichen Vorahnung ihres verzweifelten Untergangs wurde. Die Garbo hatte gespielt: hinreißend, erschütternd, unvergesslich.

Ein leises Erschauern mischte sich in Annas stechende Erwartung. Sie eilte die viehsalzbestreute, nasse Steintreppe zur Unterführung hinab und drüben wieder hinauf. Als sie die zugige Bahnhofshalle verlassen hatte, begann ihr Herz wild zu klopfen, wie es ihr immer geschah, wenn sie die kleine Stadt betrat.

Sie schaute zum Himmel hinauf. Die Nacht würde sehr kalt werden. Fern und unruhig zuckten die ersten Sterne am frostklaren Abendhimmel. Sie bezwang ihre treibende Sehnsucht und ging auf dem schneehuckeligen Gehsteig langsam auf der Hauptstraße weiter. Es war ein langer Weg zum Pfarrhaus hinauf. Dort schlug für sie das Herz der Welt. Zwischen den Häusern und schneeschweren Bäumen der Gärten sah sie die hellerleuchtete Fensterfront des Krankenhauses schimmern. Sie dachte daran, wie sie Maurus dort nach seinem Herzinfarkt besucht hatte. Bilder stiegen in ihr auf: wie die Klosterfrau, die ihn betreute, nach zaghaftem Anklopfen hereinkam und fast körperlos durchs Zimmer huschte, wie sie ihn ehrfürchtig, fast flüsternd bediente, und Anna dabei ein Satz einfiel, den sie einmal von einer frommen Person gehört hatte: *Ein Priester ist in den Augen Gottes mehr als die Engel.* Die Nonne hatte Anna mit scheuen Blicken gestreift, weil der Herr Stadtpfarrer sie im Zimmer bleiben ließ, als sie beim Abhören seines Herzens rücksichtsvoll hinausgehen wollte. Sie hatte erlebt, wie die Gesichter der Schwestern strahlten, wenn er in seiner herzlichen Art mit ihnen sprach; sie verehrten und liebten ihn und waren dankbar für seine seelsorgerliche Anwesenheit. Er war die Seele des ganzen Krankenhauses.

Anna kam dem Pfarrhaus immer näher. Die Erinnerung an die Begegnungen mit Frau Huser schnürte ihr schon jetzt die Kehle zu. Und doch geriet sie in ein immer schnelleres Laufen, als jage sie etwas, das so stark war wie der Hunger, der die Rehe in harten Winternächten bis zu den Heuscheunen am Dorfrand treibt.

In der Ferne ragte die Silhouette des Kirchturms schwarz über die schneesilbrigen Dächer. Nach dem letzten steilen Wegstück blieb sie im Schattendunkel der mächtigen alten Linden des Amtsrichtergartens stehen. Tief und zitternd aufatmend, stellte sie das Lederköfferchen in den Schnee und lehnte sich gegen den gefrorenen Gartenzaun, der leise ächzte. Sie fühlte wieder das harte Hämmern in ihrer Brust. Angst wuchs in ihr, als ersticke sie ein Stein. Sie überschaute den hell erleuchteten Platz mit dem Marienbrunnen. Der Pfarrhof und das benachbarte behäbige Bauernhaus versanken fast im Schnee. Aus einer offenen Stalltüre zu ihrer Rechten dampften warme weiße Schwaden. Melkkübel schepperten und Ketten klirrten an steinerne

Futtertröge. Eine Kuh brüllte dumpf und wohlig; eine andere stieß merkwürdig hustenartige Geräusche aus, die tief aus dem Dunkel ihres Bauches heraufkamen.

Ich hätte nicht diese Schuhe anziehen sollen, dachte Anna. Eisige Kälte drang durch ihre Pumps, als stünde sie barfuß im Schnee.

Sie nahm das Köfferchen wieder auf. Vorsichtig nach allen Seiten spähend trat sie aus dem schützenden Baumschatten heraus, und überquerte mit scheuen, hastigen Schritten die Straße. Das eiserne Gartentor des Pfarrhauses schimmerte von Eiskristallen. Anna öffnete es mit klammen Fingern. Ihr Blick flog ängstlich zum mattleuchtenden Fenster des Anbaus, in dem die Küche lag. Sie stieg die Haustreppe hinauf und drückte unter den verworrensten Empfindungen schnell entschlossen auf den Klingelknopf. Ihr ganzer Körper war plötzlich ein rasend hämmerndes Herz. Der Gedanke zuckte in ihr auf, dass es besser wäre, tot umzufallen, als der alten Frau gegenüberzutreten. Aber sie wollte nicht sterben, nicht, bevor sie den geliebten Mann gesehen hatte. Danach war sie bereit, alle Tode zu erleiden.

Nach endlosen Sekunden nahte sich jenseits der Glastüre ein massiger Schatten, der schwerfällig schwankend immer dunkler wurde. Als flüchte sich ihr jagendes Herz in die letzte Kammer seiner Gesichertheit zurück und schrumpfe immer mehr und mehr in sich zusammen, raubte eine plötzliche ohnmachtgleiche Leere Anna fast die Besinnung, als die Türe sich spaltbreit öffnete.

Das argwöhnische Gesicht der Base erschien im Türschlitz wie in einer goldenen Schneise. Nichts in den scharfen Zügen verriet den Ansturm der Gefühle; nur die Augen, die flach und kreisrund waren wie die eines Nachtvogels, verengten sich blitzartig, erschrocken und feindselig. Urgewalten prallten in diesem Augenblick aufeinander. So gegensätzlich die Beweggründe ihrer Empfindungen auch sein mochten, hielten sie einander doch stand in der Ausschließlichkeit und Unbedingtheit ihrer Art: Durch Annas Augen blickte die alte Frau in den Abgrund einer verzweifelten Liebe und unwandelbaren Treue. Im Blick der Base brannte offene Ablehnung und die schwelende Eifersucht eines jahrelangen Kampfes um Maurus.

»Sie wünschen –?« Die spitze, abweisende Stimme und die Stecknadelknopfpupillen durchbohrten Anna.

»Kann ich bitte den Herrn Stadtpfarrer sprechen?« Leise, überstürzt und bebend pressten sich die Worte aus ihrem klammen Mund, der ihr wie ein fremdes Organ nur mühsam gehorchte, und doch waren sie hinausgeschleudert aus einem Krater von Sehnsucht und Hoffnung.

»Schon wieder!«, höhnte die Frau, ohne auch nur eine Sekunde ihre stechenden Augen vom Gesicht der jungen Frau zu nehmen. Es war aber in Wirklichkeit viel Zeit vergangen, in der Anna an den Wochenenden in ihrem kleinen Zimmer in der Großstadt ausgeharrt hatte, einsam, umgetrieben und zerfressen von Heimweh nach Maurus.

Durch den Türspalt strömte die Wärme des Hauses auf ihre durchfrorenen Hände und Füße. Nur das spürte sie noch in diesem Augenblick und den harten Schlag ihres Herzens. Und nur dies wusste sie: Einige Schritte hinter dieser Tür lag das Zimmer, in dem der Mann, den sie liebte, arbeitete. Ihr grenzenloses Verlangen ihn zu sehen, stürzte schon dorthin voraus, und sie stand doch immer noch im Bann der harten Augen wie gelähmt. Sie sah im Geist das geliebte Gesicht, wie es sich zu ihr aufhob und vor Freude überströmte – und war doch immer noch draußen vor der Tür. Sei es nun, dass die alte Frau beim Anblick dieser verstörten, um Erbarmen bettelnden Augen ein christliches Mitleid streifte, oder dass sie aus dem Blick der Jungen etwas traf, dem ihre Ehrlichkeit eine unbewusste Achtung nicht versagen konnte, oder um sich vor sich selbst nicht ins Unrecht zu setzen, da sie vor Maurus mit dem Argument der Sündhaftigkeit dieser Liebe gegen das Mädchen kämpfte, und ihre Hartherzigkeit dieser Sünde nicht nachgestanden wäre: Eine geheime Macht zwang sie, die Türe ganz aufzutun und beiseite zu treten.

Anna ging ein in die Wärme und Helligkeit des Pfarrhauses.

Dies war der Augenblick ihrer Seligkeit, die jenseitige konnte nicht tiefer sein.

Die Frau humpelte ihr mit schwerfällig watschelndem Gang zum Amtszimmer voran. Bei jedem Schritt berührten die Zipfel ihrer geblümten Kleiderschürze einmal links, einmal rechts die Steinplatten des Flurs. Benommen nahm Anna die Dinge wahr: Die Bodenvase mit ausgetrockneten, verstaubten Kiefernzweigen unter dem Bild, darauf Johannes, der Liebesjünger, sein Haupt an der Brust des Herrn birgt. Sie hatte es einmal zusammen mit Maurus in einer anderen Stadt ausgewählt, als er damals im Krankenhaus nicht unter dauernder Kontrolle war. Alles war so unendlich vertraut, aber die Unnahbarkeit der Base verurteilte sie immer wieder von Neuem zur Fremden. Viel hätte Anna darum gegeben, selbst an der Amtszimmertüre anklopfen zu dürfen.

Eine kaum erträgliche Erwartung machte ihre Knie weich: Die Türe hatte sich aufgetan.

»Da will jemand zu dir!«, sagte die alte Frau spöttisch, und ein hintergründiges Lauern färbte ihre Stimme. Wie ein unverrückbarer Fleischkoloss versperrte sie Anna den Zugang. Über die wulstigen Schultern hinweg sah sie, wie Maurus langsam sein Gesicht vom Schreibtisch aufhob. Es schien ihr, als tauche es wie aus Schlaf und Traum empor, noch ganz hineingenommen in ein Lauschen, das wie ein vorübergehendes Außersichsein allmählich versank, und die Gewissheit von Annas Anwesenheit darin aufwuchs.

Ein Schauer Glück durchlief Anna. Die Sicherheit seiner Liebe gab ihr Kraft. Sie ließ das Köfferchen zu Boden sinken. Ihre schmale Gestalt drängte an der Base vorbei ins Zimmer. Sie lief zu ihm hin, verhielt kurz vor dem Schreibtisch den Schritt. Eine überströmende Zärtlichkeit brach in ihrem immer noch kindlichen Gesicht auf. Es war wie verzehrt von einer grenzenlosen Hingabe. Alle Angst war fortgewischt. Ihr Innerstes stürzte in seine Augen und das Eintauchen darin durchstrahlte sie so, dass sie ihre Freude im Gesicht des geliebten Mannes wiederfand. Maurus fühlte, wie ihre Hingabe ihn durchfuhr, denn was ist glühender als die Liebe eines jungen Menschen, der allein in der Großstadt nur dem fernen Ziel seiner Leidenschaft lebt und die Kraft seines Herzens bewahrt vor jeder Zerstreuung. Anna ging abends nie aus, in kein Konzert, in keine Oper, in kein Theater. Maurus hätte ja gerade an einem solchen Abend anrufen können, und sie wäre dann nicht daheim gewesen. Kein Vergnügen war es ihr wert, seinen Anruf zu versäumen.

Das Amtszimmer schien einen Augenblick wie von einer seltsamen Besänftigung erfüllt, als lege sich der Bann des mannshohen

Kreuzes an der Wand auf die drei Menschen; es war, als nähme Gott diese Liebe an sein Herz.

Die alte Frau füllte noch immer wie ein Fels die Türe aus. Aber auch sie, die mit Argusaugen jede Bewegung Annas verfolgt hatte, mochte plötzlich etwas verspürt haben von fremden, reinen Mächten, wie ja die Hellsicht der Eifersucht Verborgenes auszuleuchten vermag, um dann manchmal, von einer unverhofften Einsicht getroffen, zu schwinden. Über das verhärtete Gesicht lief auf einmal ein Lächeln, das sich wie aus längst vergangener Jugend und Schönheit hierher verirrt hatte.

Maurus' Augen strahlten vor Freude und einem Gutsein, das die Menschen einzuhüllen vermochte. Voller Erleichterung spürte er, wie sich die alte Frau, die ihn mit hemmungsloser Eifersucht tyrannisierte, nicht länger sperrte, und sich von seiner Güte und dem reinen Glück Annas anrühren ließ. Er sog die verwandelte Atmosphäre ein wie die Erde den erlösenden Regen nach langer Sommerglut. So musste es im Paradies gewesen sein, als die Tiger mit sanften Augen durch den Garten Eden streiften, die Löwen sich noch nicht zum Sprung auf ihre Beute duckten, und die Schlangen die Giftzähne nicht ins Fleisch des Menschen schlugen. Diesen Abglanz paradiesischen Friedens barg Anna mit ängstlicher Hut an ihrem Herzen. Sie wusste aus Erfahrung: Er konnte zerbersten wie hauchdünnes Glas. Sie wagte nicht, sich von der Stelle zu rühren und hatte noch immer kein Wort gesprochen. Im Anflug eines Lächelns, das sich wie aus dem Lächeln der alten Frau zaghaft auf seinem Gesicht widerspiegelte, sagte er endlich: »Ja Kind, wann bist du denn gekommen?« Und indem er ihr beide Hände entgegenstreckte rief er weich: »Komm her!«

Sie lief nun ganz zu ihm hin.

Er nahm ihre Hände, die eiskalt und rotgefroren waren, und umschloss sie mit seinen großen warmen Männerhänden.

»Mit dem Sechsuhrzug«, sagte Anna leise und räusperte die raue Beklemmung weg. »Aber er hatte Verspätung wegen dem vielen Schnee.«

»Du bist ja ganz durchgefroren!« Er rieb und presste ihre Hände zwischen den seinen und schaute auf ihre Füße hinunter.

»Zieh deine Schuhe aus und nimm dir in der Küche meine zweiten Hausschuhe … Wir werden dann bald essen«, sagte er zu Frau Huser gewandt, »ich mache nur noch die Taufeintragungen.«

Er ergriff seinen Füllfederhalter und drückte mit der Hand die aufgewölbten Blattseiten am Mittelfalz eines wuchtigen Matrikelbuches nieder. »Du kannst dir etwas zum Lesen aussuchen, bis ich soweit bin!«, rief er Anna nach, die im Schlepptau von Frau Huser zur Küche hinüberging. Anna kehrte um und griff sich aus der Bücherwand wahllos ein Inselbändchen heraus.

»Komm schnell her!«, flüsterte Maurus hastig hinter ihrem Rücken.

Mit einem gehetzten Blick zur offenen Tür hinaus neigte sie sich über sein emporgewandtes Gesicht und küsste seinen Mund. Zugleich drängte ihre Hand seine Stirn zurück, um nicht durch ihr längeres Ausbleiben den Argwohn der alten Frau herauszufordern. Behend wie ein Reh lief sie dann durch die offenen Türen des Amtszimmers und Flurs zur Küche hinüber.

Die Base kramte in einem Resopalschrank. Im Küchenherd krachten die brennenden Holzscheite. Würziger Sauerkrautgeruch entströmte einem Kochtopf, dessen Deckel sich überm Dampf lose blubbernd bewegte. Hinter den ausgebeulten, rotglühenden Herdringen der vordersten Kochstelle sang in einem Kessel siedendes Wasser.

Die Frau warf ein Paar Männerhausschuhe hinter sich. Der eine plumpste hart neben ihrem Rocksaum auf den Fußboden, der andere schleifte bis in die Mitte der Küche hinein. Anna bückte sich und fischte sie zusammen. Ihre Beklommenheit kehrte zurück. Frau Huser sprach kein Wort, und ihr selbst fiel nichts ein, was sie hätte reden können, obwohl sie sich krampfhaft darum bemühte. In gebückter Haltung zupfte sie ihre Seidenstrümpfe um die Fersen herum zurecht und presste ihre Zehen, die unter der andrängenden Wärme schmerzten. Von unten her bemerkte sie die Körperwendung der Base und spürte, wie diese auf sie herabschaute. Zögernd richtete sie sich auf. Da ging die alte Frau mit schwerfällig schleifenden Schritten zum Herd hinüber. Sie lupfte den Topfdeckel, stach mit einer zweizinkigen Fleischgabel in die weiche dampfende Tiefe und hob ein großes, kerniges, schön durchwachsenes Stück Schweinefleisch auf einen Teller heraus.

Anna schluckte vor Hunger.

»Kann ich Ihnen den Tisch decken helfen?«, würgte sie hervor, ihren ganzen Mut zusammennehmend, während sie sich rückwärts an die Tischplatte drückte und sie mit beiden Händen umklammerte.

»Das hat noch Zeit«, erwiderte die Base mürrisch. »Tun S' nur lesen!«

Unter heftigem Umrühren goss sie aus einer dicken Großvatertasse ein Mehlteiglein ins Kraut. Sie stach das Schweinefleisch wieder an und schlenkerte es in den Topf zurück. Dann mühte sich ihr schwerer Leib um die eigene Achse, und sie schlurfte mit ihren unförmig dicken Füßen quer durch die Küche der Tür zu. Anna schaute ihr tapfer ins Gesicht. Vielleicht war es der Geruch des Essens, der die alte Frau in ihren Alltag zurücktrieb, oder die Jugend und Anmut der jungen Frau, die sie in ihrer Küche störte, oder ein anderes unbekanntes Etwas, das die gute Stunde verscheucht hatte: Jäh war eine Spannung aufgekeimt und presste die Lippen der Base zu einem schmalen Strich. Stumm, mit verbissenem Gesicht, verließ sie die Küche und hantierte laut irgendwo im Haus herum, unsichtbar und doch beängstigend gegenwärtig.

Anna zog den Küchenhocker unter dem Tisch hervor und setzte sich darauf.

Letzte Briefe aus Stalingrad, las sie, und schlug das Büchlein auf. Aber es gelang ihr nicht, die Gedanken auf die ergreifenden Briefe zu konzentrieren; sie erfasste das Gelesene nur bruchstückhaft.

So nahe war Maurus – mein Gott, wie nahe er war!

Das kleine Buch sank in ihren Schoß und sie schaute blicklos ins Leere. Sie dachte sich durch die geschlossenen Türen die wenigen Schritte zu ihm hinüber. Sie meinte zu fühlen, dass auch er nicht arbeiten konnte, ganz ihrer seltenen Nähe hingegeben. Eine Andere wäre jetzt vielleicht verstohlen zu ihm hinübergelaufen. Anna war nicht so. Trotz des leisen Schmerzes, der sich in ihr Hindämmern stahl, fühlte sie sich doch geborgen in seinem Nahesein. Aber das Alleinbleiben in der Küche war dennoch schwer: Sie glaubte, mit diesem Opfer ihre Liebe vor Gott rechtfertigen zu müssen. Und sie freute sich unendlich auf den ferneren Abend. Sie würden miteinander essen. Wenn sie der Base geholfen hatte, das Kraut mit dem Schweinefleisch aufzutragen, würde Maurus das Esszimmer betreten und ihr Herz wie immer vor Freude erzittern. Wäre sie bereits jetzt zu ihm hinübergelaufen, so war Gefahr, dass ein heftiger Ausbruch der alten Frau heraufbeschworen wurde. Je länger aber der Friede erhalten blieb, umso länger würde sie dableiben dürfen.

Lautlos rann die Zeit durch das stille Haus. Es schwamm in der Dunkelheit des Winterabends wie ein Schiff auf schlafendem Meer. Anna ließ sich einlullen von dieser geisterhaften Stille, die nach einem letzten, fernen Türenschlagen eingekehrt war.

Plötzlich schrak sie auf. Nahe am Fenster vorbei fuhr ein Auto über den knirschenden Schnee in den Hof. Sie sprang auf. Mit zwei Fingern schob sie die straff gespannte Scheibengardine etwas zur Seite und lugte mehr erschreckt als neugierig durch den Fensterspalt. Sie sah funkelnde Eiszapfen, bizarre, fantastische Gebilde, in den Lichtkegel der Haustürlampe hineinragen. Über der Gartenhecke, auf der hohe Schneepolster lagen, stieg das Säulchen des Marienbrunnens empor. Die Schneehaube auf dem Diadem der Madonna glitzerte im Licht der Straßenlaternen.

Anna hörte das Zuschlagen von Autotüren. Verworren klangen Stimmen an ihr Ohr, aber sie konnte noch niemand sehen. Doch dann kamen ein Mann und eine Frau um das tief verschneite Gebüsch am Treppengeländer herum und stiegen die Stufen herauf. Blitzartig zog sich Anna vom Fenster zurück. Es läutete stürmisch. Scharf und schrill durchschnitt der grelle Ton das stille Haus. Da vernahm sie vor der Küchentür das erregte Flüstern von Frau Huser. Fast im gleichen Augenblick wurde die Tür aufgerissen. Die Base, ein sonderbar hämisches Lächeln um den Mund, winkte ihr aufgeregt mit beiden Händen und flüsterte: »Schnell, schnell, nehmen S' Ihre Sachen und kommen S'!«

Bestürzt und hastig erhob sich Anna, angesteckt von der fieberhaften Eile der Frau, fing ihren Mantel, den diese ihr zuwarf, in den Armen auf, riss ihr Köfferchen an sich, bückte sich mühsam nach ihren Schuhen und folgte der alten Frau, die mit überraschender Hurtigkeit den Gang entlanglief, und, eine formlos schwabbelnde

Masse, die Treppen hinaufschnaufte – grotesk und wie beschwingt von einem heimlichen Triumph.

Anna begriff nicht, was um sie und mit ihr vorging. Sie hörte noch das Öffnen der Haustüre, eine freudige Begrüßung, das helle Lachen einer jungen Frau, das sich mit einer sonoren Männerstimme vermischte. Stampfendes Abklopfen des Schnees von Stiefeln traf ihr Ohr; dann wurde sie von Frau Huser in die Mitte des oberen Gangs geschubst. Da blieb sie stehen. Die alte Frau ging langsam die Treppe hinab.

Eine dumpfe Benommenheit bewahrte Anna vor jeder Empfindung des Schmerzes. Aber allmählich erfasste sie den Triumph der alten Frau: Maurus würde immer ihr gehören, immer nur ihr, denn sie hatte ihn in der Hand. Sie konnte ihn erpressen mit dem Hinweis auf seinen Ruf, den makellos zu erhalten sein Amt bedingungslos erforderte; sie stieß ihn in den Schlund der Angst, denn die Kirche duldet bei ihren Männern nicht die Liebe zu einer Frau. Das wusste Anna seit ihren Schultagen. Da hatte der Religionslehrer den Zölibat erklärt. Und wehe dem Unglücklichen, dessen Herz nicht hart genug ist und sich vom Leben anrühren lässt; wehe dem, der dieses Gesetz durchbricht, der sich in Zuneigung an eine Frau verliert und bei dem das offenbar wird: Er ist erledigt.

Wenn ein böses Gerücht umgeht, fragt keiner nach einem Menschenherzen. Noch einmal wurde sich die junge Frau der Bedeutung des triumphierenden Lächelns um den harten alten Mund bewusst: *Ihre* Macht erwies sich stärker als Maurus' Liebe zu Anna. Und sie würde dafür sorgen, dass nichts ihn ihr wegnehmen konnte. Und die Kirche würde mit ihr sorgen, dafür würde sie selbst sorgen. Denn Maurus war geschaffen für seinen Beruf. Er liebte ihn, weil er die Menschen liebte, denen er darin dienen konnte. Wie hätte er ohne seine Arbeit leben können!

Anna dachte an seine Kranken, an die Sterbenden, die nach ihm verlangten. Seine Gebete gaben ihnen Hoffnung, und seine Ruhe und Güte nahmen ihnen die Angst. Er hatte ihr einmal erzählt, dass Sterbende ihn baten: »Bleiben Sie bei mir in dieser Nacht!« Und er hielt ihre Hände, und sie starben ganz ruhig. Konnte ein Mensch den Sinn und die Rechtfertigung seines Lebens tiefer erfahren, als wenn er denen, die den Tod nahen fühlten, ihre namenlose Angst tragen und überwinden half? Die unruhig umhertastenden Hände der Sterbenden beruhigten sich, wenn Maurus' Hände sie warm umfassten, und in den brechenden Augen wuchs ein Schimmer Hoffnung auf ewiges Leben. Wie hätte Maurus ertragen können, ein anderes Leben zu führen?!

Anna wusste, dass er jetzt litt. Auch die alte Frau musste das wissen. Und doch dämpfte dieses Wissen den wilden Triumph nicht, dass er es zuließ, die junge Frau zu verbergen. Vielleicht war er von diesem unerwarteten Besuch so überrumpelt gewesen, dass er nicht mehr zum Überlegen gekommen war, und dem Rat der Base folgte?

Annas Liebe aber lebte umschlossen von einem unerschütterlichen Vertrauen wie in einer Muschel, unzerstörbar und tief geborgen. Die gewaltigsten Erschütterungen konnten sie nur wie eine Strömung mitreißen und sie wie auf weichem, sandigem Grund bewegen, ohne sie zu zerbrechen. Hineingestoßen in das Dunkel des Lebens, durchstrahlte ihr sensibles Wesen gleichsam die Muschelwände ihres begrenzten Menschseins und ließ sie Abgründe erahnen, davor sich ihr Innerstes zutiefst erschreckt zusammenzog.

Auf einmal überfiel sie die Angst, jemand von den Verwandten – denn dass es Verwandte sein mussten, daran hatte sie keinen Zweifel – könnte in den ersten Stock heraufkommen, um vielleicht Gepäck in ein Zimmer zu tragen ... und gleichzeitig hatte sie das bittere Bedürfnis, sich irgendwo zu verkriechen: Sie stieg die letzte Treppe hinauf und öffnete eine Tür: Die Kälte des Dachbodens drang gnadenlos auf sie ein. Allmählich gewöhnten sich ihre Augen an die Dunkelheit. Sie unterschied die wuchtigen, raureifglitzernden Dachbalken und sah die kleine Luke, durch die silbrig das Mondlicht sickerte.

Anna erschauerte. Der Zementfußboden umklammerte ihre Füße mit eisigem Sog. Sie wanderte tappend durch das Dunkel. Ihr Schuh stieß an einen Block, den sie als einen Pappkarton unter der Dachschräge ertastete. Sie breitete ihr Taschentuch darüber und setzte sich darauf. Unbeweglich starrte sie in die silberdurchsponnene Schwärze. Von einem Haken im Gebälk hingen gespenstisch Kleider herab. Ihre vertrauende Liebe hatte einen Stoß empfangen, und sie fühlte die Wunde irgendwo innen wie feurigen Brand. Sie fürchtete diesen Schmerz, denn er fraß an den Wurzeln ihres Glaubens an die Menschen – mehr noch: Er rührte an die Existenz ihrer Liebe zu Maurus. Sie litt unter der Demütigung. Etwas zerrte in ihr und riss sie wund. Jeder Gedanke, den sie verzweifelt zu Hilfe rief, um das Geschehen zu verteidigen, zerfleischte sie noch mehr, wie ein Angelhaken einen Fisch blutig reißt, wenn er sich mit krümmenden Bewegungen zu befreien sucht.

Wo war Maurus? Warum holte er sie nicht hier heraus? Sicher wusste er nicht, wo sie sich befand. Und selbst wenn er es wüsste, konnte er sich denn auch nur für kurze Zeit von seinem Besuch entfernen?

Je mehr sie begriff, dass sie verborgen gehalten wurde, umso mehr erfuhr sie am eigenen Leib, dass das Katholische das Humane ausschließen konnte, dass die Weihe zum Priester Erbarmungslosigkeit gegenüber der Liebe einer Frau fordert. Indem sie ihr Denken gewaltsam niederhielt, versuchte sie verzweifelt, dem Schmerz zu entkommen, und verfiel immer mehr in eine Lähmung der Seele und des Körpers.

Anna starrte mit aufgerissenen Augen ins Silberblau der Dachluke.

Längst Vergangenes zog wie eine Bilderfolge durch ihr Erinnern: Sie sieht sich wieder an jenem Sommersonntag im Zimmer der Oberin des Krankenhauses und hört die Frage der hochaufgerichteten Nonne: »Fürchten Sie nicht die ewige Verdammnis?« Und sie hört sich sagen: »Ich würde für ihn auch in die Hölle gehen!« Und die Klosterfrau leise mit bebenden Lippen: »Sie lieben ihn ja wirklich!« … und zögernd hinzufügend: »Da werden Sie noch viel Bitteres erleben müssen!«

Schon damals also hatte man ihr prophezeit, dass sie es schwerhaben würde, wenn sie an dieser Liebe festhielt. Und wie ein Echo hallte der Satz aus der Bibel in ihr nach, den die Nonne ihr zugerufen hatte: »*Du bist Priester auf ewig nach der Ordnung des Melchisedek*!« Was hatte sie denn damit gemeint? Anna war sehr gut in Religionslehre; sie wusste, dass Melchisedek das unblutige Opfer darbrachte, das reine Opfer von Brot und Wein. Aber ihr Gefühl sagte ihr, dass die Oberin die Ordnung des Melchisedek in Zusammenhang brachte mit der Enthaltsamkeit von der Frau; sie meinte damit wohl das Freisein eines Priesters von jeder Bindung. Melchisedek aber war König von Salem in der patriarchalischen Zeit des Abraham, und er war zugleich Priester des Höchsten. Wo war verbürgt, dass er nicht Söhne und Töchter hatte, womöglich sogar mehrere Frauen? Wie konnte sie diesen Vers aus den Psalmen Davids auf Maurus anwenden?!

Die Erinnerung an jenen heißen, leuchtenden Sommersonntag gefror in die eisige Nacht des Dachbodens. Aus ihrer Erstarrung aufwachend, knetete Anna abwechselnd ihre feuchtkalten Füße, die sie einen um den anderen auf ihre Knie zog.

Etwa eine Stunde, die der ewigen Verdammnis glich, mochte vergangen sein, als sich tappende Schritte dem Speicher näherten. Der runde Kopf der alten Frau streckte sich in die Türöffnung. Lichtblind schaute sie ins Dunkel.

»Wo sind S' denn?« Verhaltenes Lachen gluckste in ihrer Stimme. Der ursprüngliche Triumph war einem Amüsiertsein vielleicht über ihren guten Einfall oder wegen ihrer Suche nach Anna gewichen. Der Besuch drunten im Wohnzimmer hatte gewiss auch zur guten Stimmung beigetragen.

Die Frau schlurfte zögernd in den Dachboden hinein. Durch die aufwippende Tür warf sich eine Lichtschneise über den Zementfußboden. Ihr Schimmer erfasste die auf dem Pappkarton kauernde Gestalt Annas. Wie wenn in einem Theatersaal die Beleuchtung langsam zurückgesogen wird, versickerte die Belustigung auf den Zügen der Haushälterin und wich einer Betretenheit, einer unbeholfenen Scham. Sie zupfte Anna am Ärmel des Mantels, und zog sie die Treppen hinunter in den ersten Stock.

»Gehen S' da hinein«, flüsterte sie, jenes eigentümliche Lächeln nur noch wie einen Schatten um die Lippen, einen schwachen Abglanz des Triumphs, und schob Anna mit den Fingerkuppen in ihr eigenes Schlafzimmer hinein.

Anna ließ alles widerstandslos mit sich geschehen. Sie blieb an der Stelle stehen, an die Maurus' Base sie gestoßen hatte: am Waschbecken neben der Tür.

Die Übergardinen waren nicht zugezogen. Durch die Stores floss milchiges Licht herein. Anna sah im Spiegel über dem Waschbecken großaufgerissene, irre Augen in einem maskenhaften Gesicht. Sie starrte sich an wie ein fremdes Wesen, weit entfernt von jeglichem Gefühl und Begreifen.

Allmählich weckte sie das wohlig temperierte Schlafzimmer aus ihrer Erstarrung. Wie im Traum bewegte sie die Füße und drehte sich um. Sie nahm die Gegenstände wahr: über einen Stuhl geworfene Kleidungsstücke der alten Frau, hochaufgetürmte Paradekissen, eine Spiegelkommode, die das dämmerige Gemach in die Länge dehnte. Durch das westliche Fenster erblickte sie den spalierbewachsenen, breitausladenden Bauernhof zum Greifen nah. Die beiden anderen Fenster des Schlafzimmers gingen auf den Pfarrgarten hinaus. Dahinter stieg der Kirchturm wuchtig und schwarz in den Nachthimmel, über den unzählige Sterne wie Silberschleier hingeweht lagen. Anna sah Obstbäume, die sich unter wie Diamanten glitzernden Schneelasten beugten.

Oft, wenn das Heimweh sie aus der großen Stadt hergetrieben hatte, war sie im Schutz der frühen Nacht im Pfarrgarten gestanden, dort, wo sich die Schatten von Baum und Hecke im Mondlicht vertieften. Dann wusste Maurus nicht, wie nahe sie ihm war. Unverwandt schaute sie zum Haus hin, hinter dessen Mauern sie ihn krank vor Sehnsucht suchte. Dieses Draußenstehen im Dunkel war wie ein Schutzwall um sie. Niemand konnte ihrer Liebe etwas anhaben. Manchmal erhellte Licht ein Fenster im ersten Stock und verwundete ihre nachtgewohnten Augen. Ein Schatten strich dann an der Milchglasscheibe vorbei. Und ihr heißer Blick suchte vergeblich, das Glas zu zerschmelzen, bis das Licht erlosch. Das Haus lag wieder im Dunkel. Sie aber konnte sich nicht losreißen von seiner Nähe.

Regen und Schnee, Wind und Sturm wurden ihr vertraut. Nach stundenlangem Ausharren verschmolz sie gleichsam mit der Nacht und wurde empfindungslos für ihr Einsamsein und manchmal auch für ihre Sehnsucht.

Zuweilen geschah es, dass an der rückwärtigen Hausfront das Licht anging, die Tür aufgeschlossen wurde, und Maurus elastischen Schrittes unter dem niedrigen Vordach zur Garage eilte. Dann stand sie wie erdverwurzelt, an ihren Standplatz gebannt wie Daphne in den Baum, nur erschreckt vom wilden Aufbäumen ihres Herzens.

Sie folgte ihm mit brennenden Augen und presste sich an den Stamm des Apfelbäumchens, um nicht vorzustürzen und ihn anzurufen. Sie stand mit versiegeltem Mund im Verflochtensein mit der Nacht und in sich selbst zurückgeworfen; der Schrei erstickte in ihr wie das ohnmächtige Stöhnen der stummen Kreatur. Manchmal sah sie, wie er sein gesammeltes Gesicht dem Garten zuwandte, als hätte er ihren lautlosen Anruf verspürt. Aber nie war er in die dunkle Tiefe hineingegangen, in der sie einsam stand. Und sie stand da im lähmenden Bewusstsein, seinem Priesteramt das Opfer des Verschweigens ihrer Nähe bringen zu müssen.

In einer solchen Nacht geschah es auch, dass ein Tier langsam und schwer über ihre Füße kroch; sie erstarrte vor Schauder und Ekel. Es musste eine Ratte gewesen sein, die aus dem benachbarten Bauernhof den Pfarrgarten durchquerend um das Steinhäuschen mit den alten Kirchenfolianten wanderte. Die wilden Schreie streunender Katzen kreischten durch die Stille der Nacht, und manchmal sah sie aus der Schwärze das grünliche Gelichter der Tiere glühen. Aber nach all den Jahren fürchtete sie sich nicht mehr. Sie verschmolz mit dem Dunkel, als wäre sie in ihm daheim.

Die Sage vom armen Ritter Toggenburg kam ihr einmal in den Sinn, der Tag und Nacht so voll Sehnsucht zum Fenster seiner Dame hinaufschaute nachdem sie den Schleier genommen hatte, bis er tot umfiel. Und Anna hatte sich vorgestellt, ihre Stirn an seine Schläfe zu lehnen, hinter der vielleicht schon der Wahnsinn dämmerte, um ihm wie einem Bruder leise zuzuflüstern: Hab Erbarmen mit dir!

Dann tappte sie meist wie im Halbschlaf durch das Gras und schlüpfte durch das Heckenloch, um in den Gasthof zu gehen, in dem sie ein Zimmer genommen hatte. Aber diese Ziellosigkeit belud ihr Herz mit schwerer Müdigkeit.

Andere Bilder krochen wie Gespenster aus den Ecken des Schlafzimmers der alten Frau in Annas Verstörtheit. Die Erinnerung an einen Abend vor zwei Jahren stieg in ihr auf: Herbststürme trieben kalte Regenschauer über das Land. Sie hatte es gewagt, ganz zaghaft am Pfarrhaus zu läuten. »Der ist nicht da!«, fiel ihr die alte Frau mit harter Stimme ins Wort, noch bevor sie zitternd ihre schüchterne Frage nach dem geliebten Mann zu Ende bringen konnte. »Und ich weiß auch nicht, wann er kommt!«, hatte sie noch durch den Türspalt gezischt.

Als die Türe ins Schloss fiel, war es Anna, als dröhne der Schlag durchs ganze Weltall. Sie hatte lange im Schutz der Dunkelheit unter der Linde beim alten Schulhaus gewartet. Der Sturm schleuderte die Regentropfen aus den Zweigen gegen das verwitterte Gesims der hohen schmalen Fenster. Das westliche Kirchenportal war schwarz vor Nässe. Aber solange sie auch wartend gestanden hatte, es kam keine Menschenseele durch den nasskalten, unwirtlichen Abend, und kein kleines schwarzes Auto bog in den Pfarrhof hinein. In ihrer Verzweiflung hatte sie beschlossen, auf die Landstraße hinauszulaufen, die zu dem weit entfernten Dörfchen Bergheim führte, in dem die Familie seines Bruders wohnte. *Sicher kommt er von dort – und sicher wird es spät werden – und meine Füße werden wieder warm,* dachte sie im raschen Lauf.

Jedes Mal, wenn sie vom blendenden Lichtkegel eines Scheinwerfers erfasst wurde, hatte sie mit heißem Herzen gehofft, es würde sein Auto sein, er würde sie erkennen, und wie so oft scharf bremsen. Aber jedes vorbeisausende Auto verlor sich mit rotglühenden Rücklichtern in der Regennacht.

Je weiter sie sich von der Stadt entfernt hatte, umso schneidender jagte der Sturm über das freie Feld und riss den Regenschirm fast aus ihren Händen. Sie klappte ihn zusammen und lief im strömenden Regen über die Autobahnbrücke und am unheimlich rauschenden Wald vorbei, der den Wind etwas abhielt. Im ersten Dorf, das sie nach einem Fünfkilometermarsch erreicht hatte, brannten noch etliche Lichter in den Fenstern der vor Nässe schwarzen Bauernhäuser. Windböen peitschten das Regenwasser in kleinen, flutenden Wellen über den Asphalt, die im Licht der wild schwankenden Straßenlampen gekräuselt aufschimmerten.

Anna hatte sich weitergekämpft. Nach einigen Kilometern erreichte sie Wiesmühl. Die Straßenbeleuchtung hob nur die Mauern der nächstliegenden Höfe aus der Finsternis. Nicht einmal die Kirche, die auf einer kleinen Anhöhe lag, konnte sie in dieser Nacht erkennnen. Damals, beim Vorbeiwandern, dachte sie an jenen heißen Sommertag, als Maurus sie im Auto mitgenommen hatte und in diesem Kirchlein auf dem Harmonium spielte, und sie eine schmerzliche Seligkeit empfand, als er das Lied von einem *Ringelein aus Golde* für sie gesungen hatte.

Die Nacht war stockfinster geworden. Sie erinnerte sich ihres Schreckens, als sie auf einmal die Straße nicht mehr erkennen konnte. Sie tappte in der hohlen Schwärze zögernd weiter. Aber plötzlich hatte sie weichen Grund unter den Füßen gespürt. Sie musste von der Asphaltstraße abgekommen sein. Namenlose Angst schnürte ihr Herz zusammen. In wilder Panik war sie über umgepflügte Ackerschollen gerannt; ihr klatschnasser Mantel klebte an ihren Knien und hemmte ihr Laufen ebenso wie die schweren Erdklumpen, die sich an ihre Schuhe hängten. In den Ackerfurchen schmatzte der Morast unter jedem ihrer Tritte. Regenschnüre peitschten hart in ihr gehetztes Gesicht, und die fugenlose Finsternis umschloss sie wie schwarze Wände. Sie wusste nicht, wie lange sie so blindlings über die Felder geirrt war. Es mussten Stunden vergangen sein, seit sie aus der Stadt hinausgelaufen war. Plötzlich hatte sie durch die wehenden Wasserschleier hart vor sich die Umrisse eines einzelnen Gehöfts gesehen. Da wusste sie, wohin sie sich verlaufen hatte. Das musste die Sägemühle sein, die man bei Tag von der Landstraße aus in der Ferne sehen konnte. Der Sturm wühlte in den Erlen und unter ihrem Rauschen hörte sie schwach das Glucksen eines Bachs. Anna hatte festeren Grund gefühlt und das Geländer eines Brückchens ertastet. Sie atmete den herben Geruch frisch geschnittenen Holzes und vermodernder Blätter. Die Rinnsale in den Wagenspuren des Feldwegs schwemmten die Erdkloben von ihren Schuhen und durchweichten sie vollends. Nicht weit von hier musste auf einem Hang das Gehölz liegen, wo der Graspfad abzweigte, der quer durch Weideland den Weg nach Bergheim abkürzte. An einem Sommerabend war sie dort einmal mit Maurus mitten durch die verwundert glotzenden Kühe gefahren. Die Baumkuppeln reckten sich damals schwarz und fantastisch in den glutroten Abendhimmel. Ihre Augen hatten Maurus angeschaut, immerfort. Sein edel geschnittenes Profil war von der untergehenden Sonne kupfern getönt und erinnerte sie an die Cäsarenköpfe auf antiken Bronze-Sesterzen der Kaiserzeit. Er hatte das Lied gesungen, das sie vor allen anderen liebte: »*... und da setz ich* *mich auf mein apfelgrau's Ross und reite wohl über die Heide …«*, und sie hatte die Schwermut aus den geliebten Zügen fortgelächelt.

Eingesunken in jene kostbare, unvergessliche Stunde, schleppte sie sich damals weiter durch die unheimlich gurgelnde Spätherbstnacht. Beim tappenden Suchen nach dem Brettersteg, der vom Feldweg über eine Mulde zum Graspfad hinüberführte, war sie unversehens über die schlüpfrige Böschung in den Graben abgerutscht, der sonst ausgetrocknet am Saum des Wäldchens entlangläuft. Er hatte sich in einen kleinen Bach verwandelt. Das Wasser spritzte eiskalt an ihren Beinen hinauf. Die Umhängetasche glitt über ihre Schulter herab und klatschte ins talwärts fließende Wasser. Die Lederschlaufe fing sich im Ellbogen und straffte sich im Sog der Flut. Mit klammen Händen hatte sie sich in die glitschigen Grasbüschel gekrallt und auf die Wiese hinaufgezogen. Ihre Schuhe quietschten vor Wasser. Die Socken klebten an ihren Füßen. Über ihr Gesicht rannen die Tränen. Schluchzend versuchte sie, das Dörfchen zu erspähen. Aber sie sah kein Licht. Es musste bereits weit über Mitternacht sein. Sie hatte den Wind nun von rückwärts. Er presste den Mantel an ihren Rücken und trieb ihre leichte Gestalt voran. Sie erkannte die Häuser erst, als sie unmittelbar an ihnen vorbeiging. In den Lüften heulte es klagend auf. Die uralten Bäume des Kalvarienberges wogten ächzend und knarrend ostwärts. Mit letzter Kraft hatte sie sich am Holzgeländer die Stufen zum Kirchlein hochgehangelt und war durch den Friedhof gegangen. Im Pfarrgarten fand sie ihre Hoffnungslosigkeit bestätigt: kein Auto!

Sie ging zum Friedhof zurück. Erschöpft und verzweifelt lehnte sie sich an den abbröckelnden Mauerverputz der äußeren Apsismauer. Tränen kollerten über ihr müdes Gesicht. Von den Schindeln des Kirchendachs rann das Regenwasser in die lecke Dachrinne, und schoss daraus mit flachem Strahl über ihren Kopf hinweg, sodass sie wie hinter einem sprühenden Wasserfall stand, der sich im Kies des Friedhofs ein Bett grub. Da hob hoch oben ein schnurrendes Rasseln an, und die Kirchturmuhr schlug mit schepperndem Klang die zweite Stunde nach Mitternacht.

Im Schlafzimmer der Base erinnerte sich Anna auch, wie sie damals in den Anblick des behäbigen Landpfarrhofs versunken dagestanden hatte, um dessen Dach der Sturm pfiff. Hinter den geschlossenen Fensterläden dort oben wusste sie seinen schlafenden Bruder, die Frau und deren Kinderschar wie in einem warmen Nest. Ja, dort in jenem Eckzimmer schliefen die Buben. An ihrem ersten Abend im Bergheimer Pfarrhof hatte sie Maurus da hinaufgeführt. Sie sah wieder das breite Bett mit den schlafenden Kindern; braune, traumwarme Bäckchen, beschattet von Wimpern. Sie erinnerte sich, wie Maurus mit der Hand die Lippen eines der kleinen Neffen berührte: Das himbeerfarbene Mündchen hatte sich im Schlaf saugend um seinen Zeigefinger gestülpt. Und Anna sah wieder das belustigte und zugleich zärtliche Lächeln in seinem Gesicht, und sie erinnerte sich auch ihrer Wehmut, mit der sie schon damals dachte: *Nie werden wir Kinder miteinander haben!* In jenem Augenblick hatte sie sich gewünscht, einer der schlafenden Buben zu sein.

Aber die Kälte der Herbstnacht hatte sie bald aus ihren wehen Träumen in die raue Wirklichkeit zurückgeholt. Zusammengeschrumpft in ihrem nassen Mantel löste sie sich zitternd vor Müdigkeit von der Kirchenmauer. Der Kies knirschte, als sie an der Sakristei entlang zum Vorbau ging, in dem sich das Kirchenpförtchen befand. Es war verschlossen. Auf der Betbank unter dem gegeißelten Heiland kauernd, hatte sie den Rest der Nacht verbracht. Ausgehöhlt vor Kälte und Müdigkeit starrte sie mit übernächtigten Augen auf die Grabsteine hinaus. Sie fühlte sich nicht mehr zu den Menschen gehörig. Sie verschmolz mit der Einsamkeit der Toten, die rings um sie in der Erde ruhten. Die Furcht ihrer Kinderzeit vor der Leichenhalle und den Verstorbenen hatte sich seit dem Tag in der Totenkammer des Frauenklosters zu einer seltsamen Vertrautheit gewandelt. Die Toten wiesen sie nicht fort. Vielleicht wussten sie erst hier im Totsein um die Verlassenheit so vieler Lebender, weil sie selbst in die unerbittlichste Trennung vom Leben in dieser Welt eingegangen waren. Tote können ebenso wenig verlieren, wie wahrhaft Liebende verlieren können. Welches Elend konnte Anna seit jener Sturmnacht noch mehr niederdrücken, in der ihr junges Wesen die Verbundenheit mit den Verstorbenen so tief gespürt hatte?

Gegen vier Uhr früh war es bitterkalt geworden. Eisige Schauer hatten ihren Körper durchschüttelt. Der versiegende Regen gerann in zögernd sich schlängelnden Rinnen auf den Grabsteinen, und hing erstarrt auf den glänzenden Buchsblättchen. Sie schnürte ihre Stiefel auf. Durch die steifgefrorenen Wollsocken hindurch knetete sie mit frostklammen Händen ihre nassen, kalten Füße. Als der Morgen um die Bauernhäuser dämmerte, hatte sie sich krumm und steif erhoben. Hinter der Betbank, in dem Hohlraum unter dem Gegeißelten, schimmerten hinter dem Drahtgitter die Totenschädel wie fahles Elfenbein. Sie war die Friedhofsstufen hinabgestolpert und wie benommen unter Kälteschauern zum Dorf hinausgewankt. In stumpfer Gleichgültigkeit zertrat sie auf der Landstraße die hauchdünnen Eisschichten, die sich im schneidend scharfen Morgenwind über den Wasserlachen bildeten, und sich mit spinnwebfeinen Nähten starr zitternd zusammenzogen wie die Haut auf heißer Milch. Das zuströmende Blut verursachte peinigende Schmerzen in ihren abgestorbenen Zehen. Als sie zu den Kastanienbäumen gekommen war, die ihr in glühenden Sommern Schatten spendeten, hatte sie das kleine schwarze Auto von Maurus heransausen sehen. Ihr Herz begann dumpf zu dröhnen. Als zöge sie der Boden in die Tiefe, verharrte sie wie gelähmt mitten auf der Straße. Maurus, der an jenem Morgen zur Frühmesse nach Bergheim hinausfuhr, sah sich völlig ungefasst diesem Bild des Jammers gegenüber. Noch einmal hörte sie seine tief erschrockene, bebende Frage: »Mein Gott, Kind, wo kommst du denn her? Wo bist du denn gewesen?«, sah noch einmal sein Gesicht im herabgekurbelten Wagenfenster aufgerissen vor Erschütterung zu ihr aufschauen, während sie sagte: »Ich habe dich seit gestern Abend gesucht. Als ich bei dir am Pfarrhaus läutete, sagte Frau Huser zu mir, du seist noch fort.«

Da hatte Maurus ihr geantwortet, dass er nach der Beerdigung am Nachmittag das Haus nicht mehr verlassen habe, und den ganzen vergangenen Abend daheim gewesen sei. Nach dem Abendessen sei er auf der Sitzbank des Esszimmers vor Übermüdung eingeschlafen. Die alte Frau hatte ihm verschwiegen, dass sie an der Haustüre gewesen war.

Mit einem Erbarmen, das ihre Elendsgestalt gleichermaßen umfing wie die für ihn unfassbare Hartherzigkeit seiner Base, hatte er gesagt: »Warte hier auf mich. Ich bin in einer halben Stunde zurück!«

Als er wiedergekommen war, öffnete er ihr die Wagentüre, und sie stieg in sein wunderbar warmes Auto. Sie hatte während des Fahrens kurz in sein Gesicht geschaut. Es war todernst gewesen und von einer fremden Starrheit. Er war zu aufgewühlt, um zu sprechen. Anna hatte gespürt, dass es in ihm arbeitete, dass er nicht fertig wurde mit dem Verhalten der alten Verwandten. Stumm hatte er mit seiner rechten Hand nach ihren eisigen Händen gegriffen und versucht, sie warmzudrücken. Dann steckte er sie in seine Manteltasche und legte die Hand wieder ans Lenkrad. Bevor er sie bei der Stadtpfarrkirche aussteigen ließ, hatte er ihr noch gesagt, wann und wo sie auf ihn warten solle. Sie war zu einem Gasthaus gegangen und hatte nach einem Zimmer gefragt.

Der Quälgeist, der sie auf die Wege der Vergangenheit hinausgestoßen hatte, ließ von ihr ab. Anna hatte jedes Zeitmaß verloren. Die Turmuhr schlug jede Viertelstunde, und viele Glockenschläge tönten schon über die schlafende Stadt hin. Anna hatte sie nicht gezählt. Ihr Magen verkrampfte sich rebellisch knurrend. Aber es verlangte sie nicht mehr nach dem Sauerkraut und dem Schweinefleisch, dessen Geruch sie vor Stunden heißhungrig eingesogen hatte. Ein tiefer, zitternder Atemzug entrang sich ihrer zusammengeschnürten Brust. *»Herr, Du bist unsere Zuflucht / von Geschlecht zu Geschlecht«*, betete sie lautlos, als ihre Augen durch die Gitterstores im Schlafzimmer der alten Frau über die runden Apsisfenster der Pfarrkirche hinirrten, die vom Schein des Ewigen Lichts in sanftem Rubinrot schimmerten, *»Denn tausend Jahre sind vor Dir / wie der Tag, der gestern vergangen ist, / und wie eine Nachtwache.«*

Als schleuderten sie die Worte des 90. Psalms aus der Bilderfolge ihrer Erinnerungen hinaus, oder als höbe ein Wellenberg sie wie einen Schiffbrüchigen für Sekunden zur schaudernd überschaubaren Unendlichkeit des Ozeans empor, war ihr, als durcheile sie in visionärer Klarheit einen Herzschlag lang die Räume ihres zukünftigen Lebens, das ihr schicksalhaft zubestimmt war in der hoffnungslosen Liebe zu Maurus. Sie würde immer sie selbst sein in ihrer wandellosen Treue.

Das Blut eines alten, schwäbischen Geschlechts floss in ihren Adern, aus dem ein Domkapitular und eine Klosteroberin hervorgegangen waren. Annas Wesen war von jener radikalen Ausschließlichkeit, die keine Erleichterung ihres Loses aufkommen ließ, auch nicht die Erwartung, Maurus könnte kommen, sie an der Hand nehmen und hinuntergeleiten in die Wärme und Helle zu den Menschen im Wohnzimmer. Sie hatte ihn gewählt, und so nahm sie hin, was ihr durch diese Wahl zugemessen war. Sie dachte an das Gespräch mit dem Schweizer Ehepaar auf dem Zeltplatz in Carrara. Dort hatte sie ein ungestümes Aufbegehren in sich verspürt. Aber Maurus war nun schon fast dreißig Jahre Pfarrer. Durch ihre streng katholische Erziehung wäre es ihr als unvorstellbare Vermessenheit erschienen, der geliebte Mann könne sich zu ihr bekennen, denn sein Berufensein zum Priester war mit der Ehelosigkeit gekoppelt. Sie hatte von Anfang an gewusst, dass sie mit dieser Liebe Ziellosigkeit und Entsagung auf sich genommen hatte. Die beschränkten Erfahrungen ihres jungen Lebens und ihr überkommenes, angstverklemmtes Gewissen ließen den Gedanken nicht zu, dass seine Liebe sich über alle Konventionen hinwegsetzen könnte, so wie das Meer vom Orkan gepeitscht Dämme und Deiche zerbricht, um seinen Weg über alle widernatürlichen Begrenzungen hinwegzunehmen.

Vom Kirchturm hallten vier klare Glockenschläge durch die Winternacht. Zum ersten Mal zählte sie die Stundenschläge mit, die nach einer kurzen Pause dunkler dröhnend folgten: Elf Uhr!

Im Erdgeschoss des Hauses hörte sie eine Tür gehen. Stimmen und Gelächter drangen zu ihr herauf und brachen jäh wieder ab.

Rasche leichte Schritte eilten die Treppe herauf. Annas Herzschlag setzte aus. Heiß durchstürzte sie das Blut aus Scham wegen ihres Verborgenwerdens. Ihr Blick hetzte zur Tür. Aber da trat Maurus schon ins Zimmer, seltsam zögernd unter einer jähen Beklommenheit, die aus dem eingestandenen Unrecht nun schlagartig aufwuchs. Er konnte Anna nicht gleich sehen in der Dunkelheit, denn er kam aus dem Licht. Dann fand er die regungslose Gestalt dunkel und silhouettenschmal im Zimmer stehen. Als er sie sah mit ihrem maskenhaft weißen Gesicht, brach sein Angesicht auf wie unter einem Hieb, von Qual gepeinigt. Mit leiser, mühsamer Stimme stöhnte er nur: »Mein Gott!« Aber seine Augen vermochten den starren Blick der aufgerissenen Augen nicht aus ihren Fernen zurückzuholen.

Er presste ihr versteinertes, todkaltes Gesicht mit warmen, umhüllenden Händen an seine Brust.

»Kind«, flüsterte er heiser, und es war, als würge ein Weinen seine Stimme, »Kind, ich kann doch nicht, wie ich will. Versteh mich doch! … O mein Kind, mein liebes!«

Er umschlang ihren starren Leib und legte die Wange auf ihr Haar. Das Gesicht in das Revers seines schwarzen Anzugs vergraben, atmete Anna tief und zitternd auf. Sie verspürte den Geruch von Wein und Zigarettenrauch und jenen schwachen Weihrauchduft, der an seinen Anzügen haftete.

In Anna war alles erloschen. Sie versuchte zu sprechen, wollte sagen, dass er nun wohl wieder zu seinen Verwandten hinuntergehen müsse, aber ihre Stimme war geborsten, und nur ein rauer, unverständlicher Laut quoll aus ihrem ausgedörrten Mund.

»Liebes, geh zur Ruhe!«, flehte Maurus hilflos und verstört, unruhig nach unten lauschend. Pein und Zerrissenheit zergruben seine Züge.

»Tu schlafen! Leg dich in das andere Bett dort!«

Er zog sie an der Hand hinter sich her um das Geviert des Ehebetts der Base, und deckte es mit hastigen, unbeholfenen Handgriffen für Anna auf. Dann presste er ihren Körper verzweifelt an sich, sein Mund suchte über ihre kalte Stirn hin, bis sein Gesicht in einem plötzlichen Erschlaffen in wilder, schwerer Trauer auf dem ihren lastete.

Sie verharrte noch immer mit dem Köfferchen in der hängenden Hand, als er sich wortlos losriss und aus dem Schlafzimmer eilte. Sie stand, ihm die Treppe hinunter nachlauschend, in eine brennende Verlassenheit gefesselt.

Was musste ihm sein Priestersein wert sein, wenn er sich so auslieferte, so demütigen ließ, um nicht vernichtet zu werden!

Vielleicht hing die Drohung über ihm, bei seinem Bischof gemeldet zu werden wegen dieser Liebe zu Anna? Maurus hatte Angst, das spürte sie jetzt genau. Und er wollte Priester bleiben, um alles in der Welt wollte er das. Anna wusste, dass er nicht feige war. Er erzählte ihr einmal, dass er als junger Kaplan während der Zeit des Nationalsozialismus im Münster der Bischofsstadt an den Sonntagen die Spätmesse zelebrierte; es gab ja noch das Nüchternheitsgebot und der Herr Prälat hielt als älterer Herr eine frühere Vormittagsmesse. Maurus predigte öfters gegen das NS-Regime. Gestapo-Spitzel in schwarzen Lederjacken oder in Zivil mischten sich damals unter die Kirchenbesucher und überwachten die Predigten. Maurus sagte sich, dass er sieben Brüder im Feld habe und sie es nicht wagen würden, ihm etwas anzuhaben. Doch eines Tages kam von der Geheimen Staatspolizei ein Fragebogen. Er war ratlos, wie er den beantworten sollte. Einer seiner Mitkapläne riet ihm, er solle einfach hinter jede Frage einen Strich machen, was er auch tat. Ans Ende des Fragebogens hatte er geschrieben: *Meine vaterländische Gesinnung habe ich dadurch bewiesen, dass ich am Ende der Gottesdienste das Lied für Führer, Volk und Vaterland singen lasse: »Großer König aller Völker, unsere Heimat schütze Du«*. Eine Zeitlang war er vorsichtig. Dann hatte er es wieder gewagt, die neuen Machthaber anzuprangern. Es dauerte nicht lange, da ließ ihn der damalige Weihbischof zu sich rufen. Als er in dessen Zimmer kam, sagte der Mann scharf: »Denken Sie ja nicht, dass wir so mutige Kapläne wie Sie lieben! Ich verbiete Ihnen, weiterhin gegen den Nationalsozialismus zu predigen!«

Einige Jahre später erhielt Maurus seine eigene Pfarrei Bergheim. Als ihm bekannt wurde, was mit den Juden geschah, nahm er ein jüdisches Kind aus der Bischofsstadt zu sich in seinen Landpfarrhof, um es zu verstecken. Es dauerte nicht lange, da kam der Ortsgruppenleiter und drohte ihm mit dem Konzentrationslager Dachau, falls er das Kind nicht zu den Eltern zurückbringe.

Anna fiel ein, dass da etwas war, was sie mit Maurus schon vor vielen Jahren verband: Er versteckte als junger Pfarrer ein Judenkind – sie selbst musste damals etwa zehn Jahre alt gewesen sein. Es war in den Sommerferien. Am Straßenrand stehend hatte sie einem jüdischen KZ-Häftling beim Vorübertrab schon an mehreren Tagen ein Stück Brot hingestreckt, das er ihr mit Hungeraugen aus der Hand gerissen hatte. Der bewaffnete SS-Mann mit Stahlhelm hinter dem Trupp hatte es geduldet, vielleicht weil sie ein Kind war. Eines Tages hatte sie etwas Hartes in ihrer kleinen Faust gespürt. Es war ein Blechring mit einem eingeritzten Judenstern. Nichts hatten sie voneinander gewusst, die kleine Anna und der ordinierte Pfarrer. Aber das Mitleid mit den Leidenden und Verfolgten hatten sie damals schon gemeinsam.

Allmählich sank Annas würgende Ohnmacht zusammen. Müde zog sie den Pullover aus und entkleidete sich. Sie ballte die kleineren Kleidungsstücke zusammen und schob sie am Fußende unter die Bettdecke. Zusammenfröstelnd beugte sie sich nieder und griff nach dem Nachthemd in ihrem Köfferchen, sah im silberblau durchwobenen Dämmer erschrocken ihren nackten Leib im hohen Kommodenspiegel schimmern wie mattes Elfenbein. Ihre Augen verfingen sich weit und dunkel in allem Dunklen, in der schulterlangen Haarfülle, den mandelbraunen Höfen ihrer festen kleinen, jasminweißen Brüste; sie glitten über die Zerbrechlichkeit ihrer Taille zum dunkeldichten Haarwald des Schamdreiecks zwischen ihren Schenkeln. Traumhaft langsam hob sie die Arme empor und erschauerte im Niederfallen des Flanellnachthemds über ihren Körper, das feuchtkalt und bodenlang noch immer die Eiseskälte des Dachbodens angesogen hielt. Sie kroch in die straßenseitige Hälfte des Ehebetts und schloss die brennenden Augen. Im kühlen Kissen wurde ihr Gesicht langsam glühend heiß und ihr Kopf dröhnte vor pochendem Weh. Sie konnte und konnte nicht einschlafen. Schwer und melodisch schwamm der zweite Stundenschlag nach Mitternacht über die Dächer der Stadt.

Im Erdgeschoss wurden Stimmen laut. Sie hörte ein Hin- und Hereilen und lachende Gutenachtrufe. Dann kamen Männertritte die Eichentreppe herauf, denen ein leichtfüßiges Trippeln folgte. Im Zimmer nebenan wurde der Lichtschalter angeknipst. Dann mühte sich unter schwerem Schnaufen die alte Frau treppauf.

Anna drehte sich zur Fensterseite um und stellte sich schlafend. Grell drang das elektrische Licht durch ihre geschlossenen Lider. Der Zimmerboden vibrierte, als die Base schwerfällig von Fenster zu Fenster wankte und die Übergardinen klirrend zusammenzog. Wie ein angsterstarrtes Kaninchen tief in die Ackerfurche geschmiegt liegen mochte, wenn es über sich die Schwingen des Habichts drohend rauschen hört, so bewegungslos und mit allen Fibern angespannt duckte sich die junge Frau unter die Bettdecke und lauschte in atemloser Verkrampfung den kurzen, leicht pfeifenden Atemstößen hart über sich am Fenster und dann wieder hinter sich, hörte das Abstreifen und Hinwerfen von Kleidern, das schlenkernde Klirren von Messinghafteln eines Korsetts auf der Glasplatte des Nachtkästchens, das plumpsende Aufschlagen der Hausschlappen. Im schnurrenden Aufziehen des Weckers stotterte zögernd das Läutwerk mit. Das Bett nebenan ächzte in allen Fugen, als die schwere Masse der Frau hineinsank.

Schlaflos vernahm Anna in ihrem Rücken das saugende Einziehen und zischende Ausblasen der Luft bei offenem Mund, das bald in ein kehliges, manchmal ruckhaft abbrechendes Schnarchen überging.

Gegen Morgen lag die Stille wie eine Glocke über das Pfarrhaus gesenkt. Sie gab dem schürfenden Laut eines zurückgeschobenen Stuhles im Amtszimmer, das unter dem Schlafzimmer der alten Frau lag, etwas unendlich Einsames; es verriet der Schlaflosen, dass nun auch Maurus vom Schreibtisch aufstand, um zur Ruhe zu gehen. Alle Sinne geschärft, neigte sich ihre verzehrende Sehnsucht seinem behutsamen Heraufkommen zu. Sie ahnte mehr, als sie es hören konnte, sein zögerndes Verweilen am oberen Treppenende. Beim Knarren seiner Zimmertüre schrumpfte ihr Gesicht in fassungslos bitterer Enttäuschung.

Eine Stunde später erhob sich Anna leise und kleidete sich an. Alle Gegenstände des Zimmers schwammen noch immer in diesem milchigen Schneelicht. Vorsichtig umschlich sie das Doppelbett. Plötzlich knarrte im Fußboden ein Brett. Entsetzt hielt sie den Atem an und warf einen raschen, verstohlenen Blick auf die alte Frau. Der allzu regungslose Körper unter der Daunendecke war nicht der einer gelöst Schlafenden; er war wie der lauernd gespannte Leib eines Raubtiers, bevor es zum Sprung ansetzt.

Anna legte die bebende Hand auf die Türklinke und drückte sie vorsichtig nieder.

»Wo wollen S' denn hin?« Voller Argwohn traf die scharfe Stimme die heimlich Flüchtende wie ein Wurfspeer zwischen die Rippen.

»Heim – ich fahre heim«, würgte Anna heiser hervor und litt Unsagbares unter dem Zwang, der sie in das aufgestörte, zerknitterte Gesicht zurückschauend sagen ließ: »und ich danke Ihnen für die Übernachtung.«

Sie ging und ließ die Türe angelehnt. Die zitternde Hand auf dem Geländer, stieg sie mit weichen Knien die Treppe hinab, sah im Geist mit weiten, leeren Augen Maurus' schlafendes Gesicht, wie sie es im Zelt am Meer gesehen hatte, in seiner Einsamkeit groß und gut aus dunklen Tiefen aufdämmern, lief benommen von einer Tapferkeit, die fast über ihre Kräfte ging, über die Steinfliesen des Flurs, öffnete die Haustüre und zog sie im Anprall der eisigen Frühe geräuschlos hinter sich ins Schloss.

Sie ging den Weg neben dem Amtsrichtergarten hinab, auf dem sie am vergangenen Abend heraufgekommen war. In den Kuhställen brannte schon Licht. Schwaden von Stalldunst dampften aus einer Tür über raureifstarrendes Gesträuch. Überklar hörte sie im Vorbeigehen den Milchstrahl zirpend gegen die Wand eines Melkkübels spritzen. Die Feuchtigkeit in ihrem Naseninnern gerann im stechenden Morgenfrost zu Halbgefrorenem. Wie in Trance wanderte sie dann durch die lange Hauptstraße zum Bahnhof hinunter.

Der Mond übergoss die Stadt mit blausilbrigem Licht. Annas Füße versanken in schwerer, abgrundtiefer Müdigkeit.

Wenn sie dennoch bliebe? Wenn sie um halb neun den Pfarrgottesdienst abwartete? So konnte sie Maurus noch einmal sehen …

Aber die beißende Kälte und die Ereignisse der Nacht trieben sie fort.

Sie ging um den Bahnhof herum und wartete auf dem Bahnsteig. Die Schienenstränge lagen im Schnee wie geschliffene Metallbänder. Mit verzweifelten Augen sah sie dem anbrausenden Frühzug entgegen, hörte ihn herandonnern. Etwas Dumpfes, Schweres in Anna wollte sie zu den Gleisen vorstoßen, doch eine geheime Macht hielt sie zurück. Schnee stob auf, der in weißwehenden Schleiern über die Waggons hinwirbelte.

Sie drückte den vereisten Türgriff des haltenden Zuges nieder und erklomm das Trittbrett. Die trockene, stickige Wärme des überheizten, leeren Abteils jagte ein Frösteln durch ihren Körper. Zu müde, um den Mantel auszuziehen, fiel sie auf einen Platz am Fenster. Der Zug fuhr mit ruckenden Bewegungen an. Weich und unwirklich schwebte die sonntäglich schlafende Stadt vorbei. Noch einmal stieg der Kirchturm in ihren versinkenden Blick, ein Stück Dach des Pfarrhofs. Dann gehörte auch das zum Zurückgelassenen.

Über die winterlichen Wälder kämpfte sich im Osten eine bleiche Sonne herauf. Wieder spürte Anna jenes unsägliche Brennen der Verzweiflung in ihrem Innern, das sie kannte und das sie nun ganz ausfüllte. Es floss aus ihren müden Augen in die weite Schneelandschaft und verzehrte ihre Tränen, noch bevor sie über das Gesicht rinnen konnten.

Als sie am frühen Vormittag daheim in der Borstei ankam, blieb sie lauschend vor der Wohnungstür stehen. Drinnen regte sich nichts. Lautlos wie ein Dieb schob sie den Schlüssel ins Schloss, sperrte behutsam auf, drückte die Klinke nieder und schlüpfte flink wie ein Wiesel hinein, noch bevor Frau Reif den Kopf durch ihre immer nur angelehnte Tür stecken konnte. Nachdem Anna sich aufatmend gegen die innere Türfüllung ihres Zimmers sinken ließ, hörte sie auf dem Kokosläufer des Flurs den aufrechten, selbstbewussten Schritt, der vor ihrem Zimmer zögerte, und Anna den Atem anhalten ließ. Sie hoffte inständig, dass es nicht klopfe. Wie ein weidwundes Reh ins Dickicht flieht, so verkroch sie sich in ihre vier Wände. Die Schritte auf dem Gang entfernten sich zögernd. Annas maskenhaft starres Gesicht entspannte sich etwas. Müdigkeit nicht nur einer schlaflosen Nacht überflutete sie. Zu erschöpft, um noch einen Schritt zu tun, blieb sie an die Türe gelehnt, und schaute zwischen den grünen Vorhängen hindurch auf den bretterverschalten Brunnen des verschneiten Innenhofs. Und plötzlich flossen aus ihren übernächtigten Augen die Tränen unaufhaltsam über ihr blasses, regloses Gesicht.

Wenige Wochen später schrieb Anna Maurus zum Geburtstag. Einige Tage darauf lag ein Brief von ihm auf ihrem Tisch. Sie öffnete ihn langsam. Da hieß es:

> *Wie ich es mir überlegen mag: Ich finde nicht den Weg, wie ich Dich in den Frieden führen könnte. Schreibe ich, so mache ich das Heimweh wahrscheinlich nicht kleiner und milder, wenn ich aber schweige, so könntest Du vielleicht doch denken, mir läge Dein Glück nicht so am Herzen, wie es wirklich der Fall ist.*

Ich bin an eine Stelle des Lebens gekommen, an der man nicht mehr nach den Wünschen und nach dem Glück des eigenen Herzens fragen darf. Der Abend naht und die Reife des Urteilens und des Empfindens zeigt sich doch an. Du bist noch jung – und ich wünschte sehr um Deinetwillen, Du möchtest junge Weggenossen finden, die Dir wieder mehr Freude am Leben geben. Ich meine keine leichtsinnigen, denn die würden ja gar nicht zu Dir passen. Aber Menschen, die sind wie Du, die das Große lieben und die Weite, den Geist und das Schöne – und die im Tiefsten Heimweh haben nach Gott, so wie Du, meine liebe Anna.

Ich kann Dir, wenn ich es Dir gut meine, nicht schreiben, was Du gerne lesen und hören möchtest. Es wird keine andere Überwindung geben, als eine Trennung. Erst wenn wir die Freiheit gewonnen haben, die nicht mehr an das Glück denkt, das eines an das andere gebunden glaubt, können wir einander begegnen, ohne dass wir einander den Weg verbauen. Lies die ersten Briefe, die ich Dir schrieb! Lass mich doch die Brücke gewesen sein, lass sie mich wieder werden, die gute Brücke, die Dich trägt an ein neues gutes Ufer. Und glaube, dass eine größere Liebe in dem Willen, das zu sein, lebendig ist und sein muß, als es an der Oberfläche scheinen mag.

Wenn ich Dir wehe tue, so verzeihe mir. Ich bitte dich: Bleibe in der Liebe!

Oh, meine Anna – –

Ich grüße Dich lieb und gut aus einer großen Einsamkeit

D. M.

Bald darauf kam wieder ein Brief:

M. A.,

wie wird Dein Herz voll Trauer und Not sein, mehr noch als in Deinen traurigen schweren Briefen steht. Ich möchte in der Freude sein, in einer tiefen, großen Freude, damit

ich diese Freude Dir geben kann – und alle Trauer soll in meinem Herzen und in meinem Leben bleiben.
Es bedrückt mich sehr, daß Du nicht die Kraft aufbringst, Dich von mir so zu lösen, daß Du frei wirst für ein Leben, das Dir sinnvoll und liebenswert erscheint. Ich weiß es, daß Du Dich mir ganz anvertraut hast. Aber nun trage ich die Verantwortung für Dich. Es ist nicht, wie Du meinst, daß ich von Dir nichts mehr wissen will. Aber ich muß doch erkennen, daß ich mit jeder neuen Begegnung Dir die Möglichkeit zur Freiheit verringere.
Wie oft habe ich es Dir schon gesagt, daß ich Dich nicht glücklich machen kann, weil ich Dir nicht gehören darf und nicht gehören kann.
Warum fragst Du denn immer wieder, ob ich nicht weiß, daß Du auf mich wartest? Weiß ich denn das nicht? Und kannst Du nicht ahnen, wie mich dieses Wissen quält – aber daß ich keinen Weg weiß, keinen anderen, Dir zu helfen, als den, den Du nicht gehen willst.
Warum willst Du mir denn nicht folgen? Sei doch nicht so hartnäckig! – Nein, so darf ich nicht sagen, denn Du bist nicht hartnäckig. Ich weiß: Das ist Deine Treue und Deine Liebe.
Hilf mir doch, daß ich meinen Weg gehen kann, der mir vorgeschrieben ist, und den ich gehen muß und gehen will, wenn ich kein Lügner sein möchte, sein soll.
Wer gibt Dir denn so ungute Gedanken ein, daß ich keine Liebe mehr zu Dir hätte? Du machst Dir Deine Vorstellung von der Liebe – und eine andere Liebe existiert für Dich nicht.
Aber ich möchte Dir beweisen, daß es eine größere Liebe gibt, eine tiefere, eine bleibende. Laß sie aus meinem Herzen in Dein Herz, aus meiner Seele in Deine Seele strömen.
Und laß Dich tragen von dieser Liebe in das Licht, in die Freude, in das Vertrauen.
Laß mich mit gutem Herzen Dir nahe sein.

SECHSTER TEIL

1

Maurus wohnte nun schon lange im neuerbauten Pfarrhaus. Es war wieder Sommer geworden. Wenn Anna – was sehr selten geschah – übers Wochenende im Stadtpfarrhof sein durfte, fuhren sie zu dritt zu seiner vierten Sonntagsmesse, die er immer um elf Uhr zelebrierte, nach Bergheim hinaus, wo sie dann zum Mittagessen bei der Familie des Bruders blieben. Bei diesen Fahrten saß Anna im Fond des Wagens und sah links vor sich Maurus, neben ihm das Köpfchen von Frau Huser, die meist auf dem ganzen Weg kein Wort sprach. Massig und bewegungslos quoll ihre Leibesfülle über den Autositz. Obwohl die Base sonst alles scharf beobachtete, merkte sie jetzt im Auto nicht, dass Maurus immer, wenn er in den Rückspiegel sah, mit Anna Blickkontakt aufnahm. Es machte sie glücklich, weil sie sich dann nicht allein fühlte. Mit einem kleinen Triumph dachte sie daran, wie Frau Huser einmal in der Küche zu ihr gesagt hatte: »Ich sehe alles. Ich passe mit Argusaugen auf.« Diesmal war ihr etwas entgangen.

Als sie Bergheim nahegekommen waren, dachte Anna wieder, wie idyllisch doch das kleine Dorf über dem Wiesental am Bergeshang liegt. Zwischen den hohen dunklen Tannen fuhren sie durch die Einfahrt des Pfarrhofs. Vor der Haustür blühten in Kübeln und Blumenkästen eine Fülle roter Fuchsien und bunter Zinnien. Anna stieg als Erste aus. Auf dem schmalen Kiesweg, der um das Pfarrhaus herum zum eisernen Friedhofspförtchen die Stufen hinab zum Kirchlein führt, roch es herbsüß nach wildwuchernden Gewürzkräutern.

An diesem Sommersonntag ging Maurus nach der Messe wie so

oft bis zum Mittagessen mit seinem Bruder und den Buben zum Kartenspielen in die Dorfwirtschaft hinüber. Frau Huser stieg schwer atmend in den ersten Stock hinauf, um irgendetwas zu suchen. Anna war mit der Schwägerin ganz allein. Sie drückte ihr einen Teppich in die Arme und schickte sie zum Teppichklopfen in den Pfarrgarten. Danach sollte sie den Hausflur putzen. Sie tat es gebückt, damit in ihren Seidenstrümpfen keine Laufmasche entstand. Aber Frau Altweg sagte: »Knien Sie sich nur hin!« Anna wurde ganz heiß unter ihrer lauten Stimme, in der verhaltenes Lachen, aber auch eine gewisse Unsicherheit mitschwang, weil sie wusste, dass sie das vor dem Onkel nicht gewagt hätte. Anna hätte einfach fortgehen können. Aber das vermochte sie nicht. Alles hätte sie ausgehalten, um nur einige Stunden oder einen Tag bei Maurus sein zu dürfen. Er war ihr Leben. Aber sie konnte sich auch in die Schwägerin hineinversetzen. Sie verstand ihre Liebe zu ihm und ihre Angst vor Verlust. *Und wer weiß denn schon, wie es im Innern eines Menschen aussieht?*, dachte sie. *Was hätte ich selber vielleicht getan, wenn ich die Schwägerin wäre?*

Nach dem Mittagessen – die Fenster waren geöffnet, der kräftige Geruch feuchter, mit Mist untergrabener Gartenerde wehte herein, die Bienen summten an der warmen Hausmauer im Birnenspalier, Johannis- und Stachelbeersträucher trugen mächtig Frucht, auf den Beeten reiften unter der starken Sonne Kürbisse, Salatköpfe, Gurken, Rettiche, Zucchini und Kresse, Zwiebeln und Porree, Blaukrauthäupter schimmerten metallisch, das dichtgrüne Blattgestrüpp, das an gekreuzten Holzstangen hinaufrankte, versprach eine reiche Bohnenernte, die prallroten Tomaten platzten fast vor Reife, und die Kinder tollten jauchzend im Garten umher – saßen die beiden Brüder am abgeräumten Tisch über eine Landkarte gebeugt, um die Route für den kommenden Sommerurlaub zu studieren. Die Schwägerin trat von hinten an sie heran, und legte beiden Männern die Arme um die Schultern.

So jung Anna war: Für sie erstand ein Bild unverbrüchlichen Besitzes, das weh tat. Frau Altweg gab es ihr zu verstehen. Und sie verstand. Wie konnte man einen Mann wie Maurus aufgeben, hergeben, teilen! Es war nicht nur des Zölibats wegen aussichtslos, etwas für die Zukunft, eine Zweisamkeit wie auch immer, zu erhoffen. Jedes Erleben, ob in der Nähe oder in der Ferne, machte Anna ihre unmögliche Liebe bewusst. Aber gleichzeitig spürte sie, dass sie Maurus nie verlassen konnte. Und ihr Herz zog sich zusammen, als sie sich vorstellte, dass er bald mit der Familie des Bruders wieder in den Sommerurlaub ans Meer nach Carrara fuhr.

Eines Abends wurde sie von Frau Reif ans Telefon gerufen.

»Liebes«, hörte sie die Stimme von Maurus – sie wusste nicht, von wo aus er so sprechen konnte –, »horch, Kind: Ich werde heuer aus dem Urlaub zum Patrozinium heimkommen, und nach dem Hochamt gleich wieder zurückfahren nach Carrara … vielleicht könnte ich dich mitnehmen, wenn du in Portovenere Urlaub machen willst?«

Annas Herz schlug hoch. Sie konnte kaum antworten vor Glück. Dann sagte sie fast zitternd: »Oh, das wäre wunderbar! Dann könnte ich viele Stunden mit dir fahren … sicher werde ich in Portovenere ein Zimmer finden … sagst du mir dann noch Genaueres?«

»Wenn ich dich nicht mehr anrufe oder dir schreibe«, sagte Maurus, »dann warte mit deinem Koffer an Mariä Himmelfahrt auf der linken Seite der Baldurstraße. Du brauchst ja nur über die Straße gehen und auf dem Gehsteig stehen bleiben. Ich komme dann so etwa gegen zwölf Uhr mittags, wenn alles gut geht.«

Anna war ganz atemlos, so, als ob der Tag schon gekommen wäre. Wie sollte sie diese Freude noch bis dahin aushalten? Als Maurus auflegte, befand sie sich wie in einem inneren Taumel. Ihr Gesicht schien überglänzt von einer Helle, sodass Frau Reif, als sie ihr auf dem Gang begegnete, nicht umhin konnte zu fragen, was sie denn so Beglückendes erfahren hatte. Anna vermochte es nicht zurückzuhalten, was sie so sehr bewegte. Frau Reif freute sich sichtbar mit. Sie nahm Anteil an ihrem Leben. Dafür war die junge Frau so dankbar. Sie wusste, dass sie hier nicht verurteilt wurde. Ihre Einsamkeit und ihren Schmerz hatte sie immer geheimzuhalten versucht – ihr Glück konnte sie nicht verbergen.

Am fünfzehnten August, am Festtag Mariä Himmelfahrt, ging sie schon kurz nach elf Uhr mit ihrem Koffer aus der Wohnung und zur Baldurstraße hinüber. Es war heiß. Auf dem Gehsteig im Schatten der

Häuserfronten stellte sie ihren Koffer ab und wartete. Sie trug das blau-weiß gestreifte Matrosenkleid, in dem sie frisch und mädchenhaft jung aussah. Frau Reif hatte ihr geraten, es auf der Reise zu tragen.

Das Herz schlug ihr bis zum Hals, als sie das kleine schwarze Auto von Maurus um die Ecke des Dante-Bads biegen sah. Als er an der Gehsteigkante anhielt und ausstieg, schaute sie ihm strahlend entgegen. Er hob ihr diesmal so leichtes Gepäck in den Kofferraum, in dem sich nur sein eigener kleiner Koffer und ein Körbchen mit Jakobi-Frühäpfeln befand.

Sie redeten kaum, als sie aus der Stadt hinausfuhren. Anna sah die Häuser und die später vorüberziehende Landschaft wie im Traum. Sie erinnerte sich ihrer ersten Fahrt mit ihm damals über den Brenner nach Brixen. Das lag nun schon viele Jahre zurück. Vor Trient machten sie eine kleine Rast. Als Maurus den Kofferraum öffnete, strömte ihnen schwäbischer Apfelduft entgegen. Sie aßen von den Äpfeln, die im Bergheimer Pfarrgarten eben erst von ihm gepflückt worden waren und weich und saftig schmeckten. Sie hatten ein glückliches Lächeln in den Augen wie Kinder, die ein unausgesprochenes Geheimnis miteinander teilen. Anna dachte nicht an den Abschied. Die Stunden waren wie abgespalten von der Vergänglichkeit – sie waren wie ein Hohlraum, in dem nichts Anna erreichte; nur die Gegenwart umschloss sie mit einem unbeschreiblichen Zauber, der nichts Zerstörendes einließ. Die Zeit stand still und die Landschaft flog vorüber – nahm sie heiß, bunt, beglückend in ihre Umarmung.

Als sie den Ort Villafranca di Verona erreichten, sagte Maurus: »Hier werden wir vielleicht übernachten können. Bleib im Auto sitzen, ich frage nach.«

Er trat in ein Gasthaus hinein und Anna betrachtete indessen das rote, zinnenbewehrte Gemäuer einer ehemaligen Scaligerburg, das die Straße abschloss. Maurus kam bald wieder. Er fuhr durch ein großes, offenes Tor in einen kopfsteingepflasterten Innenhof. Der Wirt, ein kleiner Mann mit freundlichem Gesicht und weißer Schürze um den rundlichen Leib, wartete schon, und trug ihre beiden Koffer in ein Zimmer im ersten Stock des Hauses. Es war ein sehr bescheidenes Zimmer mit zwei Betten, einem Tisch und zwei Stühlen, einem

Schrank und einem Waschbecken. Sie waren mit allem zufrieden. Sie brauchten nicht mehr.

Maurus und Anna strahlten sich an.

»Wir gehen gleich hinunter und essen etwas. Du wirst sicher Hunger haben und ich auch«, sagte Maurus. »Heute ist *Ferragosto* – ein großer Feiertag in Italien. Ich denke, es gibt etwas Gutes.«

Sie wuschen die Hände und gingen hinunter zum Abendessen.

Die Tischchen der Trattoria waren weiß gedeckt und mit roten Servietten verziert. Der Wirt kam heran und zählte mündlich seine Speisen auf. Maurus bestellte für sie beide. Ein Körbchen mit Weißbrot und roter Landwein wurde auf den Tisch gestellt. Sie waren so hungrig, dass sie gleich vom Brot aßen und vom Wein tranken. Es dauerte nicht lange, da brachte der Wirt große Teller mit gegrilltem Fleisch und saftigen Tomatenscheiben. Immer lag für Anna ein unbeschreiblicher Zauber über allem, wenn sie bei Maurus war. Der Wein schimmerte purpurner in der Dämmerung des behaglichen Gastraums, die Tomaten leuchteten in tieferem Rot und verströmten jenen besonderen Duft von Reife und Frische der ihnen eigen ist, wenn sie geradewegs vom Feld kommen. Sie aßen und tranken sich zu und vergaßen den nächsten Tag, an dem sie sich wieder trennen mussten. Spät gingen sie die Treppen in ihr Zimmer hinauf mit schweren, glücklichen Körpern. Es war im Haus noch immer sehr warm, obwohl es dicke Mauern hatte. Der Tag war glühend heiß gewesen im Auto, es hatte noch keine Klimaanlage. Beide waren sie todmüde. Sie legten sich zur Ruhe. Fast sofort schliefen sie ein.

Am Morgen des nächsten Tages fuhren sie weiter. Bald war Mantua erreicht. Langsam fuhr Maurus über die Piazza delle Erbe. Alles war hier feilgeboten, was die fruchtbare Poebene und das Ackerland um die Mincio-Seen hervorbrachte: Eine farbige Vielfalt an Gemüse und Obst lag hochgehäuft auf den Ständen; es gab Käse und Würste aller Art.

»Schau nur!«, sagte Maurus lächelnd, als er Annas Begeisterung von ihrem Gesicht ablas; sie konnte sich am bunten Markttreiben und den Menschen mit ihren gebräunten, südländischen Gesichtern, den raschen, leidenschaftlich gestikulierenden Gebärden, kaum sattsehen. Wie von selbst schloss sich auch diesmal alles aus, was das Zusammensein mit dem geliebten Mann hätte trüben können. Kein Gedanke an eine baldige Trennung sollte diesen Tag überschatten. Sie wollten ausschließlich füreinander da sein bis zur letzten Minute ihres Beieinanderseins. Wie so oft legte sie ihren Kopf an seine Schulter ohne zu sprechen. Sie fuhren über Guastalla und Parma und kamen schließlich zum Fuß des Passo della Cisa. Es ging weit hinauf – Maurus sagte, dieser Pass sei immerhin eintausendneununddreißig Meter hoch – und sie genossen die Bergkühle und herrliche Ausblicke in die tiefgelegene Landschaft.

Dann fuhren sie wieder talwärts. Es ging Ligurien entgegen. Je näher sie der Lunigiana kamen, umso schweigsamer wurde Maurus. Hinter dem Cisa-Pass erreichten sie Pontremoli. Anna spürte Unruhe von ihm ausgehen. Sie hielt den Atem an, als er plötzlich sagte: »Ich habe Sorge, dass sie mir entgegenfahren könnten.« Seine Stimme klang beklommen. »Ich habe dir noch nicht gesagt, dass sie telegrafierten, Rolf sei plötzlich krank geworden und liege im Krankenhaus. Es sei – ich hab's so verstanden – ›mumpus‹. Vielleicht bedeutet das Mumps. Und nun sind sie in Ängsten. Sie können ja nicht Italienisch und mit dem Arzt reden. Es ist besser, wenn ich dich zwischen Aulla und Sarzana absetze.«

Anna schrumpfte in sich zusammen. Jede Freude wich aus ihrem Gesicht. Am Bahnhof von Santo Stefano di Magra hielt Maurus an. Ihre Glieder wurden bleischwer.

Sie stiegen aus.

»Von hier aus kannst du mit dem Zug bis La Spezia weiterfahren, und von dort gibt es einen Omnibus nach Portovenere«, sagte er, und stellte ihren Koffer vor dem Bahnhof an den Straßenrand. »Kind, ich muss nun allein weiterfahren.«

Seine Stimme war traurig und voller Unruhe. Er nahm sie in die Arme und drückte ihren Kopf an seine Brust. Anna hatte kein Wort und weinte nicht. Er küsste ihren Mund.

»Geh manchmal zur Poststelle und frag nach einem Brief für dich«, sagte er noch, »ich schreibe dir postlagernd.«

Dann stieg er ins Auto.

Sie schaute ihm nach wie betäubt. Das Auto entfernte sich immer weiter durch das Magra-Tal. Es war, als wäre die Welt um Anna erstarrt. Ein toter Leib stand da, der nicht mehr sie war, etwas geschah, das sie nicht fassen konnte: Sie war plötzlich wieder allein. Sie stand da wie ein kleiner, verdorrter Baum in der Wüste. Ihre Verstörung kreiste um sein Weiterfahren nach Marina di Carrara. Sie kannte den Weg von damals, als er sie vom Zeltplatz mitgenommen hatte nach Verona. Und sie stellte sich die stürmische Begrüßung und die Wiederinbesitznahme des Onkels vor. Da senkte sich die Einsamkeit wie eine Glocke über Anna. Das Einzige was sie fühlte war, dass sie ein verlassener Mensch vor einem menschenleeren Bahnhof war. Sie hielt sich vor Augen, dass der Grund ihrer Verlassenheit Maurus' Beruf eines katholischen Pfarrers war, der nicht aus den Zwängen seines Lebens ausbrechen konnte. Die aufsteigende Bitterkeit wurde vom reißenden Schmerz der Trennung übertönt.

Die Nachmittagssonne brannte auf sie herab. In geringer Entfernung sah sie einen Feigenbaum und ging mit ihrem Koffer in seinen Schatten, um dort auf das Eintreffen des Zuges zu warten. Die Feigen klafften rötlich vor Reife und waren bedeckt mit Straßenstaub.

Was sollte sie in Portovenere? Der Zweck ihrer Reise lag hinter ihr, jetzt, da sie Maurus nicht mehr hatte. Sie starrte in die Edelkastanienwälder über dem ausgetrockneten Flussbett der Magra.

Da stoppte ein Auto neben ihr. Der Fahrer öffnete die Wagentür. Verzweifelt wie sie war, wollte Anna nicht mehr auf den Zug warten und flüsterte: »La Spezia.« Der Mann nickte mit dem Kopf und ließ sie einsteigen. Er fuhr sie bis zu einer Bushaltestelle, von wo sie nach Portovenere weiterfahren konnte.

Inmitten laut schwatzender Italiener fuhr sie im vollbesetzten Omnibus am Golf von Spezia entlang. Sie hatte einen herrlichen Blick auf die große Bucht des ehemaligen Kriegshafens vor der Bläue des blitzenden Meeres, und in ihre toten Augen kehrte das Leben allmählich wieder zurück.

Die Fremde nahm sie auf.

Als der Omnibus um eine Bergecke bog, sah sie Portovenere vor sich liegen. Hinter dem hinausdrängenden Menschenschwall stieg Anna aus. Sie stellte ihren Koffer auf den Boden und schaute. Sie schätzte, dass es an die hundert Häuser sein mochten, die sich in sanftem Bogen an einen Felsen schmiegten; es waren Häuser mit vielen Stockwerken, manche hatten in der Breite nur ein Fenster; zusammengedrängt stiegen sie schmal wie ineinander verwachsen empor, alles Kantige schien vom feuchten Meerwind abgeschliffen, die Mauern waren verwittert und die einst wohl kräftigen Farben ausgelaugt oder ganz verblasst. Portovenere lag da als malerisches Nest, vor sich nur den schmalen Kaiweg und den kleinen Binnenhafen. Eine schmale Einfahrt in die Bucht gab den Blick frei auf das unendliche Meer. Wie verwunschen schien ihr der Ort, hinter dessen Gemäuer sich vielleicht Geheimnisse verbargen.

Anna hätte nicht jung und aufgeschlossen sein müssen, um nicht einzutauchen in den Sog von Ferne und Abenteuer. Etwas Träumerisches überkam sie, der Drang nach dem Unbekannten brach in ihr auf, ein Gefühl, das dem der Entdecker vielleicht nicht unähnlich war, und das sich in ihrer Verlorenheit noch überhöhte. Diese sekundenlange Verwandlung ihrer Empfindungen betäubte den Abschiedsschmerz vom Geliebten.

Eine Weile stand sie versunken da. Dann nahm sie ihren Koffer auf, ging zur nächstgelegenen Bar am Kai und fragte, wo man sich hier einmieten könne. Der Mann hinter der Theke schaute sie kurz an und schrieb eine Adresse auf einen Zettel. Er deutete hinter sich nach oben. Anna trug ihren Koffer über Stufengässchen hinauf und fand bald die Quergasse und die Hausnummer, die auf dem Zettel geschrieben stand. Durch eine unverschlossene Tür trat sie ein und blieb im Dämmer des kühlen Erdgeschosses stehen.

»Chi c'è?« – Wer ist da?, erscholl eine laute Frauenstimme von oben.

»Buon giorno, Signora!«, rief Anna hinauf. »Scusi, se La disturbo. Ha Lei una camera da letto per quattordici giorni?«

»Non ho capito bene. Vengo subito!«, schrie es von oben.

Eine dicke Frau mittleren Alters kam schwerfällig die Stiege herab.

»Buon giorno, Signorina!«, sagte sie und schaute die junge Frau etwas erstaunt an.

»Scusi, Signora, c'e una camera libera nella Sua casa?«, wiederholte Anna die Frage nach einem Zimmer.

»Si, Signorina! Ho una piccola camera … Venga con me!« Sie wandte sich um und winkte Anna, ihr die Treppe hinaufzufolgen.

»Guardi!«, sagte die Frau und öffnete die Tür zu einem kleinen Zimmer.

»Quanto costa la camera per due settimane?«, fragte Anna.

Der Preis war gering.

»Va bene, mi piace, grazie!«, sagte sie und stellte ihren Koffer auf den Boden. Sie war froh, untergekommen zu sein. Die Frau wünschte ihr einen guten Abend und schloss die Tür hinter sich. Anna packte ihre wenigen Sachen aus und brachte alles im Schrank unter. Den schmalen Portovenere-Führer legte sie aufs Nachtkästchen. Nachdem sie sich gewaschen hatte, las sie im Bett noch einige Seiten, dann fielen ihr die Augen zu.

In der Morgendämmerung weckten sie schwere Tritte, die die Stiege heraufpolterten. Später erfuhr Anna, dass sie im Haus von Fischern wohnte; der Mann und die beiden Söhne fuhren nachts zum Fischfang aufs Meer hinaus und kamen erst in der Frühe zurück. Sie stand auf und wusch sich am Waschbecken des Zimmers. Dann zog sie ihre lange Sommerhose an, und über die Bluse einen Pullover. Sie wusste vom Zeltplatz, dass es hier am Meer zu dieser Stunde noch ziemlich frisch war. Sie steckte ihren Geldbeutel ein und lief über die Treppengässchen hinunter zum Kai.

Die Bar hatte noch geschlossen. Sie schaute sich um. Ihr Blick fiel auf das schwarz-weiß gestreifte Marmorkirchlein. Einsam stand es im Westen auf dem Felsenkap, unter sich das grenzenlose Meer. Ganz allein, klein und ausgesetzt stand es da droben, ganz wie sie selbst. Weil sie fror beschloss sie, über die breite Straßenrampe zum Kirchlein hinaufzulaufen. Dämmerig war es im Innern. In dieser Morgenfrühe war Anna hier oben mutterseelenallein. Das Kirchlein hieß San Pietro, wohl weil es auf einen Fels gebaut war. Als sie es wieder verließ, empfing sie draußen blendende Helle. In der Tiefe brandete das Meer weißschäumend gegen die Klippen. Anna erschauerte: Hier hinunterzustürzen musste tödlich sein. Ihr Blick ging nach Süden. Hinter der Insel, die der Landzunge von Portovenere gegenüber lag, musste sich der Küstenstreifen hinunterziehen, auf dem Marina di Carrara lag. Dort war Maurus jetzt. Was mochte er gerade tun? Lag er noch im Zelt? War er im Krankenhaus bei seinem kranken Neffen? Als sich Sehnsucht und Trauer wieder über sie senkten, lief sie zu den Häusern zurück. Sie betrachtete die prächtigen, weißen Yachten der Reichen dieser Welt, die hier anlegten. Sie schaute den Fischern zu, wie sie den Fang der Nacht aus ihren Netzen holten und die Winzlinge aus den Maschen lösten und wieder ins Wasser zurückwarfen. Sie waren Ligurer seit Jahrhunderten und lebten vom Fischfang und vielleicht vom Handel mit Meeresfrüchten und wohl auch von der Seefahrt. Anna sah an ihrer Kleidung, dass sie arm waren. Ihre ausgemergelten Gesichter waren gezeichnet von harter Arbeit und Entbehrung; manche hatten schmale Adlerprofile, waren vielleicht Nachkommen von Piraten, die in dieser Bucht Unterschlupf gesucht und sich in ein schönes Mädchen verliebt und geheiratet hatten; andere wiederum waren rundlicher, strahlten Fröhlichkeit und Zufriedenheit aus und lachten laut und derb. Anna wäre zu gerne mit ihnen hinausgefahren, um einen nächtlichen Fischfang auf hoher See zu erleben. Aber sie war eine Frau. Und Angst hätte sie auch gehabt unter lauter Männern.

Allmählich belebte sich der Kai und die Bar öffnete. Sie ging hinein, bestellte ein Glas warme Milch, und bekam auf einem weißen Tellerchen Gebäck samt einer Papierserviette. Es schmeckte ihr gut, aber sie fühlte sich doch sehr allein. Sie wusste nicht, was sie heute unternehmen sollte. Sie wanderte den Kaiweg entlang. Muschelhändler schütteten ihre Ware auf Stände und stellten Körbchen gefüllt mit Seesternen und besonders großen, weißrosa Muscheln davor auf. Es war inzwischen schon sehr heiß geworden. Sie kehrte um und ging durch das alte Tor, um den Ort zu erkunden. In den schmalen Gassen war es noch kühl. Sie blickte an zerbröckelnden Häusern mit geschlossenen Fensterläden empor, schaute neugierig durch offene Türen, hinter denen Frauen schon emsig hantierten. Dann stand sie unvermutet vor der Pfarrkirche San Lorenzo, die offen war. Sie trat ein und setzte sich in eine Bank. Sie sprach mit Gott über den Zölibat, der doch nicht aus der Ursprungsüberlieferung kam, aus der Wortquelle Jesu, sondern in Zeitläuften erwuchs, und von einem Papst vor mehreren hundert Jahren in ein Traditionsbett gezwungen wurde. Warum gab der Heilige Geist den Verantwortlichen in Rom nicht einen Stoß, dieses Gesetz abzuschaffen, das ihr so viel Not brachte? Gleichzeitig schämte sich Anna solcher Wünsche in Seinem Haus. Sie bezweifelte, ob ein solches Denken Gott wohlgefällig war. Dann dachte sie: *Der Gedanke, auch nur zu denken, dass einer unserer Gedanken an Dich heranreicht, ist schon vermessen.* Und doch zweifelte sie nicht, dass jeder Gedanke zu Gott vordrang. Denn sie fühlte tief in sich, dass Er sie bis auf den Grund ihres Seins kannte, dass Er alles von ihr wusste, ohne dass sie überhaupt mit Ihm sprechen musste, weil Er alles in allem war. Aber es erleichterte sie, Gott diese Gedanken formuliert vorzutragen. Sie wollte ja nur eine kleine Bittstellerin aus ihrer inneren Not heraus sein, Ihm einfach ihre Liebe darlegen. Anna wusste, dass Gott ein Zeitloser war – der Vatikan aber dachte auf Zeit, wenn auch in Jahrhunderten. Sie fühlte sich wie eine winzige Ameise in diesem Gewebe aus Macht und Unveränderlichkeit, eher noch wie ein Staubkörnchen, das man gestört von sich wegbürstete. Aber sie war ein Mensch, der litt. Irgendwie kam Anna in der Kirche von San Lorenzo die Erkenntnis, dass die, die das Sagen hatten und dieses Gesetz Jahrhunderte zuvor gemacht hatten, und die, die es aufrecht erhielten, vor Gott dem Höchsten ihr nichts voraus hatten, dass sie nichts anderes waren als sie selbst: Seelen, die von Seiner Barmherzigkeit abhingen.

Dann dachte sie betend: *Ich kann nur ganz demütig und kindlich vor Dir sein, Du Verborgener, Unermesslicher, Unergründlicher. Jede noch so große Intelligenz prallt an Dir ab. Vielleicht schenkst Du nur denen, die reinen Herzens sind, Erhörung. Ich weiß auch, dass das noch ein weiter Weg für mich ist. Aber ich weiß auch, dass Du immer bei mir bist.*

Anna gab sich in Gottes Hand.

Es war ihr leichter ums Herz, als sie wieder in den leuchtenden Augusttag hinausging.

Sie wanderte hinunter zum Meer. Ihr Blick schweifte hinauf zum Kastell. Im Reiseführer hatte sie gelesen, dass dort zu Römerzeiten ein Venustempel gestanden hatte, ein uraltes Heiligtum. Daher kam auch der Name Portovenere: Venushafen. Die genuesische Familie der Cattaneo besaß hier ein Schloss. Und hier wurde wahrscheinlich die unvergleichlich schöne, frühvollendete Simonetta geboren, die goldhaarige Gattin des Marco Vespucci, die sich Giuliano, der Bruder des Lorenzo il Magnifico mit zweiundzwanzig Jahren nach einem Wettkampf, aus dem er als Sieger hervorging, zur Herzensdame erkoren hatte. Ein Jahr nach dem Turnier starb Simonetta an Schwindsucht, zwei Jahre später wurde Giuliano bei der Verschwörung der Pazzi im Dom zu Florenz ermordet. Die beiden Liebenden waren der Beginn eines wahren Kults am Mediceerhof in Florenz. Der Künstler Sandro Botticelli widmete ihr das berühmte Gemälde der *Primavera,* denn auch er war dem Zauber und der einzigartigen Schönheit der jungen Frau verfallen. Vor Annas innerem Auge erstand auch das Bild *Die Geburt der Venus,* das in den Florentiner Uffizien hängt, und das Anna aus einem Kunstband kannte. Auch hier ist es wieder Simonetta, die der Maler als Venus dem Meer und der Muschel entsteigen lässt, und über deren Antlitz dieser Hauch von zarter Melancholie im Wissen um die Vergänglichkeit alles Schönen schwebt. Ihr geheimnisvoller Blick geht in Fernen, die in Traum und Schatten liegen.

Anna setzte sich auf die Felsplatte einer Bucht, die auf einem Schild als *Byron-Bucht* bezeichnet war, weil Lord Byron einst von Lerici bis hier herübergeschwommen war. Auch ihr Schauen verlor sich jetzt wie der Blick der Simonetta über die Weite des Meeres in Fernen, in denen ihre verschatteten, unerfüllbaren Träume untergingen.

Geschrei von badenden Kindern holte sie aus ihrer Versunkenheit zurück. Es war Mittag und sie verspürte Hunger. Sie ging in das Ristorante am Kai und aß *Spaghetti alle vongole,* die wunderbar schmeckten. Dazu trank sie ein kleines Glas Rotwein. Mit schweren Beinen stieg sie die Treppengässchen zu ihrem Zimmer hinauf und ruhte sich aus, bis die größte Hitze vorüber war. Dann cremte sie sich ein, packte ihre Badetasche und wanderte wieder zur Bucht rechts des Weges, der zum Kirchlein San Pietro hinaufführt. Das Meer war herrlich erfrischend und Anna schwamm lange, denn es gab keinen Schatten dort; sie musste sich danach bald ankleiden und ein schattiges Plätzchen anderswo suchen.

Nach drei Tagen fragte Anna bei der Poststelle, ob ein postlagernder Brief für sie angekommen sei. Und tatsächlich erhielt sie ein weißes Kuvert ausgehändigt mit markant geschriebener Adresse in Druckbuchstaben: *ANNA RENZ –PORTOVENERE – FERMO IN POSTA.* Als hielte sie einen Schatz in den Händen, rannte sie zur Mole, setzte sich auf einen Netzhaufen und riss das Kuvert auf. Der Brief war mit Bleistift und wie in heimlicher Eile geschrieben:

Carrara, 19. August 1959

M. A.

Gott sei Dank: Bei Rolf geht es besser. Er hat Mumps, aber das Bedenkliche für den Arzt war, daß er ein für diese Krankheit abnormal hohes Fieber hatte – über 40°.

Er hat mit Sehnsucht auf meine Rückkehr gewartet. Ich war gestern abend auch bis 9 Uhr bei ihm.

Dir, m.L., geht es hoffentlich gut. Hast Du ein Quartier gefunden, in dem Du Dich wohl fühlst? Ich denke heute schon hinauf die kurze Strecke, die Dich von mir trennt, die uns voneinander trennt – oder die uns nicht voneinander trennen kann.

Gestern abend war ich sehr erschöpft; mein Herz machte mir recht zu schaffen, aber jetzt bin ich schon wieder gut erholt – und ich war eben schon beim Schwimmen. Ich werde jetzt noch Mittag essen und dann zu Rolf fahren.

Lebe Du in der Liebe! Und freu Dich!

Von Herzen grüßt Dich mit dem Gruß der Liebe

D. M.

Anna zog es nun jeden Tag bei Sonnenaufgang zum Kirchlein San Pietro hinauf. Sie schaute über das Meer, das langsam ins Licht erwachte. Eine tiefe Stille war dann in ihr. Sie hörte nur unter sich den Wellenschlag gegen die Klippen. In ihrer Einsamkeit geschah es ihr dort oben manchmal, dass sie in jenes grenzenlose Dunkel vorzudringen glaubte, das jenseits des Wahrnehmbaren und außerhalb des Lichtkreises des Sehens liegt. Wenn dann die vielen Touristen mit Geschrei den Weg heraufgelaufen kamen, ging sie zurück und trank in der Bar ihre Milch. Abwechslung brachte das Mittagessen. Im Ristorante suchte sie sich eines der köstlichen Gerichte der Region aus, aß Spaghetti mit einem wunderbaren Pesto aus Basilikum, Knoblauch und Käse in Öl aufgelöst, oder auch nur eine Minestrone. Die Ravioli schmeckten fürstlich, die Lasagne zerschmolz auf der Zunge.

Die Tage verliefen gleichförmig – bis Vincenzo kam.

Eines Nachmittags ging sie wie immer, wenn die glühende Mittagshitze nachgelassen hatte, in die Bucht, um zu schwimmen. Sie setzte sich danach im Badeanzug auf ihre Felsplatte über dem Meer, um sich kurz trocknen zu lassen; man konnte es nicht lange in der Sonne aushalten. Erst wenn sie später weitergewandert war, warfen einige Felsen Schatten. Sie schaute in die tiefe Bläue des Wassers hinab. Ein junger Mann fiel ihr auf, den sie hier zuvor noch nicht gesehen hatte. Er schwamm mit kräftigen Zügen, glitt dahin wie ein Fisch und tauchte wie ein Delfin. Sie sah, dass ihn auch andere bewundernd betrachteten. Manchmal schien es Anna, als ob er zu ihr heraufschaue.

Wie ein junger Apoll stieg er aus dem Meer: Schön, hochgewachsen, muskulös, durchtrainiert; seine Haut hatte eine Bräune, die nicht nur von einigen Wochen unter südlicher Sonne herrührte. Er klomm zwischen den Felsblöcken herauf bis zur Steinplatte, auf der Anna saß, blieb vor ihr stehen und schaute auf sie herab. »Buon giorno, Signorina! Come sta?«, sagte er mit einer etwas rauchigen Stimme. Anna verschloss sich, sie wollte nicht die Annäherung dieses Fremden. Dennoch konnte sie nicht umhin, ihm aus Anstand zu antworten: »Grazie, sto bene!« Er setzte sich neben sie auf einen Felsblock. »Io sono Vincenzo!«, sagte er ohne Umstände. »E Lei, come si chiama?« Anna nannte ihren Namen. Er lächelte. Sein Gesicht war offen. Nichts lauerte darin, was Anna zurückgestoßen hätte. Vielleicht gefiel sie ihm einfach nur. Er sagte: »Io sono un marinaio!« – Ich bin ein Matrose. Sie verstand noch, dass er auf der Insel Palmaria wohne. Sie sah, dass sein inzwischen fast trockenes Haar ins Rötliche schimmerte und sich in dichten Löckchen um seinen Kopf kringelte wie das des Marc Aurel auf dem Kapitol in Rom. Vincenzo hatte so gar nichts Südländisches; mit seinen rotblonden Haaren und dem herkulischen Körperbau ähnelte er eher einem Germanen oder einem griechischen Marmorgott. Er fragte, ob er sie einmal zur Grotta azzurra, zur »Blauen Grotte«, rudern dürfe. Anna schaute ihn zweifelnd an. Sie gab keine Antwort und schaute ernst aufs Meer hinunter. Sie war nicht zu stolz, ihm eine Antwort zu geben. Aber durch die Entbehrungen und Tiefschläge in ihrer ziellosen Liebe zu Maurus hatte sie jene gewisse Leichtigkeit des Lebens verlernt, die der Vorzug der Jugend ist. Dann bedeutete sie ihm, dass sie sich anziehen wolle. Sein Gesicht verschattete sich, und er ging weg.

Am nächsten Morgen schaute sie von der Hafenmole hinüber zur Insel Palmaria. Sie musste ein ideales Versteck für Piraten gewesen sein. Zur Zeit der alten Ligurer, noch bevor die Römer kamen, war das alles hier vielleicht eine wilde Seeräuberlandschaft. Und wild und tapfer waren die Ligurer, das hatte Anna gelesen; sie waren gefürchtet als Seeleute, die den Römern einst massiven Widerstand geleistet hatten und dann doch unterworfen wurden. Dieses Erbe hatten diese Männer im Blut, die da vor ihren Augen so hart im Schweiße ihres Angesichts arbeiteten. Sie fragte sich unwillkürlich, auf welches Volk Vincenzos Abstammung wohl zurückging?

Am Nachmittag sah sie ein Boot um den Felsvorsprung von San Pietro herum auf die Bucht zusteuern. Als es näher kam, erkannte sie in dem Ruderer Vincenzo. Am schmalen Strand angekommen, schlang er ein Seil um einen Stein und machte das Boot fest. Sicher kam er, um sie zu der Fahrt abzuholen. Sie hatte ihm zwar keine Zusage gegeben, doch anscheinend ließ er sich nicht abhalten, es noch einmal zu versuchen. Anna überlegte, ob sie mitfahren sollte. Warum eigentlich nicht? Er wäre gekränkt, wenn sie ablehnte. Und warum sollte sie sich zurückziehen, wenn sie ihm und sich eine Freude machen konnte? Maurus hätte es gutgeheißen, das wusste sie. Er vertraute ihr und hatte ihr oft geschrieben, sie solle sich Begegnungen nicht verschließen. Sie sah den jungen Matrosen heraufkommen und schaute ihm freundlich entgegen. Wie erwartet lud er sie erneut zur Fahrt in die »Blaue Grotte« ein. Anna stand auf und stieg mit ihm zum Strand hinunter. Es gab hier nur einen Fußbreit Sand. Vincenzo half ihr in den Kahn, der ein einfaches Fischerboot war, und allem Anschein nach ihm gehörte. Er löste den Strick vom Stein, an dem er es festgemacht hatte, und ruderte mit ihr hinüber zur Grotte. Sie betrachtete seine sehnigen Arme, auf denen die Muskeln wie Knoten hervortraten, wenn er die Ruder durch das Wasser zog, dann wieder schaute sie auf das Meer hinaus. Durch ein Felsentor glitt das Boot in die Grottenhöhle hinein, in Dämmerung und Kühle.

»Bella?«, fragte der junge Mann und sah sie erwartungsvoll an.

»Si, molto bella!«, rief Anna und lauschte ihrer hohlklingenden Stimme nach.

Das Wasser schien ihr eher dunkel zu sein. Oder waren ihre Augen noch geblendet vom flirrenden Licht über dem Meer? Was würde Maurus sagen, wenn er sie so mit dem fremden Mann in dieser großen Höhle sehen könnte? Und sie fragte sich, ob er eifersüchtig wäre. Sie hätte es sich gewünscht. Es schmerzte, wenn sie daran dachte, dass er schon so oft zu ihr gesagt hatte, er könne nie die Erfüllung ihres Frauenlebens sein. Anna wusste, dass Maurus sie trotz allem liebte, und sie wusste auch, dass sie nie von ihm lassen konnte und keinen anderen wollte. Nie hätte sie vermocht, ihm untreu zu sein. Sie sehnte sich nach ihm. Und doch war vorher in der Bucht so etwas wie Übermut und eine frühere, kindliche Abenteuerlust in ihr aufgeblitzt. Es tat ihr gut, von dem jungen Mann umworben zu werden, auch wenn das nie zu etwas führen konnte.

Nach einer Weile fröstelte sie, und Vincenzo ruderte mit ihr wieder aufs sonnenleuchtende Meer hinaus. Er fuhr nicht zur Bucht zurück, sondern steuerte einem Landeplatz der Insel Palmaria zu, der Portovenere gegenüber liegt. Er legte am Ufer an und half Anna aus dem Boot. Sie schlenderten am Strand entlang. Es schwebte eine Leichtigkeit zwischen ihnen, wie sie vielleicht nur bei jungen Menschen ohne sexuelle Absicht sein konnte. Anna hatte in den Stunden mit Vincenzo ihr natürliches Jungsein erlangt und vergaß alles Schwere, das hinter ihr lag. Plötzlich blieb er stehen, wandte sich ihr zu, griff in seine Hosentasche und holte etwas heraus.

»Occhi di Santa Lucia!« – Augen der heiligen Lucia!, sagte er mit der ihm eigenen, rauchigen Stimme.

Auf seiner Handfläche lagen mehrere zartrosa, perlmuttschimmernde Muscheln, klein wie Münzen. Anna schaute sie entzückt an und fand den Namen originell und angemessen für diese opalenen Gebilde aus dem Meer. Solche Muscheln hatte sie in den Körben an den Verkaufsständen noch nie gesehen.

»Oh, che bei occhi – che belle conchiglie!« – Oh, was für schöne Augen – welch schöne Muscheln!, rief sie und betrachtete die kleinen Kostbarkeiten.

»Per te!« Vincenzo ergriff ihre Hand und ließ die Muscheln hineingleiten. Sein Gesicht war offen und freundlich, ohne Hintergedanken.

»Grazie!«, sagte sie. »Tu sei molto gentile!«

Etwas Junges, Ausgelassenes, Keckes glänzte plötzlich in ihren Augen, etwas von früher, bevor sie die Liebe zu Maurus gekannt hatte. Wo hatte er diese Muscheln nur gefunden? Sicher waren sie selten. Hatte er sie vom Meeresgrund heraufgeholt? Oder hatten sie sich im Tang eines Fischernetzes oder in einem Büschel Seegras verfangen? Vielleicht fand er sie am Ufer seiner Insel Palmaria, dort, wo keine Fremden hinkamen? Vincenzo war ein Kind der Insel; er kannte das Meer und seine Schätze.

»Domani io parto per Genova!« – Morgen muss ich nach Genua!, sagte er plötzlich. In seiner Stimme glaubte Anna ein leises Bedauern zu hören. Da war von Anfang an so etwas wie eine unsichtbare Schranke zwischen ihnen, die ihn hinderte, ihr nahezutreten. Vielleicht spürte er auch, dass die junge Frau nicht für ihn da sein konnte. Oder war er anderswo gebunden? Anna war sich schon zuvor eigentümlich sicher gewesen – es war so ein untrügliches Gefühl –, dass er den Spaziergang auf Palmaria nicht dazu missbrauchen würde, etwas zu tun, das sie nicht wollte.

Sie wandten sich um und gingen zum Boot zurück. Anna überlegte, was Maurus wohl empfinden würde, wenn er sie so neben dem jungen Seemann dahinwandern sehen könnte. Sie bezweifelte plötzlich, dass er sich wirklich gefreut hätte, denn sie glaubte trotz allem daran, dass er sie ungern verlieren würde. Zugleich war ihr bewusst, dass er im Fall einer Wahl sich für seinen Beruf als Priester entschieden hätte. Dieser Gedanke tat weh. Aber sie hätte ihn verstehen können; in ihren Augen stand das Priestertum hoch über ihr selbst. Und hätte er überhaupt eine Wahl gehabt in seinem Alter?

Sie schaute zu Vincenzo hin, der mit elastischen Schritten neben ihr herging. Wieder bestaunte sie die animalische Kraft seines nackten Oberkörpers, die muskulösen Arme, seine junge Männlichkeit. Ob er auch geistige Interessen hatte? Sie konnte es nicht herausfinden, dazu waren ihre Sprachkenntnisse zu dürftig.

Er reichte ihr die Hand, als sie einstiegen.

Er hat nicht versucht, mich zu küssen, dachte Anna, als er ihr im Boot gegenübersaß und sie zurückruderte. *Er hat das Alleinsein mit mir auf Palmaria und sein Muschelgeschenk nicht ausgenutzt.*

Er verehrte sie. Er hatte sie nicht angerührt.

Vincenzo ruderte nicht zum Hafen von Portovenere hinüber, obwohl er dem Ufer, von dem sie abgelegt hatten, direkt gegenüber lag, und das die kürzere Strecke gewesen wäre. Er lenkte sein Fischerboot ins offene Meer hinaus. Wollte er das Beisammensein mit ihr verlängern?

Das Meer war unruhiger geworden. Eine leise Dämmerung verschleierte schon den Horizont. Dumpf donnernd prallten die Wogen gegen die Klippen des Kaps San Pietro. Die Brandung spritzte hoch an den Felsen hinauf. Die Wellen schlugen hart gegen die Bootswand. Bei jedem Ruderschlag grub sich der Kiel tief ins Wasser. Das kleine Schiff hob und senkte sich beängstigend. Anna hielt sich mit beiden Händen auf ihrer Sitzbank fest.

»Non devi avere paura, Anna!« – Du musst keine Angst haben, Anna!, sagte Vincenzo beruhigend und lächelte ihr zu. Und Anna wusste: Bei ihm war sie sicher. Er war ein Seemann. Selbst wenn sie kenterten, er hätte sie ans Ufer gerettet.

Sie hatten das Kap umschifft. Er brachte das kleine Boot ins ruhige Wasser der Bucht zurück wo es anlegte. Sie stiegen aus.

Anna gab ihm die Hand: »Ciao Vincenzo! Grazie e buon viaggio!«, sagte sie, reckte sich in einer plötzlichen Anwandlung etwas empor, und berührte mit den Lippen leise seine Wange.

Vincenzo lächelte glücklich.

Dann stieg er wieder ins Boot. Sein Gesicht war ihr zugewandt, als er mit kräftigen Stößen aus der Bucht hinausruderte.

»Ciao! Ciao!«, rief sie ihm nach, immer wieder, bis er um den Felsen von San Pietro verschwand.

Am Vorabend ihrer Abreise ging sie noch einmal zum Kirchlein von San Pietro hinauf. Sie schaute über die nordwärts verlaufenden, hintereinander vorspringenden kahlen Felsenriffe der Küste, die ohne menschliches Leben zu sein schienen. Die Sonne, riesig und feuerrot, sank langsam ins Meer, das zart unterglüht schimmernd an den Uferklippen in ein unirdisch styxfarbenes Violett hinüberwechselte. Anna, wie von einem Hauch der Unterwelt angerührt, erschauerte.

Als es kühl wurde und die Dämmerung hereinbrach, fühlte sie

sich gleichsam am Rand der bewohnten Welt. Ein Dampfer, der weit draußen vorbeizog und in verschwimmende Fernen eintauchte, schien ihr ein Geisterschiff zu sein.

Wie im Traum nahm sie Abschied von Portovenere.

SIEBTER TEIL

1

Es war an einem jener Herbstabende, als vorwinterliches Rosenlicht die Türme der Liebfrauenkirche umhauchte, und darunter der beizende Holzkohlenqualm einer bosnischen Küche durch ritzenweit offene, alte Butzenscheibenfensterchen drang, die Gasse mit dem Geruch gegrillten Fleisches würzend, als die traumhaften Pelze der Frauen in der Residenz- und Maximilianstraße wieder exotische Düfte verströmten, und der mehligsüße Rauch halbverbrannter, aufgesprungener Maroni um zugige Ecken wehte. Die bronzenen Wasserspeier der Brunnen plätscherten noch ihren windzersplitterten Silberstrahl in die Steinbecken, bevor sie unter winterlicher Bretterverschalung verstummten. Frische Schneeluft von den Alpen erfüllte die Augen mit dem Glanz klarer Bergseen. Die Tauben schmiegten sich tiefer in die Gesimse der Theatinerkirche, und das düsterwarme Leuchten im Portal beschwor die Vorstellung einer in Dämmertiefen rotgolden verglosenden russischen Ikonostase herauf. Im Hofgarten versank das Rundtempelchen in Schwermut. Über der glasgrün stürzenden Wucht des Eisbachs verschwebte der Wasserstaub ins Laternengelb des Englischen Gartens, aus dem der herbe Modergeruch von nassem, verrottendem Laub drang, und die Bäume in knorriger Schwärze riesenhaft gegen einen apfelgrünen Abendhimmel aufwuchsen, mächtig und archaisch wie eine Ruisdael-Landschaft. Es war um die Zeit, als Herbstversponnenheit die Dichter und Philosophen aus ihrer geistigen Versunkenheit löste, und sie öffentlich zu lesen begannen: Josef Pieper in der Herder'schen Buchhandlung am Promenadeplatz, Heinz Piontek in Herz-Jesu Neuhausen, als die

Galerien mit seltenen Exponaten zu den Vorbesichtigungen ihrer Herbstauktionen lockten, wo in einer efeuumwucherten Villa am Karolinenplatz zwischen Wänden voll von alten Büchern der Bleistift des Auktionators mit hölzern prägnanter Endgültigkeit auf den bühnenartig erhöhten, mit einem antiken Perser verhängten Tisch pochte – flankiert von einem blassen Famulus, der hinter Brillengläsern faltenstirnig in das erlesene Publikum blinzelte, sowie einer notierend vorgeneigten Sekretärin mit baumelndem Goldkettlein im Busen –, und damit den Besitzwechsel von Einstein-Briefen für Zwanzigtausend Mark und eines handgeschriebenen, bräunlich vergilbten Goethe-Gedichts für Neunzehntausend Mark besiegelte, während Botschaften Kaiser Karls V. und Heinrichs VIII. auf dunkelblauen Samtvorlagen ohne Angebot zurückgingen; als der Obelisk schwarzkantig in den brandigen Widerschein des Großstadthimmels stach, und einen Straßenzug weiter die strenge Kühle Bach'scher Orgelmusik aus der Markuskirche die vorbeifließenden Lichterschnüre des Verkehrs übersilberte; als die Füße in der Kastanienallee um die Alte Pinakothek knöcheltief im falben Laub wateten, während die Dunkelheit letzte Blätter im Gezweig löste und sie mit trockenem Rascheln auf die zusammengerechten, rostigen Laubhaufen segelten; als am Josephsplatz die Karbidlämpchen der Obstkarren das Schwarzblau der Trauben und das Orange der Mandarinen aus samtenen Schatten modellierten und strahlende Lichthauben auf die zitronengelben Kuppeln der Grapefruit legten; als unter den jungen Linden vor ihrer Haustür ein vergessener Schulranzen ochsenblutrot auf dem nebelfeuchten Boden lag, und sie tief und beglückend den bitteren Erdgeruch roch: Da trat Anna aus dem Tor des Sommers, alles Erlebte trauerlos zurücklassend – das südliche Land und Gestade, das Labyrinth der Treppengässchen im malerisch hinaufklimmenden Portovenere, die tabakbraunen Gesichter der Fischer an der Hafenmole – auch ihr sehnsüchtiges Schauen über das Meer mit der Fata Morgana flimmernd weißer Sandstrände und endloser Weite, von maurisch-kreidigem Häusergewürfel vor safrangelber Wüste und der hochmütigen Anmut am Horizont ziehender Kamele, und war wieder daheim, urplötzlich und ganz – daheim in München.

Da erreichten sie zwei Briefe von Maurus:

M. A.,
Du wirst keine Freude haben an meinen Zeilen, mit denen ich Dir doch danken sollte und wollte für Deinen guten Brief, der mich gestern erreichte und den Du wohl geschrieben hast in einer Hoffnung und Erwartung, die ich eben mit diesem Brief enttäuschen will und muß. Ich bringe eine Bitte vor Dich, die Dir nicht neu ist, die Du mir aber erfüllen wirst, wenn Du mir es gut meinst.
Ich bitte Dich sehr und herzlich und eindringlich: Komme nicht! Komme nicht mehr! Du kannst dies Opfer bringen, Du kannst diesen Verzicht leisten. Wir können alles, wenn wir wollen. – Ich weiß es: meine Worte werden dünn und dumm, wenn ich Dich um das bitten muß, was Du nicht willst in Deinem Innersten, was Du auch noch nicht ermessen kannst in Deiner Jugend. Aber ich bitte Dich: Komme nicht mehr! Laß mich allein! Deine Einsamkeit kann nicht größer sein als meine. Aber ich will allein sein. Dränge nicht in mich und frage nicht! Laß mich nur stehen! – Und wähne Dich trotzdem nicht verlassen. Ich möchte Dir helfen, ich möchte Dir nahe sein mit der Kraft des guten Herzens. – Und verstehe es doch: Ich möchte, daß Du einen Weg findest, auf dem Du wirklich in eine Heimat kommst, aus der Du nicht vertrieben werden kannst. Wie schön und schwer müssen die Tage Deines Urlaubs gewesen sein. Ich kann es mir so gut vorstellen nach Deinem anschaulichen und ins Innere weisenden Bericht.
Ich bin gut zurückgekommen aus meinen Ferien, aber ohne die rechte Freude. Vielleicht ist das eine Erkenntnis und eine Erfahrung des Alters: daß es nichts gibt, was dem Gesetz der Veränderlichkeit und der Vergänglichkeit entzogen ist und daß wir – je mehr wir unter den Menschen stehen, umso anfälliger werden für die Schwermut und die Trauer, die aus der Unmöglichkeit kommt, dem anderen gerecht zu werden.

Laß mir meine Leiden und meine Not, Liebe – und gehe Du den Weg ins Licht. Das wird dann auch mir eine Freude sein, das wird meinen Weg heller machen.
Und: Rede mit Gott. Bete! – Wer das kann, der kann alles.
Ich möchte Dich froh und frei und im Frieden wissen.
Mit dem Gruß des Herzens

D. M.

Es musste etwas vorgefallen sein, was Maurus so eindringlich und deprimiert schreiben ließ. Vielleicht war er deshalb mit seinem Bruder und der Schwägerin nach Berlin gefahren? Von dort kam sein nächster Brief.

Berlin, 3. Oktober 1959
Mitternacht

M. A.
Da bin ich nun fast schon eine ganze Woche in Berlin und habe das Wort nicht finden können, von dem ich hatte hoffen können, daß es Deinem lieben Herzen Ruhe gibt.
Ich habe heute die große brennende Zypresse über dem leuchtenden Kornfeld des Vincent van Gogh in einer Ausstellung im Charlottenburger Schloß gesehen. Von all den Bildern, die ich dort sah, bin ich am längsten vor diesem Bild gestanden und habe an Dich gedacht. Und nachher stand ich vor dem Sarg der Königin Luise im Mausoleum des Schloßgartens. Sie starb am 19. Juli 1810 im Alter von 34 Jahren, getreu ihrem Wahlspruch: »Wie der Herr es gewollt, so ist es geworden!« Und auf der Grabplatte ihres Mannes, König Friedrich Wilhelm III., steht: »Meine Zeit in Unruhe – meine Hoffnung in Gott.« Durch die offene Türe sah ich das Laub der Bäume in den Herbsttag fallen.
Das paßt so in die Stimmung unserer Herzen. Unser Sommer ist vorbei. Und er war schön und groß. Und ich höre Dein Wort: »Vergiß es nie!« Und ich vergesse es nie.

Aber ich wünschte, Du könntest vergessen und könntest ein neues Leben beginnen mit einem leichteren und einem hoffnungsvolleren Herzen.
Ich bin am vergangenen Sonntag mit meinem Bruder und meiner Schwägerin hierher gefahren. Morgen fahren wir wieder heim und ich bin froh, wenn ich wieder in meiner Arbeit bin. Ich werde arbeiten und wenn ich abends Zeit habe, werde ich etwas Musik hören und wenn ich ganz allein bin, dann höre ich die Schallplatten, die Du mir gebracht hast. Und Du bist dann bei mir im Zimmer und ich wünschte, es sollte dann eine Kraft von mir zu Dir gehen, daß Du Mut hast und Vertrauen und an eine Zukunft glaubst, in der Du dem Leben dienen kannst.
Und nun, Liebe, sei nicht verzagt! Ich bin Dir nahe und ich verlasse Dich nicht. Wenn ich auch ferne bin: Die Kraft meines Herzens will Deinem Herzen Mut geben. Und wenn uns vieles nicht möglich ist, das können wir: zueinander denken und so einander helfen. So einander im Herzen tragen, daß dadurch die Freiheit nicht gehemmt, sondern vermehrt wird, um »alle Kraft, die in uns ist«.
Ich grüße Dich, meine Anna, aus tiefstem Herzen

D. M.

2

Anna hatte vor Kurzem vom Staat ein kleines Apartment im nördlichen Schwabing erhalten. Sie war aus dem Zimmer in der Borstei mit ihren wenigen Habseligkeiten ausgezogen, sehr zum Bedauern von Frau Reif. In den Jahren, in denen sie bei ihr gewohnt hatte, war sie doch ziemlich eingeschränkt gewesen. In der neuen Wohnung konnte sie sich etwas mehr ausbreiten. Vor allem war sie allein und nicht jeder Schritt kontrollierbar. Mit ihren Ersparnissen kaufte sie eine Schrankwand, in der sie alles unterbringen konnte: Bücher, Wäsche, Teller, ihr Silberbesteck, das sie von den Tanten an jedem Weihnachtsfest in Teilen geschenkt bekam. Dem großen Fenster gegenüber stand an der Breitwand eine Liege; ein Kollege hatte ihr aus amerikanischen Lagerbeständen eine neue Matratze besorgt, die sie bei einem Tapezier mit einem festen, beigefarbenen Leinenstoff überziehen ließ, sodass sie zu jedem Mobiliar passte. Das Bett verstaute sie tagsüber in einer Eichentruhe, die sie in einem Teppichgeschäft entdeckt hatte. Es gab einen niedrigen Tisch und zwei Klubsessel; an der Wand hing ein Stich von Florenz, über der Truhe eine Mönchshandschrift aus dem Mittelalter mit schön ausgemalten Initialen auf vergilbtem Pergament. Anna hatte sie in einem Züricher Antiquariat am Großmünster erwerben können, als sie einst ihre Schwester besucht hatte, die dort in einem vornehmen Altenheim eine Zeitlang gearbeitet hatte.

Sie liebte ihre kleine Wohnung und erhoffte sich, dass Maurus sie besuchen werde. Aber er konnte von seiner immer umfangreicher werdenden Arbeit kaum loskommen. Seine Briefe, die sie hin und wieder in der Diele am Boden liegend vorfand, waren meist ihre einzige Freude. Doch dann kam er zu einer Abendveranstaltung der Katholischen Akademie und nahm sie mit. Anna hatte diesem Abend entgegengefiebert. Tagelang vorher überlegte sie, was sie anziehen sollte – viel Auswahl gab es nicht. Ihre Hände wurden Stunden vorher ganz kalt vor Aufregung bis es läutete, und sie ihn durch das kleine Guckloch vor der Tür stehen sah. Kühl war sein Mantel, als sie ihr Gesicht anschmiegte, kühl seine Lippen von der Kälte draußen. Sie saß neben ihm im Auto und er fuhr ins südliche Schwabing, parkte am Englischen Garten, wo er noch einen freien Platz fand. Annas Augen glänzten, als sie die Vorhalle der Akademie betraten. Sie genoss es, sich im Gewimmel der gebildeten Besucher zu bewegen und schaute sich interessiert die Gesichter an; sie betrachtete die großen Fotos bedeutender Theologen und Kirchenmänner an der Wand; sie saß neben Maurus in der Aula und hörte die Vorträge. Sie verstand wenig von den hochtheologischen und philosophischen Ausführungen, aber sie fühlte sich geborgen und war stolz an seiner Seite inmitten der geistreichen Menschen. Besondere Freude hatte sie an der anschließenden Podiumsdiskussion, weil sie dieser eher folgen konnte und vieles besser begriff. Bewundernd hörte sie die Leute sprechen, die sich zu Wort meldeten. Und immer wieder schaute sie das Profil von Maurus an, das schön und geistig angespannt voll Interesse den theologischen Gedankengängen folgte. Und *sie* gehörte zu ihm.

Nachdem sie im Gedränge an der Garderobe ihre Mäntel wieder erhalten hatten, gingen sie unter dem Nachthimmel zum Auto zurück und fuhren zum *Romagna antica,* einem italienischen Restaurant hinter dem Nordbad, ganz nahe bei Annas Wohnung. Eine breite Lichtflut fiel aus den Fenstern auf den Gehsteig. Schon hier unter den Lindenbäumen sahen sie, dass das Lokal dicht besetzt war. Sie traten dennoch ein und schauten sich suchend um. Der Chef, ein Italiener, eilte herbei und geleitete sie zu einem noch freien Tischchen. Er zog den Stuhl für Anna zurück, damit sie sich setzen konnte.

Es war urgemütlich; sie fühlten sich wie im Urlaub am Meer. Die Tische waren mit roten Leinentischdecken und weißen Stoffservietten gedeckt; bauchige, bastumwundene Weinflaschen und solche mit edlen Etiketten standen in den Regalen; auf einer niedrigen Anrichte sah man frische Fische auf einer Platte liegen, die auf Wunsch zum Auswählen an die Tische getragen wurden. Kaum saßen sie, eilte ein junger Ober herbei und brachte die Speisekarte. Maurus fragte ihn, was er empfehlen könne. Sie aßen *Tortelloni alle Fellini,* die mit Spinat gefüllt waren, und bestreuten sie mit Parmesan; danach aßen sie ein Fischgericht. Zum Schluss gab es für Anna eine *Zuppa inglese,* die mit Mandellikör durchtränkt war, und die sie mehr genoss als alles andere, und Maurus nahm ein Stückchen Grana. Mit dem Wein hielt er sich zurück, denn er musste ja noch heimfahren; er hatte täglich morgens die Frühmesse zu halten.

Anna nippte an ihrem Wein.

»Es wäre so schön, wenn du öfters kommen könntest«, sagte sie.

»Weißt du, das ist nicht so leicht«, entgegnete Maurus. »Einer von uns muss immer daheim sein – entweder ich oder der Benefiziat.«

»Warum?« Anna schaute ihn fragend an.

»Wenn wir zu einem Sterbenden gerufen würden, und keiner wäre da … das darf nicht sein … das könnte ich nicht verantworten«, sagte er ernst. »Ich habe dem Benefiziat auch heute gesagt, dass ich in München bin. Kürzlich habe ich mich sehr aufgeregt. Ich musste auswärts etwas erledigen und sagte ihm, er müsse in dieser Zeit erreichbar sein. Aber er hielt sich nicht daran und war nicht da. In diesen Stunden starb ein Mann im Krankenhaus, und keiner von uns war zu Hause. Und weißt du, was mir der Benefiziat auf meine Vorhaltungen geantwortet hat? Er sagte: ›Wenn wir nicht da waren, dann hat der Mann eben keinen Priester verdient!‹ Wie kann man nur so denken? Wir müssen immer für die Menschen erreichbar sein. Bei den vielen Pfarreien ist das nicht selten, dass man plötzlich gebraucht wird.« Anna entgegnete, dass sie es furchtbar und anmaßend finde, so über einen Sterbenden zu urteilen und es sogar auszusprechen, nachdem man sich selbst fortgestohlen hat. Aber sie dachte: *Gott wird den Mann in seiner unendlichen Barmherzigkeit auch ohne priesterlichen Beistand in der Todesstunde bei sich aufgenommen haben. Ich kann mir nicht vorstellen, dass seine ewige Seligkeit von einem pflichtvergessenen Seelsorger abhängt.*

»Du weißt ja«, sagte Maurus, »ich habe jetzt neben der Stadtpfarrei noch drei Dorfpfarreien und das Krankenhaus … der Benefiziat betreut das vierte Dorf – und manchmal übernehme ich auch die drei Dörfer eines benachbarten Kollegen, wenn er mich darum bittet, weil er wieder einmal außerhalb seines Urlaubs zum Segeln reisen will.«

Anna ließ ihren kleinen Löffel sinken. »Bist du nicht ein wenig zu gutmütig? Du musst doch auch an deine Gesundheit denken. Du hast doch schon zweimal einen Herzinfarkt gehabt!«

»Ach weißt du, die Menschen tragen mich. Und ich brauche sie auch … und du gibst mir Kraft.«

Anna schaute ihn verwundert an. »Ich gebe dir Kraft?«

»Deine Liebe gibt mir Kraft«, erwiderte Maurus und schaute ihr lächelnd in die Augen. »Wenn ich dich immer bei mir haben dürfte, könnte ich noch mehr leisten.« Über den Tisch hinweg umfasste er kurz ihre Hand.

Eine Weile aßen sie schweigend. Plötzlich lachte er und erzählte: »Neulich war der Benefiziat bei mir. Und als er dann am Schluss des Gesprächs sagte ›Und dann wäre da noch …‹ – da wusste ich schon, was kommt: Er wollte wieder mit einer kleinen Gruppe eine Wallfahrt nach Süditalien zu Padre Pio machen … du weißt schon, dieser hochverehrte Pater, der als Heiliger und Wundertäter gilt … Du siehst, wie angebunden ich bin. Ich kann ihm das doch nicht abschlagen.«

Maurus schaute auf die Uhr. Bei jedem Zusammensein mit ihm zitterte Anna vor diesem Augenblick. Aber der Augenblick kam. Sie hatte zudem Angst, dass ihm auf dem Weg etwas zustoßen konnte. Herbstnebel konnten die Sicht erschweren … oder es bildete sich schon Glätte auf den Straßen. Sie atmete auf, wenn mitten in der Nacht das Telefon klingelte und er ihr sagte, dass er nun daheim sei. Dann versuchte Anna wieder zu schlafen.

Immer hatte sie diese Angst, es könne etwas passiert sein – und niemand hätte es ihr gesagt. So fuhr sie öfters wieder getrieben von Sorge am Sonntagmorgen in seine Stadt. Schon vom einfahrenden Zug aus schaute sie zum Kirchturm. Sie bildete sich ein, es müsste eine schwarze Fahne aus dem Turm heraushängen, wenn er nicht mehr am Leben war. Wenn alles war wie immer, fiel ihr ein Stein vom Herzen, und sie eilte über die verschneite, lange Straße hinauf zur Kirche. Jedes Mal verharrte sie pochenden Herzens vor dem Seitenpförtchen und wagte es endlich, lautlos einzutreten. Nach dem Hochamt ging sie ans Ende des Friedhofs und sah ihn wie früher so oft auf der Landstraße mit Frau Huser neben sich im Auto nach Bergheim hinausfahren. Dann kehrte sie in die Einsamkeit ihres Großstadtlebens zurück.

Wenn er manchmal nachts anrief – Anna schlief dann schon lange tief – konnte es sein, dass er flüsterte: »Ich kann nicht laut reden – alle Türen stehen offen!« Aber sie schlief jedes Mal glücklich wieder ein, weil sie dann wusste, dass er alles versuchte, ihr seine Liebe zu zeigen.

3

Es war wieder Frühling geworden, aber die Nächte waren noch kalt. An jenem Samstagabend hatte Anna in keinem Gasthof seiner Stadt eine Unterkunft gefunden. Alle Zimmer waren vergeben. Es musste irgendein Treffen in der Stadt sein, zu dem auswärtige Gäste gekommen waren. In ihrer Not vertraute sie sich Maurus an, als er vom Beichthören heimging.

»Es wäre nicht gut, wenn ich dich in den Pfarrhof mitnähme«, sagte er, und nach kurzer Überlegung: »Ich sperre die Kellertüre auf, und du kannst hereinkommen. Vielleicht kann ich dich später ins Wohnzimmer heraufholen, wenn Frau Huser ins Bett gegangen ist.«

Anna atmete auf. Sie ging in ein Gasthaus und aß eine Leberknödelsuppe, um im Warmen sitzen zu können. Spät ging sie in die Nacht hinaus und wanderte zum Pfarrhof hinauf.

Vorsichtig trat sie in den Garten hinein und tappte die Kellertreppe hinab. Die Türe war aufgeschlossen. Anna kannte die Kellerräume: Da war linker Hand ein Raum für leere Schachteln und Vorräte; dann kam der Weinkeller – hier wurde der Messwein gelagert und auch die Flaschen, die Maurus für seine vielen Gäste und für sich selbst bereithielt, – er war ein Weinkenner und Anna hatte manchmal mit ihm und Frau Huser die Beerenauslese verkosten dürfen; ganz hinten war die Heizung. Anna dachte, dass dort am Samstagabend niemand hineingeht. Es war ihr nicht wohl da unten, aber es war nun einmal so abgesprochen, und wohin hätte sie gehen können?

Vorsichtig öffnete sie die Tür zum Heizungskeller und ließ sie einen Spalt offen. Hier würde sie am sichersten sein, und es war warm.

Es dauerte nicht lange, da kamen rasche leichte Schritte die Kellertreppe herab. Maurus schaute in alle Räume, bevor er sie fand.

»Kind, wo warst du denn so lange«, flüsterte er. »Ich habe schon öfters heruntergeschaut. Bald wird es auffallen.«

Er gab Anna eine Bismarckheringssemmel in die Hand. »Du wirst Hunger haben … ich hole dich später herauf … sie ist noch auf …«, setzte er fast noch leiser hinzu – er meinte Frau Huser –, und zog vorsichtig die schwere Tür hinter sich zu.

Anna aß mit klopfendem Herzen die Semmel mit dem Bismarckhering, die er liebevoll für sie zurechtgemacht hatte. Das vibrierende, ohrenbetäubende Bullern des Ölofens hatte ausgesetzt, und es herrschte lautlose Stille im dunklen Kellerraum. Durch ein kleines, maschendrahtvergittertes Fenster konnte Anna die Schneepolster auf der mondbeschienenen Gartenhecke des Pfarrgartens sehen. Ab und zu vernahm sie über sich im Amtszimmer das scharrende Zurückschieben des Sessels. Maurus arbeitete und suchte vielleicht irgendein Buch, dachte sie in ihrem Versteck.

Nach einer Weile hörte sie, wie oben die Kellertüre wieder geöffnet wurde. Aber es war nicht Maurus' leichter elastischer Schritt, der zu ihr herabeilte. Es war ein schwerfälliges Schlurfen, das auf der Kellertreppe immer weiter herunter und immer näher und näher kam. Anna hielt den Atem an. Ihr Herz schlug wild und schmerzhaft gegen die Rippen. Hatte Frau Huser Verdacht geschöpft, weil Maurus so oft in den Keller gegangen war? Sie hörte, wie die Lichtschalter der anliegenden Kellerräume einer nach dem andern an- und ausgeknipst wurden. In entsetzlicher Panik verkroch sie sich hinter die Heizung. Und als ob das Grauen immer näherrückte, öffnete sich die Türe, und grausam hell stürzte sich das grelle Licht in jede Ecke des nackten, weiß getünchten Heizungsraums.

»Sie dreckiges Luder!«, zischte es in verbissener, verhaltener Wut auf das zusammengekrümmte Menschenknäuel herab, das den Kopf schützend in den Armen geborgen hatte, und ihn nun langsam emporhob, zugleich aus der geduckten, verbuckelten Stellung auf zitternden Beinen in die Höhe wuchs, und an die Wand gedrückt wie ein gestelltes Wild mit todwunden, gehetzten Blicken ihrer aufgerissenen Augen in die bösen, kleinen Augen der alten Frau sah, die wie zwei runde, stählerne, funkensprühende Öffnungen einer Doppelflinte auf Anna gerichtet waren.

»Sie dreckiges Luder!«, zischte es noch einmal aus dem verächtlich verbogenen, welken Mund, und maßloser Hass und Speichelspritzer schleuderten sich der in tödlicher Pein erstarrten jungen Frau entgegen.

Die alte Frau musterte Annas zartrosa Mantel mit dem Veilchensträußchen am Revers, und weidete sich schadenfroh an den

Schmutzflecken, die Wand und Boden des Heizungskellers auf dem Stoff hinterlassen hatten.

Sie ging Anna voran zum Kellerausgang. Ihre bebend malmenden Fleischwülste zwischen den Schultern verrieten die ungeheure innere Erregung, die aus ihrer grenzenlosen, krankhaften Eifersucht erwuchs. Und wenn Anna geglaubt hatte, die alte Frau öffne nun die Tür, um sie sogleich in die kalte Nacht hinauszujagen, so hatte sie sich getäuscht. Mit einer heftigen Bewegung schloss sie die Kellertüre ab, riss den Schlüssel aus dem Türschloss und hielt ihn in der geballten Faust. Mit ihrem massigen Körper belagerte sie wie ein Bollwerk die Kellertreppe, die hinauf ins helle Haus und zu Maurus führte. Eine Welle unflätiger, hässlicher Beschimpfungen, gerechte und ungerechte Vorwürfe und Anschuldigungen ergossen sich über Anna, die viel zu verschreckt, verschüchtert und gedemütigt war, um sich zur Wehr zu setzen und nur noch an Flucht dachte. Zuletzt schrie die alte Base noch: »Wenn meine Buben jetzt hier wären, die würden Sie schlagen!« Damit meinte sie ihre halbwüchsigen Enkel.

Oben im Haus klapperte eine Schreibmaschine. *So hilf mir doch!*, schrie es in Anna, und das Unbegreifliche fasste wie eine eisige Hand nach ihrem Herzen. Warum kam Maurus nicht, um ihr beizustehen? Konnte es sein, dass er nichts gemerkt hatte von den Vorgängen im Keller? Oder hoffte er gar, die alte Frau würde Anna mit heraufbringen?

Frau Huser schloss die Kellertüre wieder auf, und Anna entwich wie ein flüchtendes Tier hinaus in die kalte Nacht. Völlig verstört ging sie durch die Kastanienallee am Rand der Felder. Sie nahm die Umrisse des Stadels wahr, in dem sie einmal in einer regnerischen Herbstnacht ohne Maurus' Wissen geschlafen hatte, als sie es sich finanziell nicht leistete, ein Zimmer zu nehmen, weil die Miete bei Frau Reif einen großen Teil ihres Monatsgehalts auffraß. Sie hatte sich damals im Heu verkrochen, und zusammengerollt bei sich selbst Wärme gesucht. Der Regen trommelte in der Nacht gegen die Bretterwand, und durch die Ritzen kroch Feuchte. Als gegen vier Uhr morgens die Kälte bis in den Kern ihres Innern durchgedrungen war, stampfte sie hier draußen in der Kastanienallee ihre steifen Füße warm.

In dieser Nacht warfen die Äste der Alleebäume bizarre blaue Schatten auf den Weg. Die Erinnerung flog fort wie sie gekommen war. Anna irrte weiter und fand sich in den Straßen der Stadt. Tränen liefen unaufhaltsam aus ihren schlafmüden Augen über ihr Gesicht. Der Eingang zum Wartesaal des Bahnhofs war geschlossen. Die Verstörung verwirrte alles, was ihr an klaren Gedanken, an Vernunft und kühler Überlegung geblieben war, und vernebelte jedes Gefühl von Stolz. Wie in einem wirren Traum fand sie sich am Ursprung wieder: am Pfarrhaus. Sie überlegte nicht mehr, was sie tat. Sie läutete. Maurus öffnete die Haustüre. Er nahm sie wortlos in die Arme. Er war warm und weich und gut. Frau Huser blieb unsichtbar. Anna wusste nicht, was in der Zeit ihres Umherirrens zwischen den beiden Menschen gesprochen worden war. Er führte sie in den ersten Stock hinauf zu dem kleinen Zimmer neben dem Bad, in dem Kristin schlief, wenn sie im Pfarrhof des Onkels übernachtete. »Schlaf, Kind«, sagte er leise und nahm ihr den Mantel ab, und Anna sah noch sein übermüdetes, trauriges Gesicht, bevor ihr die Augen zufielen, ohne ein Wort gesprochen zu haben.

Sie erwachte am frühen Morgen, als die Kirchenglocken den »Engel des Herrn« läuteten. Sie stand auf, zog ihren Mantel an, und ging hinunter zur Haustür. Sie hörte Frau Huser schon in der Küche hantieren.

»Kommen S' herein … ich hab Milch für Sie warm gemacht!«, rief sie ihr aus der offenen Küchentüre nach. Widerstrebend ging Anna hinein. Als sie die hohe weiße Tasse in die Hand nahm, sah sie, wie sich auf der heißen Milch eine Haut bildete. Ekel überkam sie und es würgte sie im Hals.

»Ich kann nicht … danke …«, brachte sie hervor, wandte sich um, verließ das Haus und ging zum Bahnhof.

Die vergangene Nacht veränderte die junge Frau. Es war wie bei einem jungen Baum, den der Sturm biegt, aber nicht zerbricht. Sie sog Kraft aus ungeahnten Wurzeln, gewann an Reife und Urteilsvermögen.

Auf der Heimfahrt im Zug überfiel sie grübelnde Schwermut. Sie dachte über sich und Frau Huser nach: Maurus war kein Mann, der eine übernommene Aufgabe im Stich lässt; er war auch keiner, der einen Menschen, den er einmal in sein Leben aufgenommen hatte, wieder wegschickte. Er wollte Anna in ihrer Liebe gerecht werden. Er wollte aber auch seinen priesterlichen Dienst mit ungeteiltem Herzen leben – eine Unmöglichkeit, die ihn in tiefe Zerrissenheit stürzte. Und da war Frau Huser, die zur Familie gehörte.

Zwei Frauen zerrten an ihm: Anna, die Geborgenheit bei ihm suchte und Lebenserfüllung, und mit ihrer wilden, unbezähmbaren Sehnsucht nicht von ihm lassen konnte – und Frau Huser, die mit unheimlicher Eifersucht jeden seiner Schritte bewachte.

Von Anfang an hatte sie sich mit mürrischer Unzugänglichkeit Annas Arglosigkeit verschlossen. Immer mehr kam sie zu der Erkenntnis, dass ein Sich-näher-Kommen unmöglich war. Das wurde ihr immer bewusster. Frau Huser hatte nach nicht allzu langer Ehe ihren kranken Mann verloren. Vermutlich hatte sie sich dann mit der Vollkraft ihres noch unverbrauchten Frauenlebens bemutternd und besitzergreifend auf den jungen Mann geworfen, der in der Vorbereitung zum Priestertum einem frauenlosen Leben zuwuchs, und hatte die Erwartungen und Hoffnungen ihres zukünftigen Lebens auf ihn gesetzt. Anna ahnte, dass es furchtbar für einen schöngeistigen, freiheitsliebenden Mann wie Maurus sein musste, von einer Frau eingekapselt zu werden, die ihn beherrschen wollte, und deren leidenschaftlicher Lebensinhalt er geworden war. Ihre Eifersucht zeigte sich in bebender Verletzbarkeit und wortloser Empörung, und tobte sich oft in Wutausbrüchen aus. Bei jeder Gelegenheit glaubte sie sich übergangen und zurückgesetzt, was sich in unbeherrschtem Türenzuschlagen kundtat. Eine verhärtete Bitterkeit zergrub ihre Züge und Anna konnte sich nicht vorstellen, was Maurus ihr einmal erzählt hatte: dass Frau Huser und ihre Schwester einmal schöne Mädchen gewesen seien. Aber Verbitterung frisst mit der Zeit die Schönheit auf wie Salzsäure ein edles Bild. Diese Eifersucht war sicher Anlage. Aus einer Bemerkung von Frau Altweg, ihrer eigenen Tochter, wusste Anna, dass sie selbst auf sie, ihr eigenes Kind, das der Vater abgöttisch liebte, eifersüchtig gewesen war.

Frau Huser hatte auch eine unheimliche Körperkraft. Große Wäschestücke wurden beim Auswringen unter ihren Händen so trocken, als kämen sie aus einer Wäscheschleuder. Mit dieser Körperkraft, die sie ganz in den Dienst des Pfarrhauses stellte, glaubte sie wohl ihre fehlende Bildung ersetzen zu können. Sicher leitete sie daraus, und auch aus dem Zölibat, das exklusive, unumstößliche Recht auf Maurus ab, und betrachtete ihn als ihr und der Familie Eigentum.

Anna erinnerte sich aber auch, dass Maurus auf ihrer ersten Fahrt nach Brixen erzählt hatte, Frau Huser hätte während des Krieges große Töpfe voll Suppe für die Flüchtlingsfrauen mit Säuglingen und Kleinkindern gekocht, die er in seinen Bergheimer Pfarrhof aufgenommen hatte, weil die Bauern diese Frauen abgelehnt hatten, da sie nicht als Arbeitskräfte eingesetzt werden konnten. Anna war bewusst, dass die alte Frau auch ein gutes Herz haben konnte, das aber so oft von dieser unseligen Eifersucht unterdrückt wurde. Was aber nicht stimmte – und das erfuhr Anna einmal von Maurus selbst – war die Behauptung, dass ihr Mann sein Theologiestudium finanziert und zu ihm gesagt habe: »Du kannst alles werden, auch Förster.«

Maurus hatte während der letzten Semester seines Studiums in der Stadt bei den Husers gewohnt. Vielleicht wollte die Base mit diesen Hinweisen sein Abhängigkeitsverhältnis demonstrieren, seine Pflicht zur Dankbarkeit ihr gegenüber. Jedenfalls konnte Maurus sie nicht wegschicken – es war eine Unmöglichkeit. Er war ein Mann des Friedens und der Güte.

Im Zug fiel ihr auch ein, dass es früher auch Wochenenden gegeben hatte, an denen sie in friedlicher Atmosphäre im Stadtpfarrhof zu Besuch sein durfte. Ihr Herz hatte gezittert vor Glück, wenn Maurus zu später Stunde nach Vollendung der Sonntagspredigt ins Wohnzimmer gekommen war, wo er die Zinnbecher mit einer »Spätlese« gefüllt hatte, und sie Musik hörten: Wundervolle Arien aus dem *Fidelio*, Schubert- und Brahmslieder, Werke von Mozart und Vivaldi. Aber sie waren nie allein. Frau Huser saß immer dabei. Einmal – Maurus hatte für kurze Zeit das Wohnzimmer verlassen – sagte sie zu Anna: »Werden Sie eigentlich nie müde? Ein normaler Mensch ist um Mitternacht doch müde und geht ins Bett!« Anna wäre nicht im Traum eingefallen zu erwidern: *»Sie können gern ins Bett gehen. Wir hören noch etwas Musik!«* … Undenkbar!

Als Anna an diesem Sonntagmorgen in München aus dem Zug

stieg, und wenig später in ihr Apartment heimkam, war sie froh, in diesem übermüdeten, trostlosen Zustand Frau Reif nicht mehr begegnen zu müssen.

Einige Tage nach dem Kellererlebnis kam ein Brief von Maurus.

Anna,
das muss Dir unbegreiflich, grausam und vielleicht auch unmenschlich vorgekommen sein: einen Menschen so stehen zu lassen, ihn so hinauszustoßen in die Nacht und in die Einsamkeit, ja ihn vielleicht der Verzweiflung zu überlassen – und trotzdem habe ich es noch als das kleinere Übel gehalten, wenn ich an die Verdemütigungen denke, die Dir nicht erspart geblieben wären.
Und wenn ich Dich abermals bitte, nun doch einmal diesen Weg nicht mehr zu gehen, dann ist es nicht darum, daß ich leide auch unter Deinem Leiden, sondern daß ich es nicht will, daß Du so leiden mußt. – Es wird aber nichts anderes kommen und es wird nichts anderes bleiben als Leiden und Leid.
Es wäre klüger gewesen, Dich gleich wieder gehen zu lassen, denn wenn einmal ein Schritt zum Licht oder zum Lichteren gemacht ist, dann weigert sich das Herz, wieder ins Dunkel zurückzukehren.
Liebe! Lasse Dich bitten! Laß Dein reiches, gutes, liebes Herz nicht in der Einsamkeit verdorren. Hoffe auf das Leben! Vertraue der Zukunft! Ich bin kein Mensch, bei dem man seine Erfüllung und seine Heimat finden kann.
Es ist schon lange her, daß ich das Wort von der Brücke gebrauchte. Du hast es damals zurückgewiesen. Du weißt es doch selbst, daß es immer schwerer wird, je länger man in eine Richtung geht, noch einmal umzukehren.
Ich habe Dich nie entlassen, wie Du geschrieben hast. Wenn Du das Wort schon anwenden willst, dann kann es nur so verstanden sein: Ich möchte mit aller Kraft meines Herzens und meiner Liebe Dich vertrauend und offen

dorthin führen, wo Dein Leben – soweit das möglich ist – Erfüllung findet. Ich trage Dich, so gut ich das vermag in meinem Herzen. Ich möchte nicht, daß Du leidest. Aber wenn Du schon leiden mußt, dann führe Dich das Leiden zur Freiheit.
Auf diesem Weg ist bei Dir

D. M.

Anna war wieder an einem Wochenende bei ihren Eltern. Zu ihrem ungeheuren Schreck legte ihr der Vater einen anonymen Brief vor, den er kurz zuvor erhalten hatte, und von dem er sagte, dass es nicht der erste anonyme Brief sei. Voll Entsetzen las sie:

Herr Renz!
Es tut mir leid Ihnen wieder das schreiben zu müßen aber Ihre Tochter Anna Herr Stadtpfarrer geben so viel ärgernis das ichs tun muß. Sie kommt so unschienirt am Freitag und fährt am Montag früh mit dem selben Zug weg wie ich. Sie weiß das man sie kent das macht ihr scheinbar garnicht aus. So war sie von Silvester bis Montag früh da. Hat Herr Stadtpfarrer Urlaub nimt sie in auch.
Wir erfahrens ja von Amt wen sie weg ist.
Vor zwei Jahren haben wir Beide in Italien gesehen in Portovenere. sie werden auch heuer mit sammen fahren. den sie sind unzertrenlich. fragen Sie seine Haushälterin ob das nicht war ist, wir haben ihrs schon oft gesagt. sie könnte man Anzeigen wegen Kupelei. Wen wirs erfahren wan er in Urlaub fährt lasse ichs Ihnen wissen. ob dan Ihre Tochter auch weg ist.
Hab mirs lange überlegt ob ich in weg schiken soll, aber da sie heute schon wieder da ist sollen sies wissen.

Anna wagte kaum, in das einfache, noch immer schöne Gesicht ihres Vaters zu schauen, dem seine Ehre alles galt, und das jetzt verdunkelt war. Sie hatte ihren Eltern immer Freude gemacht mit besten Schulnoten und gutem Betragen; jetzt litt sie mit ihnen. Aber sie konnte sich ihre Liebe zu Maurus nicht aus dem Herzen reißen. Als sie nach dem Lesen des anonymen Briefes zutiefst getroffen die Treppen zu ihrem Zimmer hinaufeilte, rief ihr der Vater nach: »Hast du keine Angst, dass du in die Hölle kommst?« Dieser Satz war ihr schon einmal ähnlich entgegengehalten worden bei der Begegnung mit der Oberin im Krankenhaus, als diese gefragt hatte: »Fürchten Sie nicht die ewige Verdammnis?«

Der Stil und die vielen orthografischen Fehler im anonymen Brief ließen auf eine primitive Person schließen. Anna hatte sofort einen Verdacht. Die Buchstaben waren mit grüner Tinte geschrieben, die dann mit Blaustift übermalt worden waren. Auf Maurus' Schreibtisch stand ein grünes Tintenfass. Und Frau Huser wäre die letzte gewesen, die Maurus verschwiegen hätte, dass sie von Außenstehenden, deren Namen sie hätte nennen können und müssen, in dieser Sache angesprochen worden war. Und wie konnte diese Person, die den anonymen Brief geschrieben hatte, von Portovenere wissen? Maurus hatte sich damals ja schon in Santo Stefano di Magra von ihr getrennt. Vermutlich hatte die alte Frau im Zelt in Marina di Carrara den postlagernden Brief an Anna gesehen, auf dem die Adresse »Portovenere« stand.

Anna schrieb den anonymen Brief ab, und übergab ihn an einem Sonntag Maurus.

Einige Wochen später kam von ihm die Antwort:

M. A., als ich Dich so nahe neben mir sah in Deiner Jugend und Schönheit – und wissend um den Reichtum Deines Herzens und all die Not Deines Lebens – hat mir selber das Herz weh getan und ich war, wie so oft, traurig darüber, daß ich keinen Weg weiß, der Dich in die Freiheit, in die Freude und in das Licht führt.
Ich weiß, daß Du in einem großen Leid an jenem Sonntag fortgegangen bist und ich kann nur hoffen, daß die Zeit, die für gewöhnlich die Erlebnisse glättet, auch Dich wieder ruhiger gemacht hat.
Ich glaube, wir müssen erkennen, daß die Befreiung des

Menschen – soweit sie nicht aus der Erlösung stammt – zum entscheidenden Teil seine eigene Leistung sein muß. Du irrst vergebens durch die Straßen der Welt, Du durchwachst vergeblich die Nächte, und Du versäumst wahrhaftig die Tage und das Leben, wenn Du den Frieden außer Dir suchst.

»Leben ist Einsamsein« – oder so ähnlich sagt in seiner frühen Zeit Hermann Hesse. Du hast das, trotz Deiner Jugend, und leider gerade schon in Deiner Jugend, genugsam erfahren.

Nur in einer kindlichen Phase des Lebens kann man der Meinung sein, man könne einem anderen Menschen eine wahre und bleibende Heimat bereiten. Das sind bittere Erkenntnisse und sie passen so gar nicht in einen Geburtstagsbrief.

Du weißt, daß ich Dir von Herzen, aus ganzem Herzen alles Gute, das wahrhaft Gute, das sich auch in der tiefsten Bitterkeit als solches erweist, wünsche. Vor allem, daß Du ein freier und froher Mensch wirst. Ich habe oft darüber nachgedacht, ob Du denn so sein mußt, wie Du bist. Gewiß, in Deinem Wesen kannst Du Dich nicht ändern, aber Deine Weltanschauung und Deine Lebensauffassung kann klarer und konstanter werden. Es ist vor allem notwendig, daß Du auch an einen guten Sinn Deines Lebens glaubst. Und daß Du Dich bemühst, diesen Sinn zu erkennen und ihm zu dienen. Unser Herz und unser ganzes Sein ist doch größer, als wir in den Stunden der Niedergeschlagenheit glauben. Und wir dürfen nie auf eine Zeit reiner, ungetrübter Freude zählen. Das Leid gehört zum Menschen wie er ist. Aber man muß über das Leid hinaussehen oder hinaushoffen können. Wie das Leben selbst auch im verwundeten Körper noch ist und <u>ist</u>, so ist auch das Gute im Grunde des leidvollsten und schwersten Lebens. Wir dürfen uns nicht verbohren in unsere Not. Ohne einen tiefen, vielleicht in vielen Kämpfen errungenen Glauben werden wir das nicht vermögen.

Deinen lieben Brief, den leider wieder so leiderfüllten, habe ich gelesen. Ich leide sehr an Dir und mit Dir. Eine große und dringende Bitte ist die: Komme, bitte, nicht! Es wäre gewiß nicht schlimm, wenn Du bei mir im Zimmer säßest und wir würden schöne Musik hören und daraus die Erkenntnis gewinnen, daß es eine Harmonie und eine Erhellung der Widersprüche im Leben gibt. Aber: Ich bin nun einmal nicht allein auf der Welt – und mein Leben und mein Dienst ist kein privater. Ich muß auf mein Eigenleben verzichten, sonst kann ich meinem Amte nicht dienen.
Es ist wieder ein anonymer Brief gekommen, diesmal an meine Mutter. Und meine Mutter ist gegenwärtig bei mir zu Besuch. In dem Briefe steht: Die Mutter würde Dich ja auch kennen, und Du wärest mein Untergang. Sie könnte es vielleicht erbeten, daß ich anders werde. – Du kannst Dir gut denken, daß so ein Brief keine günstige Atmosphäre schafft für das Zusammensein.
Meine Mutter hat auch nicht gewagt, mir von dem Brief zu sagen, oder ihn mir direkt zu übergeben; ich habe ihn auf Umwegen bekommen. Ich möchte nun auch von Dir nicht, daß Du mich wegen des Briefes weiterhin befragst. Es ist ein Zeichen des Kleinmuts und kleinen Geistes, wenn einem so ein primitiver Wunsch kommt wie dieser: Ich will nichts mehr als Ruhe. – Unser Leben ist kein Feld, auf dem die Ruhe wächst; und wer im Leben steht, wird wenig Ruhe haben. So laß mich wenigstens allein sein! Und sei Du tapfer, wie Du mir es oft versprochen hast! Kränke Dich nicht über diesen Brief! Kränke Dich über nichts! Gehe Deinen Weg in die Reife und in das Licht.
Ich grüße Dich aus ganzem und gutem Herzen

D. M.

Diesem Brief war noch die Kunstkarte einer Kreuzigung in Byzantinischem Goldemail beigefügt, auf die er geschrieben hatte:

Die Stimmung ist wie zu erwarten – und alle unguten Worte sind gekommen.
Du weißt, daß ich darunter leide.
Trotzdem bleibe ich dabei: Das Leben ist kostbar, und ich freue mich auch in der Bedrängnis, daß ich leben darf.
Aber man sollte ganz gut sein. D. M.

Es traf Anna doppelt schwer, dass auch Maurus' Mutter einen anonymen Brief erhalten hatte. Sie überlegte und kam zu dem Schluss: Nur jemand aus der Familie konnte wissen, dass seine Mutter sie einmal gesehen hatte:

Es war an einem Novemberabend gewesen. Maurus hatte sie zum Gottesdienst in einen Weiler mitgenommen, der zur Dorfpfarrei Holzhausen gehörte. Er hatte dort das Patrozinium gefeiert: Das Kirchlein war dem heiligen Andreas geweiht. Nach der Messe waren sie noch nach Bergheim hinaufgefahren. Es war schon stockdunkel. Maurus sagte, sie solle im Auto auf ihn warten, er käme bald wieder. Nach etwa zehn Minuten war sie aber ausgestiegen, um ein wenig umherzugehen. Sie hatte vermieden in den Lichtstreif zu geraten, der aus der spaltbreit offenen Haustür ins Dunkel des Gartens fiel. Plötzlich schoss ein Hund wild kläffend auf sie zu. In panischer Angst versuchte sie zum Auto zu laufen, aber der Hund hatte sich schon in ihrem Mantel festgebissen und ließ nicht mehr los. In ihrer Not war sie ins Haus hineingeflüchtet bis in die Küche. Die Schwägerin schrie den Hund an, der endlich von ihr abließ. Dann hatte sie Nadel und Faden geholt, und den Riss in Annas Mantel notdürftig zugenäht. Damals hatte sie die Mutter von Maurus gesehen. Sie saß auf der Bank im Herrgottswinkel der Stube, und schaute durch die offene Tür auf sie her. Anna hatte sich entsetzlich geschämt. In diesem Augenblick hatte sie begriffen, was das für Maurus bedeutete, dass er eine junge Frau mitgebracht hatte, die draußen bleiben musste.

Als er mit ihr in die Stadt zurückgefahren war, hatte er nur einen einzigen Satz gesagt: »Die Mutter hat schon kritisch geschaut ...«

Sicher hatte Frau Huser später von diesem Vorgang erfahren.

Anna versuchte, wie schon so oft, sich in der großen Stadt von ihrem

Heimweh nach Maurus abzulenken. Sie hatte seine Briefe. Aber sie hatte nicht *ihn*. Er war der Inhalt und das Zentrum ihres Lebens. Nach dem anonymen Brief wagte sie es nicht mehr, ins Pfarrhaus zu gehen. An den Wochenenden, an denen sie in seine Stadt fuhr, verließ sie im Morgengrauen des Sonntags das Gasthaus, um ihn weit draußen in einer Waldschneise stehend vorbeifahren zu sehen, wenn er auf dem Weg zur Frühmesse nach Wiesmühl war. Sie konnte dann immer nur im Bruchteil einer Sekunde sein Profil erhaschen, das konzentriert vorbeiflitzte. Manchmal wartete sie dort auch im Winter. Wenn das Licht der Frühe sich blass über den Wald ergoss, stieg sie in ihre tiefen Fußspuren im Schnee hinein und trat wieder auf die Landstraße hinaus. Dabei spähte sie vorsichtig in beide Richtungen, ob sich nichts näherte. Ihr Herz konnte sich nie daran gewöhnen, die Rücklichter seines Autos in weiter Ferne entschwinden zu sehen. Eine zunehmende Schwere bemächtigte sich Annas jedes Mal, wenn sie zur Stadt zurückwanderte.

Im kommenden Jahr erhielt sie nur zwei Briefe von ihm:

> *M. A.,*
> *wie werden wohl die Worte – doch fast schon fremde – Dein Herz erreichen? Werden sie es so berühren können – könnten sie es doch! –, daß Du mehr Frieden und mehr Freude in Dir trägst, als Deine Zeilen gewöhnlich bedeuten?*
> *Auch Dir wachsen die Jahre zu und machen Dich anders, zwar nicht in Deinem Wesen, aber doch in der Betrachtung und der Wertung der Welt. Das Leben fordert Dich ein und Du solltest Dich ihm nicht versagen. Ich kann es kaum glauben, daß Dir nur Menschen begegnen, die Dir nicht wesensgemäß sind. Unter den Vielen, die unsere Wege kreuzen – oder mehr noch: die mit uns ein Stück des Lebens leben, sind doch gewiß auch solche, die unserem Herzen verwandt und unserem Leben verbunden sind. Die tiefsten Verbindungen, oder die echtesten, dürften uns doch nicht einengen, sondern müßten uns erst recht*

frei machen für das ganze reiche Leben. Ohne die Liebe ist der Mensch wahrlich nichts, ohne die Liebe ist das Leben arm. Aber, meine liebe Anna, kann man sich in der Liebe nicht auch täuschen?
Du sagst mir: Ich würde Dich so leicht weggeben. Darf ich Dich überhaupt halten? Ist das nicht mein Unrecht, daß ich die Härte nicht aufbringe, mich so von Dir zu trennen, daß es keinen äußeren Weg mehr von Dir zu mir gibt! Und kannst Du das wirklich nicht verstehen, daß ich das tun müßte, weil Du mir lieb bist. Weil ich Dir zugetan bin mit jener Liebe, die Dich – soweit das dem Menschen möglich ist – im Glück wissen will.
Ich spüre die Verantwortung, die ich auf mich geladen habe. Jetzt kann ich Dir noch helfen. Wenn mein Leben zu Ende ist, sollst Du mir nicht nachtrauern; Du solltest denken dürfen: Ich wollte Dich lieben, wie Du selber sagst »mit reinem Herzen«.
Das »reine Herz«, meine Anna, das Du immer gehabt hast und das Du auch jetzt hast, wird Dir den Weg weisen. Ich weiß nicht, ob Du nur dazu bestimmt bist, nur »zu leiden um die Liebe«, oder ob Dir auch die Erfüllung Deiner Liebe in dieser Zeit zuteil wird. Aber täusche Dich darin nicht, daß die Stunden, von denen unsere Sehnsucht den Frieden und die Erfüllung erwartet, uns trügen und uns vom eigentlichen Leben fern halten.
...
Ich glaube fest, daß ein Mensch, der aufrichtig vor das Kreuz tritt, beten kann, und daß der Betende gerettet wird aus den Bedrohungen des Todes. Nicht des leiblichen Todes, sondern des geistigen Todes. Du sollst nicht planlos durch die Straßen laufen; Du sollst nicht blindlings in Deiner Kammer sitzen und auf nichts warten. Du sollst nicht dem Vergangenen nachtrauern. War es schön, so laß es einen Teil Deines Lebens sein; war es ungut, so kannst Du es bannen.
Erkenne wenigstens das: Ich wollte Dir eine Freude ma-

chen, ich wollte Dir ein Zeichen der Verbundenheit geben, ich möchte Dir das Wissen einer guten treuen Liebe geben. Ich leide, wenn Du leidest, und ich bin glücklicher, wenn ich weiß, daß es Dir gut geht. Aber wann wird das einmal sein?! Ich wünsche Dir alles Gute, meine Anna, für heute und morgen und immer. Und ich grüße Dich mit dem Gruß der Liebe

D. M.

Anna war, als ob die Zeit, die vor ihr lag, in die Ewigkeit hinüberreiche. Eine große Leere war in ihr und manchmal ein Staunen, dass sie zu leben vermochte ohne ihn. Sie ließ sich treiben und glaubte, nirgends mehr anzukommen.

Wir waren so eins, wie Liebende nur eins sein können, dachte sie, *und unsere Liebe war so innig, sie war mein Leben, das Leben in dieser Zeit und über den Tod hinaus. Warum soll ich noch tapfer sein? Warum soll ich mich auf die Ewigkeit freuen? Wenn du dich von mir gelöst hast, dann ist alles sinnlos geworden. Denn der Tod wäre die Tür zu unserer ewigen Vereinigung gewesen.*

Sie ging wie betäubt durch die Tage: ohne ein Gefühl von Schmerz oder Verzweiflung. Diese völlige Empfindungslosigkeit brach jede Beziehung zur Gegenwart.

Wenn ich dich am Altar sehe, dachte sie, *kann ich mir nicht mehr vorstellen, dass du mich jemals lieb hattest. Ich bin ein Mensch unter Menschen, eine Fremde in deiner Gemeinde. Alles in mir ist tot, und mein Körper fühlt sich seltsam schwerelos an, als gehörte er mir nicht mehr.*

In ihrer Einsamkeit überfiel sie auch der abwegige Gedanke, Maurus hätte sie nicht um ihrer selbst willen, sondern wegen ihrer Jugend geliebt. Aber im tiefsten Grund ihres Herzens wusste sie, dass dieser Gedanke einer momentanen Bitterkeit entsprang und völlig ungerecht war. Sie fühlte: *Er liebt mich; aber er kann seiner Berufung und den Menschen, die ihm anvertraut sind, nicht untreu werden. Das wäre sein Unglück und sein Untergang.*

Einerseits fand sie alles, was Maurus über sie »verhängte«, richtig und gerecht und ordnungsgemäß – andererseits stand dem ihr sehnsüchtiges, unerfülltes Verlangen nach einem Leben mit ihm gegenüber.

Sie erinnerte sich: Wenn sie ihm früher manchmal frei erschien, wenn auf ihrem Gesicht hin und wieder ein Lächeln von Unabhängigkeit hingeweht lag, hatte er seine Augen verloren auf ihr ruhen lassen mit einem Ausdruck quälender Unentschlossenheit und sehnsüchtigem Verlangen. Aber Anna kannte diese Augenblicke. Sie war müde geworden und froh, dass sie manchmal Selbstständigkeit und Losgelöstheit zu spielen vermochte, die ihr wahres Inneres zudeckten. Sie glaubte, er könne sich wohl nie ganz so in sie hineinfühlen, um unter der Oberfläche die Tiefe ihrer Müdigkeit und Resignation zu erkennen. In ihren tapferen Stunden sagte sie sich mit dem ihr angeborenen Durchhaltevermögen: Man ist nie hoffnungslos unglücklich, wenn man den anderen gelten lässt, wenn man sich vergisst und alles auf sich nimmt, auch Armut und Entbehrung. So war es am leichtesten. So litt man am wenigsten. Man konnte dem Schicksal nur mit ruhigem Hinnehmen und geduldigem Warten oder mit Verzicht begegnen. Das spürte Anna manchmal mit einer menschlichen Reife, die früh für ihr Alter war. Aber diese Stunden waren selten.

An einem Nachmittag kam Frau Reif zu einem Teebesuch in Annas Wohnung. Es war unumgänglich, dass das Gespräch sich bald Maurus zuwandte. Ganz im Gegensatz zu früher versuchte Frau Reif nun, Anna von ihrem schmerzlichen Weg abzubringen. Anna sagte zu ihr, dass sie sich frei fühle und auf nichts mehr warte. Sie sagte das, weil es ihr gut tat und weil sie glaubte, diese Aussage mache sie in den Augen von Frau Reif zur Persönlichkeit. Aber tief innen spürte sie, dass diese Lüge sie gänzlich von der Welt abschnitt, sie noch mehr dem Alleinsein auslieferte, weil nun niemand mehr ihre Verlassenheit teilte. Aber Anna konnte Frau Reif nichts vormachen. Sie war, wie ihr Maurus einmal schrieb, »eine reife und kluge Frau«. Nun sagte sie: »Ich spüre doch, wie sehr Sie immer noch unter dieser Liebe und der Trennung von diesem Mann leiden und nicht von ihm loskommen … Ich will Ihnen etwas verraten: Ich habe Sie einmal in der Stadt gesehen, und später daheim meine Empfindungen meinem Tagebuch anvertraut. Wollen Sie hören, was da steht?«

Anna nickte mit dem Kopf.

Frau Reif holte ein kleines Buch aus ihrer Handtasche und schlug es auf der Seite, die eingemerkt war, auf. Mit leiser Stimme las sie:

Früher starben die Frauen an gebrochenem Herzen – heute nicht mehr.

Dieser Gedanke ging mir durch den Sinn, als ich Anna Renz heute nach langer Zeit zufällig wiedersah. Sie stand in der Passage der Kammerspiele, und sah sich die Bilder von Dürrenmatts »Die Physiker« unter der Regie von Hans Schweikart mit Therese Giehse als Irrenärztin Dr. Mathilde von Zahnd, an. Ich hatte eine seltsame Scheu, sie anzusprechen, und tat es dann auch nicht. Aber ich konnte mir nicht versagen, sie heimlich aus geringer Entfernung zu betrachten. Sie schien mir abgemagert und völlig abwesend und wie traumbefangen zu sein. Ich glaube nicht, daß sie wirklich sah, was sie anschaute. Damals, als sie zu mir kam an einem hellen Wintertag, stand sie in der Tür: Ein junges Mädchen mit dunklen, glänzenden Augen in einem frischen Gesicht; das Haar fiel weich auf die Schultern herab. Sie besah sich das Zimmer, eigentlich weniger das Zimmer hatte ich den Eindruck, als vielmehr den Springbrunnen draußen im Schnee, und in ihren Augen lag eine strahlende Erwartung, als sähe sie ihn schon im Frühling silbern plätschern zwischen den beiden Kastanienalleen, wenn sie ihr zartes Grün austreiben. Ein Zug inniger Sehnsucht war um ihren Mund, wenn sie lächelte. Ich hatte sie später nie mehr so lächeln sehen. Sicher liebt sie ihren Pfarrer noch immer. Nie in meinem langen Leben bin ich einem Menschen begegnet, der so ausschließlich und hoffnungslos geliebt hat wie sie.

Anna hatte mit gesenktem Kopf zugehört. Es fiel ihr schwer, Frau Reif ins Gesicht zu schauen. Irgendwie schämte sie sich, so beschrieben zu werden. Zugleich empfand sie etwas wie Trost, weil ein anderer Mensch mit ihr fühlte und an ihrem Leben Anteil nahm.

Der zweite Brief, der in diesem Jahr von Maurus kam, war in einer Julinacht um 23.40 Uhr vor seinem Sommerurlaub geschrieben:

Meine Anna!
Laß Dich aus tiefstem Herzen grüßen, wie es so oft geschieht durch die Stille der Nächte. Und was das Wort nicht vermag, das möge die Tiefe der Liebe wirken: daß ich Dir nahe bin und daß ich Dir helfe zu Dir selber, damit Du mit Deinem ganzen Wesen, mit der Reinheit und mit dem Reichtum Deines Herzens dieser Welt und dem Leben offen seist.
Du kannst Dir wohl denken, warum ich schreibe. – Ich tue es nicht mehr gerne, gar nicht mehr gerne, weil ich immer mehr empfinde, wie unzulänglich das Wort ist, wie der Geist schon nicht mehr dort ist, wo das Wort noch weilt, weil ich erkenne, daß das Schweigen tiefer ist und beredter als alles Reden.
Aber Du weißt es ja nicht, wenn ich nicht schreibe, was ich denke, und was in mir ist. – Oder weißt Du es doch? – Ja, Du weißt es, was ich nicht sagen kann und doch immerfort sage mit unaussprechlichen Worten – was ich immer hineinsage in Dein liebes liebes Herz – immer – – – und wieder – und immer – immer – immer. Das sag ich Dir zum Namenstag. Feiere ihn gut und schön. Ich bin bei Dir. Bleibe, wo Du bist, da bin ich Dir am nächsten.
Alles Gute, alles Schöne, alles Tiefe, alle Liebe. D. M.

ACHTER TEIL

1

Auch in diesem Sommer wusste Anna, dass es unmöglich war, im Urlaub mit einem Zelt im Koffer ans Meer nach Carrara zu fahren. Es zog sie nach Florenz. Im Amt hatte sie von einer älteren Kollegin die Adresse eines klösterlichen Instituts erhalten, in dem während der Ferienzeit Gäste wohnen konnten, und hatte sich dort zu einem zweiwöchigen Aufenthalt angemeldet.

Mitte August fuhr sie im Schnellzug von München über Innsbruck – Verona – Bologna – nach Florenz. Abends kam sie in Florenz an. Sie nahm am Bahnhof ein Taxi und ließ sich zu den *Suore San Giovanni Battista,* den Nonnen des heiligen Johannes des Täufers, in die Via di Ripoli fahren.

Sie stand vor einer hohen Mauer und drückte auf den Klingelknopf neben einem eisernen Tor. Eine weltliche Bedienstete öffnete. Anna nannte ihren Namen und wurde eingelassen. Das Kloster glich einer Villa und lag in einem gepflegten Garten. Im Parterre des Hauses stellte sie sich einer Nonne vor, die sie erwartet hatte.

Alles erschien Anna märchenhaft: Das kühle, blumengeschmückte Atrium, die Treppen aus weißem Marmor, die altersbraune Weltkugel auf einem mächtigen Refektoriumstisch im Halbdunkel einer Bibliothek im ersten Stock, durch die sie zu ihrem Zimmer geführt wurde. Es musste einmal eine Klosterzelle gewesen sein. Es war winzig und kühl. Anna wusch die Hände und ging in den Speisesaal hinunter.

Unter den wenigen Gästen fiel ihr eine vornehme Frau auf. Das feine, edle Gesicht war von einer kostbaren, schwarzen Spitzenmantilla umrahmt. Sie saß an einem runden Tischchen, speiste allein, und schenkte niemand einen Blick. Anna sah sie bei der Morgenmesse in fließend schwarzem Kleid wie eine Heilige in der Kapelle knien. Später erfuhr sie, dass die einsame Dame eine mexikanische Marquesa war.

Durch die Fenster des Speisesaals konnte das Auge im Seegrün alter Bäume ausruhen, die ihren Schatten über das sanfte Rund eines Brunnenbeckens breiteten. Manchmal sah Anna die Nonnen, wenn sie sich in der Abendkühle des großen Gartens ergingen, hinter dem das offene Land begann mit Mais- und Tomatenfeldern; auch wilde Feigenbäume wuchsen dazwischen.

Sie ging oft schon frühmorgens, oder manchmal auch abends, wenn sie der Tageshitze der Florentiner Innenstadt entfloh und Kühle suchte, auf den harten, trockenen Feldwegen hinter dem Klostergarten spazieren. Sie griff auf diesen Streifzügen nach den prallen, birnenförmigen Feigen und fühlte sie in ihrer Hand, pflückte sich täglich mehrere, und aß sie inmitten der Felder. Dicke, milchige Flüssigkeit sickerte an der Spitze aus den überreifen Früchten, die anscheinend niemand erntete. Wenn sie hineinbiss, sah sie die Fruchtfäden weiß und weich im rosigen Fruchtfleisch aneinandergeschmiegt liegen. Das Essen der Feigen vom Baum war für Anna ein neues, besonderes Erlebnis.

Von der Via di Ripoli nach Florenz hinein musste sie weit wandern. Sie ging täglich in der Morgenkühle aus dem Haus. Die Stadt war für Anna voll von Entdeckungen. Ihr erster Weg hatte sie zum Ponte Vecchio geführt. Über die Mauerbrüstung zwischen die Goldgeschäfte gelehnt, schaute sie lange in das fast ausgetrocknete Flussbett des Arno hinunter. Trotz der Sommerhitze streifte sie stundenlang durch die Stadt. Ganz benommen von den überwältigenden Eindrücken kam sie abends heim in das Klosterinstitut. Sie *musste* sich Maurus mitteilen. Sie wusste, dass er in Marina di Carrara war. Den Brief aber schrieb sie ihm an die Heimatadresse:

Lieber Maurus,
da bin ich nun schon eine Woche hier in Florenz und will versuchen, Dir mein äußeres und inneres Erleben ein wenig zu schildern.

Immer, wenn ich an jenen Stätten war, die die berühmtesten von Florenz sind, sagte ich mir: Auch er war hier! Aber ich konnte es nicht fühlen. Das ist seltsam. Gestern aber, als ich schon müde von all den Kirchen, Galerien und Kunstwerken in den Palazzo Vecchio und durch die uralten Gemächer der Mediceer ging, da musste ich immerfort sagen in meinem Herzen: Ich liebe dich, ich liebe dich so sehr! Und ich wusste nicht, meine ich am Ende Dich oder diese Stadt, die mir ein so großes Geschenk ist. Ich saß droben unter den Bogengängen hoch auf dem Palazzo Vecchio, und schaute hinaus über die Kuppel des Doms und die Türme der Stadt hinüber zu den blauen, villenübersäten Hügeln von Fiesole, Settignano und San Miniato, und die Tränen traten mir in die Augen von all der Schönheit. So wundervoll ist dieses Land hier, dass man keine Worte hat, und man wird traurig vor Liebe und sollte doch froh werden von all der Vollkommenheit und Schönheit. So überwältigend muss der Anblick wohl gewesen sein, als der Versucher auf der Höhe des Berges zu Jesus sprach: »Dies alles will ich dir geben …«

Ich habe Florenz kreuz und quer durchwandert und ich glaube, ich habe es mir recht vertraut gemacht. Ich erinnerte mich an meine Streifzüge durch alte, römische Gassen. Vieles war, wie es vielleicht viele erleben, und doch gab es einiges, das mich bis ins Innerste ergriffen hat, und das fest in mein Leben eingefügt bleibt.

In San Miniato al Monte war's: Ich stieg die große Freitreppe zur Kirche hinauf, immer im Anblick der herrlichen Fassade, die in ihrer klassischen Klarheit antik, einfach und edel wirkt. Das Licht fiel an diesem Morgen honigmild durch die Alabasterscheiben der Fenster. Ich setzte mich in einen der tiefen Chorstühle, in denen man ganz verborgen ist. Da war das warme und dennoch kühle Dämmern im Raum, das dem Einsamen Geborgenheit zu schenken vermag. Die Augen schauen das große Mosaik des Presbyteriums, und ein Olivetaner-Mönch in weißer Kutte

spielte leise die Orgel. Dann ging ich hinunter ins rechte Seitenschiff. Da traf mich das Licht aus dem weit offenen Portal, und in der blendenden Helle saß die kleine, zarte Silhouette eines Chorbuben, scharf und dunkel abgezeichnet gegen den hellen Mittagshimmel und die tief darunter liegende Stadt Florenz. Das war ein Bild, das ich nimmer vergesse, so stark war die momentane Wirkung.
Ach Maurus, wie wenig kann ich sagen, und bin doch so erfüllt von allem. Es ist nicht auszudenken, was es wäre, könnten wir zusammen hier sein. Ich wohne sehr schön in der alten Villa »Merlo Bianco«. Es ist das Institut der »Suore di San Giovanni Battista«, und soll die beste Schule von Florenz sein. Ich kam auf Empfehlung einer älteren Kollegin hierher. Das Haus hat Treppen aus weißem Marmor, viele Salons, und eine vornehme, gedämpfte Eleganz. Wenn ich in mein Zimmer gehe, das klein ist wie eine Zelle, aber einen offenen Kamin aus Marmor hat, so muss ich durch die große Bibliothek gehen, in der es so alt riecht, und Marmorbüsten herumstehen. Der Park ist sehr ausgedehnt. Es sind zwei Gärtner hier. Da sind riesige Zedern, Laubengänge, alte hohe Zypressen, die wir doch so lieben, Du und ich. Steinerne Löwen ruhen auf hohen Sockeln, und alte Steinskulpturen, teils ohne Köpfe, stehen auf Postamenten, und Tag und Nacht plätschert Brunnenwasser in ein weites Becken. Abends, wenn's schon fast ganz dunkel ist, sitze ich auf dem Brunnenrand und denke zu Dir, und schaue hinauf zu den Sternen, die auch über Dir leuchten, und bin ganz ruhig. Hier in Florenz wurde mir zum ersten Mal bewusst, dass ich nicht schön bin, und ich weiß nun, dass man lieben kann, ohne etwas zu fordern, dass man einen Menschen, den man mehr liebt als alles, gehen lassen kann ohne Zorn, ohne Hass, ohne Eifersucht. Aber dass man oft auch solches Heimweh fühlen kann, dass einem das Leben wertlos erscheint.
Ach Maurus! Immer wenn ich an Dich denke – ich sehe dich nie allein. Vielleicht sehe ich Dich anders, als Dich

andere sehen. Ich weiß, dass Du jede Frau hättest besitzen können, die Du hättest besitzen wollen. Lass es mich sagen, ich will Dir nicht schöntun, aber ich sehe hier so manches ganz anders. Du hast es in Dir, das, was große Menschen in sich haben. Du hast auch die Trauer in Dir und die Tiefe. Und was jetzt um Dich ist, ist Dir Hemmung. So sehe ich es. Verzeih mir. Du hättest groß sein können Maurus – Du bist es auch so –, aber noch anders, als Du es jetzt bist. Da gibt es ein Gedicht von Browning über Andrea del Sarto und dessen Frau. Dabei muss ich an Dich denken. Es gibt eine Größe, die aber nicht die letzte Größe ist. Ich kann nicht so recht ausdrücken, was ich meine. Vielleicht wirst du nie wissen, wie ich Dich liebe (ich sollte es nicht so oft sagen). Du bist immer da, verstehst Du mich, und was andere an Dir sehen, das sehe ich in Dir. Ich weiß, dass ich allein bin, vielleicht kann ich nur deshalb so reden. Ich habe keine Angst, etwas zu verlieren, deshalb bin ich ruhig. Denn so wie ich Dich jetzt besitze, so besitze ich Dich immer. Aber es ist mir unsagbar leid um Dein großes Leben. Ich weiß nicht, ob Du mich verstehst. Vielleicht denkst du: was redet sie dummes Zeug. Lass es, Lieber, und denke nicht drüber nach, denn alles ist ja verloren, was ich sage.
Heute früh ging ich hinter dem Park durch die Pforte hinaus. Da beginnen gleich die Felder. Das ist so schön. Unter den Feigenbäumen und zwischen den Weinstöcken ziehen die Ochsen einen Holzpflug, und Frauen und Kinder machen Feldarbeit. Ich habe mir einige Feigen gepflückt und war so glücklich, sie selbst vom Baum herunterzuholen. Rechts auf der Höhe, unterhalb des Piazzale Michelangelo, liegt im Schatten von Bäumen der Florentiner Zeltplatz. Ob Du dort auch schon gewohnt hast? Ich habe einmal kurz hineingeschaut, wie es ist.
Jeden Tag bin ich auf meiner Brücke. Sie hat meine Erwartungen nicht enttäuscht. Hast Du auch den Gang gesehen, der vom Palazzo Vecchio über die Uffizien und den Ponte

Vecchio zum Palazzo Pitti läuft? Und warst Du auch in der Werkstatt Cellinis, von wo aus Cosimo di Medici ungesehen in den großen Saal hinunterblicken konnte und durch das winzige Fenster alles beobachtete, was im Alten Palast vor sich ging? Es ist alles so interessant. Warst Du auch im alten Stadtviertel San Niccolo und oben auf der Festung Belvedere, von wo aus man einen herrlichen Blick auf den Boboli-Garten hat? Ich glaube fast, ich könnte in groben Umrissen nun einen Fremdenführer machen.

Denk Dir: Neulich habe ich mir auf dem Markt vor der Kirche San Lorenzo feine weiße Lederhandschuhe gekauft – ich glaube, man sagt Glacé-Handschuhe dazu. Manchmal ziehe ich sie an und freue mich daran.

Hier im Haus wird Englisch gesprochen und auch sonst gehe ich oft mit englischen Führungen. Ich hab mich wieder ganz gut eingeübt.

In einem Zimmerchen nahe dem meinen liegt eine junge, lungenkranke Frau. Sie ist sehr allein. Die Nonnen haben mich gebeten, sie hin und wieder zu besuchen. Ich war schon einmal bei ihr – ein schweres Schicksal.

Und Du? Du bist am Meer. Ich weiß, wie alles ist und manchmal schmerzt es sehr.

Auf der Herfahrt habe ich unsere letzte Reise, bei der ich mich in Santo Stefano di Magra vor meiner Weiterfahrt nach Portovenere von Dir trennen musste, noch einmal erlebt, fast muß ich sagen: erlitten … In der Veroneser Klause suchte ich die Brüstung am Fluss –

Ach Maurus! Ich weiß wenig mehr von Dir und Deinem Herzen.

Deine Anna

In der zweiten Urlaubswoche wurde die Schwüle in Florenz für Anna immer unerträglicher. Sie spürte ihr Herz hart und schnell pochen, wenn sie in der hitzeschwangeren Stadt unterwegs war. Einmal entlud sich nachmittags ein schweres Gewitter mit sintflutartigem Regensturz auf die Stadt. Sie war in der Nähe der Kirche Santa Croce und konnte sich ins Innere eines Restaurants flüchten. Der heiße Asphalt dampfte, und das Atmen fiel ihr schwer. Da entschloss sie sich, der Stadt zu entfliehen, und noch einige Tage ans Meer zu fahren. Doch wollte sie unter keinen Umständen von Maurus und der Familie gesehen werden.

Sie bestieg den Zug und fuhr dorthin, wo sie sich etwas auskannte: nach Massa. In Marina di Massa fand sie in der kleinen Familienpension »Clara« ein Quartier. Am ersten Tag ging sie mit ihren Badesachen über die Straße und durch Büsche zum kleinen Privatstrand der Pension. Aber als sie in der Ferne den Fiat-Turm sah, konnte sie ihrer Sehnsucht nicht widerstehen, und wanderte schon am anderen Morgen die vielen Kilometer an der Pineta entlang nach Marina di Carrara. Es war ihr, als sei sie nun *daheim* angekommen. Sie legte ihre Badetasche hinter den Pinien am Strand ab, und schwamm zu den Klippen hinüber. Tief atmete sie die Luft ein und genoss die Frische des Wassers. Wie damals klomm sie an den muschelbesetzten Quaderblöcken hinauf und suchte sich eine flache Felsplatte auf der sie stehen, sitzen und liegen und zur vorspringenden Landzunge im Westen schauen konnte. Ihr Herz klopfte hart als sie sah, dass Maurus und sein Bruder auch in diesem Jahr ihre beiden großen Zelte an der gleichen Stelle aufgeschlagen hatten. Sie erkannte die Autos und sah die Kinder, auch Kinder eines anderen Bruders waren diesmal mit dabei, sie sah hin und wieder den Bruder und die Schwägerin – und als sie endlich Maurus erblickte, fuhr ihr eine heiße Lohe durch den Körper. Jeden Tag wanderte sie nun zum Zeltplatz. Sie sah ihn, wenn er unter dem Zeltvordach saß und in einem Buch las, oder wenn er auf offener Feuerstelle Fische briet. Sie war so ganz *außer sich*, wenn sie zu ihm hinschaute – es war, als befände sie sich außerhalb ihres Körpers –, als wäre da ein magischer Kreis, über dessen Rand hinaus sie aber körperlos zu ihm gelangen konnte. Anna hatte nicht gewusst, dass es so ungeheuer schwer sein würde, im fremden Land so nahe bei Maurus zu sein, und sich nicht zu zeigen. Es ging fast über ihre Kraft. Sie gebot ihrem Herzen ruhig zu sein, zufrieden mit dem, was sie hatte: ihn aus der Ferne sehen zu können wie daheim in der Kirche.

Schmerz durchzitterte sie wie damals, wenn sie sah, dass sie mit den Autos fortfuhren, um einen Ausflug zu machen, vielleicht zum

Kastell von Massa hinauf, oder nach Viareggio und Lucca, nach San Gimignano oder Siena. Die unbelebten Zelte drüben, das Ausgesetztsein auf den Klippen, ihr Sichverlieren in unbekannte Fernen, wohin sie ihm nicht folgen konnte, erfüllte sie wie damals mit einer brennenden Pein. Sie lag auf der flachen Steinplatte und schaute wieder in die kühlen Spalten der Klippen hinunter, in die das Wasser gewaltig einstürzte, drunten schwarz aufquirlte, und von einer ungeheuren Kraft wieder ins Meer hinausgesogen wurde. Innerhalb der Wellenbrecher war die Wassertiefe durchsichtig klar und grün – daran konnte sie sich freuen; manchmal standen Schwärme winziger Fische unbeweglich im Sonnenlicht über dem Wassergrund.

Immer, wenn Anna mittags vorsichtig nach allen Seiten spähend die Allee überquerte, um zum Ristorante zu gelangen, hatte sie Angst, das Gesicht von Frau Huser könnte plötzlich zwischen den Pinien auftauchen. Dieses Gesicht barg für sie alles, was es in der Welt an Angst und Verstörung geben konnte. Wenn sie ungesehen über die Straße gekommen war, saß sie im Schatten des Ristorante-Gartens, einsam wie ein Stern unter Sternen, und aß ihre *Spaghetti con frutti di mare.* Abends lief sie zu ihrem Domizil in Marina di Massa zurück mit einer Schwere in den Gliedern, die nicht zu ihren jungen Jahren passen wollte. Sie wusste, dass es auf der Welt nichts und niemand gab, der ihr die Liebe zu Maurus aus dem Herzen reißen konnte.

Vom stundenlangen Ausharren unter glühender Sonne auf den Klippen bekam sie einen starken Sonnenbrand. Sie lag fiebernd im Bett, den Rücken mit Brandblasen bedeckt, und ließ den temperamentvollen Wortschwall der Signora Clara über sich ergehen, der von missbilligendem Kopfschütteln begleitet war. Später erschien sie mit einem Schälchen in der Hand und bestrich Annas Rücken wie ein barmherziger Samariter vorsichtig mit einem Gemisch aus Olivenöl und Zitrone. Einige Tage später fuhr sie der Mann der Signora zum Bahnhof.

2

Im kommenden Herbst und Winter besuchte Anna an Sonntagen die Museen der Stadt, oder fuhr am Freitagabend zu ihren Eltern, manchmal auch zu den Tanten in den Bergen. Selten erlaubte sie sich, zu Maurus zu fahren, um ihn in der Kirche zu sehen. Aber er schrieb ihr. Im Juni 1963 kam ein Brief aus Bonn, wo er mit mehr Ruhe schreiben konnte:

»Aus reinem Herzen lieben« – Kann man es anders, wenn man wahrhaft lieben möchte? Wenn man so lieben möchte, daß der geliebte Mensch frei wird und frei bleibt für das wahre und innerste Leben?
In dieser Morgenstunde, die mir ganz allein bleibt in der Stille des Hauses, und die mir allzu rasch vergehen wird, kann ich mit meinen Gedanken und mit meinem Herzen ganz bei Dir sein. Es ist wohl nicht die vollkommenste Weise, zu lieben – wenn mir immer wieder der Wunsch kommt, an Deinem Herzen – an Deinem reinen Herzen – ohne Wunsch und Wort zu ruhen und daheim zu sein. Aber es ist wohl so: Wer im anderen Menschen daheim sein will, beansprucht den anderen schon so, daß der andere nicht mehr seiner Wesensart gemäß leben und entscheiden kann.
Wenn ich ganz still und ruhig und – soweit man das sein kann – ganz gut bin, dann möchte ich die Kraft – die Wunderkraft – besitzen, Dich ganz frei und ganz glücklich zu machen, Dir es beweisen zu können ohne Beweis (denn in den Beweisen liegt etwas wie ein Zwang und eine Vergewaltigung), daß ich Dich dann am tiefsten liebe, wenn ich Dich aus meiner Liebe entlasse, d.h., wenn meine Liebe so selbstlos und so vollkommen ist, daß Du – wo immer Du auch seiest, und wie immer Du Dich entscheidest – immer und überall in meiner Liebe bist. – Aber wer kann so vollkommen lieben? Hängt nicht fast aller Liebe in dieser

Zeit die Erdenschwere an? Und wahre Freiheit und Unbegrenztheit ist nur im Reiche des Geistes – also auch in der Liebe, die aus dem Geiste geboren ist.
Aber, wie weit ich davon bin, das erfahre ich immer wieder, wenn ich so ganz an Dich denke, wie es in dieser Stunde geschieht.
Dann wünsche ich, daß niemand und nichts unsere Liebe und unsere Gemeinschaft stört. Kein Gedanke an die Menschen, keine Sorge um die Zukunft, kein Denken an die Zeit. Und ich weiß, daß ich ein Utopist bin. Wer lieben möchte, ohne an die Menschen zu denken, ist ein Egoist. Wer lieben möchte, ohne an die Zukunft zu denken, ist gewissenlos. Und wer lieben möchte, ohne an die Zeit zu denken, ist unehrlich, denn alle Liebe in dieser Welt braucht Zeit und wirkt in die Zukunft und handelt am Menschen zum Guten oder zum Üblen.
Es ist eine Erfahrung, die jeder macht: Dem Bereiten und Geduldigen wandelt vieles die Zeit. Nur darf man nicht hartnäckig sein und immer im Frühling oder immer im Herbst leben wollen. Zum vollkommenen Ring des Jahres gehören alle Jahreszeiten, und zum vollkommenen Ring des Lebens gehört das Hören auf die Rufe, die an den Menschen ergehen, und die Annahme aller Schickungen, die zu uns kommen.

...

Ich könnte mir gut vorstellen, wie Du Dein Kind streichelst und wie Du ihm ins Auge schaust und ins Herz mit Deinem Strahlen und mit Deinem Lächeln, das Dich so schön macht und das so gut zu Dir paßt, und ich würde Dein Kind auch lieben, weil ich Dich liebe. Und ich würde gerne in der Ferne sein und in der Fremde, wenn <u>Dein</u> Leben und Dein Herz und Deine Liebe so sich erfüllen würde. – Aber, meine liebe Anna, Du willst diesen Weg ja gar nicht gehen. Und ich weiß, daß ich Dich hemme, daß ich Dich halte, daß Du diesen Weg nicht gehen kannst. Er ist nicht zu gehen von heute auf morgen, aber er könnte *gegangen werden, wenn wir die alten Pfade verlassen. Die Schwierigkeit wird darin liegen, daß wir glauben, damit uns selbst aufzugeben, damit uns selbst untreu zu werden. Aber, m. A., man wird sich nicht untreu, wenn man die Folgerungen aus seinen Erkenntnissen und Erfahrungen zieht. Dein Leben wird so, wie es jetzt ist, nicht erfüllt. Deine Anlagen kommen nicht zur vollen Entfaltung. – Wenn es so sein müßte, dann ja. Aber es muß ja gar nicht so sein. Du läßt Dich nicht finden.*

Ich möchte gewiß nicht, daß Du einfach jemanden heiratest, der Dich nur besitzen will. Ich wünsche, daß Du dem Mann begegnest, der Dich wahrhaft liebt und der darum fähig ist, Dein Leben zur Erfüllung zu führen. Die vollkommene und absolute Liebe, die Du wünschest, ist in dieser Welt nicht möglich, aber wir könnten diesem Ideal möglichst nahe kommen.

Nun mach Dir keine Sorgen, Liebe! Denke nicht, Du müßtest nun auf alle Sätze, die da stehen, und auf alle Fragen, die daraus entstehen, eine Antwort geben oder empfangen sollen. Du sollst eines nur lesen und eines nur hören: daß ich Dich wahrhaft lieben möchte und liebe »aus reinem Herzen«.

Habe ich Dir das nicht auch einmal vorgelesen von Josef Weinheber:

»Dies ist das Letzte über allem Wahn:
Dein gutes Herz und heilen Hauses Frieden.«

D. M.

3

Seit diesem Brief war über ein Jahr vergangen. Die Begegnungen zwischen Maurus und Anna waren noch seltener geworden. Außer einer Karte von einer Tagesfahrt mit der Schwägerin und zwei Neffen über den Jaufenpass – Heimfahrt Reschenpass – war nichts gekommen. Aber hin und wieder rief er spät in der Nacht an.

Im Juli 1964 ließ Anna ihn wissen, dass sie Anfang August nach Holland reise, um dort ihre Ferien zu verbringen. Daheim bei den Eltern hatte sie in einem Album ein Foto von der Fischerinsel *Volendam* gesehen: Ihre Mutter stand als junge Frau in einem altmodischen Kleid lachend mit einem Arm voller Blumen in einem Fischerkahn. Sie war damals mit ihren beiden Schwestern in Amsterdam in Stellung. Als Anna das Bild betrachtete, hatte sie eine seltsame Sehnsucht nach dieser Stadt verspürt. Ebenso wie Florenz löste Amsterdam eine magische Anziehung auf sie aus.

Der Zug sauste mit ihr durch Deutschland nordwärts. Es war schon dunkel, als er die holländische Grenze passierte. Das Abteil hatte sich geleert. Sie stand am Fenster und schaute in die Dunkelheit hinaus. Lichter unbekannter Ortschaften flogen vorbei. Plötzlich fühlte sie sich sehr allein und Bangigkeit überfiel sie: Sie hatte keine Ahnung, wo sie in der kommenden Nacht schlafen sollte. Es war schon elf Uhr, als sie im Amsterdamer Bahnhof in einem Fremdenverkehrsbüro nach einer Übernachtungsmöglichkeit fragte. Der Mann hinter dem Schalter hob seine Augen über die schmalrandige Brille, schaute Anna an, blätterte dann in einer Liste und sagte, dass im »Blauen Delphin« noch etwas frei sei. Er beschrieb ihr den Weg. Mit der Trambahn fuhr sie weit aus dem Stadtzentrum hinaus. Sie fand das kleine Hotel. Es war beleuchtet und noch offen. Im Empfangsraum standen große Vasen mit künstlichen Blumen. Anna legte sich in dem kleinen Zimmer zur Ruhe und schlief sofort todmüde ein. Sie hatte noch nicht lange geschlafen, als sie ein unerträglicher Juckreiz weckte. Sie sprang aus dem Bett und sah in der Mitte des Lakens ein flaches, dunkles, lebendiges Gekrabbel. Entsetzt dachte sie, dass das wohl Wanzen sein müssten. Sie setzte sich in den Lehnstuhl und fand sitzend in einen unruhigen Schlaf. Am anderen Morgen ging sie in den Frühstücksraum, der auch mit Vasen voll unechter Blumen ausgestattet war. Sie versuchte etwas zu essen. Dann bezahlte sie das Zimmer, nahm ihren Koffer, und fuhr ins Zentrum zurück. Sie sprach eine Passantin an, die ihr eine gediegene Hoteladresse nannte. Sie konnte das Haus zu Fuß erreichen, erhielt ein Zimmer, und packte den Koffer erneut aus. Sie duschte und fühlte sich wie neugeboren.

Es war ein sonniger Tag. Anna nahm ihren Stadtführer zur Hand und durchstreifte das alte Amsterdam. Sie ging langsam an den Grachten entlang, den geheimnisvoll dunklen Wasserstraßen, die unter alten, schattenden Bäumen träge verträumt dahinflossen. Sie schaute an den vornehmen Häusern hinauf: Es waren architektonische Kunstwerke aus vier Jahrhunderten mit Hebebalken im First, an denen die reichen, holländischen Kaufleute die überseeischen Frachten aus ihren Kolonien an Kranen in ihre Speicher hievten; da gab es schlichte, spitzwinkelige Holzgiebel, die einfachen Schnabelgiebel an den Packhäusern, reichverzierte Treppengiebel aus dem frühen 17. Jahrhundert, elegante Halsgiebel mit figürlicher Ausschmückung, und spätere, mit geschwungenen, oft mit Voluten versehene Glockengiebel. Anna stand vor diesen stolzen Häusern und dachte unwillkürlich an jenen einfältigen Handwerksburschen aus Tuttlingen in Johann Peter Hebels *Kalendergeschichte,* der die holländische Sprache nicht verstand, und auf seine Fragen nach den Eigentümern dieser Prachtbauten immer nur die Antwort erhielt: »Kannitverstan!« – Ich kann nicht verstehen! So glaubte er, dass der Besitzer dieser Häuser *Kannitverstan* heiße, und unvorstellbar reich sein müsse. Sie dachte an die große Vergangenheit dieser Handelsstadt, die Maurus noch nie gesehen hatte, und sie schaute dies alles auch für ihn in sich hinein.

Tagelang durchstreifte Anna Amsterdam. Sie umwanderte den vierfachen Grachtengürtel von Herengracht, Keizersgracht, Prinsengracht und Singel, der die Innenstadt in einem Halbkreis umschließt. Wie träumend ging sie am Wasser entlang, über dem sich das Geäst der Bäume an manchen Tagen gleich einem Scherenschnitt vor einem blassen Himmel abzeichnete. Sie schaute an den steilen Treppenaufgängen hinauf. Fremde Menschen wohnten hier und sie war eine Fremde. Manchmal spazierte sie in einem Hochgefühl an alten Läden mit Antiquitäten vorbei, fand alles faszinierend, einmalig und interessant. Aber dann gingen ihre Gedanken wieder zu Maurus, den sie in diesem August wieder in Carrara suchte.

Amsterdam hatte seinen besonderen Charme. Die melodischen Glockenspiele von den Türmen, die prächtigen Drehorgeln an den Straßen – sie gaben der Stadt etwas Versponnenes, Altmodisches, das besänftigend und wohltuend auf Annas Gemüt wirkte. Oft blieb sie im Schatten der Drehorgeln stehen, die hoch und mit großen, für ihren Geschmack etwas kitschigen Figuren versehen waren wie die auf den Jahrmärkten ihrer Kindheit; ein großes Schwungrad, wie in alten Zeiten von Hand gedreht, setzte die gestanzten Musikbänder in Bewegung, und Anna legte nach minutenlangem, verträumtem Verweilen wie alle anderen Passanten ihren Obolus in den Messingbecher.

Sie lehnte an Brückengeländern und betrachtete die zauberhaften Lichtspiele auf dem Wasser, das unter den Steinwölbungen hervorfloss; sie ging auf den Blumenmarkt am Singel, an dessen Kaimauern sich die Hausboote drängeln, lauschte der holländischen Sprache, beobachtete die Leute, folgte ihren Gesten und der lebendigen und doch in sich ruhenden Mimik ihrer freundlichen Gesichter. Über den Spui ging sie in Richtung Kalverstraat, wo sie die Schaufenster in der berühmten Einkaufsstraße betrachten wollte, fand plötzlich den Beginenhof, eine friedliche Idylle, eine Oase der Stille und Beschaulichkeit inmitten der Lebendigkeit der Stadt; ein Klösterlich-Klares nahm Anna hier gefangen, ein Hauch von Reinheit und Mystik wehte sie an. Sie fühlte sich geborgen, als wäre ihr dieser Ort gemäß, als könnte sie hier daheim sein. Lange blieb sie unter den mächtigen Kastanienbäumen in den Anblick der Beginenhäuser versunken: Hier hatten in frühester Zeit, im Hochmittelalter, Frauen in einer ordensähnlichen Gemeinschaft gelebt, ohne durch ein Gelübde bis ans Lebensende gebunden zu sein, und widmeten sich der Nächstenliebe. Anna blieb, bis die Sonne hinter die Giebel sank und Dämmerung die schmalen, feingliedrigen Renaissance-Fassaden umschleierte.

Auf dem Heimweg zum Hotel sah sie die Amsterdamer in ihren

schummerigen, vom Tabakrauch braun gefärbten Stammkneipen und Pinten sitzen, trinkend und erzählend in alt-holländischer Gemütlichkeit.

An den nächsten Tagen besuchte sie zwei berühmte Museen: das Van-Gogh-Museum und das Rijksmuseum. In letzterem betrachtete sie Bilder berühmter niederländischer Meister wie Vermeer und Franz Hals und verweilte lange vor Rembrandts *Nachtwache*. Menschentrauben umlagerten das riesige Gemälde. Es roch hier alt und hohl. Anna wagte nicht, jemand anzusprechen, weil sie jung war. Sie fühlte sich einsam. Sie konnte sich nicht darüber hinwegtäuschen, dass alles, was sie unternahm, im Grunde eine Flucht vor ihrer Sehnsucht nach dem geliebten Mann war. Sie verließ das Museum. Draußen sog sie tief die Luft in sich hinein, die vom Meer her kam und nach Ferne und Weite roch.

Als sie anderntags von der *Mageren Brug* kommend nahe dem Rembrandthaus den *Waterlooplein* fand, strahlten ihre Augen vor Freude. Hier breitete sich ein riesiger Flohmarkt aus mit einer märchenhaften, unglaublichen Vielfalt an Trödel und Antiquitäten, von Kunst und Kitsch, von ausgemustertem Gerümpel und Neuwertigem: Da gab es alte Gläser, feines Tafelgeschirr neben angeschlagenen Tellern und Großvatertassen, Bilder neben Kleiderhaufen, seltene Schallplatten und alte Grammofone mit Tontrichter, auch Skurrilitäten und Exotisches – man konnte sich gar nicht ausdenken, was es da nicht alles gab. Alte Holzpantinen mit typisch holländischen Schnabelspitzen lagen neben einem einsamen Bastschuh und zusammengebundenen Lederschuhen, daneben standen Stilmöbel, antike Stühle und Kommoden, kostbarer alter Schmuck in nächster Nähe von Talmi. Die Menschen drängelten sich um das Angebot, redeten lebhaft aufeinander ein, wühlten in den Sachen, die am Boden lagen – es war einfach fantastisch.

In Anna erwachte die Entdeckerlust. Auch sie begann Sachen wegzuräumen, um vielleicht einen Fund zu machen, etwas Einmaliges zu sehen, um es zu kaufen, auch wenn sie es nicht brauchte. Nach stundenlangem Herumwandern sah sie etwas, das fast verborgen – wie so vieles hier – an einem Stuhlbein lehnte. Es war ein kleines Ölbild ohne Rahmen: weiße Margeriten und orangefarbene Ringelblumen in einem kleinen Zinnkrug auf altersdunklen Grund gemalt, der feine Haarrisse zeigte. Es gefiel ihr sehr. Der Maler hatte links unten signiert, aber selbst mit ihren jungen Augen konnte Anna den Namen nicht entziffern. Sie kaufte das Bild zu einem Spottpreis bei dem alten Mann mit Schildmütze, der gutmütig und gelassen auf seinem Stuhl hockend in das Menschengetriebe um sich herum schaute, und der am Geld überhaupt nicht interessiert schien. Mit ihrem Schatz zog sie glücklich ab. Sie konnte sich vorstellen, wie schön das Bild in einem Barockrahmen an der Wand ihrer kleinen Wohnung sein musste.

Auf dem Heimweg stöberte sie noch im Vorbeigehen in einem kühlen Gewölbe in Bücherkisten, bevor sie in einem chinesisch-indonesischen Restaurant ihr Abendessen aus vielen kleinen Töpfchen einnahm.

Nach der ersten Augustwoche fuhr Anna von Amsterdam hinaus nach Egmond aan Zee, einem holländischen Seebad. Auf der Fahrt dorthin sah sie flaches, von Wasserkanälen durchzogenes Land, hin und wieder eine Windmühle, deren große Flügel sich langsam drehten. Vögel zogen mit gebreiteten Schwingen unter dem weiten Himmel landeinwärts. Es war eine schwermütige, stille, in sich ruhende Landschaft, still und einsam wie Anna selbst, ein Land, das mit seinen schweren Wolken das nahe Meer erahnen ließ.

Egmond aan Zee war ein kleiner Ort an der Nordsee mit einem unabsehbar langen Sandstrand hinter den Dünen. Anna kam in einer Privatpension unter, erhielt ein kuscheliges Zimmer, und staunte jeden Morgen über das opulente Frühstück. Sie saß mit einigen anderen Gästen zusammen an einem großen Tisch und ließ die Augen über die Köstlichkeiten gleiten: Es gab Tee mit Zwieback oder Kaffee, auch Schokolade, wenn es jemand wünschte, gekochtes Ei, in Scheiben geschnittene Wurst, in einem Korb verschieden geformte Brötchen, Weißbrot und Roggenbrot, manchmal auch Rosinenbrot, dazu Butter und Marmelade, eine Auswahl von holländischem Käse und prallrot ausgereifte Tomaten. Sogar ein Schüsselchen mit Schokoladestreusel stand dabei, Kuchen, und eine Obstschale mit Äpfeln.

Anna dachte an ihre Frühstücks-Traube auf dem Zeltplatz von Carrara, die sie sich morgens kältezitternd bei der sardinischen Bauersfrau am Marktstand geholt hatte. Und dennoch hätte sie auf all die Herrlichkeiten des holländischen Morgenmahls verzichtet, wenn sie bei Maurus hätte sein dürfen.

Nach dem Frühstück ging sie zum Strand und verbrachte den ganzen Tag am Meer. Sie saß in ihrem Strandkorb, schaute über das unendliche, von hohen Wellen bewegte Wasser, über das sich am Horizont oft dunkle, schwer niederhängende Wolkentürme senkten. Ihre Zehen spielten im feinen, tiefen Sand, und sie träumte über das Meer nach Marina di Carrara. Sie dachte: Das Wasser verbindet uns, es weitet sich bis zu ihm hinunter.

Wenn sie wegen des hohen Wellengangs nicht baden konnte, wanderte sie kilometerweit am Meeresufer entlang und suchte nach Angeschwemmtem, nach seltenen Muscheln und absonderlich geformten Holzstücken. Der Salzwind strich über ihr Gesicht und riss ihr meerfeuchtes Haar landeinwärts wie das Gras auf den Dünen. Sie kämpfte sich vorwärts und hörte die Möwen kreischen, die über den Wellen schwebten, oder bei Ebbe wie erstarrt auf einer festen Sandinsel standen.

Manchmal las Anna in ihrem Strandkorb in einem deutschsprachigen Roman, den sie als Taschenbuch im kleinen Buchladen des Ortes gekauft hatte, um ihre Gedanken von Maurus wegzuzwingen. Wenn sie Hunger verspürte, warf sie ihr Strandkleid über und ging hinauf zu einem Fischstand, an dem es meerfrische Matjesheringe gab, die man in eine Schüssel mit feingeschnittenen Zwiebeln tunkte, an der Schwanzflosse ergriff, über den Mund hielt, Stück für Stück des zwiebelgespickten Herings abbiss und verspeiste – es war eine Köstlichkeit. Abends nahm sie in einem strandnahen Restaurant eine warme Mahlzeit ein. Zu ihrem Fisch- oder Fleischgericht bekam sie jedes Mal eine Schüssel mit knackigem Salat hingestellt, dazu noch Gemüse, das die magere junge Anna, die von Meerluft und Schwimmen ausgehungert war, mit ungeheurem Appetit verzehrte. Um ihre Einsamkeit zu überspülen, trank sie zum Abschluss ein Glas *Genever* – und ging dann angenehm benommen in ihre Pension zum Schlafen.

In der Wochenmitte kam Neuzugang ins Haus. Es waren drei junge

Frauen; eine von ihnen hatte einen dunklen Männerhaarschnitt und betrachtete Anna mit offener Feindseligkeit, die sie sich nicht erklären konnte; sie hatte die Frau noch nie gesehen. Am anderen Tag sagte Frau Groot, die Pensionswirtin, zu Anna, dass sie ausziehen müsse: Der Platz im Haus sei »zu eng geworden«. Anna war schockiert. Sie war ja schließlich zuerst da gewesen. Man wies ihr ein neues Quartier in der Nachbarschaft zu; dort musste sie zu ihrem Befremden vom Parterre auf einer Leiter zu ihrem Lager hinaufsteigen, wo sie nachts zu allem Übel hinzu ganz in der Nähe jemanden schrecklich husten hörte. War das eine Lungenkranke, die hier irgendwo abgesondert lag?

Anna suchte nach Gründen, warum die neu hinzugekommene, holländische Urlauberin sie aus der Pension hinausgedrängt hatte, und konnte sich nichts anderes denken, als dass sie sie als Deutsche ablehnte, vielleicht sogar hasste. Aber Anna war zu jung, um in der NS-Zeit etwas verbrochen zu haben; sie dachte wieder an den Blechring mit dem Judenstern, den sie damals als Kind am Straßenrand stehend von einem KZ-Häftling beim Vorübertrab in die Hand gedrückt bekam, weil sie ihm öfters ihr Brot hingestreckt hatte, das dieser ihr aus der Hand riss. Jetzt war sie traurig und hatte Angst in dem einsamen Haus, in dem sie allein war mit jemand, der irgendwo hustete, und den sie nicht sah. Sie wollte nur noch den übernächsten Tag, einen Sonntag, abwarten, um in der Kirche einen holländischen Gottesdienst zu erleben, und dann früher als geplant heimreisen.

Der Samstag war ein Regentag. Anna machte einen Bummel durch Egmond aan Zee. Sie betrat ein Wollwarengeschäft und sah zu ihrem Schreck, dass sich jene Frau, die sie in der Privatpension so feindselig angeschaut hatte, mit ihren Freundinnen auch im Laden befand. Anna ließ sich diesmal nicht vertreiben; sie fand in einem Wühlkasten einen grob gestrickten, dunkelgrünen Seemanns-Pullover aus *Zuider-Wool*, mollig warm, in den sie sich in der nächsten kühlen Nacht einmummelte.

Und dann kam der Sonntag, der alles in ihr durcheinanderbrachte. Sie ging in die Kirche, die auf dem Weg zum Strand lag. Anna folgte der Liturgie und war der Meinung, einer römisch-katholischen Messe beizuwohnen, denn ihrem Empfinden nach unterschied sie sich in nichts von der Sonntagsmesse daheim. Sie ging zur Kommunion und verließ am Ende mit der Gemeinde die Kirche.

Als sie am Pfarrhaus vorbeiging sah sie zu ihrem Erstaunen Kinder auf der Fensterbank sitzen. Sie fragte eine Frau, wem denn diese Kinder gehörten. Und sie erhielt die lächelnde Antwort: »Das sind die Kinder unseres Pfarrers. Er ist doch verheiratet ... wir sind altkatholisch!«

Anna wusste nicht, wie ihr geschah. Sie geriet in helle Aufregung und war total verwirrt. Alles in dieser Eucharistiefeier war doch katholisch – der Pfarrer zelebrierte die Messe wie Maurus daheim – und doch: Was verstand man unter *alt-katholisch*? Und warum durften diese Priester heiraten? Warum waren sie nicht wie Maurus an den Zölibat gebunden? Die Fragen überstürzten sich. In ihrem Kopf schwirrte es von Gedanken. Sie war im Innersten aufgewühlt. Ihr Herz war verzweifelt. Warum ging es hier – warum nicht auch in ihrer römisch-katholischen Kirche? Wie damals beim Gespräch mit den Schweizern auf dem Zeltplatz wurden in ihr wieder diese quälenden Fragen wach. Warum musste sie Trennung und Demütigungen aushalten, wenn es aus dem Glauben heraus nicht unumgänglich notwendig war?

Die vielen Stunden der Heimfahrt nach München waren von ausweglosem Nachdenken besetzt. Wie konnte es sein, dass Priester, die die gleiche heilige Messe feierten wie die römisch-katholischen, die Frau und Kinder hatten, ungestraft und legal mit einer eigenen Familie leben konnten? Das gab es also in nächster Nähe! Anna wurde sich dessen zum ersten Mal mit einer verzweifelten Eindringlichkeit bewusst. Ihre eigene Antwort war nach ihrer Überzeugung wahrhaftig, wie die aus ehrlicher Not heraufbeschworenen Antworten immer wahrhaftig sind: Dass die Ehe eines Priesters möglich ist – ohne vor Gott eine Sünde zu sein. Hier in Holland stimmte der Ursprung der Jesuslehre und die Absicht Gottes bei der Schöpfung mit dem Leben der Priester überein. Aber sie selbst musste sich damit abfinden, ohne Maurus zu leben, weil die Ehelosigkeit in ihrer Kirche unabänderlich war. Wurden nicht die Begriffe verkehrt? Die Inanspruchnahme einer außerordentlichen Lebensform war der persönlichen Freiheit anheimgestellt; aber war sie noch persönliche Freiheit, wenn an die Forderung dieser ehelosen Lebensregel der einzig mögliche Weg zum Priestertum geknüpft war? Maurus hatte sie, Anna, nach vielen Jahren seines Priesterseins in sein Leben aufgenommen – sie konnte nicht glauben, dass ihn Jesus dafür verurteilen würde, wenn er sie als Priester zur Frau nähme.

Ihr Denken irrte wie durch ein Labyrinth. Die verschiedenartigsten Landschaften flogen hinter dem Zugfenster vorbei; sie sah weite Ebenen, still ziehende Flüsse, Täler mit Dörfern und bewaldete Hügellandschaften, sie durchfuhr Städte und sah Bahnhöfe voller Menschen – alles ging wie im Traum durch sie hindurch – sie war völlig hineingenommen in ihre Überlegungen. Sie dachte, dass Priester sich oft dadurch schuldig machen, dass sie den Körper einer Frau nehmen, dieser aber ihre Liebe vorenthalten; dass sie oft auch über den Körper einer Frau verfügen, und ihr und den daraus entstandenen unehelichen Kindern das eigene Leben verweigern, weil sie einfach nicht den Mut haben, sich zu der Frau zu bekennen.

Aber was trieb diese Männer in diese Sünde? Ein Gesetz, das zu erfüllen ihre menschliche Natur nicht durchhielt! Anna wusste von Priestern, die dem Alkoholismus und Depressionen verfallen waren. *Denn zu einem Mann gehört doch naturgemäß eine Frau,* dachte sie … *Und wie viel kostbares Potenzial geht verloren, weil keine Kinder gezeugt werden dürfen.*

Sie wusste: Geriet einer aus Liebe zu einer Frau in die Lage, sich entscheiden zu müssen, so war das oft fast unmenschlich. Wollte er Priester bleiben, so musste er Heimlichkeiten und innere Zerrissenheit leben – oder er musste auf seine Berufung verzichten und gehen.

Wenn Anna es recht bedachte: Für Maurus wäre es unmöglich in seinem Alter einen neuen Beruf zu ergreifen, von Neuem zu studieren, seine Gemeinden zu verlassen. Das war einfach undenkbar! Und wollte er das denn? Nein, das wollte er nie und nimmer. Er würde todunglücklich sein. Und in dieser anderen Konfession, die sich auch »katholisch« nannte, durften Priester sich frei entscheiden, wenn sie heiraten wollten!!

Sicher gab es auch viele Männer, für die ein mönchisches Leben ohne Frau erfüllend war. Aber viele konnten das eben nicht. Sie waren einfach nicht dafür geschaffen und daher überfordert. Warum dann dieser unmenschliche Zwang? Aus Liebe zu Gott? Wollte Gott das?

Ihre Gedanken gingen im Kreis – sie meinte, diese Ausweglosigkeit triebe sie in den Irrsinn. Sie fand nicht mehr heraus aus diesem Labyrinth und kam zu keinem Ende. Viel später erfuhr sie, dass die römisch-katholische Kirche die einzige Konfession auf dieser Welt ist, die den Pflichtzölibat vorschreibt. In Egmond aan Zee hatte Anna den Beweis, dass die Lebensform der Ehelosigkeit nicht unabänderlich mit dem Dienst an den Sakramenten gekoppelt sein muss. Denn sie konnte sich nicht vorstellen, dass diese alt-katholischen Priester und ihre Familien von Gott verdammt waren.

Wie viele Fragen hatte sie an Maurus, wenn sie sich einmal wiedersahen!

Was bedeutete die sinnliche Liebe gegenüber der Geborgenheit, die er ihr in einem gemeinsamen Leben hätte schenken können – und sie ihm! Dieses kostbare, reiche Leben! Wie viel vergeudete Kraft! Durch ein Gesetz, das nicht unbedingt notwendig war. Was hatte Maurus dafür eingetauscht? Eingezwängt in die Herrschsucht einer Haushälterin, der er vielleicht Dank schuldete, die ihm sein Abhängigkeitsverhältnis zeitlebens spüren lassen würde, die ein Hemmschuh für die Seelsorge war – wie bei vielen anderen Pfarrern auch –, und die mit ihrer Eifersucht die Leute dem Pfarrhaus fernzuhalten versuchte, die er aber nicht wegschicken oder entlassen konnte.

»Du könntest mir so viel helfen!«, hatte er einmal zu ihr gesagt – oder auch: »Ich glaube nicht, dass ich ein schlechterer Pfarrer wäre, wenn ich verheiratet wäre.«

Es tat Anna gut, wenn er so sprach, und es schnitt ihr zugleich ins Herz. Es war alles so ausweglos, ausweglos, ausweglos …

Daheim in München fand sie zu ihrer großen Überraschung einen Brief von Maurus vor, datiert vom 15. August 1964:

Meine Anna, aus der Tiefe des Herzens und in der Stille der Liebe grüße ich Dich in dieser letzten Nacht, die ich hier verbringe, ehe ich – das erste Mal in meinem Leben – nach einem nochmaligen Schlafen in meinem Hause, am

Montag Vormittag aus Deiner Stadt in den Urlaub fliege. In diesen Tagen und Nächten, die mir gehört haben, so wie einem die Zeit (freilich wie lange ist immer ungewiß) im Kranksein nur gehören kann, bist Du immer bei mir gewesen, so wie ich immer bei Dir war. Nur habe ich nicht immer genau gewußt, wo ich Dich suchen muß. Aber Du weißt es, meine Anna: Das Herz findet das Herz, zu dem es gehört, die Herzen, die zueinander gehören, finden einander.

Ich lebte dort, wo kein Hauch des Hasses und des Unfriedens hineinreicht.

Du bist bei mir wie es nur sein kann in der begrenzten – und auch wieder unendlich scheinenden – Möglichkeit dieses Seins.

Du wirst wohl mit diesem Brief auch die Mitteilung meines Bruders vorfinden, daß ich am geplanten Tag, an dem ich wegwollte, mich ins Krankenhaus begeben mußte wegen einer Gelbsucht, von der ich wahrhaftig nicht weiß, woher ich sie bekam. Gott sei Dank hat sich die anfängliche Diagnose, ich müßte zwei bis drei Monate ins Krankenhaus, nicht erfüllt. Nach zehn Tagen waren alle Werte wieder normal. Ich werde morgen (Sonntag) entlassen und werde gleich am Montag mit einem Flugzeug der Lufthansa nach Barcelona fliegen; freilich nicht allein. Die anderen sind mit den Autos – sie ließen sich, Gott sei Dank, dazu bewegen – vorausgefahren, aber meine »Betreuerin« fliegt jetzt erst mit mir.

Aus tiefstem Herzen grüßt Dich heute und jeden Tag und jede Nacht und allezeit

D. M.

4

Kurz nach seiner Rückkehr schrieb Maurus, dass er am Montag nach München komme. Nach diesen langen Wochen des Getrenntseins über die weite Ferne hinweg, fieberte Anna der Begegnung entgegen.

Es war ein regnerischer Herbstabend, als sie vor der Buchhandlung Herder am Promenadeplatz auf ihn wartete. Endlich sah sie sein kleines schwarzes Auto von der Maxburg herkommend auf sie zufahren. Ihr Herz klopfte vor Aufregung. Er öffnete wie immer die Autotüre von innen, und sie stieg strahlend ein. Maurus war braungebrannt und sah erholt aus. Sie fuhren zum Luitpoldpark, wo er das Auto abstellte.

»Komm, Liebes«, sagte er, »wir wollen ein wenig spazierengehen an der frischen Luft, denn ich bin schon wieder voll im Geschirr. Du hast mir sicher viel zu berichten.«

Sie stiegen aus und wanderten unter den tropfenden Bäumen des Parks umher. Anna war glücklich und nahm seine Hand. Er erschrak und flüsterte wie so oft: »Nicht! Es könnte mich doch jemand kennen!«

»Ich muss dir so viel erzählen«, sprudelte es aus Anna heraus, und sie ließ seine Hand los. Sie konnte nicht mehr länger warten, ihm vom Erlebnis nach dem alt-katholischen Gottesdienst zu erzählen:

»Zuerst war ich in Amsterdam. Dann bin ich an die Nordsee in den Badeort Egmond aan Zee gefahren. Du kannst dir nicht denken, was ich da erlebt habe! Ich war in einer Sonntagsmesse, die genauso ablief wie bei uns – aber der Pfarrer ist verheiratet und hat Kinder!«

Sie schaute mit gespannter Erwartung zu Maurus auf.

Wehmütig lächelnd sah er in ihr aufgeregtes Gesicht und sagte ganz ruhig: »Du wirst in einer alt-katholischen Kirche gewesen sein. Die haben keine Zölibatsverpflichtung für ihre Priester.«

Anna begriff nicht, wie Maurus das so ruhig aussprechen konnte. Vieles, was sie auf der Heimfahrt von Holland erwogen und durchdacht hatte, stürzte nun wie ein Wasserfall aus ihr heraus. Maurus hörte schweigend zu.

»Aber warum muss es bei uns diesen Zölibat geben, wenn ein Priester auch ohne ihn Priester bleiben und die Messe zelebrieren kann?«, fragte sie dann drängend. »Meint die römisch-katholische Kirche wirklich, ihr wäret gehemmt in eurem Dienst an den Menschen, wenn ihr eine Frau an der Seite hättet? Du hast doch selber einmal zu mir gesagt, du könntest noch mehr arbeiten, wenn ich bei dir sein dürfte!«

Anna hatte sich in heiße Leidenschaftlichkeit hineingeredet und schaute mit glühendem Gesicht zu ihrem Maurus auf.

»Erklär mir doch, was das mit diesen Alt-Katholischen auf sich hat!«

»Ach Kind, lass das jetzt«, sagte er, »und freu dich, dass ich hab kommen können.«

Er lächelte auf Anna herab. Aber es war ein seltsam trauriges Lächeln, ein aus schlaflos verschwiegenen Nächten entstandenes Lächeln.

Er hinderte sie nicht mehr daran, als sie nun ihre Wange an den regenfeuchten Ärmel seines Mantels schmiegte, während sie zum Auto gingen und zu Annas kleiner Wohnung fuhren.

»Wie schön es bei dir ist!«, sagte er und schaute sich um. Anna hatte in der Frühe ein neues Leinentischtuch aufgelegt, und eine Vase mit bunten Astern daraufgestellt. Sein Bild stand in einem Silberrahmen auf dem Biedermeiersekretär, den sie in einem Antiquitätengeschäft günstig erstanden hatte. Maurus setzte sich auf die Liege, zog Anna neben sich, und nahm ihre Hand.

»Ich will dir erzählen, wie die alt-katholische Kirche entstanden ist. Eigentlich müsstest du dazu eine Vorlesung in Kirchengeschichte hören. Aber ich versuche es in einem kurzen Umriss: Die Alt-Katholiken sind die in der *Utrechter Union* zusammengeschlossenen, romfreien Kirchengemeinschaften. Der Ursprung der alt-katholischen Kirche gründet in der Ablehnung der dogmatischen Beschlüsse des Vatikanischen Konzils vom 18. Juli 1870 über den päpstlichen Primat und die Infallibilität … das ist die Unfehlbarkeit des Papstes.

Der Führer der Opposition gegen das Vaticanum war der Münchner Theologieprofessor Ignaz von Döllinger … ich erzähl dir später noch etwas Privates von ihm. Um ihn hat sich damals ein Kreis von anderen Professoren und angesehenen Laien verschiedener Stände gesammelt. Hier in München kamen unter Leitung des Prager Kirchenrechtlers von Schulte über dreihundert Delegierte der Opposition aus verschiedenen Ländern zusammen, auch Vertreter der Kirche von Utrecht und der Church of England. Entgegen Döllingers Warnung, Altar gegen Altar zu errichten und sich so das Merkmal einer Sekte zu geben, hat dieser Kongress den Aufbau einer selbstständigen, kirchlichen Organisation mit Gründung eigener Gemeinden beschlossen. In Köln wählte dann im Jahr 1873 eine Delegiertentagung von siebenundsiebzig alt-katholischen Priestern und Laien den Theologieprofessor Reinkens aus Breslau zum Bischof und wandte sich an die jansenistische Kirche von Utrecht um Erteilung der Bischofsweihe, die dann ein Bischof dieser Kirche namens Heykamp von Deventer erteilte *servata forma ritus ab Ecclesia recepti et in Pontificali Romano praescripti*. Nach dem ›Pontificale Romanum‹ wurden auch die Nachfolger Reinkens geweiht. Papst Pius IX. exkommunizierte Reinkens im Jahr 1879. Ich glaube, Hessen-Darmstadt, Baden und Preußen haben Reinkens anerkannt und bewilligten der alt-katholischen Kirche die Mitbenutzung der katholischen Kirchen und Friedhöfe. In der Liturgie wurde Latein durch Deutsch ersetzt. Die Festlegung der Glaubenslehren erfolgte dann in der Utrechter Erklärung. Auch bei uns in Bayern wurde die alt-katholische Kirche im Jahr 1920 anerkannt.«

Anna hörte Maurus mit größter Aufmerksamkeit zu.

»Wie hast du dir das nur alles merken können seit deinem Studium?«, fragte sie erstaunt.

»Weißt du, ich hatte einen alten Theologieprofessor, der Ignaz von Döllinger noch selber erlebt hat. Und von daher hat mich das doch mehr interessiert, als es sonst vielleicht der Fall gewesen wäre. Dieser Professor hat uns Studenten nämlich voll Ergriffenheit erzählt, er habe den fast neunzigjährigen Döllinger nach seiner Exkommunikation im Dom so demütig betend knien sehen, dass ihm die Tränen kamen … Ignaz von Döllinger war ja kein unpriesterlicher Verstandesmensch, er wurde das Opfer seiner wissenschaftlichen Überzeugung, die ihn im alten Konziliarismus festhielt. Obwohl die alt-katholische Kirche mit seinem Zutun entstanden ist, schloss er sich ihr nicht an. Ich glaube, er hat sich auch geweigert, den vorgeschriebenen Antimodernisteneid zu schwören. Er verzichtete auf Vorlesungen und kirchliche Funktionen und blieb trotz mancher polemischer Reden Rektor der Münchner Universität und Präsident der Bayerischen Akademie der Wissenschaften bis zu seinem Tod, und war grundsätzlich, aber begrenzt, zur Rückkehr bereit. Zeitlebens hat er unter dieser gewaltsamen Verbannung aus der katholischen Kirche gelitten, der er doch sein ganzes Leben angehörte.«

Ein heißes Erbarmen mit dem armen Mann hatte Anna ergriffen. Es war ihr jetzt unmöglich, die Frage zu stellen, die sie seit Egmond aan Zee beschäftigt hatte: *Konnte Maurus nicht in die alt-katholische Kirche überwechseln?*

Als könnte er Gedanken lesen, sagte Maurus: »Einer meiner Studienkollegen ist nach seiner Priesterweihe zum Alt-Katholizismus konvertiert, weil er heiraten wollte. Er ist heute Bischof … Nein – ich könnte das nicht!«

Anna verstand ihn. Er konnte seine Leute, die ihm so viele Jahre schon anvertraut waren, die Menschen seiner Stadt und der vier Gemeinden niemals verlassen – und die Familie seines Bruders wohl auch nicht. Wieder erkannte sie, dass es keinen Weg für sie gab. Wenn sie ihn behalten wollte, musste sie auf ein Leben mit ihm verzichten.

»Was ist denn in der alt-katholischen Kirche außer der Ablehnung der Unfehlbarkeit des Papstes noch anders als bei uns?«, fragte Anna, um diesen schwermütigen Gedanken nicht mehr nachzuhängen.

»Der gravierendste Unterschied ist wohl der, dass nach ihrer Lehre die christlichen Dogmen nur zeitbedingte Gültigkeit haben. Verschiedene Dogmen werden abgelehnt. Sie glaubt an die dauernde Gegenwart Christi als Realpräsenz in der Eucharistie und an die Messe als Versöhnungsopfer, lehnt aber die Transsubstantiationslehre ab und einiges mehr … und dann eben das, was dich so beschäftigt: Sie hat den Zölibat abgeschafft … aber Liebes, lassen wir das doch jetzt … freu dich, dass ich überhaupt hab kommen können … daheim wartete so viel Arbeit auf mich, als ich aus dem Urlaub zurückkam.«

Er stand auf. »Komm, wir gehen zum Essen ins *Romagna antica* – da gehst du doch gerne hin.«

Anna schob beim Italiener ihre noch immer um die alt-katholische Kirche kreisenden Gedanken weg, und versenkte sich in Maurus' Gesicht, das Güte und Vertrauen ausstrahlte.

»Ich bin so froh, dass ich wieder gesund bin und einsatzfähig«, sagte er nach der Bestellung des Essens. »Die Pfarreien nehmen mich voll in Anspruch. Fünf Gottesdienste jeden Sonntag – eigentlich dürfte ich gar nicht so viele halten, aber ich fürchte, dass die Leute dann nicht mehr in die Kirche gingen, denn sie müssten nach auswärts fahren, und das würden die wenigsten tun –, dazu habe ich die Nachmittagsandachten, die sie an Festtagen gewöhnt sind, dann die vielen Schulstunden, auf die ich mich ja vorbereiten muss, und das Krankenhaus, das ich trotz Pater Stefan nicht im Stich lassen will – du kannst dir vorstellen, dass da wenig Freizeit bleibt. Und nächstes Jahr müssen die Beichtstühle erneuert werden, da muss ich die Kostenangebote einholen. Die meiste Büroarbeit muss ich sowieso selber machen; die Pfarrsekretärin kommt nur halbtags. Und du weißt ja, wie Fräulein Josepha ist – und wie Frau Huser ist – da kommt keine gerne ...«

Antonio, der Kellner, stellte schwungvoll die Teller mit den Seezungen und mediterranem Gemüse vor sie hin.

»In dieser Woche ist auch noch Kirchenverwaltungssitzung; am Mittwoch fallen zwei Beerdigungen an und eine Abendveranstaltung der Kolpingfamilie – manchmal weiß ich wirklich nicht, wo mir der Kopf steht.«

Er ließ seine Augen auf dem Essen ruhen, und sie wünschten sich einen guten Appetit. Während sie auf den Nachtisch warteten, meinte Anna: »Solltest du nicht nach deinen Herzinfarkten und der Gelbsucht etwas kürzer treten und die Arbeit etwas begrenzen – vielleicht weniger Schulstunden halten? Und dann diese halben Nächte im Krankenhaus bei Sterbenden!«

Maurus sah sie ernst an: »Ich möchte mehr arbeiten als alle anderen, weil ich dich liebe und es nicht dürfte – ich möchte mich nicht schonen, um für diese Liebe Buße zu tun«, sagte er leise.

Anna fühlte eine schmerzliche Zärtlichkeit in sich aufsteigen. Ihr Gewissen klagte sie an. War nicht sie es, die ihn mit ihrer Not zusätzlich belastete? Dann erinnerte sie sich an einen Satz des Schweizers: »Der Mann auf dem Zeltplatz in Carrara hat gesagt: ›Liebe ist keine Sünde. Wahre Liebe ist rein!‹«

Maurus schaute sie wortlos an mit dieser leisen Trauer im Blick, die sie schon manchmal in seinen Augen gesehen hatte.

Wenig später nahm er Abschied.

24. September 1964, Mitternacht

M. A., empfange wenigstens so den Gruß der Liebe durch die Stille der Nacht in Dein Herz und in Deinen Frieden hinein! Mir will es in diesen klaren Tagen und Nächten fast scheinen, als erkennten und erführen wir die Kostbarkeit des Lebens – und seine Tiefe und Unermesslichkeit – und des Herzens, das wir lieben dürfen umso mehr, je selbstloser wir sein wollen.

So scheint es mir in dieser Stunde nicht schwer zu sein: die Ferne und das Fernsein nicht als Trennung – als Getrenntsein – zu empfinden, sondern als ein Mittel besonders inniger und innerlicher Gemeinschaft.

Ich habe an einem der vergangenen Abende (Spätabende) in ein Liederbuch hineingeschaut, und habe einige Lieder leise vor mich hin gesungen; darunter war auch das so einfache und liebe:

Ich seh nicht dich, du siehst nicht mich,
doch sieht der Mond uns beide.
Die Augen dein, die Augen mein
gehn nachts zur Mondenweide.
Vom Mond zurück fällt dann dein Blick
auf mich, auf dich der meine.
So stehn wir da, entfernt und nah
im hellen Mondenscheine.

In Liebe D. M.

Dem Brief war eine Kunstkarte der Büste der Königin Nofretete beigefügt:

> *Ich sah dies Bild zeitloser Schönheit in Berlin im Museum, und ich dachte, in welche Fernen und Tiefen sinnt wohl diese Frau. Als ich damals vor dem Bild stand, dachte ich an Dich und wünschte – wie so oft –, wir könnten es gemeinsam betrachten. Jetzt tun wir es.*

5

Wieder war es Winter geworden. Nach dem Weihnachtsfest zog es Anna unwiderstehlich zu Maurus. Sie musste ihn wiedersehen und wollte ihm ein Buch als nachträgliches Geschenk bringen.

Am Neujahrstag sah er sie in der Kirche.

»Ich fahre heute Abend noch nach Bergheim. Frau Huser bleibt daheim; sie ist nicht so gut beisammen. Da könnte ich dich ein Stück mitnehmen. Warte nach dem Abendgottesdienst draußen am Wald auf mich«, flüsterte er, als er aus der Sakristei herauskam.

Anna war glücklich und vertrieb sich den Tag im Gasthaus mit Lesen. Wenn sie nur neben ihm sitzen und ihn eine Weile begleiten durfte. Sie lief durch den hellen Winterabend hinaus zum Wald. Sie musste achtgeben, denn die Nässe auf der Straße gefror. Maurus kam lange nicht. Als sie dann ins Auto gestiegen war, meinte er: »Willst du nicht lieber doch ins Gasthaus zurückgehen – es wird eine kalte Nacht, und ich weiß ja nicht, wann ich dort wieder loskomme.« Sie schüttelte den Kopf und schmiegte ihre kalte Hand in seine warme Männerhand. In der Kastanienallee, die hinter dem Marktflecken ein langes Stück des Wegs nach Bergheim hinauf säumt, ließ er sie aussteigen. Da stand sie und schaute dem kleinen DKW nach. Dann blickte sie zum Himmel hinauf. Über ihr blitzten, zuckten und flimmerten Myriaden von Sternen am frostklaren Nachthimmel. Ihr Licht sickerte durch das kahle Geäst der Bäume und warf ein Schattennetz auf den eisglitzernden Boden. Anna spürte, wie die Feuchtigkeit in ihrer Nase zu dünnen, vibrierenden Eisplättchen gefror. Ihr warmer Atem beschlug das Haar, das unter ihrer Pelzkappe hervorkam, mit Raureif. Die Kälte durchzitterte sie wie bebende Saiten. Sie fühlte in ihrer Manteltasche den Gasthausschlüssel, aber die Stadt lag vierzehn Kilometer entfernt, und sicher hätte es Maurus beunruhigt, wenn sie bei seiner Rückkehr verschwunden gewesen wäre.

Müde vom wartenden Hin- und Hergehen stieg sie über den verharschten Schnee im Straßengraben zum Feldrain hinauf und lehnte sich an einen Kastanienbaum. Plötzliche Bangigkeit umklammerte ihr Herz. Sie spürte das Schwinden aller Wärme, ihren Rückzug in den innersten Kern des Leibs. Dann überkam sie ein schläfriges Hindämmern und betäubte die Pein des Frierens und die Fühllosigkeit ihrer erstarrten Glieder.

Im fernen Dorfkirchlein schlug die Turmuhr blechern die elfte Stunde. Dann wieder lautlose Stille über dem sternschimmernden Land. Gegen Mitternacht hörte sie weit weg das Aufbrummen eines Motors. Sie wusste, dass es sein Auto war. Damals fuhr nachts niemand sonst auf dieser einsamen Landstraße. Scheinwerfer huschten im fernen Dorf über Hausmauern, dann glitten die Lichter den Berghang herab, tasteten über die Bachbrücke im Wiesengrund und näherten sich der Allee. Anna löste sich vom Baumstamm und stolperte wie in Trance, benommen, steif und halberfroren, auf die Fahrbahn hinaus. Geblendet schloss sie die Augen, als der Scheinwerferkegel sie erfasste. Das Auto rollte langsam heran, bremste; die Wagentür öffnete sich von innen. Wortlos schmiegte sie sich an den Geliebten, wie ein aus dem Nest gefallenes Vogeljunges, das wieder die Brustwärme der Mutter spürt. Ihr Kopf lag an seiner Schulter, zärtlich, behutsam und doch so selbstverständlich, als wäre dies der ihr von Ewigkeit bestimmte Platz.

»Mein Gott!«, flüsterte Maurus heiser in tiefem Erschrecken, als ihre Eiseskälte durch seinen Mantel hindurch auf ihn eindrang. Er hatte zwar gewusst, dass Anna draußen stand, aber er wusste nicht, dass so strenger Nachtfrost aufkommen würde, dass diese Winternacht im Freien den Tod bedeuten konnte. Und vielleicht hatte er auch im Familienkreis oder beim Kartenspiel mit den Neffen und beim Wein die Zeit vergessen.

Er nahm seine rechte Hand vom Lenkrad und griff während des Fahrens nach ihren klammen Händen, rieb sie, versuchte sie warm zu kneten, und steckte dann alle beide vor der ersten Kurve in seine Manteltasche.

Anna hob den Kopf von seiner Schulter und sah ihn an. Sein Gesicht schimmerte bleich im Licht der sternhellen Nacht, es war angespannt und schmal vor hilfloser Not. Sie wusste, dass er litt, weil er sie vor den Menschen aus seinem Leben ausgrenzen musste. Und bei allem Daheimsein und bei aller Seligkeit, die sie bei ihm empfand, bebte doch schon wieder das Wissen in ihr, dass sie allzu schnell in das Alleinsein zurückgestoßen sein würde, dass der gefürchtete Augenblick bald nahe war, wo sie aussteigen und wieder ohne ihn sein musste.

Maurus fuhr Anna bis vor das Gasthaus und wartete, bis sie die Türe aufgeschlossen hatte und im Haus war.

6

Im Januar 1965 kam ein Brief, in dem Maurus unter anderem schrieb:

> *... Nicht nur an Dir fehle ich so, indem ich Dein Herz und Deine Liebe annehme und sie festhalte, sondern auch an denen, zu denen ich gesandt bin. Aber das Entscheidende ist, daß ich Dich halte und behalte. Ich weiß, daß Du mich zum großen Teil entschuldigst und daß Du sagst, Du wollest es ja selber nicht anders. Aber das entschuldet mich nicht, denn ich weiß, wozu Du fähig bist und wärest, wenn Dein Leben und Deine Liebe fruchtbar werden könnte.*
> *So muß ich in einem anderen Sinne als Thielicke es meint, an sein Wort, das er anläßlich seiner Reflexion über die Geschichtsfähigkeit der Malaien niederschreibt, denken: daß dort im ständigen Blühen und Reifen »die Zeit gleichsam in einem immerwährenden, indifferenten Augenblick« stille stünde, wo wir ständig an den Ablauf von Werden und Vergehen erinnert werden, »wo man sich sputet und aktiv wird, weil die Zeit verrinnt, weil wir endlich sind, und weil alles, was wir erreichen wollen, in die begrenzte Spanne zwischen Geburt und Tod eingefügt ist«.*
> *Und nicht bloß an das Werden und Vergehen, an den ständigen Wandel werden wir erinnert – gerade beim Anschauen unseres Lebens, Deines Lebens und meines Lebens, müssen wir doch auch denken an die Vergeblichkeit. Man mag wohl sagen: Die Liebe ist sich selbst Sinn. Sie frägt nicht nach Warum und Wozu und Wohin. Aber als denkende Menschen stellt sich uns eben doch die Frage: Wozu dies Lieben und Leiden? Wohin soll das führen? Und was wird bleiben?*
> *Manchmal staune ich über das tiefe Wissen Deines Herzens, über die klaren Erkenntnisse Deines Geistes und ich freue mich über die echte Gottessehnsucht und Gottes-*

liebe Deines Lebens. Ich fühle die Sehnsucht Deiner Seele, die in Tiefen und Höhen und in Einsamkeiten wandert, davon viele keine Ahnung haben. Ich kenne Dich, und darum leide ich mit Dir.

Wir wissen, was wir aneinander haben. Und wir wissen auch, was wir einander schuldig sind. Denn nicht bloß für heute und morgen sind wir einander begegnet; und nicht bloß um des Sichtbaren und Vergänglichen willen haben wir das Glück und das Leid der Liebe aneinander und miteinander erfahren.

Es gibt auch in unserer Begegnung etwas Irrationales, etwas Unbegreifliches, nicht in Worte zu Fassendes, so wie das in dem seltsamen, schönen Buch »Das Lamm« von François Mauriac, das Du mir gebracht hast, zum Ausdruck kommt am Anfang und dann am Ende:

»Warum beweinen wir ihn, Michèle? Er besitzt endlich Den, Den er geliebt hat.«

Irgendwie ist darin etwas von unserem Leben enthalten. Ich kann es nicht in Worte fassen; ich kann es nicht deutlich machen. Wir müssen beten, daß wir den Weg Gottes erkennen. Und beten, daß wir die Kraft haben, diesen Weg auch zu gehen.

Was ist da von den äußeren Dingen des Lebens noch bedeutsam? Ob ich hier bin oder dort? Und wie lange ich noch hier bin? Vielleicht noch bis zum Ende der nächsten Woche. Ist es bedeutsam? Nein. Wichtig ist, daß wir in der Liebe sind, in der wahren Liebe, in Gott. »Ut omnes in Domino vivamus!« Daß wir alle im Herrn leben!

Daß wir einander dazu helfen, dazu sind wir einander begegnet.

Gott sei uns gnädig und segne uns. Er lasse sein Angesicht über uns leuchten.

Der Herr segne Dich und behüte Dich. Er zeige Dir sein Antlitz und erbarme sich Deiner. Er wende Dir sein Angesicht zu und gebe Dir den Frieden.

Der Herr segne Dich, meine Anna!

D. M.

Anna dachte über den Satz im Brief nach: »Irgendwie ist darin etwas von unserem Leben enthalten.« Was hatte Maurus damit gemeint?

In diesem geheimnisvollen Roman Mauriacs vollzieht sich die Tragödie vom Opfertod des Priester-Seminaristen Xavier Dartigelongue. Er ist im Begriff, in ein Priesterseminar einzutreten; Jean, der seiner Frau Michèle entfliehen will, lernt ihn im Zug nach Paris kennen. Jean de Mirbel, der das Böse um des Bösen willen tut, fasst den Plan, Xavier seiner Berufung zu entreißen. Unter dem Vorwand, Xavier möge ihn mit seiner Frau versöhnen, nimmt er ihn mit nach Hause – und konfrontiert ihn hier mit einer Hölle menschlicher Beziehungen. Dort erhält auch der rätselhaft scheinende Tod Xaviers seinen Sinn.

Was aber hatte Maurus mit seinem Satz gemeint? Gab es irgendeine Parallele in diesem Roman mit ihrer beider Leben?

War es die Antwort Xaviers auf eine Frage des kleinen Roland: »Nein, Roland, sie wird nicht meine Frau werden. Ich werde niemals heiraten. Ich werde niemals ein eigenes Kind haben …«

Anna hatte Maurus den Roman gegeben, weil sie im Tiefsten von diesem Geschehen erschüttert war; er sollte diese Erschütterung mit ihr teilen. Auch wenn sie sich mit allen Fasern ihres Herzens danach sehnte, mit ihm zu leben, so hatte sie jedoch nie den Hauch des Gedankens gehegt, ihn aus seiner priesterlichen Berufung zu reißen. Das war ja ihre Verzweiflung, dass sie keinen Weg zu ihm sah – den bisher gegangenen aber nicht verlassen konnte. Sie drang nicht weiter in ihn, vielleicht konnte er es ja auch nicht sagen. Vielleicht war es das *Geheimnisvolle* – das Geheimnis, das ihn darin anrührte, und das auch ihrer beider Leben umschloss? Oder war es der Gedanke der »Stellvertretung«, der Wille, sich zu opfern?

Als Anna bei ihrem nächsten Kirchenbesuch einen fremden Geistlichen am Altar der Stadtpfarrkirche sah, überfiel sie eine schlimme Ahnung. In ihrer ungeheuren Angst rief sie in Bergheim an und erfuhr von der Schwägerin, dass Maurus mit einem erneuten Herzinfarkt ins Krankenhaus eingeliefert worden war. Die kommenden Tage verbrachte sie in bebender Sorge, wagte aber nicht, ihn im

Krankenhaus anzurufen. Von dort erhielt sie bald seinen nächsten Brief, datiert vom 31. Januar 1965, in dem auch stand:

... Verzeih es mir, wenn ich das so sage, wie es sich mir in dieser nächtlichen Stunde zeigt: Mich bedrückt die Hoffnungslosigkeit, fast möchte ich sagen die Sinnlosigkeit unserer Liebe so sehr, daß ich meine: Es gibt gar nichts anderes, als ein Ende machen.
Ein Ende machen, damit ein neuer Anfang gemacht werden kann.
Ja, hätt ich die Macht, ich würde Dir einen Menschen zeigen, der Deiner Liebe würdig ist. Einen Menschen, der die Eigenschaften, die Du an mir zu finden glaubst, in Wirklichkeit besitzt. Einen Menschen, der Dir ganz gehört in Gott, und dem Du ganz gehören kannst in Gott. Du hast es selbst einmal geschrieben: Die wahre Liebe ist nur in der Ordnung möglich. Wir kennen die Ordnung Gottes.
Du könntest dann lieben ohne Ende, und Du würdest Liebe empfangen ohne Ende, weil diese Liebe aus der unversieglichen Quelle gespeist wird.
Ich greife dies Wort noch einmal auf: Damit ein neuer Anfang gemacht werden kann. Es ist noch nicht zu spät. Das schöne große gute Buch – in seiner Wahl hast Du wieder Dein tiefes gutes Herz und Deinen hohen Geist geoffenbart – trägt doch den Titel: »Das Leben kann noch einmal beginnen«. – Ich habe es vor mir liegen. Ich habe gestern schon darin gelesen, und heute untertags, und es wird mich wahrscheinlich lange in Anspruch nehmen, nicht bloß in der Zeit, die ich zu seiner Lektüre benötige, sondern in den Forderungen und Folgerungen, die dem Leser und Betrachter daraus zuströmen. Dies reine Wasser kann man nur trinken, wenn man den Willen zur Reinheit hat. Dies klare Licht kann man nur anschauen, wenn man selber Licht werden möchte. Diese heiligen Worte kann man nur hören, wenn es einem ernst ist mit der Heiligkeit. Diese Konfrontierung mit Christus hält

man nur aus, wenn man aufrichtig ein Mann Gottes sein will.
Du hast keine Schuld, wenn vom Positiven so wenig in mir ist. Es ist meine Verantwortung.
Und es ist so, weil ich mich nicht selbst verleugne, weil ich die Armut und die Einsamkeit nicht auf mich nehmen möchte.
Denn ich habe immer wieder Heimweh nach dem Frieden, nach der Stille, nach der Ruhe, nach dem Geborgensein an Deinem Herzen. Wie sehne ich mich danach in dieser Stunde nichts mehr denken zu müssen, nichts mehr fürchten zu brauchen, nichts mehr zu wollen. Ganz hineingetaucht zu sein ins Vergessen, ganz umfangen zu sein vom Verstehen und Daheimsein.
Wie sehne ich mich danach – und weiß doch: Es ist mir nicht erlaubt, daheim zu sein. Ich muß es bezahlen, wenn ich es doch versuche – und der Mensch, der mir Heimat bereiten will, der muß dreifach und vierfach und hundertfach bezahlen.
Das ist die große Schuld, die ich auf mich geladen habe, und die immer noch größer wird. Denn die Jahre werden vergehen – und die Liebe und die Vergeblichkeit werden bleiben.

»Blick dich nicht um –
Die Spur deines Lebens
Ist in Sand geschrieben
Und bald
Erinnert sich deiner
Nur noch die Wand
An die du als Kind
Deinen Namen gekritzelt.«

Wenn's so wäre! Die Wand würde nichts fühlen. Aber das Herz, das verlassene, verratene – und außer dem ewigen Gesetz ist Verrat und Verlassen! –, aber das Herz, das allein ist, klagt an.

Jetzt schon ist Dein Herz einsam und verlassen. Du kannst es nicht ermessen, wie mich Deine Fahrten ins Ungewisse und in die enttäuschte Hoffnung bedrücken und beunruhigen.
Wie ruhig war ich an Weihnachten, als ich denken konnte: Auch Du bist jetzt bei Menschen, bei denen Du daheim bist. Auch Dein Herz ist jetzt in der Freude.
Wie glücklich wäre ich – es ist nicht bloß so gesagt –, wenn Du eine bleibende, Dich erfüllende Heimat hättest. Ja, da denke ich: Wie gut wäre es Dir, wenn Du mich ganz vergessen könntest! Wenn Du mich nicht mehr lieb hättest!
Und welche Schuld habe ich auf mich geladen, daß ich Deine Liebe weckte, und daß ich Deine Liebe angenommen habe.
Das ist kein Brief, der Dich erfreuen wird. Und er ist doch ein Zeugnis auch meiner Liebe, wie unvollkommen und unzulänglich sie auch ist.
Man kann das Leben nicht ändern, und man kann das Grundgefüge seines Wesens nicht ändern.
Du sollst Dir nun keine Gedanken machen. Und Du brauchst mir mein Geschriebenes nicht zu widerlegen.
Ich könnte Dir viele Stellen aus Deinen Briefen zitieren, in denen Dich ähnliche Überlegungen geleitet haben.
Manchmal habe ich mich gefreut, wenn Du so verständige Worte geschrieben hast. Aber sie waren Dir wohl in den großen Stunden aus dem Herzen gekommen. Und wenn dann wieder die Einsamkeit über Dich Macht gewann, hast Du das vergessen. Auch ich werde vieles wieder vergessen. Aber das nicht: wie Du mein Herz erfüllt und angerührt und verwandelt hast.
Ich habe es hier in diesem Hause – es war bald, nachdem wir einander begegnet waren – schon einmal an Dich geschrieben: Ich wollte Dich ins Leben führen, ich wollte nur die Brücke sein.
Dieses Haus! Weißt Du noch, wie erregend und bewegend es war, wenn wir am Telefon – ohne einander von Angesicht zu Angesicht zu sehen – miteinander sprachen?

Unsere Erinnerungen!
Möchten wir sie auslöschen, wenn wir es könnten? Oder bleibt in ihnen der Reichtum unserer Tage, doch uns zum Leide?
Die Mitternacht wird wohl schon vorüber sein. Ich bin Dir ganz nahe. Ich lege meine Hand in Deine Hand und mein Herz an Dein Herz.
Und so mit Dir vereint will ich mit Helmut Thielicke, und mit Dir sagen:

»So laß uns die Not und Sorge,
die Lebensangst und den Hunger
der Leiber und der Herzen in die Hand
dessen legen, der alles verwandeln kann,
der aus Wasser Wein, aus Verzweiflung Glauben,
und aus der Angst der Fremde den seligen Frieden
der Kinder Gottes zu machen vermag.«

Ich wünsche Dir von Herzen, wenn ich es nicht mehr könnte, zu Deinem Geburtstag alles, was Dich beglückt.
Und tausendmal den Gruß der Liebe

D. M.

Zu Annas großer Erleichterung rief Maurus schon bald nach Erhalt dieses Briefes an und sagte ihr, dass er wieder aus dem Krankenhaus entlassen sei, und für einige Zeit zu seinem Bruder Severin nach Bonn fahre, um sich in dessen Wohnung zu erholen. Für die Pfarreien habe er eine Vertretung erhalten. Sie atmete auf und sagte ihm, dass auch sie Urlaub nehmen werde, um zum Skifahren zu ihren Tanten zu fahren. Vor ihrer Abreise erhielt sie noch einen Brief mit Datum vom 9. Februar 1965 aus Bonn:

Mein Liebes, so bin ich also seit Sonntagabend hier und kann mich gut erholen.
Ich freue mich, wenn auch Du Urlaub und schöne Tage

hast. Ich werde Dich begleiten in die weiße Stille und Schönheit.
Ich habe nur eine kleine Weile Zeit. Aber das muß ich noch schreiben: Manchmal erschrecke ich auf der Straße, wenn ich eine Gestalt sehe, die Dir gleicht. Und es wird mir heiß ums Herz.
Sei lieb gegrüßt von D. M.

Immer wieder las Anna die Sätze: »Manchmal erschrecke ich auf der Straße, wenn ich eine Gestalt sehe, die Dir gleicht. Und es wird mir heiß ums Herz.«

Ob Maurus dachte, sie könne nach Bonn kommen?

Ohne auf diese Frage eine sichere Antwort zu wissen, setzte sich Anna am nächsten Tag völlig überstürzt und unüberlegt in den Zug, und fuhr anstatt in die Berge nach Bonn. Mit ihrem Köfferchen ging sie durch die Bonner Bahnhofshalle und suchte die Neefestraße. Erst als sie vor dem Haus stand, kam ihr das Abstruse dieser Reise zum Bewusstsein. Sie wusste nicht mehr weiter. Sie konnte unmöglich an der Dienstwohnung seines Bruders läuten. Sie wagte auch nicht anzurufen, weil sie nicht wusste, wer sich am Telefon melden würde. Sie stand stundenlang davor. Es wurde dunkel. In einem nahen Gasthof fand sie ein Zimmer.

Am nächsten Tag wartete sie wieder vor dem Haus, ob er nicht herauskäme. So stand sie zwei Tage. Stundenlang. Am dritten Vormittag bog sie um die Ecke und alles Blut strömte ihr zum Herzen vor Schreck: In geringer Entfernung kam ihr Maurus in Begleitung von Frau Wildmoser entgegen, die eine Halbschwester von Frau Huser war. Ein Umkehren war unmöglich. Über Maurus' Gesicht zuckte augenblicklang die Überraschung des plötzlichen Erkennens. Sie gingen wortlos aneinander vorbei wie Fremde. Frau Wildmoser war vom Gespräch mit Maurus so abgelenkt, dass sie Anna nicht erkannte. Sie hatten sich auch nur ein Mal in Bergheim gesehen. Anna dachte, dass die Tante von Frau Altweg die beiden Brüder in der Bonner Wohnung versorge.

Frau Wildmoser war rein äußerlich der pure Gegenpart von Frau Huser: Hochgewachsen mit ausgeprägt schönen Gesichtszügen stellte sie etwas dar. Von Maurus wusste Anna, dass ihr Vater ein Offizier gewesen war.

Sie folgte den beiden in einigem Abstand. Nachdem sie ins Haus gegangen waren, dauerte es nicht lange, bis Maurus wieder herauskam. Anna ging ihm etwas voran, bis sie vom Haus aus nicht mehr gesehen werden konnten.

»Ja Kind«, sagte er, als er sie eingeholt hatte – und seine Stimme war noch immer voll von Überraschung – »wo kommst du denn so plötzlich her?«

»Von daheim«, antwortete sie etwas verlegen. »Ich hab gedacht, hier könnten wir vielleicht ein wenig beieinander sein.«

»Es wird auch hier schwierig sein. Was soll ich denn sagen, wohin ich gehe, so allein? Ich bin in Bonn noch nie allein längere Zeit fortgegangen ... Aber vielleicht fällt mir etwas ein ... Warte heute Nachmittag wieder hier; ich will sehen, ob ich kommen kann. Wann wirst du denn wieder heimfahren?«

»Übermorgen«, sagte Anna und schaute voller Hoffnung zu ihm auf. »Ich hab nicht länger frei.«

Am Nachmittag kam Maurus wieder aus dem Haus. Sie machten einen langen Spaziergang durch die Straßen und eine große Allee. Anna sah kaum etwas von der Umgebung: Sie war bei ihm. Dann sagte er, dass er am nächsten Vormittag eine Fahrt mit ihr machen könne. Sie freute sich. Anderntags saß sie neben ihm im Auto. Sie fuhren am Rhein entlang – dann zur Benediktiner-Abtei Maria Laach. Das Kloster lag im Schnee wie in tiefem Schlaf. Wie im Traum stieg Anna mit Maurus in die bergende Romanik der Krypta des Klosters hinab. In einem nahen Hotel mit Blick durch die großen Fenster auf den Laacher See aßen sie zu Mittag. Dann fuhren sie nach Bonn zurück.

Nach ihrer Abreise schrieb Maurus am 18. Februar 1965:

> *Nur diese kurze Mitteilung, damit Du Ruhe hast – ach hättest Du sie nur in allem! – : es geht mir gut, so wie man es nach diesen Tagen sagen kann.*
> *Wie ist's Dir wohl noch ergangen?*

Wenn ich die »alten Wege« gehe jetzt, dann ist es nicht mehr wie zuvor. Das Herz ist schwer – und froh zugleich. Die Gedanken sind erfüllt von Erinnerungen. Und von Ahnungen der Zukunft.
Möchte doch alles gut werden.

D. M.

PS: Im Bundeshaus habe ich noch ein wenig Zeit, etliche Zeilen zu schreiben. Ich leide sehr unter Deinem Leiden. Und ich frage mich immer wieder – ich muß mich immer wieder fragen: Wie soll denn das einmal enden? Oder: Wo soll das hinführen? Oder: Wie soll man allem einen Sinn abgewinnen?
Ich habe es in meinem anderen Brief heute schon geschrieben: Seit unserem letzten Beisammensein bin ich in einer Verfassung, die ich eigentlich in dieser Intensität noch nie empfunden habe. Und ich weiß nicht, wie es werden soll. Wenn es nicht beschämend wäre, würde ich sagen: Ich bin so mutlos, so hoffnungsarm, so freudeleer.
Lies es und vergiß es.
Denn Du sollst Dich freuen. Du hast ein Recht darauf. Du bist jung. Möge Dich Gott den Weg führen, der Dein Herz erfüllt fürs ganze Leben.
Ich begleite Dich auf Deinen Wegen mit der Kraft meines Herzens und meiner Liebe. Ich möchte Dich froh machen für immer.
Sei gegrüßt in die Tiefe Deines lieben Herzens hinein von

D. M.

Maurus kam erholt aus Bonn zurück. Er stürzte sich wieder voll in seinen Dienst mit Gott an den Menschen. In seiner Stadt konnte ihn Anna selten treffen. Aber hin und wieder gingen sie miteinander in die Katholische Akademie. Den Sommerurlaub verbrachte er mit der Familie des Bruders wieder in Barcelona. Anna machte in den Bergen ihre einsamen Wanderungen oder fuhr mit dem Schiff zur Fraueninsel im Chiemsee und träumte sich zu ihm in die Ferne.

Es ist unabwendbar, dass zwei Menschen, die seit zehn Jahren in großer Liebe verbunden sind, trotz räumlicher Ferne ineinanderwachsen. So empfand Anna den Ton in Maurus' Herbstbrief merklich anders, als frühere Briefe geklungen hatten: Er schrieb von der »Wirklichkeit der Liebe«, die bedeutsamer sei als »alles Andere wirklich Seiende«. Er schrieb aber auch:

»Und besitze in dieser Liebe die Freiheit aufzubrechen, wohin Du willst und wann Du willst. Denn immer wieder habe ich das gesagt und gedacht, was ich Dir bei einer unserer ersten Begegnungen über die Ferne hin – und damals Dir schon vertraut und zugetan, gesagt habe: ›die Freiheit eines Lieben mehren‹.«

7

Im neuen Jahr wurde Frau Huser schwer krank. Maurus war viel allein. Aber Anna fuhr nicht zu ihm in den Pfarrhof. Irgendwie scheute sie davor zurück, eine Situation auszunutzen, die durch die Krankheit eines anderen Menschen entstanden war. Am 2. März 1966 schrieb er:

M. A.,
der blaue Himmel leuchtet über dem hellen Land, und ich wünschte von Herzen, er würde auch über Deinen Tagen und Deinem Leben leuchten. Möchte Dein Herz wenigstens in diesen Tagen – aber nein: ich wünschte es für immer –, möchte Dein liebes Herz erfüllt sein von Frieden und Freude!
Ich schreibe Dir in einer Hinsicht erleichterten Herzens: Bei Frau H. ist am Montag eine Wendung zum Guten eingetreten. Die Ärzte hatten sie am Sonntag aufgegeben. Ich habe sie ganz versehen. In der Nacht zum Montag schlief sie dann, freilich mit Schlafmitteln unterstützt, durch, und am Montag zeigte sich das Herz gekräftigter. Heute saß sie schon 1 Stunde außer Bettes, damit sie besser durchatmen kann.
Für mich ist das in mancher Hinsicht bedeutsam. Denn man kann kaum erwarten, daß der Mensch in diesen Jahren sich von Grund auf wandelt. Aber man darf sein Glück oder seine Freiheit nicht mit dem Unglück anderer bezahlen lassen.
Manchmal bin ich schon versucht gewesen, in diesen Tagen anzurufen. Aber Du bist ja fern in den Bergen. Und doch nicht fern. Das Herz kennt keine Entfernung. Im Geiste war ich mit Dir auf dem Wege – und in der Erinnerung ist alles lebendig – und im Geiste bin ich bei Dir.
Freilich macht mich die Einsamkeit auch nachdenklich. Manchmal frage ich mich, ob es die Jahre sind, die mich

hemmen, frei im Innersten zu sein, wie ich es auf manch schönem Wege und in manch großer gemeinsamer Stunde mit Dir war.
Mit dem Gruß des Herzens grüßt Dich

D. M.

Anfang August kam ein kurzer Abschiedsbrief vor seiner Abreise nach Spanien:

Es geht schon gegen 4 Uhr morgens. Ich bin mit meiner Arbeit noch nicht fertig, will Dir aber doch diesen kurzen Gruß zukommen lassen.
Es wäre das Schönste, mit Dir diesen Weg zu machen, mit Dir diese Tage zu verleben, mit Dir diese Welt zu schauen.
Im Herzen bist Du immer bei mir und in mir.
Sei nicht traurig! Ich kann dann auch nicht froh sein.
Herz ist bei Herz.
In Liebe

D. M.

In diesem Spanienurlaub schrieb Maurus fast täglich an Anna. Sie konnte im Geiste alles mit ihm erleben. Die Briefe klangen anders als die der vergangenen Jahre. Er versuchte nicht mehr, sie auf einen anderen Lebensweg zu drängen.

Barcelona, 6. August 1966

M. A., da bin ich also fast eineinhalbtausend Kilometer von Dir dem Raume nach entfernt, und bin im Herzen Dir doch nahe wie immer.
Wir hatten eine gute Fahrt, sind am Montag etwa um 13.30 Uhr weggefahren, am ersten Tag noch über die französische Grenze kurz hinter Genf; am Dienstag dann weiter über Annecy, Grenoble, Nîmes, Beziers, und haben gegen Mitternacht – nein, nach Mitternacht – die spanische Grenze bei Le Perthuis überschritten. Morgens ¼

nach 5 Uhr (am Mittwoch) waren wir hier auf dem Zeltplatz »El Toro Bravo«. Alles überfüllt, aber um 6 Uhr bekamen wir einen sehr schönen Platz, da zwei Franzosen abreisten. Es ist hier ein ständiges Kommen und Gehen; ich denke 31–40 Zelte werden jeden Tag abgebrochen und ebenso viele neu aufgeschlagen.
Unsere beiden Zelte – aneinander gebaut – stehen nicht auf der Meerseite des Zeltplatzes, sondern auf der Nordseite, so daß wir den Blick übers Land nach Barcelona haben. Die Stadt ist etwa zehn Kilometer von uns entfernt, aber ich bin in diesen Tagen noch nicht hingekommen.
Ich schlafe, esse, schwimme jeden Nachmittag etwa eine halbe Stunde, ruhe und tue nichts. Ich fühle mich verhältnismäßig wohl und hoffe, mich hier erholen zu können, so daß ich der kommenden Arbeit wieder gewachsen bin.
Heute nacht ist mir im Halbschlaf immer wieder gewesen, als müßte ich Dich heute sehen, aber es war nur ein Wunschtraum. Ich müßte Dich doch viel allein lassen. Und Du weißt schon, daß ich darunter leide, wenn ich weiß, Du bist so verlassen. So wandern meine Gedanken oft zu Dir. Und ich weiß, daß wir uns begegnen und daß wir über alle Ferne hinweg im Herzen eins sind.

Barcelona, 8. August 1966

Meine Anna, heute morgen kam Dein Brief, der die Größe und die Reinheit Deines lieben Herzens offenbart. Ich habe gestern nach dem Gottesdienst in P. den jungen Geistlichen angesprochen, der die Messe hielt. Er erriet gleich meinen Beruf – woran er ihn erkannt hat, weiß ich nicht – und bat, ob er uns heute im Camping besuchen dürfe. Ich habe ihm heute um ½ 8 Uhr ministriert und habe ihn dann mit hierher genommen. Er ist

29 Jahre alt – heute hat er Geburtstag – und ist Koadjutor in einer Pfarrei mit 30 000 Seelen in Südspanien; nebenzu versieht er eine andere kleine Pfarrei und ist so finanziell besser gestellt als sein 74-jähriger Chef. Wir haben im Zelt ausgedehnt gefrühstückt und gegen Ende des Frühstücks brachte Christoph die Post.
Ich habe Deinen lieben Brief ein erstes Mal gelesen, bin dann mit dem Spanier und den Buben ans Meer gegangen. Ins Wasser ging ich allein und habe gedacht, was ich Dir schon einmal schrieb und was ich Dir in Italien einmal sagte, wie ich diese Verbundenheit mit Dir in der Weite des Meeres erfahre. Daß das Element ohne Hindernis eine Gemeinsamkeit schafft, die die Nähe der Seelen erspüren läßt. Ich bin allein heimgegangen und habe Deine guten Zeilen ein zweites Mal gelesen. Ich bin erfüllt von Deinen Worten und Gedanken, von Deinem Wesen und von Deiner Liebe. Da schwinden alle Hindernisse und alle Fernen. Und wenn ich glauben darf, daß Du nicht traurig bist, dann ist meine Einsamkeit, in der ich reich bin, gemildert. Du bist mir nahe, so wie man's nur sein kann.

Barcelona, 13. August 1966

M. A., meine Tage sind erfüllt von Deingedenken. Ich war gestern Abend mit den Kindern auf dem Tibidabo, eine Erhöhung etwa 300–400 Meter über Barcelona: Da schaute ich über die grünen Hügel und die große Stadt und das weite Meer hin – und überall warst Du mit dabei. Du brauchst Dir keine Sorgen machen um mein Wohlbefinden; es geht mir nach dem zweiten Herzinfarkt sehr gut. Das Essen schmeckt mir und der Wein. Nur heute muß ich etwas piano leben, da ich mir gestern wohl an einer spanischen Spezialität den Magen etwas verdorben habe. Aber es geht schon wieder.

Ein reiner Sonnentag neigt sich dem Ende zu. Die Sonne steht nur noch ein weniges über den katalanischen Bergen, die uns im Nordwesten umsäumen.
Laß Dich tausendmal grüßen!

D. M.

Barcelona, 23. August 1966

Meine Anna, so nehmen alle schönen Dinge ihr Ende wie die schweren:
Morgen – Mittwoch – werden wir von hier abreisen; ich denke, daß wir dann am Samstag nach Hause kommen werden. Es waren schöne Tage in der Freiheit des Herzens und in der Fülle der Möglichkeiten, die Schönheit dieses Landes, seine eigene Schönheit, die in ihrer Kargheit eine besondere Note besitzt, aufzunehmen und zu genießen. Ich habe davon – was die fernen Schönheiten anlangt – wenig Gebrauch gemacht, aber schon die Tatsache, daß es mir offen stand, es zu tun oder nicht zu tun, ist eine Freude. Und diese letzten Tage waren besonders schön, weil ich auch Dich in dieser Freiheit wußte und weiß.
Heute Vormittag war ich beim Schwimmen. Und als ich zurück ins Zelt kam, lag Dein lieber Brief da, der mir von Deiner Fahrt und Deiner Ankunft und von Deinen ersten Tagen in Scheveningen berichtete. Diesen Brief, es ist mein fünfter, schicke ich nach München. Ich weiß ja nicht, wie lange die Post von Barcelona nach Holland auf dem Wege ist.
Nach Scheveningen habe ich nur ein Mal geschrieben.
Bald werden wir uns wiedersehen.
In Liebe

D. M.

8

Im nächsten Jahr verbrachte Anna ihren Urlaub im Landhaus ihrer Tanten im oberbayerischen Bergdorf. Maurus weilte in diesem Sommer wieder in Marina di Carrara. Er schrieb von dort postlagernd an Anna. In seinem letzten Brief vom 29. August 1967 stand:

M. A., gestern bekam ich Deinen zweiten Brief, dem Du in Salzburg die Nachschrift beigegeben hast. Ich habe in beiden Schriftstücken bestätigt gefunden, was ich befürchtet habe: daß kein Friede und kein Glück in Dir ist – und kann es da anders bei mir sein, als daß ich voller Trauer bin über all Dein Leid und Deine Not – über unsere Not.
Ich habe in diesen einsamen Tagen – denn einsam bin ich und werde es bleiben – ja, mein Liebes, wir werden einsam bleiben (oder erinnerst Du Dich nicht an eine Stelle aus Bernharts »De pofundis«, die Du mir vor Jahren auf einer Schallplatte geschenkt hast?), und nur in den Stunden völligen Vergessens wird es uns vielleicht nicht bewußt sein, wie einsam wir sind.
Es ist viel stiller geworden auf dem Zeltplatz in den letzten Tagen. Viele Plätze sind nicht mehr besetzt. Wenn ich die Augen erhebe, dann sehe ich hinaus aufs weite Meer, und wenn ich den Blick etwas nach rechts wende, erblicke ich die Silhouette von Porto Venere und alles ist erfüllt von Deinem schweren Leben, das ich einmal heller machen wollte, und das durch mich nur rätselhafter und schwerer wurde. Damals schrieb ich Dir: Ich möchte nur Brücke sein. Aber ich bin Dir nicht einmal ein schmaler Steg geworden, geschweige denn eine Brücke, auf der Du hättest schreiten können in ein erfülltes und erfüllendes Leben.
So es jetzt den Anschein hat, bin ich Dir nur ein Verhängnis geworden, ein Hindernis, das Dich nicht auf Deinen Weg gelangen ließ, eine Bitterkeit, die Dein ganzes Leben vergällt.

Oh, meine Anna, meine liebe, liebe Anna! Wie klein ist doch ein Menschenleben, und wieviel Leid kann aus diesem kleinen Menschenleben kommen – und welches Meer von Leid kann so ein Menschenleben überfluten! Laß uns, wenn der Abend gekommen ist, und nur das Meer sein Lied unter dem weiten Sternenhimmel singt, laß uns da beieinander sein, damit wir tapfer und stark seien für unser Leben.
Du wirst mir keine Antwort mehr geben können auf diese Zeilen; am Sonntag, es wird wohl der 3. September sein, reisen wir hier weg.
Wieder näher bei Dir – und doch so fern.
Ich grüße Dich vieltausendmal in Liebe
D. M.

Es war Herbst geworden. Anna fuhr jetzt oft an den Wochenenden ins Bergdorf zu ihren Tanten. Sie fühlte sich an den freien Tagen einsam in der Stadt und wollte sich zwingen, Maurus durch ihr Kommen nicht zu belasten.

Im Chiemgauer Haus, das ihr von Kindheit an vertraut war, bewohnte sie ein Zimmer im oberen Stock. Sie liebte die Morgenfrühe. Oft stand sie schon im Nachthemd am Fenster und sah die blitzenden Pfeile der aufgehenden Sonne über den dunklen Scheitel des Jochbergs sprühen, und die von Morgendunst umschleierten Hänge sanft im Tal auslaufen. Am Birnenspalier begannen die schräg gespannten Nachtfäden der Spinnen auf und nieder zu gleißen wie Silbersaiten. Amseln hüpften im tauglitzernden Gras und pickten an fauligem Fallobst, schwangen sich in weichem Bogen über den Maschendrahtzaun in den Nachbargarten. Spielerisch sprangen sie im niederen Gesträuch am Waldrand, bevölkerten wild flügelnd die Tomatenstauden, tummelten sich im Samtgrün der Obstbäume, dass die Zweige schaukelten und wippten. Die rostfarbenen Spätastern standen nass in Erwartung der Wärme. Aus der Gartentiefe strömte holzherber, morgenfrischer Geruch, und von der Wiese herüber klang blechern Kuhglockengeläut. Sie sah Mücken wie winzigen Schwebeflaum an der altersdunklen Holzwand der Hütte über bereifte Dachschindeln hinirren. Unter rabenschwarz gereiftem Holunder rauschte der Bergbach über die Quader. Wie Rauch stieg der Hauch aus Annas Mund in die Morgenfrische.

Wie oft stand sie so am Fenster und sehnte sich Maurus herbei. Mit niemand konnte sie über ihre Liebe reden. Manchmal setzte sie sich stundenlang mit einem Buch ans Bachufer wie ein Einsiedler. Das Strömen des Wassers und das Schattendunkel des Waldes machten sie innerlich ruhiger. Die kinderlosen Tanten umsorgten sie liebevoll. Sie waren, wie alle Generationen vor ihnen seit man zurückdenken kann, streng katholisch. Wie hätte Anna über ihre Liebe zu einem katholischen Pfarrer reden können? Sie wären entsetzt gewesen.

In diesem Herbst schickten die Tanten ihre Nichte mit einem Auftrag in die Stadt zurück. Sie gaben ihr zwei ererbte Porzellanfiguren und eine Vase mit; sie sollte ausfindig machen, aus welcher Manufaktur sie stammten und ihren Wert erfragen.

Anna kannte sich nach all den Jahren gut in München aus. Eines Tages um die Mittagsstunde machte sie sich auf den Weg, um dem Wunsch der Tanten nachzukommen. Es war ihr ein wenig beklommen zumute, als sie den Antiquitätenladen in der Gasse neben dem *Alten Hof* betrat. Die Türglocke bimmelte melodisch versponnen, und eine alte Dame schaute ihr mit gütigen, grauen Augen entgegen.

»Meine beiden Tanten schicken mich«, sagte Anna, »um Ihnen zwei Porzellanfiguren und eine Vase zu zeigen. Sie würden gerne die Herkunft und den Wert erfahren.«

Aus der Tiefe ihrer Basttasche holte Anna die wertvollen Dinge ans Tageslicht. Sorgfältig hatten die Tanten jedes Stück in weichen Schaumgummi gehüllt und mit Papier umwickelt. Mit liebevollen Händen nahm die kleine alte Dame zuerst den »Wildbrethändler« auf. Ihr feines Gesicht spiegelte reges Interesse, und sie besah die Unterseite der Figur. Der verblasste blaue Stempel wies unverkennbar einen Bischofsstab auf. Es sei »altes Passau« sagte sie, und gerne würde sie die Figuren abnehmen, wenn sie ihr Geschäft nicht abbauen würde. »Diese Vase hier ist Glaciér, Jugendstil!« Mit ihren zartgliedrigen Händen hob sie die Vase ins Licht des Lüsters, und sie schien Anna auf einmal sehr kostbar zu sein. Einen Wert dürfe sie nicht nennen, meinte die alte Dame. Aber im Nationalmuseum seien Herren, denen man derlei Sachen zur Besichtigung vorlegen könne. Erst kürzlich sei ein rumänisches Mädchen mit einer Ikone zu ihr ins Geschäft gekommen. Das Nationalmuseum hätte diese Ikone dann gerne angekauft, aber das Mädchen konnte nicht so lange aufs Geld warten. »Sie wissen ja, der Behördengang …!« Anna wusste.

Im *Alten Hof* plätscherte der Brunnen silbrig ins laubübersäte Steinbecken. Anna spürte eine frühe Müdigkeit, als sie durch den verhangenen Oktobertag zum Hofgarten und weiter zum Nationalmuseum schlenderte. Das grüne Kupfertürmchen des Nationalmuseums reckte sich über einer Sonnenuhr in den blassen Herbsthimmel. Ein kleines Schild zeigte an, dass das Museum montags geschlossen war. Aber der freundliche Pförtner riet Anna, doch am Dienstag, Donnerstag oder Freitag wiederzukommen. Der Herr Professor schaue sich das Porzellan zwischen elf und halb eins an, kostenfrei. Am nächsten Tag rief sie des Öfteren im Museum an. Jedes Mal hieß es, der Herr Professor sei dienstlich unterwegs, er müsse sich umkleiden. Anna war schleierhaft, was Umkleiden mit dem Dienst zu tun hatte, aber vielleicht war das in Museen so.

Gegen halb eins ging sie aufs Geratewohl zum Museum. Ein anderer Portier stand in der Türe und wies sie in ein bestimmtes Zimmer des ersten Stocks. Nicht nur das Emporsteigen auf den roten, sisalteppichbelegten Treppen ließ ihr Herz fühlbar klopfen. Durch einen Türspalt sah sie einen bebrillten Bibliothekar vor einer ungeheuren Bücherwand sitzen. Eine verstaubte Vornehmheit bestimmte die Atmosphäre. Schüchtern klopfte sie am bezeichneten Zimmer. Ein ältliches Fräulein mit schlicht gescheiteltem Haar hörte unbewegten Gesichts ihr Sprüchlein vom Auftrag der Tanten mit der Frage nach dem Herrn Professor. »Ach, der bin ich!«, sagte ein junger Herr im leichten Sommermantel, der seitlich an die Wand gelehnt stand. »Ich habe aber wenig Zeit. Sie sind sicher die Dame mit der Dose!«

»Nein, keine Dose, ich habe Porzellanfiguren!«

Er war sehr in Eile, der Herr Professor, und er hätte es Anna nicht erst zu sagen brauchen. Hastig packte sie die Figuren aus und legte sie auf den polierten runden Tisch. Der junge Professor mit dem Heinrich-Heine-Profil nahm den porzellanenen Wildbrethändler, besah ihn flüchtig von unten und meinte, das sei wahrscheinlich thüringisch. Schüchtern wagte Anna zu fragen, ob es nicht vielleicht doch »Passau« sein könnte. Er warf ihr einen schnellen, erstaunten Blick zu und hieß sie warten. Mit fliegendem Staubmantel eilte er durch eine geöffnete Doppeltüre ins Nebenzimmer oder in dahinterliegende Zimmerfluchten. Anna hatte das Gefühl, als klebten ihr die Kleider am Leib, so heiß und unbehaglich fühlte sie sich. In Hut und Mantel wartete das Bürofräulein, ungeduldig im Zimmer herumlaufend. Es war ihre Mittagszeit. Sie besah sich im Spiegel, schritt zum Schreibtisch, lugte auf die verkehrsreiche Prinzregentenstraße hinunter, konnte sich aber nicht entschließen, den Raum zu verlassen. Anna hatte das unangenehme Gefühl, beaufsichtigt zu werden und suchte unwillkürlich nach Kostbarkeiten im Zimmer, die sie hätte beschädigen oder entwenden können.

Es schien ihr eine Ewigkeit zu dauern, und doch waren nur ein paar Minuten vergangen, bis der Professor wieder ins Zimmer stürzte.

»Ja, Sie haben recht«, rief er atemlos, »es ist ›Passau‹, achtzehnhundertvierzig bis neunzehnhundertzweiundvierzig ... dieses hier ist viertes Viertel neunzehntes Jahrhundert ... für uns uninteressant. Wir kaufen nur Porzellan vor achtzehnhundert, solches jedoch nicht!«

Mit Todesverachtung wickelte Anna noch die Vase aus der liebevollen Umhüllung. Ganz heiß stieg es in ihr auf bei seinem abschätzenden Blick. »Haushaltskram!«, geruhte er zu sagen; und beim Anblick der letzten Kostbarkeit, einem ovalen Reliquienbild mit Filigranranke unter dem Glas, meinte er: »Ach ja, das ist ein *Agnus Dei* ... nichts Besonderes – das fällt ins Ressort von Herrn Professor ...« Der Name entfiel Anna.

Sie atmete auf, als der eilige Sachverständige entschwunden war. Erleichtert stieg sie in die weite Empfangshalle hinunter. Ein großes Portal rechts hinten stand spaltbreit offen. Sie ging darauf zu, legte sich mit der Schulter gegen die schwere, eherne Flügeltüre und stemmte sie auf. Neugierig spähte sie in den Saal und wagte dann auf dem glänzenden Fußboden vorsichtig ein paar Schritte ins Innere hinein. Überwältigt stand sie vor einem romanischen, trauernden Johannes aus Altenstadt aus dem dreizehnten Jahrhundert. In der Kirche zu Altenstadt war sie schon einmal mit Maurus an einem Sonntagnachmittag gewesen. Annas Versunkenheit beim Anblick der mächtigen Holzplastik wurde durch etwas gestört, das sich irritierend fühlbar in ihren Rücken bohrte. Sie wandte sich um. In einiger Entfernung stand ein livrierter Museumsdiener und sah starr und unverwandt zu ihr her. Sie fasste ihre Basttasche fester und ging beklommen zu einer Glasvitrine. Ein Beinkästchen aus Oberitalien schimmerte neben einem Bucheinband mit Elfenbein-Relief aus dem Kloster Weihenstephan. Die Augen des Museumswärters waren unerbittlich auf sie gerichtet. Hypnotisiert wie ein Kaninchen von der Schlange wandte sie sich ihm zu und schaute fragend in sein dienstliches Gesicht.

»Es ist nicht erlaubt, mit Einkaufstaschen ein Museum zu betreten!«, sagte er mit pergamenten gefrorener Physiognomie.

»Ja«, entgegnete ihm Anna, »ich weiß. Auch Schirme sind nicht erlaubt – warum eigentlich?«

Streng und amtlich erwiderte er: »In den Falten der Schirme kann man kleine Kunstgegenstände verschwinden lassen!«

Anna fragte, ob denn beispielsweise diese Glasvitrine nicht abgeschlossen sei.

»Das schon«, gab er zur Antwort, »aber hinge in diesem Saal zum Beispiel ein kleines Bild und es würde der Alarmauslöser versagen, so können Sie es ja in der Tiefe ihrer Einkaufstasche verschwinden lassen!« In dieser Tasche befänden sich nur einige Porzellanfiguren, gestand Anna ehrlich. Zu spät erkannte sie, dass diese Offenheit sie nur noch verdächtiger machte. Seine Augen rundeten sich förmlich in den Höhlen. Er verhörte Anna nun eingehend über das Porzellan in der Basttasche. Sie bot ihm an, die Tasche in seinen Gewahrsam zu geben, bis sie mit der Besichtigung am Ende sei. Nein nein, sie solle sie nur an eine Säule stellen und ruhig weiterbesichtigen. Das tat sie denn auch. Er wich nicht von ihrer Seite und hielt ihr einen Vortrag über die Wertmaße von Antiquitäten. »Das ist ganz einfach«, meinte er, allmählich auftauend zutunlich: »Sie gehen in einen Antiquitätenladen, bieten die Figuren zum Verkauf an, und dann sehen Sie ja, was Sie dafür bekommen.« Aber das sei dann doch nicht der tatsächliche Wert, warf Anna ein. »Das wohl nicht, aber dann schlagen sie hundert oder zweihundert Prozent dazu, dann haben Sie den Wert!«

Um vieles erfahrener verließ Anna das Nationalmuseum.

Gegenüber dem *Haus der Kunst* wollte sie ihr Glück sogleich in einem Geschäft versuchen, das sich wegen seiner altertümlichen Exponate als einschlägig auswies. Gedankenverloren stieg sie einige Stufen hoch, und noch bevor sie sich anders hätte besinnen können, fühlte sie sich im Bann einer aristokratischen Lady, die auf einem brokatbezogenen Stilmöbel thronte, und ihr abschätzenden, aber nicht unfreundlichen Blickes entgegensah. Ihr Sprüchlein sagend, holte sie die Porzellanfiguren aus ihrer Versenkung. Schon ihr Wildbrethändler fand keine Gnade vor den Augen der Dame. »Ach nein, das ist nichts für mich, für derlei habe ich keine Kunden! Jaaa! Wenn es altes Meißen, Berlin oder Sèvres wäre! ... Ich weiß, für alte Damen ist dies immer eine große Enttäuschung.«

Eine Entschuldigung murmelnd, stolperte Anna die wenigen Stufen auf die Prinzregentenstraße hinunter und ging wieder zur Arbeit in ihr Amt zurück.

Am Abend – der Nebel drängte sich bereits weißwühlend um die Lichtkegel der Straßenlaternen – strebte sie auf dem Heimweg von der Arbeit dem Ottoblock zu, einer Antiquitäteninsel, die sich in der Nähe von »Bernheimer« verkehrsumtost aus vielen kleinen Geschäften zusammensetzte. Dort wusste sie einen Laden, in dem sie Porzellan gesehen hatte. Als sie eintrat, sprachen zwei junge, dunkelhäutige Männer mit der Besitzerin. Einer von ihnen schob gerade ein kleines, byzantinisches Bronzekreuz in die Brusttasche zurück. In gebrochenem Deutsch fragte die Frau nach Annas Begehr. Sie forderte sie auf, die Porzellanfiguren zu zeigen. Sachkundig und eingehend prüfend, musterte sie das Blumenmädchen, dann den Wildbrethändler und schließlich die Vase. »Das ist alles sehr schön«, sagte sie. »Es ist Biskuit ... aber sehen Sie mal!« Mit einer schweifenden Handbewegung wies sie auf ein Regal, auf dem mehrere Porzellanfigürchen auf ihren Käufer warteten.

»Alles altes Passau! Hier, Königin Luise, koloriert! Was denken Sie, wie lange die schon hier stehen? Solange ich das Geschäft habe, und das sind nun zweiundzwanzig Jahre!«

Anna schwieg erschüttert.

Und doch begriff sie. Begriff es auf andere Art. Für sie war Kunst alles, was vom Menschen aus toter Materie zum Leben erweckt worden war … zu heißem, wildem, blutvollem, glühendem, überschäumendem Leben. Aber diese preußische Königin dort oben mit dem leeren Lächeln um die porzellanenen Lippen, die lebte nicht wie ihr Wildbrethändler, aus dessen offenem Mund man das leichtsinnige Liedlein fast herausträllern hörte, und dem die Rebhühner und Wildenten mit gesträubten Federn jagdfrisch über Brust und Rücken hingen.

Eine Spur Bitterkeit rann mit, als die Frau weiter ihr Herz ausschüttete: »Die Neureichen – ja, die gehen in die teuren Porzellanwarengeschäfte, kaufen Modernes und legen dann gerne dreihundertfünfzig Mark auf den Tisch. Die Intelligenz kommt zu uns. Aber da fehlt es dann oft am nötigen …« Sie rieb Daumen und Zeigefinger gegeneinander.

Fast tat Anna die Frau leid, wie sie so vor ihr stand mit ihren lebhaften, umherhuschenden Augen und mit nervösen, schlanken Fingern die Zigarette ausklopfte und den Rauch gegen die niedrige Decke des Ladens blies.

»Oft verkaufe ich einen ganzen Monat lang überhaupt nichts. Die Leute wollen diese Staubfänger nicht mehr, und wo wäre auch Platz in unseren kleinen Münchner Wohnungen? Wenn Sie zu einem Trödler am Viktualienmarkt gehen, dann gibt Ihnen der für diese Stücke zusammen vielleicht fünfundzwanzig Mark, wenn sich über kurz oder lang ein Liebhaber findet. Oder Sie gehen zur Auer Dult, dort werden Sie das gleiche erleben. Aber was nützt das alles? … Sagen Sie Ihren Tanten einen schönen Gruß, und sie sollen diese Sachen zu Weihnachten verschenken!«

Nach dieser letzten Erkundigung wanderte Anna heim in ihre kleine Wohnung. Sie hatte den Auftrag erfüllt, und dabei eine andere Behörde ihrer Stadt wie auch den Antiquitätenhandel auf eine interessante und abenteuerliche Weise kennengelernt. Als sie nach einigen Wochen wieder in den Chiemgau fuhr, gab sie die alten Stücke den Tanten zurück und erzählte ihre Erlebnisse. Zu Weihnachten bekam sie von ihnen die beiden Porzellanfiguren und die Vase geschenkt. Sie freute sich und dachte: *Wenn Maurus wieder einmal kommt, werde ich ihm die kleinen Altertümer zeigen.*

9

Im kommenden Jahr machte Anna den Führerschein. Ein eigenes Auto konnte sie sich noch nicht leisten. Eines Tages sprach der Pförtner des Amts von einem Gebrauchtwagen, den er ihr vermitteln könne. Sie fuhr mit dem Kollegen nach Feldmoching hinaus. In einer abgelegenen Werkstatt stand das Auto. Es sah äußerlich gut aus. Auf einem Feldweg machte sie eine Probefahrt. Als sie am Steuer sitzend entzückt auf einen Fasan aufmerksam machte, der in einer Wiese stand, sagte ihr Beifahrer: »Sie werden eine gute Autofahrerin, wenn Sie das sehen!« Anna freute sich und kaufte den Wagen für fünfhundert Mark. Nach vier Wochen rann der Kühler, der verrostet war. Was sollte sie machen – schon war die erste Reparatur fällig!

Anna hatte nun ein eigenes Auto und doch traf sie Maurus selten. Er war mit Arbeit überhäuft. Wenn sie ins Hochamt zu ihm kam, und er danach mit Frau Huser zu seiner Sonntagsmesse nach Bergheim hinausfuhr, konnte sie ihm nur wie gewohnt vom Friedhof aus mit den Augen folgen. Aber hin und wieder rief er an. Im Sommer verriet sie ihm, dass sie daran denke, vielleicht mit ihrem kleinen Auto ans Meer zu fahren. Maurus sagte ihr, dass er seinen nächsten Urlaub wieder in Carrara verbringe. Frau Huser aber sei gesundheitlich nicht mehr in der Lage, mitzufahren. Die Familie wolle deshalb auch nicht bis nach Spanien reisen.

Als Maurus nichts gegen Annas Kommen nach Carrara einwandte, beschloss sie ernsthaft, diese erste, weite Fahrt mit dem eigenen Auto zu wagen.

Nach seiner Ankunft auf dem Zeltplatz schrieb ihr Maurus am 7. August 1968:

> *Mein Liebes, am ersten Tag meines Urlaubs grüße ich Dich aus ganzem Herzen und wünsche, Du möchtest – wir möchten gemeinsam die Freude und die Freiheit dieses ganz der Schönheit offenen Lebens erfahren.*

Ich hoffe, daß wir uns wiedersehen, wie wir vereinbart haben, und grüße Dich wie immer mit dem Gruß der Liebe
D. M.

Heute morgen um 6 Uhr sind wir hier angekommen. Sei vorsichtig! Auf Wiedersehen.

Nach Mariä Himmelfahrt, hatte Anna zwei Wochen Urlaub erhalten. Sie konnte jetzt das kleine Zelt im eigenen Auto verstauen und manches mitnehmen, was zum bequemeren Wohnen auf einem Zeltplatz notwendig war.

Frühmorgens, am Vortag des Festes Mariä Himmelfahrt, fuhr sie los. Hinter Innsbruck begann es sintflutartig zu regnen. Sie lenkte das Auto die alte Brennerstraße hinauf. Plötzlich schwemmten die Wasserfluten in einer ansteigenden Linkskurve ihr Auto auf die andere Straßenseite hinüber. Schreck durchfuhr sie wie ein Blitz. Ihr Herz klopfte stark. In Panik schaute sie zwischen den rasend arbeitenden Wischern durch die Windschutzscheibe. Gott sei Dank kam in diesen Sekunden kein Gegenverkehr um die weitgespannte Kurve. Das Auto stand quer – sie schaute rasch um – auch hinten kam nichts; hastig schaltete sie den Rückwärtsgang ein. Schweißgebadet manövrierte sie auf die rechte Fahrbahn hinüber und fuhr langsam wieder bergauf weiter. Sie merkte, dass sie diese erste große Fahrt vier Wochen nach dem Kauf ihres ersten Autos doch sehr anstrengte. Aber sie wollte zu Maurus. Hinter dem Brenner hörte der Regen auf. Vor Verona steuerte sie einen Parkplatz an, aß ihr Käsebrot, goss in einen Becher Mineralwasser und trank gierig. Es war schon glühend heiß und der alte Gebrauchtwagen hatte keine Klimaanlage. Sie fuhr über Mantua in Richtung La Spezia auf Landstraßen. Es gab dort noch keine Autobahn. Obwohl sich Anna beim ADAC am Sendlingertorplatz die Fahrtroute hatte ausdrucken lassen, kam es ihr vor, als hätte sie sich verfahren. Hinter Guastalla hielt sie am Spätnachmittag in einem Dorf an. Es war unerträglich heiß. Die Kleider klebten ihr am Leib. Sie sah zwei Frauen vor einem Haus sitzen. Sie stieg aus und fragte nach dem Weg. Die beiden Alten betrachteten die ausländische junge Frau, die allein durch das Land fuhr, mit offener Verwunderung, und wiesen dann mit südländischem Redeschwall eifrig gestikulierend irgendwohin in westliche Richtung. Anna musste durch Parma fahren. Es gab keine Umgehung. Sie kam langsam vorwärts; die Stadt brodelte vor Leben. Endlich war sie am Fuß des Cisa-Passes angelangt. Langsam ging es hinaufkeuchenden Lastern mit stinkendem Auspuff hinterher; sie war unendlich froh, dass der Kühlerschaden schon vor dieser Fahrt entdeckt worden war. Sie fragte sich, was sie gemacht hätte, wenn sie hier steckengeblieben wäre? Nicht auszudenken! *Mit einer Panne wäre ich verloren gewesen,* dachte sie.

Drunten sah sie das Ortsschild von Pontremoli. Der harte Griff um ihr Herz lockerte sich. Aulla und Santo Stefano di Magra riefen Erinnerungen wach: Ihre erste Fahrt heimwärts, eingequetscht in Maurus' Wagen zwischen den Kindern und ihrem Koffer – dann ihr einsames Warten, bevor sie ein Auto nach La Spezia mitgenommen hatte – Vincenzo in Portovenere mit seinem Muschelgeschenk *occhi di Santa Lucia* – Augen der heiligen Lucia.

Spätabends erreichte sie den Zeltplatz und fand einen freien Fleck unter den Pinien, fast an der gleichen Stelle, an der sie damals ihr Zelt aufgeschlagen hatte.

Maurus hatte Ausschau gehalten und fand sie bald. Er freute sich, dass sie gut angekommen war, und half ihr beim Zeltbau. Es war ganz anders als vor Jahren, wo sie mit dem schweren Koffer von Genua her mit dem Zug gekommen war; und, was das Schönste war: Frau Huser war nicht da.

Eines Vormittags – Anna saß auf einem schmalen Leinenklappstühlchen vor ihrem Zelt und schaute übers Meer – ging Maurus in Begleitung einer jungen Frau, die Anna noch nie gesehen hatte, auf dem Weg ganz nahe vorbei. Sie wunderte sich, dass er nicht zu ihr hersah und grüßte oder winkte. Etwas in ihr zog sich schmerzlich zusammen. Sie schaute ihnen nach: Maurus und die Frau mit den schulterlangen, schwarzen Haaren trugen noch nasse Badeanzüge; sie kamen von der Dusche und bogen in westlicher Richtung zu den Zelten von Maurus ein.

Warum hatte er nicht zu ihr hergeschaut? Wer war diese junge Frau?

Am Abend kam er, und sie konnte die angestauten Fragen nicht mehr zurückhalten.

»Die Sturms sind gestern noch spätabends angekommen«, sagte er. »Sie haben ihren Urlaub auf einem Zeltplatz südlich von Viareggio verbracht und wussten, dass ich hier zelte. Sie wollen einige Tage bleiben und haben ihr Zelt neben den unsrigen aufgebaut. Doktor Sturm ist Arzt in unserem Krankenhaus, seine Frau gehört dem Pfarrgemeinderat an.«

Anna gab sich zufrieden. Die Frau war verheiratet.

Aber Maurus war nun ziemlich vereinnahmt. Anna sah ihn immer seltener. Sie wagte sich manchmal auf den Damm und schaute zu den Zelten der Familie hinüber. Einmal sah sie die schwarzhaarige Frau zusammen mit ihrem Ehemann und dem Kind wegfahren. Manchmal erblickte sie den etwa fünfjährigen Sohn an der Hand des Vaters, wenn er an ihrem Zelt vorüberging.

An einem Spätnachmittag ging Anna wieder zum Damm hinauf. Es war sehr heiß. Da sah sie Maurus unter dem Zeltvordach stehen, und nahe bei ihm saß auf einem Campingstuhl die junge Frau. Ihr schmales Gesicht war zu ihm emporgehoben, und es schien Anna, als glitzerten Brillantpunkte in diesen nachtschwarzen Augen, die da zu ihm aufschauten. In diesen Minuten wurden alle anderen Gestalten für Anna gestaltlos. Sie sah nur noch das lächelnd niedergeneigte Antlitz von Maurus und die einander zugewandten Profile. Für Anna waren die beiden ganz allein weit und breit und sahen sich schweigend an. Wie eine Stichflamme schoss Eifersucht in ihr hoch. Sie war nicht mehr Anna: Sie war nur noch aufzüngelnder Schmerz, eine lebendig lodernde Fackel. Plötzlich wandte die Frau den Kopf, als fühle sie sich beobachtet, und sah zum Damm hinüber. Nun sagte sie etwas, und Maurus schaute auch herüber. Anna, ertappt, lief wie von Furien gehetzt weg, stieg mit raschem Atem über die Steinquader zum Strand hinunter, und rannte ihrer Behausung zu.

Sie dachte nichts – oder sie dachte den Wahnsinn.

Bei ihrem Zelt angekommen, presste sie die Stirn an den Stamm einer Pinie und weinte hemmungslos.

»Du bist wie Frau Huser!«, sagte plötzlich Maurus' Stimme neben ihr, hart und rau vor Verärgerung und Hilflosigkeit.

Anna schluchzte auf. In diesem Ton hatte er noch nie mit ihr gesprochen.

Sie blieb an die Pinie gepresst. Sie wollte ihm ihr verweintes Gesicht nicht zeigen, und hätte sich doch so unsagbar gern an seine Brust geworfen.

Nach einer Weile stummen Wartens sagte er: »Ich weiß gar nicht, was du hast – was ist denn …?« Sie konnte nicht antworteten. Da ging er weg.

Anna spürte in sich das heiße Brennen, das sie von früheren Abschieden kannte, und das wie eine inwendige Wunde war.

Am Abend hob sich das Zelttuch. Maurus lud Anna ein, mit ihm im Ristorante zu essen. Doch sie fühlte seine anhaltende Verstimmung. In bedrücktem Schweigen wanderten sie auf dem breiten Sandweg aus dem Zeltplatz hinaus und über die Landstraße zur Trattoria hinüber.

Als sie ein freies Tischchen gefunden und sich gesetzt hatten, sagte er leise: »Wie steh ich da? Frau Sturm hat dich schon mehrmals in unserer Stadt gesehen … was sollte ich ihr sagen, warum du hier auf dem Damm bist und dann wegrennst, wenn man zu dir hinschaut? Sie reimt sich jetzt sicher etwas zusammen, denke ich … aber sie wird wohl nichts herumerzählen, sie ist keine geschwätzige Frau.«

Anna wagte nicht zu fragen, wie er Frau Sturm ihr Hiersein erklärt hatte.

Maurus bestellte einen weißen Secco aus den Cinque Terre, verkostete ihn, und goss Annas Glas voll. Schuldbewusst zerbröselte sie das Weißbrot und schämte sich, weil sie ihn kompromittiert hatte. Sie wusste was das bedeutete bei seinem Status.

Schweigsam aßen sie ihre *Zuppa di verdura,* später die Ravioli. Nach dem Essen brachte sie Maurus zu ihrem Zelt zurück. Dann wanderte er heim.

Als die Sturms abgereist waren, versuchte Anna den Gedanken an diese Frau zu verbannen. Am nächsten Vormittag schaute Maurus an ihrem Zelt vorbei und nahm sie zum Einkaufen mit. Die sardinische Bäuerin stand nach all den Jahren noch immer an der südlichen Schilfwand hinter ihrem Gemüse- und Obstkarren. Maurus kaufte Tomaten, Zwiebeln und Pfirsiche in großer Menge. Während die Marktfrau ihn bediente, glitt der lebhafte Blick ihrer intelligenten Augen über Anna hin: »Dov'e la Madonna nera?« – Wo ist die schwarze Madonna? Anna wusste sofort, wer gemeint war. Also hatte Frau Sturm ihn auch hierher begleitet! Maurus erklärte sich in schnellem Italienisch. Als sie gemeinsam die schwere Einkaufstasche heimwärts trugen, verloren beide kein Wort darüber. Vielleicht mochte er denken, Anna hätte die Frage der Gemüsefrau nicht verstanden. Bei ihrem Zelt angekommen, trug Maurus die schwere Tasche allein weiter.

Madonna nera, sinnierte Anna, und sah im Geiste das zu Maurus emporgehobene schmale, von schwarzem Haar umrahmte Gesicht und den irisierenden Schimmer der Märchenaugen vor sich – *fanden auch andere Leute Frau Sturm schön? Schön wie eine schwarze Madonna? ... Aber Maurus liebt mich,* dachte sie und versuchte das trübe Nachsinnen zu verdrängen. Ganz gelang es nicht. Es blieb ein kleiner Stachel.

Am Mittag ging Anna in die Trattoria. Einsam saß sie an einem Tischchen und aß *Spaghetti Genovese.* Der aromatische Kräuterduft, der vom grünen Pesto in ihre Nase stieg, belebte ihre Sinne. Sie glaubte den Geruch von Basilikum, Knoblauch und in Olivenöl aufgelöstem Käse zu schmecken, und freute sich über den edlen Genuss dieses in Jahrhunderten entstandenen Gerichts der Region, dessen Zusammensetzung – wer weiß – vielleicht als Geheimrezept in den Familien überliefert wurde.

In den nächsten Tagen stürzte sich manchmal Uli, der jüngste Neffe, neben Maurus und Anna ins Wasser. Dann schwammen sie alle drei unbeschwert; Anna trank auf dem Rücken liegend die Ruhe der Apuanischen Berge hinter dem Pinienhain in sich hinein. Meist aber schwammen sie nebeneinander und schauten in die unendliche Weite des ruhelosen, silbrig glitzernden Meeres hinaus. Für Anna war es dann ein wenig so, als gehöre sie zur Familie.

Die letzten Urlaubstage verflogen schnell. Am Vorabend der Abreise schlug Maurus vor, Uli solle mit Anna vorausfahren, damit sie nicht so allein sei. Alle drei Autos sollten dann in Villafranca di Verona wieder zusammentreffen. Die Schwägerin lehnte das ab. Anna verstand es gut und dachte: *Auch ich würde meinen Sohn nicht in einem fremden Auto mitfahren lassen – und die Verantwortung für das Kind wäre mir auch zu groß gewesen.*

Sie nutzte die Morgenkühle und fuhr am Reisetag schon früh durch das Hinterland der Lunigiana. Maurus und die Familie kamen später weg; es mussten die Zelte und viel Gepäck in den Autos verstaut werden. Je tiefer es in den Vormittag hineinging, umso heißer strömte die Luft durch das geöffnete Fenster. Das Auto mühte sich wieder über den Cisa-Pass. Anna war froh, als sie die Passhöhe erreicht hatte; hier war es kühl, sie gönnte sich eine Pause, um Wasser zu trinken. In der drückenden Schwüle der Poebene mit ihren Sümpfen und einsamen Pappelalleen überfiel Anna eine dumpfe Beklemmung und vertiefte ihr Alleinsein. Wieder einmal fühlte sie sich wie ausgesetzt. Sie drückte aufs Gaspedal, um schnell wieder menschliche Behausungen zu erreichen. Am Nachmittag erreichte sie Villafranca di Verona. Sie setzte sich vor das Ristorante, in dem sie mit Maurus auf ihrer Reise nach Portovenere übernachtet hatte. Ins kühle Speisezimmer wagte sie sich nicht, sondern wartete draußen auf die nachkommenden Autos – denn Maurus sollte sie sofort sehen, wenn er in Villafranca ankam. Nach etwa zwei Stunden dachte sie, jeden Moment müsse nun sein Auto um die Ecke biegen. Allmählich wurde sie unruhig. Es verging nochmals eine Stunde. Er kam nicht. Ihre Nerven hielten das nicht mehr aus. Wie eine Panik schlug das Alleinsein im fremden Land plötzlich über Anna zusammen. Auf keinen Fall wollte sie hier übernachten. Sie sprang auf und fuhr wie gehetzt weiter, weiter und weiter. Abends zogen dunkle Wolken auf. Ein starker Gewitterregen ging nieder. Die Nacht brach herein. Auf dem nassen Asphalt begannen die Lichter der entgegenkommenden Scheinwerfer vor ihren angestrengten Augen zu zittern. Sie schaffte es bis hinter Bozen. In Atzwang sah sie auf der linken Seite der Straße gerade noch rechtzeitig die Fenster der »Alten Post« im Dunkel der Regennacht leuchten. Sie bog in die Ausfahrt ein und parkte das Auto vor dem mächtigen Haus. Erschöpft stieg sie aus. Mit zitternden Beinen nahm sie den Koffer und ging in den Gasthof hinein. Durch eine Tür drangen laute Männerstimmen. Annas Klopfen hörte niemand. Sie trat ein. Der Wirt, ein kleiner Mann mit dunkelblauer Leinenschürze um den dicken Bauch gebunden, kam aus der Stubenecke, in der an einem schweren, quadratischen Holztisch einige bärtige »Andreas-Hofer-Typen« vor ihrem Roten hockten, und Karten auf die dunkle Tischplatte schmetterten. Sie schauten gar nicht auf und zechten lautstark weiter, als der Wirt mit seinem kehligen Südtiroler Dialekt Anna ansprach. Sie konnte übernachten und atmete auf. Der Wirt ging ihr durch das uralte, kühle Gewölbe voran, sie folgte ihm die Stiege hinauf. Das Zimmer war karg und kahl wie eine Mönchszelle. Sie sah weiß gekalkte Wände, ein sauber überzogenes Bett, und ein kleines Fenster im dicken Gemäuer. Die alten Holzdielen knarrten. Anna bedankte sich, und der freundliche Wirt schloss die Tür hinter sich. Schwindlig und wie betäubt vor Müdigkeit zog sich Anna aus und fiel ins Bett. Ihr Kopf summte und hinter den Schläfen pochte es. Sie schlief lange nicht ein. Sie wollte nichts mehr denken und sehnte sich nur noch nach Schlaf. Endlich wusste sie nichts mehr.

In aller Frühe wachte sie durch ein polterndes Geräusch im Erdgeschoss auf. Sie blieb noch eine Zeitlang liegen und fand erst langsam wieder zu sich. Dann stand sie auf, wusch sich, zog sich an und ging hinunter. Hinter einer offenen Tür hantierte eine Frau mit Küchengeräten. Sie brachte Speck, Käse und Brot und etwas später Kaffee in die Gaststube, in der Anna ganz allein saß.

Nach dem Frühstück fuhr sie weiter, versuchte sich zu konzentrieren. Sie schaute nicht zu den Doppeltürmen von Brixen hinüber. Vor Innsbruck kam eine abschüssige Strecke und sie wusste nicht, wie es geschah: Plötzlich brach das Auto aus der Kurve aus, und prallte auf der linken Seite gegen die Leitplanke. Die Füße trugen sie kaum, als sie ausstieg, um ihr Auto anzuschauen. Der linke Kotflügel war samt Stoßstange eingedrückt, der Scheinwerfer kaputt. Da stand auch schon ein Herr neben ihr und fragte besorgt, ob ihr nicht gut sei: »Haben Sie denn in der Kurve nicht Gas gegeben?« Anna schüttelte nur benommen den Kopf. Der Herr winkte die entgegenkommenden Autos am Unfallort vorbei; sie konnte so den defekten Wagen wieder auf die rechte Fahrbahn lenken. Bevor sie weiterfuhr, sagte er: »Sie haben Glück im Unglück gehabt. Vor fünf Wochen gab es an dieser Stelle noch keine Leitplanke – Sie wären den Abhang hinuntergestürzt.« Dann meinte er noch: »Ich weiß nicht, ob Sie die Zöllner in Scharnitz weiterfahren lassen mit dem kaputten Scheinwerfer. Aber versuchen können Sie's. Ich wünsche Ihnen noch eine gute Fahrt!«

Anna bedankte sich und kam ungehindert über die Grenze. Sie war ganz apathisch. In München sah sie, dass der Kübel mit den Trauben beim Unfall umgekippt war; das Gepäck auf dem Rücksitz war herabgestürzt und hatte die Früchte zerdrückt. Auf dem Autoboden schwammen die zerquetschten Beeren im roten Traubensaft.

Einige Tage später kam eine Karte mit der Ansicht des *Rifugio* auf dem Sella-Pass und drei mächtigen Dolomitenwänden. Maurus schrieb:

Montag, 2. September 1968

M. A., gestern, Sonntagabend 19.30 in Villafranca
fanden wir Dich nicht. Ich bin voll Unruhe.
Hoffentlich bist Du gut weitergekommen. Liebe! Ich grüße Dich ganz herzlich
D. M.
Uli hat gefragt, wo Du seiest, wir hätten dich doch
in Villafranca treffen sollen. So viel Stätten der Erinnerung.

Anna konnte Maurus nur telefonisch vom Grund ihres überstürzten Aufbruchs in Villafranca und von ihrem Unfall bei Innsbruck berichten.

Sein nächster Brief war vom 30. September 1968:

M. A.,
da ich nicht anrufen kann, empfange wenigstens dies Zeichen liebenden, sorgenden Gedenkens.
Sei nicht traurig, wenn das Telefon schweigt. Du kannst gewiß im Schweigen die Stimme der Liebe hören.
Ich bin umlagert von Arbeit. Gerade hat es 1 Uhr geschlagen.
Morgen ist ein strenger Tag: Frühmesse, 7 Stunden Un-

terricht, nachmittags eine Beerdigung, und abends noch eine lange Sitzung mit dem Pfarrgemeinderat.
Nimm diese wenigen Zeilen als ein Zeichen der Verbundenheit. Und weine nicht, mein Herz. Dein Leben bleibe in der Weite und Tiefe des Seins, so wie ich Dich kenne.
Ich bin Dir nah! Dein Maurus

Die Monate vergingen. An manchen Wintersonntagen lief sie, nachdem sie Maurus im Gottesdienst gesehen hatte, über gefrorene Feldwege, um nicht sofort in die Stadt zurückzumüssen. Die Eisschicht der Wasserlachen zersplitterte unter ihren Stiefeln.

Einmal hatte er zu seinen eigenen Pfarreien noch die Vertretung für drei andere Dorfpfarreien übernommen. Anna wusste das. Als sie ihn an einem Sonntag nicht in seiner Stadtpfarrkirche sah, vermutete sie, er sei zu Gottesdiensten in diesen Dörfern unterwegs. Sie ging ihm auf der Straße entgegen, auf der er von dort zurückkommen musste. Aber er kam nicht. Es war bereits zwölf Uhr mittags. Es begann in dicken, nassen Flocken zu schneien, wie es im April oft geschieht. Sie hatte sich ohne Schirm viel zu weit ins Land hinausgewagt. Der Pelzmantel, den ihr die Tanten geschenkt hatten, wurde allmählich nass und glich dem Fell einer ins Wasser getauchten Maus. Über ihr Gesicht flossen Tränen vermischt mit Schnee. Sie irrte auf Feldwegen in Richtung Bergheim. Dort würde er wohl zu Mittag essen. Fast vier Stunden war sie so gelaufen. Es wurde Nachmittag. Annas Magen knurrte vor Leere. Endlich kehrte sie um. Trostlos lief sie auf der Landstraße zurück zur Stadt. Kurz vor Wiesmühl überholte sie ein Auto und stoppte abrupt. Es war Maurus. Er hatte sie erkannt. Sie stieg in sein Auto, klatschnass wie sie war. Er schaute sie an und spürte ihre eiskalte Hand. »Kind, ja wo kommst du denn her?«, fragte er, ganz außer sich vor Entsetzen. »Ich kann dich auch gar nicht mitnehmen ins Haus … ich habe den Kirchenchor zu einer Fahrt ins Theater nach Augsburg eingeladen; ich muss mich beeilen; wir fahren bald ab.«

Anna konnte kaum reden. Er ließ sie am Parkplatz bei der Kirche aussteigen. Dort stand ihr Auto. Sie fuhr nach München zurück.

Im Mai sah Maurus Anna wieder in der Kirche und nahm sie mit ins Pfarrhaus hinüber. Frau Huser war gut gelaunt. Sie fuhren zu dritt nach Bergheim. Es war Muttertag. Im Esszimmer war für die Familie gedeckt. Nach einer Weile kam Frau Huser auf Anna zu und sagte: »Sie müssen heute am Dienstbotentisch essen. Der Vati will seine Kinder um sich haben!«

Anna setzte sich an den Küchentisch nahe dem großen Herd. Die Teller standen auf der rohen Holzplatte ohne Tischdecke. Ein alter Kapuzinerbruder, der zu Besuch war und den Anna nicht kannte und die Spülerin Theres waren ihre Tischgenossen. Die Familie speiste in der Stube, zu der die Türe wie immer offenstand. Hin und wieder kam Frau Huser lächelnd heraus und fragte, ob die drei in der Küche auch genügend zu essen hätten. Anna würgte. Es war ein schweigsames Mahl, auch für die drinnen in der Stube – als drücke ein Unrecht ihre christlichen Gewissen. *Aber es ist einfach nicht genügend Platz an dem Tisch für noch drei,* sagte sich Anna.

Einmal wandte sie das Gesicht und schaute durch die offene Tür ins Esszimmer. Maurus' Kopf hing schwer über dem Teller wie bei einem, dem im Herzen ein Gram nagt, oder den Müdigkeit niederdrückt.

»Onkele weißt du noch, wie du in Barcelona auf den *Ramblas* in dem Lokal an der Ecke immer eine *White Lady* getrunken hast?«, rief Rolf laut, sodass es alle, besonders auch Anna in der Küche, hören mussten. Sie schaute wieder zu Maurus hin. Er lächelte gequält. Gram erfüllte auch Anna – der Gram der Ausgeschlossenen. *Warum konnte sie nicht gehen – nicht davonlaufen?* Sie blieb weiterhin auf ihren Stuhl neben dem Kapuzinerbruder gebannt.

Dann stand man auf.

Maurus ging in den Garten; Anna setzte sich neben ihn in den Liegestuhl. Als sie ihm etwas sagen wollte, unterbrach er sie und sagte: »Horch!«, indem er angespannt zu den schreienden Buben hinlauschte, die im Gras Fußball spielten. Sie spürte, dass er einem Gespräch auswich. Vielleicht fürchtete er, sie könne auf diesen demütigenden Ausschluss vom Familientisch zu sprechen kommen und empfand Scham darüber, dass er trotz seiner Liebe zu ihr nicht die Macht und Möglichkeit hatte, das zu verhindern oder zu ändern, weil ihm durch seine Zölibatsverpflichtung die Hände gebunden waren, und er ihr gerade innerhalb der Familie nicht den Platz geben konnte, den sein Herz ihr schon lange gab: neben ihm.

NEUNTER TEIL

1

Es war im Herbst des Jahres, in dem Maurus seinen fünfundsechzigsten Geburtstag gefeiert hatte. Da fragte er Anna eines Abends am Telefon, ob sie einige Tage Urlaub bekäme, weil er sich eine Woche freimachen könne.

Anna wusste nicht, wie ihr geschah. Ihre Freude war unbeschreiblich.

An einem Montag holte er sie ab. Es war ein düsterer Tag mit Nieselregen. Als sie aus der Stadt hinausfuhren, war sie ganz still vor Glück.

»Wer meinst du, wer weggeht?«, fragte er mit einem Mal.

»Ich habe keine Ahnung. Was meinst du überhaupt mit ›weggehen‹?« Sie schaute ihn fragend an.

»Mir ging es wie dir, als kürzlich der Benefiziat kam und das zu mir sagte. Zuerst dachte ich, der, von dem die Rede war, hätte um eine Pfarrei eingegeben und ginge von seiner jetzigen Kaplanstelle weg, um diese zu übernehmen. Aber es war ganz anders gemeint: Der junge Berthold geht. Er geht ganz weg. Er heiratet.«

Anna verschlug es den Atem. Sie war sprachlos und schaute Maurus nur an.

»Am vergangenen Samstag wollte er heimkommen, um es seinen Eltern zu sagen. Als ich in der Früh an seinem Elternhaus vorbeifuhr, stieg ich aus und fragte seine Mutter, wie es ihr ginge. ›Ach, ich weiß nicht‹, sagte sie, ›mir ist das Herz jetzt oft so schwer, als käme etwas Furchtbares auf mich zu …‹ Ich musste gleich weiter, weil ich zu einer Trauung fuhr. Mittags um halb ein Uhr läutete das Telefon;

die Mutter war am Apparat und bat mich flehentlich, gleich zu ihnen herauszukommen. Der Vater öffnete die Haustür, die Mutter lag auf dem Sofa, Berthold saß auf einem Stuhl inmitten des Wohnzimmers und weinte. Er konnte kein Wort sprechen, so sehr weinte er. Der Vater sagte zu mir, er und die Mutter lägen besser auf dem Friedhof, als dies erleben zu müssen.«

»Mein Gott«, flüsterte Anna, »wie schrecklich! Was hast du ihnen denn gesagt?«

»Ich hab gesagt: Was der Berthold tut, ist kein Unglück, es ist auch kein Verbrechen. Er wird jetzt das einzig Richtige tun, das, was er tun muss. Sie jammerten und der Vater sagte düster und kummervoll: ›Er geht fort – und wir müssen hierbleiben …‹ Ich sagte immer wieder, er ginge ja nicht ganz fort, er käme ja immer wieder, er bliebe ja für alle Zeit ihr Sohn; und ich fragte ihn: Berthold, du kommst doch immer wieder heim? ›Wenn ich noch darf …‹ hat er geantwortet – mein Gott, wie tat mir das Herz weh!« Maurus' Stimme klang brüchig im Leid um den jungen Bruder. Er presste die Lippen zusammen. Rau von zurückgehaltenen Tränen fuhr er fort: »Als ich schon unter der Tür stand, kam er zu mir und legte seinen Kopf hierher« – Maurus schlug mit der Hand auf die Stelle zwischen Schulter und Brust – »und er weinte herzzerbrechend.«

»Oh mein Gott! Was hast du denn zu ihm gesagt?«

»Ich hab gesagt: Berthold, wenn dich ein Mensch auf der Welt ganz versteht, dann bin es gewiss ich. Du warst immer mein Bruder und bist es jetzt mehr denn je! Eine halbe Stunde später kam der Benefiziat hinzu, wie wir es besprochen hatten. Er sagte später zu mir: ›Das ist die Tragik des Zölibats, dass ein Mann, der nicht die geringsten Glaubensschwierigkeiten hat, einfach gehen muss, ohne Gnade und Barmherzigkeit.‹ Dann hat er noch gesagt: ›Das Gesicht des Bischofs sieht in letzter Zeit aus, als hätte seine Seele Salzsäure getrunken. Aber die Spitzen seines Chorrocks reichen fast bis zur Brust hinauf, damit nur ja viel Violett durchscheint … Er weiht in der kommenden Woche im Dom eine Madonnenfigur – das wird ihn sicher freuen, da weiß er wenigstens, dass sie geweiht bleibt‹, hat er dann noch mit zynischer Bitterkeit hinzugefügt.«

Schweigend schauten sie durch die Windschutzscheibe, auf der die

Wischer trotz höchster Tempostufe kaum vermochten, die plötzlich herabstürzende Regenflut beiseite zu schieben.

Anna sah erinnernd Bertholds Primiz: Die Prozession des Neupriesters vom Elternhaus zur Festwiese zog vor ihrem inneren Auge vorbei – das Erste Heilige Messopfer des Neugeweihten, das sie unter Hunderten von Menschen stehend miterlebt hatte, und sie dachte an den Volksspruch: ›Für den Primizsegen soll man ein Paar Schuhe durchlaufen‹ – Weihrauchwolken steigen zum Sommerhimmel – viele Ministranten in ihren roten Röcken beleben das Bild – Maurus als Heimatpfarrer im schweren Rauchmantel neben Berthold – die Pfarrer der Umgebung als Konzelebranten im Halbkreis um den Altar auf der Tribüne versammelt – junge Priesterfreunde aus seinem Weihekurs zu Seiten des Primizianten – die Eltern und Geschwister voller Stolz auf den schmalen Sitzbänken der Festwiese ganz vorn unterhalb der Altarstufen –, und Anna empfand größte Hochachtung. Jetzt bewunderte sie den ungeheuren Mut des jungen Mannes, der aus Liebe zu einer Frau einen solchen Schritt wagte: Auf seine Berufung zu verzichten mit allen Konsequenzen; alles aufzugeben, was ihm durch die Weihe an Vollmachten zukam, ihn aus der Menge heraushob und zu etwas Besonderem in den Augen der Menschen gemacht hatte.

»Was wird Berthold denn jetzt tun?« Anna schaute gespannt in Maurus' schmerzbewegtes Gesicht.

»Er hat schon eine Stelle als Religionslehrer. Ich weiß nicht, war es der Generalvikar oder der Bischof, der verlangte, er müsse die Diözese verlassen … ich glaube, der Bischof war es nicht. Nun darf er wenigstens in seiner engeren Heimat bleiben. Es wird alles gut werden, er geht ja seinem Glück entgegen. Er ist noch jung und hat das Leben vor sich … er kann doch mit dieser Frau noch Kinder haben.« Und weiter sagte er voller Anerkennung über diesen Entschluss: »Ich habe nicht gefragt, wann er heiratet. Man hat nicht darüber gesprochen – auch nicht über das Mädchen.«

»Wie lange kennt er es denn?«, fragte Anna.

»Seit fünf Jahren. Die Eltern sagen, gegen das Mädchen sei nichts einzuwenden; aber sie hatten immer gedacht, es sei nur eine Freundschaft ohne solch ernste Konsequenzen. Ich habe Berthold dann gefragt, ob er in diesem Monat noch einmal in seiner Heimatpfarrei zelebrieren wolle. Aber er verneinte. Wir werden versuchen, die Leute zu beruhigen und es ihnen verständlich zu machen. Sie haben ihn schon zum Ersten des nächsten Monats suspendiert«, sagte Maurus gepresst.

»Das kommt ja förmlich einer Strafe gleich!«

»Es ist eine Strafe!«, entgegnete Maurus finster und schüttelte missbilligend den Kopf. »Ich glaube aber, dass es gar nicht der Papst selber ist, der über diese Appellationen entscheidet; ich denke eher, dass diese Dispensen von irgendeinem antichambrierenden Monsignore gefällt werden. Wenn auch der jetzige Papst nicht den Mut hat, in der Zölibatsfrage zugunsten der Betroffenen zu entscheiden, so wird doch die fernere Zukunft den Mann stellen, der hier das entscheidende Machtwort sprechen wird. Denn so, wie es Jahrhunderte ohne Zölibat gegangen ist, wird es auch künftig wieder solche Zeiten geben.«

»Aber es wird dann nicht mehr für uns sein.« Anna sagte es leise wie zu sich selbst und merkwürdig gefasst wie einer, der ohne Schuld lebenslänglich verurteilt, sich nach jahrelangem inneren Leid ohne Rebellion in sein Schicksal gefügt hat.

»Nein, Kind – nicht mehr für uns. Und du musst es büßen, ich weiß schon.«

Anna schaute auf die braunen Hochwasserfluten des Inn, der sich nach dem großen Herbstregen breit und reißend in geringer Entfernung rechts der Straße hinwälzte.

Plötzlich fragte Maurus in ihr Schweigen hinein dringlich: »Herz, du glaubst doch auch so, dass ich dich liebe, wie ich es mehr nicht könnte?«

»Ja, das weiß ich,« antwortete Anna leise. »Ich weiß, dass du alles auf dich nehmen könntest, um mir deine Liebe zu beweisen – alles – auch den Tod.«

»Der Tod wäre nicht das Schlimmste – schlimmer wäre es, wenn Menschen durch den Schritt, der uns für immer verbinden könnte, am Glauben irre werden.«

»Aber unser Glaube hat doch nichts mit dem Zölibat zu tun«, rief Anna aufgeregt. »Jesus hat ihn doch nicht gefordert!«

»Einfache Menschen wissen das nicht. Und ich bin Seelsorger für alle«, sagte Maurus. »Für Viele ist der Glaube mit der Ehelosigkeit der Priester gekoppelt. Sie wissen nicht, dass die Zölibatsverpflichtung nicht mit der Priesterweihe verknüpft ist, also nicht Teil des Sakramentes ist, sondern lediglich eine formale Voraussetzung. Der Zölibat ist kein Sakrament wie das Ehesakrament, sondern nur ein Kirchengesetz, das jederzeit aufgehoben werden könnte.

Keines der Sakramente steht dem andern in Erhabenheit, Größe und Heiligkeit nach. Die Kommunion zieht die Firmung nach sich und ist nicht denkbar ohne die Taufe. Und ich frage mich: Wenn es sieben Sakramente gibt, die Christus eingesetzt hat, warum sollte dann ausgerechnet das Sakrament der Ehe, das doch im Tiefsten die Liebe darstellt, in dem die Liebe verwirklicht wird, nicht mit dem Sakrament der Priesterweihe zu verbinden sein? Warum sollte es geringer sein als das Sakrament der Priesterweihe? Warum sollte es in der Ehe hinderlich sein, mit Gott ganz verbunden zu sein, Gott anzugehören?«

Eine Zeitlang fuhren sie schweigend dahin.

»Ach weißt du«, sagte Maurus in die Stille hinein, »ich habe neulich einen Artikel von einem Betroffenen gelesen, der fragt, mit welchem Recht die Kirche sich anmaße, zu binden, wo Christus nicht gebunden hat – weder seine Apostel noch sonst irgendeinen Menschen. Die Liebe hat ihr eigenes Gesetz. Liebende unterstehen dem Gesetz ihrer Herzen, das glaube ich – und je tiefer und reiner und selbstloser ihre Zuneigung ist, umso kongenialer ist das Gesetz ihrer Liebe auch zum Gesetz Gottes, denke ich. Ehe ist nicht das Aneinandergebundensein zweier Menschen, die sich gegenseitig umbringen: Die wahre Ehe ist das tiefe Wissen zweier Menschen um ihre Zusammengehörigkeit und ihr fester, unumstößlicher Entschluss, für das ganze Leben zusammenzubleiben. Der Mensch ist doch zum Menschen hingeordnet. Nichts gegen das Charisma, aber der Mensch findet doch natürlicherweise im Menschen seine Erfüllung. Wir sind als Männer und Frauen erschaffen. Ich weiß, du könntest jetzt sagen: Dann heirate doch! Aber Herz, wie viele Menschen würden irre werden, wenn ich diesen Schritt wagte. Ich weiß, du denkst: Der andere hatte den Mut. Wenn ich noch vierzig wäre, ja, dann hätten wir das Leben noch vor uns. Aber jetzt! In meinem Alter! Ich kann es nicht – ich kann nicht gehen! Es gibt so viele, die durch *mich* glauben. Gestern war eine alte Frau da, so hat sie gezittert« – er schüttelte seine Hand vor Annas Augen –, »und ich muss es noch einmal sagen: Ich müsste fürchten, dass viele Menschen irre werden könnten, wenn *ich* diesen Schritt wagen würde.«

Anna sagte: »Du hast nie davon gesprochen ... aber glaubst du denn, ich hätte es angenommen, wenn du gesagt hättest, wir würden heiraten? Ich denke, es wäre eine große Sünde, einzuwilligen. Nicht weil du die Zölibatsverpflichtung hast – nein, nicht deshalb. Aber es wäre eine Sünde gegen die Liebe, denk ich. Denn du bist Pfarrer durch und durch und wärest todunglücklich, wenn du nach so vielen Jahren nicht mehr in der Seelsorge arbeiten dürftest. Du hast das Charisma zu diesem Beruf, und mag es für andere noch so paradox klingen: Du hast es, obwohl du mich als Frau lieb hast.«

Leise sagte Maurus: »Oh Kind, solange wir uns noch haben, und das Wissen um unser Einssein!« Er nahm die rechte Hand vom Lenkrad und bettete ihren Kopf an seine Schulter. Sie spürte den schweren Schlag seines Herzens in seinem Hals.

In Atzwang zeigte Anna beim Vorbeifahren auf das mächtige Gasthaus zur Rechten: »Schau – hier habe ich auf der Heimfahrt vor meinem Unfall übernachtet!«

»Ach Kind, ich habe solche Sorge gehabt, weil ich dich in Villafranca di Verona nicht fand.«

Erst hinter dem Brenner fragte Anna: »Wohin fahren wir denn eigentlich?«

»Ich möchte gerne einmal mit dir allein ans Meer nach Carrara – oder sollen wir woandershin fahren?« Maurus schaute kurz zu ihr her.

»Oh ja, nach Carrara!« Sie freute sich. Wo wäre sie *nicht* gerne mit ihm hingefahren?!

Der Zeltplatz war in diesen Spätherbsttagen bereits leer. Das Meer dehnte sich unruhig vor dem einsamen Pinienhain. Da war ein kleines Blockhaus, das es zu Annas Zeit noch nicht gab, und zu dem Maurus den Schlüssel bekam.

Anna schaute sich drinnen um; sie machte den Tisch und das Waschbecken sauber. Dann lief sie zum Ufer hinunter. Maurus holte

Decken und andere Sachen aus dem Auto. Als er wieder aus dem Blockhaus trat, sah er Anna reglos am Strand stehen. Wie von einem Silbergriffel umrissen, hob sich ihre schmale, junge Gestalt dunkel vom schimmernden Meer ab. Langsam ging er zu ihr hin und legte den Arm um ihre Schultern. Sie standen schweigend am Wasser, hinter sich den verlassenen Pinienhain – fern jeder Feindseligkeit und Eifersucht – zwei Menschen, allein wie im Paradies.

»Liebes«, sagte Maurus endlich, »wollen wir nicht allmählich etwas essen? Wir haben den ganzen Tag noch nichts Richtiges gehabt.«

Sie fuhren nach Carrara hinüber. Sie fanden eine gemütliche Trattoria, in der auf den Tischen Kerzen brannten. Anna war wie eingehüllt in ein Wunder. Nach dreizehn Jahren mit ihm allein am Meer! Er würde nicht in wenigen Stunden wieder fortgehen und sie alleinlassen. Sie sah Nächte und Tage mit ihm vor sich, es war unfassbar: Tage und Nächte der Freiheit zwischen Trennung und Trennung – die Jahre der Entsagung, des Ertragens langer Einsamkeit ertranken gleichsam in diesem Abend. Sie war der Grausamkeit begegnet, der schweigenden Verweigerung, lieblosen Zurücksetzungen und Demütigungen. Die Zeit ihrer Liebe zu Maurus war fast immer ein »Draußen vor der Türe stehen« gewesen. Nun war es, als würde ihr Leben an Leuchtkraft gewinnen wie ein Kristallgefäß, das aus einer Ecke hervorgeholt und ins Licht gestellt wird: Annas Gesicht erstrahlte wie von innen.

Maurus schaute sie an. Seine Augen glichen dunklem Rauchglas – sie hatten den unergründlichen Dämmer der Meerestönung an verhangenen Herbsttagen –, aber jetzt, da Annas tiefe Freude auf ihn überging, schimmerten sie wie im Abglanz eines verborgenen Feuers.

Als sie das Essen ausgesucht hatten, und der Kellner die Speisekarten wegnahm, brachte Maurus das Gespräch nochmals auf Berthold zurück: »Ich glaube, dass nirgends sonst wie in der guten Ehe die Entfaltung des ganzen Menschen geschehen kann, weil die Kraft der Liebe, die von einem zum andern strömt, alle verborgenen Möglichkeiten, die im Menschen sind, zur Entfaltung bringen kann, sie wachsen und reifen und vollendet werden lässt. Selbst Luther, der in seinem Wesen der mönchische Mensch war, den die Religiosität Zeit seines Lebens bis ins Innerste erfüllt hat, betrachtete die asketischen Folgen der Ehelosigkeit als Unnatur und im Widerspruch zur Schöpfungsordnung Gottes stehend. Noch einmal: Ich bin überzeugt, dass es keine Möglichkeit gibt, wo der Mensch so Mensch wird wie in der Ehe.«

»Aber warum zwingt dann die Kirche ihre Priester in dieses bedingungslose Joch der Ehelosigkeit?«, fragte Anna drängend. »Warum gibt es nur dieses *Entweder – Oder*? Warum verlangt sie diesen blinden Gehorsam, ohne Rücksicht auf Menschenopfer?«

»Sie reden von der eschatologischen Sicht des Paulus, vom ehelosen Leben um des Himmelreiches willen – aber Paulus schreibt auch in 1 Kor 9, 5: ›Haben wir nicht das Recht, eine gläubige Frau mitzunehmen, wie die übrigen Apostel und die Brüder des Herrn und wie Kephas?‹ Es gab Jahrhunderte Männer, die fest im Glauben und im Leben standen, sie haben nicht zölibatär gelebt, aber sie haben die Eucharistie gefeiert. Selbst Erasmus von Rotterdam sagte über den Zölibat: ›Er ist nicht lebbar.‹

Wenn man die Frage des Zölibats aufwirft, wird einem von kirchlicher Stelle oder von Verteidigern des Pflichtzölibats geantwortet, jeder hätte die freie Berufsentscheidung gehabt – jeder konnte sich frei dazu entscheiden. Und bei der Priesterweihe, die ihm dieses bei der Weihe zum Diakon gegebene Versprechen eines lebenslangen, ehelosen Lebens quasi aufzwingt, müsse ein junger Mann mit fünfundzwanzig oder dreißig Jahren wissen, was er tut. Sicherlich beginnt jeder junge Priester mit Feuereifer und heiligem Pflichtbewusstsein seinen Dienst, die ja den besten Willen bereits in sich einschließen … das hab ich doch an Berthold erlebt … Aber wer kennt das Leben in diesem Alter wirklich? Wer weiß schon, was es ihm in den Weg wirft, welche unvorhergesehenen Begegnungen und Erschütterungen das Schicksal für ihn bereithält? Die Kirche verlangt aber in der Zölibatsfrage den blinden Gehorsam. Nach ihrer Ansicht bricht nur ein Schwächling, ein Wortbrüchiger, ein Abtrünniger das einmal gegebene Wort. Wissen diese Leute, was alles über ein Leben kommen kann? Was über zwei Menschen kommen kann? Wissen diese Hartherzigen, Gesetzesbewussten um das unsagbare Leid, das aus einem solchen Versprechen erwachsen kann? Entweder er muss die geliebte Frau aufgeben, oft im Stich lassen – »Sichzusammenreißen« nennen sie das – um weiter in der Kirche Dienst tun zu dürfen, einen Dienst, der oft gerade von barmherzigen, lebensnahen Männern mit leidenschaftlichem Eifer und mit brennendem Herzen ausgeübt wird, oder wenn er sich wie im Fall von Berthold zu der Frau bekennt, muss er seinen Dienst quittieren, wird ein Ausgestoßener, muss alles aufgeben, was sein bisheriges Leben ausgemacht und erfüllt hat, muss sich eine neue Existenz suchen und hat bisweilen noch die Verachtung seiner Kollegen oder eines gewissen Kreises von Christen im Rücken. Aber ich sage dir: Diesen glücklich Unangefochtenen wünsche ich nicht, es mögen in ihrem Leben Dinge kommen, denen sie nicht gewachsen sind. Nein – ich wünsche es ihnen nicht. Auch für sie ist noch nicht aller Tage Ende da.

Vielleicht würde ich mich gar nicht so sehr in diese armen Menschen hineindenken können, wenn ich nicht selbst davon betroffen wäre. Niemand hat mehr Mitleid mit den Verstoßenen, als einer, der weiß, was es heißt: Draußen vor der Türe stehen, gehen müssen, die Verzweiflung im Herzen, der gelernt hat zu hungern – nicht nur dem Leibe nach.«

Maurus schwieg eine Weile, dann fuhr er fort: »Damals, als ich vor den Ewigen Gelübden aus dem Kloster ging, weil ich erkannte, dass das klösterliche Leben mir nicht gemäß ist, habe ich das erfahren. Hätte ich nicht von einer mir bekannten Oberin fünf Mark bekommen, ich hätte nicht mehr weitergewusst. Ich stand buchstäblich auf der Straße. Dabei habe ich auf den Feldern des Klosters in meiner Freizeit mehr gearbeitet als alle anderen.

Hans Urs von Balthasar habe ich in der Sendung *Rechenschaftsbericht eines Christen* sagen hören, ›in seinem schönen Arbeitszimmer könne er zwar mit den Verzweifelten draußen *fühlen*, aber er gebe offen zu, dass er nicht mit ihnen verzweifelt *ist*‹. Man ist verzweifelt nur aus ureigenstem Schicksal heraus. Es ist mir viel durch den Kopf gegangen in den letzten Tagen … Wenn ich an die Heiligen denke: Obwohl sie die Kirchengeschichte ja viel mehr als die Päpste bestimmt, geprägt und mit warmem, glühendem und geistigem Leben erfüllt haben – denk an den heiligen Benedikt, den heiligen Augustinus, an die Heiligen des Mittelalters wie den heiligen Franz von Assisi und die heilige Katharina von Siena, denk an die Mystiker, und in unserer Zeit an Pater Maximilian Kolbe«

Anna unterbrach ihn: »Und ich denke an das Schicksal des jüdischen Arztes Doktor Kortczak, der in meinen Augen auch ein Heiliger ist, weil er mit den ihm anvertrauten Kindern eines Waisenhauses des Warschauer Ghettos freiwillig in die Gaskammer ging, um sie nicht alleinzulassen im Sterben.«

Maurus sah Tränen in ihren Augen aufsteigen; er streckte seine Hand über den Tisch und streichelte über ihre Wange. Dann fuhr er in seinem Gedankengang fort: »Solche Menschen sind es doch, die heute überzeugen, die unser Herz noch anrühren und an Gottes Existenz glauben lassen. Wenn wir uns an sie erinnern, muss man aber auch sehen, dass die Päpste viel mehr als diese Heiligen über den einzelnen Menschen besondere Lebensschicksale verhängt haben. Es gibt aber keine einzelnen Menschen. Nur im Für- und Zueinander ergibt sich die Konstellation eines Ganzen. Denk auch zurück an unser Gespräch nach deiner Rückkehr aus dem Urlaub in Holland, über die Abspaltung der Altkatholiken wegen des Primatsanspruchs des Papstes. Wo ein Stand im Lauf seiner Entwicklungsstufen zur Macht kommt – das betrifft in unserer Zeit auch die Zölibatsfrage –, da verändert sich diese Konstellation … Die Lasten der anderen trägt Petrus … so müsste es verstanden werden. Es gibt keine Einzel-Konstellation zueinander. Wenn aber nicht ein Einzelner, sondern die ganze katholische Kirche dem Sünder verzeiht, warum darf dann ein Einzelner über das Schicksal des Einzelnen bestimmen und es wird nicht die ganze katholische Kirche gefragt? Und warum wird bei den vielen positiven und bei den vielen negativen Stimmen nicht freigestellt, dass der *Eine* seinem wahrhaftigen Charisma in der Ehelosigkeit lebt, und der *Andere* ein wahrhaft menschliches, von Gott gewolltes Leben in der Ehe *und* im Dienst der Kirche als Priester führen darf? Ich glaube, dass ich als verheirateter Priester genauso gut arbeiten und den Menschen etwas geben könnte wie jetzt als zölibatärer … Ich kann mir nicht vorstellen, dass ich ein schlechterer Pfarrer wäre, wenn ich verheiratet wäre. Und ich frage mich: Was ist besser: Ehrgeizig in Rom die Kurientreppe hinaufzueilen und unangefochten zu bleiben – oder der kleine Pfarrer zu sein, liebend und allen Brüdern und Schwestern dienend, aber zugleich in Liebe einer Frau zugetan zu sein? Ich weiß es nicht. Gott allein weiß es.«

Anna hing ihren Gedanken nach. Sie sagte: »Du hast dich vorhin gefragt, warum der Papst als Einzelner das Schicksal des Einzelnen bestimmen darf, und nicht die ganze katholische Kirche gefragt wird. In diesem Zusammenhang fällt mir das Schicksal der geschiedenen Wiederverheirateten ein. Du hast mir einmal gesagt, dass du es auf deine Kappe nimmst, wenn du Leuten, die aus diesem Grund vom Sakramentenempfang ausgeschlossen sind, die heilige Kommunion gibst. Das hast du also ganz allein entschieden?«

»Ja«, antwortete Maurus, »das kann ich vor meinem Gewissen verantworten wenn ich weiß, dass es gläubige Menschen sind, und wenn ich sehe, dass sie schon jahrzehntelang eine gute Ehe führen und unter diesem Ausschluss leiden. Da denke ich an das Wort von Kardinal John Henry Newman: ›Erst das Gewissen, dann der Papst!‹ … In einem Buch von Graham Greene habe ich gelesen: ›Die Kirche kennt alle Gesetze. Aber sie weiß nicht, was im Herzen auch nur eines einzigen Menschen vorgeht.‹ … Man wird unterscheiden müssen zwischen der Kirche und so manchen ›Männern in der Kirche‹.«

Der Kellner brachte das Essen. Anna aß mit Heißhunger und Maurus schaute lächelnd zu ihr hin, bevor er sich selbst dem gebratenen Fisch mit Gemüse zuwandte. Sie tranken beide ein Glas Rotwein. Nach der langen Reise verspürten sie ein wohliges Gefühl von Müdigkeit.

Die Straße entlang dem Meer war weiß vom Mondlicht, als sie zum Pinienhain zurückfuhren.

»Um diese Jahreszeit sind die Nächte am Meer schon kalt«, sagte Maurus, als sie am Blockhaus ausstiegen. Anna dachte an ihr kleines Zelt, in dem sie im August vor zwölf Jahren auf ihrer Luftmatratze unter ihrer Decke gefroren hatte. Nun wärmten sie sich gegenseitig und schliefen lange in den Vormittag hinein. Maurus hatte alles für das Frühstück mitgebracht. Auf einem kleinen Kocher konnten sie Tee zubereiten; sie hatten Brot, Käse und Marmelade.

»Sollen wir heute in die Cinque Terre fahren?«, fragte er.

Annas Augen leuchteten. Sie dachte an das Schweizer Ehepaar, das sie damals in ihrem Citroën mit nach Améglia hinaufgenommen hatte, und an die große Einsamkeit, in der sie allein auf das Meer hinuntergeschaut hatte. Nun saß sie im Auto neben Maurus wie in einem Traum. Sie fuhren durch die herbstlich goldversponnene Landschaft; zur Rechten zeichneten sich die Apuanischen Alpen klar und scharf im Mittagslicht ab; wenn Anna die Augen westwärts wandte, sah sie das Meer, blau bis an den Saum des Himmels. Ein unbeschreibliches Glücksgefühl erfüllte sie. Sie schmiegte sich an die Schulter von Maurus, der manchmal lächelnd auf sie herabsah. Die Straße hinauf in die Cinque Terre war frei zu befahren. Nur ein kleiner Lieferwagen kam ihnen entgegen, und hin und wieder ein Auto mit dem fremden Kennzeichen später Touristen. Der Blick auf das Meer, das sich weit unter ihnen ins Unendliche dehnte, war fantastisch. »Schau du nur, und ich fahre!«, sagte Maurus wie immer, wenn er ihr etwas Besonderes zeigen wollte.

In Manarola stiegen sie aus. Es ist eines der fünf malerischen Fischerdörfer, die sich zwischen Meer und Weinterrassen an die Steilküste der Cinque Terre schmiegen, einer weltabgeschiedenen Landschaft von paradiesischer Schönheit und Unberührtheit. Enge gewundene Gässchen, die ansteigen und abfallen, führen unter schmalen Torbogen hindurch, vorbei an offenen Haustüren mit ausgetretenen, uralten Steinplatten davor. Die lichtverwöhnten Augen schauen geblendet in dämmrige, ärmliche Wohnungen, die wie ausgestorben scheinen, und auf die Altanen dahinter, auf deren altes Holz die Sonne brennt. Unter Zitronenbäumchen in hochgelegenen, abschüssigen Gärten spielten zerlumpte Buben. Sie gingen eine meerwärts führende Gasse entlang, die auf eine weite Felsterrasse mündete und den Blick auf stille Buchten mit durchsichtig grünem Wasser und felsgehauene Stufen freigab, über die das Meer mit wilder Wucht stürzte. Der Tag war warm, fast heiß geworden, jedoch von jener Klarheit, wie das den Spätsommertagen der ligurischen Küste eigen ist. Der Meerwind blähte sanft die weißen Tischdecken vor dem Ristorante und drückte sie wieder nieder. Maurus und Anna setzten sich auf ein Mäuerchen hoch über dem Meer, und schauten zu den zusammengedrängt aufsteigenden Häusern hinauf, die zitronengelb, altrosa, mattweiß und ockerfarben an der Steilküste klebten – eine steinerne Abwehr gegen Eindringlinge.

Es war schon lange nach Mittag, aber man konnte auf der Felsterrasse noch essen. Ein Mann stellte ein Körbchen mit Weißbrot und in einer Karaffe Cinque-Terre-Wein auf den Tisch. Dann brachte er zwei dicke Porzellanterrinen, aus denen ein würziger Geruch stieg. Maurus und Anna schmeckten das milde Feuer einer Fischsuppe, in deren Brühe unter winzigen, safranroten Öläugelchen sich undefinierbare Köstlichkeiten verbargen: Früchte des Meeres, festes, kerniges, schneeweißes Muschelfleisch kleiner Meerestiere, das sie aus weichschaligen Panzern lösten, und zarte Fischfiletstücke; sie tauchten das Weißbrot in die unnachahmlich köstliche Tunke aus Öl, Wein, Zwiebeln, Knoblauch, Lorbeer, Tomaten, Paprika, Safran, Koriander, Pfefferkörnern und Basilikum. Nie hatten sie eine bessere Fischsuppe gegessen. Sie aßen schweigend und mit Hingabe.

Auf dem Rückweg zum Auto standen sie vor der schneeweißen Dorfkirche hoch über dem Meer. Ihren einzigen Schmuck bildete eine edle Kreuzrose über dem Portal. Sie betraten das Innere des Kirchleins und gingen nach vorne fast bis zum Altar. Maurus stimmte das Marienlied »Es blühn drei Rosen auf einem Zweig« an, der Muttergottes zu Ehren. Sein geübter Bariton füllte den Kirchenraum; Annas junge, klare Stimme schwebte darüber, bis die Melodie nach der letzten Strophe im Gewölbe verklang. Sie lächelten sich an, fassten sich an den Händen, und wandten sich langsam zum Gehen. Durch die marmorne Rosette über dem Portal drang rötlicher Schimmer der untergehenden Sonne herein und vertiefte die Bräune und den frohen Glanz ihrer Gesichter. Da bemerkten sie die schmale Gestalt eines Priesters, der in der letzten Bank kniete, und vermutlich ihrem Gesang gelauscht hatte. Er hob den Kopf und schaute ihnen entgegen. Freudige Überraschung verschönte sein junges Gesicht.

Um einen Blick in die Zukunft zu tun, um leise zu erahnen, was uns erwartet, genügt oft ein kleiner Anlass, eine Äußerung, eine belanglos erscheinende Begebenheit, eine unbestimmte Geste, die das zu erwartende Schicksal blitzartig erhellen kann. Und so ist es oft ein Verhalten des geliebten Menschen, das uns wegen seiner Menschlichkeit nachdenklich macht oder manchmal sogar in Schwermut stoßen kann: Maurus kam nicht an dem jungen Priester vorbei. Er sprach ihn an. Anna lehnte schweigend, sonnenmüde und glückverloren an einem Kirchenstuhl und beobachtete die beiden Männer. Sie sah, wie Maurus mit der ihm eigenen Leidenschaft für fremde

Menschen und mit begeisterter Brüderlichkeit auf ihn einsprach und ihn mit seiner unaufhaltsamen Gesprächsflut fast überforderte. Sie hörte erstaunt, wie er Worte sprach, die sie nicht verstand, die aber den schüchternen jungen Priester in Erstaunen versetzten; sie sah die verwirrte Verlegenheit des einfachen Dorfpfarrers in der armen, schäbigen Soutane, der wie der geringste Arbeiter im Weinberg des Herrn dem gebrochenen Italienisch, das mit Latein untermischt war, angestrengt und andächtig lauschte. Anna merkte, dass er manchmal vergeblich versuchte zu Wort zu kommen und in der reinen Demut seines Herzens errötete. Auf seinem knabenhaften, bäuerlich-einfachen Antlitz spiegelten sich die widerstreitendsten Empfindungen: Freude über den unerwarteten Einbruch in seine Einsamkeit, die Bewegung, die das Besondere des Erlebnisses in die Eintönigkeit seiner Tage fern allen geistigen Gedankenaustausches brachte, und eine seltsame Mischung von Ehrfurcht und Zuneigung zu dem viel Älteren. Und sie sah plötzlich in der Tiefe seiner dunklen Augen ein geheimes Erschrecken aufglühen: Das Getroffensein vom eingebrannten Siegel auf der Stirn des anderen; er erfühlte die Ausstrahlung von Maurus' Berufung und Weihe wie damals der andere junge Priester in Spanien, von dem Maurus ihr einmal geschrieben hatte – und sie spürte mit untrüglicher Sensibilität, dass er in ihm den Mitbruder erkannt hatte; zugleich verrieten seine Augen eine gewisse Ratlosigkeit, als sie einmal kurz und wie fragend auf *ihr* ruhten. An der rührend leisen Qual in seinen jungen Zügen erkannte sie, dass er dieses Erlebnis nicht einordnen konnte, weil sie als Frau neben Maurus stand. Etwas Dumpfes legte sich plötzlich um Annas Herz. Es wurde ihr von Neuem bewusst, dass Maurus es nie würde ertragen können, nicht mehr das zu sein, was er jetzt war. Sie sah wieder die große Einsamkeit nach den Tagen dieser Reise auf sich zukommen, sah ihren Weg, die kommenden Jahre, wie sie sich aneinanderreihten wie all die vielen in der Vergangenheit: einsam, wartend. Maurus brauchte die Menschen, denen er sich mitteilen und denen er dienen konnte mit seinem überströmenden Herzen, das ein Mensch allein nicht glücklich machen und erfüllen konnte. Sie erkannte: Würde er sie als seine rechtmäßige Gefährtin zu sich nehmen und auf seinen Beruf verzichten, gäbe das seinem Leben eine Wendung, die ihm nicht gemäß war, die er nicht verkraften konnte. *Es gab kein Leben für sie mit ihm.* In dieser Stunde spürte Anna mit einem Mal, dass die vielen Jahre der Trennung sie überforderten, dass diese wunderbaren gemeinsamen Tage egoistische Wünsche in ihr wachriefen, dass sie es kaum mehr vermochte, ohne ihn zu leben.

Sie fuhren noch nach Riomaggiore. Maurus parkte das Auto unter der Festung. Er wollte noch einen Laden suchen, in dem er Karten kaufen konnte. Anna stieg durch steile, winkelige Treppengässchen, die ihr plötzlich beklemmend labyrinthisch vorkamen, zum Meer hinab. In einer dämmerigen Weinlaube sah sie eine schwarz gekleidete Frau mit blau verschatteten, steinalten Augen sitzen, als wäre sie vor Jahrhunderten den Sarazenen- oder Normannenschiffen entstiegen. Unten brandete das Meer in die von Fischerhäusern umrahmte kleine Bucht und zog das Geröll gierig mit sich zurück. Weißer, blasiger Schaum versickerte im langsam abgesogenen, kiesigen Ufer. Anna stand wie in einem Amphitheater: im Hintergrund das bunt aufsteigende Häusergewürfel mit halb ausgestellten, grünen Fensterläden und planenüberdeckten weißen, seegrünen und piratenschwarzen Fischerbooten.

Sie stieg wieder aufwärts, um zu Maurus zurückzugelangen. Ein Zug aus Richtung Genua verließ ohrenbetäubend den Tunnel, wirbelte Staub und Papierfetzen in die Luft, und schoss in den nächsten Tunnel unter die Felsen. Anna hastete aus dem infernalischen Sog die steile Gasse hinauf. Eine Ansammlung alter Männer auf einer Bank sah ihr auf halber Höhe entgegen, erwartungsvoll, neugierig, anerkennend. Sie gestikulierten heftig, als sie in ihre Nähe kam, und riefen, soweit Anna verstand, ihr *marito* – ihr Mann, erwarte sie in dem kleinen Laden gegenüber. Verwirrt sah sich Anna um. Da kam Maurus auch schon mit Ansichtskarten in der Hand auf sie zu und klärte sie auf. Er habe zu den Männern gesagt: »Wenn eine ›Signora‹ in blauen Hosen hier heraufkommt, so sollen sie sie anhalten.« Er blickte zu den alten Männern hinüber, die Anna mit unverhohlenem Erstaunen betrachteten, vermutlich weil sie so viel jünger war als der Mann, zu dem sie anscheinend gehörte. Maurus strahlte vor Stolz, weil er die Bewunderung sah, mit der sie Anna anschauten.

Als sie auf dem Heimweg die Straße entlangfuhren, an der die

Felsen senkrecht in die Brandung abfallen, sagte Anna erschauernd: »Was würdest du denken, wenn wir hier hinabstürzen würden?«

»Ich habe mich eben das gleiche gefragt. Ich würde sagen: Zeige Gott, dass *du* die Liebe bist! Sie würden denken, wir haben den Tod gesucht. Sie würden nicht gut von mir reden ... wenn sie wüssten, *wie* gerne wir leben ... miteinander leben würden! Mein Gott!«

Nach einer Weile des Schweigens sagte Anna: »Kennst du die Legende von Hilarius und Quieta, die Luise Rinser am Ende ihres Bändchens *Septembertag* erzählt?«

»Nein, erzähl sie mir!«

»Im fünften Jahrhundert lebten in Frankreich zwei Liebende, Hilarius und Quieta. Hilarius starb zuerst und man hat ihn in St. Jean in Dijon begraben. Als Quieta starb und man sie in ein Grab neben das ihres Liebsten legen wollte, hat Hilarius seinen Arm um sie gelegt und an sich gezogen. Später, im neunten Jahrhundert, hat man sie in der Krypta der Kathedrale von Dijon in zwei getrennte Gräber gelegt. Aber warum? Diese Häretiker der Liebe! Aber da waren die beiden schon längst untrennbar eins geworden in der Ewigkeit.«

Anna schaute über das Meer, das sich leise in Dämmer hüllte.

»Das ist schön«, sagte Maurus rau vor innerer Bewegung.

Sie sprachen nichts mehr; sie waren hineingenommen in das Glück ihres Beieinanderseins, für das es kein Wort gab. Hin und wieder senkte Maurus seinen Kopf auf den Annas, der an seiner Schulter ruhte, bis sie zum Blockhaus im mondversilberten Pinienhain kamen.

Die wenigen Tage am Meer vergingen mit kleinen Fahrten in die Umgebung. Einmal fuhren sie nach Campareggio hinauf, wo sie in einem urigen Berglokal zu Abend aßen. Zwei Frauen mittleren Alters kamen herein und steuerten auf ihren kleinen Tisch zu, obwohl noch andere Plätze frei waren. Mit der Frage »Dürfen wir?«, zogen sie auch schon die zwei freien Stühle unter dem Tisch hervor, ohne auf Antwort zu warten. Die eine war eine rassige, dunkle Schönheit mit einem roten Stirnband und buntem Folklorekleid, die sofort ein Gespräch begann und sich als Frau eines Kapitäns ausgab. Sie bedachte Maurus ungeniert mit glutvollen Blicken und lud ihn zu einem Tanzabend in Viareggio ein. Aber er lächelte nur und legte seine

Hand auf die Hand Annas, die wortlos und bescheiden neben ihm saß. Das Gesicht der schönen Abenteuerin umwölkte sich, und nach einem kleinen Drink stand sie mit ihrer Begleiterin auf und ging.

Am Morgen des übernächsten Tages reisten Maurus und Anna ab.

Auf der Heimfahrt sprachen sie nicht viel. An einem Bahnhof zwischen seiner und ihrer Stadt setzte er sie ab. Es war Freitag und er musste zu seinen fünf Sonntagsgottesdiensten heim.

Nach diesen wenigen wundervollen Tagen ihres Zusammenseins schoss das plötzliche Alleindastehen wie lodernde Verzweiflung in Anna hoch. Sie *konnte* einfach nicht sofort in ihr Großstadt-Apartment zurückfahren. Sie nahm einen Zug zu ihren Eltern. Es war wie eine Zuflucht zurück in die Kindheit. Alles war wund in ihr. Daheim sprach sie wenig und streifte stundenlang durch die Wälder. Die Eltern drangen nicht in sie, obwohl sie ihre Not spürten. Sie glaubten, das rechte Wort nicht zu finden; sie waren gewohnt hinzunehmen ohne zu fragen. Am Sonntagabend fuhr Anna nach München zurück.

2

Als der Tag nahte, da der junge Berthold sich vermählen sollte, erschien er eines Nachmittags im Pfarrhof und überbrachte Maurus die Heiratsanzeige.

Er weinte sehr.

Maurus las sie bei ihrer nächsten Begegnung Anna vor. Sie hörte, wie er langsam, fast feierlich und ehrfürchtig, das wunderbare Kapitel aus der Genesis 1. Buch Moses 2, 18–24 las, hörte es irgendwie ganz anders, als es der Schweizer einst auf dem Zeltplatz in Carrara vorgetragen hatte. Diesmal stand ein menschliches Schicksal dahinter, das sich mit harter, persönlicher Konsequenz an diesem Gotteswort orientierte und rechtfertigen musste – das Leben von Berthold und seiner jungen Frau.

Und Gott der Herr sprach:
Es ist nicht gut, daß der Mensch allein ist.
Eine Hilfe will Ich ihm schaffen, ihm gegenüber, ihm gleich.

So machte der Herr aus Erde alles Getier des Feldes und alle Vögel des Himmels und brachte sie zum Menschen.
Aber es war kein Helfer für ihn da, niemand, der ihm entsprach.
Da breitete Gott, der Herr, einen tiefen Schlaf über den Menschen.
Und Gott nahm eine seiner Rippen und verschloss die Stelle mit Fleisch.
Ein weibliches Wesen formte der Herr aus der Rippe des Mannes und führte sie ihm zu.
Da sprach der Mann: Das ist doch endlich Bein von meinem Gebein und Fleisch von meinem Fleisch. Frau soll sie heißen; denn vom Mann ist sie genommen. Darum wird ein Mann Vater und Mutter verlassen und seiner Frau sich verbinden.
Und sie werden ein Leib sein.

Wir vertrauen darauf, daß unsere
gegenseitige Liebe von Gott gewollt ist.

Daher wagen wir es – getragen
von seiner Güte und der Hilfe vieler
uns gut gesinnter Menschen – miteinander
den Weg unseres Lebens weiterzugehen.

Unter diesem Text standen die Namen der beiden Brautleute.

Maurus nahm Anna mit zur Trauung, die in einer entfernten kleinen Kirche stattfinden sollte.

Auf der Hinfahrt durch das frühwinterlich stille Land waren sie schweigsam; beide hingen sie ihren Gedanken nach. Als sie das Auto geparkt hatten und auf der Straße zur Kapelle gingen, überholte sie ein Wagen. Er hielt neben ihnen an. Das Fenster wurde heruntergekurbelt – Berthold saß am Steuer, schaute zu ihnen hoch und sagte, auf die junge Frau neben sich weisend: »Das ist Eva-Maria – jetzt meine Frau!«

Er sagte es ruhig und fest. Es war das Wort eines aufrechten Mannes. Er hatte sich für die Liebe und die Ehrlichkeit entschieden. Das Leben eines aus dem Kirchendienst Verbannten schien ihm weniger verächtlich, als das Leben eines Mannes, der sich mit der Tyrannei der Unfreiheit abfindet und seine Liebe im Untergrund lebt, weil das Aus-der-Reihe-Tanzen zu teuer zu stehen kommt. Anna dachte bewundernd: *Wie viel Mut gehört dazu, das durchzustehen – Mut gegen Widerstände und Ungerechtigkeiten – vielleicht bedrückt ihn jetzt am meisten die Trauer und Enttäuschung der Eltern und der Verzicht auf seine Berufung. Denn man wird nicht Priester aus Zufall. Warum muss die Liebe zu einer Frau in unvereinbarem Gegensatz zur Priesterberufung stehen? Was ist denn so furchtbar, wenn ein Mann beide Berufungen in sich spürt?*

Sie schauten in das Gesicht der jungen Frau, auf dem ein zaghaftes Lächeln aufblühte. Auch sie hatte es sich gewiss nicht leicht gemacht. Anna wurde überflutet von Anteilnahme und schwesterlicher Zuneigung. Es war die erste Priesterfrau, der sie begegnete. Sie wünschte der anderen alles Glück der Erde.

Nach der Trauung fuhren Maurus und Anna zurück in seine Stadt.

»Berthold hat das Charisma der Berufung«, sagte Maurus plötzlich in die Stille hinein. »Ich habe einmal in einem Seminar über das Amtsverständnis einen Referenten in der Katholischen Akademie in München sagen hören: ›Was aber, wenn ein Priester erst im Lauf seines Lebens erkennt, dass er keine hohe, leuchtende Sonnenblume, sondern eine rote Gartentulpe ist, wenn er nicht aus einem Kern, sondern aus einer Zwiebel gewachsen ist, nicht die geballte Vollkommenheit der charismatischen Berufung in sich hat, sondern sein Charisma aus der Vielfalt barmherziger, erdnaher, menschlicher Empfindungen geschichtet ist? Manch einer ist keine Sonnenblume, sondern eine Tulpe, er kommt nicht aus einem Kern, sondern aus einer Zwiebel – und wenn er dann heiratet, so ist ihm das die wesensgemäße Lebenserfüllung … Wir leben in einer anderen Zeit, wir gehen nicht mehr auf Pfaden zwischen Getreidefeldern und Rebhängen, sondern zwischen Schienen. Wenn ein Schnellzug uns entgegenbraust und im Rücken nähert sich ein Güterzug, können wir nur zur Seite springen, um nicht überfahren zu werden. Die Kirche hat nicht in allen Dingen recht: Sie ist oft ohne Erbarmen und ohne Barmherzigkeit.‹ So ungefähr hat er es formuliert.«

Maurus schaute gedankenverloren auf die hinfliehende Landstraße und fuhr fort: »Das Aufgeben der zölibatären Lebensweise wegen der Liebe zu einer Frau kann Berthold in keiner Weise als Treulosigkeit gegenüber dem Priestertum oder gar gegenüber dem Glauben angelastet werden. Das II. Vatikanische Konzil spricht in Artikel 16 die Priesterordnung betreffend: Die vollkommene Enthaltsamkeit um des Himmelreiches willen (Mt 19,22) ist nicht vom Wesen des Priestertums selbst gefordert. Es gibt auch hochverdiente Priester im Ehestand.

In der heutigen Zeit wird die ganz persönliche Christusbeziehung in den Mittelpunkt gestellt und der Zölibat im Wesentlichen indirekt aus der Ehelosigkeit Jesu abgeleitet. Aber die Kirche schneidet sich doch ins eigene Fleisch, wenn sie Männer wie Berthold nichts mehr tun lässt. Der *Codex Iuris Canonici,* das Kirchenrecht, verlangt: Kleriker sind gehalten, vollkommene und immerwährende Enthaltsamkeit um des Himmelreiches willen zu wahren; deshalb sind sie zum Zölibat verpflichtet, der eine besondere Gabe Gottes ist, durch welche die geistlichen Amtsträger leichter mit ungeteiltem

Herzen Christus anhangen und sich freier dem Dienst an Gott und den Menschen widmen können.

Aber ich möchte nicht wissen, wie viele Pädophile sich in der Kirche eingenistet haben und das Priesteramt bekleiden. Der Studienpräfekt eines Priesterseminars hat einmal zu mir gesagt: ›Eine Einrichtung wie die Hierarchie der Kirche, ein kleiner Staat des Geistes, ist inneren und äußeren Gefahren ausgesetzt. Die inneren Gefahren sind uns bekannt und werden von uns beobachtet und bekämpft. Wir schicken immer wieder einzelne Kandidaten aus den Priesterseminarien zurück, weil wir unausrottbare Eigenschaften und Triebe an ihnen entdecken, die sie für unsere Gemeinschaft untragbar und gefährlich machen. Die meisten von ihnen, so hoffen wir, sind darum noch nicht Menschen minderen Werts, sondern nur für das asketische Leben ungeeignet, und können nach der Rückkehr in die Welt ihnen gemäßere Lebensbedingungen finden und richtige Männer werden.‹

Ich hab mir das angehört, aber ich frage mich: Wie wollen die Oberen, die darüber entscheiden – so seelenkundig sie sich vielleicht vorkommen – mit oder ohne psychologische Ausbildung die Symptome dieser krankhaften Neigung erkennen? Ein solch abnormaler Sexualtrieb kann sich ja auch erst später zeigen. Und wenn dann einmal ein Missbrauchsverbrechen oder massive Gewaltanwendung an Kindern ans Tageslicht kommt – wenn es überhaupt jemals aufgedeckt wird –, was machen die Oberen? Sie vertuschen, wenn möglich, die ganze Sache, damit ja kein Schatten auf die Heiligkeit der Kirche fällt. Und was geschieht mit solchen verbrecherischen Priestern? Sie werden in einen anderen Arbeitskreis versetzt, wo sie aber weiterhin ihr Priesteramt ausüben, heilige Messen zelebrieren und die Sakramente spenden dürfen – und sich vielleicht sogar wieder an Kindern vergehen. Heiratet aber einer, ein normaler, moralisch untadeliger Mann wie Berthold, dann wird er auf die Straße gesetzt – hinausgeworfen, darf nicht mehr zelebrieren und für seine Gemeinde da sein. Ist das richtig? Das schlimmste Verbrechen in den Augen der katholischen Kirche ist anscheinend, wenn ein Priester heiratet. Eine Erneuerung der Kirche wäre überfällig. Auch von daher gesehen ist die Abschaffung des Pflichtzölibats überreif.«

Anna hatte still zugehört.

»Das kann einen schon erbittern«, sagte sie in das minutenlange Schweigen hinein. »Da denk ich wieder an Luther. Heute ist uns doch auch erlaubt, seine Person im rechten Licht zu sehen. Hätte er, dem das Religiöse Mittelpunkt seines ganzen Wesens war – wie du mir einmal in den Cinque Terre gesagt hast –, die Ehe vorgelebt, wenn ihm nicht seine tiefe Einsicht aus Gebet und Meditation einen Segen daraus versprochen hätte? Ich weiß, dass er durch den Ausschluss aus unserer katholischen Kirche die apostolische Sukzession, die sakramentale Weitergabe des Sendungsauftrags und der Weihegewalt verloren hat … war das gerechtfertigt?«

Maurus ging nicht auf die theologisch trennenden Unterschiede zwischen Katholizismus und Protestantismus ein, er sagte: »Ich muss dir noch etwas erzählen: Kürzlich bin ich dem Regens des Priesterseminars begegnet, der jetzt eine Pfarrei zugewiesen erhalten hat. Er hat mir gesagt, wie es zu seiner Amtsenthebung gekommen ist: Unser Bischof sei überzeugt, dass das, was er anordnet, der Wille Gottes ist. Das sei seine Stärke und zugleich seine Schwäche. So hat er es jedem Priesteramtskandidaten zur *Pflicht* gemacht, die tägliche heilige Messe zu besuchen. Außerdem mussten sie den Hausschlüssel für den Abend abgeben, weil eine solche persönliche Freiheit vor der Weihe vom Bischof nicht gutgeheißen wurde. Die Rücksprache der Alumnen beim Ordinariat wurde als Revolte ausgelegt. Und er als Regens – und das muss betont werden! –, der überhaupt nichts wusste von dieser Abordnung aus dem Priesterseminar, sei nicht tragbar und muss weg. Sein Einwand, dass dies während des Semesters denkbar ungünstig sei, wurde vollkommen ignoriert, denn als der Regens einige Tage später dem Generalvikar begegnete, dankte dieser dem bestürzten Mann für sein Verständnis, die ferne Pfarrei sofort angenommen zu haben, was er ja gar nicht freiwillig tat, sondern im Gegenteil höchst überrascht zur Kenntnis nahm.«

»Aber wie sollen junge Männer, angehende Priester, sich und die Welt kennenlernen, wenn ihre Freiheit derart beschnitten wird, wenn sie sozusagen am Abend eingesperrt werden?«, warf Anna ein. »Da wundert es mich nicht, wenn sie erst später ihre individualistischen Lebensbedürfnisse entdecken … wenn's dann oft zu spät ist.«

Maurus sagte: »Ohne dieses Zölibatsversprechen gibt es keinen Zugang zum Priesteramt. Ich frage mich oft: Weiß die Kirche um die verschleuderte, vergeudete Kraft so vieler Leben, die sich der Härte und Strenge dieses Gesetzes beugen, und dann oft gezwungenermaßen ein vielleicht frommes, enthaltsames Leben führen, aber doch auch manchmal ein mageres und oft trauriges.«

Als Anna schwieg, fuhr Maurus fort: »Ich habe mir damals vor der Priesterweihe um dieses Thema viele Gedanken gemacht. Ein halbes Jahr vorher habe ich in München eine ›Erklärung‹ niedergeschrieben mit Datum 1. Februar 1933 und meiner Unterschrift, die ich von zwei Kurskollegen ›Zum Zeugnis, daß es so geschehen mit voller Übereinkunft und Überlegung‹ namentlich bestätigen ließ. Ich habe geschrieben:

Ich Unterzeichneter werde heute eine ›eidliche Erklärung‹ abgeben, in welcher ich unter Eid bestätigen soll, daß ich mich ›in Wahrheit von Gott berufen weiß und fühle‹.

Ich erkläre hiermit feierlich, daß ich diese Gewißheit im Gewissen nicht beschwören kann, und daß ich diese Erklärung unter Eid nur deshalb abgebe, weil sie als ›conditio sine qua non‹ vor den Empfang der Weihen gestellt ist.

Ich erachte es geradezu als eine Herausforderung Gottes, als eine Blasphemie, als eine Anmaßung, einem Menschen darüber eine eidliche Erklärung abzuverlangen, was Gott allein bekannt ist. Es hätte genügt, dem Kandidaten eine Versicherung abzunehmen, daß er sich nach bestem Wissen und Gewissen von Gott berufen glaubt. Dazu hätte ich mich gerne bereit erklärt und hätte es mit gutem Gewissen tun können.

Ich fürchte, daß dies Werk die gegenteilige Frucht bringt, als seine Väter erwarten: daß es nicht bindet, sondern trennt.

Das Versprechen des Gehorsams gebe ich gerne salvo iure conscientiae.

Ich bin hiermit im Gewissen gerechtfertigt.

Anna fand kein Wort, ihrer Überraschung Ausdruck zu geben. Sie dachte: *Die Generation der Fünfundzwanzig- bis Dreißigjährigen war zu Maurus' Zeit in ihrer Entwicklung sicher viel unerfahrener als die jungen Männer der heutigen moderneren Zeit. Aber Maurus hatte schon damals solche Überlegungen angestellt – damit war er seiner Zeit sicher weit voraus gewesen.*

Sie bewunderte ihn noch mehr.

Er fuhr fort: »Vermutlich kann sich nicht jeder aufgrund einer höheren Eingebung oder einer Erleuchtung *von oben* als berufen glauben oder fühlen. Meine Berufung ist mir dann aber im Laufe meiner Priesterjahre ganz bewusst geworden. Ich habe erfahren, dass es meine Bestimmung und mein Leben ist, und dass ich nichts anderes möchte, als den Menschen zu dienen und ihnen den Glauben zu vermitteln, und dass dieser Beruf mich erfüllt wie sonst sicher kein anderer. Ähnlich wie diese Erklärung zur Berufungsgewissheit kann man auch das Zölibatsversprechen sehen. Denn wer weiß schon außer Gott, welche Veränderungen und welche menschlichen Begegnungen ihm das Leben bringt, und er erkennen muss, dass er die Forderung eines ehelosen Lebens nicht länger leisten kann, und für sich das gottgewollte, naturgegebene Recht wählen *muss* und heiratet … aber wie oft haben wir schon darüber gesprochen!«

Die Silhouette seiner Stadt flog ihnen schon entgegen. Maurus sollte zum Mittagessen daheim sein. Er ließ Anna am Stadtrand aussteigen. Sie ging in ihr Gasthaus – wie immer in dieser taumelnden Benommenheit, wenn sie so abrupt wieder allein war.

Am Sonntag lief sie nach dem Pfarrgottesdienst wieder ans Ende des Friedhofs und schaute seinem Auto nach, als er mit Frau Huser nach Bergheim zu seiner dritten Vormittagsmesse fuhr.

3

Im Winter wurde bei Annas Vater Magenkrebs in fortgeschrittenem Stadium festgestellt. Eine Kapazität in München führte die Operation durch. Annas Mutter wohnte bei ihr im Apartment. Acht Tage nach dem schweren Eingriff starb der Vater. Von Maurus kam ein Brief:

Meine liebe Anna!
In einer kurzen Zwischenpause bin ich schnell heimgeeilt, weil ich dachte: Es könnte Dir ein Trost sein, wenn Du hörst, daß ich heute schon die heilige Messe für Deinen lieben Vater feiern konnte, und daß ich mit allen Kindern für ihn gebetet habe. Ich bekam aber keine Verbindung mit Dir.
Als ich von der Schule heimkam, fand ich Deinen Brief mit der Todesanzeige vor. Hab Dank für die Zusendung. Ja, Du hast recht: unser ganzes Leben sollte ein Hineinwachsen in die Liebe und ein Reifwerden in der Liebe sein, dann ist es von selbst eine Vorbereitung auf die Ewigkeit. Ich glaube, es gibt keine andere Vorbereitung. Und es gibt wohl auch keine entscheidendere Prüfung der Liebe als den Tod. Das gilt für jene, die uns im Sterben vorangehen und für uns, die vor dem Sterben das ganze Leben lang stehen.
Ich meine, mein Herz, es gilt auch für uns. Bei aller Unvollkommenheit, die an mir haftet, meine ich, ich sei Dir nie näher gewesen wie in diesen Tagen der Sorge, und jetzt in diesen Tagen des Leides. Ich meine nicht nur, daß ich Dir nahe wäre, sondern daß ich mit Dir so eins bin, daß das Leid Deines Herzens auch von mir getragen wird. Ich kann es Dir nicht wegnehmen, mein Herz, aber ich bin so bei Dir, daß es Dich verwandelt, daß Du es anschauen und annehmen und durchleiden kannst, und daß Du damit allem Lebenden und allen Lebenden – und Dein Vater lebt! – näher und offener bist.
Ich weiß es gut, Anna, daß der Tod Deines lieben Vaters

ein großes, sehr schmerzliches Ereignis in Deinem Leben ist. Zum ersten Male erfährst Du, daß ein Mensch, dessen Leben einen wesentlichen Teil Deines Lebens ausmachte, und von dem Du immer gewußt hast, daß er da ist und wo er ist, und daß er für Dich da ist, daß er nicht mehr am bekannten Ort und in der vertrauten Weise existiert, daß Du ihn suchst und daß Du mit ihm reden möchtest – und Du mußt erst lernen, ihn zu finden und ihn zu verstehen. Du hast keinen Vater mehr. – Oder kannst Du es glauben, daß Du ihn <u>nicht</u> verloren hast? – Ich glaube, es ist leichter möglich, das zu glauben, wenn wir nicht ganz allein sind. Und vielleicht müssen wir auch das lernen. – Aber Du weißt, daß Du nie allein bist. Gott (möchten wir immer mehr an ihn glauben!) ist bei Dir.

Ich möchte so gerne jetzt besonders bei Dir sein, damit wir das lernen. Denn so schwer die Zeit jetzt für Dich ist, mein Herz, so gesegnet ist sie auch. Du bist offen für die Wahrheit, für die Liebe, für das Leben, für Gott.

Ich habe Deiner Mutter geschrieben; ich wünsche nicht, daß ich ihr damit etwas Unangenehmes angetan habe. Ich wünschte mir die Kraft und die Möglichkeit, ihr etwas zu sagen, was man mit Worten nicht sagen kann. Vielleicht hat sie ein wenig geahnt, was ich will. – Und ich dachte dabei auch an Dich. Ich weiß, daß es bei Dir keiner Worte bedarf. Zu Dir redet das Herz. Und das Herz ist wach. Mit Deinem guten reinen und treuen Herzen, meine liebe Anna, rede zu Gott und Du redest zu Deinem Vater – rede so mit Deinem Vater und Du redest zu Gott.

Ich umarme Dich und bin bei Dir. Ich grüße Dich in Trauer und Hoffnung und Liebe.

D. M.

Nach der Beerdigung, zu der viele Menschen gekommen waren und den Angehörigen ihr Beileid kundtaten, sah Anna unter den Trauergästen Maurus.

Ihr Herz machte einen Sprung.

So weit also war er auf verschneiten Straßen hergereist und hatte sich von seinen vielfältigen Verpflichtungen freigemacht, um ihr zu zeigen, dass er zu ihr gehörte. Da wusste sie mit einem Mal, dass er sie ganz in sein Leben aufgenommen hatte, dass er sich vor ihrer Familie zu ihr bekannte, dass sie zusammengehörten.

Nachdem er als einer der Letzten am Grab Weihwasser gesprengt und seine Hand segnend über den Sarg in der Tiefe gehoben hatte, wandte er sich zur Trauerfamilie um und machte eine Verneigung. Tante Maria fragte später: »Wer war der vornehme Herr, der sich zu uns her verneigt hat?«

Maurus war aufgefallen. Außer der engsten Familie wusste keiner der Verwandten wer er war; die Mutter schwieg. In ihrem Herzen war Anna stolz auf Maurus.

Einige Tage später kam ein Brief von ihm:

> *Mein Herz!*
> *Wohl selten habe ich so tief und sehnlich gewünscht, bei Dir zu sein, um Dir zu sagen und zu zeigen: Du bist nicht allein! – Du bist auch so nicht allein, ich weiß es; ich habe auch die vielen Menschen gesehen, von denen nicht wenige es Dir (und den Deinen) sagen wollten: Du bist nicht allein! – Aber man muß im Tiefsten eins und verbunden sein, daß man nicht nur das Wort hört, sondern die Wirklichkeit erfährt: Wir sind eins.*
> *Heute habe ich Dein Wort und Deinen Wunsch verstanden: Es zeigen dürfen, daß man zusammengehört. – Und wenn mich etwas in dieser Sache beruhigt, dann ist es der Gedanke: Du weißt es.*
> *Schon lange bin ich nicht mehr so schwer von Dir fortgefahren wie an diesem Nachmittag. Ich habe gemeint, ich müßte Dich noch einmal treffen und Dir sagen, was man nur in der Tiefe des Herzens und der Liebe sagen kann – und was man auch nur in dieser Tiefe und Liebe verstehen kann.*
> …

Was Euer Pfarrer von Deinem Vater und über ihn sagen konnte, das kann einen nur mit ganz großer Achtung und Verehrung erfüllen. Du wirst ihn gewiß jetzt noch mehr in Deinem Herzen tragen.
Du wirst es wohl noch gesehen haben, daß ich vor Euch her vom Friedhof in die Stadt fuhr. Ich konnte Dich dann deutlich im Spiegel sehen, besonders als nach der Ampel das eine uns trennende Auto nach rechts abgebogen hatte, aber dann seid ihr auf einmal weggewesen.
Gerade hat die Kirchenuhr geschlagen: Es ist eine Viertelstunde vor Mitternacht. – Ich werde diesen Brief noch zu Ende schreiben und dann zur Ruhe gehen. Von Herzen wünsche ich, Du mögest nach diesem schweren Tag in Frieden schlafen.
Und nun, mein Herz: gute Nacht. Ich bin bei Dir und tröste Dich.

Erinnerst Du Dich, daß ich damals in der Studienkirche in D. Rilke zitierte:

»Man muß zurückdenken können an Wege in unbekannten Gegenden (wie damals über dem Etschtal), an unerwartete Begegnungen und Abschiede, die man lange kommen sah – – Aber auch bei Sterbenden muß man gewesen sein, muß bei Toten gesessen haben in der Stube mit dem offenen Fenster – – Und es genügt nicht, daß man Erinnerungen hat. Man muß sie vergessen können – –, und man muß die Geduld haben, zu warten, daß sie wiederkommen. Denn die Erinnerungen selbst sind es noch nicht. Erst wenn sie Blut werden in uns, Blick und Gebärde, namenlos und nicht mehr zu unterscheiden von uns selbst – – –«

Es war ein schwerer Tag, und ein großer Tag. Laß den Vater in Dir sein. Und lasse ihn daheim sein. Wir erfahren in solchen Stunden, wie klein unser Herz ist und wie groß –

und wir erfahren, wie unauslotbar das Leben ist, das auch den Tod umschließt. Seien wir dem Leben aufgetan.

In der Liebe, die ganz gut sein will und die Dir nur Gutes will, grüßt Dich Dein Maurus

30. Dezember 1970, 2.40 Uhr

Mein Herz, ich grüße Dich noch einmal am Ende dieses großen Jahres – an der Schwelle zu einem neuen Jahr. Es wird sein wie immer: Tage im Licht und in der Freude werden wechseln mit Tagen im Schatten und in der Verlassenheit; so ist unser Herz. Aber in allem sollen und wollen wir wissen, daß wir Pilger in der Liebe und zur Liebe sind. Laß Dir hier noch einmal danken für Dein Herz, das Du mir offenbarst und schenkst, für Dein Vertrauen und Deine Güte; und laß Dir noch einmal sagen, daß ich es in diesem Jahr besonders erfahren habe, wie sehr und wie tief und beglückend wir verbunden sind. Dabei vergesse ich nicht, was Joseph Bernhart in dem Gespräch mit seiner Frau sagt: daß wir auch die Unmöglichkeit der vollkommenen Einigung erfahren. – Das mag im Äußeren so sein, und auf die Dauer. Aber wir haben es erfahren – und wäre es auch nur für ganz kurze Zeit: Es gibt die vollkommene Einigung. Und ich meine, es sei hier wie bei der Wahrheit: Sie braucht nur an <u>einem</u> Orte <u>einmal</u> aufgeleuchtet sein, so kann sie nie mehr untergehen.
Ich empfehle Dich für immer in Gottes Hand und in seine Liebe.
Ich möchte Deiner immer würdiger werden, denn ich weiß, was niemand weiß: wie selbstlos und lauter und rein Deine Liebe ist.

Dein Maurus

4

1. Januar 1971

Mein Herz! Das erste Wort, das ich im Neuen Jahr schreibe, gehört Dir. Sei gesegnet und im Frieden! Geh den Weg Deines Wesens, und laß uns gemeinsam gehen. Laß uns gut sein zu allen Menschen! Eben hat die Glocke die zweite vollendete Stunde angekündigt. Du wirst schon lange ruhn: Schlafe gesund und erwache froh in ein gutes Jahr hinein.

Im Frühsommer nahm Maurus Anna auf der Fahrt zur letzten Vormittagsmesse nach Bergheim mit. Einige Kilometer vor dem Dorf ließ er sie aussteigen. Um die Wartezeit bis zu seiner Rückkehr zu überbrücken, lief sie über Feldwege und an Weihern entlang, tief die reine Luft einatmend, die sie in der Großstadt so sehr entbehrte. Immer wieder schaute sie zum kleinen Dorf hinauf, das unter den grünwogenden Bäumen des Kalvarienbergs fast ertrank. Als das Zwölfuhrläuten gedämpft und dünn wie ein silbernes Rinnsal zu den sumpfigen Pferdekoppeln herabzitterte, wanderte sie auf dem Schlossweg hinter dem Weiler wieder zur Landstraße zurück. Da sah sie auf der fernen Anhöhe sein Auto zwischen den Bauernhäusern auftauchen und die Straße über den Abhang herabsausen.

Sie erschrak. So früh hatte sie Maurus nicht erwartet. Er hatte anscheinend nur kurz gepredigt. Die Angst, nicht rechtzeitig auf der Landstraße anzukommen, erfasste sie.

»Mein Gott«, entfuhr es ihr laut vor Schreck, »ich hab mich verspätet!« Sie würde die Einmündung in die Fahrstraße nicht mehr erreichen, bevor sein Auto heran und vorbei war. Sie lief wie gehetzt; Staub überpuderte die Schuhe; das Haar flog um ihr Gesicht. Sie hastete unter den Lindenbäumen weiter, deren Äste den Schlossweg wie ein Tunnel überwölbten, und folgte gleichzeitig mit den Augen dem fernen Auto, das droben die Häuser am Dorfende schon erreicht hatte und in die Talmulde hinabfuhr, die es ihr nun verbarg. Bald musste er an der Einmündung zum Schlossweg angekommen sein – er würde vorbeifahren, ohne sie zu sehen.

Plötzlich sah sie sein Auto ihr auf halbem Weg entgegenjagen; Staubwolken wirbelten hinter ihm in die Linden hinauf; Anna wich zur Seite, aber das Auto stand hart abgebremst vor ihr.

Maurus lächelte die Überraschte an, als sie vor Freude strahlend atemlos vom raschen Lauf zu ihm ins Auto stieg.

»Ich hab schon Angst gehabt, ich würde nicht mehr rechtzeitig zur Straße kommen«, sagte Anna. »Hast du denn gedacht, ich könnte auf dem Schlossweg kommen?«

»Ja«, antwortete Maurus, nahm seine rechte Hand vom Steuer und legte sie kurz wie ein warmes Nest über ihre kühlen Finger. In der offenen Parkeinfahrt des Schlosses wendete er und fuhr langsam zur Landstraße zurück.

An der Brücke des Marktfleckens schlängelte sich das Auto durch eine Ansammlung von Burschen, die nach dem Frühschoppen vor dem Gasthof beisammen standen und ihre Rücken durchbogen, um das Auto des Pfarrers vorbeizulassen. Anna fühlte, dass sie ihnen nachschauten, und sie wusste auch, dass die jungen Männer nun wortlos dachten, was Anna sie am Biertisch einmal öffentlich und leidenschaftlich hatte disputieren hören, und das lautstark und widerspruchslos in der Meinung geendet hatte: »Sollen's die Pfarrer doch endlich heiraten lassen!«

Anna hatte diese Diskussion einmal mitbekommen, als sie in der Wirtschaft dieses Ortes gegessen hatte. Vielleicht war es auch für sie gesagt worden. Maurus war ein allseits beliebter Pfarrer – niemand hätte ihm etwas anhaben wollen.

Anna schaute über das weite Land, durch das sie nun fuhren. Teppiche von Rapsfeldern leuchteten wie das Gelb reifer Zitronen hinter Wiesen voller Löwenzahn und weißschäumendem Schierling. Dotterblumen verrieten den Bach, der dem Dorf Wiesmühl zufloss.

»Was denkst du?«

Ihre Frage holte seinen fernen, verschatteten Blick zurück.

»Wo willst du denn jetzt hin?«, fragte er leise. »Ich habe um drei Uhr eine Taufe und muss dann ins Café Hofmiller zu einem Jahrgangstreffen der Sechziger. Vorher muss ich noch schnell in die

Kreisstadt und mich bei einer Tagung der Katholischen Arbeitnehmer-Bewegung sehen lassen.«

Ein kalter Griff verhielt jäh das frohe Pochen ihres Herzens. Aber mit der gespielten Gleichgültigkeit eines jahrelang gewohnten Kampfes um ein Teilchen seiner Zeit, und um ihn nicht zu bedrängen, sagte sie mit einer Stimme, die leichthin klingen sollte: »Setz mich bitte am Friedhof ab – ich geh in die Kastanienallee.«

»Willst du denn gar nichts essen?« Maurus schaute sie fragend an und erwartete eine niedergeschlagene Antwort.

Anna sagte mit einem zitternden Lächeln: »Ich werde dann schon noch irgendwo etwas essen.«

Sie wagte ihn kaum anzusehen, um ihre unbändige Freude nicht zu zeigen, als er sagte: »Warte dort drüben am Wald. Wir könnten heute vielleicht einmal miteinander essen. Wenn ich nicht allzu lange bei dieser Tagung bleibe, kann ich zu Frau Huser sagen, ich hätte schon gegessen – was ja stimmt. Sie weiß ja nicht, dass ich mit dir gegessen habe. In einer Stunde werde ich zurück sein.«

Er hielt vor der Autobahnbrücke. Anna stieg aus. Mit beiden Händen raffte sie die lange Hose hoch und klomm rutschend und sich abstemmend durch das hohe Gras die Böschung zu einem Feldweg hinab, der an blühenden Erdbeerplantagen entlang zum nahen Waldrand hinüberführte. Sie ging auf die lichtgrünen Stauden zu, in die der Feldweg hineinlief, und schwang die Wildlederjacke lose um ihre Schultern; es war eine gute Zeit für sie: nicht Wind und Regen, nicht Kälte, Schnee und Eis.

Das Gras am Waldrand war taunass. Kühle entströmte der Bank, auf die sie sich setzte. Sie zog ein Buch aus der Umhängetasche und versuchte zu lesen. Eine Zeitlang las sie über die Zeilen hinweg, begann wieder von vorne, ohne den Sinn zu erfassen: Sie konnte sich nicht konzentrieren: Sie wartete – wartete, wie sie sechzehn Jahre auf ihn gewartet hatte. Es gehörte schon zu ihrem Leben.

Bereits nach einer Dreiviertelstunde ertönte das kurze, frohe Hupen seines Autos. Aufspringend rannte sie zur Straße hin, klomm über die Böschung hinauf und stieg ein.

»Sie wollten mich als ihren Pfarrer haben …«, sagte er beim Anfahren und lächelte vor sich hin.

»Die Katholische Arbeitnehmer-Bewegung? Sie wollten dich haben – wo denn?«, fragte sie, indem sie sich ihm zuneigte, die Hand auf das Armaturenbrett gestützt.

»In deiner Stadt!«, antwortete er noch immer lächelnd, und fügte in der überquellenden Freude ihres Beisammenseins fast schelmisch hinzu: »Ich hätte sagen sollen: Da lässt mich meine Frau aber nicht fort!«

»Oh«, rief sie eifrig wie ein Kind und heiße Glut überflammte ihr Gesicht, »ich – ich würde dich von früh bis spät fortlassen, wenn du nur immer wieder heimkämst!«

Wie oft wurde sie von dieser auflodernden Freude ergriffen, von dieser jäh aufbrechenden Leidenschaftlichkeit, wenn sie bei ihm war, über die sie sich später in ihrer Einsamkeit nicht genug wundern konnte.

»Da müsste ich mich aber erst inkardinieren lassen«, sagte Maurus.

»Was ist denn das?« Für einen Augenblick dachte sie unwillkürlich an das Wort *Inkarnation*, an die Fleischwerdung eines Verstorbenen in einer anderen Person.

»Ich müsste mich von einer Diözese in eine andere versetzen lassen!«

Anna schwieg. Sie drang nicht weiter in ihn und dachte an die vielen Menschen, die er seit fast vier Jahrzehnten betreute, kannte und liebte, wie ein Hirt jedes einzelne seiner Schafe kennt, liebt und betreut. Und auch Maurus hing schweigend seinen Gedanken nach.

Sie fuhren nun bereits über die Brücke der nahen Stadt, in der sie essen wollten. Eine Straßenverengung infolge der Ausbesserung des Brückenpflasters nahm Maurus' ganze Aufmerksamkeit in Anspruch. Annas Augen aber tauchten in die grünen Fluten des Flusses hinter dem sahnig verquirlten Wasser eines Wehrs. Fast unmittelbar gegenüber dem freskenbemalten, alten Rathaus fanden sie eine Parklücke. Das Restaurant am Marktplatz war vornehm: Unter der dunklen Holztäfelung der Decke bewegte sich ein Ober lautlos auf dem Karo grünroter Teppichfliesen; die grelle Helle des Marktplatzes wurde von bauchigen Markisen gebrochen.

Es war schon später Mittag, aber sie konnten noch essen. Sie bestellten Hirschkalbssteak auf Jägerart mit Pfifferlingen, Preiselbeeren und Spätzle. Maurus trank ein Bier vom Fass, sie ein kleines Glas Kalterer See. Dreimal streifte er während des Essens den Ärmel von Annas Jacke zurück, um nach der Uhrzeit zu schauen. Es fiel Anna schwer, die aufsteigende Traurigkeit zu unterdrücken. Mit einer wilden Hoffnung wünschte sie, er würde nach der Taufe und dem Kaffee bei den Sechziger-Jubilaren noch etwas Zeit für sie haben, bevor sie in die Stadt zurückfuhr. Aber sie fragte nicht, weil es die Spanne der Hoffnung verlängerte.

Anna fiel auf, dass ein junges Paar am Nebentisch, das eben sein Mahl beendet hatte, immer wieder lächelnd zu ihnen herschaute. Die Frau mit dem schmalen Goldreif an der rechten Hand war elfengleich zart mit eisklaren, übergroßen Augen und lieblich spielenden Grübchen in den Wangen; das offene Haar schien vom grünen Dämmer des Restaurants moosig überhaucht wie lange, wehende Algen. Anna dachte: *Als wäre Undine den grünen Wassern des Flusses entstiegen und säße bei ihrem irdischen Ehemann.* Dieser, dunkel mit markantem Römerkopf und eierschalenfarbenen Anzug über dem roten Hemd, konnte nicht mehr an sich halten und rief herüber: »Herr Pfarrer, kommen Sie morgen zum Schafkopf nach Brunnhofen?«

Nun erst dämmerte in Maurus' Gesicht ein Erkennen.

»Ja«, mühte er sich zu sagen, vom Schreck des Erkanntseins etwas heiser sich freiräuspernd, »ja, ich komme hin!«

Überall traf man Bekannte. Sicher wäre es besser gewesen, nicht zusammen in einem Lokal gesehen zu werden. Anna aber beneidete im Stillen den jungen Mann, der morgen einige Stunden mit Maurus Karten spielen durfte.

Die Sonne hatte auf das Auto geschienen und im Innern ballte sich die Hitze. Sie kurbelten die Fenster herab. Der Fahrtwind riss Annas Haar zurück und fuhr in das durchsilberte, noch immer volle Haar von Maurus. Er fuhr mit hoher Geschwindigkeit in seine Stadt zurück. Sie erstarrte innerlich vor der Ankunft, wie sie seit Jahren so viele Male davor erstarrt war. Schon sah sie die Grabsteine des Friedhofs glimmern, schon tauchte der Kirchturm aus den grünen Baumwolken herauf. Durch die Windschutzscheibe sah Anna die große Glocke schwingen, wie sie sie an den Sonntagmorgen so oft vom einfahrenden Zug aus lautlos hatte schwingen sehen. Sie läutete zur Taufe.

»Wir werden uns heut kaum mehr treffen«, sagte Maurus merkwürdig müde, als er am Kriegerdenkmal parkte. »Ich muss danach ins Pfarrhaus zurück und dann habe ich noch die Abendmesse … Komm gut heim, Liebes.«

Sie stiegen beide aus. Er lief eilenden Schrittes zur Sakristei, sie wartete noch am Thuja-Rondell und sog den herben Duft der Hecke in sich hinein. Dann ging sie langsam zur Kirche und setzte sich in eine Bank, aus der sie in die Taufkapelle schauen konnte. Sie sah Maurus im Chorhemd mit Stola bei der Tauffamilie stehen, neben ihm die Mesnerin. Der Taufpate antwortete gerade stellvertretend für den Täufling auf die Fragen, ob er dem Satan und all seinen Werken widersage. Dann wurde das weiße Bündel über das Taufbecken gehoben, und Maurus sagte langsam und feierlich, indem er das geweihte Wasser über den Scheitel des Täuflings goss: »Benedikt Michael – ich taufe dich im Namen des Vaters … und des Sohnes … und des Heiligen Geistes«, wobei das Bübchen lauthals zu schreien begann, und Maurus mit einem Wattebausch, den er von der dargereichten Patene der Mesnerin genommen hatte, sanft und liebevoll das Köpfchen abtupfte. Anna sah, wie alle Umstehenden zärtlich lächelnd auf den Kleinen schauten.

Wie gerne hätte auch sie ein Kind gehabt!

Fast abwesend folgte sie nun dem Taufritus; sie sah, wie Maurus mit dem Daumen Stirn, Ohren und Mund des Säuglings mit Chrisam salbte, wie er einen weißen Schleier auf den Täufling legte und dabei die Worte sprach: »Accipe vestem candidam« – Nimm hin das weiße Kleid … Die brennende Taufkerze, die an der Osterkerze entzündet worden war, leuchtete hell in der dämmerigen Kapelle.

Die Tauffamilie ging durch den Seitenausgang aus der Kirche hinaus. Während die Mesnerin noch mit dem Auslöschen der Kerzen im Altarraum beschäftigt war, hörte Anna die Sakristeitüre gehen. Kurz darauf verließ auch sie die Kirche. Sie sah noch, wie Maurus ins Auto stieg; Kies knirschte unter anfahrenden Rädern; das Auto legte sich in die Kurve am alten Friedhof, brauste an der niedrigen, roten Ziegelmauer entlang und entschwand ihren Blicken. Am Klang des Motors hörte sie, dass er den Stadtberg hinunterfuhr. Immer machte sie der Schmerz des Wieder-allein-Seins seltsam benommen. Dieser

Schmerz, der aufbrach wie eine Wunde – war allein er es, der blieb und sich fortpflanzte und in sie eingrub?

Sie fühlte ihren Körper kaum in einem hellsichtigen Wissen um die Vergesslichkeit der Menschen und die Vergänglichkeit ihrer Geselligkeiten; sie sah und hörte im Geist das Lachen der Jubiläums-Sechziger, in deren Mittelpunkt Maurus jetzt war und denen er seine Zeit schenkte. War die Einsamkeit die Wirklichkeit des Lebens, dieses immer wieder auf sich selbst Zurückgeworfenwerden, die gehämmerte Gleichförmigkeit der Trennungen, auf die am Ende alles hinauslief?

Sie ging auf das dunkle Tor der Kastanienallee zu und setzte sich auf eine Bank. Mit weiten Augen schaute sie noch lange über die Felder und über die Grenzen des Sichtbaren hinaus.

5

23. Juni 1971

Mein Herz,
»und ich küsse Dein Herz« – ob ich wieder ungenau zitiere? Das hat keine Bedeutung, Liebe, denn genau das tue ich in aller Not, die mich bedrängt.
Ich möchte es Dir sagen und ich möchte es Dich tiefer wissen und erfahren lassen, was uns beseelt und beseligt – und doch auch mit Leidenden in Berührung kommen läßt, denn es gibt eine Tiefe der Gemeinschaft, die wir nur erahnen, in die wir aber nicht vollkommen hinabtauchen können, weil wir uns nicht ganz vergeben und verschenken können, da wir doch wir selber bleiben müssen, wenn wir einander begegnen wollen, immer wieder.
Mir kommt in den Sinn, wie wir an jenem Nachmittag vor dem Genter Altar standen und seine Schönheit gerade wegen des Lichtes, in dem wir doch erst schauen können, nicht ganz zu erfassen vermochten – wo die Bemessenheit der Zeit uns engte – und uns zugleich eine Ahnung der unermeßlichen Weite schenkte – und an unser nächtliches Gehen am Meer, wo wir wußten, daß wir nicht beides in einem haben konnten: das Draußensein und das Daheimsein, wo wir es erfuhren: Das Daheim schenkte uns die tiefere Tiefe, aber das Draußen ließ uns die größere Weite ahnen.
Tiefe und Weite in der Vollkommenheit werden uns immer ein Stachel im Nachsinnen sein, da wir das nie für dauernd besitzen können. Wir wissen um diese Vollkommenheit, aber die Erfahrung der Zeit heißt uns wieder herausgehen aus dem Vollkommenen.
Nun stehen da soviel Worte – und immer ist noch nicht ausgesprochen, was doch mit wenigen Worten gesagt werden könnte: Dass ich Dich liebe.

Dein Maurus

Als Anna diesen Brief gelesen hatte, dachte sie die kurze Zeitspanne zurück, an die Tage, die sie beide noch immer erfüllten: Kurz nach der Hochzeit der jungen Kristin begleiteten sie das junge Paar nach Norddeutschland zu Bekannten, die Maurus einmal im nahegelegenen Kurort kennenlernte, und die ihn als Pfarrer samt der Familie des Bruders so ins Herz geschlossen hatten, dass sie ihn zusammen mit den Neuvermählten zu sich einluden.

Maurus hatte Anna in seinem Auto auf die Reise mitgenommen.

Sie erinnerte sich an die Trauung von Kristin und Leonhard: Als sie bei ihrer Ankunft damals in Bergheim unter die offene Türe des Pfarrhofs getreten war, führte Frau Altweg ihre Tochter gerade die Treppe herab. Kristin sah als weiße Braut bezaubernd aus, das schmale, liebe Gesicht umrahmt von ihrem blonden Haar, die Augen strahlend – das Gesicht der Mutter barst vor Stolz. Der Vater erwartete seine Tochter im Frack unten im Hausgang; auf der Brust prangten seine Orden. Als er Anna sah, verdüsterte sich sein Gesicht missbilligend einen Augenblick lang; sie schlich sich weg, ging durch den Pfarrgarten zur Kirche hinüber und setzte sich ganz hinten zwischen die Dorfleute unter die Empore.

Als Kristin und Leonhard bei der Trauungszeremonie das Eheversprechen abgegeben und die Ringe getauscht hatten, schlang Maurus die Stola um die zusammengelegten Hände des Brautpaars und sprach die Worte: »Was Gott verbunden hat, das soll der Mensch nicht trennen!« Und Anna dachte: *Wenn ich mit Maurus so stehen könnte – ich würde sterben vor Glück.*

Nach dem feierlichen Auszug der Hochzeitsgesellschaft aus dem Kirchlein ging sie zu ihrem Auto und fuhr in die Stadt zurück.

Wenige Tage später hatte sie neben Maurus im Auto gesessen; Kristin saß mit ihrem frisch angetrauten Mann hinter ihnen im Wagen. Sie hatte die junge Frau schon als Kind gern gehabt und nie eine Unfreundlichkeit von ihr erfahren. Leonhard kannte sie auch schon seit Jahren; er ging mit den Brüdern Rolf und Christoph ins gleiche Gymnasium und hielt sich oft an Sonntagen im Bergheimer Pfarrhof auf; dort hatte ihn Anna gesehen, wenn Maurus sie manchmal zum Gottesdienst mitnahm. Nach Abschluss seines Jura-Studiums arbeitete er jetzt als Assessor am Landgericht.

So fuhren sie zu viert in den Norden nahe den Niederlanden. Die streng katholische Gastfamilie war überrascht und etwas unsicher, als sie Anna sahen; dann fanden sie die Lösung und brachten sie bei einem befreundeten Ehepaar zum Schlafen unter. Am nächsten Tag fuhr man in das Jagdhaus in der Eifel. Sie saßen mit dem Bekannten von Maurus auf einem breiten Hochsitz im Wald, wo dieser oft dem Wild auflauerte. Am Abend eröffnete Maurus den Gastfreunden, dass er mit Anna ein wenig nach Flandern fahren wolle, um Antwerpen, Gent und Brügge zu besuchen. Sie nahmen es nicht gerade begeistert hin, konnten aber Maurus nicht davon abhalten. Kristin und Leonhard blieben im Jagdhaus bis zur Rückkehr des Onkels ihre Gäste.

In der Kirche St. Bavo in Gent waren Maurus und Anna vor dem berühmten Bild von Hubert und Jan van Eyck gestanden, einem der größten Meisterwerke der abendländischen Malerei. Es stellt die *Anbetung des Lammes* dar. Auf dem Altar im Mittelgrund steht das Lamm Gottes, dessen Blut in einen Kelch fließt, umkniet von anbetenden Engeln, die Leidenswerkzeuge halten und Weihrauchfässer schwingen.

Sie hatten wenig Zeit für ihre Zweisamkeit. Aber es waren immerhin drei Tage. Nach kurzem Aufenthalt in Gent fuhren sie weiter nach Brügge. Wenn Maurus in seinem Brief den *Genter Altar* hervorhob, so war es die Stadt Brügge, die Annas Drang nach Schönheit, Romantik und Vollkommenheit und ihrem Mut zum Außerordentlichen entgegenkam. Hier trafen die Schwingungen ihrer Seele auf Verwandtes. Vielleicht war es auch die schwebende Melancholie, die um die Giebelhäuser spann, vielleicht spürte sie insgeheim die Resignation vor dem Schicksal, das langsame Schwinden der Kräfte dieser Stadt nach der Hochblüte im Lauf der Jahrhunderte, fühlte die Schwermut im dunklen Glanz der Kanäle. Unter den sanft gewölbten Steinbrückchen glitten die Boote wie im Traum dahin, vorbei am uralten Ziegelgemäuer des Johanneshospitals, dessen bröckelnde Fassaden im Märchendämmer des Wassers gespiegelt gleichsam hinabtauchen, als wüchse aus geheimnisvoll schimmernder Tiefe eine andere Stadt, das versunkene Vineta, aus dem das Glockenspiel des *Belfried* silbrig aufzusteigen schien, einen leisen Zauber durch die verträumten Gassen hauchte, und ein geheimnisvolles Fluidum um die altersgrauen Türme der Stadt wob.

Im Johanneshospital betrachteten sie den *Ursulaschrein* des Hans Memling, auf dem die Legende vom Leben der heiligen Ursula und ihr Märtyrertod mit den Gefährtinnen in leuchtenden Farben ergreifend dargestellt ist.

Sie schlenderten weiter durch die Stadt. Ein Gefühl von Wehmut überkam sie beim Anblick von Adel und Verfall um die stolzen Patrizier- und schönen Bürgerhäuser, die gotischen Wehr- und Kirchtürme, die mächtigen Tore und Mauern – sie spürten das Hinfliehen der Jahrhunderte und die Vergänglichkeit allen Seins. Maurus erzählte, dass Brügge einst ein gewaltiges Handelszentrum war und durch den Seehandel unermesslich reich gewesen sei. Aber der Fluss Zwijn, der sie mit dem Meer verband, versandete. Die Engländer hatten die feine Wolle gebracht und kehrten mit Brügger Tuchen, französischen Weinen, Gewürzen und orientalischer Ware, für die die Stadt Umschlagplatz war, in ihr Land zurück.

»Weißt du«, hatte er weitererzählt,«Brügge hat einmal während seiner Blütezeit im Mittelalter alle anderen Städte in Flandern und Brabant übertroffen, so schön Gent, Antwerpen, Brüssel, Löwen und Mecheln auch waren.«

Wieder einmal staunte Anna, wie viel Maurus wusste, und was sie alles von ihm lernen konnte. Und wieder war sie stolz auf ihn.

Sie strebten einem kleinen Platz zu. Der Perlmuttglanz auf den Dächern der umstehenden alten Bürgerhäuser verriet noch den Nebel der Morgenfrühe – eine einsame Reinheit und zeitlose Unberührtheit wehte sie an.

»Ja schau mal!«, hatte Maurus plötzlich freudig ausgerufen. »Da steht ja Guido Gezelle!« Vor ihnen erhob sich, vom Silberlicht der alten Giebel umflossen, ein Denkmal.

»Guido Gezelle war ein katholischer Priester, der hier in Brügge geboren und auch hier gestorben ist«, erklärte Maurus. »Er hat Verse von inniger Naturbeseeltheit und Religiosität geschrieben, und man hat ihn als den stärksten Lyriker Flanderns gesehen. Er ist in seinem Werk nie ganz in dieser Welt und auch nie ganz in der kommenden daheim … er spielt in gewisser Weise eine Mittlerrolle zwischen *hier* und *dort* ... Ich hab das als Gymnasiast bei den Benediktinern gehört.«

Ja, das ist seine Welt, dachte Anna: *das Schöne, Edle, Wahre, Gottsuchende.* Und sie schmiegte ihre Hand in seine Hand hinein.

Sie waren weitergewandert und stiegen noch in die Krypta der *Basilika vom Heiligen Blut* hinab, wo sie an einer gemauerten, rohen Wand das Antlitz des Erlösers betrachteten, das dornengekrönt einen so übermächtigen Schmerz ausstrahlte, dass sie, vom Anblick des armen, verlassenen Menschensohnes erschüttert, lange nicht loskamen.

In den asketisch-schlichten Markthallen mit ihren Wandelgängen verspürten sie plötzlich Hunger. Es war später Mittag. Sie setzten sich unter das Sonnendach eines Restaurants am *Großen Markt.* Von hier aus übersahen sie den Platz, überragt vom dreiteilig schön gegliederten Belfried, dessen Anblick ihnen das stolze Brügge als Hochburg der Gotik ins Gedächtnis rief. Sie aßen Fisch, schauten einander immer wieder an – und fühlten sich in einem reinen Glück.

Anna wollte so gerne noch den Beginenhof sehen. Sie suchten und fanden ihn. Es begegnete ihr die gleiche demütige Stille wie damals, als sie vor sieben Jahren allein im Beginenhof in Amsterdam geweilt hatte, während Maurus mit seinen Verwandten in Spanien war. Und doch: Wie so anders empfand sie diese Ruhe und Abgeschiedenheit hier mit Maurus an ihrer Seite!

Es ging schon gegen Abend, als sie weiterfuhren. Über der westflandrischen Küstenlandschaft ballten sich schwere, tief hängende Wolkengebilde, die das nahe Meer ahnen ließen. Alles hier floh hin zum grenzenlosen Horizont. Die Silhouetten der Dörfer und Pappelalleen entzogen sich ihnen in der wachsenden Dämmerung. Der Ort, in dem sie eine Unterkunft für die Nacht fanden, hieß Le Coq, auf flämisch De Haan. Sie wanderten noch lange Hand in Hand am Strand entlang, schauten über das unendliche Meer und spürten das Uferlose, das wie das Sehnen des Menschenherzens war.

Auf der Rückfahrt waren sie noch durch Löwen gekommen. Im Vorbeifahren erhaschte Anna einen Blick auf das Kleinod der Stadt: das großartige Rathaus. Aber die Zeit drängte – die Arbeit wartete auf Maurus –, sie konnten nicht aussteigen.

Im Jagdhaus holten sie Kristin und Leonhard ab und fuhren heimwärts. Anna wurde immer stiller, je näher sie der Heimat kamen, wo die beiden mit Maurus zusammenbleiben durften, sie selbst aber aussteigen musste.

Langsam fuhr er in seine Stadt ein. Vor dem Gasthaus hielt er an und gab ihr das Köfferchen in die Hand. Sie stand reglos im Dunkel eines Baumes und schaute dem Auto nach, wie es mit ihm und dem jungen Paar um die Ecke in die hell erleuchtete Hauptstraße einbog und zum Pfarrhof hinauffuhr, wohin er sie nicht mitnehmen konnte, weil Frau Huser nichts von ihrem Dabeisein auf dieser Reise wissen durfte.

Einige Wochen später schenkte er ihr ein Buch über Geschichte und Kunst der flämischen Städte. Auf die leere Seite des letzten Blattes hatte er geschrieben:

Die Schönheit – wer kann sie fassen?
Das Wunder – wer wird es begreifen?
Die Liebe – wer kann sie ermessen?

6

1. Juli 1971

Mein Herz,
ich habe Dienstpost fortgetragen und sah die Sterne in der unermeßlichen Ferne, durch die die Astronauten zurückgekehrt sind – oder zurückkehren wollten – und sie sind eingegangen in das Geheimnis des Todes, in das Geheimnis, das unser ganzes Leben mitbestimmt.
Ich möchte noch lange leben, aber die Zeit wird ja kommen, in der eines von uns nicht mehr hier ist. Aber dann sollst Du nicht verlassen sein, sondern wissen, daß ich bei Dir sein will, um Dir den Weg ins Leben zu weisen, um Dir zu sagen: Sinne nicht in die Schatten des Todes, sondern sei frei für das Licht und für das Unendliche, wie wir frei gewesen sind in der großen kleinen Weile, da Wind und Wasser uns umspielten und uns eine Welt voller Wunder erahnen ließen.
Ich meine, daß die leibliche Ferne, das Ertragen dieser Ferne – die Liebe nur noch tiefer und klarer machen kann. Mein Herz, es gibt keine Liebe, die in sich selbst ruhen kann, außer der vollendeten, die immer vor dem Menschen liegt, so daß er auf sie zuwachsen muß; ja, es gibt keine Liebe, die nicht von der Sehnsucht weitergetrieben wird. Es gibt keine Liebe, außer der ganz reifen, die ganz im Frieden wäre.
Es gibt sie in der Zeit nicht, aber sie existiert. Laß uns sie suchen, laß uns sie leben. Hilf mir, daß ich sie erstreben kann.
So denke ich zu Dir hin, und nenne im Herzen alle Namen der Liebe und sage alle Worte der Freude.
Dein M.

Maurus war in diesem Jahr bis zum Patrozinium Mariä Himmelfahrt daheim geblieben. Die Familie des Bruders war nach Marina di Carrara vorausgefahren. Anna dachte daran, dass er mit ihnen in den vergangenen Jahren immer vier Wochen lang den Urlaub in Italien oder in Spanien verbracht hatte. Ob er diesmal seinen Urlaub verkürzte, um für sie eine Woche aufzuheben? Oder hatte ihn die Arbeitsfülle abgehalten, früher wegzukommen?

Ein Satz von Frau Huser kam ihr in den Sinn, den sie ihr einmal in der Küche des Pfarrhofs hingeworfen hatte: »Das kommt uns nicht mehr vor, dass er zum Patrozinium von Carrara allein heimfährt!« Sie hatte das so verdrossen und mit einem so harten, bösen Unterton gesagt, als spräche sie von einem Kind, das zur Räson gebracht werden muss. Damals hatte Anna ebenso erbittert gedacht: *Er muss sich doch nicht alles gefallen lassen … Er ist doch ein freier Mann!*

Bald kam ein erster Brief von ihm aus Italien, dem mehrere folgten. Am 19. August 1971 schrieb er:

> *Diego ist mit seiner Familie eigens einen Tag länger geblieben, um mich noch zu treffen. Fabrizio und Franca haben uns gestern besucht, sie haben ein reizendes Kind; ihr Zeltplatz ist etwa fünf Kilometer meeraufwärts in Marinella gelegen, dort ist das Wasser reiner und der Schatten größer – aber die Leute sind noch mehr aufeinandergepfercht als hier. Unser Zeltplatz ist schön gelegen, nicht weit von unserer vorjährigen Stelle.*
> *Ich habe heute nacht mindestens 9 Stunden geschlafen und heute nachmittag wieder 1 1/2 Stunden. Ein Zeichen, daß ich doch ziemlich verbraucht bin, ist auch meine wacklige Schrift, aber Du, mein Herz, wirst wissen, was das Herz zum Herzen sagen will.*
> *Du weißt, daß ich immer bei Dir bin, auch wenn ich nicht schreibe. Es ist nicht die Umgebung und es sind nicht die Verhältnisse, daß das Herz seine Sprache sprechen könnte …*

Am 24. August schrieb er:

... »Auch wenn andere vor dem Gesetz und vor der Öffentlichkeit – ich weiß, daß Du unter diesem Mangel leidest – einander gehören dürfen, so wie wir einander angehören in allem, in den Tiefen und in den Höhen, in der Freude und in der Not – das ist mehr als das, was die anderen zeigen wollen und müssen – – das, mein Herz – das ist die Erfüllung des Lebens, das ist sein Höchstes und sein Letztes.
Ein wenig bin ich traurig, daß ich Dir bei unserem gestrigen Telefongespräch gesagt habe, Du sollst nicht mehr schreiben, denn so, wie Deine letzte Post ankam, hätte ich noch manche Post von Dir empfangen können, aber ich weiß auch so, daß Dein Herz zu mir redet. (Du weißt vielleicht, daß das der Wahlspruch des großen, verkannten englischen Kardinals John Henry Newman gewesen ist: »Cor ad cor loquitur« – Das Herz redet zum Herzen.)
Meine Tage hier gehen dahin, einer wie der andere. Ich schlafe viel und sehe dabei, daß ich doch ziemlich abgebaut habe.
Ob ich noch ins Wasser gehe heute – ich weiß es noch nicht. Jedenfalls: Wenn es so sein sollte, dann ist das die Stunde der Einheit mit Dir, so wie es bei Camus heißt: »die Stunde der Freundschaft« – oder bei uns: die Stunde der Einheit –

Beim Lesen dieser Italien-Briefe hatte Anna gespürt, dass sich in Maurus etwas verändert hatte, dass er sich leise aus den engen Familienbanden löste. War es, weil die Kinder des Bruders erwachsen wurden, ihn nicht mehr brauchten, oder war es, weil ihn die steigenden Jahre müder werden ließen und er sich nach Ruhe und Geborgenheit sehnte – oder weil er sah, dass er nach den vielen Jahren Anna nicht mehr zu einem Mann drängen konnte, mit dem es möglich war, Kinder zu haben? Anna hatte Angst, ihn wegen seiner Arbeitsüberlastung und den Herzattacken durch einen plötzlichen Tod zu verlieren, ohne das noch zu haben, was sie sich insgeheim so viele Jahre ersehnt hatte: Ein gemeinsames Leben ohne diese immer wiederkehrenden Trennungen – ein Leben mit ihm als seine Frau. Für sie war es noch immer eine weglose Liebe ohne Ziel. Sie verwünschte die drückende Last, die sie ihm mit ihren Erwartungen aufbürdete. Aber sie hatte auch Angst vor einer Schwermut, die ihn vielleicht nach dem Verlust seiner Arbeit in der Seelsorge überfallen konnte, und fürchtete, ihm nicht mehr das sein zu können, was sie ihm jetzt war. Sie erinnerte sich, dass er einmal zu ihr gesagt hatte: »Ich wäre ein hohles Gefäß, eine leere Hülle, an der du wenig Freude mehr hättest, wenn ich meine Arbeit nicht mehr tun dürfte.« Das größte Hemmnis für einen solchen Schritt aber war wohl die große Sorge, er würde die ihm anvertrauten Menschen so enttäuschen, dass sie nicht mehr glauben konnten, was er ihnen ein Leben lang gepredigt hatte. Denn viele verbanden den Glauben mit der Ehelosigkeit und wussten nicht, dass er als Pflichtauftrag aus dem Evangelium nicht abzuleiten war.

Im Herbst fuhr Maurus mit Anna einige Tage nach Südtirol. Sein Bruder Severin hatte ihn zu einem Parkplatz nahe Bergheim gebracht, wo er in Annas Auto umstieg.

Von einem hochgelegenen Berggasthof aus wanderten sie durch herb duftende Wälder, schauten hinunter auf Kloster Säben, besuchten die Burg des Wolkensteiners und knieten am Sonntag beim Hochamt nebeneinander im Dom zu Brixen. Anna war glücklich bis zu dem Augenblick, als Maurus auf dem Parkplatz, wo er zu Beginn der Reise eingestiegen war, wieder ausstieg. Dort wartete schon sein Bruder Severin, um ihn abzuholen.

Maurus winkte ihr zum Abschied zu; dann stand sie allein neben ihrem Auto und schaute ihm nach, wie er sich immer weiter von ihr entfernte. Sie hatte nicht die Kraft, nach diesen Tagen der Zweisamkeit in München allein zu sein. In einem brennenden Schmerz fuhr sie zu ihrer Mutter und blieb dort, bis sie wieder arbeiten musste.

Nach diesen Herbsttagen folgten Monate des Alleinseins für Anna. Im neuen Jahr schrieb Maurus auf Kunstkarten an sie.

Chagall-Karte *Der Kunstreiter* vom 2. Februar 1972:

Mein Herz, wie leide ich in Gedanken daran, daß Du leidest, weil Du ohne Nachricht bist – d.h., dass ich Dich nicht anrufen kann oder nur anrufen unter Bedingungen, die es mir unmöglich machen, mit Dir zu sprechen. – Aber Du weißt, wie sehr und wie tief ich mit Dir verbunden bin, gerade in der Unmöglichkeit es Dir sagen zu können, wie sehr ich zu Dir gehöre. Sei Du mein Herz im Frieden und nimm den Gruß der tiefsten Liebe von

D. M.

Florenz-Karte Kapelle Medici: *Die Nacht* von Michelangelo – 6. Februar 1972

Mein Herz, nachdem ich mit Dir gesprochen hatte, ist es ganz still in mir geworden. Und ich muß mir sagen: Wenn mir so große Liebe geschenkt ist, dann muß das doch auch in meinem Leben und Tun Frucht tragen – so wie ich Dir schon sagte, daß Du in mein Leben hineinliebst. Hab Dank und sei gesegnet!
Ganz in Deiner Liebe nehme ich Dich ganz in meine Liebe. Immer

D. M.

7

An einem Wintersonntag sah Anna wie so oft Maurus nach dem Gottesdienst mit Frau Huser nach Bergheim hinausfahren.

Auf der Heimfahrt bog sie spontan von der Schnellstraße in eine Landstraße ab. Sie wollte noch nicht in ihre einsame Wohnung zurück. Sie fuhr einem Ort an einem großen See entgegen, als zöge sie eine geheime Macht unwiderstehlich dorthin. Sie parkte vor dem Pfarrzentrum. Dann öffnete sie die schwere Holztüre der Kirche und ging hinein. Die sonntägliche Mittagsstille vertiefte noch Annas Einsamkeit. Sie machte eine Kniebeuge, umrundete langsam das moderne Kircheninnere, und setzte sich auf den Strohstuhl in der Seitenkapelle.

Wie ein Pilger zum Ort der Glücklichen bin ich hergekommen, dachte sie mit schmerzhaftem Spott sich selbst gegenüber.

Anna wusste, dass in diesem Dorf am See ein verheirateter Priester mit seiner Familie wohnte. Sie wusste aber auch, dass er hauptberuflich Professor für Kirchengeschichte war und seine Exkommunikation ertrug, weil er sich nicht laisieren lassen wollte. Litt er weniger? Anna dachte, dass das Leid wegen seines Ausschlusses vom kirchlichen Dienst wohl ebenso groß war, wie das der anderen, die Seelsorge ausgeübt und geheiratet hatten und gehen mussten.

Nach einer Weile fiel ihr Blick auf eine Konsekrationsurkunde an der Wand, die mit dem Bischofswappen versehen war. Sie erhob sich und entzifferte die Worte im Rund des Trockensiegels: *JOSEPH DEI GRATIA EPISCOPUS AUGUSTANUS* – und mit wachsendem Interesse las sie alles, was da stand: *Plebi Dei Peregrinanti – Zur Verherrlichung der Heiligsten Dreifaltigkeit, des Vaters und des Sohnes und des Heiligen Geistes, habe ich am XXX. Sonntag im Jahreskreis, dem 24. Oktober 1971 Kirche und Hauptaltar auf den Titel »Zum Heiligen Geist« nach dem Ritus der Heiligen Römischen Kirche feierlich konsekriert.*

Anna überlegte, dass das erst einige Monate zurücklag. Dann hieß es da noch, dass die Reliquien der urchristlichen Märtyrer-Jungfrau Christina und der Märtyrer von Uganda (†1886) in den Altar eingemauert wurden.

Sie erinnerte sich, dass Maurus ihr einmal erzählte, dieser Bischof habe bei einer Unterredung zu ihm gesagt: »Ich habe die Gabe der Unterscheidung der Geister!« Und er sagte zu ihr, er hätte dabei gedacht: »Wenn man das von sich sagen kann, dann ist jedes weitere Wort von mir überflüssig.«

Anna ging unter mächtigen, uralten Bäumen zum See hinunter und wanderte den Uferpfad entlang. Eine schwache Februarsonne brach durch die neblige Luft, die Wasserfläche glänzte in weißlich seidigem Schimmer. Duckenten stoben kreischend vom Uferrand seewärts und tauchten unvermutet aus wippenden Schwimmbewegungen senkrecht in die Tiefe. Sie ging auf einen Bootssteg hinaus und setzte sich auf die Holztreppe über dem Wasser. Sie dachte nichts, weil sie nicht leiden wollte. Es war so gut, von diesem schmerzlosen Nichts eingehüllt zu sein. Ellipsenförmige Schatten gaukelten weich auf dem eisklaren Wasser, auf dessen Grund sich die braun bemoosten Steine im Spiegelreflex der Wellen wie in Erdbrodem zu bewegen schienen. Lange saß sie so und starrte ins Wasser. Endlich erhob sie sich und ging zum Seeufer zurück. Die Hände tief in den Taschen ihres Pelzmantels vergraben, wanderte sie ziellos weiter. Die Fensterläden der Bootshäuser waren mit Eisenschienen zugenagelt; hinter einer Hecke bellte tobend ein Hund; ein am Boden liegender Haselstrauch streckte seine Zweige über den Weg, der morastig zwischen Binsenoasen hinlief. Vorsichtig balancierte sie auf einem schmalen Brett über ein wild gurgelndes Rinnsal, das unter Weidengebüsch hervorschoss. Hin und wieder sah sie vornehme Landhäuser, die wie verwunschene Schlösschen still und verträumt in großen Seegrundstücken standen: die Villen der Reichen. Plötzlich, ganz unerwartet, stiegen Tränen in ihre Augen, und obgleich sie immer wieder erfahren musste, was diese ausschließliche Liebe zu Maurus ihr an Kummer und Demütigungen abverlangte, brach etwas in ihrem Innern aus Einsamkeit und Erstarrung auf. Von einer seltsamen Weichheit ergriffen dachte sie: *Und dennoch würde ich Maurus mit der ihm geschenkten, ihn bedrängenden Berufung, seinem Alter und seinem müde gewordenen Gesicht nicht eintauschen gegen einen der jungen, eleganten Herren in diesen Häusern, die vielleicht Zeit, Geld und Muße haben und wahrscheinlich sogar Langeweile. Denn trotz allem ist mein Leben reich und lebendig in dieser Liebe.*

Chagall-Karte *Les fiancés – Die Verlobten,* 13. März 1972

Mein Herz, Du hast gemeint: Du hättest Dich gleich auf den Weg gemacht, wenn ich in Not gewesen wäre wie Du – tausendmal bin ich auf dem Weg zu Dir – aber Du weißt es nicht – oder Dein Herz ahnt es wohl, aber es kommt vor lauter Trauer nicht bis in Dein Bewußtsein. Aber, wisse es doch: Ich bin immer bei Dir. Vielleicht tiefer und freier, und damit vielleicht auch vollkommener, als es der Fall wäre, wenn ich real bei Dir sein könnte. Ich meine doch: Daß wir nicht nur für uns (eins fürs andere) da sein sollen; wenn die Liebe vollkommen ist, dann muß sie uns frei machen und befähigen zum Dienst am Mitmenschen. Wir leben ja auch von ihm, lassen wir sie doch auch von uns leben! Und wenn das so bleiben soll, daß ich von Dir Kraft empfange und Mut, dann laß es auch an Dir geschehen.
In Liebe ist bei Dir

D. M.

8

Der Frühling war gekommen und die Karwoche nahte. Anna lag mit einem schweren, grippalen Infekt in ihrem Apartment und fühlte sich furchtbar allein. Wenn sie für kurze Zeit vom Bett aufstand, sprach sie in ihrem Tagebuch mit dem fernen geliebten Mann:

Das Schweigen ist so groß, daß das Zuschlagen der Tür der Nachbarwohnung mein innerstes Herz erschüttert. Jede Sekunde kann das Telefon klingeln. Aber es klingelt nicht. Tagelang nicht. Mein Mund ist trocken. Immer muß ich an eine heiße Fleischbrühe denken oder an eine Milzsuppe. Wo sollte ich das herbekommen? Wenn ich aufstehe, bin ich vom Fieber so geschwächt, daß meine Haut nass wird von Schweiß, mein Herz schlägt so schnell und schwach und die Angst umkreist mich wie ein schwarzer Hund die Herde. Das Stückchen Himmel im Fenster ist so hell, daß ich geblendet die Augen abwende. Ich möchte bei dir sein, nur bei dir. Der Wunsch ist so groß, so bedrängend, so unabweisbar, daß mir die Tränen kommen. Ich lege mich meist auf die linke Seite gegen die Wand und schließe die Augen. Ich sehe dich. Du sitzt in deinem Beichtstuhl, den Kopf gesenkt, still und gesammelt. Stundenlang sitzt du so. Morgen ist Palmsonntag. Du nimmst ihnen allen die Osterbeichte ab, diesen vielen, vielen Menschen, die draußen warten. Du nimmst ihre Sünden in dich auf, geduldig, dazu bist du da, dazu willst du da sein. Ich weiß es, weil ich dich liebe. Das Telefon braucht nicht mehr läuten, solange ich dich so sitzen sehe.

Bald wird Gründonnerstag sein, der Abend der Fußwaschung. Seltsam, was für Gedanken über mich kommen: Der Kardinal wird im Dom zwölf Männern die Füße waschen, und das Volk wird zusehen wie überall. Aber sicher steht nirgends eine einsame Frau an einer Säule, die hinsieht und ihn liebt. Das weiß ich sicher. Denn einmal, ich kniete in der letzten Bank der Theatinerkirche abends, da tauchte ein Mann neben mir auf. Er kam wie ein Sturmwind neben mich, ich kann es nicht anders sagen. Er war da. *Es war so, daß seine Gegenwart mich verdrängte, ohne mich zu berühren, daß sie mächtig spürbar war, ohne daß ich seine Gestalt ansah. Aber dann sah ich ihn an. Es war Kardinal Döpfner in Zivil. Ich traute meinen Augen nicht. Sekundenlang kniete ich erstarrt neben ihm. Und ich sagte zu Gott: »Sieh her, sag ihm, gib ihm ein, was er tun soll für uns. Aber ich brauche es Dir ja nicht zu sagen, mein Gott ... Es ist gut, auch wenn Du nicht willst, was ich will.«*

Und ich stand von der Kirchenbank auf und ging. Als ich mich im geöffneten Portal umschaute, schritt der Kardinal auf mich zu und nahm die geöffnete Tür aus meiner Hand in seine Hand ohne ein Wort. Ich schaute ihm nach. Er ging in Richtung Palais. Mein Heimweg war gehetzt ... Nein, dieser Mann wird uns keine Tür öffnen – kann es auch nicht – und dieser Mann liebt keine Frau; er muß sein Amt lieben. Und du, Lieber, du liebst dein Amt ja auch – und die Menschen, und mich dazu.

Plötzlich muß ich heute an Stefan Zweig denken. Er hatte der Einsamkeit auf den Grund gesehen, wo Gottes Antlitz sich nicht mehr spiegelt.

Petrópolis in Brasilien. Was war das für eine Stadt? Einmal geht es nicht mehr, er fühlte es. Niemand war da, ihn zu halten. Die innere Müdigkeit und die Emigration zermalmten ihn. In seinen dunklen, heimatlosen Augen standen vielleicht die glutflimmernden Berge des Hinterlandes, aber das Bild glitt durch ihn hindurch und erreichte nicht mehr sein erschöpftes Herz. Diese Stadt war wie alle anderen Städte, die er durchwandert hatte: fremd, ohne Geborgenheit. Im Exil nahm er sich das Leben.

Ich habe innerhalb der vergangenen sechs Tage nur eine warme Mahlzeit zu mir genommen. Eine Hausbewohnerin, die wußte, daß ich krank bin, brachte sie mir. Das Fieber war hoch und mein Herz raste am Mittwoch abend. Alle Ärzte, die ich zu erreichen suchte, gingen nicht ans Telefon. Mittwochs ist keine Sprechstunde. Ich rief die Auskunft an. Sie nannte mir die Nummer des ärztlichen Notdienstes. Das Herzjagen und die beklemmende Angst erstickten mich fast. Das Fräulein am Telefon versprach mir innerhalb einer Stunde einen Arzt.

Es läutete. Ich jagte aus dem Bett und öffnete die Wohnungstür.

»Sind Sie die Frau Doktor?«, fragte ich die attraktive Dame, die draußen stand. Sie trat ein, jugendlich, mit feurigen, dunklen Augen unter einer kastanienbraunen Perücke. Ich hatte einen Arzt erwartet, aber meine Gier nach Hilfe ließ mich ihr unbegrenztes Vertrauen entgegenbringen. Ich legte mich wieder ins Bett. Mit einem Blick in mein ausgelaugtes, verweintes Gesicht begann sie mit der Untersuchung. Als sie das Stethoskop ansetzte und den Puls fühlte, sagte sie: »Aha!« Dann ging sie zum Tisch, zog eine Spritze auf und sagte: »Ich werde Ihnen jetzt eine Spritze geben, dann sinkt das Fieber und es beruhigt Sie. Sie werden schlafen können. Und keine Sorge: Sie überstehen es!« Sie spritzte die Flüssigkeit in die Vene, sehr langsam, es dauerte wirklich sehr lang, und ein seltsamer Äthergeruch stieg in meine Nase oder vielmehr durchströmte mich für Augenblicke. Ein Mensch war da und half mir. In dieser Stunde wußte ich, daß Menschen in der Welt sind, die geschaffen sind, zu helfen. Nur das wird einmal zählen vor Gottes Angesicht, denke ich. Einander Hilfe sein, das ist der Inbegriff der Liebe. Dann ging sie wieder, nicht ohne mir ein Rezept mit Medikamenten aufzuschreiben. Sie trug das Rezept in die Wohnung im zweiten Stock. Der Mann dieser Familie suchte eine Apotheke mit Nachtdienst. Er war fast 45 Minuten unterwegs. Und als mir seine Frau am nächsten Tag noch eine Suppe ans Bett brachte, wäre alles gut gewesen, wenn sie nicht am folgenden Tag für zwei Wochen verreist wären mit ihren Kindern, denn die Osterferien hatten begonnen. Von diesem Tag an lag ich wieder allein in der Wohnung. Ich hörte das Klopfen meines Herzens, hörte die Geräusche des großen Mietshauses, die vielfältigen Töne von draußen. Ich sah die Wand an, die Glastüre, die zur Diele führt. Sie ist wie ein großes, langes, schwarzes Rechteck und erschien mir wie die dunkle Öffnung zu einer Gruft. Einmal läutete das Telefon und Maurus rief an. Er war übervoll mit Arbeit. Dann blieb es still und ich verfiel immer mehr dem Alleinsein. Das Warten bekam mich wieder in die Gewalt. Ich wartete jede Sekunde auf das Läuten des Telefons hinter mir. Tagelang lag ich nun so, ohne ein menschliches Angesicht zu sehen, ohne eine Stimme zu hören. Manchmal sagte ich laut ein Wort. Aber es kam mir gespenstisch vor, und ich wurde mir selbst unheimlich. Wenn

ich an Essen dachte, ekelte mir. Aber ich hatte Sehnsucht nach einer heißen Fleischbrühe. Wo hätte ich sie herbekommen können?

Dann kam der Ostersamstag. Es war genau zwölf Uhr mittags, als das Telefon läutete. Mutter war am Apparat. Sie rief vom Hauptbahnhof aus an; sie war mit ihren Schwestern auf der Durchfahrt in ein Bad in Niederbayern. Der Anschlußbus ging eine halbe Stunde später. Sie wünschte mir gute Besserung. Ich konnte nicht umhin und bat sie zu kommen, sich in ein Taxi zu setzen und für eine Viertelstunde zu mir zu fahren. Als ich ihr Zögern bemerkte, beeilte ich mich, meine Bitte zurückzuziehen. Wir verabschiedeten uns. Aber wenig später läutete es an der Tür. Trotz meiner Schwäche sprang ich wie elektrisiert aus dem Bett. In der Hast, mit der ich in den Bademantel schlüpfte, fegte ich die Holzplastik der heiligen Anna von der schweren Eichentruhe. Ich hob sie trotz der Eile auf und sah noch, daß die harte Kante der Truhe die fließenden Falten ihres Mantels beschädigt hatte. Das abgesprungene Blattgold lag auf dem Boden und an einer Stelle schien das rohe Holz hervor. Die Besuche kamen herein, meine Mutter und eine der Tanten. Die andere, 83-Jährige, saß auf dem Gepäck im Hauptbahnhof. Sie bewunderten die neu tapezierte Wohnung, den neu erworbenen Teppich, und setzten sich dann im Mantel in die Sessel. Mutter legte einen Zehnmarkschein auf den Tisch für Ostern. Und ich dachte immer an eine Milzsuppe. Daheim war die immer so gut gewesen, daß ich stöhnte vor Genuß. Sie würde mir gewiß auf die Beine helfen. Aber die Mutter mußte weiterreisen. Ich rief ihr durchs Telefon ein Taxi. Als der Taxifahrer an der Tür läutete, und wir uns vor Eile kaum verabschiedeten, als die Tür hinter ihnen ins Schloß gefallen war, stürzte die Einsamkeit wieder so erdrückend über mich, daß ich wie in Panik eine Orange schälte und aß, um mich zu vergessen.

Manchmal poltert etwas über mir. Ich kenne die Menschen nicht, die da oben wohnen, habe sie noch nie gesehen. Sie sind erst vor einigen Wochen eingezogen. Und ich denke wieder an Dich. An Dein Haus, in dem alles so geschäftig ein und aus geht. Und wenn morgen Ostern ist, und ich im Geist ganz weit hinten stehe in der Kirche, so will ich zu Gott sagen, was du mir einmal vorgesagt hast: »Schau, o Gott, die Liebe ist schon schwer genug.«

Sei Du in der Freude, in deiner Aufgabe und Erfüllung; wie könnte ich jemals glücklich sein, wenn Du es nicht wärest.

Nach Ostern kamen von Maurus wieder Karten.

Marc Chagall, *Das Paar im Mondschein*

Mein Herz, ich möchte der Sturm sein, um zu Dir zu fliegen durch diese Nacht; ich möchte bei Dir sein, nicht zuerst um meines Glückes willen, sondern zu Deinem Frieden. Ich möchte ganz Güte und ganz Liebe sein, um Deinem treuen Herzen und Deiner unendlichen Liebe Antwort geben zu können, die Dich ganz erfüllt. Mein Herz, mein liebes, gutes, sei wieder froh.

D. M.

Mein Herz! Du sollst keine Sorge meinetwegen haben; Dein Herz hat so genug zu tragen und wird es immer haben, solang Du lebst.
Mein Leiden ist still, so wie wenn man nach innen weint. Und ich kann mit niemandem darüber reden, aber ich will es auch nicht. – Ich weiß: Es wird wieder ein Abend sein, da ist alles gut und im Frieden. Laß diese Zeilen wie ein stilles und gutes Kommen sein.

D. M.

Chagall-Karte *Femme et Enfant – Frau und Kind,* 15. April 1972

Mein Herz, möchtest Du nicht so elend und hilflos sein, wie ich es bin. Aber daß ich es bin, rührt ja davon her, daß ich weiß: Du bist es nicht weniger als ich. – Ich bin so müde, daß ich nicht einmal die Kraft zu diesen Zeilen aufbringen würde, wenn ich nicht so in Sorge um Dich wäre. Sei mir nicht böse, wenn ich im Zweifel bin, ob es gut war, daß ich noch einmal zu Dir zurückgekommen bin. Vielleicht hättest Du es jetzt überwunden und wärest im Frieden. Mein Herz, mein liebes gutes armes reiches – Du hast nur Elend an mir und Not. Ich denke oft: Was du tust und wie es Dir ist an Deinen einsamen Abenden und in Deinen einsamen Nächten. Daß Du wenigstens schlafen könntest. Ich möchte das Bergende sein, daß ich Dein Haupt an meine Brust wenden könnte und sagen: Sei daheim.

D. M.

Anna wurde mit den wachsenden Münchner Jahren allmählich freier. Sie saß nicht mehr jeden Abend daheim und wartete auf einen Telefonanruf von Maurus. Eine Schulfreundin aus der Jugendzeit nahm Kontakt mit ihr auf. Sie stammte aus reichem Haus und hatte in München ein Modeatelier eröffnet. Es lag auf Annas abendlichem Heimweg vom Dienst am Max-Joseph-Platz. Jutta lebte dort allein mit ihrem Pudel; die Verlobung mit einem Zahnarzt hatte sich aufgelöst – sie war nach einer Gehirnhautentzündung taub geworden. Manchmal kochten sie, oder luden sich gegenseitig zum Essen ein. Wenn Anna bei der Freundin zum Abendessen geladen war, blieb sie gerne unten am Eilles-Teegeschäft stehen und betrachtete die chinesischen Porzellanschälchen in der Auslage, die mit schwarzen Teeblättern gefüllt in den Laden lockten. In der Passage drückte sie auf den Klingelknopf der Wohnung.

Es waren harmonische Abende, die beide Frauen genossen. Gern stand Anna am Fenster und schaute auf den Platz vor dem Nationaltheater hinunter, sah im Laternenlicht die schwarzen Limousinen mit Theaterbesuchern anrollen und geräuschlos wieder abfahren, sah die Damen in langen Abendroben am Arm der Herren die große Freitreppe hinaufsteigen, der Duft der großen weiten Welt streifte sie, wie zuvor der Duft der feinen, schwarzen Teeblätter, der unten aus dem Laden wehte.

Es war ein besonderer Eintritt in die Nacht, wenn Anna die Tür zu ihrer Wohnung aufschloss, und ein Brief von Maurus lag auf dem

Teppich des Flurs. Bevor sie ihr Bett aus der Truhe holte, saß sie auf der Couch und las ihn.

Am Pfingstsonntag, 21. Mai 1972, schrieb er:

> *Mein Herz, mein liebes, ich grüße Dich am Abend eines überreich belasteten – aber auch gesegneten Tages.*
> *Es ist wenig, aber mein Herz kommt zu Dir –.*
> *Kurz nach Mitternacht, aber ganz in Deiner Liebe.*
> *Ich möchte für Dich, mein Herz und meine Liebe, noch eine Sonne aufgehen lassen, die Dir die Welt und das Leben im klaren Lichte zeigt; nimm meine Liebe, wie ungenügend sie auch sein mag – aber nimm sie als Strahl der Sonne, die für Dich leuchtet.*
>
> *D. M.*

Chagall-Karte *Rabbi mit Thora*, 13. Juni 1972

> *M. H., warum mir das »ewiger Jude« in den Sinn kommt? Vielleicht, weil in uns allen etwas ist von der unendlichen Ruhelosigkeit, die uns nur dann ganz verlassen zu haben scheint, wenn wir schlafen oder in einem schlafähnlichen Zustand sind? Mir ist es wieder, als müßte man – um in den Frieden zu kommen – hinauswandern können in einen raumlosen Ort, wo es keine »Sachen« mehr gibt, an denen wir uns »stoßen« können – und am Ende ist der Mensch sich selbst das anstoßendste »Ding«. Man müßte von sich selber frei werden. Aber was hat man dann noch zu bieten? Wir sind keine Engel – und werden es nie sein. Wir müssen in Zeit und Raum leben – und beide sind beschränkt – und erfahren uns darin auch als Beschränkte. Es ist heute keine Ruhe in mir. Möge sie in Dir sein, mein Herz!*
>
> *D. M.*

Mein Lieber!
Nun bist Du schon den dritten Tag in Carrara. Wie man hört, soll das Wetter an den Küsten regnerisch sein. Ich wünschte, Du hättest es warm. Dein Husten klang erschrekkend. Ich habe Sorge, denn Dein Gesundheitszustand ist alles andere als geeignet zum Wohnen und Schlafen in einem Zelt, wenn's kalt und regnerisch ist.
Hier in München ist es sehr kühl, aber der Himmel ist freundlich. Es arbeitet sich leichter als bei großer Hitze. Die Stadt strahlt bereits seit Tagen internationales Flair aus. Weil ich im Zentrum bin und mittags zum Marienplatz gehe, ist es unumgänglich, daß auch ich von diesem olympischen Hochgefühl angesteckt werde. Ich empfinde eine noch bewußtere Liebe zu meiner Stadt, in der ich nun schon seit so vielen Jahren Heimatrecht habe. Und ich bin stolz auf die Veränderungen zum Schönen, auf die Brunnen, die Häuser und auch auf die großartig angelegten Wettkampfstätten des Olympia-Zentrums. Die ganze Welt ist draußen vertreten.
Gestern schnupperte ich Olympia-Luft. Abends, gleich vom Dienst aus, fuhr ich mit der U-Bahn hinaus. Etwa 10 Minuten sauste sie unter der Erde durch und ich stieg am olympischen Dorf aus. Es ist einfach grandios.
Ich ging zur großen Olympia-Sporthalle und bekam eine Karte. Sie kostete auf allen Plätzen drei Mark. Die Sporthalle war um 18 Uhr bei Beginn des Wettkampfes voll gefüllt mit Tausenden von Menschen. Ich hatte einen sehr guten Sitzplatz und sah etwas so wunderbar Vollendetes, daß ich das kaum beschreiben kann. Von 18 bis 22 Uhr abends war das Kür-Turnen der Frauen am Stufenbarren, Pferd, Schwebebalken und Boden. Was ich hier sah, hatte ich nicht zu sehen gehofft; die Begeisterung riß mich einfach mit. Es schmerzte mich, daß mein Vater nicht mehr mit dabei sein konnte. Er hatte sich so sehr gewünscht, diese Olympiade

zu erleben. In Berlin damals war's ihm auch nicht vergönnt. Weißt Du, mein Vater war von Jugend auf aktiver Turner, später Kampfrichter und Ehrenmitglied beim Verein.
Ich will Dir von gestern abend erzählen: Es turnten zuerst die Riegen aus Ungarn, Rumänien, Mexiko und Jugoslawien. Dann marschierten die Mädchen aus Deutschland, Norwegen, der Tschechoslowakei und Japan ein. Am Schluß turnten die Mädchen der DDR, Polen, Italien und Russland. Und was die Russinnen zeigten an jedem Gerät, das war einfach unüberbietbare Weltklasse. Auch wenn ich nicht so viel verstehe von Sport – ich wurde einfach von diesen Begeisterungsstürmen mitgerissen.
Die Mädchen aus Ungarn hatten beim Bodenturnen eine besondere Ausstrahlung – wundervoll gebaute durchtrainierte Körper –, und sie zeigten eine so rassige Boden-Kür, daß ich auf nichts anderes schauen konnte. Eine von ihnen turnte nach Tschaikowskys Klavierkonzert – einmalig! Am besten jedoch waren die Russinnen, die DDR und Deutschland erhielten auch viel Beifall.
Da war eine kleine Russin, zart und zierlich, vielleicht 15 Jahre alt, die turnte, als wäre sie eine biegsame Feder und schlug einen Purzelbaum, als sie vom Stufenbarren absprang. Am Boden erinnerte die Kür an ein Spitzen-Ballett. In dieser Disziplin ist Russland ja vorbelastet. Die russischen Ballett-Schulen genießen Weltruhm.
Als ich um 22 Uhr inmitten der vielen, frohgemuten Menschen heimging, leuchteten die Lichter von den dunklen, ehemaligen Schuttbergen. Ich ging am Olympia-Turm vorbei und den gleichen Weg heim, den wir einmal miteinander gegangen sind. Und ich spürte schon etwas Wehes im Herzen. Aber ich bitte Gott jeden Tag, daß ich allein sein kann. Denn unsere Begegnungen werden immer von Abschieden beschlossen sein. Und mein Lebensschicksal wird Alleinsein heißen. Ich bin nur eine Frau, und habe nicht die Macht und Möglichkeit, eine andere Lebensform für uns zu begründen.

Aber ich bin dem Leben dankbar, wenn es einmal noch so Schönes für mich bereit hat, wie es vielleicht bald auf mich zukommt. Und es wird sein, wie wenn die Sonne aufgeht über einem Land, dessen Ernte schon vorüber ist. Aber vielleicht ist dieses Licht klarer, stiller.
Nun wünsche ich Dir nochmals von Herzen gute Erholung mit der Familie.
Es grüßt Dich lieb und innig

Deine Anna

Marina di Massa, 26. August 1972

So ist es am schönsten: Ich sitze ganz allein vor dem Zelt und erspähe ein Stück des Meeres unter dem bleiernen Himmel dieses heißen, aber schönen Tages. Da kann ich mit meinen Gedanken ganz bei Dir sein. Vielleicht bist Du jetzt auch am Fernseher und schaust die Eröffnung der olympischen Spiele an. Das tun nämlich die anderen in Marina di Carrara, und so habe ich meine Zeit ganz für mich – und das heißt doch für Dich.
Ich freue mich sehr auf Deinen Urlaub, denn das ist dann mein Urlaub, unser Urlaub. Gestern waren wir in Florenz, um eine bekannte Familie zu besuchen. Da kamen wir nach San Miniato, und ich habe sehr an Deinen Florenz-Aufenthalt gedacht, von dem Du mir damals erzählt hast. Auch nach Fiesole sind wir gekommen. Wir brachten es aber nicht weiter, als ein »Bierchen« zu trinken. Das Teatro Romano war schon geschlossen, nicht einmal über die Mauer konnte man sehen; nur die drei Säulen schauten über die Einfriedung (ich habe sie Dir auf einem Kartengruß geschickt). Von Fiesole fuhren wir nach Pontassieve um zu Abend zu essen, aber das Lokal war geschlossen. Auf der anderen Arnoseite fuhren wir nach Florenz zurück und aßen dort (teurer, aber gar nicht so hervorragend) zu Abend.

Das Wetter ist seit drei Tagen sehr schön, trotzdem fühle ich mich nicht so wohl, weil Du mir fehlst. Dafür werden dann unsere Tage uns umso schneller enteilen. Aber freuen wir uns darauf! Du sollst es vor allem tun, mein Herz! Ich leide darunter, wenn Du Dir Dein Gemüt so schwer und düster werden läßt. Ich meine, wir sollten mit aller Kraft das Gute einer jeden Zeit suchen und auskosten, denn die Frage nach dem Sinn des Lebens ist – außer im Glauben – immer schwerer zu beantworten. Manchmal überfallen mich dunkle und schwermütige Gedanken. – Aber, wenn ich Dich zum Frohsein rufe, darf ich mich diesen Gedanken nicht hingeben.
Ich habe das Buch »Als wär's ein Stück von mir« mitgenommen. Aber ich habe noch keine Zeile darin gelesen. Ich schrieb Dir schon, daß ich »untätig« bin. Ich bin es radikal. Gerade, daß ich mich noch zu einem Bad aufraffe. Das Essen allerdings schmeckt mir. Im Trinken muß ich mich zurückhalten. – Aber wie gerne würde ich Dich einen Gufidauner »Grauvernatsch« trinken sehen! Oder, noch schöner: mit Dir ein Gläschen Mandellikör trinken gehen.
Ich träume. Aber bald wird alles Wirklichkeit sein. Und hoffentlich scheint dann die Sonne auch so klar über uns. Du hast gesagt: Wenn Du nicht schreibst, dann würdest Du nichts wissen. Du brauchst nicht schreiben, mein Herz. Auch ich müßte Dir nicht schreiben. Du weißt auch so alles.

D. M.

ZEHNTER TEIL

1

Pisa lag wie eine Meerentstiegene in Morgenfrische hinter ihnen, elfenbeinweiß, zypressenumsäumt. Im Dom hatten die Prälaten die Matutin gebetet. In schneeweißen, spitzenverrieselnden Chorhemden und violett geknöpfelten Soutanen saßen sie mit ergrauten, streng gemeißelten Köpfen im Gestühl des Presbyteriums. Die Liebenden sahen die Schönheit der Kuppel im Licht des frühen Morgens aufdämmern. Der Geruch von kaltem Weihrauch und jahrhundertealtem Stein durchwehte die Tiefe des verschatteten Langschiffs in dem sie gestanden hatten, verzaubert vom gebrochenen Farbenspiel auf der matt schimmernden, horizontalen Streifung der Marmorwände. Unter der vergoldeten Kassettendecke und den abwechselnd schwarz-weißen, byzantinischen Arkaden waren sie zwischen der Doppelreihe der Granitsäulen langsam zur Apsis gegangen, in den Augen den Widerschein der ruhig leuchtenden Kerzenflammen. Anna kam ein Vers aus einem ihrer Liebesgedichte in den Sinn, das sie in ihrer Einsamkeit geschrieben hatte: *Du aber stehst mitten in Kerzen und Wohlgeruch / und ich vergesse / dass ich dich einmal berührt …* Und jetzt brauchte sie nur die Hand ein wenig auszustrecken, um ihn neben sich zu fühlen – so nah, so unfassbar nah.

Maurus aber, dem das geistliche Wesen der betenden Domherren in Fleisch und Blut einverleibt war, stand vor diesem imposanten Bild wie ein Kind, das dem Spiel der anderen zuschaut, und sich plötzlich fremd und ausgeschlossen fühlt. Er wandte sein Gesicht nicht, als Anna ihn mit leiser Scheu ansah.

Schweigend waren sie weitergefahren. In Annas Augen lag noch immer die frühherbstlich stürmische Wildheit des Meeres, und ihr Schweigen war voll der Erinnerung an die wundersamen Tage im Haus am Strand. Reißend von weit herein prallte der Wind an die Steilhänge der *Bocca di Magra,* die jäh zum Meer hin abstürzen, zerwühlte auf ihren Höhen die Bäume, dass sie wie grüne Fluten landeinwärts trieben, und wälzte schlammbraune Wogen in die Magra-Mündung hinein. Niedrigziehende, rauchartige Wolkengebilde flogen zu den Gipfeln der Apuanischen Alpen und verloren sich in den Bruchhalden der Carrareser Marmorberge. Der frühe Regen der letzten Tage warf die Piniennadeln auf den Sandboden. Es war Herbstbeginn, die Zeit der Stille. Nur vereinzelte Vogelrufe zerrissen im Donnern der Brandung über dem Gürtel der Pineta von Marinella. Sie hatten auf der überdachten Veranda des Hotels in Korbstühlen gesessen, die Schultern aneinandergelehnt. Maurus las laut aus Carl Zuckmayers Buch *Als wär's ein Stück von mir,* und Anna wusste oft nicht, ob seine Stimme manchmal aus Erschütterung über das Gelesene versagte, oder wegen des kaum fassbaren Glücks ihres nach so vielen Jahren Wirklichkeit gewordenen längeren Beieinanderseins. Dann wagte sie nicht, ihn anzusehen. Sie schob ihre kleine, kalte, regenfeuchte Hand in seine warme Männerhand hinein, und sie schauten solange hinaus auf das weiß schäumende Meer, das sich mit dumpfem Aufprall an den Klippen brach, bis der Wind die Tränen von ihren Gesichtern abgetrocknet hatte. Und sie dachten an die Nächte, in denen der Sturm das uralte Rauschen der Brandung gleichsam durch alle Kammern trieb, und sie die unendliche Weite des Raumes und ihrer Herzen fühlten.

Erst allmählich nahmen sie die neue Landschaft auf, die sich seit dem Verlassen der Via Aurelia merklich verändert hatte. Bei San Miniato al Tedesco, dem mittelalterlichen Sitz der staufischen Reichsvikare in Tuszien, stiegen die ersten Höhenzüge des toskanischen Berglandes auf. Hier stießen sie auf die *Via Francigena,* die alte, große Pilgerstraße nach Rom. Sie fuhren über Ponte a Elsa und überquerten das Flüsschen. Der Fahrtwind riss Annas Haar zurück, als sie sich aus dem Fenster lehnte, um über das Steinbrückchen zu schauen, unter dem das Wasser träge über ziehende Moosflechten hinstrich, die sich sanft bewegten. Auf der Elsa-Talstraße ging es weiter in südlicher Richtung. Hinter staubigen Platanen zogen ockergelbe Häuser vorüber, eine weiße Gartenmauer, über die karmesinrote Blütendolden hingen. Sie fuhren durch Certaldo, und Maurus erzählte Anna, dass in der mittelalterlichen Oberstadt der Humanist und Dichter Giovanni Boccaccio 1375 starb, der der illegitime Sohn eines Florentiner Kaufmanns war, und durch den Novellenzyklus *Decamerone* in die Weltliteratur eingegangen sei.

Die Sonne stand schon hoch im Zenit, als Maurus in einen Weg abbog, der sich zwischen fruchtbaren Feldern hinschlängelte. Ein Hauch von Paradies lag über der Landschaft. Einsame Landsitze, zu denen Zypressenalleen emporführten, krönten die Hügel. Unübersehbar verloren sich Weinberge im heißen Flimmern des Mittags. Anna war es, als zögen sie ins Gelobte Land. Sie sah Eidechsen, die sich an verbröckelnden Steinmäuerchen sonnten, silbrige Olivenhaine verkrochen sich in Talsenken.

Am Rand eines Maisfeldes hielt Maurus den Wagen an. Sie stiegen aus und Anna lief lachend durch die engen Reihen der Stängel, spürte die festen, kühlen Schäfte an ihren nackten Armen vorbeistreifen und hörte die Maiskolben hinter ihrem Rücken leicht aneinanderschlagen. Weit drinnen in der Tiefe des Feldes schaute sie zurück. Der schilfige Blattwald umgab sie wie ein grüner See, der ihr bis ans Kinn reichte und an dessen Ufer sie Maurus stehen sah. Er wandte ihr den Rücken zu und streckte wohlig die Arme in den Himmel. Kein Mensch sonst weit und breit, nur dieses Simmern des Mittags über der hitzekochenden Fruchtbarkeit der Landschaft. Sie zerrieb spielerisch die weichen, hängenden Fruchtfäden eines Maiskolbens zwischen ihren Fingern, brach einige der honiggelben Körner aus dem Kolben heraus und verkostete sie. Wie oft hatte sie als Kind daheim die Zähne in die zuckerigen Fruchtkolben gegraben – eine wilde, frohe, ungebändigte Kinderhorde waren sie, die barfuß ebenso unbekümmert über die kalten Steinfliesen der Stadtpfarrkirche klatschte, wie sie über die weiten schwäbischen Fluren und die Kieswege der Gärten rannte.

»Was machst du denn so lange?«, rief Maurus und spähte über das Feld zu ihr hin, die Augen gegen die blendend wabernde Hitzelohe mit der Hand beschattend.

»Ich esse!«, rief sie über das Maisfeld hin und dehnte die Worte wie ein Lied. Während sie mit Schwimmbewegungen der Arme durch die Kolbenflut zu ihm zurückstrebte, sang sie, eine Melodie improvisierend, in kindlichem Übermut: »Betrachtet die Vögel des Himmels: Sie säen nicht, sie ernten nicht und sammeln nicht in Scheunen, und euer himmlischer Vater ernährt sie. Um wie viel seid ihr mehr wert als diese ...!« Ihre knabenhafte Stimme schwebte in der durchsonnten Bläue. Maurus sah ihr entgegen. Eine Welle der Rührung vertiefte den gütigen Ernst seines gebräunten Gesichts. Anna legte die Arme um seine Schultern und hob ihm ihr Gesicht entgegen. Sie sah seine Augen, in denen Sonnenstäubchen tanzten, vor Zärtlichkeit überströmen. Sein Kopf neigte sich zu ihr herab und seine Augen tauchten tief in die ihren. Es war ein unendliches Verströmen, das in Anna hineinsank und sie in tiefe Geborgenheit hüllte. Nahes und Fernes, Gewesenes und Ersehntes, alles Unbegreifliche löste sich darin auf. Anna und Maurus standen da, ganz versunken ineinander, waren eins wie vielleicht Gottes erste Menschen vor dem Sündenfall.

Von den Feldern traf sie ein glühender Hauch. Ihre feuchten Stirnen lösten sich voneinander. Schweigend fuhren sie weiter mit ineinandergeflochtenen Händen.

Der Fahrweg verließ einen Kiefernhain. Ein wundersamer Schreck durchfuhr Anna. »Schau doch – schau – da!« Aufgeregt wies sie auf eine Anhöhe in südwestlicher Richtung. In der Ferne stieg die Silhouette vieler Türme auf, deren Mächtigkeit sie hinter dem Dunstschleier erahnen konnte.

»Einst sollen es zweiundsiebzig gewesen sein«, sagte Maurus, »heute sind es noch fünfzehn. Das ist San Gimignano – *die Stadt der schönen Türme*!«

Geheimnisumwittert wie eine Fata Morgana lag der Ort auf dem fernen Hügel. Eine große Spannung überkam Anna; sie fieberte der alten Stadt entgegen, die immer wieder hinter Hügelrücken ihren Blicken entschwand. Sie legte ihre Hand über seine Hand, die inzwischen wieder auf dem Lenkrad ruhte. Auf Maurus' Gesicht lag ein stilles Lächeln, das vielleicht aus vergangenem Erleben kam, an dem sie keinen Anteil hatte. Dunkle, schmerzliche Schatten wuchsen in ihr auf, die Erinnerung an einen längst vergangenen Sommer, in denen die damals sehr junge Anna in der Morgenfrühe der Augusttage auf dem Damm von Marina di Carrara gestanden hatte – einsam vor der endlosen Weite des Meeres –, mit Augen, in denen die ohnmächtige Sehnsucht eines Kindes brannte. Sie hatte zugesehen, wie er mit dem Auto voller Kinder abfuhr, fernen, schönen Zielen entgegen, die sie nicht kannte. Eine Zeitlang war sie dann immer wie erstarrt gewesen; sie mühte sich, ihm zu folgen, aber wundgestoßen von dieser Unmöglichkeit sank sie in hilflose Verlassenheit zurück. Sie sah sich wieder in schlafwandlerischer Verlorenheit zu ihrem Zelt zurückgehen, betäubt vom Schmerz des Ausgeschlossenseins. Wenn die Mittagshitze sich mit atemberaubender Wucht auf die Zeltwände legte, hatte sie sich aufgerafft und bei einer kreischenden Italienerin eine Handvoll winziger, steifgebratener Fische gekauft; im Schatten der Pinien breitete sie das kandisfarbene Pergamentpapier auf dem Boden aus, beträufelte das Fischhäufchen mit Zitrone und aß ohne Freude. Sie dachte an die seltenen Stunden, in denen er bei ihr war; die Helle der Nacht brach durch die Zeltwände; die Haut spannte sich bleich und transparent über sein Gesicht, das am Rande des Schlafes die innere Ruhe widerspiegelte, als hätte sich ein sanfter Schleier über das bunte Bild des Geschauten und Erlebten dieses Tages hingebreitet. Und so hatte er nicht sehen können, wie sich ihre überweit geöffneten Augen mit einem Glanz füllten, der dem kranken Glanz in den Augen eines ausgehungerten Kindes glich.

Als er ihr jetzt im Auto seine Augen zuwandte, behutsam forschend und sich hineintastend in ihre versonnene Abwesenheit, versanken die schwermütigen Bilder der Vergangenheit.

Nach einer letzten Wegbiegung stieg die kleine Bergstadt San Gimignano ganz nahe vor ihnen auf: stolz, mächtig, in ungebrochener Mittelalterlichkeit. Sie fuhren am gewaltigen Bollwerk der äußeren Ringmauer entlang.

»Schau du nur«, sagte Maurus wie so oft mit weicher Zärtlichkeit, »und ich fahre!«

Die Schattenspiele windbewegter Pinien huschten gleich tanzenden Irrlichtern über die Stadtmauer, an die ein paar alte Männer mit verwitterten Gesichtern angelehnt standen, in ihrer Bewegungslosigkeit glichen sie leibgewordenen Epitaphien.

»Schau doch – diese prächtige Pforte!«, rief Anna begeistert, als sie durch den senesischen Flachbogen des Tors von San Giovanni in das Hügelstädtchen einfuhren. Die Zeit schien hier spurlos vorübergegangen zu sein. Anna glaubte sich der Gegenwart entrückt und weit zurückversetzt in vergangene Jahrhunderte.

»Das ist der Mittelpunkt der Stadt«, sagte Maurus, und hielt auf der dreieckigen Piazza della Cisterna an. Sie stiegen aus. Anna war überwältigt von der ursprünglich und unverletzt erhaltenen Schönheit des Platzes. Ringsum erhoben sich die Paläste der großen Geschlechter von San Gimignano: Der verstümmelte Palazzo Ardinghelli mit seinen geköpften Türmen, das Haus Ridolfi, der schmale Palazzo Razzi, doch immer wieder kehrten Annas Augen zum Palazzo Tortoli zurück, dessen Eleganz der schlanken Bogenfenster durch ein Säulchen zweigeteilt und von sichelförmigen Spitzbogen bekrönt war – als erwarte sie, eine adelige Ghibellinen-Dame in prachtvollem Brokatgewand neige ihr Angesicht aus einem der Fenster, das lange, reiche Haar von einem perlenbesetzten Netz gebändigt.

Sie wandten sich dem Brunnen in der Mitte des Platzes zu. Maurus ergriff Annas Hand und führte sie zu ihm hinauf. Aufgeplusterte Tauben, in die sonnenwarmen Mulden der Quaderstufen geschmiegt, stäubten mit erschrecktem Flügelschlag Staub auf, tranken eilig aus einem der blechernen Wasserbehälter, wobei sich die perlgrauen Lider wie Seide über ihre bernsteinfarbenen Augen schoben, und versanken sofort wieder in blinzelndes Dahindösen. Das Schillern ihres grünvioletten Halsgefieders ließ Anna an ihr erstes Ballkleid aus Taft-Moiré denken, dem seither kein zweites gefolgt war. Ohne Maurus war für sie alles schal und glanzlos.

Maurus legte seine Finger in die tief eingeschnittenen Furchen am Brunnenrand. »Schau, das sind die Spuren der Seile, mit denen die Frauen hier viele Menschenalter lang mit Krügen Wasser schöpften!« Ehrfürchtig betastete Anna die Kerben im Stein. Sie beugte sich weit über den Rand der Zisterne und schaute in die Tiefe. Ihr Gesicht war ernst, als sie es langsam zurückholte, wie von innen erschauernd, als hätte sie drunten wie in einem erblindeten Spiegel die zerfließenden Züge eines Antlitzes erkannt. Sie sah Maurus an. »Einsam wie ein Zisternen-Aal …« sagte sie leise, und ihr schwermütiges Lächeln teilte sich Maurus mit, der nicht verstand. Sie hatte das einmal irgendwo gelesen und auf sich bezogen. Aber sie schwieg und nahm ihn an der Hand. Dieser Ort hütete sein Geheimnis und Anna das ihre.

Im Schatten einer Markise tranken sie den roten, feurigen Chianti der Gegend, den ihnen ein glutäugiger Kellner mit der Grandezza eines Edelmannes kredenzte. Nichts mehr beschwerte ihre Herzen, als wäre dieser Zisternenplatz eine Insel der Ewigkeit. Sie ergaben sich ganz dem Zauber und Frieden des Ortes, wie Menschen, über die sich nach jahrelangen Entbehrungen ein Füllhorn des Lichtes und der Freude ausgießt. Sie nahmen es still, fraglos und wie selbstverständlich hin und bedachten nicht, dass auch das Glück seinen Lohn einfordert, denn nichts im Leben ist uns umsonst geschenkt.

Als dränge sich ihnen diese Wandelbarkeit von außen ins Bewusstsein, erstrahlte die Piazza noch einmal im Leuchtstrom der Sonne, bevor sie hinter dem Becci-Bogen unterging. Das ziegelrote Backsteinpflaster im Fischgrätenmuster um die Brunnenstufen erglühte wie von unterirdischem Brand, und in den vergilbten Travertin- und Tuffblöcken der Paläste vertieften sich die von schimmeligem Gründgrau durchsetzten Ocker- und Goldtöne zu einzigartig gedämpfter Farbigkeit; alles schien wie überhaucht von der Patina der Jahrhunderte, während der weiter zurückliegende Palazzo Cortesi mit seiner markanten Torre del Diavolo bereits in die Schatten des Abends glitt.

Maurus und Anna erhoben sich, trunken von Wein, Sonne und Schönheit. Ein Durchgang verbindet die Piazza della Cisterna mit der Piazza del Duomo im Herzen der Stadt. Maurus ging am Rathaus entlang und wies auf die Fassade der Basilika mit ihrer breiten Freitreppe: »Das ist der Dom – *Collegiata* genannt … wir wollen ihn morgen besichtigen, heute sind wir zu müde.«

Annas Blick aber war magisch angezogen von den mächtigen Zwillingstürmen der ghibellinischen Salvucci, deren düster drohende Mauern sich wie in finsterem Trotz in das Perlmuttopal des Abendhimmels reckten, in der Höhe von Moos und wehendem Unkraut bewachsen. Heiser krächzende Dohlen umkreisten die Turmverliese wie ruhelos klagende Geister von Abgeschiedenen, an den Ort ihrer ruchlosen Verbrechen zur Zeit des Geschlechterkampfes gebannt.

Sie bogen in die Via San Matteo ein. Durch den uralten Bogen der Cancelleria, der das Opidum – wie der ursprüngliche Stadtkern in den alten Dokumenten genannt wird – als Tor der Stadtmauer gegen den früheren, dem heiligen Matthäus geweihten Borgo hin öffnet, strömten wunderbare Gerüche die schmale Gasse herauf. Sie schnupperten den Duft von *Minestra* und *Brodo di pollo*, und es roch unverkennbar und überwältigend nach bruzzelndem, halbgarem *Arrosto*. Anna spürte ihre Knie weich werden, und auch Maurus fühlte sich hungrig.

Der ebenerdige Speiseraum des Ristorante *La Stella*, der unmittelbar in die Gasse überging, empfing sie mit schneeweiß gedeckten Tischen und rustikal anheimelnder Ausstattung. Wie im Halbschlaf aßen beide eine *Zuppa di verdura* – eine Gemüsesuppe, in der sich die bunte Vielfalt frisch geernteten Gemüses der sangimignanesischen Felder zu einer kulinarischen Köstlichkeit vereinigte, und die sie nach dem sonnenheißen Tag leicht benommen genossen, denn seit dem frühen Morgen hatten sie noch nichts Warmes gegessen. Sie nahmen kaum wahr, was um sie her vorging: das rastlose Umhereilen des Kellners, und das Kommen und Gehen der Gäste, auch kaum die Menschen an den Nachbartischen – sie waren ganz der wohlschmeckenden Brühe hingegeben, in der butterüberglänzt Kartoffelwürfelchen, Bohnen und Erbsen, zartfleischiger Sellerie, Karottenscheiben, grünweiße Porreeröllchen, Broccoli und Blumenkohlröschen schwammen.

»Wir hätten längst etwas essen sollen!«, sagte Maurus mit leisem Tadel gegen sich selbst. Er griff zur Weinkaraffe und goss Annas Glas randvoll. Als der Kellner mit elegantem Schwung das riesige, saftige *Bistecca* vor sie hinstellte, und Anna hausfraulich die grünroten Scheiben der Fleischtomaten mit dem bereitstehenden Balsamico und dem Olivenöl beträufelt hatte, versanken die Blicke der beiden Liebenden ineinander. Wie lange hatten sie auf einen Abend wie diesen in der Toskana gewartet?

»Weißt du, wie lange ich dich nun schon lieb habe?«, fragte Anna leise und mit dem Stolz einer unverbrüchlichen Treue, die so viele Leiden einschloss, dass Gott ihr vielleicht vieles vergeben würde.

Mit ihren Blicken betastete sie sein Gesicht, das sich auf den Teller gesenkt hatte, und in dem plötzlich eine leise Trauer war. Zuerst glaubte sie, er zähle die Jahre, aber als er die Augen zu ihr aufhob, bemerkte sie seinen abwesenden Blick, der durch sie hindurchging. Mit beiden Händen ergriff Anna ihr Weinglas, in dem der rote Landwein leicht erzitterte, und sah Maurus über den Rand hinweg aus dunklen Augen an.

»Warum bin ich zu dir gekommen? Weißt du es?«, fragte sie weiter mit der vertrauenden Gewissheit, Maurus könne ihr auf alle ihre Fragen Antwort geben.

»Das Herz hat seine Gründe, die die Vernunft nicht kennt!«, entgegnete er, ein Wort Pascals zitierend, noch immer dieses ferne Schauen im Blick. »Es verschenkt oder verweigert, es öffnet oder verschließt sich in seiner Eigenwilligkeit und trifft seine Wahl nach unerklärlichen Gesetzen … Ich weiß es nicht, warum du mich liebhast.«

Anna sah schweigend auf seine kraftvolle, schön geformte Männerhand, die braungebrannt und wie hingegossen auf dem Tisch lag, und zwischen Daumen und Zeigefinger ein Stückchen des toskanischen Weißbrotes hielt auf eine so edelgewohnte, selbstvergessene Art, als hielte er das Heilige Brot in seinen Händen.

Tiefe Liebe durchbebte Anna. Ja, sie wusste es: Weder Überlegung noch Einsicht, weder Anfeindung noch Widerstand der Menschen, nicht Entbehrung und Einsamkeit vermochten es, sie von Maurus zu trennen. Ihre Augen glänzten in einem heiligen Feuer, als wallte das Blut ihrer im Dienst der Kirche ergrauten Vorfahren heiß in ihr auf, als erhöbe sich die Absolutheit ihrer Liebe gegen das harte Gesetz, um es mit glühender Lohe zu verzehren wie einst Luthers Brand die päpstliche Bulle vor den Toren Wittenbergs. Und Anna war doch kein Ketzer.

Auch der Teufel sei absolut – das hatte sie einmal sagen hören. Aber sein Streben zielte auf Verfall, Verderben, Untergang. Ihre Liebe aber sehnte sich nach Legalisierung, nach Gesetzmäßigkeit, nach der Ordnung vor Gott und den Menschen. Obwohl sie noch nicht alt und lebenserfahren genug war, ahnte sie manchmal, dass ihre unbedingte, unbeirrbare Liebe wie jede reine, gelebte Erkenntnis des Herzens, die nichts mit der Vernunft gemeinsam hat, und die von unbegreiflichen Beweggründen geleitet wird, am Ende in die Barmherzigkeit Gottes münden musste, ob in dieser Wahl nun die Erfüllung oder das Elend beschlossen lagen, ob menschliche Moraleinrichtungen verletzt wurden, oder ob sie sich in der zufälligen Selbstverständlichkeit eines geordneten Lebens wiederfand. Doch Anna war von einer religiös streng katholischen Erziehung geprägt, die sich nicht einfach abstreifen ließ. Ängstlichkeit und Gewissensskrupel bedrückten ihre vergangenen Jahre bis in die Gegenwart herein. Und wie jede anerzogene Angst, jeder widernatürliche Zwang und die dauernden Drohungen der ewigen Verdammnis einen von Natur aus lebensfrohen und hochfliegend angelegten Menschen verkümmern lassen müssen, so verhüllte diese Erziehung Annas Seele oft mit Schwermut.

»Lieber«, fragte sie leise und gedankenverloren, »glaubst du, dass ich von einem Dämon besessen bin, weil ich dich lieb habe?«

Maurus fuhr auf und starrte Anna erschrocken an.

»Wie kommt dir denn ein solch abwegiger Gedanke?«

Seine bestürzten Augen forschten unruhig in ihrem Gesicht.

»Ein Jesuitenpater, dem ich vor vielen Jahren bei einer Beichte von meiner unveränderten Liebe zu dir gesprochen habe, hat es zu mir gesagt. Er hat mir keine Absolution gegeben.«

Still, als ob es sie nicht mehr berühre, und ohne seine zorndunklen Augen zu sehen, fuhr Anna fort: »Damals bin ich voller Verzweiflung aus der Michaelskirche gestürzt und blind von Tränen durch die Neuhauser Straße gelaufen … ich weiß es noch wie heute … und manchmal überfällt mich auch jetzt noch die Angst, es könnte das Böse in mir sein, eine böse Macht, die mich in dein Leben geführt hat, dass ich dir zum Verderben werde. Sag es mir, sag es mir doch!«

Maurus hatte ihr stumm und mit unheimlich wachem Interesse zugehört. Schmal, seltsam angespannt und erbleicht unter der dunklen Haut wirkten seine Züge, als er in mühsam verhaltener Erregung sagte: »Glaubst du im Ernst, dass Gott einen wahrhaft Liebenden verurteilen kann? Wer so viel gelitten hat um seine Liebe wie du und nicht irre geworden ist, der liebt nicht um des Glückes willen, das er in der Liebe empfängt, sondern aus einer tiefen Treue heraus, die von Gott kommt, der sie dir ins Herz gegeben hat. Ach Anna, wie könntest du dich um mich ängstigen und um mich sorgen, wenn das Böse in dir wäre? Und ich frage mich, wie das böse sein kann, wenn doch alles

Gute in mir durch meine Liebe zu dir bewirkt wird – wenn ich nichts weiß, eines weiß ich gewiss: Du bist gut und du machst mich gut!«

Er hatte leidenschaftlich bewegt gesprochen und hielt mit beiden Händen die ihren fest umschlossen.

»Ach Lieber, dass es dich gibt … und dass du das zu mir sagst!«, atmete Anna wie erlöst auf, als hätte Gott zu ihr gesprochen.

Als Maurus die Freude auf ihr Gesicht zurückkehren sah, schwand der Zorn aus seinen Augen. Annas Erleichterung über seine Worte war groß. Ihr war zumute wie einem genügsamen, ausdauernden Wüstentier, das sich nach dem erbarmungslosen Hieb eines Treibers und einer langen Durststrecke in einer Oase befindet, und mit tiefen, gierigen Schlucken trinkt, ganz hingegeben dieser Labung, durch keine Drohung mehr wegzureißen von seiner Quelle, mit feiner Witterung schon wieder Vorrat schöpfend für künftige Entbehrung. Und doch blieb etwas, über das Anna grübelte: Ebenso wie die Härte und Erbarmungslosigkeit gegen ein Tier, das nur in hoffnungslosem Aufbegehren seinen Kopf mit einem stöhnend dumpfen Laut gegen den Himmel wirft und demütig seine Last weiterschleppt nicht im Schöpfungsgedanken Gottes beschlossen war, genauso war auch die Forderung, Priestermänner müssten ohne Frau leben, nicht im Schöpfungsplan gewollt. In der ganzen Geschichte des Judentums sollen alle Rabbiner verheiratet gewesen sein, hatte sie gehört, nur einer nicht, weil er krank war. Ein solches Gesetz war erst von Menschen in die Welt eingebracht worden. Und eines der Argumente für den Zölibat, den ehelosen Jesus darstellen zu wollen – war das nicht eine Hybris?

Maurus war ein guter Hirte, auch wenn er eine Frau liebte.

So begriff Anna nicht die Notwendigkeit seiner Ehelosigkeit für den Fortbestand oder die höhere Heiligung der Kirche. Nach den wenigen Tagen dieser Reise würde sie wieder in ihr Alleinsein verbannt weiterleben müssen. Sie stieß den Gedanken von sich. Sie wollte diese Stunden voll auskosten und glücklich sein – glücklich – und nichts als das.

Der Kellner neigte sich über den Tisch und räumte die Teller ab. Für einen Augenblick tauchte sein breites, freundliches Gesicht in den Lichtkegel des Kerzenlichts.

»Lieber – wo werden wir denn heute Nacht schlafen?«, fragte Anna, und strich mit den Fingerkuppen zart über seine Hand.

Sie erfuhren, dass das Ristorante *La Stella,* in dem sie aßen, voll besetzt war. Der Kellner machte ihnen wenig Hoffnung, in den anderen Häusern noch eine Übernachtungsmöglichkeit zu finden. Maurus sah Annas erschrockenes Gesicht und beruhigte sie: »Hab doch keine Sorge, wir werden schon etwas finden!« Seine Gelassenheit schenkte ihr wieder die Geborgenheit, nach der ihr Herz von jeher verlangt hatte, und die wohl auch mit der Grund ihres grenzenlosen Vertrauens zu ihm war.

Sie standen auf, um ein Nachtquartier zu suchen.

Die Türöffnung des Ristorante *La Stella* warf ein Lichtquadrat auf das Travertinpflaster der dunkelnden Gasse. Es war die Stunde der Dämmerung, des Hinübergleitens in die Nacht, des Ineinanderfließens von Licht und Schatten, in der die Toten ihre alten Heimstätten aufsuchen. Von Wein und Glückseligkeit eingelullt, fühlte sich Anna in einem körperlosen Schwebezustand, den die Verwunschenheit der Gassenschlucht der Via San Matteo mit dem kühlen moderigen Hauch aus dunklen Winkeln und Torbogen und der gespenstische Widerhall ihrer Schritte an den Wänden der mittelalterlichen Palazzi zu einer schlafwandlerisch unwirklichen Traumverlorenheit steigerten. Am schmalen Himmelsband über ihnen zuckten die ersten Sterne auf. Die kleine Stadt schien in Zeitlosigkeit versunken, in der sich die Jahrhunderte eingenistet hatten, und über die wie ein Schleier der Schlaf der Vergangenheit ausgebreitet lag.

Schweigend, wie zu einem Wesen verschmolzen, gingen sie weiter die Via San Matteo hinauf auf der alten Frankenstraße, der Via Francigena, die vom Norden kommend genau hier verläuft und über die Piazza della Cisterna hinweg in die Via San Giovanni mündet, um hinter der Porta San Giovanni die Stadt in Richtung Colle di Val d'Elsa wieder zu verlassen. In ihrem tranceähnlichen Dämmerzustand – wie ihn Dante Alighieri in seiner mystischen Versenkung durchlebt haben musste, als er die Ewigkeit durchpilgerte um die Seelen der Abgeschiedenen zu belauschen – schien es Anna, als würden sich hinter den Portalen, die zu verborgenen Höfen führen mochten, edle Frauen längst vergangener Jahrhunderte mit safrangelben Seidenschleppen in der Nachtkühle ergehen, oder als lauerten im tieferen Dunkel der Arkaden und in den Winkeln der Bogengänge Männer der verfeindeten Geschlechter. Der helle Nachthimmel verschärfte die Mauerkonturen der Türme und steigerte deren finster drohende Mächtigkeit ins Riesenhafte. Die bewegte Geschichte San Gimignanos mit ihren blutigen Familienfehden, die Maurus ihr am Spätnachmittag auf der Piazza della Cisterna erzählt hatte, gewann in dieser dunklen Gasse bildhafte Lebendigkeit: Stachelten nicht zu dieser Stunde die ghibellinischen Salvucci mit wilden Gesichtern den herrschenden Podestà Strozzi auf, die verhassten Guelfen Rosselino und Primerano Ardinghelli, die vielleicht ahnungslos zechend und würfelnd in den Turmgemächern ihres Palastes saßen, hinrichten zu lassen? Dort drüben, am Fuß der Rathaustreppe, die kantig am Palazzo Comunale hinauflief, wurden beide wegen nicht nachweisbarer Vergehen enthauptet.

Anna schauderte und schmiegte sich enger an Maurus. Für sie, die daheim den Regenwürmern steife Gräser unter die armen, kriechenden Leiber schob, um die sich windenden Körper vom Asphalt des Gehsteigs auf eine Grasfläche zu tragen, damit sie nicht zertreten wurden – für sie bedeutete die Grausamkeit der Menschen das furchtbarste aller Rätsel.

Maurus führte sie über den nächtlich bestrahlten Zisternenplatz durch den Becci-Bogen die abfallende Via San Giovanni hinunter. Schon von Weitem konnten sie das Hotel, an dem sie schon einmal vorbeigekommen waren, unschwer an der bauchigen, von einer Laterne durchleuchteten Markise erkennen. Nahe dem Eingang ballte sich im Dunkel der Gasse eine Menschentraube, aus der angeheiterte Frauenstimmen und dröhnendes Männerlachen aufstiegen. Annas Schritt stockte. Sie blieb auf der finsteren Straße stehen und entzog Maurus ihren Arm. Sie schaute ihm nach und sah ihn unter dem Türbogen in das scheinbar renommierte Hotel eintreten. Vorsichtig ging sie etwas näher heran. Im schummerig erleuchteten Atrium stand ein schmächtiges Männchen hinter einer Theke, das pechschwarze, öligglatte Haar straff aus eingesunkenen Schläfen nach rückwärts gekämmt. Er hatte stechende, unruhige Augen in einem strichschmalen, leblosen Gesicht. Hinter ihm hing ein Brett, an dem

Schlüssel mit nummerierten Messingplättchen baumelten. Sie beobachtete das bedauernde Kopfschütteln des französisch anmutenden Portiers: *Der Nachfahre eines im Mittelalter zurückgebliebenen Barbiers aus dem Gefolge Karls von Anjou,* dachte es in ihr.

Sie schaute Maurus entgegen.

»Nichts!«, sagte er beim Näherkommen mit rauer, fast tonloser Stimme, der noch die scheue Befangenheit der Anfrage und eine leise Niedergeschlagenheit anhafteten, die so gar nicht zu seiner sonstigen geistlichen und weltmännischen Gewandtheit passen wollte. Mit gesenktem Kopf stieg er neben ihr die steile Pflastergasse wieder hinauf.

»Du wirst sehr müde sein«, sagte er mit einem besorgten Seitenblick auf Anna, »aber vielleicht müssen wir heute Nacht im Auto schlafen.«

Nun war es an ihr, ihn aufzurichten; eigentümlicherweise empfand sie keine Enttäuschung darüber, in diesem Hotel abgewiesen worden zu sein. Maurus, durch seinen Beruf und die damit verbundene gesellschaftliche Stellung weniger mit Erwartungslosigkeit gewappnet als Anna, traf eine zerschlagene Hoffnung härter als sie. Ihr ganzes Leben hatte sich, seitdem sie ihn liebte, in einer ausweglosen Sackgasse wund gestoßen. In ihr war mit den Jahren ein gewisser stoischer Gleichmut gegenüber äußeren Entbehrungen gewachsen. Sie war Bittererem begegnet. Sie fand sich mit dem Gedanken ab, die Nacht auf dem unbequemen Autositz zu verbringen.

»Lass es uns noch in der kleinen Herberge versuchen, die der Kellner auch genannt hat«, sagte sie zuversichtlich, fast munter. Maurus hob den Kopf und lächelte sie überrascht an. Er fuhr das Auto von der Piazza della Cisterna durch die Porta San Giovanni wieder aus dem Städtchen hinaus, umkurvte langsam das gewaltige Bollwerk der Ringmauer auf der Suche nach einem neuen Parkplatz. Sie fanden ihn unter Bäumen und stiegen aus. An der Stadtmauer entlang wanderten sie weiter, um durch das nächste Tor wieder in die Stadt hineinzugelangen; sie wollten noch die kleine Herberge suchen. Plötzlich fanden sie sich am Brunnenhaus mit den tief verschatteten romanischen und gotischen Arkaden der öffentlichen Quellen, wo man früher die Schafwolle wusch. Hier im Dunkel waren sie der

Unermesslichkeit des sternübersäten Nachthimmels preisgegeben. Überwältigt standen sie still und fassten sich an den Händen.

»Wie still es hier ist und wie einsam«, flüsterte Anna. »Komm, wir gehen weiter – vielleicht finden wir doch noch eine Unterkunft!«

Sie gingen den Fußpfad des östlichen Stadtwalles entlang und kamen zur Porta delle Fonti. In nördlicher Richtung weiterwandernd verloren sie im finsteren Gassenlabyrinth bald jede Orientierung. Plötzlich erkannte Maurus den Umriss der Porta San Matteo. Sie gingen darauf zu. Beim Näherkommen sahen sie einen alten Mann, der auf einem Steinblock neben dem Tor saß, das Kinn auf einen Stock gestützt, das Gesicht von der Hutkrempe verschattet. Schlaftrunken hob es sich im dünnen Licht der Torfunzel zu ihnen empor, als Maurus den Alten auf italienisch ansprach. Mit ungeahnter Lebhaftigkeit rappelte er sich auf, winkte ihnen zu folgen, und lief mit skurriler Behändigkeit in die kleine Via Cellolese hinein. Immer wieder schaute er zurück, sie mit beiden Händen heranwinkend und sich vergewissernd, dass sie auch nachkamen. Maurus und Anna folgten ihm mit leiser, belustigter Neugier und einer unbestimmten, zweifelhaften Erwartung.

Urplötzlich öffnete sich ein weiter Platz vor ihnen, auf den der Himmel schimmernd hereinbrach. Sie sahen in der Mitte einen überdeckten Brunnen von Sternenlicht übergossen und ringsum Häuser, bizarr erstarrt wie aus geronnenem Silber. Es war die Piazza Sant'Agostino. Auf der Längsseite erstreckte sich der Langbau eines gotischen Kirchenschiffs, über dessen Stufenumrandung aus schmalen Ziegeln im Fischgrätenmuster der Alte eilig hinaufhumpelte. Neben einem Holzportal mit quadratischen Kassetten drückte er auf eine Klingel neben dem Schild: *Convento di Sant'Agostino Frati Agostiniani.*

»Chiostro di Sant'Agostino!«, krächzte der Alte heiser mit bedeutsamen Gesten und funkelnden Augen, ehe er über den Platz verschwand, das reiche Trinkgeld ausschlagend, das Maurus ihm in herzlicher Dankbarkeit schenken wollte.

»Mir scheint«, murmelte Maurus und stieß ein unterdrücktes Lachen voll leiser, humorvoller Selbstironie aus, »wir werden heute Nacht in einem Kloster schlafen!«

Annas Herz schlug beklommen, während sie warteten.

Nach einer Weile hörten sie das leichte, eilige Klatschen von Sandalen auf Steinplatten. Der Schlüssel knirschte im Schloss. Ein Mönch in schwarzer Kutte über einem weißwollenen Unterkleid öffnete. Das Licht über dem Eingang fiel voll auf ihn. Seine typisch ovale Kopfform und der dunkle warme Goldton seiner Haut, den auch das Leben hinter Klostermauern nicht zu bleichen vermochte, erinnerten an eine karamellbraune, portugiesische Olive, und waren Merkmale eines charakteristisch südländischen Menschenschlages, dessen Provenienz aber weder Maurus noch Anna später bestimmen konnten.

»Es hat uns jemand hierher geführt ... können wir hier übernachten?«, fragte Maurus mit einer Stimme, aus der es für Anna wie nach brüderlicher Zuneigung und sehnsüchtiger Hoffnung klang.

Die samtenen Mandelaugen des Augustinermönchs glitten sekundenlang ruhig wägend zwischen den späten Ankömmlingen hin und her: »Moglie o figlia?« – Frau oder Tochter?, forschte er mit einer Handbewegung auf Anna.

Keines von beidem, bebte es in Anna, die mit klaren Augen seinem Blick begegnete. Maurus bat ohne Zögern um zwei Zimmer.

Der Mönch ließ sie eintreten.

Sie müssten noch das Gepäck holen, ob sie ihn nochmals ans Portal bemühen dürften?, fragte Maurus. Der Pater bejahte, und sie gingen, um das Auto zu holen, das sie vor der Freitreppe parkten.

Der Pförtner geleitete sie durch einen Kreuzgang. Anna und Maurus tauschten einen Blick unverhüllten, schweigenden Entzückens. Entlang einer Seitenwand standen etruskische Grabfunde: brüchige Aschenurnen, Terracotta-Gefäße mit eingepressten Ornamenten, ein sphinxartiger Löwentorso, verstümmelte Steinköpfe und eine Alabasterbüste. Ehrfürchtig traten sie in den Klosterbau hinein.

Aus einem Raum zur Rechten drang polterndes Dröhnen durch eine angelehnte Tür, als ob die Faust eines Zürnenden in rascher Folge wortlos und wuchtig auf eine massive Tischplatte hämmerte. Nach einem schnellen Blick auf den Pater, hinter dem sich Maurus mit den beiden Koffern eine schmale, steile Stiege hinaufplagte, drückte Anna vorsichtig mit beiden Händen die schwere Türe etwas weiter nach innen und lugte neugierig durch den Spalt in das Gemach. Vor ihren erstaunten Augen dehnte sich ein langer Saal, der von dicken, weißen Wachslichtern, die in einem zweiarmigen Leuchter steckten, schwach erleuchtet war. An der Stirnseite eines mächtigen Refektoriumstisches saßen vier Ordensbrüder mit aufgefächerten Spielkarten in den Händen. Im unruhig flackernden Kerzenlicht, das jede ihrer Bewegungen in Schatten riesenhaften Ausmaßes an die hohen, holzgetäfelten Wände warf, erglänzten ein Krug und einige Zinnbecher. Der verhaltene Zauber der Farben und des Lichtes, das Rembrandtsche Hell-Dunkel und die hingebungsvolle Spielleidenschaft der Klosterbrüder gemahnten an das Bild eines alten, flämischen Meisters.

Anna riss sich wie verzaubert los, um den beiden Männern die Treppe hinauf nachzueilen.

Der Mönch führte sie durch eine geräumige, dämmerige Halle des oberen Stocks. Aus altersdunklen Ölgemälden, die von spinnwebfeinen Rissen durchzogen waren, schauten die milden und strengen Augen heiligmäßiger Generalpriore dieses großen Augustiner-Bettelordens der katholischen Kirche von den Wänden herab. Etliche Stufen führten in einen engen, fensterlosen Gang hinunter. An der rechten Wand reihten sich in geringem Abstand mehrere gewölbte Pförtchen aneinander. Der Augustiner stieß das erste auf und ließ Maurus eintreten. Anna griff sich ihren Koffer aus seiner Hand und trug ihn in den daneben liegenden Raum, dessen Türe der Pater einladend für sie geöffnet hatte.

»Buona notte!«, sagte er warm, vergrub die Hände in den Ärmeln seines Habits und verschwand.

Eine wilde Traurigkeit überkam Anna. Unbeweglich stand sie inmitten der Zelle neben ihrem abgestellten Koffer. Da war sie wieder, diese gefürchtete Fremdheit, die vor den Menschen gespielt werden musste, weil sie nicht Mann und Frau sein durften. Zum ersten Mal seit ihrer Reise war sie von Maurus getrennt. Wieder spürte sie dieses allzu vertraute, dumpfe, ziehende Pochen eines abrupten Abschieds – eines plötzlichen Alleinseins. Das klösterlich einfache Gemach schien ihr von einer unbegreiflich schmerzhaften Einsamkeit erfüllt, die gleichsam von allen Seiten auf sie einstürzte und sie wie in einen Krater zog. Sie kniete sich hin und kippte ihren Koffer flach auf den Boden. Sie entnahm ihm das schöne Nachthemd, das sie in die Toskana mitgenommen hatte, und legte es auf das Bett. Die schlichte Klosterzelle schien ihr der würdige Rahmen zu sein, es zu tragen. Dann kleidete sie sich langsam aus. Mit bloßen Füßen ging sie über die roten, kühlen Sandsteinfliesen und öffnete das Spitzbogenfenster. Tief sog sie die Nachtluft ein. Draußen fiel das Licht in zwei schmal abgegrenzten Bahnen aus ihren nebeneinanderliegenden Zellen über die Platten eines schräg abfallenden Daches, das unterhalb des Fenstersimses vorsprang und von lappigem, graugrünem Flechtenmoos und schwärzlichem Schwamm überwuchert war. Weiter unten wurde der Lichtschein dünner, bis ihn das Dunkel des Abgrunds verschluckte. Die abschüssigen Kartoffelbrücken kamen Anna in den Sinn, auf denen daheim die Ernte hüpfend in die dunklen, erdwarmen Wintermieten hinabkollerte.

Sie lauschte, hörte aber kein Geräusch aus Maurus' Zelle.

Da bewegte sich das Holztörchen leise knarrend in den Angeln. Anna wandte sich um. Maurus stand auf der Schwelle, noch völlig angekleidet. Sie sah sein Gesicht, das leuchtete, als wolle er ihr in eilender Freude ein wundersames Geheimnis zutragen, sich in schnellem Wechsel zu überraschtem, verwundertem Innehalten verwandeln, als er sie so stehen sah.

Das cremefarbene Nachthemd, das weich bis über ihre nackten Füße hinabfloss, ließ unter der Weite des Faltenwurfs die Anmut ihrer mädchenhaften Gestalt erahnen. Dunkel schimmerte ihr Haar, das auf die Brabanter Spitzen herabfiel, die ihren Hals umschlossen. Sie standen einander gegenüber, als seien sie lange getrennt gewesen. Ein schmerzlich-zärtliches Lächeln erblühte auf Annas Gesicht, wie wenn ein heller Schein über einer schwermütigen Landschaft aufbricht, und wandelte es zu fraulicher Schönheit.

»Meine Mona Lisa!«, sagte Maurus rau vor Rührung und ging auf sie zu. Er schloss sie so behutsam in die Arme, als umfinge er etwas zerbrechlich Kostbares. Anna grub ihr Gesicht in seine Brust. Die Kanten der Jacke berührten ihre Wangen. Sein ruhiger Herzschlag ging in sie ein. Und sie atmete den männlichen Geruch seiner Haut, den sie kannte und liebte wie eine heimliche Zuflucht – und war mit einem Mal sehr schläfrig und glücklich.

»Wo hätten wir es schöner finden können als hier? Freust du dich auch so sehr wie ich, mein Herz?«, fragte sein Mund leise in ihr Haar. Anna hob wortlos den Kopf und lächelte zu ihm auf.

»Komm – ich muss dir etwas zeigen!« Wieder schwang diese geheimnisvolle Freude in seiner Stimme, die Anna auf seinem Gesicht ablesen konnte, als er im Pförtchen ihrer Zelle gestanden hatte. Er nahm sie an der Hand und führte sie über die Stufen in den dunklen Vorraum hinauf. Dann zog er sie hinter sich durch eine Türe. Sie fand sich plötzlich auf einer Loggia, die den Kreuzgang überlief. Gebannt blieb sie stehen. Mit nackten Sohlen folgte sie Maurus über die Schatten der Säulchen und die fahlen Lichtbogen auf dem Steinfußboden zur Mauerbrüstung. In fassungslosem Schauen sah sie die zauberische Schönheit, die sich ihr bot: Unter ihnen lag wie in einen Silberteich versunken der Garten des Kreuzgangs, in dem der Ziehbrunnen wie eine weiße Seerose in der oleanderduftenden Stille schwamm. Mondlicht umfloss die beiden Zypressen, die Palme, die Agave und das rosafarbene Gestein, in das die Säulen des Kreuzgangs verliefen, und legte blaue Schatten in die Bogenhallen.

Wie schon beim Gang durch die nächtliche Via San Matteo sank Anna in eine weiche Traumbefangenheit. Ihre Augen schweiften über das Langdach der Kirche von Sant'Agostino, das sich, von einem Campanile flankiert, unter den schimmernden Schleiern der Milchstraße hinstreckte.

Der Wunsch nach legaler Zweisamkeit, den die Unmöglichkeit der Erfüllung und die Bitterkeit jahrelangen Darbens in eine gewaltige Sehnsucht getrieben hatte, die mit Anna untrennbar verwachsen war und in ihrem Blut kreiste, im Schlag ihres Herzens pochte, schlaflos war in ihrem Schlaf und Heimsuchung in ihren Träumen, von der ihr ganzes Wesen gleichsam durchtränkt oder durchglüht war wie eine Piemontkirsche vom Feuer eines alten Cognacs, diese Sehnsucht wurde ihr nun zum Wachtraum: Sie sah sich mit Maurus durch das Kirchenschiff schreiten in ihrem cremefarbenen Nachtkleid, das wie ein Brautgewand war; der Saum schleifte über die mondhellen Steinfliesen … sie kniete mit ihm auf den Apsisstufen nieder und ein Augustinerpater breitete segnend die Hände über sie zum Zeichen ihrer Vermählung. In ihrem Innern aber formte sich dieser traumhafte

Vorgang zum Gebet: *Lass mich seine Frau sein, o Gott, auf dass wir in der Ordnung leben. Du kannst ja alles … ich würde sterben vor Glück* … da erschrak sie zutiefst: *Aber lass es nicht sein, wenn es nicht gut ist für Maurus.*

Maurus betete, was *sein* Herz erfüllte: *Mein Gott, ich werde Dir noch mehr als bisher mit ganzer Kraft dienen! Du hast uns geschaffen nach Deinem Bild. Du hast uns die Liebe ins Herz gegeben. So nimm unsere Liebe an, als wäre sie Dir geschenkt!*

So verschieden ihre Gebete waren, sie waren ehrlich und demütig. Wie Kinder standen sie in dieser Nacht vor dem Angesicht Gottes – wahrhaftig, arglos und voll guten Willens.

Der Schatten einer Fledermaus, die vielleicht von den Geschlechtertürmen ausgeschwärmt war, huschte lautlos gespenstisch über die verwilderten Blumenrabatten, die Buchshecken und Rosenstöcke des Kreuzganggevierts, und streifte dunkel über die Lorbeerbüsche und die mattsilbrigen Lanzettblätter des Ligusters.

Anna fuhr erschauernd zusammen. Maurus trat hinter sie und drückte sie mit beiden Armen an sich. Sie kuschelte sich an ihn.

»Dich friert ja, Herz! Komm, wir wollen wieder hineingehen – du musst jetzt schlafen!« Er legte seine Jacke um ihre zitternden Schultern und führte sie in ihre Zelle zurück. Er zog die Decke über sie wie über ein Kind. Wenig später sank sie in einen tiefen Schlaf.

Annas Erwachen am frühen Morgen geschah so schlagartig, so urplötzlich, wie es oft in fremder Umgebung geschieht, oder wenn man eine bohrende Qual oder eine übergroße Freude mit in den Schlaf genommen hat. Sie sah mit Verwunderung Wolkengrau im Zellenfensterchen. Irgendwo im Kloster rauschte Wasser. Rennendes Getrappel auf dem Gang lenkte ihre Augen zum Zellenpförtchen und sie bemerkte, dass es einen Spalt offen stand. Sollte Maurus bereits nach ihr geschaut haben, als sie noch schlief? Sie sprang aus dem Bett. Sie strich eben mit der Bürste über ihr Haar, als er wie am vergangenen Abend zögernd auf der Türschwelle stand.

Ob er schon einmal hier gewesen sei, fragte Anna.

»Ich habe nachgeschaut, ob du wach bist«, sagte er fröhlich wie ein ausgelassener Bub, »komm, ich möchte dir etwas zeigen!«

Mitten auf seinem Bett saß eine rabenschwarze kleine Katze in königlicher Empfangshaltung und funkelte Anna aus kreisrunden, grünlichternden Augen entgegen. Im ersten Moment stutzte Anna fast erschrocken, dann lachte sie hellauf: »Wie ist die denn hier hereingekommen?«

»Sie wird wohl übers Dach unterhalb des Fensters geschlichen und dann hereingesprungen sein. Was sollen wir denn mit ihr machen?« Maurus sah Anna fragend an.

»Lass sie doch sitzen. Wenn sie hereingekommen ist, wird sie auch wieder hinausfinden!«, meinte sie und streichelte das Kätzchen, das nun unbeteiligt mit beiden Pfoten über sein schwarzseidenes Köpfchen wischte.

Sie überließen die kleine Katze ihrem Schicksal und machten sich auf den Weg, um San Gimignanos Kulturschätze aufzusuchen.

Hintereinander stiegen sie zum dämmerigen Vorraum mit den Bildnissen der verblichenen Ordensoberen hinauf. Das Tageslicht warf ein milchigweißes Gitter auf den Boden, das durch die Ritzen einer zweiflügeligen Türe drang. Maurus schob die rostige Verriegelung zurück, hob die Bodenverankerung hoch, und zog die quietschenden Türflügel auf. Ein schmiedeeisernes Gitter durchspannte die Maueröffnung. Der Blick stürzte senkrecht in die Tiefe. Fast ganz unter Platanen verborgen konnten sie ein Gehöft sehen, an dem sich ein lehmgelber Fahrweg vorbeischlängelte. Bäuerliche Gerätschaften lagen am Boden verstreut, Kürbisse türmten sich auf wie ein Berg leuchtender Sonnen – und aufschauend flog ihr Blick über die weite, blauhügelige Toskanalandschaft mit ihren weizenbraunen und gemüsebunten Äckerchen, den Rebenhängen, Zypressen und Ölbäumen, die sie aus dieser Höhe wie von den Zinnen einer Rocca überschauen konnten.

Sie gingen über die Stiege hinab, dann durch die Sakristei und die Kirche in den Regentag hinaus.

»Hier bin ich nicht das letzte Mal gewesen!«, rief Maurus begeistert, als sie das Pflaster der Piazza Sant'Agostino überquerten.

Ein feiner Schmerz bohrte sich in Anna.

Warum sagte er *bin ich* und nicht *sind wir*? Er fuhr ja nie allein in seinen Urlaub. Dachte er, beim nächsten Mal die Familie hierher zu führen? … Oder war Maurus so tief mit ihr eins, dass sie mit einbezogen war, wenn er von sich selbst sprach? … Dann wieder sah sie im Geist Frau Altweg vor sich, deren Stimme vielleicht im nächsten Sommer von der Loggia aus die Stille des nächtlichen Kreuzgangs mit hellen Rufen des Entzückens durchstieß. Etwas in Anna entschied sich für letzteren Gedanken – Maurus wollte immer alle teilhaben lassen am Schönen. Sie hätte ihn gerne gefragt, aber sie schwieg. *Die Zukunft herauszufordern in der Stunde der Erfüllung wäre Undank,* dachte sie.

Trippelnde Tauben in Scharen auf der Piazza del Duomo. Sie flogen kurz auf, als Maurus und Anna zur Kollegiatskirche hinübergingen. Durch das ehemalige sogenannte Männertor betraten sie das Innere. Wolkendunkel sickerte durch die hochgelegenen Fenster. Sanfte Lichtquellen kamen vom oberen Rand der Kapitelle. Aus blütengleichen Kelchen schwingen in edler Rundung die Marmorbögen auf. Die Farbtönungen kolossaler Freskenwände strahlen zwischen die Pfeiler ein; sich verjüngende Lichtsäulen fliehen auf dem Steinfußboden bis zur *Verkündigung* des Jacopo della Quercia. Die große Kreuzigung auf der Wand des rechten Seitenschiffs schlug sie in den Bann des furchtbaren Geschehens auf Golgota. Erschreckend die Darstellung geballter Rohheit in den Zügen des Soldaten, der mit unmenschlichen, bullenhaft verquollenen Augen und gewalttätig vorgerecktem Kinn einem Schächer die Gebeine zerschlägt; faszinierend die kraftvoll stolze Halswölbung seines Fuchshengstes mit dem adeligen Kopf eines feueräugig-wilden Araber-Vollbluts aus Libyen oder Aleppo – erregt federnde Ungeduld, flaumweich sensible Samtnüstern, die leise bebend den Windhauch prüfen, im Einfallen der Verfinsterung das nahende Erdbeben witternd.

Lange standen Maurus und Anna vor dem erschütternden Antlitz des kreuztragenden Herrn, das von Göttlichkeit transparent durchleuchtet einem fast hineinschlägt ins Herz, umdrängt von den bleigrauen Helmen der Schergen wie von einer Aureole. Am Hals verknüpft der Strick und über den Kreuzbalken entlanggezerrt – und die Träne, die leise anklagend über die Wange rinnt. Der Blick abgrundtiefen Schmerzes aus den mandelförmigen Augen entlässt nicht, ging ihnen lange nach.

Zartgehaucht und jenseitig wirkten danach die Fresken des Ghirlandaio hinter dem Gitter der erleuchteten Kapelle der heiligen Fina, einer Tochter der Stadt.

»Wie muss die Stimme des fanatischen Bußpredigers Savonarola in diesen Gewölben gedonnert haben«, sagte Maurus im Vorbeigehen. »Hier hat er schon gesprochen, noch bevor er in Santa Maria del Fiore in Florenz auftrat.«

Er stieg die Stufen des Altars der *Mater Boni Consilii,* der »Mutter des Guten Rates« hinauf, und legte die Hände flach auf die Altardecke, dann griff er nach einem der Bronzeleuchter und wog ihn in der Hand. Annas erschreckte Augen wandten sich einer Gruppe anderer Kirchenbesucher zu, die Maurus mit Verwunderung beobachteten, in die sich jedoch erstaunlicherweise keine Spur von Anstoß mischte. Betroffen sah Anna bloße Neugierde in ihren Gesichtern, merkwürdig frei von Ärgernis, die fast schon geheimnisvolles Wissen war. Wie so oft gestand sie sich ein, dass seine äußere Erscheinung von seinem lebenslangen Dienst so sehr geprägt war, dass wohl kaum jemand gewagt hätte, ihm ein solches Tun abzusprechen, dessen Außergewöhnlichkeit in einer fremden Kirche ihm selbst wahrscheinlich überhaupt nicht zum Bewusstsein kam. Und plötzlich musste Anna an die Begegnung mit dem jungen Pfarrer von Manarola in den Cinque Terre denken, und sie sah wieder dieses blitzhaft aufzuckende Erkennen des Mitbruders in Maurus, als er mit ihm sprach, dieses plötzliche Getroffensein vom eingebrannten Siegel auf der Stirn des anderen. Die Erinnerung daran und das gegenwärtige Geschehen in der Basilika zu San Gimignano schienen sich zu gleichen. Jedoch spürte Anna, dass der junge Priester damals mit seinem reinen Herzen erspürt hatte, wer da vor ihm stand; diese weltliche Gruppe hier staunte vielleicht, dass Maurus sich erlaubte, hinter dem Altar zu stehen, konnte aber vermutlich die Aura, die um ihn lag und sie hinderte, dagegen einzuschreiten, nicht enträtseln.

Maurus stellte den Bronzeleuchter auf den Altartisch zurück und stieg zu Anna herab. Sie schmiegte ihre Hand mit einem wehen Stolz in seine Rechte, die sie warm umschloss, und spürte in ihrem Rücken die Blicke der Leute, als sie langsam zum linken Seitenschiff hinübergingen. Am alttestamentlichen Freskenzyklus des Bartolo di Fredi vorbei – Hiob speist an königlicher Tafel, und goldbraune Ähren neigen sich in Josephs ägyptische Träume – verließen sie die Basilika.

Die ersten Regentropfen klatschten schwer auf die Piazza del Duomo. Sie rannten eilends durch das Tor in den Hof des Palazzo comunale hinein. Kaum hatten sie die Travertintreppe, die zum Stadtmuseum des Rathauses hinaufführt, erreicht, öffneten sich die Schleusen des Himmels und der Regen prasselte auf das Pflaster des altertümlichen Höfchens. Über eine Altane gelangten sie zum Dante-Saal im Obergeschoss. Schauer überrieselten Anna auf der Schwelle dieses ehrfurchtgebietenden Ortes. Der Moderhauch siebenhundertjähriger Vergangenheit wehte sie an; die Büste Dante Alighieris stand lorbeergeschmückt mit adlerkühnem Profil im dämmerig-milden Licht des Raumes.

»Du musst dir vorstellen«, flüsterte Maurus, »dass der Dichter hier als Gesandter seiner Heimatstadt Florenz die Stadtväter aufforderte, sich einer guelfischen Liga anzuschließen. Dort drüben saßen die Vertreter der Künste – und hier rechts die Anführer der Guelfen.«

Schweigend durchschritten sie den Saal. Anna dachte wieder, dass Maurus schon öfter hier gewesen sein musste, weil er über die Geschichte der Stadt so genau Bescheid wusste.

Lange betrachteten sie Lippo Memmis *Maestà*. Vor einem Blau, das aus Meerestiefen aufzusteigen scheint, thront die Muttergottes mit Kind. Unnahbar und fern gruppieren sich die Heiligen zu Seiten der Jungfrau, deren Blick in göttlicher Würde und Allwissenheit sich in unendlichen Fernen verliert.

Sie gingen in einen kleineren Saal. »Schau Lieber«, rief Anna in hellem Entzücken und zupfte Maurus am Ärmel, »schau, eine florentinische Hochzeitstruhe! Sie ist vermutlich noch kostbarer als die, die ich vor Kurzem bei Bernheimer in München gesehen habe!« Sie traten näher und Maurus sah mit stillem Lächeln, wie die anderen Museumsbesucher sich Anna zuwandten. Die hatte sich in ihrer kindlich selbstvergessenen Entdeckerfreude völlig verwandelt – wie alles in San Gimignano sie verwandelte mit seiner uralten Geschichte und überwältigenden Kultur, aber zuallererst war es die greifbare Nähe des geliebten Mannes, die sie vollends sich selbst enthob, gleichsam ihr verquältes Leben zurücklassend wie ein Verlies, und den freien Himmel atmend. Die unbelastete Hingabe an die Wunder, die sich ihr hier erschlossen, ließ sie die Jahre der Vergangenheit vergessen und versetzten sie in eine Unbeschwertheit und sprühende Begeisterung, die Maurus nicht an ihr kannte, und die er wie einen verschütteten Schatz insgeheim bestaunte.

Nachdem sie die florentinische Truhe bewundert hatten, wandten sie sich dem offenen Fenster zu. Feuchte wehte sie an; sie sogen den Geruch der erdnassen Toskana ein, den der Wind über die Dächer der Stadt herauftrug. Wie hinter Silberfäden ragten die massigen Türme auf, schwarz vor Nässe und zum Greifen nah. Ihre Augen wanderten mit den Regenschnüren hinab: Tief unten sahen sie das Rund der Zisterne in einem trockenen Gewölbe, an dessen Wänden sich über die Zeiten hin Wappen längst verblichener Stadtväter in matter Farbigkeit behaupteten. Wie spitze, glasklare Flämmchen sprangen die Regentropfen auf dem Hofpflaster empor. Maurus und Anna lehnten sich über das Fensterbrett. Sprühregen stäubte über ihre Gesichter. Da durcheilte ein Menschentrüppchen die Wasserflut und klomm hastig die Travertintreppe hinauf. Voran ein Mann, hochaufgeschossen und mager von Gestalt, mit zerdrückter, dunkelblauer Baskenmütze über einem asketischen Gesicht, den flatternden, klatschnassen Regenmantel mit beiden Armen hoch über den Kopf haltend wie einen wehenden Baldachin, unter den sich seine nachstürzenden Sprösslinge auf ihren staksigen Beinen zu retten versuchten. Seine windverschlungenen Zurufe galten seiner Frau, die bebrillt und abgekämpft mit verrutschtem Seidentuch über dem blonden, ondulierten Haar dem Trüppchen folgte. Der sonderbare Zug hatte etwas merkwürdig Unwirkliches, Groteskes an sich, als huschten Schemen in stelzig-gravitätischem Rhythmus über die regendurchschauerte Galerie, als belebe plötzlich ein modernes Schauspiel die historischen Mauern; die Hereinflüchtenden wirkten in ihrer Steifheit eigentümlich vornehm wie Menschen aus englischem Adel, die sich im windgejagten Wolkengrau in den Süden verirrt hatten.

Als die Tür des Obergeschosses wie ein dunkles, warmes Maul die Menschengruppe verschluckt hatte, bestiegen Maurus und Anna den Turm, *Torre Grossa* genannt, der einen umfassenden Rundblick bot.

Durch eine Mauerluke schauten sie in die Tiefe: Unter ihnen sprangen ganz nah die Guelfenzinnen des Rathauses auf. Weiter entfernt sahen sie die geköpften Rundtürme der Festung, in der die Florentiner früher den Ort niederhielten. Auf dem Dachrand des Palazzo Salvucci kauerten die Tauben noch immer eng aneinandergereiht, obwohl der Regen nachgelassen hatte. Aber auf dem Domplatz, der dunkel vor Nässe glänzte, regte sich schon wieder das vormittägliche Leben des Hügelstädtchens, winzig und bunt.

»Schau«, sagte Maurus und sein Finger wies zu den östlichen Höhen in Richtung Arezzo hinüber, »da drüben läuft die Via Cassia, die alte Römerstraße, auf der der sechzehnjährige Konradin nach Italien zog. Vielleicht weißt du, dass er auf dem Hoftag zu Augsburg den ghibellinischen Abgesandten die kühne Zusage gab, die Krone seiner Ahnen zurückzuerobern.«

Die Jahrhunderte überspülten gleichsam ihre Gesichter wie die Meeresflut die offenen Augen Ertrunkener, als sie über die Toskanalandschaft hinschauten. Anna dachte dem blutjungen Stauferprinzen Konradin nach. Bis hier herauf mochte das Pferdegetrappel seines Heeres geklungen haben, als er im 13. Jahrhundert von Augsburg her Seite an Seite mit seinem Jugendfreund Friedrich von Baden nach Süden zog, um nie mehr heimzukehren.

»Bis von Augsburg her …«, träumte Anna versonnen. Die Bischofsstadt stieg vor ihr auf, das verwehende Silberwasser ihrer stolzen Brunnen auf den Katzenköpfen der alten Reichsstraßen, die sommerlich windbewegten Schatten uralter Linden auf dem Domportal und im Innern die Gemäldegalerie ihrer Bischöfe, aus der Anna einst mit Mühe einen Kardinal Otto Truchsess von Waldburg herausgefunden hatte … und wie ein wellenhoch ragendes Schiff schwebte – weithin sichtbar ins Land – die Kirche von Sankt Ulrich und Afra über der Stadt.

Und Anna sah sich wieder – um Jahre jünger – hinter einem Kirchenpfeiler stehen und hörte Maurus anlässlich der Ulrichswoche im Münster predigen. Nach der Predigt hatte der Bischof, ein äußerst konservativer Mann, das Wort ergriffen und gesagt: »Das war eine vom Heiligen Geist erfüllte Predigt!«

Damals dachte sie: Niemals hätte der Bischof das zugegeben und diesen Satz ausgesprochen, hätte er gewusst, dass hinter einem Pfeiler eine Frau steht, die diesen Mann liebt, selbst wenn er von ihr getrennt lebt – gewiss hätte er der Predigt keinen *Heiligen Geist* zugestanden, er hätte Maurus den Heiligen Geist von vornherein abgesprochen, er hätte ihm die Kanzel überhaupt verboten – des war sich Anna sicher: denn die Ablehnung durch einen Bischof, der von sich selbst behauptet, er habe »die Gabe der Unterscheidung der Geister«, lässt ein Erkennen der spirituellen Gaben oder gar ein liebevolles Empfinden für einen anderen, der nicht den Forderungen der Kirche genügt, überhaupt nicht zu. Die Erkenntnis des Bischofs über die »geisterfüllte Predigt« von Maurus war ein Zeichen, dass man als katholischer Priester eine Frau lieben und dennoch die »Gaben des Heiligen Geistes« haben konnte. So war diese »vom Heiligen Geist erfüllte Predigt« in die Herzen der Menschen eingegangen, und sein Nichtwissen von ihrer beider Liebe hatte den Bischof vor der Sünde der Verurteilung und Verwerfung von Maurus bewahrt.

Mit jähem, stechendtiefem Erschrecken hatte sie dann plötzlich Frau Huser in einer der letzten Kirchenstühle sitzen sehen. Blind für den edlen Stuck und Zierrat, das Flimmern der hohen Wachskerzen, die im Weihrauch fast erstickten, blind auch für die Alumnen, das Domkapitel und die Presbyter, die sich in festlichem Goldornat um den Altar bewegten, erlebte Anna den weiteren Fortgang des Festgottesdienstes. Wie von weit her ging das Murmeln, Beten und Respondieren des Volkes durch ihre Betäubung. Sofort nach dem Schlusssegen verließ sie das Heiligtum. Draußen auf dem Vorplatz hatte sie hinter einem Gebüsch verborgen gewartet, bis sich die herausströmende Menge nach beendetem Wallfahrtsgottesdienst unter dem brausenden Jubel der Orgel verlaufen hatte. Dieses Warten war durchdröhnt vom Glockengeläut, das allmählich zögernd dumpf über den Giebeln der Patrizierhäuser verhallte. Alles Blut stürzte in ihr Herz, als Maurus endlich aus dem Tor des Pfarrhauses trat, den weißen Chorrock über den Arm geworfen. Ihre angestaute Sehnsucht hatte sich auf das geliebte Antlitz geworfen, suchte den Blick seiner ernsten, dämmergrauen Augen unter der klaren, ebenmäßigen Stirn und berührte mit leisen Händen aus der Ferne seinen schmalen, gütigen Mund.

Sie wusste es heute noch: Wie ein stummer Schrei war ihr gefesseltes Heimweh aus ihr herausgebrochen. Mit brennenden Augen hatte sie dem Enteilenden aus ihrem Versteck nachgeschaut, mit dem reißenden Schmerz des Abschieds, dem keine Begegnung vorausgegangen war. Ihre trauerschwere, verzweifelte Ohnmacht hatte sich auf seine Wärterin Philomena Huser gestürzt, die ihn am Auto wartend und mit Argusaugen die Gegend erforschend in Empfang genommen hatte.

Anna erinnerte sich, wie sich eine zunehmende Schwere ihrer bemächtigt hatte. Mit schleppenden Schritten war sie benommen, ausgebrannt, müder und elender als zuvor an jenem heißen Julitag zum Bahnhof gegangen, um in die Einsamkeit der Großstadt zurückzufahren.

»Bis von Augsburg her«, sagte Anna jetzt laut und schaute den geliebten Mann an wie ein Wunder, weil er leibhaftig neben ihr stand. Als er sie fragend ansah, rührte sie mit keinem Wort an die Vergangenheit.

»Wenn man bedenkt«, sagte sie, »dass der Stauferprinz damals über die Alpen bis weit hinunter nach Süden gezogen ist, dann hat ein Hauch unserer Heimat schon vor Jahrhunderten diese Gegend gestreift, vielleicht hat man sogar schwäbische Laute auf diesem Platz da unten gehört.«

»Was mich noch heute erschüttert ist das biblische Wort vom Lamm, das zur Schlachtbank geführt wird«, sagte Maurus. »Papst Clemens IV., der große Feind der Hohenstaufen, soll es auf der Loggia seines päpstlichen Palastes in Viterbo gemurmelt haben, als er mit der Kurie dort weilte und den Bannfluch gegen den jungen Konradin verkündete, während er zuschaute, wie der königliche Knabe an Viterbo vorüberzog … Du weißt ja, dass sich dieses Wort auf furchtbare Weise erfüllt hat, als er in Neapel enthauptet wurde.«

Anna dachte an den Bannfluch und sagte: »Ich denke, die Verdammten der Kirche sind nicht immer auch die Verdammten Gottes. Und ich denke, Christus will nicht den Massenmenschen, sondern das Individuum … Er will keine künstliche Wolle – er will seine Lämmer selber scheren …« *Wo habe ich das nur gelesen?*, fragte sie sich.

»Wo du das nur alles her hast?« Maurus schaute lächelnd in ihr Gesicht.

In Schweigen versunken standen sie in einsamer Turmhöhe, den Blick in die hügelige Weite verloren. Wie schwarze Lanzen loderten in der Ferne Zypressen. Schwermut ging an diesem Regentag von ihnen aus. Anna löste ihre Hand aus der von Maurus und befühlte das kühle, morsche Gestein der Mauerbrüstung.

»Die Päpste!«, sagte sie leise. »Immer haben sie Anteil genommen an der Weltgeschichte, haben sich eingemischt, jeder auf seine Art: der eine leidenschaftlich, getrieben von frommem Feuer oder politischem Ehrgeiz und von Machtgelüsten, ein anderer besonnen, ruhig, friedliebend und segnend, wieder ein anderer fordernd, richtend, verdammend. Haben nicht ungezählte Menschen« – *wie ich auch!*, dachte sie – »ihr Schicksal gefunden unter den Päpsten, unter ihren Gesetzen, dem Zwang ihrer Dogmen, unter ihren Geboten und Verboten, weil ihnen als den Nachfolgern des heiligen Petrus die unbeschränkte Freiheit des Handelns zuerkannt wurde, die die Weltgeschichte und die Kirchengeschichte zur Menschengeschichte macht, und nicht selten zum persönlichen Schicksal werden lässt …« Sie schaute Maurus an und sagte fast heftig: »Aber ist denn das Papsttum auch immer eine Garantie zu unbedingt bestehender Heiligkeit, geisterfüllter Urteilskraft und Unfehlbarkeit? Der zeitweilige Tiefstand des Papsttums im zehnten und im vierzehnten Jahrhundert macht doch deutlich, dass Gottesnähe und Heiligkeit nicht an das Amt gebunden sind. Und ich frag mich oft bei kirchlichen Entscheidungen: Ist das alles im Sinn von Petrus? Und erst recht frage ich mich: Was würde Jesus dazu sagen? Haben sich die, die das Sagen haben, nicht unendlich weit von seiner Lehre der Liebe und des Friedens entfernt? Die Summe aller Überlieferungen liegt doch in dem einfachen Satz: ›Du sollst Gott lieben aus deinem ganzen Herzen – Du sollst deinen Nächsten lieben wie dich selbst.‹ Jesus hat den Armen ihre Würde zurückgegeben. Oft denk ich: Jesus hat konsequent das Leben der einfachen Menschen seiner Zeit geteilt. Er hat sich mit Leuten abgegeben, die die Gesellschaft damals ausgestoßen hat. Er hat mit einfachen Worten und eindringlichen Beispielen eine Brüderlichkeit vorgelebt, die über soziale Stände und Rassen hinweggeht … So meine ich, wäre die Aufgabe der Kirche in der Nachfolge doch die, das Evangelium zu verkündigen und für das Leben und die Liebe einzutreten.«

»So viel ich weiß, war das Pontifikat Johannes XXIII. das einzige Pontifikat, in dem keine Exkommunikation ausgesprochen wurde«, sagte Maurus. »Es geht also auch anders. Ich habe oft darüber nachgedacht, wie es zu diesen Bannflüchen und zum Ausstoßen von Menschen aus der Kirche gekommen ist. Ich denke, dass von einer gewissen Entwicklungsstufe an die Privilegiertheit der Kirche zur Versuchung geworden ist und oft zum Missbrauch der Macht und zu Korruption geführt hat, sei es nun politisch oder innerhalb der eigenen Institution. Denn immer hat sich irgendeine herrschende oder anonyme Macht bereitgefunden, einen entstehenden Adel durch Protektion oder Sonderrechte auszuzeichnen, sei es nun ein politischer oder hierarchischer Adel, einer der Geburt oder einer des Geistes, der Erziehung und Auslese, der körperlichen oder geistigen Vorzüge. Und wenn man unter der Sonne steht erstarkt man, und oft kommt es dann zu diesen Auswüchsen, zu Rechtfertigung von Handlungen, die nicht im Sinne des Christentums sind. Die Kirche hat sich an die Seite verfeindeter Gegner gestellt und Kriege nicht zu verhindern versucht. Wenn man sich aber an Christus orientiert, erfordert das unbedingte Nächstenliebe, ja Feindesliebe. ›Echtes Christsein meint nicht Hierarchie, sondern den Menschen. Die Kirche ist nicht Hierarchie, sondern die Gemeinschaft derjenigen, die an Christus glauben‹, so oder ähnlich sagt Hans Küng. Für den Menschen da sein, das ist Christentum. Und wenn Geist, Intelligenz, Studium nicht mit der Demut des Herzens und dem Willen zu dienen Hand in Hand gehen – dann ist es keine echte Nachfolge!

Erinnere dich auch an die Inquisition, an die Hexenverfolgungen, an diese furchtbaren Ausschreitungen des finstersten Mittelalters, an das unsägliche Leid, das der Kirche anhängt seit langer Zeit. Man könnte nicht mehr froh werden, wenn man an die grausame Marterung dieser meist unschuldigen Geschöpfe denkt, an ihre tierisch brüllenden Schreie, an die erpressten Geständnisse unter der Folter … Aber man muss auch an das Gute denken, an die großartigen Heiligen, die die Kirche hervorgebracht hat, zum Segen für ewige Zeiten. Es gab Märtyrer unter Gelehrten wie unter den Religiosen, die das Schweigen lernten – sie lernten aber auch das Hungern und Frieren, auch das Betteln und Sichverbergen. Es fehlt der Kirche von heute gewiss nicht an weltweitem Gehorsam gegenüber dem Papst und den Gesetzen und Dogmen, es fehlt ihr auch nicht an Kultur und hoher Geistigkeit – aber fehlt es ihr nicht doch zuweilen sehr an Einsicht und richtiger Verhaltensweise gegenüber dem Weltgefüge und dem einzelnen Menschen? … Du kennst doch Reinhart Raffalts Buch *Wohin steuert der Vatikan?*, und wer die Persönlichkeit dieses Mannes kennt, weiß, er hat kein Interesse und keine Notwendigkeit, der Kirchenführung Unrecht zu tun. Und die Einordnung in die Welt von heute war doch *auch* ein Herzensanliegen von Papst Johannes XXIII. – du erinnerst dich sicher: Immer wieder sprach er vom *aggiornamento.* Sicher hat er mit feinem Instinkt gespürt, dass Gewordenes sich wandeln muss, um nicht unterzugehen, um seine Heiligkeit auch in unserer Zeit zu behalten. Diese *Ecclesia semper reformanda* – ist sie das denn wirklich?

Ich habe einmal den Vortrag eines Dozenten gehört, in dem dieser gesagt hat: ›Wir vergessen vor allem, dass wir selber ein Stück Geschichte, etwas Gewordenes und etwas, das zum Absterben verurteilt ist, sind, wenn es die Fähigkeit zu weiterem Werden und Sichwandeln verliert. Wir sind selbst Geschichte und an der Weltgeschichte und unserer Stellung in ihr mitverantwortlich. Am Bewusstsein dieser Verantwortung fehlt es bei uns sehr.‹ Ich persönlich denke, dass das Bestreben von Papst Johannes XXIII. auch darauf hingezielt hat, das Pochen auf eine Sonderstellung und den oftmaligen Standeshochmut des Klerus abzubauen.

Erinnerst du dich, dass wir einmal bei einer Tagung in der Katholischen Akademie von einem Referenten den Satz gehört haben: ›Die Legitimität des Andersseins wird bezweifelt. Wenn ein Priester überhaupt akzeptiert wird, so mit einer neuen, gleichsam sozialen Legitimation.‹

Ich glaube, dass viele junge Priester das heute erkannt haben und ihre Berufung in der Stellung zum Mitmenschen sehen und in ihr das Hauptziel ihrer Arbeit, während eine Vielzahl unter uns älteren Pfarrern auch heute noch ihre Sendung und Legitimation hauptsächlich aus der Weihe und von hierarchischen und traditionellen Aspekten ableiten. Ich denke, dass Papst Johannes XXIII. dieses Bewusstsein des ›Dienenmüssens‹ aus dem Fundament seiner Existenz hatte, weil er aus der Armut kam und um die Opfer wusste, die das Volk bringt, indem es Nahrung, Kleidung, Schulung und die vielfachen Studien ermöglicht. Du hast schon recht, Anna, wenn du sagst, der wirkliche Sinn unserer Berufung sei die Verkündigung der Frohbotschaft und der brüderliche, demütige Dienst am Mitmenschen.«

Maurus schwieg und schaute nachdenklich über das toskanische Land.

»Ich glaube auch«, sagte Anna lebhaft in sein Schweigen hinein, »dass mancher Geistliche einen gewöhnlich Sterblichen und Ungebildeten nicht als wirklichen Bruder betrachtet, dem er mit allen Kräften dienen sollte. Der wichtigste Dienst eures Lebens ist die Verkündigung und die Feier der Eucharistie – das ist recht und gut und sicher gottgewollt –, aber neigen nicht viele ein wenig zu Selbstgenuss, zur Ausbildung und Hochzüchtung geistiger Spezialitäten? Ich weiß, dass es eine große Anzahl Priester gibt, die wirklich nichts als dienen wollen – wenn ich nur an den jungen Pfarrer von Manarola denke und die vielen daheim, und von wem wüsste ich das mehr als von dir! ... Ich weiß ja, wie dein Leben ist. Ich kenne deinen Arbeitstag. Ich weiß, dass deine Sonntage überlastet sind mit Gottesdiensten, Taufen und Andachten in fünf Pfarreien, dass deine Wochentage mit Beerdigungen, Hochzeiten, Sitzungen und Verwaltungskram übervoll sind – nicht zuletzt auch durch die vielen Schulstunden, die allein schon ein Vollzeitjob wären ... und vergiss auch nicht das stundenlange Beichthören. Du hast einmal gesagt, dass die Menschen in der Karwoche deinen Beichtstuhl oft bis Mitternacht belagern – sie kommen ja noch von auswärts –, dass du sie schon öfters außerhalb des Beichtstuhls im Kreis um dich versammelt hast, um mit ihnen Gewissenserforschung zu halten und die Generalabsolution zu erteilen, und du hast mir auch erzählt, dass du im April, in den die Karwoche fiel, *eintausendvierhunderteinundachtzig* Beichten gehört hast – *du allein!*

Einmal hast du gesagt: ›Ich merke oft, dass die Nacht vorbei ist, wenn die Zeitungsfrau um 5 Uhr die Zeitung einwirft‹ – und um 7 Uhr ist schon wieder die Frühmesse. Und wenn ich an das große Krankenhaus denke, zu dem du den Hausschlüssel hast, damit du nachts jederzeit zu den Kranken kannst, wo du dann oft stundenlang bei den Sterbenden sitzt und ihre Hand hältst, damit sie leichter sterben … und die ungezählten Gespräche mit Menschen in seelischer Not. Du schonst dich doch in keiner Weise – und ich weiß um dein Aushalten bei der alten, kranken, schwierigen Frau, die es dir bei Gott nicht leicht macht, und die nachts mit dem Besenstiel auf den Schlafzimmerboden stößt, damit du aus dem Amtszimmer zu ihr heraufkommst, um ihr eine Spritze zu geben, wenn sie eine braucht … Gesundheitliche Schäden hast du dir eingehandelt, weil du dir so viel abforderst. Wenn ich nur daran denke, dass du mir erzählt hast, wie du damals, als du deine erste Pfarrei Bergheim bekommen hattest, monatelang mehrmals wöchentlich mit dem Fahrrad fünfzig Kilometer hin- und fünfzig Kilometer von der Bischofsstadt in die Dorfpfarrei zurückgefahren bist, um auch dort Dienst zu tun, und das bei Regen und Schnee, in der Sommerhitze, bei nebligem und stürmischem Wetter … deine drei Herzinfarkte sind doch nicht von ungefähr gekommen. Nie habe ich eine Klage gehört von dir – aber ich habe deine Haare grau werden sehen und deine Stimme müde und leise, und dein Gesicht ist geprägt von der mitgetragenen Not der Menschen – und wenn du mich manchmal so tief angeschaut hast, war mir's oft, als würdest du Kraft ziehen aus mir für die anderen, denen zu dienen dir Lebenssinn und Berufung ist. Aber auch ich bin ein Mensch, und auch ich bin jetzt zuweilen müde …«

Die angestaute Bitterkeit ihrer hoffnungslosen Liebe hatte ihr den letzten Satz entrissen.

»Komm, lass das doch jetzt«, sagte Maurus in Annas vom herausgesprudelten Monolog erglühtes Gesicht hinein. Sie hörte eine leise Qual in seiner Stimme, die ohnmächtige Auflehnung gegen Fesseln, die er nicht zu sprengen vermochte, und die er früher nie als Fesseln empfunden hatte. Anna rang um etwas in ihm, das ihr ureigenster Besitz war, das rätselhaft ihr Anteil an ihm war. Aber er konnte es nicht geben, und sie musste weiterhin allein sein. Es war eine Anklage, die sich unversehens in ihr erhoben hatte. Sie fühlte es und dachte: *Wie kann ich anklagen, da ich selbst schuldig bin? Oder ist dieses wechselseitige Geben und Nehmen, Sichverschenken und Empfangen ohne Schuld? … Der Schöpfer hat doch Mann und Frau erschaffen, damit sie sich lieben und miteinander die Härte des Lebens tragen sollten!* – »Und dass du mich in dein Leben hineingenommen hast ...« Ihre Stimme stockte und sie dachte wieder an seine Augen, in die alle Müdigkeit, alle Not und aller Kummer hineingebannt waren, und die nach Ruhe und Geborgenheit brannten, wenn er sie manchmal so tief anschaute.

»Komm, wir gehen hinunter«, drängte Maurus mit leiser Stimme.

Sie stiegen die Treppen hinab und gingen durch den kleinen Innenhof auf den Domplatz hinaus.

»Sollten wir nicht dem Bruder Pförtner eine Flasche Wein schenken?«, meinte er dann.

Er kaufte in der Trattoria an der Piazza della Cisterna eine Flasche *Vernaccia di San Gimignano,* den berühmten, aromatischen Weißwein der Gegend. Dann schlenderten sie die Via San Matteo hinunter zum Kloster Sant'Agostino zurück.

Anna ging das Gespräch auf der Torre Grossa nicht aus dem Sinn. Sie sagte: »Um nochmals auf die vorher angesprochene Vorzugsstellung der Priester zurückkommen: Ich habe einmal einen Geistlichen sagen hören: ›Ist es nicht so, dass wir uns oft nicht stark genug darum sorgen, ob wir unsere Privilegien auch durch Leistung verdienen, ja dass nicht wenige von uns sogar auf diese oft gerühmte, ordensmäßige Enthaltsamkeit sich etwas einbilden, als sei sie eine Tugend und werde rein um ihrer selbst willen geübt, während sie doch eine geringe Gegenleistung gegenüber dem Volk ist, wenn man bedenkt, dass das Land es ist, das dieses frauenlose Dasein erst ermöglicht‹ ... wie denkst du darüber?«

»In dem Zusammenhang muss ich an unseren letzten *DIES* denken – du weißt, das ist der Tag, an dem die Pfarrer des Dekanats zusammenkommen«, entgegnete Maurus. »Es hat sich so ergeben, dass ich zu ihnen gesagt habe: Wir haben's doch leicht! Wir haben ein sorgenfreies Auskommen – und keine Verantwortung für eine Familie. Welcher Familienvater hat nicht ein entsagungsvolleres, sorgenschwereres Leben zu bewältigen als ein Pfarrer ohne Frau und Kind?!«

»Und wie haben sie reagiert?«

»Sie haben seltsam und indigniert geschaut – dann hab ich noch gesagt, dass ich es paradox finde, wenn ein Diakon, der Volltheologe ist und die Kirche so liebt, dass er für sie sterben würde, den sein Bischof sogar um Rat fragt, dass einem solchen Mann die Priesterweihe verweigert wird im Gegensatz zu den verheirateten, evangelischen Pfarrern, wenn sie in die katholische Kirche wechseln. Ein Diakon, der neben mir saß, hat mir die Hand gedrückt und gesagt: ›Sie haben mir nach dem Herzen gesprochen. Dieses Problem sitzt in mir wie ein Stachel!‹«

Anna schaute Maurus erstaunt an. »Das hast du dir alles sagen trauen?«

»Ich hab noch mehr gesagt. Ich hab sie gefragt: Ist es nicht viel leichter, zölibatär zu leben als in einer Ehe? Muss man nicht viel mehr zurückstecken, wenn man auf einen anderen Menschen eingehen muss? Ist es nicht vielmehr so, dass wir, die wir immer unseren eigenen Willen durchzusetzen gewohnt sind, bei denen immer alles nach dem eigenen Kopf geht ohne auf einen anderen Menschen Rücksicht zu nehmen, dass wir sehr selbstherrlich geworden sind, unduldsam, ohne es zu merken ... dass wir oft herabschauen auf andere? Man kann sich auch innerlich erhaben fühlen über die anderen, gerade durch diese Lebensform. Am Schluss habe ich noch gesagt: Und heute Abend könnt ihr beten: Gott sei dem armen Sünder gnädig. Ich meine damit mich. Am liebsten hätte ich noch gesagt: Und später werdet ihr noch mehr von mir hören.«

Anna war sprachlos.

Maurus aber war noch nicht fertig. »Als wir auseinandergegangen sind, haben sie sich wortlos mit einem stummen Händedruck von mir verabschiedet. Sie waren mit meinen Ausführungen kaum einverstanden. Einer sagte mit seiner dunklen, langsamen, bedächtigen Stimme: ›Du hast viel gesprochen ...‹«

Anna fand noch immer kein Wort und dachte darüber nach, was Maurus wohl mit dem Satz »Und später werdet ihr noch mehr von mir hören«, gemeint haben konnte. Aber sie brachte es nicht über sich, ihn zu fragen.

Inzwischen waren sie in die Via Cellolese eingebogen. Sie gingen über den Platz und stiegen die Stufen zum Kloster hinauf. Maurus drückte auf die Klingel an der Pforte. Es dauerte wieder eine Weile, bis der Augustinerbruder öffnete. Als Maurus ihm den Wein schenkte, unterlief eine scheue, sanfte Röte wie eine Welle die bronzene Olivfarbe seiner Haut. Mönchisch-asketische Strenge und Gaumenfreude vermischten sich aufs Liebenswürdigste, als er mit leicht verschämter Verwirrung fragte: »Soltanto per me?« – Für mich allein? Er vergrub seine Hände mit der Flasche in den weiten Kuttenärmeln. Maurus gefiel die unverstellte Offenheit der Freude und die unbewusste Genüsslichkeit des Bruder Pförtners, die dem geistlichen Nachfolger der Barfüßer-Eremiten von Toscana eine anziehende Menschlichkeit verliehen.

Nachdem sie die Übernachtung bezahlt, und ihre Koffer aus den Zellen geholt hatten, fuhr Maurus in südlicher Richtung durch die Porta San Giovanni aus dem Hügelstädtchen hinaus.

2

Über dem Elsa-Tal drohte ein Gewitter. Als sie nach Colle di Val d'Elsa kamen, stiegen sie nicht aus, schauten nur von unten nach Colle Alto hinauf, das sich verwittert um den Campanile drängt, und fuhren weiter. In der Ferne tauchte eine mauerumgürtete, trutzige Hügelstadt wie eine Geisterfestung vor ihnen auf. Fahles Wetterleuchten zuckte durch schwarze Wolkenberge und riss den Festungsring mit den quadratischen Quadertürmen sekundenlang aus der Finsternis.

Anna erschauerte.

»Was ist das für ein düsterer Ort da oben?«, fragte sie fast ängstlich und schmiegte sich an Maurus.

»Das ist Monteriggioni – ein im dreizehnten Jahrhundert von Siena errichtetes Kastell«, sagte Maurus. »Hier war im Mittelalter jahrzehntelang Kampfgebiet zwischen den Florentinern und den Seinesen … hast du die *Göttliche Komödie* gelesen?«, fragte er mit einem kurzen Seitenblick auf Anna, und ohne eine Antwort abzuwarten, fuhr er fort: »Im einunddreißigsten Gesang des Inferno gedenkt Dante dieses Hügeldorfs und singt so ähnlich wie: ›Mit Türmen ist gekrönt Montereggione‹ – die Türme des Mauerrings dort oben sind Dante zum Gleichnis für die Riesen in seinem Inferno geworden.«

Da sagte Anna leise wie zu sich selbst: »Der Himmel, wo wir sind, ist reines Licht!«

Maurus schaute kurz zu ihr hin. Er hatte den Satz Beatrices, den sie zitiert hatte, erkannt. Ein weiches Beben lief über sein Gesicht, als hätte ihn inwendig etwas angerührt, das er nicht erwartet hatte. Ein Glanz lag plötzlich über seinem Profil, unter dessen Bronzetönung die Haut wie erbleicht schien von einer Erschütterung, für die er keine Worte fand, die vielleicht aus dem Kontrast zwischen dem angesprochenen Inferno und dem Zitat von Anna kam, an dem er erkannte, wie gelöst und voll Freude sie in ihrem Innern war – und was hätte er sich sehnlicher gewünscht! Anna hatte plötzlich das Empfinden: Hätten sie nur diese eine Minute gelebt, ihr Leben wäre vollendet gewesen. Sie berührte mit inniger Zärtlichkeit seine rechte

Hand, die das Steuer umfasst hielt, und es war ihr, als tränke er ihre Erfülltheit wie ein Durstiger in sich hinein oder als wäre eine Last von ihm genommen.

Lange sprachen sie nichts. Sie waren wie umhüllt von ihrem Einssein.

In Siena zog Maurus mit dem Auto immer engere Kreise durch die Gassenschluchten, über denen der Himmel wie ein schmales, wolkendunkles Band hinlief. An manchen Häuserecken brannten Ampeln unter verrußten Madonnenbildern. Als der Regen plötzlich in Strömen niederging, gab Maurus auf, ohne auf den innersten Kern, das Muschelrund der Piazza del Campo mit der Torre del Mangia, gestoßen zu sein, und fuhr wieder hinunter in die südtoskanische Hügellandschaft. Die Melancholie ihrer gedämpften Farben vertiefte den Ernst dieser Gegend mit ihren weichen Silhouetten, und gab ihr etwas Stilles, vornehm Verhaltenes.

»Vielleicht kommen wir wieder einmal hierher, und ich kann dir die Stadt und den Dom zeigen«, sagte Maurus tröstend zu Anna. »Wir hätten sowieso wenig Zeit gehabt, wenn wir abends in Florenz sein wollen – Diego wird schon auf uns warten. Er hat in seinem Hotel ein Zimmer für uns bestellt.«

Anna kannte Diego vom Zeltplatz in Carrara, und Maurus hatte ihr erzählt, dass er zur Zeit in Florenz arbeite, und nur an den Wochenenden zu seiner Familie nach Parma heimfahre.

Sie schaute über die weiten Felder hin. Auf einer Wiese standen weiße Rinder mit ausladendem Gehörn reglos im Regen wie Wesen aus einer anderen Welt. Fernes Donnern murrte wie verhaltenes Drohen um die fernen Gipfellinien, als würde der Geschlechterkampf noch einmal entbrennen. Über Olivenhainen und Vernaccia-Rebhängen klebten Raubvogelnestern gleich die Dörfer auf den Berghöhen – waffenstarrende Festungen mochten sie einst gewesen sein. Zuweilen konnte sie nur von Regenschleiern verhangene Mauern und Türme erkennen. *Wie sie dort wohl hinaufgekommen waren, die versprengten Guelfen, nach der Niederlage von Montalperto?,* überlegte sie, als ihr die heiße, blutige Schlacht in den Sinn kam, von der sie gelesen hatte. Sie sah im Geiste schmale, steile Saumpfade, die durch Ginstergebüsch und Dornengestrüpp führten; sie sah besiegte

Kämpfer auf abgehetzten, schweißnassen Pferden hinanjagen und emporklimmen, dass die Steine unter den funkensprühenden Hufen hinwegspritzten, Geröll und Staubwolken hinter sich zurücklassend als sie heimflohen – heim in ihre mauerstarken Gewölbe … und sie sah früh gealterte Mütter sich schmerzzerrissen über die Leichen ihrer Söhne werfen und Frauen heilende Arzneien auf die Wunden der stöhnenden Gatten legen. Sie konnte sich vorstellen, dass dieser Anblick in den Männern den Hass mehr geschürt hatte als das funkensprühende Schwertergeklirr des Schlachtgetümmels.

»Schau, wie plastisch die Zypressen hier sind!«, sagte Maurus und riss Anna aus ihren weit zurückfliegenden Gedanken. »Es ist nicht verwunderlich, dass diese Landschaft die Künstler zu unsterblichen Werken inspiriert hat und sie noch heute aus aller Welt anlockt.«

»Ja«, meinte Anna, »aber ich habe an etwas ganz anderes gedacht. Diese Gewitterstimmung hat mich zurückversetzt ins Mittelalter, als hier Kampfgebiet war zwischen dem Florentiner Löwen und der Seneser Wölfin … Wie war das damals eigentlich mit dieser Schlacht von Montalperto?«

»Die Schlachten von Montaperti und Colle – die sind hier unvergessen. Im Jahr zwölfhundertsechzig belagerten die Florentiner Guelfen das ghibellinische Siena. Sie forderten den Abriss der Mauern und die Übergabe der Stadt. In höchster Not vertrauten sich die Senesen dem Schutz der heiligen Jungfrau an und legten im Dom die Schlüssel der Tore vor ihrem Altarbild nieder. Siena errang damals den größten Sieg seiner Geschichte und nannte sich aus Dankbarkeit fortan *Civitas Virginis* – ›Stadt der Jungfrau‹. Das hat aber den Papst nicht gehindert, die ganze Bevölkerung Sienas zu exkommunizieren.«

»Da war ja dann der Papst der Gegenspieler der Muttergottes!«, rief Anna empört.

»So kann man es sagen«, lachte Maurus.

»Das darf es doch nicht geben!«

»Es gibt vieles, was es nicht geben dürfte – du kleine Ketzerin!«

»Ich will ja nur die Kirche verändern«, meinte Anna treuherzig.

»Du kannst die Kirche nicht ändern«, sagte Maurus. Sein Gesicht war plötzlich müde wie von einer furchtbaren Ergebenheit.

»Ich will sie aber verändern, weil ich sie liebe und in ihr bleiben will!«, sagte Anna leidenschaftlich. »Man darf in Wahrheit doch ändern wollen, was man liebt.«

»Die Zeit ändert alles – über kurz oder lang«, sagte Maurus ernst. »Schau die Geschichte an … der Triumph der Ghibellinen war nur von kurzer Dauer. Neun Jahre später wurde Siena in der Ebene zwischen Colle di Val d'Elsa und Monteriggioni von florentinischen Truppen geschlagen. Du siehst: Alles ist der Zeit unterworfen … man muss nur warten können.«

3

Am Abend kamen sie in Florenz an. Sonnenverbrannt stiegen die Zypressen zur *Certosa* hinan. Langsam kroch das Auto durch den Abendverkehr. Um nicht auf den Ponte Vecchio zu stoßen, bog Maurus nach dem Palazzo Pitti links ab und geriet in eine Seitenstraße, die von Bilderausstellungen umsäumt war. Nur mit Mühe bahnte er sich einen Weg durch das Menschengewimmel. Er sprach kein Wort. Sein Gesicht war gezeichnet von Anstrengung und Müdigkeit. Endlich gelangten sie auf einer Brücke auf die andere Seite der Stadt. In der Tiefe vertrocknete der Arno. Nur ein schmutziges Rinnsal sickerte durch Algen und braunes Flussgras. Weiter oben sah Anna den Ponte Vecchio, den sie liebte, weil sie mit ihm ein Märchen aus ihrer Kindheit verband; vor Jahren war sie in ihrem Florentiner Urlaub oft darüber gewandert.

Am Bahnhofsvorplatz erspähten sie eine Parklücke. Erstickende Hitze brütete über der Stadt. Maurus wollte mit dem leichten Gepäck, in dem sich nur das Nötigste für eine Nacht befand, das Hotel in der Via Nationale suchen, das ihm Diego genannt hatte. Anna sollte am Auto warten, bis er wiederkam. Als sie allein war, steigerte sich die Schwüle für sie ins Unerträgliche. Beklemmung umschnürte ihr schwer schlagendes Herz und ihre Hände wurden ganz kalt. Endlich kam Maurus zurück. Er hatte die Köfferchen im Hotelzimmer abgestellt, aber Diego noch nicht angetroffen. So schlug er vor, inzwischen die Dominikanerkirche Santa Maria Novella zu besuchen, die ganz in der Nähe des Bahnhofs liegt. Er nahm sie bei der Hand und führte sie durch den dichten Abendverkehr. »Du hast ja ganz kalte Hände«, sagte er, und mit einem Blick in ihr blasses Gesicht meinte er hilflos: »Ich kaufe dir Blumen!« Er zog sie zu einem Blumenstand. Anna schüttelte den Kopf. Sie wünschte sich nur Luft, um freier atmen zu können. Und woher hätte sie eine Vase mit Wasser nehmen sollen, um die Blumen am Leben zu erhalten in dieser erhitzten Steinwüste?

Sie standen vor der Marmorfassade von Santa Maria Novella, die eine der schönsten und strahlendsten in ganz Italien ist. Maurus machte Anna auf die Wappen der Familie Rucellai aufmerksam, die die Intarsienquadrate über dem Portal begrenzen. Das Innere der Kirche dunkelte geheimnisvoll im wachsenden Abend. Die dicken Mauern verströmten jahrhundertealte Kühle. Von den vielen Kerzen, die vor dem Bild einer Madonna brannten, floss mildes Licht. Sie schritten langsam zur Apsis. Ein alter Mann, der im rechten Querschiff auf dem Steinboden kauerte und manchmal murmelnd, manchmal fast laut, unverständliche Worte sprach, erhob sich mühsam und kam auf sie zu. Er winkte ihnen mit gekrümmtem Finger, ihm zu folgen, und führte sie in die Capella Gondi, links vom Chor; dort wies er mit lebhaften Gesten auf das berühmte, farbige Holzkruzifix des Filippo Brunelleschi. Dann zog er Maurus am Ärmel aus unerfindlichen Gründen mit sich überstürzenden Worten in die Sakristei hinein. Ein Priester legte gerade sein Chorhemd ab und hängte es in einen Wandschrank aus wundervollem, dunklem Holz. Weihrauchgeruch erfüllte den Raum. Maurus sprach einige Worte mit dem Priester, der ihnen noch das große Kruzifix zeigte, das dem Giotto zugeschrieben wird, und ein Terrakotta-Waschbecken des Giovanni della Robbia. Maurus dankte dem Priester und gab dem alten Mann ein wenig Geld.

Ihre Augen gewöhnten sich immer mehr an den Dämmer der Kirche. Anna sah an einem Seitenaltar das Bild des heiligen Joseph von Guido Reni, das sie kannte, und blieb einige Minuten vor dem Original stehen. Sie fühlte die Wärme in ihre kalten Hände zurückkehren. Da ertönte die Stimme des Alten, die Kirche würde nun geschlossen werden. Als Maurus den schweren Vorhang am Portal hob, sahen sie die Menschen dichtgedrängt unter der offenen Kirchentür stehen. Überrascht sahen sich Maurus und Anna an. Ein starker Platzregen ergoss sich über Florenz herab. Es war, als hätten sich die Schleusen des Himmels geöffnet. Das Wasser prasselte auf das heiße Pflaster, lief an den beiden Obelisken herab, tränkte die ausgetrockneten Grasflächen und überschwemmte die Straßen. Sie spürten den wehenden Regenstaub wohltuend auf ihren Gesichtern. Anna sog die frische Luft tief in sich hinein und schaute entspannt auf die Wasserflut, die den Abflusskanälen entgegenhüpfte. Sie hob ihr Gesicht zu Maurus auf und lächelte. Er drückte ihre Hand und sie sahen mit glücklichen Augen hinaus in das kühlende Strömen. Das Häuflein Menschen stand still da und wartete. Als der Regen nachließ, lief Maurus mit Anna um die Ecke des Kreuzgangs an den spitzbogigen Arkaden entlang, unter denen die Wappen der großen florentinischen Geschlechter in die Mauer gemeißelt sind, zur nahen Via Nazionale hinüber. Das Regenwasser auf dem Gehsteig durchspülte ihre Sandalen und kühlte die heißen Füße.

Im Restaurant des Hotels erwartete sie Diego. Er suchte sein Erstaunen zu verbergen, dass Maurus Anna bei sich hatte und nicht wie sonst seine Verwandten. Dann aber leuchteten seine Augen auf, und er umarmte mit südländischer Herzlichkeit den Freund. Ein wenig älter geworden, war er noch immer der große, dunkle Italiener griechischer Abstammung mit dem Gesicht eines adeligen Römers. Anna drückte schüchtern ihre Lippen auf seine Wangen. Dann ging sie mit Maurus ins Zimmer hinauf, um trockene Kleider und Schuhe anzuziehen.

Als sie herunterkamen, führte sie Diego an einen weißgedeckten Tisch. Flaschen mit bunten Etiketten füllten das Regal hinter der Theke. Auf einer hohen Glasvitrine ihnen gegenüber leuchteten gelbe Zitronen, großporige, glänzende Orangen, Bananen, Äpfel, blaue und gelbe Weintrauben, auf denen man den matten Goldstaub sonnenbrütender Weingärten noch zu sehen vermeinte, und die in Kaskaden über den Rand der Schale quollen. In seltener Vollkommenheit lagen die Früchte übereinander, überschnitten sich in natürlicher Ungeordnetheit zu einer prächtigen Farbkomposition von Tiefblau, Gold und Orange, Gelb und Grün, würdig einer üppigen, königlichen Tafel. Das olivbraune Gesicht des Geschäftsführers wurde zuweilen dahinter sichtbar, als blicke er aus einem Fenster zwischen dem Spalierobst seines Hauses. Die unglaublich wendigen Augen schienen überall gleichzeitig zu sein, weilten sekundenlang abschätzend und wohlwollend auf Anna, taxierten Maurus mit dem Blick eines unbestechlichen Menschenkenners. Ein Wink genügte, um seine umherschweifenden Augen in blitzartige Aufmerksamkeit zu verwandeln, die sekundenlang in seinen lebhaften Augen aufglomm, ohne das satte, joviale Lächeln zu beeinträchtigen. Anna schien es, als würden sie bevorzugt behandelt. Wenn Diego sich umwandte, stürzte der Italiener mit makellos weißer Schürze hinter der Theke hervor zu ihrem Tisch, und nahm mit vorgeneigtem Oberkörper seine Bestellungen entgegen. Anna wusste nicht, wie ihr geschah. Noch nie war sie so verwöhnt worden. Da saß sie zwischen den beiden Männern und ließ mit glänzenden Augen alle Herrlichkeiten über sich ergehen. Nach dem Aperitif wurden köstliche, für sie fremde Gerichte aufgetragen. In einer Glaskaraffe glühte purpurrot der Wein.

Annas Gedächtnis glich einer Zaubertruhe, in der Bilder und Gerüche als unermesslicher Schatz aufgespeichert lagen, denn die Einsamkeit ist die treueste Bewahrerin der Vergangenheit. Mit stählernem Griffel prägt sie die Erinnerung wie Runen in die Seele, vertieft sie in immer wiederkehrendem Nachziehen wie die Linien auf dem Labyrinth einer frühen Kinderzeichnung, unentwirrbar erscheinend, und doch in jeder Überschneidung klar und unauslöschlich eingegraben. Und so konnte es geschehen, dass einstmals Erlebtes mit einem Geruch oder einem Duft verschmolzen war, und plötzlich, in einem Augenblick, unverhofft ein Bild von längst versunken Geglaubtem heraufbeschwor. So stieg jetzt während des Essens in dem Florentiner Ristorante einer jener Sommerabende in Marina di Carrara in ihr auf, als die Sonne glutrot hinter dem fernen Felsenriff von Portovenere versank und einen breiten Goldstrom über das Meer entsandte. Die Zelte leuchteten in intensivem Orange, Grün und Khakibraun, wurden fast transparent in diesem letzten, durchstrahlenden Licht. Drei Autos schaukelten den Sandweg herauf – sie fuhren nach Lucca, um Fabrizio und seine Frau zu besuchen –, Diegos Auto war vorangefahren.

Anna sah, dass Diegos Augen auf sie gerichtet waren. Sie lächelte ihm zu und dachte, wie die Zeit doch alles ändert. Damals hätte sie sich niemals einen Abend wie diesen mit Maurus in Florenz träumen lassen. Aber was wusste Diego schon von ihr!

Anna fiel auf, dass vier Frauen, die an einem nahegelegenen Tisch saßen und ohne Begleitung waren, sich manchmal umwandten und zu ihr herüberschauten. Sie wunderte sich. Es ist eine eigenartige Erfahrung: Wenn ein Mensch nicht gewohnt ist, besondere Beachtung zu finden und sich seiner eigenen Persönlichkeit kaum bewusst ist, umso mehr hebt ihn das manchmal in den Augen anderer, und er begreift es nicht, plötzlich im Mittelpunkt des Interesses zu stehen. Erst die geringschätzige Handbewegung, mit der Diego Annas verwunderte Fragen nach den Frauen abtat, ließ sie begreifen, um was für Frauen es sich handelte. Mit verwunderten Augen schaute sie nun zu ihnen hin, aber als sie noch einmal herschauten, konnte sie weder Neid noch Lieblosigkeit in ihren bereitwilligen, etwas stumpfen Gesichtern erkennen: Mit einer Mischung aus Neugier und lächelndem Wohlwollen betrachteten sie Anna ungeniert, als gäbe es nun einmal zweierlei Frauen, solche, die verehrt und begehrt werden, und solche, die sich anbieten und das in Ordnung finden und es gar nicht ändern wollen. Anna war in ihrem Wesen eher scheu und zurückhaltend gegenüber fremden Menschen, aber an diesem Abend, an dem sie nach der erstickenden Schwüle der Stadt wieder frei atmen konnte und dazu mit Maurus und Diego zusammen essen durfte, war sie so randvoll mit Glück angefüllt, dass ihr nur der feine Instinkt verbot, die Frauen mit erhobenem Glas zu grüßen. Der ganze Raum, die Menschen – alles schien verwandelt. Sie fühlte sich durchglüht von einem nie gekannten Lebensgefühl.

Diego trank viel. Seine Augen waren manchmal gebannt auf Anna gerichtet, die mit Anmut den beiden Männern hin und wieder lächelnd zutrank. Er umwarb sie mit glühenden Blicken – sie spürte sein Begehren. Maurus aber sah es nicht. Er war ihrer sicher. Er wusste um ihre absolute Treue und war stolz auf sie. Er hatte einmal zu ihr gesagt: »Ich könnte dich mit tausend Männern allein lassen und müsste keine Angst haben.«

Es war schon spät am Abend, als sie vom Tisch aufstanden. Diego schlug noch einen Spaziergang in den kühlen Straßen von Florenz vor. Es hatte zu regnen aufgehört. Obwohl Maurus und Anna müde waren, wollten sie dem Freund den Wunsch nicht abschlagen. Anna lief rasch ins Zimmer hinauf, um ihren leichten, weißen Sommermantel aus dem Koffer zu holen. Dann gingen sie alle drei in die kühle Nachtluft hinaus. Maurus nahm Annas Arm und er drängte, sie solle sich auch bei Diego einhängen. Sie schlenderten in Richtung der Kirche Santa Maria Novella. Nur noch vereinzelt fuhren Autos über den nassglänzenden Asphalt. Schwarz ragte der Campanile der Basilika in den Himmel. In einem Stehausschank sahen sie eine diskutierende Menschengruppe stehen. Durch die offene Tür drangen französische und italienische Laute. Maurus kam nicht an diesem Lokal vorbei und äußerte den Wunsch, noch ein »Bierchen« zu trinken. Menschen waren seine große Leidenschaft. Sie zogen ihn magisch und unwiderstehlich an. Er liebte sie alle – »tutto del mondo« –, wie er einmal auf dem Zeltplatz kundgetan hatte. Er sagte zu Anna und Diego, dass er gleich nachkäme, sie sollen ein wenig weiterspazieren – und ging hinein. Anna kannte ihn und wusste: Sie hätte seine Freude zerstört, wenn sie jetzt von ihrer Müdigkeit gesprochen hätte. Sie starrte in den hell erleuchteten Stehausschank und sah, dass ihn die jungen Leute nach wenigen Worten spontan in ihre Mitte aufnahmen. Eine junge Frau, die ein leichtes Sommerkleid trug, lehnte an der Schulter eines Mannes mit langer Mähne. Es war nicht ersichtlich, ob sie zusammengehörten oder sich nur für diese Nacht zusammengetan hatten. Ein älterer Italiener und einige jüngere Männer und Frauen gehörten zur Gruppe.

Maurus war in seinem Element.

Anna ging mit Diego weiter. Ihr war nicht ganz wohl dabei, weil sie an die glühenden Blicke dachte, mit denen er sie im Speiselokal angeschaut hatte. Aber die frische Luft und die Bewegung taten so gut, sodass sie ziemlich weit wanderten. Was sollte sie fürchten? Diego war ja Maurus' Freund. Aber auf einmal stellte er sich vor sie und versuchte, sie zu küssen. Anna wich ihm aus – da umklammerte er ihre Arme, schob sie bis an die Hausmauer, und presste sie mit seinem schweren Körper an die Wand. Sie bekam Angst. Diego musste ihre Angst gespürt haben: Der Griff seiner Hände lockerte sich. Während sie ihn mit beiden Händen zurückdrängte und ihm seitwärts entgleiten konnte, sah sie forteilend unwillkürlich Giulia vor sich, die zarte, dunkelhaarige Giulia, die er aus dem Friaul geholt und geheiratet hatte, sah, wie sie Eis essend in Maurus' Zelt am Campingtisch saß, sah sich selbst ausgegrenzt auf einer Schilfmatte am Boden sitzen, sah den kleinen, quengelnden Luigi, ihren Sohn, der jetzt wohl ein junger Mann von fast zwanzig sein musste – und wusste dabei: Diego liebte die beiden. Aber Parma war weit. Und Diego war ein Mann in den besten Jahren – und er hatte viel Alkohol im Blut.

Anna rannte auf dem Gehsteig zum Hotel zurück. Diego holte sie ein. Er lief neben ihr her und redete auf italienisch heftig auf sie ein. Der Sturzbach seiner Worte floss an ihr ab. Sie verstand nicht, was er sagte. Sie wollte nur so schnell es ging zu Maurus. Die Gruppe im Stehausschank war verschwunden. Im Hotel folgte Diego Anna die Treppen hinauf. Sie klopfte am gemeinsamen Zimmer, öffnete die Türe spaltbreit und flüsterte: »Diego will mit hereinkommen!«

Maurus stand wie verloren im Zimmer. Er sah sehr müde aus. Zärtlichkeit schnürte Anna die Kehle zusammen, als sie den viel älteren Mann so stehen sah, und sie empfand plötzlich den scharfen Kontrast zwischen Maurus' feiner, beherrschter Art und Diegos ungezähmtem Ausbruch von Begierde.

»Mauro«, beeilte sich Diego zu sagen, der hinter ihr in der offenen Türe stand, »Anna geht nochmals mit mir weg!« Anna spürte fast körperlich das wilde Drängen in seiner Stimme. Sie wunderte sich, dass er so etwas zu sagen wagte. Sie überflog einen beschriebenen Zettel, der auf ihrem Nachtkästchen lag. Maurus musste das kurz bevor sie kam erst geschrieben haben. Liebe sprach aus den Worten.

Sie wandte sich zu Maurus um und schüttelte den Kopf. »Ich bin sehr müde, ich will nicht mehr fortgehen!«

Diegos Gesicht verschattete sich. Zorn glomm in seinen dunklen Augen. Anna wusste nicht, ob Maurus es sah. Er gab Diego die Hand und wünschte ihm eine gute Nacht. »... Wir werden uns ja nicht mehr sehen, bevor wir abreisen«, hörte sie ihn zu ihrer Erleichterung auf italienisch noch sagen.

Diego war längst auf sein Zimmer gegangen, aber Anna fand keinen Schlaf. Mit geschlossenen Augen lag sie da und hatte nicht den Mut, Maurus das Vorgefallene zu erzählen, ihm zu sagen, dass sein Freund sie mit wilder Leidenschaft begehrte. Sie horchte zu seinem Bett an der gegenüberliegenden Wand hinüber, hörte seine ruhigen Atemzüge und die Geräusche der nächtlichen Stadt.

Plötzlich erstarrte sie. Draußen auf der Dachterrasse hatte es leise aber deutlich gegen die Balkontüre gepocht und eine Männerstimme flüsterte in kurzen Abständen immer wieder: »Anna! ... Anna!«

Ruckartig setzte sich Anna auf. Es war Diego. Er scheute in seiner Begierde nicht einmal davor zurück, an ihr Hotelzimmer zu pochen.

Leise rief sie durch das Dunkel Maurus' Namen. Er regte sich nicht. Die Stille war aber zu lautlos und angespannt, als dass sie eine Stille des Schlummers hätte sein können. Sie stand auf und ging zu ihm hinüber. Er lag so atemlos ruhig, als wolle sich eine einsame Not gegen ein Unverständliches wehren und tot stellen. Anna beugte sich über ihn und berührte seine Schulter. Sofort wandte er sich um.

»Draußen steht Diego – er ruft mich!«, flüsterte sie. Maurus merkte, dass sie am ganzen Körper zitterte. Er schlug die Decke zurück, und Anna schmiegte sich an ihn. Sie lagen starr nebeneinander und lauschten mit angehaltenem Atem dem Pochen und Flüstern, bis es aufhörte. Dann ging Anna in ihr Bett zurück. Sie war es gewohnt, alleine zu schlafen.

Sie schliefen bis in den Vormittag hinein. Als Anna erwachte, hörte sie Maurus im Bad. Sie stand auf und öffnete die Tür zur Dachterrasse. Vorsichtig spähte sie nach allen Seiten: Niemand war zu sehen. Da ging sie hinaus. Kühles Silberlicht lag über Florenz. Sie breitete die Arme aus und sog die regenfrische Luft tief in sich hinein. Von irgendwo wehte der Duft frisch gebrühten Kaffees zu ihr herauf. *Wie weit mochte es zum Dom sein ... zur Piazza della Signoria mit dem David des Michelangelo vor dem Palazzo Vecchio?*

Sie hörte Maurus aus dem Bad kommen. Als sie von der Dachterrasse zu ihm zurückging, stand er mitten im Zimmer und schaute ihr mit einem seltsamen Blick entgegen. Sie blieb unter der Tür stehen.

»Erinnerst du dich an die Karte mit dem *Bildnis einer schönen jungen Frau* von Domenico Veneziano, die ich dir einmal geschenkt habe? ... So schön bist du an diesem Morgen!«

Sie lächelte.

Er sagte: »Ich war noch bis halb drei Uhr wach heute Nacht.

Das Menschenleben ist so kurz.

Ich hätte gerne noch ein Stückchen mit dir gelebt.

Aber was bedeutet schon ein Mensch gegenüber allem anderen, was dein Leben ausmacht?«

Anna spürte aus der leisen Trauer in seiner Stimme, wie sehr er sie liebte, und dass ihn das Geschehnis der Nacht beschäftigt hatte. Die vielen entschwundenen Jahre hatten sie zu sehr an die Hoffnungslosigkeit gewöhnt, jemals mit Maurus leben zu dürfen, als dass sie jetzt den Funken Hoffnung erkannt hätte, der für sie in seinen Worten aufglomm … War es, weil er erkannt hatte, dass Diego Anna begehrte, die ihn diese Worte sagen ließen? War es wie bei einem Kunstwerk, wenn das Interesse anderer den Wert in die Höhe treibt? Aber in der Liebe zweier Menschen ist ja der höchste Wert des anderen von Anfang an beschlossen. Es war wohl so, dass jedes Beieinander Maurus sein Alter und das Schwinden seiner Lebenszeit bewusst werden ließ.

Anna hätte sagen können: Dann tu es doch. Lebe mit mir!

Aber in ihrem tiefsten Innern wusste sie rätselhaft: *Es war nicht die Zeit dafür. Nicht jetzt.*

Aber wann dann? Wann überhaupt? … Es war zu kompliziert, als dass sich Worte für sie hätten formen lassen – oder als hätte man das zu Ende fragen können. Sie wusste, *wer* er war – und *wie* er war. Deshalb durfte sie nicht fragen – *brauchte* sie nicht fragen.

Da war eine Sprachlosigkeit in ihr, die aus einem unbestimmbaren Erahnen der Seele des anderen kam und ihr den Mund verschloss, das in ihren Einsamkeiten gewachsen war, in den vielen durchwanderten Stunden unter dem Sternenhimmel, in Sturm- und Schneenächten, in denen niemand an ihrer Seite war.

Manchmal hatte sie schon gedacht: *Ich kenne ihn besser, als er sich selbst kennt.* Dann war in ihr eine große Weite – und zugleich ein feiner Schmerz. Es gab diese Augenblicke: Da konnte sie sich einfühlen, als lebte sie sein Leben und wusste darum, dass sie nichts erhoffen durfte von ihm, wollte sie ihm nicht sein Leben rauben oder es gar zerstören. Sie erkannte sein Priestersein, in dem er ganz *er* war. Aber vielleicht würde er eines Tages spüren – oder spürte es schon –, dass sie es war, die ihn *ganz* machte. Ganz als Mensch.

Sie hatte es nicht in der Hand, was kam. Er – und alles was kam und wie es kam – war bedingungslos in ihr ganzes Wesen aufgenommen.

Aber sie hatte Angst, dass eines Tages seine Briefe ausbleiben konnten, und sie von irgendwem plötzlich erfahren musste, dass er gestorben war … Solche Gedanken kamen öfters – sie schüttelte sie ab. So in den Wahnsinn stoßen konnte das Leben doch nicht!

Es blieb keine Zeit, miteinander Florenz zu durchwandern oder

Kunstschätze aufzusuchen. Maurus musste am nächsten Tag wieder seinen Dienst tun. Er bezahlte das Zimmer, und nach einem kleinen Imbiss fuhren sie nach Deutschland zurück.

Über das Geschehen dieser Nacht sprachen sie nie mehr. Aber die dunklen Schmutzflecken auf ihrem Sommermantel von der regennassen Hausmauer erinnerten Anna daheim an diese Florentiner Episode.

Kurz nach der Trennung kam ein Brief von Maurus:

> *Wie denke ich an Dich, und möchte Dich in den Frieden und in die Freude denken. Es kommt mir vor, als wären unsere Tage in ferner, ferner Zeit gewesen – und es ist doch noch nicht einmal eine ganze Woche vergangen. Wir fuhren noch ins schöne Pustertal und sahen dem Spiel der Forellen zu. Wir tranken noch einmal Wein im alten Klosterkeller.*
> *Mein Herz, wenn wir es nur fertig brächten, das Glück in uns zu bewahren! Was in Wahrheit gut, groß und beglükkend ist, muß es doch immer bleiben.*
> *Aber dann kam der Tag der Not. Und ich muß immer an Dich denken: Wie es um Dich steht, ob Du im Frieden bist, oder ob das Leid Dich bedrängt …*
>
> *Ich bin mit Dir in Sant'Agostino und schaue hinab in den nächtlichen Kreuzgang und hinauf zu den Sternen über dem dunklen Hof, und ich lausche hinein in Dein liebes gutes Herz und habe keinen größeren Wunsch, als daß Du in Wahrheit froh seiest.*
> *Sei es mein Herz in der unendlichen Liebe, die uns umfängt, und auch in dem kleinen Herzen, das Dir gehört wie es nur sein kann.*

Im November schrieb er:

... Es will mir fast scheinen, als wären alle Worte, die mir zur Verfügung stehen, unzulänglich und ungeeignet, zu sagen, was ich sagen möchte.
Mir schiene es in diesen Stunden das Vollkommenste, unser Einssein und unsere Gemeinschaft darzustellen: Miteinander Melodien aufgetan zu sein, wie sie den Großen in ihren besten Stunden geschenkt wurden, sie zu hören, sie eingehen zu lassen in die Stille und in das Lied, das stumme, der Herzen.
Durften wir nicht den Reichtum und die Tiefe des Glücks und der Freude erfahren in diesen Stunden des Schauens und des Erlebens, die uns geschenkt waren – und die vielleicht so selten sein müssen, damit sie in ihrer Unermeßlichkeit erahnt werden!
Ich höre in der Stille der Nacht, in der alle meine Gedanken und mein ganzes Herz und meine ganze Liebe bei Dir sind, unsere Stimmen zusammenklingen, wie sie es taten in den Stunden, die der Ewigkeit nahe waren, und ich bin bei Dir zwischen Tag und Traum, zwischen dem was ich bin und was ich sein möchte; es ist mehr, mein Herz, als ich zu sagen vermag ...

ELFTER TEIL

1

Anfang des nächsten Jahres begann Anna, Maurus das Leben schwer zu machen. Sie ertrug ihre Einsamkeit und ihr Alleinsein nicht mehr. Seine Anrufe wurden selten wegen seiner Arbeitsüberlastung. Beim letzten Telefongespräch sagte er zu ihr, dass sie doch reich seien. Sie antwortete bitter und ungerecht: »Ja, wir sind in Wahrheit reich, denn wir besitzen nichts, das wir verlieren könnten.«

»Aber wir gehören doch einander an, wie kannst du so reden?«

Anna hatte geschwiegen. Sie dachte an ihre einsamen Abende. Oft war die Stille so übermächtig, dass sie nicht wusste, ob Maurus lebte oder bereits gestorben war. Sie schrieb einen Brief:

Lieber! Es ist eine so ungeheure Stille und Einsamkeit hier im Zimmer, ich weiß, Du kannst sie Dir nicht vorstellen, Du hast das nie erlebt. Immer waren Menschen um Dich; selbst ein Mönch hat neben sich ein lebendes Wesen, bei dem er anklopfen kann. Aber ich kann nicht anklopfen, nicht heimfahren, denn jetzt wäre meine Verzweiflung nicht mehr zu verbergen. Mein Gott, wenn es läutete, wenn Du es wärest. Ich weiß nicht, ob mein Herz weiterschlüge vor Glück. Aber du fragst so selten nach mir. Deine Stimme klang so hart, als Du am Telefon sagtest: »Behüt Gott!« und den Hörer auflegtest. Wenn ein Mensch gestorben ist, muss man die Trennung auch aushalten, sagst Du. Aber das ist etwas völlig anderes.

Geschieden im Tod ist besser als geschieden im Leben. Da lebt die Liebe weiter. Aber diese Pein ist größer. Glaubst Du, ich hätte so viele Jahre diesen harten, entbehrungs- und opfervollen Weg gehen können, wenn ich nicht eine andere Liebe in mir hätte als Menschen, die sich das oft leicht machen?
Es kann mich nichts irre machen, wie Du auch handelst, und ich weiß, daß es auf die Wirklichkeit der Liebe ankommt, ob sie nun vor der Welt sanktioniert ist oder nicht. Aber daß Du so lange nicht nach mir fragst, nicht nach mir schaust, wo Du doch weißt, wie allein ich bin und warte, das ist wie Zerstörung.
Bei Mauriac heißt es im »Lamm« einmal: »Vielleicht müssen wir wählen«, sagte Xavier, »töten was wir lieben, oder sterben für das, was wir lieben. Aber es gibt etwas dazwischen: Geliebt zu werden vom dem, was man liebt.«
Nicht mir das Leben nehmen, dafür hat mich meine Verzweiflung wahrhaft beten gelehrt. Aber sterben im Herzen, indem man dem Geliebten kein Leid mehr zufügt, das sein Leben belastet. Und wie würde ich Dich für Zeit und Ewigkeit belasten, wenn ich mir etwas antun würde. Ich habe geschrien zu Gott, auch nachts, und er wird mich nicht zugrunde gehen lassen, selbst in meiner letzten Verlassenheit nicht. Es gibt Gott, ich bin so überzeugt davon, es gibt ihn wirklich, so wie es die wahre Liebe gibt.

D. A.

Anna sandte diesen Brief nicht ab.

Als hätte Maurus ihre Verlassenheit gespürt, kamen diese Worte von ihm:

Wo ist denn die Freude des Sommers,
da Dein Herz über den Hügeln sang
und Deine Liebe leuchtete
in allen Wäldern und Wiesen?

Wo ist das Licht Deiner Augen,
in denen sich vermehrte
die Schönheit der Welt?
Wo ist denn das Glück,
das Dich bezauberte,
daß Du wie eine Königin
von unnennbarem Reichtum
schenken konntest ohne Ende?
Wo ist dies alles? Sag: Wo?

Mein Herz!
Ich suche Dich. Ich weiß es, warum; und weiß es doch wieder nicht. Vielleicht weil ich in all meiner Armut daheim sein möchte und ruhen in Deiner Liebe, die – wie alle wahre Liebe – ein Abbild der unendlichen Liebe ist, in der wir alle unsere Heimat und unseren Frieden haben.
Als ich heute Abend unter dem Himmel mit den hohen Wolken ging, fielen mir die Bilder von Caspar David Friedrich ein: die weite Landschaft und in ihr der kleine Mensch. Und ich mußte mir denken: Der kleine Mensch kann die Unermeßlichkeit des Raumes erfüllen mit seinen Gedanken und mit seinen Hoffnungen. Und was sind das für Hoffnungen? Doch die, daß es einen Frieden gibt und eine Erfüllung, daß es sie geben muß. Und daß wir einmal dorthin werden kommen müssen, wenn unser Leben Sinn hat. Du weißt es, mein Herz, daß wir davon etwas erfahren haben, als der weite Himmel mit den unzählbaren Sternen uns schauern und glücklich machte, als wir am rauschenden Meer die Flut des Lichtes erlebten, als wir im alten Kloster Vergangenes und Vergängliches und Unvergängliches im Geheimnis der Nacht in Einem erlebten.
Es möchte mir scheinen, als sei unser Herz zu groß, als daß wir es mit dem Verstand erfassen könnten, was uns bewegt; als sei all unsere Zeit zu kurz, als daß wir in uns aufnehmen könnten, was uns begegnet.

Ich fühle mich außerstande, das in Worte zu fassen, was mich bewegt. Ich möchte Dir Freude bereiten, mein Herz, und weiß, wie unzulänglich meine Fähigkeiten und meine Worte sind. Ich möchte Dich erfüllen – und weiß, daß dazu die Ewigkeit notwendig wäre. Und wir haben keine Ewigkeit. Dieses Nichthaben dessen, was in Wahrheit Frieden und Erfüllung gäbe, die bleiben, macht mich fast traurig. Deinetwegen, mein Herz. Denn Du meinest wohl: ich hätte diese Möglichkeit. Ich besitze sie nicht, und ich kann sie mir nicht holen. Es wäre eine Vortäuschung, und Du würdest bald merken, daß ich Dich betrogen habe, ohne daß ich es wollte.

Mein Herz, wohin führt mich die Unzulänglichkeit meiner Gedanken! Statt die Freude Dir zu bringen, bringe ich Dir Not; statt Dich ins Licht zu führen, bringe ich Dunkel; statt Dich frei zu machen, enge ich Dich ein.

Nimm meine Worte trotzdem so, wie sie sein wollen: Worte der Liebe und des Einsseins; Worte die verbinden wollen und sagen: Ich habe Dich lieb.

Und wenn Du mir sagst: Du kannst Deine Liebe doch anders zeigen, dann füge ich hinzu: Auch der Tropfen ist ein Teil des Meeres – und auch dies Gestammel ist ein Zeichen der Liebe.

Ich habe am Nachmittag so ein großes Verlangen gehabt, Dich anzurufen und Dir zu sagen – nur dies zu sagen: Ich denke an Dich und ich bin bei Dir und ich möchte Dir Freude bereiten.

Nun habe ich Dir geschrieben. Und nichts Anderes sagen all diese Worte als dies:

Ich denke an Dich.
Ich bin bei Dir.
Ich will, daß Du froh bist.
Ich liebe Dich.

D. M.

2

Anna träumte in der Nacht, ihre Mutter sei gestorben. *Ich weiß, dass sie gesund ist,* dachte sie, *auch habe ich gestern mit keinem Gedanken der Sorge an sie gedacht. Heute Nacht im Traum aber weinte ich fassungslos, ohne es glauben zu können.*

Sie lag in einem Hotelzimmer und fragte sich, warum sie dieser furchtbare Traum in der Nacht heimgesucht hatte. *Ist es, weil für mich nun alles zu Ende ist? Maurus feiert heute sein 40-jähriges Priesterjubiläum.*

Sie war die letzte Zeit noch mehr als sonst allein gewesen. Nur ein einziges Mal innerhalb von Wochen hatte er angerufen. Als sich gestern, am Vorabend des Festes, ihre Autos auf der nassglänzenden Landstraße begegneten, stieg er aus, und sagte unter den regentropfenden Bäumen, er müsse gleich heim, weil die Musik komme, und fügte noch hinzu: »Komm auch hin!«

Sie fühlte nichts, als er weiterfuhr. Sie fuhr zum Hotel und konnte noch im letzten Augenblick bremsen, bevor sie in einen anderen Wagen hineingefahren wäre. In ihrem Zimmer zog sie sich hastig um. Als sie am Pfarrhof ankam, spielte bereits die Stadtkapelle ein flottes Stück. Maurus stand im schwarzen Anzug am Geländer der Treppe und freute sich. Hinter ihm sah sie in der offenen Haustüre eine Menschengruppe. Anna konnte den kleinen Uli erkennen, ganz vorn. Anna stand in der Menschenmenge. Eine Woge der Zuneigung für Maurus war in den Würdigungen für sein segensreiches Schaffen zu spüren: Unermüdlich sei sein Bemühen, zwischenmenschliche Mauern abzutragen und in die offenen Herzen der Menschen vorzustoßen; seine ungewöhnliche Einsatzfreude und Einsatzbereitschaft wurde herausgestellt, seine Sorge um die Kranken erwähnt, Toleranz in so vielen Fällen und jederzeitige Aufgeschlossenheit wurde dem Jubilar zugesprochen.

Maurus dankte in tiefer Bescheidenheit mit den Worten: »Freunde, es ist eine große Gnade Gottes, dass ich noch lebe und dass ich ihm in den Menschen, die mir anvertraut sind, dienen darf. Die große Gemeinschaft des Glaubens macht mich reich und das Streicheln, das ich heute verspürte, tut einem alten Menschen doppelt wohl. Was mir heute durch eure Liebe zuteil wurde macht mich froh und beschämt zugleich. Dieser Abend war ein großes Geschenk für mich und ich würde mich freuen, wenn ich noch lange mit euch verbunden bleiben würde.«

Als nach einem weiteren Ständchen alles zu Ende war und die Menschen sich zerstreuten, wanderte Anna noch lange in den nächtlichen Straßen der Stadt herum. Später aß sie im Restaurant eine Kleinigkeit, weil ihr Magen leer war. Sie griff zur Tageszeitung. Maurus' Bild prangte mitten über einem großen Artikel. Er begann damit, dass Maurus als junger Kaplan seinem sterbenden Ortspfarrer das Versprechen gab, in der Seelsorge zu bleiben und nicht in die Vatikanische Bibliothek nach Rom zu gehen – etwas, das ihr Maurus auf ihrer ersten Fahrt nach Brixen erzählt hatte.

Ich darf keine Hoffnung mehr haben, dachte Anna. *Aber habe ich nicht im Grund mein ganzes Leben aufgegeben ohne eine Gegengabe zu erwarten als ich begann, ihn zu lieben? Von Anfang an habe ich gewusst, dass ich nie vor den Menschen zu ihm gehören darf, weil er mit Leib und Seele Pfarrer ist.*

Es war noch sehr früh am Morgen, als Anna erwachte. Eine halbe Stunde war es noch bis zum Gebetläuten. Sie sieht seine geschlossenen Augen, sein geliebtes Gesicht im Schlaf, alles sieht sie, alles, was in den vielen vergangenen Jahren geschah. *Nun bin ich fast vierzig Jahre alt, und habe in all den Jahren nie an einen anderen gedacht, nur an ihn.* Sie dachte an die Stunden, in denen sie neben ihm unter dem Sternenhimmel durch die Nacht fuhr, den Kopf an seine Schulter gebettet. Sie dachte an seine Zärtlichkeit, die er an sie verströmte, und sie dachte an das kleine Blockhaus am Meer, wo sie nachts dem Rauschen der Brandung gelauscht hatten.

Nun lag sie in diesem Hotelzimmer und zitterte dem Fest entgegen. Sie hatte Angst. Sie schluckte, und es war, als bliebe der Speichel im Gaumen stecken. In der linken Brust spürte sie von Zeit zu Zeit feine Nadelstiche. *Wie wird es sein? Sicher wird der Gottesdienst in der Kirche sehr feierlich gestaltet.* Sie sah ihre Blumen in der Zimmerecke in einem mitgebrachten Kübel stehen: rote, langstielige Rosen und eine weiße Lilie in der Mitte. *Nach dem Gottesdienst werde ich in die Aula gehen und ihm gratulieren. Sie werden mich anschauen, alle die mich kennen, besonders die, die nicht von mir wissen. Vielleicht werden sie tuscheln und fragen. »Wer ist das, die dort steht?« Vielleicht wird jemand antworten: »Ich glaube, eine Bekannte der Familie« ... Aber Maurus wollte ja, dass ich hingehe.*

Nach dem Festgottesdienst lief Anna in ihr Hotelzimmer, zog rasch ihr langes, schwarzes Kleid mit den weiten, geblümten Ärmeln an, nahm die Blumen aus dem Kübel und ging zum Gymnasium, wo der Stehempfang stattfinden sollte. Menschengrüppchen wanderten vor ihr her und Autos fuhren an ihr vorbei, die auch diesem Ziel zustrebten.

Sätze aus Maurus' Predigt kamen ihr zusammenhanglos in den Sinn: »Sündern wird von Sündern vergeben und von Heiligen. Was bedeutet mehr?, fragt sich vielleicht mancher. Es hat die gleiche Wirkung. Aber die Vergebung dessen, der es mit größerer Liebe tut, dringt vielleicht tiefer ins Herz ... Ein hungerndes afrikanisches Kind ist vor Gott ebenso viel oder mehr wert als der Papst oder ein Kardinal oder der erste Staatsmann eines Landes ... Mit unserer Selbstgerechtigkeit bauen wir eine Barriere zwischen Gott und uns auf. Ist es ein eigenes Verdienst, wenn wir gerecht und fehlerlos zu sein meinen? Der Sünder, der um seine Schwäche weiß, der wegen seiner Sünden weint wie die Frau, die Öl und Tränen auf die Füße des Herrn vergoss, ist vor Gott mehr wert als der Gerechte, der keine Schwachheit kennt und daher weniger Liebe hat. Der Sünder, der fürchtet, mit leeren Händen vor Gottes Gericht zu erscheinen und sich ängstigt, ist vielleicht der Größere vor Gott als der, der die Liste seiner guten Werke aufzeigen möchte wie die alten Ägypter, denen man eine Liste ihrer guten Taten mit ins Grab legte, damit sie sie Gott vorweisen könnten. Der schwache Mensch, der demütig um seine Schwachheit und Armseligkeit weiß und sich ganz von der unendlichen Liebe Gottes überströmen lässt, er ist vielleicht der Glückseligere als der, der seine Gerechtigkeit und Fehlerlosigkeit zwischen Gott und sein Herz stellt und hart und selbstgerecht wird, wenn die andern nicht so sind wie er, und der alles außerhalb des Gesetzes verurteilt. Die Schwachheit eines Menschen, die sich von der Liebe

Gottes überströmen lässt, verleiht ihm erst die Kraft, diese Liebe an die Menschen weiterzugeben, weil er keine Selbstgerechtigkeit und keinen Egoismus kennt. Es scheint, hier sei alles auf den Kopf gestellt …«

Anna hatte oft gespürt, wie die Menschen Maurus mochten, weil er trotz seiner gehobenen Stellung sich nicht über sie erhob. Wer gut hinhörte, hatte dieser Predigt entnehmen können, dass er sich selbst meinte, als er von den Schwachen und Sündern sprach, die aber in den Augen Gottes sicher mehr wert sind, weil sie sich nicht zu den Gerechten zählen, sondern sich ganz in seine Barmherzigkeit hineingeben.

Durch die offene Tür der Aula sah sie unter den vielen Gästen alle seine Geschwister, die noch lebten, beieinander stehen: fünf Brüder und zwei Schwestern. Sie ging mit ihrem Blumenstrauß hinein, mischte sich unter die Schar der Gratulanten, dankbar, dass sie im Gewühle keine besondere Beachtung fand. Maurus nahm lächelnd alle Glückwünsche entgegen, auch Annas leise, zitternde Worte. Dann stellte sie sich in die Nähe der Bergheimer Verwandten. Der Pfarrgemeinderatsvorsitzende hielt eine Ansprache, der Benefiziat überreichte dem strahlenden Jubilar die Skulptur eines heiligen Christophorus, damit der »unseren Stadtpfarrer auf seinen rasanten Autofahrten beschütze«. Frau Huser saß mit unbewegtem Gesicht auf einem Stuhl. Es ging schon gegen zwölf Uhr mittags, als Anna nach dem offiziellen Teil ihr Sektglas abstellte und unbemerkt durch die Menschenmenge schlüpfend dem Ausgang der Aula zustrebte.

Eine Woche später wurde das 40-jährige Priesterjubiläum in Bergheim gefeiert. Anna durfte in der vorhergehenden Nacht im Stadtpfarrhof übernachten. Am darauffolgenden Montag schrieb sie sich in der Mittagspause im Amt diesen Sonntag von der Seele. Sie schrieb ohne abzusetzen:

In der Nacht vom Samstag zum Sonntag habe ich nur zwei Stunden geschlafen. Um sechs Uhr morgens läuteten alle Glocken. Die alte Frau klopfte an die Tür. Sie sagte, ich solle die Töpfe und Tiegel mit dem vorbereiteten Essen nach Bergheim fahren. Als ich im

Bad war, rief Maurus von draußen meinen Namen. Ich reckte den Kopf durch den Türspalt. Er sagte, ich solle mit dem Fahren warten, bis die roten Altartücher und die Stolen und Paramente aus der Sakristei gebracht würden. Ich war noch nicht einmal frisiert, da rief Frau Huser von unten, ob ich noch lange brauche. Ich beeilte mich sehr und zog zitternd vor Hast mein Kleid über. Alle anderen schliefen noch. Zum ersten Mal fuhr ich Maurus' neues Auto und musste erst mal die Gänge ausprobieren. Aber es ging gleich ganz gut. Ich fuhr über die Autobahnbrücke, dann am Wald entlang, der noch ganz still lag in dieser Morgenfrühe, fuhr langsam durch die sonntäglichen Dörfer. Als ich in Bergheim ankam, war man dort sehr geschäftig. Frau Altweg lief anordnend in den unteren Räumen umher, der Mann von Kristin putzte das Wasser einer umgeworfenen Vase am Boden auf, die alte Frau, eine Verwandte aus der Stadt, die offensichtlich von mir wusste, wandte mir beim Betreten der Küche brüsk den Rücken zu, und ich wagte nicht, einen Gruß auszusprechen. Dann hieß es, ich müsse gleich in die Stadt zurückfahren. Es war schön, in Maurus' neuem Auto zu fahren, als gehöre man zu ihm. Als ich zurückkam, war dort gerade der Sonntagsgottesdienst zu Ende. Ich fuhr an den vielen Leuten vorbei, auch an Maurus, der von der Kirche zum Pfarrhof hinüberging. Er fragte mich, wie es gegangen sei, und ich antwortete lächelnd, dass es gut gegangen sei. Er nahm nun mein Auto, um seines den noch schlafenden Neffen zu überlassen. Er musste noch in Holzhausen den Gottesdienst halten und ich solle gleich mitfahren, sonst seien es nachher in seinem Auto zu viele Leute. Als ich mit ihm in mein Auto einstieg, drehte sich Frau Huser, die in der offenen Haustüre gestanden hatte, schroff um und warf die Türe lautstark hinter sich ins Schloss. Maurus war verstimmt und mir zuckte zum ersten Mal das Herz an diesem Tag. In Holzhausen war eine kurze, heilige Messe. Maurus drückte mir danach ein Paket in die Hand, ein Geschenk der Ministranten, das ich bis Bergheim auf dem Schoß hielt. Als wir aus dem Dorf hinausfuhren, nahm er meine Hand und fragte mich, wie ich geschlafen habe. Ich hätte nur zwei Stunden geschlafen, sagte ich, von einhalb vier Uhr bis einhalb sechs Uhr. Und ich sagte ihm, dass ich wohl doch nicht sein Leben sei, wie er einmal gemeint habe. Da sagte Maurus: »Du bist mir weitaus der liebste Mensch unter allen Menschen. Ich habe dich lieb, mehr kann ich nicht sagen.«

Wir kamen in Bergheim an. Der Hof stand voll von festlich gekleideten Menschen. Als ich ganz verwirrt im Auto sitzen blieb, sagte Maurus, ich solle auch aussteigen. Ich stand irgendwo herum. Durch das offene Fenster des Amtszimmers, in dem schon die Festtafel gerichtet war, sah ich, wie sein Bruder Severin Maurus die liturgischen Gewänder anlegte. Dann kam er heraus und stand unter der Haustüre, schön anzusehen in einem elfenbeinfarbenen Messgewand. Er lächelte mich an, ich lächelte zurück und sah im gleichen Moment, dass uns ein Freund der Neffen beobachtete. Der Festzug formierte sich und ging zum Kirchlein hinüber. Ich wusste nicht recht, mit wem ich gehen sollte, und reihte mich neben den jungen Mann ein, der uns vorher zugesehen hatte. Ich wagte nicht aufzuschauen, als ich inmitten der Angehörigen in die Kirche eintrat, aber ich spürte, dass viele Menschen den Raum füllten. Ich fand mich in einer rotausgeschlagenen Bank und hob die Augen. Da begegnete ich für einen Moment Maurus' Blick. Der Gottesdienst begann. Ein junger Kaplan, der im Dorf geboren war, und von Maurus zum Priesteramt ermuntert und geführt wurde, hielt die Festpredigt. Er sprach ruhig, verhalten, nüchtern, und es tat mir irgendwie gut. Als Maurus bei der Heiligen Wandlung die große Hostie emporhob, sah ich seine Augen ganz nahe und voller Trauer und Liebe auf den Leib des Herrn gerichtet. Als er selbst die Fürbitten sprach mit tiefer Erschütterung in der Stimme, erfasste das Zittern meines Herzens meinen ganzen Körper und ich weinte fassungslos und presste meinen von lautlosem Schluchzen gestoßenen Leib an die Kirchenbank, damit es niemand merkte. Dann gingen alle zur Kommunion. Wieder hob ich für eine Sekunde meine Augen und begegnete seinem Blick. Aber ich weiß nicht, wie er war, sein Blick. Ich ging in die Bank zurück und weiß nichts mehr, bis der Gottesdienst zu Ende war. Maurus sprach den großen Segen Aarons: »Der Herr segne euch und behüte euch, der Herr lasse sein Angesicht leuchten über euch und schenke euch seinen Frieden!«

Danach zogen der Altardienst und die Festgäste aus der Kirche aus. Ich habe keinen der vielen Menschen gesehen, die die Kirche füllten. Ich wagte nicht, mein verweintes Gesicht zu heben. Im Pfarrhofgarten stand die Musik, aber ich kann mich gar nicht erinnern, dass sie gespielt hätten, dass ich Musik gehört hätte. Ich ging ins Bad, hielt mein Taschentuch unter das eiskalte Wasser und betupfte meine geschwollenen Augen; dann puderte ich meine Nase und das ganze Gesicht. Erst dann wagte ich mich wieder hinaus. Maurus ging eben mit seinen Neffen zum Frühschoppen. Durch das Fenster sah ich ihn durch den Hof hinaus entschwinden. Dann half ich beim Tischdecken und wischte die Gläser nach. Der Raum war so still wie mein Herz. Ich überlegte, wohin ich mich setzen könnte. Ich setzte mich dann später neben eine 84-jährige Frau aus dem Dorf, ganz am Ende der Tafel, aber doch mit dem Rücken zur Wand, in der Hoffnung, so Maurus hin und wieder sehen zu können. Stehend wurde das Tischgebet gesprochen. Die Tische standen in Hufeisenform. Maurus saß oben in der Mitte, links neben ihm der Kaplan, rechts von ihm sein Bruder Severin. Als Frau Huser aus der Küche hereinkam, ließ sie sich lange vergebens bitten, ihm gegenüber Platz zu nehmen. Der junge Uli, der neben mir saß – ich vermute, dass der Onkel ihn gebeten hatte, sich neben mich zu setzen, weil er wusste, dass dieser jüngste Neffe mich gern hatte –, rief erbittert: »Dann soll sie doch in der Stadt drunten bleiben!« Ich erschrak zu Tode. Da rief Maurus' Bruder vom oberen Tisch her mit bestimmtem Ton, die Oma solle ihm gegenüber Platz nehmen. Die Schwägerin saß links von ihrer Mutter; zu der alten Frau, die mir am Morgen brüsk den Rücken zugewandt hatte, sagte Maurus: »Tante Afra, hier ist dein Platz!«, und wies auf den Stuhl neben Frau Huser, ihrer Cousine. Ich wusste, dass ich der Anlass der Ziererei der beiden alten Frauen und auch der ausbrechenden Heftigkeit von Uli war. Das Mahl begann. Alles schmeckte vorzüglich. Ich beugte mich über den Teller, aß schweigend und saß wie auf Nadeln. Ich spürte, wie die Fleischbrühe mir guttat, ich war so leer im Magen. Manchmal erkannte ich zwischen den Schultern der Sitzenden die Armbewegungen von Maurus, wie er sein Essbesteck bewegte und anscheinend auch schweigend aß. Nach dem Essen habe ich mich dann mit den Umsitzenden unterhalten, habe die

84-jährige Witwe neben mir gefragt, wie lange ihr Mann schon tot sei. »Zweiundzwanzig Jahre«, sagte sie, und lächelte mich aus abgeklärten Augen an. Sie trug ein langes, schwarzes Taftkleid, auf ihrer Brust hing ein großes, goldenes Kreuz. Auch der Bürgermeister des Dorfes, der den kleinen Kirchenchor leitete, und seine Frau, die den Organistendienst versah, beteiligten sich am Gespräch. Ich glaube, dass Maurus manchmal schaute, was ich tat. Später zerstreuten sich die Gäste, manche gingen spazieren. Der Regen, der seit Wochen fiel, hatte aufgehört, und der Himmel heiterte sich auf. Maurus gesellte sich zu einigen Männern, um sich mit ihnen zu unterhalten. Da ging ich in die kleine Kirche hinüber. Ich fühlte meine Müdigkeit, die innere und die körperliche. Niemand war im Kirchlein. Ich ging bis zum Altartisch, vor dem ein riesiger Strauß Orchideen und meine roten Rosen mit der Lilie standen. Mein Herz war so schwer wie meine Augen. Ich sagte zu Gott: »Schau her, da bin ich!« Ich hätte nichts sagen brauchen. Gott weiß ja alles von mir. Langsam ging ich auf dem Mittelgang zurück. Ich schaute noch einmal zum Altar, und das Gebet der heiligen Teresa von Avila ging wie von selbst durch mein Herz: »Dein bin ich, geboren zu Dir / was verfügst Du zu tun mit mir? / Gib mir Reichtum oder Armut / gib mir Trost oder Trübsal / gib mir Frohlocken oder Trauer / süßes Leben, Sonne ohne Schleier, / da ich ganz mich hingab. / Was verfügst Du zu tun mit mir?«

Der Kaffee wurde aufgetragen. Die Leute kamen wieder aus dem Garten herein und nahmen Platz. Torten, Rouladen und Obstkuchen wurden hereingetragen. Der junge Kaplan setzte sich an meine Seite und begann ein Gespräch. Ich fühlte, dass ich ihm sympathisch war. Und ich war dankbar, dass ich einen Menschen hatte, der mit mir redete. Diesmal konnte ich nicht zu Maurus hinschauen, denn wir saßen mit dem Rücken zu ihm. Aber ich glaube, er hat manchmal zu uns hergesehen. Als die meisten Gäste wieder in den Garten gegangen waren, meinte der Kaplan, wir sollten uns ein wenig zum Jubilar setzen. Wir gingen an seinen Tisch. Da stieß die alte Tante Afra ihren Stuhl zurück, fuhr auf und rannte vom Tisch weg. Ich erschrak und sagte: »Oh, das will ich aber nicht!« und wollte mich zurückziehen. Aber Maurus sagte, wir sollten hier-

bleiben. Nach einiger Zeit setzte er sich zu den Schwiegereltern seiner Nichte Kristin hinüber. Später sagte die Schwiegermutter zu mir: »Die verstehen, ihren Onkel zu feiern!« Als es so gegen sieben Uhr ging, wurde das Abendessen aufgetragen. Nach dem Essen erhob sich Rolf, der älteste der Bergheimer Neffen, um eine Rede zu halten. Alles schaute ihn erwartungsvoll an. Er sprach im Namen seiner Geschwister. Er sprach langsam, lächelnd, nach Worten suchend und voll geheimem Stolz. Er sprach von seiner Kindheit, von der »Kochlöffelgeschichte«, die ich nicht kannte: Der Vati war nicht zu Hause, und er sollte bestraft werden. Er ging also zum Onkele hin, übergab ihm den Kochlöffel und zog seine Hose herunter. Der schlug ihm ein paarmal hinten drauf. Danach lief das Onkele einige Tage mit der Hand auf seinem schmerzenden Herzen herum. Und Rolf sprach von seiner Güte, seiner Väterlichkeit ihnen gegenüber und von vielem mehr. Ich sah das Gesicht seines Vaters und seiner Mutter vor Stolz und Freude strahlen; Maurus' Gesicht war gezeichnet von innerer Bewegung. Ich hätte gehen mögen – schon viel früher gehen sollen –, so ausgeschlossen fühlte ich mich und so überflüssig in diesem Kreis. Ich wusste nicht, wohin ich schauen sollte.

Danach sprach Maurus. Er dankte der Oma, die ihm mit leblosem, verhärtetem Gesicht gegenübersaß. Und dann kam der Augenblick, der mein Herz erzittern ließ, und es sich zusammenzog vor geheimer, banger Erwartung. Er sagte nämlich: »Und auch das muss an dieser Stelle einmal gesagt werden: Ich bin oft sehr allein. Und wenn man dann ein Herz hat, das einem Kraft gibt ...«, er zögerte und suchte und suchte nach Worten, und mein Herz blieb fast stehen, aber was hätte er auch noch sagen können? Es war ja schon genug, dass er von »Alleinsein« sprach, und von »einem Herzen, das ihm Kraft gibt«. Sicher wussten alle am Tisch, was er meinte. Und er begann allen namentlich zu danken. Er fing am Tisch gegenüber an, rief reihum die einzelnen Namen, bis auch die Reihe an mir war, und es klang wie beiläufig, als er sagte: »... und auch der Anna«, und mit erhobener Stimme – als ob er dieses Wagnis rasch überdecken wollte – rief er seinem Vetter und dessen Frau aus München, die neben mir saßen, zu: »Ja, und auch euch, ihr bei-

den ...« Maurus erzählte nun etwas aus seiner Jugendzeit. Alles lachte. Dann erhob sich die Schwiegermutter von Kristin und trug ein Gedicht vor. Die Schwägerin stimmte das Heimatlied an, das Maurus gedichtet und komponiert hatte. Ich sang es mit, alle Strophen, und hoffte, Maurus würde mich nicht anschauen dabei, weil er doch bei mir daheim war. Er schaute mich nicht an. So schwer ist mir noch kein Lied geworden. Ich fühlte wieder diesen totalen Ausschluss. Ich hätte tot vom Stuhl fallen mögen. Dann ging die junge Frau von Rolf zu Maurus hin, legte von hinten die Arme um seinen Hals und liebkoste und küsste ihn. Ich musste wegschauen. Ich konnte es nicht sehen. Es tat zu weh. Dann kam die große Verabschiedung. Viele haben sich warm und sehr herzlich von mir verabschiedet. Einige küssten mich sogar auf die Wange. Das tat so gut, wie wenn jemand kühlende Salbe auf eine Wunde legt. Maurus flüsterte mir unter der Türe schnell zu, dass er nicht mit mir fahren könne. Ich sagte: »Ja, ich weiß.« Im Bad zog ich mein langes Festgewand aus und ein Wollkleid an, das ich dort deponiert hatte. Im Gang warf ich beim Vorbeigehen noch einen raschen Blick ins Festzimmer und hörte, wie Rolf den Gästen, die vor dem Tisch standen, auf dem sich die Geschenke häuften, zurief: »Die werden alle verteilt!« Dann ging ich zu meinem Auto, das vor dem Pfarrgarten im tiefen Gras eines kleinen Abhangs stand. Ich hatte im Stadtpfarrhof noch mein Köfferchen stehen und musste es holen. Es war kurz vor Mitternacht, als ich durch die Nacht fuhr. Bodennebel flogen wie Rauchschwaden um das Auto. Ich holte mein kleines Gepäck, und verabschiedete mich von Frau Huser. Sie war mit Maurus bereits vor mir angekommen. Plötzlich fühlte ich mich wie eine Gehetzte, konnte nicht schnell genug wegkommen. Es war wie eine Flucht. Als ich durch die Hintertüre zu meinem Auto hinausging, kam Maurus mit einem Arm voller Geschenke aus der Garage. Ich glaube, er sagte: »Komm gut heim, Herz! Fahre vorsichtig!« Er legte die Geschenke ab, nahm mich in die Arme und küsste mich. Ich flüsterte mit rauer Stimme: »Bleib gesund!«, und lief weg, aber ich spürte, dass er mir das kurze Wegstück nachschaute. Als ich die Autotür aufschloss, stürzte die Tränenflut aus meinen Augen wie das Wasser über ein Wehr, von dem man das Staubrett weggenommen hat. Ich fuhr durch die Nacht, ich fuhr schnell, es war kaum noch Verkehr zu dieser Stunde. Ich weiß nicht, was ich dachte, nur noch, dass ich mein Leben verschenkt habe, und dass ich wünschte, dass es Maurus gut ginge. Die Tränen waren keine Tränen des Schmerzes mehr; es war, als wäre es das Herzblut, das noch ausfließt, wenn man schon tot ist. Vielleicht hat jedes Leben sein Golgota. Dieser Sonntag war mein Golgota.

Spät in der Nacht läutete das Telefon. Maurus' Stimme fragte, ob ich gut heimgekommen sei. »Ich bin eigens noch aufgeblieben«, sagte er. »Weißt du nicht, wie es in mir ist?« »Ja«, sagte ich, »ich weiß es.« Mir war, als ging es ihm wie Petrus, von dem bei Lukas 22, 54–62 geschrieben steht: »Und er ging hinaus und weinte bitterlich.«

Mein Herz hat es nicht begriffen, wie man achtzehn Jahre aufs innigste und tiefste miteinander verbunden sein kann und vor den Menschen fremd tun muss, dass man nicht nebeneinander sitzen darf und sich verleugnen muss. Nein, mein Herz wird es nie begreifen.

Noch in der Nacht schrieb Maurus an Anna diesen Brief:

> *Mein Herz,*
> *in tiefster Verbundenheit strömt alle Zärtlichkeit und alle Liebe meines Herzens in dieser stillen Stunde zu Dir und spricht Dir alles Liebe und jeglichen Trost zu. Es gibt kein Leid und keinen Schmerz und kein Ungemach – nichts, was die Liebe nicht überwinden könnte.*
> *Ich denke daran, daß wir heute in Ihm, der alle Liebe in sich birgt, eins geworden sind, so tief und so mächtig, daß dieses Einssein durch nichts zerstört werden kann.*
> *Nichts soll Dich beirren, nichts soll Dich kränken, nichts das Licht verdunkeln, das in der Liebe leuchtet.*
> *Für die Liebe gibt es keine Ferne, die sie trennen könnte von der Freude, die in der Liebe liegt – und kein Dunkel, das sie verschatten könnte, dass ihr Licht nicht leuchten würde durch alle Nacht – nichts gibt es, mein Herz, das mich hindern könnte, das Lied der Freude zu singen: Du bist!*

3

Es war im neunzehnten Jahr ihrer Liebe. Maurus ertrug Annas Schwermut nicht mehr. Er warf ihr vor, sich Stimmungen und Depressionen hinzugeben, die sie ohne Not auf sich einwirken ließe und war bereit, sie aufzugeben. Mit der Unmöglichkeit dieser Vorstellung brachte er Anna dahin, Frohsinn vorzutäuschen, ihn in die Arme zu nehmen und zu trösten. Alles war wieder gut. Sie aber fuhr heim, allein wie immer, blicklos für die Landschaft und ohne Gefühl im Herzen. Einmal würde er tot sein, sie würde vielleicht an seinem Grab stehen, unbeachtet und völlig verlassen, sie würde in schwarze Menschenmassen eingekeilt sein, Reden über ihn hören, die Familie würde schluchzen – sie aber hätte kein Recht zu weinen. Aber zwang sie ihn nicht in ihrer inneren Erwartung zu einer Selbstentäußerung, zur Aufgabe all dessen, was sein bisheriges Leben im Kern bestimmte, was das Zentrum seines Seins ausmachte?: Sein Beruf und seine Gemeinden. Wie konnte sie das erwarten, wenn sie ihn wahrhaft liebte! Er sprach das Wort »Es wird noch alles gut werden!« nicht mehr aus. Nun sagte er, wenn Anna nach einer Begegnung der Abschied überwältigte: »Ich bin deiner Liebe nicht wert. Das, was ich nachher entbehren würde, würde dein Leben unglücklich und bitter gestalten. Ich wäre nicht mehr gut zu dir.«

Anna verstand, und es wurde ganz still in ihr. Keine Träne stieg mehr in ihre Augen, alles in ihr war wie verdorrt. Von nun an erwachte sie jeden Morgen und spürte, dass sie keine Hoffnung mehr hatte. Sie war von Konventionen geprägt, und ihr Beruf hatte sie noch nie erfüllt. Maurus hatte insgeheim lange gehofft, sie könnten sich beide *die* innere Freiheit verschaffen, die ihrer Liebe eine individuelle Gestalt gab und sie »in eine Liebe über die Fernen hinweg« transponierte, was Anna nicht nachvollziehen konnte – und Maurus später auch nicht mehr.

Zu ihrem vierzigsten Geburtstag schrieb er:

Ich gebe Dir, mein Herz, zu diesem Tag des Gedenkens, der Freude und des Dankes, was ich Dir immer wieder sein werde und was wohl in jeder wahren Liebe, die Menschen geschenkt ist, und die Menschen einander schenken dürfen, geheimnisvoll eingeschlossen ist und verborgen in ihr aufleuchtet – und wünsche von Herzen, daß das sichtbare Zeichen Dir Zeichen und Siegel des Unsichtbaren und Bleibenden sei: daß der Weg der Liebe zwar immer auch ein Weg des Kreuzes und des Leidens sein wird, aber daß es der einzige Weg ist, der dem Menschen gemäß ist, und der allein in die Freiheit und in die Vollendung führt …

Es kam eine Phase, in der die Anspannung ihrer dauernden Trennungen für Anna – und auch für Maurus – fast unerträglich wurde. Der Weg war zu mühsam geworden für beide. Sie waren gereizt und konnten es nicht verbergen. So rief er tagelang nicht mehr an.

In einer Nacht erwachte Anna aus einem bedrückenden Traum. Schweiß lag auf ihrer Brust. Es war kurz nach Mitternacht. Ihre Hand griff zum Telefon hinter ihrem Bett und wählte seine Nummer, unaufhaltsam. Maurus meldete sich. Sie hörte ihn mit ruhiger Stimme sagen, dass er noch in der Arbeit stecke; er müsse noch den Kirchenanzeiger für die nächste Woche zu Ende schreiben. Noch war die Verstörtheit jenes Sonntags in Bergheim bei der Feier seines vierzigjährigen Priesterjubiläums nicht ganz von Anna gewichen. Jetzt, in dieser albtraumhaft-einsamen Nacht, trieben sie ihre aufgestachelten Nerven zu sagen: »Das Herz wird es nie begreifen, dass man eine Fremde sein muss, nach so vielen Jahren der Gemeinschaft.«

Er lachte. Ihre Bitterkeit wuchs. Sie fragte ihn, ob er das Wort von William Blake kenne: »Geh hin und liebe, helfen wird dir keine Hand!«

»Das ist nicht wahr!«, rief er entrüstet.

»Und doch ist es wahr! Ich habe es erfahren. Oft habe ich an dieses Wort gedacht, es hat sich mir in die Seele geätzt wie Säure!«, rief Anna aggressiv und sie konnte sich nicht zurückhalten und sagte: »Der Stadtkaplan hat mir von einem Mitbruder erzählt, der geheiratet hat, sich aber nicht laisieren ließ.«

Maurus entgegnete, das wäre unmöglich, das sei so, wie wenn er in eine Wohnung einbräche.

Vielleicht sei er heimlich verheiratet, meinte Anna, und tue weiter seinen Dienst und hat es nicht gemeldet … ob es jener Kaplan ist, von dem ihr einer seiner Neffen erzählt hätte, er sei mit seiner jungen Haushälterin zu Besuch gekommen, die elegant wie ein Mannequin aussah, und die beiden seien nebeneinander auf dem Sofa gesessen wie ein glückliches junges Paar.

Maurus rief: »Du verstimmst mich!«

Sie kannte diese Stimme, die ihr das Herz zusammenkrampft und sie ängstigt.

Es war, als wäre Anna von einem gewaltsamen Strom mitgerissen, dem sie nicht mehr entkam, sie konnte nicht aufhören und sprach etwas aus, von dem sie wusste, dass es Maurus tief und schmerzlich treffen musste: »Ich habe einmal einen Pfarrer in einer Trauungsansprache sagen hören: ›Das Letzte in der Liebe gehört unter das schützende Dach der Ehe‹ – es ist doch ein Entzug des Lebens, wenn man den anderen immer wieder allein lässt.«

»Wie hart du bist!«, sagte Maurus und Qual zerfleischte sein Gesicht. Anna konnte es sehen, obwohl sie es nicht *wirklich* sichtbar sah.

»Es ist eine Qual auch für mich. Aber hat nicht Jesus immer Entscheidungen gefordert? Und wenn ich mich recht erinnere, heißt es in der Offenbarung des Johannes einmal: ›Weil du aber weder heiß noch kalt bist‹ oder so ähnlich … aber ich weiß nicht, ob *Jesus* von uns verlangen würde, was *Rom* von uns fordert.«

Anna bedachte in dieser Nacht nicht, wie sehr Maurus sich am Anfang ihrer Liebe und auch später immer wieder dagegen gewehrt hatte, ihre gegenseitige Zuneigung weiterwachsen zu lassen – wie hart er in seinen Briefen dagegen angegangen war, weil er keinen Weg sah, sie als Frau in sein Leben aufzunehmen. Weil er unbedingt für die Menschen seiner Gemeinden da sein wollte. Er hätte ja gehen müssen, hätte er seine Liebe zu ihr öffentlich bekannt. Es war aus Annas nun schon fast zwei Jahrzehnte langem Alleinseinmüssen herausgebrochen, aus dem immer brennender werdenden schmerzhaften Wunsch nach einem gemeinsamen Leben in der Ehe – dem Rom dieses unbeugsame Gesetz entgegenstellte –, der sie inwendig zerrissen und Maurus gegenüber ungerecht werden ließ.

Nachdem er den Telefonhörer aufgelegt hatte, lag sie zwei Stunden wach und wälzte sich von einer Seite auf die andere. Sie dachte daran, dass er einmal – das Herz hat ihr damals tagelang gejubelt –, als sie im nahen Kurort mit einem befreundeten Ehepaar zu einem Cafébesuch zusammentreffen wollten, beim Vorbeigehen an einem Schaufenster gesagt hatte: »Schau, dieser Stoff gäbe ein schönes Brautkleid!«

Als ein Regen leise rauschend auf das Pflaster des Hofs niederprasselte, stand sie auf, ging in die Küche, und machte sich, ohne das Licht anzuschalten, ein Griebenschmalzbrot. Noch nie hatte sie das getan mitten in der Nacht. Und noch bevor sie das Griebenfett aufgeschmiert hatte, biss sie mit einem ihr unbekannten Heißhunger in das schwarze Bauernbrot. Dann setzte sie sich ans Fenster der dunklen Küche und sah in die Regennacht hinaus. Nur in einem Fenster der ungezählten Mietwohnungen hinter der Mauer brannte Licht, ein goldgelbes, warmes, hohes Rechteck neben dem schwarzen Lindenbaum. Kühle durchschauerte sie. *Geh hin und liebe – helfen wird dir keine Hand!*, ging es wieder durch ihren Sinn.

Noch in der Frühe, auf dem Weg zur Arbeit, hämmerte das Nachtgespräch in Anna. Und gleicherweise pochte es bitter in ihrem Hirn: *Wähle das, woran dein Herz am tiefsten hängt – und entscheide dich für das, wo du am wenigsten zu verraten glaubst.*

Wie hart bin ich geworden, dachte sie, als sie am Kardinals-Palais vorbei durch den spiegelnden Marmor der Hypopassage eilte, – *härter noch als jene, die uns die Ehe verbieten. Denn diese lieben ihn nicht, ich aber habe behauptet, ihn zu lieben.* Denn sie wusste genau, wie schwer ihm die Entscheidung fiel, wie er sich abquälte, dass ihn der Gedanke nie würde ruhig sein lassen, dass die Menschen, die ihn kannten, am Glauben irre werden könnten, wenn er für seinen Lebensabend einen Ort wählen würde, wo er ausruhen und menschliche Geborgenheit finden konnte: in einem legalen Leben mit ihr. Und sie vergaß, dass am Anfang ihrer Liebe *sie* es war, die trotz seiner beschwörenden Briefe eine Trennung nicht ausgehalten hatte.

Ein Geruch nach Leichenhaus zog durch die Hypopassage, ein Geruch wie nach Thuja, Kränzen und nasser Erde, nach leichter Verwesung. Vor dem Café standen die weißen, zierlichen Rokoko-

Gartenstühlchen. Neben dem bronzenen Windspiel im Rasen spie das Brunnenbübchen wie seit Jahren einen zwiefachen Wasserstrahl über die flache Fontäne des Schwans ins Steinbecken. Mürrische, müde, urlaubsreife Gesichter begegneten ihr an diesem frühen Hochsommermorgen in der wie ausgestorben wirkenden Stadt. Noch hatte keine drückende Schwüle die kristallenen Regenbällchen auf den Blättern der Zierhecke hinter dem Rathaus aufgesogen. Atemlos nach ihrem raschen Lauf lief Anna die Treppen zum Amtsgebäude hinauf. Sie riss das Fenster auf, um frische Luft ins Zimmer einzulassen. Abwesend tat sie ihre Arbeit.

In der Residenzstraße staute sich die Augusthitze, als sie nach Dienstende müde und mit diesem inwendig schmerzhaften Brennen heimwärts schlenderte. Die Weite und Helle des Odeonsplatzes bis hinunter zum Siegestor tat sich vor ihr auf. Wie zufällig glitt ihr Blick nach links und blieb am Eingang zum Innenhof neben der Theatinerkirche hängen, der sie plötzlich magisch anzog. Sie ging unter der Loggia der Feldherrnhalle über den Platz, den Einheimische eilig überquerten, und Touristen einzeln oder in Grüppchen, lachend, redend, gestikulierend oder still betrachtend belebten. Im offenen Durchgang atmete sie den betäubenden Sommerduft der Blumenfülle, die in Kübeln vor der Tür des Blumenladens auf dem Boden stand. Der Theatinerhof lag im ockerfarbenen Licht der Abendsonne. Anna sog das Flair des vornehmen Gevierts unter der barocken Pracht der südländisch anmutenden Doppeltürme und der mächtigen Kuppel der Hofkirche in sich ein, streifte die Eleganz der teuren Geschäfte mit den hochmodischen, italienischen Schuhen, die Brokat- und Seidenstoffe in einem Schaufenster, geschmackvoll drapiert von Stilmöbeln niederfließend, der Schimmer von edlem Silberzeug und goldgerahmten Landschaftsbildern in einem Antiquitätenladen drängte sich in ihren müden Blick, sie spürte von der Terrasse des Café Arzmiller den aromatischen Ruch von herbsüßem, englischem Tabak herwehen, einen Hauch teuren Parfüms, Duft von Mocca, Sahnetorten und Fruchteis, das in Kelchen getürmt mit neckisch hineingesteckten, kantigen Waffeln oder Papiersonnenschirmchen verziert von den adretten Bedienungen serviert wurde, die in schwarzen Kleidern mit weißen Spitzenschürzchen zwischen den Tischen der

Gäste umherhuschten, die hier zum Fünfuhrtee saßen und sich bei fröhlichem Stimmengewirr dem Glanz der Abendsonne dieses späten Augustnachmittags sorglos und genüsslich hingaben.

Anna sah die silbrigen Tropfen des Brunnens hüpfen. Sie ging hin, streckte die Hand aus, fühlte das kühle, erfrischende Strömen, und ihr war, als sprühe die Leichtigkeit des Lebens durch ihre Finger. Sie spürte kaum noch ihren Körper, der wieder abgemagert war wie früher einmal. Lange stand sie so. Der Spiegelglanz des Wassers verschenkte sich schimmernd ihren Augen, eine Weichheit überschwemmte sie plötzlich, als überflute das warme, wogende Leben und alle Schönheit um sie herum einen Damm in ihrem Innern … und mit einem Mal, im Fließen und Splittern und Wandeln des Wassers in munter auslaufende Wellen, überkam sie ein Gefühl schwereloser Verspieltheit, das Empfinden des Geborgenseins in *ihrer* Stadt, ein seltsames Über-sich-hinausgehoben-Werden fern aller Schwermut … und sie wusste tief innen auf dem Urgrund ihres Seins mit unerklärlich überklarem, fast mystischem Erkennen, wie sehr Maurus sie liebte.

Es kam ein Brief, datiert vom 24. August 1974:

Mein Herz, daß die Tage dahingehen und dem Ende zueilen, daß die Trennung Leid bedeutet und die Ferne sich wie ein Nebelschleier auf alles Helle legt, daß das Einssein Glück heißt – nein:
daß Glück »Einssein« heißt –
mein Herz, das weiß ich und kann doch nicht ausbrechen aus dem, was mir zugemessen ist. So weiß ich nicht, was zu tun ist;
denn ich weiß auch, daß ich es nicht ertragen kann, zu denken, daß ich Viele wie im Verrat zurückließ.
Mein Herz,
und dazu weiß ich: Wenn es uns geschenkt ist, daß wir leben dürfen, als wäre es so, wie es unser Herz verlangt – und wir kommen heim und müssen wieder voneinander gehen,

daß das für Dich ist wie das Sterben oder noch bitterer.
Ach, mein Herz, was werden wir tun?!

Nach diesem Brief war es Anna, als stünde sie mit Maurus Hand in Hand vor einem schweren, verschlossenen Bronzetor, von dem sie nicht wussten, was sie dahinter erwartete – und ob sie es wagen würden, das Tor aufzutun.

Kurz darauf starb Frau Huser.

4

Lange blieb es still zwischen den Liebenden. Aus unerklärlicher Scheu betrat Anna nach dem Tod von Frau Huser das Pfarrhaus lange Zeit nicht mehr. Dann kamen Briefe von Maurus. Der erste war am Sonntag, 8. Dezember 1974, morgens 6.55 Uhr, geschrieben.

Mein Herz,
alle meine Gedanken und meine ganze Liebe sind bei Dir und grüßen Dich in der Tiefe und Größe dieses Tages.
Ich suche Dich – oder: Ich hoffe Dich noch im Schlaf, mein Herz, und denke, wie beglückend es ist, daß Du lebst.
Alle Stunden dieser Tage der äußeren Trennung war ich erfüllt von Deiner Gegenwart und von der Stille Deiner guten Liebe, die mich umfängt und umgibt, wie das Licht uns umgibt. Ich grüße Dich in großer Liebe und Dankbarkeit –

Frau Wildmoser, die Halbschwester Frau Husers, führte nun den Pfarrhaushalt. Einige Zeit später sprang eine Nichte ein, die berufstätig war, sodass Maurus meist allein war.

Am Ostermorgen des folgenden Jahres schrieb er:

Ostermorgen, 7 Uhr

Mein Herz,
heimgekehrt aus der großen Feier der Osternacht denke ich an Dich und sehne mich nach Deiner beglückenden Gegenwart, die mir Geist und Herz öffnet zur Gemeinschaft und zur Liebe für alle Menschen. Es ist eine Erfahrung und ein Geschenk der wahren Liebe: Sie isoliert nicht, sie verschließt nicht – im Gegenteil: Sie führt zu allen Menschen.
So bin ich also heimgekommen – nicht einmal ein Zündholz fand ich um eine Kerze anzuzünden – und feiere Ostern bei Wein und Brot – und bei Dir, geliebtes Herz.

Ich sinne, ob Du noch ruhst, oder ob Du auch auf dem Heimweg bist – auf einem Weg, der uns vertraut und lieb ist; fast habe ich gemeint: es müsse nun sein, daß ich Dich höre. Die Türen sind alle geöffnet, damit ich das Telefon nicht überhöre. – Aber Du bist auch so da.
Ich habe das Glas erhoben und Dir zugetrunken, damit die Fülle dieser Nacht und dieses Morgens uns verbinde und beglücke. Ich wünsche mit ganzer Kraft Dir zu, daß Mut und Vertrauen und Frieden und Freude Dich nie verlassen. Daß Du an diese großen Wirklichkeiten glaubst, auch wenn es schwer ist – auch wenn hinter den Tagen des Fernseins kein Tag in der Zeit mehr zu erwarten ist, den wir zusammen feiern dürfen.
Ich bin ganz bei Dir und freue mich am Leben, das uns geschenkt ist, an der Welt, die sich uns öffnet, an der Liebe, die uns bestimmt.
Eine große Freude erfüllt mich – und diese Freude, gerade diese Freude offenbart mir das Glück und die Freude unserer Liebe.
Der Raum ist erfüllt von Musik – ich höre das Gloria aus der »Missa solemnis« – und beseelt von Deiner Gegenwart. Es ist die Stunde, in der ich ganz für Dich da sein kann. Kein Schatten trübt die Klarheit unserer Gemeinschaft. Es ist, als wärest nur Du da – und doch sind alle da, die Frohen und die Mühseligen, die Gesunden und die Kranken, die Liebenden und die der Liebe Fernen – Du bist da, um mich zu sammeln für Dich und das Leben.
Ich grüße Dich mein Herz aus der Tiefe und der Freude meiner Liebe. Und ich danke Dir, daß Du bist und daß Du so bist, wie Du Dich mir zeigst als die Gute, die Schenkende, die Liebende.
Was soll ich Dir noch sagen, Liebe? Du weißt alles.
Ich grüße Dich aus tiefstem Herzen, Dir ferne und doch ganz nah, mich nach Dir sehnend und doch ganz erfüllt von Deiner Gegenwart, ich grüße Dich in tiefster Liebe
D. M.

5

Es war im folgenden Jahr, als Maurus zu Anna sagte: »Wir werden heiraten. Aber wenn ich das jetzt schon dem Bischof sage, wird er mir antworten: ›Nein, Sie gehen nicht erst in einem Jahr – Sie gehen sofort!‹ ... und ich habe doch noch so viel in meinen fünf Pfarreien abzuwickeln.«

Anna ging durch die Tage wie in einem Traum. Sie konnte es nicht fassen, dass Maurus sich mit ihr auch vor der Welt verbinden wollte. In seinen Briefen fanden sich nun Sätze, die sie immer wieder las, wie berauscht von unnennbarem Glück: »Das Herz tut mir fast weh von Freude, weil Du da bist; Gott segne Dich, mein Herz!«

In einem Postskriptum hieß es: »Es war gut, daß ich daheim war: Hier ist eine Frau gestorben (mit 58) – und mein Nachbar war wieder einmal nicht zu finden, sodaß man mich auch dorthin rief. – Übrigens: Du kannst schon stolz sein. Heute habe ich gehört: ›So einen wie Sie bekommen wir nicht mehr.‹ – Gell, ich bin bescheiden (vielleicht nicht, aber lieb). Vielleicht können wir einander doch helfen, daß wir vollkommen(-er) werden.« Es klang fast übermütig, es war, als hätte ihn seine Entscheidung befreit von der inneren Zerrissenheit, die ihn quälte und ihn endlich frei atmen ließ.

Nun fuhr Anna an den Wochenenden öfters zu ihm, spülte das gebrauchte Geschirr, das sich manchmal in der Küche türmte, und kochte mit viel Liebe, was sie von ihrer Mutter gelernt hatte.

Viele Bettler läuteten an der Pfarrhaustür. Wenn Maurus anwesend war, gab er ihnen das geforderte Geld zu einer Bahnfahrt aus seinem Geldbeutel, obwohl er vielleicht manchmal zurecht bezweifelte, ob sie es dafür hernahmen oder sich stattdessen Alkohol kauften. Anna erinnerte sich, dass die Oberin des Krankenhauses einmal zu ihr gesagt hatte: »Er schenkt ja alles her. Aber auch von Jesus wurde gesagt, er hätte keinen Ort, wohin er sein Haupt legen kann.«

Einmal – Anna war allein im Pfarrhof – läutete ein Bettler und fragte etwas barsch: »Haben Sie einen Schluck Kaffee für mich?«

Was ihr für einen meiner geringsten Brüder getan habt – stürzte es durch ihren Kopf.

Sie holte einen Stuhl und stellte ihn neben das Tischchen, das im Vorraum stand. Dann ging sie in die Küche und brachte ihm einen Teller heißer Brätklößchensuppe und einen Löffel. Sie sah, wie gierig er aß. Rasch überbrühte sie Kaffee und legte ein Stück Kuchen dazu. Der Bettler warf ohne Dank einen Blick darauf und verschlang auch das mit Heißhunger. Anna zog sich in die Küche zurück, um ihn beim Essen nicht zu stören. Als sie das schürfende Geräusch des zurückgeschobenen Stuhls hörte, ging sie wieder zu ihm hinüber. Stehend schaute sie der Bettler an und sagte: »Sie waren zu mir wie eine Mutter. So etwas vergesse ich nie!« Anna empfing einen seltsamen Blick aus seinen Augen. Sie schaute ihm nach, als er draußen die Stufen hinunterging. Ein warmes, unbekanntes Glücksgefühl erfüllte sie. Sie schloss die Haustüre und lehnte sich an die Wand des Flurs. Sie lächelte.

An einem Sonntagnachmittag fuhr Maurus zu einer Andacht nach Wiesmühl. Anna blieb im Landpfarrhof in Bergheim zurück. Durch die offenen Fenster drang der Duft von frischgemähtem Gras. Im Esszimmer saßen Kristin und ihr Mann mit zwei befreundeten Theologiestudenten in lebhaftem Gespräch beieinander. Sie hatten die beiden aus der Stadt mitgebracht. Anna, die in der Küche beim Abtrocknen des Geschirrs half, hörte durch die offene Tür einen der Studenten begeistert rufen: »Das ist ein Pfarrer! Den nehmen wir mit!« Sie hatten Maurus beim Gottesdienst erlebt und bei einem Gespräch am Mittagstisch näher kennengelernt. »Mein Heimatpfarrer kapselt sich ab«, sagte der junge Mann jetzt. »Ich muss im Vorzimmer warten, bis ich vorgelassen werde. Dann lasse ich meinen Sermon ab und werde mit ein paar dürren Worten entlassen.«

Anna ging ins Esszimmer hinein und stellte einen Stapel Teller in den alten Nussbaumschrank. Da hörte sie Kristin sagen: »Unser Onkel hat deshalb so viel Verständnis für alles, weil er mit uns lebt. Ich habe noch fünf Geschwister. Und er ist für uns wie ein Vater. Aber es wäre nicht gut, wenn ein Pfarrer eine Frau hätte – er hätte viel zu wenig Zeit für sie. Und das erträgt keine Frau.«

Anna richtete sich aus ihrer gebückten Stellung neben der Nussbaumanrichte auf und wandte sich um. Sie sah, wie sich die Grübchen im rosigen Gesicht der jungen Frau in einem Lächeln vertieften.

Annas Nerven bebten.

Ja, viel besser ist eine anspruchslos Liebende!, fuhr es in ihr auf.

Hohn und Bitterkeit überfluteten sie. Aber sie schwieg. Sie hätte den geliebten Mann bloßgestellt mit einer solchen Antwort. Sie wusste, wie sie mit ihm lebten und seinen Stadtpfarrhof bevölkerten. Aber, gestand sich Anna gerechterweise ein, Maurus wollte es – bis zu einem gewissen Punkt – so: Er sah in ihnen »seine Leute« und war glücklich, wenn es ihnen gut ging, wenn sie aus der Fülle lebten. Doch sie wusste auch, dass es Dinge gab, die ihn kränkten: als sich die älteren Neffen einmal aus seinem Weinkeller bedienten und seine besten Weine aus dem Regal gegriffen und mit ihren Freunden getrunken hatten, hörte sie die leise, etwas traurige Klage von ihm: »Sie hätten wenigstens fragen können!« Auch das Auto war manchmal weg. Als er einmal plötzlich zu einem Versehgang gerufen wurde, war er gezwungen, mit dem Fahrrad zu fahren. Und Anna wusste, wie die alte Frau ihn eingefordert hatte, wie oft Maurus sie zu einem weit entfernten Arzt fahren musste, um zusätzliches Morphium zu erhalten, wie sie ihn zum Einreiben herangezogen und nachts mit dem Besenstiel auf den Boden ihres Schlafzimmers gestoßen hatte, um ihn aus dem Amtszimmer zum Spritzegeben heraufzurufen.

»Wir würden irre werden an Gott, wenn unser Onkel heiraten würde!«, fuhr Kristin fort.

Anna glaubte, nicht recht gehört zu haben. Sie hatte diese Nichte schon als Kind gern gehabt. Sie musste der jungen Frau viel nachsehen. Was wusste Kristin denn schon von den vergangenen zwanzig Jahren ihres Lebens? Trotzdem dachte sie erbittert: *Ihr würdet irre werden? Warum seid ihr denn nicht schon lange irre geworden – wo ihr doch wisst, dass wir uns lieben, auch wenn wir räumlich getrennt leben müssen?!*

Schmerz zerbrach ihre Gedanken.

In wilder Auflehnung schaute sie herausfordernd in die Gesichter der jungen Leute.

Der eine der Theologiestudenten, der mit dunklen, schwärmerischen Augen viel geredet hatte, rief jetzt in einem begeisterten Ton: »Hoffentlich kommt die Abschaffung des Zölibats nicht!«

Anna horchte der Stimme nach, in der noch alle idealistischen

Träume lebensunerfahrener, unbeschadeter Jugend klangen. In einem Augenblick stieg all das Böse und die Qual, das Ausgrenzende und Vereinsamende, das sie früher erfahren hatte, vor ihr auf. Aus einer nicht einzudämmenden Empörung heraus, in der das beseligende, kaum fassbare Wissen um eine erfüllte Zukunft, die ihr Maurus verheißen hatte, unterging, fragte sie mit einer Stimme, die Trauer verriet: »Und wie denken Sie sich die Zukunft der Kirche?«

»Es liegt nicht am Zölibat, dass der Priesternachwuchs zurückgeht«, antwortete der Student voller Eifer. »Auch in der evangelischen Kirche wird über Mangel an Pfarrern geklagt. Es liegt vielmehr am Zeitgeist und am mangelnden Gebet und an der Opferbereitschaft. Und es gibt ja auch Laiendiakone, wiewohl das auch nicht gerade ideal ist … ich kenne einen, bei dem die Frau das *placet* verweigert – und bei einem anderen gehen die Gläubigen nicht zur Kommunion.«

Anna sagte mit kaum unterdrückter Erregung: »Eine Frau kann einem Mann auch Kraft geben. Es gibt Männer, deren Werk erst von der Frau befruchtet wird, Männer, die ein ungeheures Arbeitspensum nur deshalb bewältigen, weil jemand da ist, der sie beflügelt, deren Liebeskraft durch sie hindurchstrahlt, denen Kraft aus der Quelle zuströmt, die *Frau* heißt. Und die wahre Liebe einer Frau ist auch zum Opfer bereit – dein Onkel könnte es dir vielleicht sagen, er ist nun über siebzig Jahre alt«, fügte sie hinzu, indem sie dabei Kristin anschaute, »du aber bist noch sehr jung!«

Zorn und Empörung durchtobten Anna. Ohnmächtig spürte sie, wie sich ihre Augen mit Tränen füllten.

Die junge Nichte blieb die Antwort schuldig. Zu spät erkannte Anna, dass sie das Geheimnis ihrer beider Liebe verraten hatte. Einer der Theologiestudenten hatte die Augen auf den Tisch gesenkt, der andere schaute Anna mit unverhohlenem Erstaunen und betroffener Verwunderung an. Vielleicht wussten sie jetzt, wer Anna war. Aber sie und Maurus hatten nichts mehr zu verlieren. Jahre waren hingegangen über Trennung und Warten. Sie hätte noch vieles hinzufügen mögen. Sie hätte sagen mögen: »Schaut mich doch an! Seit zwanzig Jahren liebe ich ihn und habe ihm die Treue gehalten. Mein ganzes Frauenleben habe ich verwartet. Silberfäden durchziehen jetzt mein Haar. Glaubt ihr nicht, ich wäre unsagbar glücklich gewesen, an seiner Seite zu arbeiten, auf ihn im Haus zu warten, ihm dienen zu dürfen, anstatt meine ganzen Jahre draußen zu stehen, draußen vor der Tür, und nur Gott weiß, wie das war in Wind und Sturm und Schnee und Kälte und Hitze, Tag und Nacht. Er ist mein ganzes Leben. Oh, über diese vergeudeten Jahre! Wie viel verschwendete Energie! Wie viel verlorene Hoffnungen!«

Der Student, der vorher so eifrig den Zölibat verteidigt hatte, sagte nun: »Der Bischof will Priestergemeinschaften schaffen, um die Einsamkeit des Einzelnen überwinden zu helfen.«

Anna schaute ihn traurig an und dachte an die Worte von Maurus: *»In ein Pfarrhaus gehört eine Frau. Aber wenn man sich versteht, dann ist es gefährlich und es darf nicht sein – und wenn es anders ist, dann ist das Zusammenleben steif und steril. Das Haus hat weniger Anziehung für die Leute.«* Laut sagte sie: »Hoffentlich bleibt Ihnen Ihr Ideal erhalten. Ich kenne einen Kaplan, den ich sagen hörte: ›Wenn mir jemand vor fünf Jahren gesagt hätte, der Zölibat würde einmal eine Schwierigkeit für mich, dann hätte ich ihn ausgelacht.‹ Heute ist er für ihn zum entscheidenden Wendepunkt seines Lebens geworden. Er muss gehen, weil er das Mädchen heiratet, das er liebt. Wissen Sie denn, was das Leben für Sie bereithält an Begegnungen und inneren Wandlungen? Sie sind noch so jung. Das Leben aber ist voller Überraschungen, und der Mensch wandelbar wie eine Landschaft.«

6

In der Pfingstzeit war der Weihbischof zur Firmung gekommen. Nach einem kleinen Empfang und dem Mittagessen im Pfarrhof reiste er mit seiner Limousine samt Chauffeur wieder ab.

Anna saß am Nachmittag mit einem Buch allein im Wohnzimmer des Stadtpfarrhofs. Eine große Ruhe war in ihr und eine wohltuende Stille im großen Haus. Unversehens projizierte sie über die verschwimmenden Buchstaben der Lektüre die Bilder des Bischofsbesuchs: Sie sah ihn vor dem Spiegel im Gang eine Stirnlocke in die ihm gefällige Form bringen, bevor er in Prozession zur Kirche hinüberzog; er lobte bei Tisch das Essen, zu dem Maurus' Neffen ihre Kochkünste aufgeboten hatten, sie erlebte noch einmal den Gottesdienst, sah, wie er ein Bruchstück der Hostie in den Händen hielt, das wie eine schneeweiße Flamme vor dem Blutrot seiner Pfingstkasel schwebte; sein breites, violettes Zingulum erstand vor ihren Augen, die schmale, gepflegte Hand, daran der Stein des Bischofsrings leuchtete, hielt das Brustkreuz umfasst, während sich sein Gesicht lauschend dem Chorregenten zuwandte; sie sah sein leutseliges, sanft und teilnahmsvoll lächelndes Hinneigen zum Konrektor der Grundschule und hörte ihn zehnmal während seiner kleinen Ansprache »Wir Bischöfe« sagen.

Am Abend musste Maurus zu einer Feier ins Kolpinghaus und wollte Anna unbedingt mitnehmen. Sie ging mit, hatte sich aber vorgenommen, danach heimzufahren, um nicht in den Morgenstau des Berufsverkehrs zu geraten und rechtzeitig zum Dienst zu erscheinen.

Die Scheinwerfer des Autos bohrten sich in die schwarze Regennacht. Grau verschleiert jagten Tannenwände vorbei, und die Wischer schoben unentwegt die Regenflut von der Windschutzscheibe. Wenn das Auto in eine Asphaltmulde geriet, schlug das angesammelte Wasser unten hart gegen die Karosserie. Einen Atemzug lang schien es, als ob die Räder auszubrechen drohten. Das weiße Bauchfell eines zerquetschten Feldhasen sauste in der regendurchwehten Lichtsäule Anna entgegen. Es verriss ihr fast das Lenkrad, als sie im letzten Moment scharf nach links auswich, um nicht diesen schauerlich harten Aufstoß wie eine Bodenwelle unter sich zu spüren. Sie ahnte den Parkplatz mehr als sie ihn sehen konnte, der neben dem tintenschwarzen, glänzenden Asphaltband der Straße an ihr vorbeiflog. Dort hatte sie vor Jahren Maurus geklagt: »Nie werden wir zu unserem Leben kommen! Du kannst nicht ohne die Menschen deiner Gemeinden sein!«

»Nicht ich brauche sie, *sie* brauchen mich!«, hatte Maurus gesagt und die Augen geschlossen. »Ich kann doch nicht davonlaufen! ... Ist das ein Elend!«, hatte er gestöhnt und Annas Kopf an seine Schulter gepresst. Traurigkeit hing damals an ihrem Herzen wie Blei.

Angestrengt starrte sie durch die Windschutzscheibe. Die vergangenen Stunden spulten sich wie ein Film vor ihr ab: Sie hatte die Abendmesse besucht und in der Vorfreude auf den Abend mit Maurus hell und frisch die Marienlieder mitgesungen. Am Kirchenportal traf sie mit ihm zusammen, als er von der Sakristei her kam. Gemeinsam gingen sie unter Annas Regenschirm zum Kolpinghaus hinüber. Sie sprachen nichts und auf einmal war Bangen über sie gekommen. Sie schaute ihn von der Seite her an. Eine leise, freudige Erwartung schimmerte in seinem Gesicht. Es war das erste Mal, dass sie mit Maurus eine Abendveranstaltung in seiner Stadtpfarrei besuchen sollte. Im Vorraum drängten sich die Menschen. Wie von selbst tat sich beim Erscheinen des Stadtpfarrers eine Gasse auf. Gleichsam wie in seinem Kielwasser war sie hinter ihm hergegangen. Durch die geöffnete Tür sah sie, dass der Saal voller Leute war. Sie hatte das Gefühl, als schauten sie alle zum Eingang. Da schob sich ein Mann, in dem sie den Diakon erkannte, zwischen Maurus und sie. War es Absicht? Annas Herz pochte. Eine plötzliche Scham überflammte ihr Gesicht und verwirrte sie. Sie schlug die Augen nieder, als Maurus sich umwandte, hinter den Diakon trat und mit ihr zusammen in den Saal ging. Schrittchen für Schrittchen hatte sie sich mechanisch neben ihm auf die beiden freien Stühle in der zweiten Reihe zubewegt, die Maurus für sich hatte reservieren lassen. *Nein – sie hätte nicht mitkommen sollen!*

Steif, ohne die Stuhllehne zu berühren, saß sie in ihrem großgeblümten Seidenkleid neben dem Stadtpfarrer. Wie Nadelstiche spürte sie aus hundert Augenpaaren Erstaunen, Neugier, Befremden auf ihrem Rücken und in ihrem Haar, das lose auf die Schultern fiel. Sie tat, als studiere sie das Programm. Aber sie nahm nichts auf. Manchmal lugte sie verstohlen in sein ruhevolles Profil: Maurus schien nichts von alledem zu merken – oder er setzte sich darüber hinweg und legte es darauf an, sich mit ihr zu zeigen. Ab und zu sagte er etwas zu ihr, das sie vor Aufregung gar nicht auffasste. Manchmal wandte er sich um und rief jemand einen fröhlichen Satz zu. Sein Körper drückte bei jeder Rückwendung an sie, als ob er Anna immer wieder spürbar seiner Anwesenheit versichern wollte. Sie presste ihren Arm gegen ihren Oberkörper, um den Menschen nicht Anlass zum Gerede zu geben, den sie ohnehin hatten. In ihren Achselhöhlen brach der Schweiß aus und rieselte kühl an der Haut hinab. Der Vorhang rauschte auf. Ein Männerchor umstand im Halbrund den Dirigenten. Die Chöre wechselten. Anna hielt verkrampft mit beiden Händen ihren Programmzettel im Schoß. Fernöstliche Weisen leiteten zum Volkslied über. Ein Liebeslied. Ohne den Kopf zu wenden sah Anna, wie Maurus mit dem Handrücken schnell über die Augen wischte. Maurus war ein Liebender. Er lebte nicht mehr dem Gesetz. Er trug sein eigenes Gesetz in sich: Uneingeschränkter Gehorsam ist niemals einer menschlichen Autorität geschuldet, sondern *allein* Gott. In dieser wissenden Erfülltheit saß er neben Anna inmitten seiner Pfarrkinder: gerührt, glücklich, vertrauend, in kindlicher Arglosigkeit. Er war ein Mann, der sein Leben, seine Kraft und Gesundheit seit Jahrzehnten für diese Menschen eingesetzt hatte. Warum sollte er anderes als Mitfreude von ihnen erwarten?

Nach der Pause stieg Maurus zur Bühne hinauf. Annas Augen hingen in den rosafarbenen Hortensien, die an der Bühnenrampe entlang blühten. Sie hörte das Lachen der Menschen bei Maurus' humorvollen Worten, sie schaute zu ihm empor und begegnete seinem warmen, stolzen Blick, der immer wieder aus der Weite des Saals zu ihr zurückkehrte, als wollte er demonstrieren: Das ist der Mensch, der zu mir gehört!

Dann saß er wieder neben ihr und flüsterte zu ihr hingeneigt: »Bist du ein wenig stolz auf mich?« Anna erglühte und hoffte, es hätte niemand neben und hinter ihnen gehört. Noch immer konnte sie sich nicht von der einschüchternden, religiösen Angsterziehung ihrer Kindheit befreien. Am Ende des Konzerts erhob sie sich, um rasch den Ausgang zu gewinnen. Aber Maurus hielt die Entfliehende am Arm fest und sagte: »Bleib noch, ich will noch einige Leute begrüßen!« Anna flüsterte hastig: »Ich warte draußen auf dich ...« und glitt in die Umzingelung der hinausstrebenden Menschenmenge. Wie hätte sie neben ihm die Honneurs machen können, als wäre sie seine angetraute Frau? Maurus war wie ein reines Kind. Und was Gott von seinem aufrichtig reinen Herzen wusste, das sollten auch die Menschen wissen. Wenn seine Liebe schuld war, so war sie doch Liebe, und er bekannte sie öffentlich. Aber waren denn die Menschen schon reif genug, dieses Bekenntnis ohne Ärgernis hinzunehmen?

Anna wartete draußen an der Garderobe. Ihr war, als streiften sie die Blicke mancher Vorübergehender mit kühler Missbilligung. Endlich kam Maurus aus dem Saal. Sein Blick schweifte suchend umher. Als er Anna sah, ging er strahlend auf sie zu und rief: »Wir gehen noch nicht! Komm, wir essen noch eine Kleinigkeit!« Sie konnte ihm seine Freude einfach nicht verderben – und schon führte er sie zur offenen Tür des Schankstübchens. Gleich neben dem Eingang saß der Diakon und starrte ihnen mit unbewegtem Gesicht entgegen. Im gleichen Moment sah Anna, wie an der rückwärtigen Wand eine Gruppe Chorsängerinnen tuschelnd die Köpfe zusammensteckten. Ein tiefes Unbehagen überkam sie, und ihr Schritt stockte. Sie zupfte Maurus am Ärmel: »Ich möchte doch lieber nicht hineingehen!«, sagte sie flehend. »Aber warum denn – komm doch, ich möchte mit dir noch hier sein!«, drängte er und zog sie mit sich weiter ins Gastzimmer hinein. Alles Peinliche war ihm fremd. Die Liebe schloss die Peinlichkeit aus. Zärtlichkeit für alles Menschliche hatte ihn von jeher erfüllt, und er war überzeugt: Wenn sie Anna kannten, würden sie ihn verstehen – sie *mussten* ihn verstehen. Und so nahm er Anna mit hinein in seine Gemeinde, an der ihm so unendlich viel lag.

Trotz der gedämpften Reden hatte Anna das Gefühl, als hinge eine sonderbar gespannte, knisternde Stille, ein Lauern im Raum, als Maurus mit einer für Anna unbegreiflichen Selbstverständlichkeit einen Ecktisch mit zwei freien Plätzen ansteuerte. *Da sitzen die Honoratioren der Stadt* – ging es ihr durch den Kopf. Unter einem Pfeilhagel von Blicken war sie an Maurus' Seite durch die Gaststube gegangen.

Der Rektor der Grundschule erhob sich, als sie ankamen. Maurus sagte: »Ihr kennt euch ja; nimm dich ein wenig um sie an, bis ich wiederkomme! Ich will nur noch zu einigen Leuten ›Grüß Gott‹ sagen.«

In tödlicher Pein stand Anna vor dem Mann. »Ich weiß Ihren Namen gar nicht mehr. Wie war er doch?« »Renz«, würgte Anna etwas heiser hervor. »Das Fräulein Nichte!«, sagte der Rektor so laut, dass es die Männer am Tisch hören konnten. *Er will mich decken,* dachte Anna. Und sie wünschte sich sternenweit hinweg.

Anna setzte sich. Man versuchte, sie zu unterhalten. Sie hörte auf die witzigen Reden der Männer. Ihr Gesicht zerriss beim Lachen wie ein zertrümmerter Spiegel. Völlig verklemmt, gehemmt und verschüchtert mühte sie sich verzweifelt, etwas Geistreiches zu sagen, was ihr sonst nicht schwerfiel, aber nur nichtssagende Redewendungen kamen über ihre Lippen. Der *Esprit,* der ihr von Kollegen nachgesagt wurde, ließ sie hier im Stich. Sie nahm ein Bierfilzchen vom Stapel, studierte eingehend und es ringsum drehend die Inschrift, und lächelte unentwegt, bis ihr der Mund wehtat. Der Ventilator summte auf Hochtouren, Zigarettenrauch verschwebte in der Luft, das gedämpfte Sprechen im überfüllten Lokal und die Abwesenheit von Maurus verwirrten sie. Endlich kam er zurück. Anna bemerkte in den Gesichtern der Leute die gesteigerte Neugier, mit der sie alles beobachteten. Sie nippte aus Verlegenheit immer öfter an ihrem schwarzen Johannisbeersaft. Maurus bestellte Essen. Sie schaute sein gutes Gesicht von der Seite an. In ihm war alles, was ihn bewegte: Begeisterung und Freude, weil sie neben ihm im Kreis seiner Pfarrangehörigen saß, Wehmut und Schmerz, weil er wusste, dass dies ein Abschied für immer war von allem, was sein Leben ausgemacht hatte und ihm lieb und teuer war. Wieder, wie beim Konzert, sah sie, dass er mit dem Handrücken Tränen aus den Augen wischte. Maurus war *der* gute Mensch. In seinem innersten Wesen, in der Unbegrenztheit und Hingabe seines vollen Seins erkannte er, was Wahrheit und Gerechtigkeit ist. Und er glaubte, alle Menschen müssten ihn verstehen und wie er selbst erfasst sein von diesem Streben nach dem Wahrhaftigen, dem Vollkommenen, Göttlichen und Unauslotbaren, nach dem, was Menschen zutiefst ersehnten. Vermutlich war Maurus an diesem Abend nicht bewusst, dass er durch sein Verhalten Paulus glich, der einstmals die ganze Welt ins Christentum hereinnehmen wollte, und Petrus wegen dessen Forderung der Beschneidung auch der Heiden öffentlich ins Angesicht widerstand – dass Maurus an diesem Abend der Autorität Roms sozusagen zuwider dachte über ein Gesetz, das aus dem zwölften Jahrhundert stammte und jederzeit geändert werden konnte. Aber er war sich bewusst, dass er seiner Zeit weit voraus war. Und er war entschlossen, seinen Lebensweg mit Anna zu Ende zu gehen. Er hegte keinen Zweifel mehr an der Richtigkeit seines Tuns. Denn war es richtig, etwas bis zum Lebensende durchzuhalten, was man nicht mehr als *richtig* erkannte? So lange hatte er um diesen Entschluss gerungen. Entgegen seiner sanften Art und trotz seiner weichen Gemütsverfassung in dieser Stunde ging eine männliche Festigkeit von ihm aus, er verbreitete ein Gefühl von Klarheit und Sicherheit, die es vermochten, die Menschen in seinen Bann zu schlagen.

Sie waren heimgegangen vor allen anderen. Anna hatte beim Verlassen des Schankstübchens ein gewisses Wohlwollen von den Gesichtern ablesen können. Dann standen sie noch in der Küche des Pfarrhofs, die Arme gegenseitig um die Schultern gelegt, und aßen jeder eine Birne. Sie schauten sich an, strahlend wie Kinder.

»Heut hab ich dich aber exponiert«, sagte Maurus, glücklich wie ein Knabe.

Dann hatte er sie zu ihrem Auto begleitet. Er stand im vollen Lichtkegel der Straßenlampe und schaute ihr winkend nach, bis sie um die Ecke der mächtigen, mauerumgürteten Pfarrkirche seinen Blicken entschwunden war.

7

Maurus stand bereits in seinem vierundsiebzigsten Lebensjahr, als er um seine Pensionierung eingab und sie auch erhielt.

Die Briefe, die Anna in den letzten Monaten vor der Heirat von Maurus bekam, hatten einen eigenen, tiefen Klang:

Mein Herz, was in und über mir ist, kann ich schwer ausdrücken: Die kurze Frist des Lebens und die Bedrängnisse des Todes und ein Bericht des Fernsehens unter dem Titel: »Die Tiere und der Mythos – Die Stunde Gottes«, alles zusammen und der Gedanke an unsere Gemeinschaft hat mich so sehr ergriffen, daß ich jetzt das Empfinden habe: Wenn wir nicht mehr eins sein könnten – auch im geistigsten Sinn – könnten wir auch nicht mehr existieren (sein).
Ganz in Liebe.

Mitternacht 18./19. März 1977 *D. M.*

Mein Herz,
über den eigenen Schatten springen kann der Mensch nur in Torheit versuchen oder für möglich halten. Und je älter der Mensch ist, umso weniger hat er es mit dem Springen. So muß man den betagten Damen ihre Meinung lassen und muß es erdulden, daß sie in selten unbedachter und robuster Weise ihre Meinung und ihr Urteil = Verurteilung abgeben, als wäre das so selbstverständlich wie die Tatsache, daß das Wasser talwärts strömt.
Das Leid Bereitende ist, daß gute Menschen unter der Hemmungslosigkeit der Verurteilungssicheren leiden. Du weißt, wen ich unter den Leidenden meine: Es ist die gute Mutter, die ja gar nichts hat von der ganzen Tragödie, während wir doch wissen, warum wir das »leiden«.
Ich meine hier gar nicht leiden als Leid ertragen, sondern

als Stehenlassen. Solchen Leuten kann man nicht helfen, denn sie sind – zwar viel arbeitend und entbehrend – ohne Erfahrung geblieben und darum auch nicht weise. Und wenn nicht auch andere liebe Menschen damit getroffen würden, würde ich sagen: Sie sollen reden, was sie wollen und sie gewiß für recht finden, und wir tun, was wir – gewiß auch nicht einfach leichten – und erst recht nicht leichtfertigen Sinnes tun: Wir gehen unseren Weg, vielleicht auch »bis zum bitteren Ende«.
Ich glaube, daß ich es Dir wiederholt erzählt habe, daß wir in der 4. Klasse am Gymnasium einen Lehrer hatten, der uns bei der Lektüre des Nibelungenliedes – was traut man dem Menschen doch schon in seiner Kindheit zu! – uns ein Gedicht »eines Freundes« (ich bin damals schon der Meinung gewesen, daß die Zeilen von ihm selbst stammten) vortrug, in dem die letzte Zeile eines jeden Verses lautete: »Es bringt die Liebe doch Leid.«
Und – hab' ich es im »Abälard« gelesen? –: »Die Tiefe des Leides kann nicht geringer sein als die Höhe des Glücks« (der Liebenden) – oder so ähnlich heißt es dort.
Es gehört die Not und das Leiden in das Leben und in die Liebe, so wie die Nacht selbstverständlich ist im Lauf der Zeit.
Wundere Dich also nicht! Bei den Unverständigen kann man Qual erfahren. – Es versteht ja so wie so nur der Liebende das Leben und die Liebe.
Wir wollen einander helfen, daß wir es verstehen: das Leben und die Liebe. Beide gehören zusammen.
Im Stundenbuch las ich:

»Ich bin ja mehr als Traum im Traume.
Nur was sich sehnt nach einem Saume,
ist wie ein Tag und wie ein Ton;
es drängt sich fremd durch deine Hände,
daß es die viele Freiheit fände,
und traurig lassen sie davon.«

Es werden wohl die Hände sein, die traurig lassen –, das Herz, mein Herz, das Herz läßt nie davon. –
Wieder drängt sich mir der Gedanke auf: Lassen wir sie reden, was sie wollen; sie sind sich ihres Urteils sicher, sie glauben sich berufen, die Welt zu richten.
Aber wir können nicht allein glücklich werden, sein wollen. Der Mensch kann allein kein Mensch sein. Will er's tun, so wird er ein Unmensch. Wir wollen miteinander Menschen werden und Menschen sein.
Darum wollen wir beieinander sein! Darum!

19. / 20.3.1977 *Ganz D. M.*

2. Mai 1977

Mein Herz, auf dem Weg durch das Land, in dem das Leben seine Macht und Schönheit immer mehr offenbart, hat mich wieder einmal die Sehnsucht nach der Vollkommenheit des Seins und des Menschen ergriffen, und ich habe mich sehr danach gesehnt, irgendwo in Abgeschiedenheit und Stille mit Dir zu sein und zu bedenken, wie groß und unermeßlich das Leben ist und sein kann, wenn der Mensch den Willen und die Kraft hat, frei zu sein für das Geheimnis des Lebens, das wohl auch das Geheimnis des guten Herzens ist, und für das Wunder der Liebe.
Mir kommt in den Sinn – und ich fühle wie Du –, was Du gestern am Abend gesagt hast: »Alles ist so verlassen, wenn Du nicht da bist.«
Aber wir werden wohl auch später immer wieder die Intervalle erfahren, in denen wir nicht beisammen sein können. Aber eins wollen wir immer sein, jetzt, später und immer.
So grüße ich Dich mein Herz in großer Liebe und ganz Dein

D. M.

Pfingstsamstagmorgen, 28. Mai 1977

Mein Herz, da liegt der Tag vor der Tür des Hauses und des Herzens, ein Tag voll Sonne und Bläue des Himmels, ein noch junger Tag, der viele Gedanken weckt: wie schön es ist, Zeit zu haben, wie gut es ist, wenn der Mensch weiß, welcher Reichtum im »Zeit-haben« liegt, wie groß die Macht ist, die gute, die aus gutem Herzen kommend das Gute und die Größe und den Reichtum im geliebten Menschen erkennt und weitet und der Unendlichkeit zuführt.
So denke ich mir – und nehme es mir vor – und bitte Dich mir dabei zu helfen mit Deiner Liebe und der Güte Deines guten Herzens: Aus einem großen Frieden und aus der Dankbarkeit, die aus dem Wissen um den Reichtum der Beschenkung weiß, Herr zu sein über die Wandelbarkeit des Innern und des Herzens, damit wir keine Zeit verlieren und vertun, sondern daß wir unser Leben und unsere Zeit auskosten (was mehr ist als sie genießen) und im Geschenk der Zeit und erst recht in der Kraft der Liebe wachsen und hin uns führen zu der Größe und Vollendung, in der das offenbar wird, was im Hohenlied der Liebe steht: »Das Größte aber ist die Liebe« –
oder wenn wir an unseren Wanderweg durch den Park denken:

Nil amore altius,
nil amor' profundius,
nil amore dulcius …

Auch der Gedanke ist mir heute schon durch den Kopf gegangen: Die Liebenden sind eins und wollen eins sein. Trotzdem halte ich es nicht für selbstverständlich, daß man immer beisammen ist, daß man alle Wege immer gemeinsam geht.
Es wird gewiß aus der Freiheit, die man einander in der Liebe schenkt, eine schönere, eine noch schönere und noch intensivere Gemeinschaft reifen, als wenn man kleinlich

(ich glaube, diese Gefahr könnte bestehen) sich ängstigt, man könnte den anderen einmal aus dem Auge verlieren. Möge auch uns – und allen, die uns verbunden sind, der Geist erfüllen, der die Welt verwandelt und das Herz beglückt.

Immer D. M.

31. Mai 1977 … Ach, mein Herz, könnte ich nur immer so vor Dir und bei Dir und mit Dir sein, wie's jetzt in meiner Seele steht.
Ich weiß es jetzt – in diesem Augenblick und an dieser Stelle meines Lebens und meines Daseins: Es gibt nichts Größeres, nichts Beglückenderes, nichts Gesegneteres (daß es Frucht trägt und den Menschen ganz und gar erfüllt und prägt, so daß er groß ist und ehrfurchtgebietend) als dies, was uns geschenkt ist, was uns bindet und verbindet und uns zugleich frei macht.
Mir fällt bei der Erinnerung an die Gebrechlichkeit des Menschen – und sie zeigt sich ja oft genug an mir – ein Wort ein, von dem ich nicht mehr weiß, wo und bei wem ich es las, und das ich auch nur dem Sinn nach zitieren kann:
»Die Wahrheit muß nur einmal erkannt und offenbar geworden sein, dann kann sie nie mehr verloren gehen.«
Man möchte an der Wahrheit dieses Wortes Zweifel kommen lassen, aber wahrscheinlich ist gemeint, daß die Macht der geoffenbarten Wahrheit nicht mehr gefährdet werden kann durch die Unzulänglichkeiten, die den Menschen durchs ganze Leben begleiten.
Ich möchte es jedenfalls wünschen, und ich habe es Dir schon einmal geschrieben, daß Du mir helfen solltest und mich daran erinnern, wenn es notwendig ist:
Daß ich es weiß
und will:
in der Liebe sein,
aus der Liebe leben,
der Liebe Antwort geben –

und die kann doch nur sein:
Liebe.

4. Juni 1977 … Daß Mutter leidet, bedrückt mich schon. Ich würde meinen, sie könnte auch durch uns und mit uns froh werden. Ich werde jedenfalls mein Bemühen darum nicht aufgeben.
Grüße sie ganz herzlich von mir – und sag es ihr mit Deinen Worten, daß ich nicht einfach unser Glück mit ihrem Leid empfangen möchte. Wir tun nichts Böses. Und die sogenannte »öffentliche Meinung« sollte einen nicht so irritieren, daß man an sich selbst und seinem guten Willen irre wird. …
Niemand kann uns etwas antun, weil wir uns lieben –

Am 8. Juni 1977 schrieb er:

Mein Herz, nie konnte ich in den vergangenen Tagen bei Deinen lieben Anrufen reden, wie das Herz es will – aber Du weißt es: Immer redet das Innerste in Liebe zu Dir – und spricht Dir Gutes zu. – – –

Das ist nun bereits eine Zäsur: Ich war kurz in L. und gerade in der Stadt – sogar zu Fuß.
Auf dem Heimweg war's mir, als ob das Herz in seiner Mitte weinen würde vor Freud und Leid und Reichtum des Erlebens. Und es ist mir, als würde ich die Liebe nie in dieser Tiefe erkennen und fühlen, als wenn ich nicht an deiner Seite bin, wenn ich also getrennt von Dir leben muß und zugleich weiß, daß die Trennung nur von kurzer Dauer ist.
Mögen wir beide allezeit Kraft und Willen dazu haben, die Liebe in immer größerer Vollkommenheit und in ständiger Tiefe zu erleben und zu pflegen und einander auch zu offenbaren. Es könnte uns ja nichts Schlimmeres widerfahren, als daß wir das Höchste und Tiefste und das

Leben bestimmende, nämlich die Liebe, das, was wirklich im Tiefsten eint, wenn wir das uns in die Profanierung rauben oder reißen ließen oder gar selbst die Schuld trügen, daß wir die Liebe als ständige, nie ganz erfüllte – und vielleicht auch nicht erfüllbare, ganz erfüllbare – Gabe und Aufgabe aufgeben würden.

Der letzte Brief vor seinem Weggang ist vom Donnerstag, 4. August 1977:

Mein Herz,
in Eile diese Zeilen. Ich bin nach gut zwei Stunden Fahrt gut angekommen.
...
Die Stadt sagt: »M. A. hat zweiundzwanzig Jahre hindurch mit der Kraft seines Geistes und aus der Güte seines Herzens unermüdlich den Menschen unserer Stadt gedient« ... Am 31. August 1977 ist um 18.30 Uhr eine schlichte Abschiedsfeier im Kolpinghaus mit Ansprachen ... und »Überreichung der großen Ehrenmedaille in Gold der Stadt« –
aber was ist das?!

Ich bin bei Dir, mein Herz,
und fürchte die »Schatten der Zukunft« nicht,
wenn es überhaupt Schatten gibt.

In tiefer Liebe.

An seine Pfarrkinder schrieb er ein Wort zum Abschied:

Der Dienst, aus dem ich scheide, ist in Sinn und Größe von solcher Bedeutung und Entscheidung, daß kein Mensch von Einsicht und Verantwortung sich einbilden wird, er sei ihm gerecht geworden; vielmehr wird ein sol-

cher Mensch nur in der Erkenntnis (die zugleich Bekenntnis ist) existieren können, daß es bei seinem Dienst nicht um Leistung, und darum auch nicht um Anerkennung geht, sondern um die Treue und den Gehorsam gegenüber dem Auftrag: Eben um den Dienst an den höchsten Gütern Wahrheit, Gerechtigkeit, Frieden und Güte, um den Dienst am Absolut-Guten, im Letzten um den Dienst Gottes.

In allem Wechsel der Zeiten und der Menschen gilt dies: Nicht der Mensch rettet Gott, sondern Gott rettet den Menschen. Und er rettet ihn, weil er ihn liebt.

Und dies gilt: Die Menschen gehen, sie wollen gehen und müssen gehen. Gott bleibt.

Es ist mir sehr ernst, wenn ich Ihnen allen, mit denen ich lebte, für die ich arbeiten wollte, die mir Helfer und Freunde geworden sind, denen ich danke und danken muss, weil sie mir Mut und Freude und Kraft zum Dienen gaben, es ist mir ernst, wenn ich Ihnen sage:
Sie dürfen, ja Sie sollen mich vergessen. Aber Sie sollen glauben und nicht vergessen: Gott ist da. Und er ist überall. Und er ist gut. Und er bleibt gut.

Und Sie sollen nie vergessen, daß es das Heil und den Frieden und die Freiheit und die Vollendung des Menschen und des Lebens und der Zeit bedeutet: mit IHM leben.
ER segne Sie!

Nach einer Abschiedsfeier, gegen die er sich gewehrt hatte, weil er ja wusste, was er alsbald tun wollte, und die er sich dann doch aufzwingen ließ, feierte er den letzten Gottesdienst mit der Pfarrgemeinde, die ihm zuletzt zweiundzwanzig Jahre lang anvertraut war. Noch unter dem Eindruck des an diesem Tag, besonders am

Abend, Erlebten, schrieb er in der Stille und Einsamkeit der Nacht, nicht ohne auch das Kommende zu bedenken, einen Brief an seinen Bischof:

Hochwürdigster Herr Bischof!
Nach dem letzten Gottesdienst, den ich an diesem Abend mit der und für die mir fast 22 Jahre mit anvertrauten Gemeinde gehalten habe, schaue ich vorwärts in eine Zukunft, von der ich – soweit sie meine Zukunft sein wird – nicht weiß, ob mir von ihr viel oder wenig geschenkt sein wird, von der ich aber weiß, daß sie in wesentlichen Punkten ganz anders sein wird als die Zeit, die bald der Vergangenheit angehört.
Ich gebe zum Ende des heutigen Tages die mir aus der Ordination zukommenden Vollmachten und den von Ihren Vorgängern und auch von Ihnen mir erteilten Auftrag in Ihre Hände, Hochwürdigster Herr Bischof, zurück, weil es die Ordnung der Kirche, die ich um der Einheit willen respektiere, so verlangt. Diese Ordnung duldet es (heute noch) nicht, daß Priestertum und Ehe – beide vom Herrn der Kirche zur Würde eines Sakramentes erhoben – in einem Menschen sich verwirklichen.
Doch ich will heiraten (wie hilflos und angriffseinladend und verletzbar steht das Wort da, so gar nicht fähig, auch nur annähernd anzudeuten, was es sagen soll), ich will in die letzte, wie ich glaube, umfassendste Schule zur Bildung des ganzen Menschen gehen im Glauben, daß ich dort auch etwas empfange, was nirgends sonst zu empfangen ist: die Geborgenheit und das ganze Angenommensein als Hilfe und Verwirklichung zum Frieden, zur Erfüllung des Menschen und zur Vereinigung mit Gott.
Ich kann verstehen, Hochwürdigster Herr Bischof, daß Sie meine Einstellung und meine Auffassung ablehnen und daß Sie mir mangelnden Glauben und besonders mangelnde Spiritualität vorhalten und erst recht mangelndes Solidaritätsbewußtsein. Sie werden auch nach den Grün-

den – den stichhaltigen Gründen – für meine Versetzung in den Laienstand fragen.
Der 1. Grund, der vor dem Recht gilt, ist die firmitas in proposito. Weil ich lange gebraucht habe, bis ich zu ihr gekommen bin, bitte ich auch sehr höflich und deutlich, daß ich von allen Belehrungs- und Bekehrungsversuchen verschont bleibe.
Der 2. Grund ist meine Versorgung; ich bin in den Jahren, in denen der Mensch sehr auf Hilfe angewiesen ist. In dem, was ich vorhabe, ist auch meine Versorgung gesichert.
Der letzte Grund, den ich nenne, ist die Liebe. Von ihr zu sprechen ist nicht angebracht. Man muß an sie glauben und sie zu praktizieren versuchen.
Was man mir vorwerfen könnte, ist die Auffassung, die »die Leute« von meinem Schritt haben werden: Er wird ihnen ein Ärgernis sein. Ich habe das lange bedacht und bin zu der Auffassung gekommen: Wer die Art und den Umfang meiner Arbeit, meines Dienstes und meines Einsatzes gesehen und erlebt hat, muß glauben, daß ich so, wie ich 44 Jahre lang – und zwar mit den wachsenden Jahren immer mehr – versucht habe, meinen Dienst als Auftrag Gottes an den Menschen zu erfüllen, wie ich da der Wahrheit diente, d.h. Gott und den Menschen, so muß der Mensch, der mir gerecht werden will, glauben, daß ich auch jetzt die Wahrheit tue und nicht gegen den Willen Gottes handle.
Ich darf sagen: Ich habe meinen Dienst so treu tun wollen, wie ich es vermochte, und es ist wahrscheinlich nicht übertrieben, wenn ich das Wort für mich in Anspruch nehme: »Ich habe mehr gearbeitet als die anderen«, ich habe keinen Dienst verweigert, es war mir keine Arbeit zu viel, ich habe auch Aufträge, die mir nicht lagen und die über meine Kräfte zu gehen schienen, angenommen. Trotzdem weiß ich sehr genau, wie unvollkommen und stümperhaft vieles von meinem und an meinem Tun war,

aber ich habe meinen Dienst getan und will nun meinen Weg gehen und mein Leben führen, und ich will es tun in der Verbundenheit mit Christus.
Ich bitte Sie, Hochwürdigster Herr Bischof, höflich und herzlich, mir zum ehesten Termin die Erlaubnis zum Eingehen der Ehe zu vermitteln.
Ich wiederhole meine Bitte, mich mit allen Belehrungs- und Bekehrungsversuchen zu verschonen, auch mit den Recherchen des Bischöflichen Offizialates. Ich weiß und glaube, daß die Kirche in ihrem Innersten eine göttliche Stiftung ist, aber sie ist es auf Zeit. So wird auch manchen ihrer Entscheidungen das Zeitbedingte anhaften.
Es bedarf, wenn Sie, Hochwürdigster Herr Bischof, menschlich handeln, keiner Suspension: Ich gebe meine Fakultäten (und meine Auszeichnungen, die ich nie begehrt habe) mit diesem Brief und dieser Entscheidung an Sie zurück und weiß dabei, daß ich im Notfall tun muß und tun darf, was Gott und Menschlichkeit verlangen. Dabei könnte ich mir denken, daß Sie mir vertrauen, daß ich nach dem Gewissen handle.
Ich habe Ihnen schon einmal geschrieben, daß ich Ihnen für alles Wohlwollen danke. Ich bin auch jetzt darauf angewiesen. Ich weiß auch, daß ich meinen Weg in die Zukunft nur gehen kann im Vertrauen auf den gnädigen und barmherzigen Gott und mit Hilfe der Liebe.
Ich vertraue auch auf Ihre Liebe.
Wie immer grüße ich Sie in Ehrfurcht.

Einige Tage danach holte Anna Maurus mit dem Auto im Pfarrhaus ab. Am späten Abend fuhren sie in das ferne, oberbayerische Bergdorf zum Haus der Tanten, das inzwischen in Familienbesitz übergegangen war und leer stand. Als sie ankamen und ausstiegen, atmeten sie tief die klare Bergluft ein. Das Rauschen des Bachs erfüllte den von mächtigen Bäumen dunkel verschatteten, noch immer sonnenwarmen Garten. Ein heller Nachthimmel umriss die schwarz bewaldeten Bergrücken und Felsgrate. Über dem Tal schimmerten Myriaden von Sternen.

Hand in Hand gingen sie langsam auf das Haus zu.

Ich bin der Herr, dein Gott,
der deine rechte Hand ergreift
und der zu dir sagt: Fürchte dich nicht,
ich werde dir helfen.

Jes 41, 13

EPILOG

Die schimmernde Schwelle

1

In der Morgenfrühe eines düsteren Christi-Himmelfahrtstages verließ der Rettungswagen das Tal. Der Himmel hing dunkel und schwer über die Gipfel und Kammlinien der Berge auf die einsamen Almen herab. Graue Wolkenfetzen trieben durch die Achenschlucht aus dem Tirolerischen herein und flohen an den Felsen der Gscheuerwand vorbei hinaus zum Chiemsee. Regenschleier wehten wie dünner Nebel über die bewaldeten Hänge der Hochplatte.

Anna hielt sich mit dem Auto einigermaßen dicht hinter dem Rettungswagen, denn sie wusste nicht, wo in Rosenheim das Krankenhaus lag.

Maurus hatte in der Nacht eine Blasenblutung erlitten. Der Prostatakrebs griff mit gierigen Polypenarmen um sich, andere Organe waren bereits von Metastasen befallen. Die Schmerzen waren unerträglich geworden.

»Herzele!«, hatte er noch gerufen, als ihn die Sanitäter auf die Krankentrage legten und Anna um die Ecke zur Garage lief. Es klang wie ein leiser, bebender, hilfloser Aufschrei, dieses schwäbische Wort der Zärtlichkeit, zerrissen von Angst und Schmerz über den Abschied von daheim, als wolle er sich mit letzter Kraft an Anna und das Leben klammern. Sie sah noch, wie eine Nachbarin auf der gegenüberliegenden Straßenseite an ihrem Gartentor stand und weinte, wie die Frauen am Kreuzweg Christi.

Es goss nun in Strömen, als hätte der Himmel gewartet, bis sie im Auto unter Dach waren. Das Wasser flutete in raschen kleinen Wellen über die Landstraße und spritzte unter den Rädern in breiten flachen Fontänen in die Wiesen.

Da lag Maurus bei fremden Menschen in diesem Krankenwagen. In kopfloser Verstörung und in der Eile des Aufbruchs hatte Anna nicht daran gedacht zu fragen, ob für sie dort noch Platz gewesen wäre. Sie verstand sich selbst nicht mehr.

Einige Kilometer vor der Autobahnausfahrt Rosenheim prasselten sintflutartige Regengüsse herab und überschwemmten die Windschutzscheibe dermaßen, dass die Wischer auch im Schnelltakt kaum die Sicht freiarbeiten konnten. Eine undurchsichtige, milchige Wasserwand schob sich zwischen sie und den Rettungswagen. Sie konnte ihn nicht mehr sehen. Mit Mühe erkannte sie die Abzweigung von der Autobahn. Der Regen ließ etwas nach. In der Ferne sah sie schwach die Silhouette der Stadt.

Rosenheim schien in dieser frühen Morgenstunde wie ausgestorben, als wäre die Welt weit abgerückt von diesem Ort. Häuserfronten, nass und abweisend, schlossen Anna ein. Kein Mensch war zu sehen, nicht einmal ein Hund. Ihr war, als glitte sie zwischen den Hausmauern dahin wie durch einen unheimlichen Hohlweg, eine öde, düstere Steinschlucht, in der kein lebendes Wesen erreichbar war.

Wo lag das Krankenhaus? Jähe Angst überkam sie, sie könnte zu spät kommen, ihren Mann nicht mehr bei Bewusstsein antreffen. Ihr Herz hämmerte. Der Mund fühlte sich ausgetrocknet. In Panik fuhr sie bei Rot über eine Kreuzung. Die Beklemmung in ihrem Inneren unterdrückte jede Regung von Vorsicht und Disziplin. Da endlich wies ein Schild die Richtung. Das Krankenhaus stieg mit vielen beleuchteten Fenstern beruhigend-nüchtern vor ihr auf. Am Tor des Untergeschosses parkte der Rettungswagen. Die rückwärtigen Türflügel waren weit geöffnet, das Innere leer. Sie rannte einen breiten Gang entlang, an dessen Ende aus einem Raum Stimmen drangen. Sie hatten Maurus auf eine Bahre gelegt, und er gab einer Krankenschwester und einem jungen Mann, die Feiertagsdienst hatten, seine Personalien an.

Anna nahm seine Hand. Es schien ihr, als breite sich bei ihrem Anblick fast unmerklich ein entspanntes Ermatten wie Befriedung über sein Gesicht, hinter dessen Ernst sich aber ein Wissen verbarg, das er vor ihr durch den Hauch eines Lächelns zu verbergen suchte. Und doch war es, als hätte ihn die Fahrt von ihr entfernt – oder als hätte er sich von sich selbst entfernt, als wäre etwas umgeschlagen, das zu schwer war, das ihn in ein Schweben über dem Geschehen hob, als wären Menschen und Dinge weit weg von ihm. Anna war plötzlich, als hätte sich ihre Einheit aufgelöst und wäre zur individuellen Einsamkeit geworden, in der ihn ihre Liebe nicht mehr erreichte, als stünde er nun ganz allein in sich selbst. Sein Schauen glitt durch sie hindurch ohne Schmerz, geweitet von einem Überraum, der alles einschloss: Vergangenheit, Gegenwart und Zukunft, das ganze ihm zugemessene Menschsein, das er allein tragen musste, und das er in einer hohen Reife des Lebens und einer grenzenlosen Einsamkeit der Seele für sich angenommen hatte. Sein Blick hatte etwas Verlorenes, Fernes – sie glaubte in ihm das Begreifliche zu lesen: dass sich sein großer Geist, von der Krankheit des Körpers bezwungen, unterordnete, der Ohnmacht ergab, vielleicht auch einem gewissen Fatalismus, nun vom Können anderer abzuhängen, dass die Krankheit ihn auslieferte, dass keine geistige Überlegenheit, die das Priesteramt wie von selbst gab, keine noch so prägende Bildung, kein noch so umfassendes Wissen imstande war, dem Krebs die Stirn zu bieten, dass andere, vielleicht ihm Unterlegene, nun sein Leben in der Hand hatten, andere noch, außer Gott. Aber es waren ihre Gedanken, die sie auf ihn übertrug. So musste es sein. Denn seine Demut und Güte, die alle Menschen ausnahmslos umfing, schloss jeden Hochmut, jede Überheblichkeit aus. Im Grunde war es wohl so, dass er sich mit vollem Vertrauen in die Hände der Ärzte gab, die nun ihre Kunst auf ihn verwenden würden. Er glaubte an die Menschen, weil er sie liebte.

Anna fiel ein, dass sie einmal vor dem Einschlafen in die tiefe Stille hinein gefragt hatte: »Woran denkst du?«, und er geantwortet hatte: »Ich segne. Jeden Abend segne ich in alle Himmelsrichtungen. Da bin ich dann mit der ganzen Welt, mit allen Menschen verbunden.«

Sie brachten ihn in ein kleines Zimmer der Abteilung Urologie im vierten Stock. Das einzige, was er in diesem Raum außer dem Pflegepersonal und Anna sah, waren dem Bett gegenüber ein weißlackierter Schrank und die Tür. Nur einmal noch, als er ein letztes Mal kurz am Fenster stand und drunten im gegenüberliegenden Garten eine mächtige Blutbuche entdeckte, flüsterte er: »Ein schöner Baum!«

In seiner Stimme bebten Trauer und Abschiednehmen.

Anna konnte nun nachts kaum mehr schlafen. Um vier Uhr früh stand sie auf, unruhig und von pochender Angst erfüllt, um fünf parkte sie bereits das Auto vor dem Krankenhaus.

Einmal, in der Morgendämmerung, fand sie Maurus mit tränennassem Gesicht. Auf ihre erschrockene Frage, warum er denn weine, antwortete er, dass ihn der Nachtpfleger beim Waschen grob an die Wand gestoßen habe.

Aufgebracht lief Anna zur Station, um das abzustellen.

Nicht zum ersten Mal wurde ihr schmerzhaft bewusst, was er alles wegen ihrer Liebe geopfert hatte. Wie fürsorglich, zartfühlend und achtungsvoll hatten ihn früher die Schwestern bei Krankenhausaufenthalten während seiner drei Herzinfarkte behandelt, als er noch Stadtpfarrer in Amt und Würden war, als er wegen seines ungeheuren Arbeitsumfangs zum Päpstlichen Geheimkämmerer mit dem Ehrentitel eines »Monsignore« ernannt wurde, und die neue Soutane mit den purpurvioletten Knöpfchen und dem breiten, purpurvioletten Zingulum mit einem jungenhaften und doch würdevollen Stolz zur Freude seiner Pfarrkinder getragen hatte, dabei einfach und anspruchslos blieb und treu den Bauern seiner Dörfer verbunden, die für ihn durchs Feuer gegangen wären. Hier kannte ihn niemand, hier war er nur ein unbekannter, sterbender Rentner. *Nie kann ich ihm vergelten, was er für mich getan hat,* dachte sie.

Leise sagte sie zu ihm: »Du hast mir alles gegeben.«

»Ja«, antwortete er still. Seine Augen schienen ganz fern. Es war, als überschaue er sein ganzes Leben ins Unendliche – oder als schaue er diesem Leben nach, wie es unmerklich und schmerzlos von ihm fortzog.

Ein andermal fand Anna ihn im Morgengrauen vor dem Bett auf dem Nachtstuhl sitzend. Er sah sie nicht, als sie ins Zimmer trat. Alles in ihr krampfte sich zusammen, wie sie ihn so allein und verlassen in der Morgenkälte kauern sah, mager und verfallen, im Schlitz des Krankenhaushemdes die fahle Haut seines armen, gekrümmten Rückens, ein zusammengesunkenes Häuflein Elend, er, der einst ein schöner, aufrechter, stattlicher Mann gewesen war, zu dem die Menschen voller Bewunderung und Hochachtung aufschauten.

Die Liebe wallte heiß in Anna auf. Nie hatte sie ihn mehr geliebt als in diesem Augenblick.

Behutsam legte sie ihr Wolljäckchen um seine schmal gewordenen Schultern. Da schaute er mühsam auf und sagte leise und unendlich müde: »So, du bist das.«

Es klang wie verhaltenes Weinen. Er hatte keine Kraft mehr.

Eines Tages wurde ein alter Bergbauer zu ihm ins Zimmer gelegt. Er bekam täglich Besuch von seiner alleinstehenden Tochter. An den Sonntagen besuchte ihn die ganze Familie, Söhne, Schwiegertöchter, Enkel.

Mit der Tochter, die Anna abends im Auto zu deren Wohnort mitnahm, kam sie ins Gespräch. Obwohl die junge Frau äußerst streng katholisch war, wagte Anna zu erzählen, dass ihr Mann katholischer Pfarrer war.

Am nächsten Sonntag, als die Besuche zum Heimgehen aufbrachen, bat die Tochter Maurus um seinen Segen für die ganze Familie.

Nie zuvor hatte Anna auf seinem Gesicht eine solche Erschütterung gesehen. Mit einer ergreifenden Gebärde hob er die Hände empor und sprach Segensworte, wie sie sie noch nicht gehört, die aus der Tiefe seines Herzens aufbrachen; ihr war, als kämen sie von weit her, aus biblisch-patriarchalischer Zeit, wo der Mensch seine Segenskraft noch von Gott holte, mit dem er wahrhaft Zwiesprache hielt aus einem tiefen, unverbrüchlichen Glauben heraus, an den er sich klammerte.

Anna erinnerte sich, dass er einmal zu ihr gesagt hatte: »Segnen darf ich noch. Das kann mir niemand verbieten.«

Unablässig flossen Tränen über sein Gesicht, während er die Familie segnete.

Bitterkeit stieg in Anna auf. Wie konnten die Mächtigen der Kirche einen Menschen so zerstören, ihm alles rauben, was sein Leben ausgemacht hatte, ihn wegwerfen, wie man etwas Beschmutztes wegwirft, das keinen Wert mehr hat, nur weil er eine Frau liebte und ihr die Würde gab, in der Ordnung der Ehe zu leben?! Anna dachte an einen Satz aus einem Gründonnerstags-Schreiben des damaligen Papstes Paul VI. an die Priester, in dem es, soviel sie sich erinnerte, hieß: »... die Priester, die die Weihe ihrer Hände verraten, und das Treuegelöbnis gegenüber Christus gebrochen haben ...«. Maurus hatte sich damals furchtbar aufgeregt. Er gehörte doch weiterhin mit ganzem Herzen Christus an. Er hatte durch seine Heirat doch in keiner Weise das Treuegelöbnis gegenüber Christus gebrochen! Anna erinnerte sich auch, dass der Bischof damals auf Maurus' Laisierungsgesuch nach einer Woche sehr ausführlich und wohlwollend Antwort gab, aber ohne von seiner grundsätzlichen Haltung auch nur einen Fußbreit abzuweichen. Maurus fand, dass der Brief des Bischofs ein Zeugnis seiner Güte und seines hohen Verantwortungsbewusstseins sei; er bezeuge des Bischofs bedingungslose Treue zur Kirche und ihren Vorschriften einerseits und seinen Willen zu brüderlicher Gesinnung andererseits. »Doch diese beiden Verhaltensweisen zu verwirklichen, überschreite wohl das Vermögen jeden Bischofs, der gewillt sei, *Rom* die Treue zu halten«, sagte Maurus damals. Der Bischof, der ihn in diesem Brief noch als »lieber Mitbruder« ansprach, hatte geschrieben, dass er den Brief zweimal lesen musste, sogar den Schematismus aufgeschlagen habe, ehe ihm klar war: »Ja, das ist unser lieber, trefflicher Stadtpfarrer von B.«

Weiter schrieb er: »Es fällt mir nicht schwer, Ihnen zu glauben, daß Sie vierundvierzig Jahre lang Ihren Dienst als Auftrag Gottes an den Menschen mit aller Hingabe erfüllt haben. Ich bezeuge es gerne, daß Sie das Wort des Apostels für sich in Anspruch nehmen können: ›Ich habe mehr gearbeitet als die anderen‹, daß Sie keinen Dienst verweigert haben, daß Ihnen keine Arbeit zu viel war, daß Sie bis zur Erschöpfung Ihrer Kräfte gearbeitet haben. Dies bezeuge ich mit großer Hochachtung und tiefer Dankbarkeit.«

Der Bischof verwies auch auf Stellen in den Briefen des heiligen Apostels Paulus an die Römer und Korinther und auf dessen eschatologische Sicht, wenn er der Kirche empfiehlt: »Bist du ohne Frau, dann suche keine ... Der Unverheiratete sorgt sich um die Sache des Herrn, wie es dem Herrn gefalle« – und führte noch ein Wort des

Evangelisten Matthäus an, dass Jesus die einlade, die es fassen können, um des Himmelreiches willen ehelos zu bleiben.

Der Brief hatte letzten Endes das Ziel, Maurus zu einer Sinnesänderung zu bewegen. Auch würde der Heilige Vater die angeführten Gründe kaum als stichhaltig anerkennen. Der Bischof wollte, ehe er den Heiligen Vater um Dispens vom Zölibatsgesetz für ihn bat, »unbedingt noch ein persönliches Gespräch mit ihm führen«.

Doch Maurus hatte inzwischen schon Schritte zu ihrer standesamtlichen Trauung unternommen, um ihr Zusammenleben wenigstens für den zivilen Bereich zu legalisieren. Außer der Entschlossenheit, sich von der Eheschließung durch nichts abbringen zu lassen, bestimmte ihn dabei auch der Gedanke, dass die Gewährung der für die kirchliche Eheschließung notwendigen Dispens lange auf sich warten lassen werde. Er teilte dem Bischof ihre zivile Eheschließung mit und fuhr fort:

> *Ihr gütiger Brief hätte gewiß einen anderen Dank verdient, aber unser Leben verlangte diesen Schritt, damit unsere Gemeinschaft vor der Öffentlichkeit legalisiert war.*
> *Nachdem mein Nachfolger der mir so lange anvertrauten Pfarrgemeinde unsere standesamtliche Trauung am vergangenen Sonntag ex cathedra verkünden zu müssen glaubte, diese also offiziell bekanntgegeben wurde, darf ich wohl annehmen, daß es für meine Laisierung keiner Examinierung mehr bedarf, sondern daß sie mit der standesamtlichen Trauung hinreichend begründet ist.« Und er bat den Bischof, ihm das Erscheinen vor ihm zu ersparen. Er brauche sich gewiss keinen Vorwurf zu machen, seine Pflicht als Bischof nicht erfüllt zu haben. Am Ende schrieb er noch: »Ich bitte dringend um meine Laisierung, um die ich bitten muß, da sie die Kirche in meinem Fall verlangt.«*

Im zweiten Bischofsbrief, der sich mit Maurus' letztem Brief gekreuzt hatte, und von dem er glaubte, dass der Bischof ihn hatte schreiben lassen, da der Brief weder seinen Stil noch seinen Geist atmete, hieß es:

Meine Hoffnung, daß Sie sich doch noch auf Ihr Zölibatsversprechen besinnen werden, ist durch die Tatsache Ihrer zwischenzeitlich erfolgten Ziviltrauung zunichte gemacht worden.
Nunmehr bin ich genötigt, über Sie vom heutigen Tag an die Kirchenstrafe der Suspension zu verhängen (c. 2279 § 1 CIC). Damit entbehren Sie fortan der Vollmacht zur Zelebration, zur Spendung der Sakramente sowie zur Vornahme der Handlungen der Weihe- und Hirtengewalt. Sie behalten jedoch die Fähigkeit zu seelsorgerlichem Beistand in Todesgefahr (c. 882).
Darüber hinaus haben Sie sich durch das Eingehen der Zivilehe ohne weiteres die Exkommunikation zugezogen, die dem Heiligen Stuhl in einfacher Weise vorbehalten ist (c. 2388 § 1). Dies bedeutet u.a., daß Sie des Zugangs zu den Sakramenten verlustig gehen.
Sowohl durch die Kündigung des Dienstverhältnisses in ihrem Schreiben (nach dem letzten Gottesdienst), als auch durch die zugezogenen Kirchenstrafen haben Sie an sich den Anspruch auf Fortzahlung Ihrer Pension verwirkt. Da die Diözese als Ihr früherer Arbeitgeber jedoch nach staatlichem Recht verpflichtet ist, Ihre Altersversorgung zu gewährleisten, werden wir für Sie die Nachversicherung bei der Bundesanstalt für Angestellte in Berlin in die Wege leiten. Bis Sie von dort eine Rente, die sich aus dem Einkommen während Ihrer Tätigkeit in der Diözese errechnet, empfangen, wird von uns Ihre Pension an Sie fortgezahlt.

Der Bischof versicherte noch, es sei ihm ein Anliegen, für seinen Seelenfrieden zu beten.

Anna dachte daran, dass Maurus nach dem Lesen dieses Briefes totenbleich geworden war. Kurz darauf war er mit starken Herzrhythmusstörungen und Verdacht auf einen vierten Herzinfarkt ins Krankenhaus eingeliefert worden. Aber Gott war gnädig, er schenkte ihnen noch zehn Jahre.

Mit Trauer in der Stimme hörte ihn Anna einmal sagen: »Wie kann ein Mann des Glaubens – und der Liebe! – schreiben, Exkommunikation besage unter anderem den Verlust des Zugangs zu den Sakramenten! Gibt es, wenn ich den christlichen Glauben habe, wirklich etwas Schlimmeres? Und war es nicht eine ganz fadenscheinige Begründung, wenn der Bischof behauptete, mit meinem Schreiben nach dem letzten Gottesdienst hätte ich das Dienstverhältnis gekündigt! Und hätte sich die Diözese, falls es dieses staatliche Gesetz nicht gegeben hätte, nicht verpflichtet gesehen, ›meine Altersversorgung zu gewährleisten‹? Kennt die Kirchenobrigkeit keine Gerechtigkeit und weiß sie nicht, dass jeder Arbeiter seines Lohnes wert ist?«

Später musste er noch bitter erfahren, dass mit seiner Heirat alles, was er einst im Dienst der Seelsorge für die Diözese gearbeitet hatte, nicht nur vergessen schien, sondern wie ausgelöscht war. Besonders deutlich wurde ihm das, als er um die rechtmäßige Höhe seiner Rente kämpfen musste, die nach seinem früheren Einkommen viel zu niedrig angesetzt war, weil das Einkommen nicht richtig gemeldet wurde, und der Generalvikar ihm schrieb:

> *Ihr Ausscheiden aus dem kirchlichen Dienst hat nicht nur in der früheren Pfarrei, sondern in der ganzen Diözese einen erheblichen ideellen Schaden verursacht, den wir bei Abwägung der gesamten Umstände leider berücksichtigen müssen. Wenn Ihnen die Diözese dessen ungeachtet und ohne rechtliche Verpflichtung eine monatliche lebenslängliche Aufzahlung zu Ihrer Angestelltenrente gewährt, dann liegt darin keine Bestrafung oder eine Benachteiligung, sondern ein Entgegenkommen, das über die gesetzlichen Verpflichtungen hinausgeht. Man kann nicht die Versorgungsansprüche des Priesterstandes fordern, wenn man dem Priesterstand den Rücken kehrt.*

Dieser letzte Satz, dessen Inhalt und Fassung vielleicht gar nicht dem hohen Unterschriftleistenden anzulasten ist, schien Maurus bar jeder Weisheit und Brüderlichkeit. Aber er sagte zu Anna: »Ich habe meinen inneren Frieden. Ich weiß, was ich gearbeitet habe.«

Nach dem Entzug der Pension war die gewährte Aufzahlung zur Rente durch die Diözese allein darauf zurückzuführen, dass Anna während einer Nachtwache im Krankenhaus an die Bischöfliche Finanzkammer einen Brief geschrieben hatte in dem es unter anderem hieß:

> *Vielleicht verstehen Sie, daß es einen Mann wie ihn, der sich bis zur Erschöpfung und Gesundheitsschädigung in den Dienst der Kirche gestellt hat, der in unglaublicher Selbstaufopferung ganze Nächte bis morgens um fünf Uhr ohne Schlaf durcharbeitete, der bei Aushilfen oft für zwei oder sogar für drei Pfarrer arbeitete, daß es ihn im innersten Sein treffen muß, wenn ihm eine so unglaubliche, himmelschreiende Ungerechtigkeit widerfährt, himmelschreiend nicht nur in meinen Augen und denen aller human denkenden Menschen, sondern sicher auch in den Augen der Großzahl katholischer Christen …*
> *Woher nehmen die Kirchenmänner die mörderische Bedenkenlosigkeit – verzeihen Sie meine Angst und Verzweiflung! –, einem Mann seiner Wesensart und Güte, seiner Sensibilität und kirchentreuen Aufopferung mit einer solchen Unmenschlichkeit zu begegnen? Sind es mit der Suspendierung und Exkommunikation nicht genug der Strafen?*

Das alles flog durch Annas Erinnerung, als er weinend die Familie des Bergbauern segnete, und es bewegte sie noch lange.

Im Zusammenhang mit dem »ideellen Schaden« fiel ihr auch ein, dass Maurus während des Krieges zweieinhalb Jahre lang eine große Stadtpfarrei in der Bischofsstadt zusammen mit seinem ehemaligen Prälaten vikarierte, ohne in dieser Zeit keineswegs seine dörfliche Doppelpfarrei im Stich zu lassen. Zweimal in der Woche fuhr er mit dem Fahrrad bei Wind und Wetter, bei Kälte und Schnee zu seiner Pfarrgemeinde Bergheim zurück – immerhin etwa fünfzig Kilometer hin und fünfzig Kilometer wieder zurück – und handelte sich dabei schwere gesundheitliche Schäden ein. Aber das schien jetzt von der kirchlichen Obrigkeit alles vergessen zu sein.

Zwölf Jahre später erwies sich der »erhebliche ideelle Schaden«, den der Generalvikar Maurus anlastete, als unwahr, als Maurus – was sie damals beide nicht ahnen konnten – von der Stadt, in der er in den letzten zweiundzwanzig Jahren seelsorgerlich tätig gewesen war, posthum die hohe Ehre einer Straßenbenennung erhielt.

Schon am ersten Tag seiner Einlieferung ins Krankenhaus hatte Maurus Bluttransfusionen bekommen. Um die Blasenblutung einzudämmen, entschloss sich der Chefarzt zur Operation. Danach wurden Spülungen angeordnet. Sein geduldiges Gesicht verzerrte sich vor Schmerzen, aber nie kam ein Klagelaut über seine Lippen.

»Der Mann hält was aus!«, sagte ein Pfleger draußen im Gang zu Anna.

Aber der Eingriff war erfolglos. Das zugeführte Blut brach wieder durch.

»Das sieht nicht gut aus«, meinte eine blutjunge, hübsche Lernschwester, als sie den am Bett hängenden Beutel sah. Sie dachte nicht daran, wie schmerzlich diese Worte Maurus und Anna ans Herz griffen.

Nach einigen Tagen sagte ein Arzt unter vier Augen zu Anna, man könne es mit einer zweiten Operation versuchen, aber es sei ein Leiden ohne Ende. Sie solle ihren Mann fragen, ob er sich dazu entschließen könne.

»Wie du's machst, ist es recht«, sagte er ruhig und gab sich in ihre Hand.

Anna erschrak zutiefst. Wie konnte sie eine solche Entscheidung treffen?

»Es wird ein Leiden ohne Ende ...«, wiederholte der Arzt, als sie nochmals mit ihm sprach.

Es wurde nicht mehr operiert. Die Bluttransfusionen wurden eingestellt. Maurus schaute nun nicht mehr auf den Beutel über ihm, aus dem Stunde für Stunde die lebenspendende rote Flüssigkeit in seine Ader getropft war. Er lag still und ergeben da und schickte Anna weg, damit sie sich etwas zerstreuen sollte. Ihr war zumute, als hätte sie sich auf fremden Boden verirrt, da sie nach zehn Jahren wieder allein in einem Restaurant saß, um allein zu essen.

Als sie zurückkam, saß er aufgerichtet mit einem eigenartig ausweglosen Blick im Bett, wie von einer verzehrenden Unruhe erfasst.

»Mir ist so bang –!« Das letzte Wort kam langgezogen, klang heiser und stöhnend vor Beklemmung.

Anna rannte ins Stationszimmer und bat flehend, ihm doch etwas gegen diese Bangigkeit zu geben.

Sie füllten eine Flüssigkeit in einen Tropf.

Von da ab lag er mit abgemagertem, blutleerem Gesicht und geschlossenen Augen reglos da. Er konnte nicht mehr essen und nicht mehr sprechen. Sein großes reiches Leben ging zu Ende.

Eines Vormittags wurde er in ein schönes Apartment am Ende des Gangs verlegt. Als ihn die Krankenpfleger von der fahrbaren Liege ins neue Bett hinein hoben, schlug er kurz die Augen auf. In diesem Moment erfasste sein Blick durch das große Fenster noch einmal die Chiemgauer Berge. Ein schwaches Leuchten huschte über sein Gesicht, das rasch wieder erlosch.

Am Abend dieses Tages begann er wie in Trance mit zeitlupenhafter, kraftloser Bewegung der Hand die Bettdecke wegzuschieben und suchte sich vom Hemd zu befreien, das ihn anscheinend beengte.

Er wollte fortgehen und konnte es nicht. Stundenlang wiederholte er die gleiche aussichtslose Bemühung.

Suchte er der furchtbaren Bangigkeit seines mit Blut unterversorgten Herzens zu entfliehen? Oder quälte ihn eine explosive Hitze der Körperzellen, verursacht durch die Infusionen?

Welche Pein trieb ihn zu diesem aussichtslosen Fluchtversuch?

Annas Nerven waren zum Zerreißen gespannt vor Hilflosigkeit.

Konnte ihm denn niemand helfen?

Nein, niemand kam und half ihm.

Dieser Kampf gegen unsichtbare Fesseln machte Anna fast wahnsinnig. Ein bösartiges Etwas trieb ihn weg, aber er konnte nicht weg;

es war wie in einem irrsinnigen Traum. Was zum Schreien war, reizte Anna plötzlich zum Lachen, von namenloser Verzweiflung gestoßen.

Es war die Hölle.

Nach stundenlangem Kampf mit dem, was ihn so beengte und forttrieb, erschlaffte er. Sein Leib streckte sich in eine totenähnliche Starre.

Anna schaute in das ausgeblutete Gesicht, das sie in seiner männlichen, beseelten, lebensvollen Schönheit so sehr geliebt hatte. Ihre Anspannung löste sich. Sie fühlte nichts mehr. Sie war wie tot.

Die Frau seines Bruders Severin kam aus Bergheim angereist. Sie wollte Maurus noch einmal sehen und die Nachtwache übernehmen. Sie sprach viel von Vergangenem, vom gemeinsamen Leben ihrer Familie mit ihm. Über fünf Jahrzehnte – seit ihren Mädchenjahren – wohnte sie nun schon in seinem Landpfarrhof, jetzt, nach dem Tod ihres Mannes, noch mit den unverheirateten ihrer sechs Kinder.

Obwohl die Schwägerin Anna viel nachgetragen hatte, weil sie ihnen nach zweiundzwanzig Jahren des Wartens oder besser eines Nicht-Erwartens ihren Mittelpunkt weggenommen hatte, waren sie sich im Laufe von Annas und Maurus' Ehejahren doch nähergekommen. Anna konnte sie ja verstehen. Sie bildeten eine zusammengewohnte und, wie ihr früher schien, unauflösbare Gemeinschaft. Sie dachte daran, dass der Landpfarrhof ein sehr gastliches Haus war. Die Freunde der Kinder waren hier wie daheim. In ihrer unglaublichen Belastbarkeit fühlte sich die Schwägerin wohl, wenn das Haus voller Menschen war, auch zwei Hunde fehlten nicht. Anna schien es oft, als sei sie überall gleichzeitig, wenn ihre Stimme durchs Pfarrhaus schallte. Bilder stiegen in ihr auf: Einmal kam die Schwägerin ins Wohnzimmer im ersten Stock, in dem das junge Volk nicht mehr genügend Platz auf dem Sofa, in den Klubsesseln und auf den Stühlen gefunden hatte und den Fußboden belagerte. Da breitete sie in der offenen Tür die Arme aus und rief: »Schön!«, als wolle sie alle mit ihrer Mütterlichkeit umfangen. Hier war Platz für viele, damals aber nicht für sie.

Antonie Altweg hatte einen tiefen Glauben und betete viel. Wenn die Kinder wegfuhren, zeichnete sie ihnen mit Weihwasser ein Kreuz auf die Stirn, später besprengte sie auch die Reifen ihrer Autos. Anna lächelte heimlich darüber. Aber dann dachte sie, dass Jesus vielleicht auch zu ihr gesagt hätte: »Frau, dein Glaube ist groß!«

Als der älteste Sohn schon verheiratet war, kamen Maurus und Anna eines Mittags bei einem Besuch in die Pfarrhausküche. Da saß die Schwägerin mit ihrem ersten Enkel, der behindert war. Der große Bub lag quer auf ihren Knien, sein Kopf ruhte in ihrer Armbeuge, mit der linken Hand fütterte sie ihn. Sie hatte die Pflege übernommen, nicht die junge Mutter. Sie bot das Bild einer leibhaften Pietà. Annas Blick hatte damals das Gesicht von Maurus gestreift: Ein feiner, verhaltener Schmerz lag darin. Er litt mit.

All diese Erinnerungen liefen durch ihre Gedanken, die während des zurückschauenden Erzählens der Schwägerin am Krankenbett immer wieder abgeschweift und von der Vergangenheit eingeholt worden waren. Ihre Worte glitten an Anna vorbei, da hörte sie sie plötzlich das Furchtbare aussprechen:

»... Wenn er einmal im Sarg liegt –«

Ein Stich durchfuhr Anna.

Noch bevor die Schwägerin den Satz vollenden konnte, gab sie ihr einen harten Stoß in die Seite.

»Er hört es ja nicht«, sagte sie mit unbegreiflicher Bedenkenlosigkeit.

Nie erfuhr Anna, was sie sagen wollte.

Um die hohen, weitläufigen Trakte des Krankenhauses verdichtete sich das Dunkel. Nur vereinzelte Fenster wehrten sich noch gegen die Nacht mit verzweifeltem Licht.

Stille sank auf die Stationen.

Sie saßen am Bett und sprachen nichts mehr. Vielleicht betete die Schwägerin. Im milden Schein der Nachtlampe lag Maurus' Kopf mit der hohen klaren Stirn ohne Regung auf dem Kissen. Die bläulichen, rissigen Lippen, die Anna hin und wieder mit einer Kamillenlösung befeuchtete und die er nur einmal mit einem trocken lechzenden Laut des Verdurstens und mit bebend ansaugender Bewegung von Mund und Zunge aufzunehmen versuchte, waren leicht geöffnet.

Sein Gesicht war geprägt von der Güte und Demut eines langen, hingebenden Priesterlebens. Nach den Strafen der Suspension und Exkommunikation und dem Entzug der Pension war es noch demütiger geworden.

Rasch wechselnde Bilder liefen vor ihrem inneren Auge ab: Sie sah ihn schweißüberströmt in ihrem Garten Gras mähen, wie er es während des Zweiten Weltkrieges für die Bauersfrauen seines Dorfes getan hatte, als deren Männer an der Front waren. Sie sah ihn im Herbst unter dem alten Ahorn Laub zusammenrechen, im Winter Schnee schaufeln, und sein Mantel wurde ihm weiter und länger von Jahr zu Jahr.

Aber mit frischem, nie erlahmendem Geist las er noch Homers Ilias und Odyssee im griechischen Urtext und schrieb an den Papst einen Brief in geschliffenem Latein, der seinen Adressaten wohl nie erreichte.

Wenn Anna auf ihren Waldspaziergängen oder Bergwanderungen – oftmals leichtfüßig vorauslaufend – nach ihm umschaute, bewegten sich seine Lippen lautlos im Gebet: »Ave Maria, gratia plena ...«

Und sein Gesicht war das eines Heiligen.

Immer, wenn sie ihn so sah, konnte sie nicht begreifen, warum die Kirchenobrigkeit im verheirateten Priester eine Gefährdung des Priestertums sieht. Diese Angst ist sicher übertrieben. Die Gnadengabe des Zölibats ist zwar eine Hilfe zu einem priesterlichen Leben, das sich an Jesus Christus orientiert, aber gewiss nicht von solcher Bedeutung, dass diese Hingabe an Jesus dem verheirateten Priester nicht ebenso möglich wäre. Das konnte sie an ihrem Mann erleben. Einmal sagte er: »Die Vollkommenheit des Priesters hängt gewiss nicht am Zölibat, sondern am Grad des Gottesgeistes, der in ihm lebt und wirkt und der ihn fähig macht, die Wahrheit zu erkennen, zu bekennen und zu tun. Eine Christustreue, die als Kirchentreue definiert wird, und diese wieder als Gehorsam gegenüber dem Papst und seinen Behörden, dürfte nicht das sein, was Jesus den Menschen bringen wollte und immer noch bringen will, ›damit sie das Leben haben und damit sie es in Fülle haben‹.«

Nachdem das Laisierungsverfahren durch den Offizial am Bischöflichen Konsistorium abgeschlossen war, wurde das Gesuch um Dispens vom Zölibatsgesetz doch noch nach Rom gegeben. Es erfolgte die Laisierung durch die Glaubenskongregation. Im römischen Reskript hieß es, dass die kirchliche Heirat *sine quacumque pompa* in aller Stille und *sine testibus* ohne Zeugen, stattzufinden habe, und dass der dispensierte Priester allen Orten, an denen sein priesterlicher Status bekannt sei, fernbleiben müsse. Seine ehemaligen Pfarrkinder, die ihren beliebten Seelsorger einladen wollten, verstanden dieses Verbot zu Recht nicht. Maurus durfte nicht mehr zu ihnen gehen – aber sie kamen zu ihm. Und er schrieb ungezählte Briefe an sie. Einmal, vor Weihnachten, bekam er davon eine Sehnenscheidenentzündung. Es war die Art von Seelsorge, die ihm die kirchlichen Amtsträger nicht verbieten konnten. Eine junge Bauersfrau mit fünf unmündigen Kindern sagte einmal bei einem Besuch in Bergheim zu Anna: »Wenn ich den Brief Ihres Mannes nicht unter meinem Kopfkissen hätte – ich müsste verzweifeln!« Sie hatte plötzlich ihren Mann verloren, als seine Finger im Stall von einer Kuhkette eingequetscht wurden, und er kurz darauf auf dem Sofa liegend an Wundschock starb.

Eine andere Frau schrieb fünfundzwanzig Jahre nach Maurus' Tod diese Zeilen an Anna, die für sie ein großes Geschenk waren: »... Gerade in diesen Tagen denke ich oft an ihn und habe ihn um Unterstützung gebeten. Meine kleine Enkelin soll morgen das erste Mal zum Beichten gehen und hat so viele Sorgen und Ängste wie ich sie als Kind hatte! Ich sehe mich damals noch mit ihm den Postberg hochstapfen und er hat nur mit mir geredet – oben angekommen hat er gesagt: ›Das war's, komm einfach nur rein zur Absolution!‹ Er war ein wunderbarer Mensch und sicher hilft er auch meiner kleinen Maus irgendwie!«

Anna streifte auch die Erinnerung an ihre gemeinsamen Urlaube in Francavilla an der Abruzzen-Riviera nahe Pescara. Sie wohnten in einer Familienpension am Strand. Sie hatte dort an ihre einsamen Tage in Carrara gedacht und wusste manchmal nicht, war es Wirklichkeit oder nur ein Traum, dass sie jetzt als rechtmäßige Frau bei ihm sein durfte. Sie hatte sich in Francavilla al Mare nicht gewundert, dass sich besonders junge Menschen wie magisch zu ihm hingezogen fühlten und seine Nähe und das Gespräch mit ihm suchten, obwohl sie nicht wussten, wer er war. Sie spürten ganz einfach seine gütige, priesterliche Ausstrahlung.

Jetzt, da sie dem Sterben ihres Mannes zuschauen musste, dachte sie auch daran, wie Trauer über sein Gesicht sank, als bei der letzten Heimfahrt noch einmal das Meer in der Tiefe sichtbar wurde. Er hatte geahnt, dass er es nie mehr sehen würde. *Oder* – dachte sie weiter – *sieht er nach seinem Sterben alles?*

Sie waren damals auf dem Heimweg über Assisi gefahren. Maurus hatte in seinen Notizen vermerkt:

Kaum einmal hat mich der Geist eines Mannes so bewegt und ergriffen wie der des heiligen Franziskus und zwar besonders an zwei Stellen: Am Altar unter seinem Stein-Sarkophag, wo wir die hl. Kommunion empfingen und an der Stelle, an der er starb (wo ich niederkniete), nachdem wir – ohne daß wir es geplant oder vorherbedacht hätten, zuvor in der Portiunkulakapelle, die bescheiden und doch aussagemächtig und eindringlich wirkend in der gewaltigen Kirche steht – vorher die Eucharistiefeier miterlebt hatten und uns im HERRN mit all unseren Lieben und mit allen Menschen verbunden hatten.

Nach dem Besuch der Kirche der hl. Klara wanderten wir aufwärts und wieder nieder zu den beiden Heiligtümern: Der gewaltige Zyklus Giottos in der Oberkirche ergreift und erhöht. Aber das Religiöse, das Geistige, das Heilige überkommt einen mächtig und sanft zugleich in der Unterkirche. Man freut sich an der unfaßbaren, fast überirdischen Herrlichkeit und Leuchtkraft – der äußeren und inneren der Bilder, die trotz des sehr gedämpften Lichtes, oder vielleicht gerade deswegen, eindringlich zeigen, daß sie zu einem Menschen führen wollen, der in vielem unverständlich und unnachahmlich ist, der aber, »demütig und sanftmütig von Herzen« ALLEN verständlich sagt oder offenbart, oder glauben oder ahnen läßt, daß Gott wahrhaftig »wunderbar in seinen Heiligen« und allen Strebens und aller Liebe wert ist.

An diesem Ort braucht man die Stille nicht befehlen und verord-

nen. Sie kommt in den Menschen und sie bewegt ihn so, daß alles an Kunst Sehenswerte »wie ein Traum verweht«.

»Vere locus iste sanctus est«, dies Wort sagt aus, was man am Grab des Franziskus erfährt. Das »Einfache« offenbart sich dort als das dem Höchsten und Heiligsten gemäße. Denn man weiß dort und in Portiunkula, daß es nicht nur das Heiligtum des Franziskus ist, sondern der Ort, an dem der Mensch Gott, und Gott dem Menschen begegnet.

Der Abschied aus Portiunkula hätte nicht ergreifender und schöner sein können als er war: Wir standen am Ausgang der Basilika und betrachteten die Reliefs der heiligen Elisabeth von Thüringen und des heiligen Ludwig von Frankreich. Da sagte uns ein Franziskaner, beide seien Terziaren gewesen. Dann nahm er uns jedes an eine Hand, wir erfuhren, daß er Franziskaner aus Malta sei, er machte jedem von uns das Kreuz auf die Stirn, sprach den Segen und entließ uns auf den Weg und in unser Leben mit erhobenen Händen; seine Haltung erinnerte mich an Franziskus, als er die Stigmata empfing; es war die des Priesters bei der Präfation. Und er schaute uns nach mit erhobenen Händen als wollte er uns sagen: »Gehet hin in Frieden!«

Wenn wir nicht als Pilger und in religiöser Absicht gekommen wären – als wir schieden, durften wir beides von uns und für uns sagen.

Ich wüßte nicht, was ich – ja wir beide wüßten nicht, was wir versäumt hätten, wären wir auf direktem Weg in die Heimat zurückgefahren, so aber bleibt es in uns als Geschenk und Weisung für immer

»PAX ET BONUM«.

Anna konnte diese sogenannte Laisierung nie verstehen. Sie tat ihr bis in den Urgrund ihrer Seele weh. Denn sie wusste wie niemand sonst vielleicht, dass Maurus durch und durch Priester war, mit Leib und Seele, mit seinem ganzen Sein. Das konnte nie aus ihm herausgebrannt, aus ihm herausgestraft werden.

Ein Professor für Kirchengeschichte hat diese seltsame Maßregel einmal als »kanonistischen Trick« bezeichnet. Denn wie kann die

Kirche einen Mann, der das unauslöschliche Merkmal der Priesterweihe (character indelebilis) durch die Sukzession von den Aposteln und Bischöfen her für alle Ewigkeit erhalten hat, wieder zum Laien »degradieren«? Man kann ja auch einen Getauften nicht zum Ungetauften machen, wenn er sich etwas zuschulden kommen lässt. Zudem war es für Anna ein Paradox, einem Priester mit der Laisierung alle Vollmachten zur Ausübung seiner Weihegewalt zu entziehen, wenn er auf der anderen Seite bei einem Menschen in Todesnot seine priesterlichen Funktionen wieder ausüben darf und muss. Diesem Paradox ist zugute zu halten, dass es von der Barmherzigkeit geprägt ist. Ein Weihbischof schrieb ihr später, dass die Kirche glaubte, eine Möglichkeit finden zu müssen, »um das Gegensatzpaar Ordnung und Herz miteinander zu verbinden«.

Ein seltsamer Satz. Und ein wunderlicher Ausweg.

Ist nicht die Liebe das einzige, was wirklich zählt?

Warum mussten sie einen alten Mann, der bis zur Erschöpfung seiner Kräfte seinen Dienst getan hatte, so hart bestrafen, ihn in die Exkommunikation stoßen? Er hätte ja auch darin sterben können.

Anna erinnerte sich an die Erregung ihres Mannes, als er am 21.2.1981 in der »Süddeutschen Zeitung« die dicke Überschrift las: »Papst mahnt Priester zum Zölibat.« – Maurus machte seinem aufgewühlten Herzen Luft: »Da kann doch nicht alles stimmen! Seit wann muss man Liebende zur Liebe rufen? Und muss man Begnadete zur Gnade zwingen? So scheint es doch. Wäre der Zölibat so selbstverständlich wie der Papst und seine Getreuen ihn darzustellen versuchen, dann müsste er doch nicht immer wieder eingetrichtert und angemahnt werden. Sind die Verfechter der geistlichen Ehelosigkeit so blind, dass sie nicht sehen wollen; oder sind sie im Recht, wenn sie die Höherwertigkeit von etwas, was sie so hartnäckig verteidigen, behaupten gegenüber einem Gut, das sie nicht, oder nur von außen kennen?!«

Maurus litt an der Aufrechterhaltung des Pflichtzölibats und als eifriger Seelsorger, der bis zur Erschöpfung seiner Kräfte bis ins 74. Lebensjahr gearbeitet hatte, auch unter dem Priestermangel. Mit innerem Feuer und mit Leidenschaft über die Sünde der verwaisten Gemeinden schrieb er in seinen Notizen:

In Nr. 5 vom 5. Juli 1981 der »Münchener Katholischen Kirchenzeitung« ist auf der ersten Seite ein Bild von der Weihe der »5 Neupriester dieses Jahres« im Freisinger Dom durch Kardinal Ratzinger und dazu ein Artikel »Immer mehr Lasten auf immer weniger Schultern« und man liest, daß in den zurückliegenden zehn Jahren für das Erzbistum »jeweils nur eine Handvoll von Neupriestern geweiht werden« konnte, daß »allein im vergangenen Jahr auf jeden neuen sechs verstorbene Priester kommen«; »den wachsenden Mangel an Priestern bekommen die Gemeinden zu spüren und zusehends mehr Gemeinden stellen sich unter dem Zwang der Umstände auf die Situation ein«, daß sie – was das Entscheidende ist – sich mit priesterlosen Gottesdiensten abfinden. »Wir werden zurückgeworfen auf das Wort Jesu: ›Bittet den Herrn der Ernte, daß er Arbeiter sende …‹« – Daß sich kleinere Gemeinden »sonntags in ihrer Kirche immer wieder auch ohne einen Priester zu Gebet und Gottesdienst zusammenfinden, ist nicht hoch genug zu schätzen. Aber die Wunde des Priestermangels muß bewußt und offen gehalten werden«; das »Bewußtsein vom Wert des priesterlichen Dienstes« darf in den Gemeinden nicht »versickern«, »die Kirche hätte einen ihrer eigenen Grundwerte verloren«.

Wem sagt denn die Kirchenzeitung all diese Wahrheiten? Doch wohl nicht zuerst den »kleineren Gemeinden«, die doch am meisten unter den geschilderten Verhältnissen leiden!

Die Verantwortlichen müssen geweckt werden; da hilft das Gebet allein nichts, wenn sie nichts tun, um den Zustand zu ändern. Warum wagt man es nicht, Risiken einzugehen, die ungefährlich sind, wenn die Kirche auch heute noch die Stiftung Jesu Christi und die Fortführung seines Werkes ist?

Wenn das Mysterium Christi, »das die ganze Geschichte der Menschheit durchzieht, sich ständig der Kirche mitteilt und IM PRIESTERLICHEN DIENST IN BESONDERER WEISE WIRKSAM WIRD« (Dekret über die Ausbildung der Priester 14), ist es schwer verständlich, daß die Kirche, die doch den Auftrag hat, dieses Mysterium fruchtbar werden zu lassen, nicht alles daran setzt, die entgegenstehenden Hindernisse beseitigt und dafür sorgt, daß dies Mysterium möglichst weitgehend wirkt, geradezu Hindernisse für den priesterlichen Dienst schafft, z.B. durch den Pflichtzölibat.

Notiz am 3. April 1983, 7 Uhr:

Nach der Heimkunft aus der Osternachtfeier: Ich war und bin so erschüttert, daß ich die erste Strophe des Te-Deum nicht mitsingen konnte. – Wenn das Wort hier gebraucht werden darf: es war eine vollkommene Feier: Das mangelnde, dann wachsende, schließlich volle Licht, die Lesungen, die Diener des Wortes, der Pfarrer besonders, aber auch das Volk, machten das Geistliche deutlich, das Kommende und Bleibende so nah, das Herz so offen, daß es einem im Tiefsten geschenkt wurde: Nicht nur die Nacht, das Herz ist hell gemacht durch den Glanz der Auferstehung unseres Herrn.

Nach der Rückversetzung in den Laienstand war Maurus wieder zu den Sakramenten zugelassen. Wenn seine demütige, leicht zusammengesunkene Gestalt den neugierigen, vielleicht auch mitleidigen Augen der anderen Gottesdienstbesucher ausgesetzt, nach dem Empfang der Kommunion mit Anna in ihre Kirchenbank zurückging, überkam sie oft ein heißes Erbarmen, eine tränenschwere Zärtlichkeit. Sie fühlte das Aufwallen jener leidenschaftlichen Trauer, wenn man der Ungerechtigkeit machtlos gegenübersteht.

Sie wünschte, dass Gott ihrem Dorfpfarrer sein Mitgefühl lohnen werde, der Maurus manchmal die Hälfte der großen Konsekrationshostie reichte. Als sie einmal beim Heimgehen nach der Abendmesse von ihrer Freude darüber sprach, sagte Maurus in seiner sanften Art: »Es ist doch immer der Herr!«

Aber Anna glaubte, dass es ihm gut tat, von einem Mitbruder im Amt auf diese Weise geehrt zu werden. Brüderlichkeit bedeutete ihm ungeheuer viel. Er litt darunter, dass ihn so mancher ehemalige Freund verlassen hatte. Doch staunte sie oft, dass keine erfahrene Bitterkeit, kein Unverständnis, nicht die ungute Behandlung durch die kirchliche Obrigkeit seinen Humor zerstören konnte, der die Wurzeln in seiner Güte hatte und ein Erbteil seines Vaters war. Dieser Humor erwies sich in der Tragik seiner letzten Jahre als unerschütterlich. Einmal sagte er zu Besuchern, die mit ihnen beim Kaffeetrinken zusammensaßen: »Ich mach's wie der ägyptische Joseph. Der hat zu seinen Brüdern gesagt: ›Ihr habt mir Böses gewollt, aber Gott hat es zum Guten gewendet‹.«

Ein solcher Ausspruch löste bei den Gästen Heiterkeit aus. Aber Anna spürte, dass unter der Leichtigkeit, mit der die Worte gesprochen waren, in seinem tiefsten Innern der Schmerz wohnte. Er war ein verwundeter Mensch. Denn dass sich ehemalige Mitbrüder, die er für seine Freunde gehalten hatte, von ihm abwandten, traf ihn sehr. Das erfuhr Anna besonders in der Heiligen Nacht während der Christmette.

Unter einem sternklaren Winterhimmel gingen sie durch den tiefen Schnee des Bergtales hinunter zum Mettenamt. Die Dorfkirche erstrahlte in Licht und Glanz. Die Bänke waren bis auf den letzten Platz gefüllt und die Menschen standen noch dichtgedrängt in den Gängen. Sie kamen von nah und fern, Urlaubsgäste waren darunter und viele evangelische Mitchristen. Sie alle wollten in dieser Nacht die Güte Gottes erfahren. Wenn dann über ungezählten brennenden Kerzen die Orgel aufbrauste und der Pfarrer im hochfestlichen Ornat mit dreißig großen Ministranten in ihren purpurroten Röcken und weißgefältelten, gestärkten Chorhemden feierlich einzog, wenn sein Antlitz über der brokatenen Kasel wie von innerem Licht durchstrahlt vom Altar her auf die Menschen herabschaute und sein Leuchten sich auf ihren Gesichtern widerspiegelte, wenn das Gold der Heiligen noch einmal so tief durch die duftend aufsteigenden Wolken des Pontifikalweihrauchs schimmerte, sang der Kirchenchor auf der Empore mit maienhafter Innigkeit die alten Hirtenlieder, die einst beim Mesnerbauern aufgefunden worden waren. Die Sopranstimmen schwebten in silberner Klarheit über dem melodisch-dunklen Alt, den Tenorstimmen und dem vollen tiefen Bass der Männer. Wenn die Orgel Dudelsackmelodien nachahmte und das Orchester mit Klarinetten, Querflöten und Trompeten einsetzte, wenn die Geigen mit Tönen von trunken-süßer Schönheit begleiteten, dann füllte ein

Singen und Klingen, ein strahlendes Jauchzen und Jubilieren das Kirchenschiff, dass alles Irdische abfiel und man meinte, schon im Himmel zu sein.

Die Augen von Maurus hingen am Altar. Vierundvierzig Jahre hatte er in der Mitternachtsmette dort gestanden. Jetzt durfte er nicht einmal mehr daneben stehen und assistieren. Anna wusste, wie glücklich er gewesen wäre, hätte er wenigstens die heilige Kommunion mit austeilen dürfen, aber auch das war ihm verwehrt.

Als der Chor den Refrain eines Liedes sang, wo es heißt: »O Brüder das ist schön, o Brüder das ist schön!«, da spürte Anna seine Erschütterung und schaute verstohlen zu ihm hin. Sein unbewegtes Gesicht war schmal und bleich und nass von Tränen. Sie wusste, was er fühlte. Er, der alle Menschen ausnahmslos liebte, hätte sie alle umarmen mögen in dieser Heiligen Nacht, so wie das Kind in der Krippe sein Herz und seine Arme geöffnet hielt für die ganze Menschheit. Und da lag der Schmerz über den Verlust so manchen Mitbruders und der Verlust all dessen, was sein Leben ausgemacht hatte, nackt und offen in seinem Gesicht.

Die stille Bergnacht umhüllte die hell erleuchtete Kirche, als sie den Heimweg antraten. Die schmiedeeisernen Kreuze auf dem Friedhof warfen blaue Schatten auf den Schnee. Plötzlich ertönten Alphörner und Böllerschüsse krachten, die sich an den schwarzen Bergwänden brachen. Maurus hatte Annas Hand genommen. Ihre Herzen strömten über von Liebe und Dankbarkeit, weil sie beieinander waren, weil sie sich hatten.

In der Silvesternacht war Maurus mit Anna immer vor das Haus gegangen. Raketen schossen knatternd in den frostklaren Nachthimmel und sprühten vielfarbig zerstäubende Sterne über das Dorf. Wenn dann die Kirchenglocken feierlich das neue Jahr einläuteten, beteten sie laut das Vaterunser.

Mit der Erinnerung an die Christnacht stand Anna auch ein Brief vor Augen, den Maurus ihr vor zwei Jahren geschrieben hatte:

Mein Herz, geliebte Frau,

in wahrer Freude des Herzens gebe ich Dir an diesem Ostermorgen der Schönheit, des Glaubens und der Liebe diese bescheidene Gabe und bekenne gerne:

Der Schmerz über die Verbannung aus dem
heiligen Dienst, die die Verantwortlichen über uns
verfügen, und der an großen Tagen der Feier
unseres Heiles wach werden will,
ist gering, wenn ich ihn messe an der Freude,
dem Glück und dem Segen, die ich in Dir,
von Dir und in der Gemeinschaft mit Dir
Tag für Tag empfange und dies:
je länger, um so mehr und tiefer und gewisser.

Ich weiß, kein Mensch kann Gott ersetzen
oder gar dem anderen Gott sein;
aber er kann Zeichen Gottes sein.

Ich sage es gern und bewußt, das Größte und
Schönste, was ich erfahre und weiß:
Du bist mir der Mensch Gottes,
mir von Gott zubestimmt.

Er bewahre uns in der Liebe Christi, aus der unsere Liebe ihre Kraft und Schönheit empfängt!

Heiliger Ostertag, 7. April 1985 *Dein Mann*

Die Stille des Krankenzimmers fing Anna wieder ein und das Gesicht des Sterbenden, das immer mehr verfiel.

»Wenn doch ein Geistlicher käme, der ihm die Krankensalbung spenden würde«, sagte sie zu ihrer Schwägerin.

Seit Tagen spürte sie diesen Wunsch in sich, der immer drängender wurde. Aber sooft sie auch davon anfing, immer wieder antwortete sie ihr: »Sei ganz ruhig, er ist gerichtet«, was im Schwäbischen soviel bedeutet, dass er gut für die Ewigkeit vorbereitet sei.

Anna schwieg endlich, aber dieser Wunsch schlief nicht ein in ihr. Der Krankenhauspfarrer war in Urlaub, und die Ordensfrau, die sonst immer die heilige Kommunion gebracht hatte, weilte in Assisi.

Wohin sollte sie sich wenden?

Wie oft hatte Maurus gesagt: »Weißt du, wenn ich bei Sterbenden saß und ihre Hand gehalten habe, dann sind sie ruhiger gestorben.«

Und nun sollte er selbst, der so viele Nachtstunden an Krankenbetten gesessen hatte, der nachts bei Eis und Schnee, bei Sturm und Regen mit dem Auto über Land gerast war, um den Sterbenden Kraft zu geben für den schwersten Weg, er selbst sollte nun ohne geistlichen Beistand und ohne kirchliche Tröstung durch das dunkle Tor gehen müssen?

Von Schmerz und dumpfer Müdigkeit benommen legte sie sich auf ihr Bett. Sie dachte an ihr Bergdorf, das dem Sommer entgegenträumte und in das er nie mehr lebend zurückkehren würde. Dann sog die Erschöpfung alles Denken auf. Ein Halbschlaf umfing sie, der wie ein schwindeliges Schweben war zwischen Wachheit und Ohnmacht, wie ein Dahintreiben in Wassertiefen, in denen kein Gedanke fassbar ist, wo aber jenes inwendige Brennen der Verzweiflung nicht von einem ablässt.

Da drang die Stimme der Wachenden in ihre qualvoll hindämmernde Betäubung: »Es hat geklopft!«

»Ich habe nichts gehört«, murmelte Anna mit schwachen Lippen, als gehörten sie ihr nicht.

Wieder zog sie die bodenlose Schwere hinab.

»Es hat wieder geklopft!«, rief ihre Schwägerin noch einmal lauter in ihre dumpfe Lähmung hinein.

Die Augen gewaltsam aufzwingend, schob sie die Füße aus dem Bett, ging schlaftaumelnd zur Tür und öffnete.

Auf dem schwach erleuchteten Gang stand ein kleiner, schmächtiger Mann im schwarzen Anzug und Priesterkollar.

»Herr Pfarrer, suchen Sie jemand?«, fragte Anna, mit einem Schlag hellwach.

»Liegt hier ein Schwerkranker?«

»Ja, mein Mann«, stieß sie hervor – die Worte kamen hastig und stolpernd –, »er war vierundvierzig Jahre katholischer Priester und wurde laisiert – wir sind seit zehn Jahren verheiratet – er hat sich vor einem Jahr in Lourdes die Krankensalbung geben lassen –«

Ein erschrockenes Staunen stieg in ihr auf. Wie hatte sie die für sie damals so erschütternde Begebenheit in Lourdes die ganze Zeit vergessen können? Was hatte während ihrer überstürzten Erklärung die Kammer ihrer Erinnerung aufgestoßen?

Mit einem Mal stand das Bild jener Stunde im südfranzösischen Wallfahrtsort hell vor ihrer Seele. Es war im Juni, fast auf den Tag genau vor einem Jahr. Maurus war plötzlich ohne ein Wort von ihrer Pilgergruppe weggegangen und reihte sich unter die Schwerkranken ein, denen der Bischof von Perugia in den vorderen Reihen die Krankensalbung spendete. Nach dem Empfang des Sakraments kam er mit tränenüberströmtem Gesicht an seinen Platz neben sie unter die Bäume vor der Rosenkranzbasilika zurück.

Hatte er schon damals den Keim der Todeskrankheit in sich gespürt? Oder war es das Ausgestoßensein aus dem heiligen Dienst, unter dem er an diesem Gnadenort besonders litt, weil er trotz der geistlichen Leitung der Pilgergruppe keine Messe lesen durfte – oder wollte er sich durch die Segnung und Salbung Tröstung holen? Sich ganz in die Arme Gottes hineinwerfen?

Eine seltsame Scheu hatte sie von einer Frage abgehalten. Aber dort, im Heiligen Bezirk, ans Mäuerchen des Gave-Flüsschens gelehnt, ging ihr plötzlich auf, dass Maria, der Mirjam aus Nazareth in Galiläa, die Priesterehe vertraut war. Als jüdisches Mädchen war sie ganz eingebunden in die mosaische Tradition, in Kult und Kultur des Judentums. Ihre Verwandte Elisabet war mit Zacharias verheiratet, der Tempelpriester war. Ihrem jüdischen Leben, Denken und Fühlen musste ein Pflichtzölibat fremd sein. Ihr Sohn Jeschua hat ihn nie von seinen Aposteln verlangt. Wohl war die kultische Reinheit der Priester gefordert, *nicht* aber der Zölibat.

In Sekundenschnelle erinnerte sie sich an all das, während sie dem fremden Priester in der Türe gegenüberstand.

Die grauen Augen in seinem asketisch kantigen Gesicht hatten etwas Durchdringendes, das sie erschreckte und zugleich auf eine seltsame Art beruhigte. Es war, als durcheilten sie in diesem Augenblick die Urgründe ihrer Seele.

»Darf ich trotzdem über ihn beten?«, bat er und trat ins Zimmer.

Ihr wurde bewusst, dass sich in dieser Stunde erfüllte, was sie den ganzen Abend so brennend ersehnt hatte.

Ein wundersames Staunen griff nach ihrem Herzen.

Der fremde Priester stand am Bett und nahm eine schmale Stola aus seiner Rocktasche, küsste sie, und legte sich den violetten Streifen um. Er sprach alte Gebete, wie sie Anna seit ihrer Kindheit nicht mehr gehört hatte.

»Ich habe das heilige Öl dabei und gebe ihm nun die Krankensalbung«, sagte er dann und holte aus der Rocktasche ein flaches rundes Golddöschen, in dessen Deckel eine herabschwebende Taube mit einem Ölzweig im Schnabel eingraviert war, öffnete es, und tunkte den Daumen in den mit Olivenöl getränkten Wattebausch.

»Per istam sanctam unctionem indulgeat tibi Dominus quidquid manibus tuis deliquisti«, sagte er – und zeichnete ein kleines Kreuz auf die wassergedunsene, eisige, rechte Hand ihres Mannes; die Forma wiederholend salbte er auch die anderen Sinne: Augen, Mund und Ohren, die Füße ließ er bedeckt.

Dann betete er den kleinen Exorzismus.

Anna erschrak. Ihr war etwas unheimlich bei dieser Beschwörung unsichtbarer böser Mächte, der Abwehr von Dämonen. Aber warum sollte nicht alles geschehen, was dem Seelenheil ihres Mannes dienlich sein konnte?

Er rief den heiligen Erzengel Michael, befahl dem Satan zu weichen, und sprengte Weihwasser aus einem Fläschchen in alle Richtungen des Krankenzimmers.

»… Und aller Segen, den du in deinem Priesterleben auf andere hast herunterkommen lassen, soll jetzt in reichem Maße auf dich zurückkommen!«, sagte er dann noch mit einer so ergreifenden Innigkeit, dass es fast melodisch klang und wie ein feierlicher, weit ausholender Abgesang war.

Dann ging er.

Annas Gesicht war überschwemmt von Tränen.

»Das war jetzt eine große Gnade«, sagte ihre Schwägerin erschüttert und hob die schwarzumschatteten Augen zu ihr auf. Sie saß noch immer auf ihrem Stuhl. Ein großes, verklärtes Staunen verschönte ihr Gesicht.

Beim Morgengrauen lief Anna ins Stationszimmer zum Nachtpfleger.

»Peter, haben Sie heute Nacht einen Priester zu meinem Mann geschickt?«

»Na, i net«, erwiderte er mit der gebirglerischen Herbheit seiner Chiemgauer Mundart und schaute etwas verwundert in ihr übernächtigtes Gesicht. »Do is heit bei d'r Nocht a fremda Pfarrer kemma, der hot g'frogt, ob do a Schwakranka liegt, und i hob g'sogt: Ja, ganz hint' links.«

Nach diesem merkwürdigen Ereignis lebte Maurus noch diesen Tag und die kommende Nacht, am nächsten noch, dem Fronleichnamstag, und in der Nacht, die diesem hohen Fest folgte.

Am Vormittag reiste die Schwägerin ab. Sie war Mesnerin und musste daheim in Bergheim die Dorfkirche für Fronleichnam herrichten.

Gegen Mittag kamen zwei Pfleger ins Zimmer und sagten, sie würden den Kranken nun anders legen.

Anna sah, dass seine Knie blaurote Druckstellen hatten, wo sie Tag und Nacht angewinkelt und unbeweglich aufeinandergelegen hatten.

Als die Männer ihn vorsichtig von der Seiten- in die Rückenlage brachten, öffnete sich ein Auge.

Ein so irres, grauenhaftes Entsetzen starrte Anna daraus an, rotgeädert, betäubt, fieberverwölkt, eine stechende Klage, unentrinnbar gebannte, gefesselte Hilflosigkeit und abgrundtiefe Verlassenheit, dass sie unsäglicher Schrecken durchfuhr; es war, als griffe eine Eishand nach ihrem Herzen.

War es der Blick eines Menschen, der noch hören konnte und der sich schon lebendig im Sarg sehen musste?

Oder war es der stumme Schrei eines grausam Verhungernden und Verdurstenden, der hier ans Licht brach?

Sie dachte an die Worte, die sie von seiner Hand geschrieben auf einem Zettel in der Brieftasche gefunden hatte:

Mein Vater
dir gebe ich mich ganz hin.
Was du auch mit mir tust – ich danke dir.
Ich bin bereit zu allem und nehme alles an,
wenn sich nur dein heiliger Wille an mir
in allem erfüllt.
Ich möchte nichts anderes, mein Gott.
In deine Hände befehle ich meine Seele.
Ich liebe dich mein Gott,
und deshalb übergebe ich mich dir
mit der ganzen Liebe meines Herzens.
Aus Liebe möchte ich mich dir
immer wieder hingeben
ohne Vorbehalte,
vertrauensvoll.
Denn du bist mein Vater.

Reichte seine Kraft aus, dieses Gebet nun zu erfüllen?

Einmal noch kam ein Arzt herein, schaute ihn an – schaute Anna an – und schüttelte nur stumm den Kopf.

Dann ging er wieder.

In der Nacht vor seinem Sterben hob Anna leise seine Bettdecke und schob sich unter dem Infusionsschlauch behutsam zu ihm hinüber.

Als ihr Körper seinen ausgezehrten, armen, sterbenden Leib berührte, durchlief seine Starre plötzlich ein Beben.

Kalter Schauer durchfuhr sie.

Sie spürte, dass er seinen linken Arm heben und ihn um ihre Schultern legen wollte, aber er war ihm zu schwer, er konnte es nicht. Und als sich sein Erbeben zu einem heftigen Schüttern verstärkte, erfasste sie eine Welle von Angst.

Störte sie sein Fortgehenmüssen von dieser Welt? Machte sie es ihm noch schwerer?

Langsam, vorsichtig zog sie sich zurück.

Ach, wäre sie doch die ganze Nacht so bei ihm geblieben! Später wusste sie, dass er noch einmal das Leben spürte, dass er sich ihr noch ein letztes Mal mitteilen wollte, dass dieses unheimliche Geworfenwerden der furchtbare, stumme Aufschrei der Qual seiner Sprachlosigkeit war, aus letzter, übermenschlicher Anstrengung geboren: Du bist da – du bist noch einmal bei mir – ich liebe dich – meine geliebte Frau – mein Herz – –!

Wie musste er unter ihrem wortlosen Rückzug gelitten haben, ohne sich jemals mehr verständigen zu können!

Wie konnte sie ihn in seiner bitteren Todesnot so allein lassen, der einmal zu ihr gesagt hatte: »Du bist mir das sichtbarste Zeichen der Anwesenheit Gottes!«

Nie mehr konnte ihre Reue etwas ändern!

Nie mehr konnte sie bei ihm liegen!

Nie mehr durfte sie ihn in die Arme nehmen!

Nie mehr – –!!

Ein sonniger, wolkenlos blauer Junimorgen brach an. Es war Freitag, der Tag nach Fronleichnam.

Anna schaute in das Gesicht ihres Mannes und begriff, dass sein Martyrium zu Ende ging. Die schönen Züge waren gebrochen und vom Tod gezeichnet.

Sie hauchte einen Kuss auf seine Schläfe.

Der Haarfülle, die vom weichen Seidengrau über der Stirn zum Hinterkopf hin in ein durchsilbertes Blauschwarz überging, haftete noch immer jener unwiderstehliche Geruch männlicher Süße an, seltsam eins mit einer fremdartigen, anziehenden Herbheit – am ehesten vielleicht dem Duft eines guten, englischen Pfeifentabaks vergleichbar –, den sie zu seiner lächelnd-kopfschüttelnden Verwunderung so oft mit Hingabe eingesogen hatte, als entströme ihr daraus sein ganzes Wesen.

Sie stand auf und kleidete sich an. Die Bündchen ihrer Dirndlbluse schlossen sich jetzt um Arme, die so fleischlos dünn geworden waren wie die des Sterbenden. Immer wieder schlüpfte der Stoff aus dem Rockbund, der vorne fast handbreit von der Taille abstand.

Wie an jedem Morgen rückte sie ihre Bettstellen wieder auseinander. Dann öffnete sie das Fenster und ließ frische Luft hereinströmen.

Das Bergland weitete sich in so makelloser, glasklarer Schönheit, dass es fast schmerzte. Vor ihr lag die Gipfelkette von Wendelstein, Breitenstein, Heuberg und der Hochries; dahinter schob sich, von strahlendem Licht überflossen, das Kaisergebirge und die Hohe Salve in die Schneise des Inntales, und ganz fern, über den Schneefeldern der Kitzbühler- und Zillertaler Alpen glänzten die Firne der Hohen Tauern mit Großvenediger und Großglockner, deren gewaltige Größe sie nur ahnen konnte.

Wie an allen Tagen der vergangenen Wochen stand sie dann wieder am Bett des Schwerkranken und hielt schweigend seine Hand.

Ein Mädchen brachte Kaffee, Semmeln und Butter für sie.

Um die Zeit des Elfuhrläutens, wo an den Freitagen von alters her des Kreuzestodes Jesu Christi gedacht wird, vernahm sie plötzlich gurgelnde Röchellaute.

Blitzartig wie ein Keulenschlag traf sie das Wissen:

Die Todesstunde meines Mannes ist da.

Ihr Herz raste. Schweiß rann in kalten Perlen an ihrem Leib hinab. Da hob er langsam seinen linken Arm, in dem die Infusionsnadel steckte – und die Hand, die nicht von Wasser aufgedunsen noch immer ihre männlich geformte Schönheit bewahrt hatte, mühte sich um die Bewegung des Segnens.

»Segnest du immer noch?«, entfuhr es Anna heiser vor Erschütterung.

Wieder hob er mühsam, als hingen Zentnerlasten daran, die zurückgesunkene Hand zum Segen.

Nun wusste sie, dass er sie hörte, ja dass er wohl alles gehört hatte, was in diesen Tagen und Nächten der todähnlichen Erstarrung um ihn herum gesprochen wurde. Einer Sturzflut gleich brach alles aus Anna heraus, was sie ihm noch sagen wollte, wie gejagt von den Minuten oder Sekunden, die ihnen vielleicht noch blieben. Sie stammelte alle Namen, die ihre Zärtlichkeit jemals für ihn erfunden hatte, und endete mit erstickter Stimme: »… Ich hab dich ganz lieb – ich werde dich liebhaben in Ewigkeit – –«

Die Seele hatte ihr Maß erkannt. In der äußersten Wahrhaftigkeit dieser Todessekunden brannten sich die Worte in sie ein wie ein unauslöschliches Siegel.

Dann hörte sein Herz auf zu schlagen.

Unter dem rechten Schulterbein zitterte noch kurz vibrierend die Haut.

Versteinert schaute Anna zu, wie ihr Leben sie verließ. Sie starrte auf seine nackte Brust, an der sie daheim gewesen war. Wieder spürte sie den Schweiß in kalten Perlen an sich herabrinnen. Es war, als ob sich ihr Inwendiges, ihre ganze Seele aus dem Leib herausweinte, als weine ihr ganzes Wesen.

»Es sind Finsternisse entstanden«, betete sie mit trockener Kehle und steifen Lippen, »als die Juden den Herrn Jesus gekreuzigt hatten, und um die neunte Stunde rief der Herr Jesus mit lauter Stimme: Mein Gott, mein Gott, warum hast du mich verlassen?

Und mit geneigtem Haupt gab er seinen Geist auf.

Wir beten dich an, Herr Jesus Christus und benedeien dich, denn durch dein heiliges Kreuz hast du die ganze Welt erlöst.«

Sie sprach die Worte als das Kind, das dies Gebet einmal so gelernt und jeden Freitag um elf Uhr in der Schule gebetet hatte.

Fern war die Erkenntnis gerückt, dass letzten Endes nicht die Juden, sondern die Römer Jesus gekreuzigt hatten. Wie ein Kind stand sie vor diesem ungeheuren Geschehen des Todes.

In kurzen Abständen liefen Wellen krampfartigen Zitterns durch sie hindurch. Sie legte ihre Hand auf seine Lider und schloss die gebrochenen Augen für immer.

Wächserne Blässe überzog nun sein Antlitz, es war edel und still und ganz eins mit dem des Gekreuzigten droben in der Streichenkapelle.

Eine Putzfrau kam ins Zimmer. Kübel schepperten. Anna sagte seltsam ruhig und streng, als bräche jemand störend in eine Kirche ein, in der gerade die Heilige Wandlung gefeiert wurde: »Gehen Sie hinaus. Mein Mann ist soeben gestorben.«

2

Es war ein heißer Augustnachmittag. Über den Wiesen des Bergtales zitterte die hauchlos gestaute Luft in der Sonnenglut. Die Kühe suchten den Baumschatten, und hin und wieder klang das blecherne Geläut ihrer Glocken auf, wenn sie die Köpfe hochwarfen, um die Bremsen zu verscheuchen, oder zur Tränke trotteten und mit triefenden Mäulern immer von neuem Wasser schlürften. Tannen, Lärchen, Kiefern und Fichten verströmten ihren starken Sommerduft. Die Wälder schmiegten sich an die Bergflanken wie rauchblauer Samt.

In ihrem Glasbalkon, in dem die Schiebefenster weit offenstanden, und wo Maurus ungezählte Briefe an seine ehemaligen Pfarrkinder geschrieben hatte, roch es nach warmem, sonnengedörrtem Holz, das manchmal noch einen bernsteinfarbenen Harztropfen ausblutete, vermischt mit dem herben Zederngeruch des Wacholders, der immer höher heraufwuchs. Wochenlang hatte Anna hier Beileidsbriefe bedankt. Nun saß sie da und dachte an die überwältigende Trauerfeier für ihren Mann. Elf Konzelebranten standen am Altar; mehr als hundert Menschen waren aus seinen ehemaligen Pfarreien mit Omnibussen angereist. Die Vereine hatten ihre Fahnen über das Grab gesenkt. In den Ansprachen wurde auch erwähnt, dass es der Initiative des Verstorbenen zuzuschreiben war, dass die Ökumene kein Schlagwort ohne Leben blieb, dass er in harmonischer Zusammenarbeit mit seinem evangelischen Mitbruder auf diesem Sektor einer neuen Ära den Weg ebnete. Mit bewegenden Worten hatte der evangelische Stadtpfarrer von seinem Freund Maurus Abschied genommen und ihm am Ende nachgerufen: »Du warst ein Stück von mir!«

Die Ansprache des Pfarrgemeinderatsvorsitzenden ihres Mannes lag abgedruckt vor ihr und sie las:

Bis ins hohe Alter hat er sich für uns aufgeopfert, bis an die Grenzen seiner körperlichen und gesundheitlichen Kräfte für seine Berufung als Priester, für seinen Dienst als Seelsorger, für sein Zeugnis von der Größe Gottes und seiner Liebe zu den Menschen. Von dieser unendlich großen handelnden Liebe Gottes an uns Menschen hat er vielen von uns auch in den letzten zehn Jahren noch Zeugnis gegeben in ausführlichen Brief- und Gesprächskontakten.

Dafür sind wir ihm zutiefst Dank schuldig.

Im Sinne des Verstorbenen sind wir diesen Dank letztlich unserem Schöpfer schuldig:

Er hat uns diesen wertvollen Menschen geschenkt.

Er hat ihn zu seinem Priester berufen.

Er hat ihm diese kontaktfrohe, liebevolle Offenheit gegeben, die so kennzeichnend war für seine Persönlichkeit.

Er hat ihn in reichem Maß begabt mit einer besonders tiefsinnigen Art der Glaubens- und Lebenserfahrung, die ihn bis zuletzt geprägt hat. Wie vielen Menschen hat er Trost und Segen gespendet, am Krankenbett, in der Todesstunde, in ernsten und kritischen Lebenstagen. Wie vielen Menschen hat er die Freude und Hoffnung stiftende Kraft unseres Glaubens vermittelt, ob bei der Taufe, bei Erstkommunion und Firmung, bei Trauung und Krankensalbung. Wie vielen Menschen hat er die Frohbotschaft des Glaubens verkündet und vorgelebt, in Predigt und Gottesdienst, im Beichtstuhl und im Religionsunterricht. Wie oft hat er mit uns in der Eucharistie das Gedächtnis an das Leiden und die Auferstehung unseres Herrn gefeiert und IHM dafür Dank gesagt!

Wir können heute nur mit leeren Worten danken für sein unermüdliches Schaffen, für das Opfer seiner Jahre und Kräfte, für sein tiefgründiges Glaubenszeugnis, für seine ständige Sorge um eine lebendige einträchtige Pfarrgemeinde.

Auch nach seinem Weggang und seiner Laisierung hat ihn diese Sorge um den Frieden und um die Einmütigkeit in unserer Gemeinde als einen Seelsorger ausgezeichnet, der sich als Hirte seiner anvertrauten Herde bis zur Selbstaufopferung verantwortlich weiß im Dienste seines Herrn und Schöpfers.

Seine Worte, seine Entscheidungen und sein Tun waren geprägt von der Güte seines Herzens und von der Kraft seines Gewissens!

Möge der Herr ihm alles reichlich vergelten, was er uns Gutes getan hat!

Wir wissen ihn im Segen und in der Liebe Gottes!

Anna hob ihre Augen und ließ sie die Fülle des Sommers trinken:

Kaskaden blutrot leuchtender Geranien stürzten von den uralten, holzdunklen Altanen der Chiemgauer Bauernhöfe und den Balkonen der Landhäuser herab. In den Gärten blühten voll entfaltete Rosen in wunderbaren Farben neben festen und halboffenen Knospen, tiefblauem Rittersporn, süßduftenden Steinnelken, Lobelien, Lupinen und sattgolden gefüllten Ringelblumen mit den wildwuchernden, starkwürzigen Kräutern für die Weihe am Großen Frauentag – wie hier das Fest Mariä Himmelfahrt genannt wird – in buntem Durcheinander.

Am Gartenzaun des Hauses strebten honiggelbe Königskerzen zwischen glattgeschliffenen Flusssteinen empor, die sie mit Maurus am Achenufer geholt hatte. Eine Amsel dehnte sich aufplusternd in einer Mulde unter schattendem Gebüsch und spreizte das Gefieder ihrer Flügel über die warme Erde, und in den Obstbäumen sah sie die prallen Rundungen sich färbender Äpfel und Birnen; Frühzwetschgen schimmerten violettbehaucht im Laub.

Es war eine Stunde, in der die Endgültigkeit des Verlustes noch nicht mit jener gnadenlosen Schärfe ins Bewusstsein eingedrungen war, die an den Rand des Wahnsinns treibt, wo aber die Aufnahmefähigkeit müde wird und zu einer gewissen Trance erschlafft, einer traumhaften Selbstverlorenheit, sodass die üppige Schönheit der Landschaft die innere Leere nicht mehr auszufüllen vermag, und eine andere Macht über uns entscheidet, die außerhalb des eigenen Schauens, Fühlens und Denkens liegt.

Wie aus fernen Räumen stieg die Gestalt des alten Priesters vor Anna auf und zwang Sinn und Begreifen in ihr abwesendes Dasein zurück. Das Verlangen, ihn zu suchen und zu finden, kam jäh über sie.

Sie beschloss, noch heute zu fahren.

In den schattigen Alleen Rosenheims tanzten Goldkringel auf dem Asphalt. Anna parkte ihr Auto nahe der Kirche Sankt Nikolaus im Zentrum und suchte das Pfarrhaus. Sieben steile Stufen führten zur Pforte hinauf. Sie läutete – wartete.

Nach einer Weile öffnete sich ein mit geblümtem Stoff verhangenes Guckfensterchen, das rechts der Tür tief in die Mauerbrüstung eingelassen war, und ein Männerkopf erschien.

»Was wollen Sie?«

»Grüß Gott!«, sagte Anna. »Kann ich bitte den Herrn Pfarrer sprechen?«

»Der bin ich!«, erwiderte er etwas hochfahrend und schloss das Guckfenster.

Sie wartete. Schritte näherten sich, die Haustür wurde geöffnet, er ließ sie eintreten und wies sie in ein schmales, kahles Sprechzimmer. Sie erzählte ihm, was in jener Nacht geschehen war, dass ein fremder, älterer Priester ins Sterbezimmer ihres Mannes gekommen sei, von dem sie nicht einmal den Namen wisse, und dass dieser ihm die Krankensalbung gespendet habe. Nun sei sie auf der Suche nach ihm, um ihm zu danken.

»Wenn jemand weiß, wer das war, dann bin ich es. Ich bin nämlich der Dekan!«

In seiner Stimme schwang etwas Herrisch-Selbstbewusstes, wie es einem Kleriker manchmal mit dem höheren Amt und dessen Würde oder auch durch die Unabhängigkeit und Freizügigkeit seines zölibatären Standes unmerklich zuwächst, wenn es nicht durch ein angeboren-gütiges Naturell, durch eine mühevolle Nachfolge Jesu oder durch die geschöpfliche Liebe und sanfte Warmherzigkeit einer Frau abgeschwächt oder ganz bezwungen wird.

»Wir haben zwei alte Priester hier«, fuhr er milder fort, »der eine war zu dieser Zeit krank – der andere ist der Pfarrer von Sankt Hedwig, ein sehr frommer und barmherziger Mann, der so etwas wie einen sechsten Sinn hat.«

»Der ist es!«, entfuhr es Anna mit kaum verhaltener Erregung. »Wo finde ich ihn?« Wie von selbst sprang jetzt das Erlebte für sie wie Steinchen zum Mosaik eines Wunders zusammen.

Während sie den vom Dekan beschriebenen Weg zur Kirche der heiligen Hedwig fuhr, überkam sie eine ungeheure, unbegreifliche, brennende Erwartung. Sie empfand die wahnwitzige Hoffnung, sich wieder dem warmen, lebendigen Leben ihres Mannes zu nähern, oder als entschleierten sich dort die Rätsel des Todes.

Die Tür des Pfarrhauses stand offen, aber trotz ihres mehrmaligen Läutens kam niemand. Sie trat in einen Verbindungsbau zwischen Pfarrhaus und Kirche ein und fand sich in der Sakristei. Auf einem langen massiven Holztisch standen ein Kelch und eine Patene, was Anna etwas verwunderte, daneben lag eine barocke Kasel. Zarter Weihrauchduft hing im Raum und in den schrägen Lichtsäulen der Abendsonne flimmerte Staub.

Mit einem Gefühl, das eine Mischung von wohliger Vertrautheit und banger, ehrfürchtiger Scheu war, durchmaß sie zaghaft auf Zehenspitzen den schmalen, langen Durchgang, dessen Fenster einen Ausblick in den Pfarrgarten gewährten, und betrat die Kirche.

Auch hier kein Mensch zu sehen.

Durch das hintere Portal, das weit offenstand und die Sonnenwärme ins kühle Kircheninnere einließ, gelangte sie wieder ins Freie.

Da stand der Gesuchte mit dem Rücken zu ihr auf der Steintreppe des Vorbaus. Sie erkannte ihn sofort wieder.

Als er hinter sich Schritte hörte, unterbrach er das Gespräch, das er mit einem jungen Paar geführt hatte, und wandte sich um.

»Ich habe Sie schon erwartet!«, sagte er zu Anna.

Sie spürte jenen sonderbaren, kühlen Schauer, der einen durchläuft, wenn uns das Wunderbare anrührt, das mit dem Verstand nicht auszuloten ist.

»Gehen Sie in die Kirche und warten Sie dort auf mich. Dies ist meine Nichte mit ihrem Mann – wir sind eben beim Verabschieden.«

Das Lächeln machte sein Asketengesicht überraschend jung, hell, warm und lebendig.

Anna setzte sich in eine Kirchenbank. Kurze Zeit später winkte er ihr von der Sakristeitüre her und führte sie in sein karg eingerichtetes Wohnzimmer.

»Herr Pfarrer«, sagte sie und saß in ihrem schwarzen Trauerkleid dünn und steif und etwas beklommen auf dem Stuhl, »ich möchte Sie nicht lange in Anspruch nehmen. Ich wollte Sie nur bitten, mir zu sagen, wer Sie in jener Nacht zu meinem Mann gerufen hat.«

»Ja – das weiß ich eigentlich selber nicht«, sagte er, mit großem Blick an ihr vorbei in unbestimmbare Fernen schauend. »Wissen Sie, ich werde manchmal wohin geführt – da sind mir schon die seltsamsten Dinge passiert …«

Er schaute versonnen auf die Tischplatte und fuhr leiser und etwas zögernd fort: »Seitdem mir einmal einer gestorben ist, weil ich zu müde war, um vor dem Operationssaal noch länger zu warten, und heimging, um zu schlafen, und dieser Mann dann schon verschieden war, als ich anderntags wiederkam – seitdem bin ich hellhörig geworden. Und so höre ich manchmal einen Ruf und gehe ihm nach.«

Wieder durchrieselte Anna jener heilige Schauer, und zugleich wuchs in ihr eine tiefe Freude.

Wie musste ihr Mann von Gott geliebt sein, wenn er diesen frommen Priester, der für Anna plötzlich mit der Gestalt des heiligen Pfarrers von Ars verschmolz, an sein Sterbebett gerufen hatte!

Tränenüberströmt stand sie auf und verabschiedete sich.

Der alte Priester gab ihr seinen Segen und sie hinausbegleitend sagte er dann noch mit einem scheuen, fast liebevollen Lächeln, das Anna in seiner Brüderlichkeit von Neuem die Tränen in die Augen trieb: »Seitdem ich weiß, dass er gestorben ist, lade ich ihn manchmal ein, mit mir die heilige Messe zu zelebrieren.«

Jähes Glück riss ihr das Herz auf.

Suspension, Exkommunikation und Laisierung bedeuteten nichts mehr. Alle Gesetze, von Menschenhirnen und Menschenmächten erdacht, zerfielen an der Schwelle der Ewigkeit zu Staub.

Ein Schimmer vom Reich Gottes war auf diesen Abend gefallen.

Wie im Traum verließ Anna das Pfarrhaus.

Im Gartencafé gegenüber der Kirche löffelten junge Mädchen aus ihren Eisbechern, lachten und schwatzten. Die Lindenblätter flirrten grüngolden in einem kühlenden Windhauch.

Langsam fuhr sie durch die Stadt hinaus zur Autobahn München – Salzburg.

Der Inn floss in breiter, ruhvoller Strömung.

Kein Menschenschicksal veränderte die Konturen des Samerbergs, dessen dunkelblauer Waldrücken – auf der Anhöhe von lichterem Gehölz, Viehweiden und vereinzelten Gehöften unterbrochen – sie langgestreckt begleitete.

Die Schrofen der Kampenwand reckten sich wie zerklüftetes Erz in den von lohfarbenem Abendlicht übergossenen Himmel. Mit tiefinnerlicher Gewissheit spürte Anna, dass ihr Mann nun ganz daheim und geborgen war in Gottes barmherziger Liebe.

Worte aus der Offenbarung des Johannes strömten ihr zu: »Wer sind diese, die weiße Gewänder tragen, und woher sind sie gekommen? – Es sind die, die aus der großen Bedrängnis kommen. Sie haben ihre Gewänder gewaschen und im Blut des Lammes weiß gemacht … Sie werden keinen Hunger und keinen Durst mehr leiden. Gott wird alle Tränen von ihren Augen abwischen: Der Tod wird nicht mehr sein, keine Trauer, keine Klage, keine Mühsal. Denn was früher war, ist vergangen. – Seht, ich mache alles neu.«

Anna kehrte heim in ihr Bergdorf. Dort lebt sie allein.

INHALT

Von Elisabeth Spies sind außerdem erschienen:

Ohnmächtige Berufung
Gedichte (1997)
EOS Verlag ISBN: 978-3-88096-369-6
168 S. 1 Abbildung. Gebunden

Im Brennspiegel des Lichts
Gedichte (2000)
EOS Verlag ISBN: 978-3-8306-7037-7
132 S. 1 Abbildung. Gebunden

Die schimmernde Schwelle
Erzählungen (2002)
Radius Verlag ISBN: 978-3-87173-253-9
98 S. Gebunden (vergriffen)

Schöpfung im Atem des Golfstroms
Gedichte (2003)
Radius Verlag ISBN: 978-3-87173-279-9
100 S. Gebunden

Biblische Gestalten
Gedichte (2007)
EOS Verlag ISBN: 978-3-8306-7264-7
54 S. 3 farbige Abbildungen von Marc Chagall.
Gebunden

Kretische Impressionen
Gedichte (2007)
EOS Verlag ISBN: 978-3-8306-7304-0
60 S. Cover: Der Prinz mit den Lilien
Relieffresko, Archäologisches Museum von Herakleion.
Gebunden